D0928794

LE STYLISTE

V.A. Soloviov est invalide, condamné à rester cloué dans son fauteuil roulant, et, depuis quelques mois, sujet à des crises d'angoisse. Spécialiste de langues orientales, il vit de son travail de traducteur, qui lui assure un revenu confortable. Il est veuf et son fils est un vaurien aux très mauvaises fréquentations. Soloviov est aussi l'ancien amant de l'inspectrice de police Anastasia Kamenskaïa, héros récurrent des romans d'Alexandra Marinina.

Soloviov a la surprise de recevoir la visite de Kamenskaïa, alors que leur relation amoureuse a cessé et qu'il n'espérait plus la revoir. Elle ne vient pourtant pas chez lui afin de renouer, bien qu'elle le lui fasse croire, mais pour observer le quartier où il habite. Un pédophile particulièrement habile et dangereux y sévit depuis quelque temps déjà. Neuf jeunes garçons, d'origine juive pour la plupart, ont disparu.

Soloviov a un nouvel assistant, que sa maison d'édition lui a imposé. C'est vers ce dernier que, rapidement, les soupçons de Kamenskaïa se dirigent…

Ainsi commence l'un des meilleurs romans de l'ex-inspectrice de la police de Moscou, Alexandra Marinina.

Ancien lieutenant-colonel de la police judiciaire de Moscou et véritable phénomène de l'édition russe, Alexandra Marinina a écrit plus de dix-sept romans sur l'incorruptible Anastasia Kamenskaïa.

Alexandra Marinina

LE STYLISTE

ROMAN

Traduit du russe
par Galia Ackerman et Pierre Lorrain

Éditions du Seuil

TEXTE INTÉGRAL

TITRE ORIGINAL
Stilist
ÉDITEUR ORIGINAL
Eksmo, Moscou

ISBN original : 5-320-00110-X
© 1996, Alexandra Marinina

ISBN 2-02-078993-0
(ISBN 2-02-061138-4, 1re publication)

© Éditions du Seuil, juin 2004, pour la traduction française.

Le Code de la propriété intellectuelle interdit les copies ou reproductions destinées à une utilisation collective. Toute représentation ou reproduction intégrale ou partielle faite par quelque procédé que ce soit, sans le consentement de l'auteur ou de ses ayants cause, est illicite et constitue une contrefaçon sanctionnée par les articles L. 335-2 et suivants du Code de la propriété intellectuelle.

www.seuil.com

Note des traducteurs sur les noms russes

La construction des noms de famille russes pouvant s'avérer déconcertante pour le lecteur français, il est bon d'en connaître quelques règles de base :

1. Les noms russes se composent d'un prénom, d'un prénom patronymique et d'un nom de famille (ex : Anastasia Pavlovna Kamenskaïa, Viktor Alexeïevitch Gordeïev, Mikhaïl Efimovitch Tcherkassov).

Le prénom patronymique est formé par le prénom du père suivi des suffixes « ievitch » ou « ovitch » (qui signifient « fils de... ») et « ievna » ou « ovna » (fille de...). Ainsi, Viktor Alexeïevitch est le fils d'Alexeï et Anastasia Pavlovna, la fille de Pavel.

2. Les noms de famille des femmes sont ceux de leur père ou de leur mari augmentés de la terminaison « a » ou « aïa » : Ianina Borissovna Iakimova est la femme d'Evgueni Iakimov ; Svetlana Soloviova, celle de Vladimir Soloviov ; Dacha Kamenskaïa, celle d'Alexandre Kamenski.

3. Lorsqu'on s'adresse poliment à une personne qu'on ne connaît pas ou à qui l'on doit le respect, il est d'usage d'utiliser le prénom suivi du prénom patronymique : « Mikhaïl Efimovitch » ou « Ianina Borissovna ». Cette forme équivaut aux formules françaises « Monsieur Tcherkassov » ou « Madame Iakimova ».

4. Les prénoms russes autorisent un nombre considérable de diminutifs qui permettent d'exprimer des gammes complètes de sentiments, de la tendresse à la dérision : Alexeï devient Liocha ; Vladimir, Volodia ou Vovtchik ; Nikolaï, Kolia ; Anastasia, Nastia ; Ianina, Iana ; Oksana, Ksanotchka, etc.

De manière à éviter des confusions, nous avons limité leur usage aux seuls cas où l'identité de la personne nommée était claire.

1

Depuis quelques mois, il avait cessé d'aimer la nuit. Maintenant, il en avait peur. Dès que le soir tombait, la conscience de son impuissance et de sa vulnérabilité s'imposait à lui avec plus de force. Dans le silence de la nuit, chaque son – même le plus innocent – devenait le signe avant-coureur d'un danger invisible mais inéluctable. Il s'efforçait de chasser ces pensées, mais elles revenaient sans cesse et il ne parvenait pas à les fuir.

Et pourtant, qu'avait-il à craindre ? Chez lui, il ne gardait aucun objet de valeur. À peine quelques billets pour les dépenses courantes. Dès qu'il recevait ses honoraires, il les plaçait en banque. Il vivait sur les intérêts qu'il retirait ponctuellement tous les dix jours. D'ailleurs, de combien pouvait bien avoir besoin un invalide incapable de se servir de ses jambes ? Et pourquoi s'en serait-on pris à lui ? De quoi avait-il donc peur ?

Qu'il ne trouve pas de réponse convaincante à ces questions ne diminuait pas son angoisse. Chaque soir, c'était pareil. Et il maudissait la Nature de l'avoir doté d'une ouïe fine. Pas exceptionnelle, non, simplement normale. Mais c'était déjà trop. Alors qu'il y avait tant de gens qui entendaient mal à la suite de maladies ou de traumatismes ! Pourquoi n'était-il pas du nombre ?

Si seulement il avait eu moins d'oreille, il aurait pu dormir plus profondément, sans être réveillé par les bruits. Mais non : ses jambes étaient incapables de le soutenir, ses reins défaillants et sa vue loin d'être parfaite, mais il avait l'ouïe d'un nouveau-né. Le destin se moquait de lui.

Il se tourna dans son lit doux et moelleux, à la recherche d'une position plus confortable. Son anniversaire tombait la semaine suivante. Quarante-trois ans. Était-il déjà vieux ? Ou encore jeune ? Question de nuance… Et quel bilan pouvait-il faire pour ce passage annuel ?

Indiscutablement, il était fortuné. Il possédait une maison en brique, à deux niveaux, étage et rez-de-chaussée, dans un nouveau lotissement de luxe, au sud de Moscou, et plusieurs comptes en banque.

Il était également un expert reconnu dans son domaine. Il suffisait, pour s'en convaincre, de jeter un coup d'œil aux étagères remplies de livres – *ses* livres. Ses travaux sur la littérature chinoise et la philologie japonaise voisinaient avec de nombreux romans et ouvrages documentaires chinois et japonais qui portaient tous la mention : « Traduit par V. A. Soloviov » sur la jaquette. Linguiste de renom, il s'était spécialisé dans ces deux langues asiatiques étonnamment complexes.

Mais c'était aussi un invalide obligé de se déplacer en fauteuil roulant. S'il lui arrivait de faire quelques pas, c'était en s'aidant de béquilles : de la chambre à coucher à la salle de bains, de son bureau au cabinet de toilette. Pas plus. La maison avait été construite selon ses spécifications avec une longue rampe pour passer à l'étage au lieu d'un escalier. Il avait eu la chance d'amasser quelque fortune avant que ses jambes ne le trahissent. Cet argent lui avait permis d'éviter beaucoup d'humiliations et de résoudre tous ses problèmes. Du moins, presque tous.

Il avait un fils, mais c'était comme s'il n'en avait pas. À dix-neuf ans, celui-ci n'avait pas besoin d'un père estropié, même avec beaucoup d'argent et une maison luxueuse. Il habitait dans leur ancien appartement en ville et pouvait y faire venir des filles et organiser des soirées à fort taux d'alcool, de drogue et de sexe. Depuis la disparition de Svetlana, un mur s'était dressé entre le père et le fils. Le garçon n'avait que quinze ans à la mort de sa mère et avait suscité la compassion de tout son entourage.

L'enfant est traumatisé, le choc psychologique, vous comprenez… Il faut être gentil avec lui, faire des concessions… Le père s'était montré tolérant jusqu'au jour où il s'était rendu compte que le jeune homme avait des fréquentations louches et qu'il manipulait ses proches, jouant sur leur chagrin, persuadé qu'il allait pouvoir leur imposer ses quatre volontés tout le reste de sa vie durant. À partir de ce moment-là, il ne l'avait plus revu.

Mais il avait aussi une vie bien remplie par un travail qu'il aimait et qui lui assurait des revenus confortables. Il devait faire avec, que cela lui plaise ou non. Parce qu'il n'avait pas l'intention d'y mettre un terme prématurément, quoi qu'il puisse se passer. À l'époque où il était en pleine possession de ses moyens et multipliait les conquêtes féminines, il croyait dur comme fer qu'un travail intéressant et bien payé était tout ce dont il avait besoin pour être heureux dans la vie. Mais, là, alors que ce travail était tout ce qui lui restait, il regrettait amèrement les jours où ses jambes avaient été fortes, ses muscles fermes et où il avait pu aimer des femmes et leur donner du plaisir en en prenant lui-même.

Qu'allait-il faire pour son anniversaire ? Organiser une petite fête ou non ? Bien sûr, il pouvait s'abstenir de marquer le coup. Après tout, la date n'avait pas d'importance. Mais des gens viendraient de toute manière et il serait impoli de ne pas préparer quelque chose à leur intention. Les Trois Magnifiques des éditions Shere Khan – le directeur général, le directeur financier et le directeur littéraire – ne manqueraient pas de débarquer. Ils n'oubliaient jamais de le féliciter aux bonnes occasions. Ils savaient travailler avec les auteurs et mettaient un point d'honneur à ne jamais les oublier ou les froisser inutilement. Qui d'autre ? Quelques-uns de ses amis et relations de travail : sinologues, japonisants, traducteurs, philologues, écrivains, journalistes… Naguère, dans son autre vie, ils venaient par dizaines. Svetlana était une excellente hôtesse, gaie et accueillante. La maison était toujours ouverte et appréciée de tous. Depuis sa mort, il n'avait plus organisé de fêtes d'anniversaire. La première année, il n'en avait pas eu envie. Et celle d'après, il n'était plus qu'un infirme. En deux ans, la tradition s'était éteinte comme si elle n'avait jamais existé.

Néanmoins, quelques personnes viendraient. Il se demanda si son voisin s'en souviendrait. L'année précédente, il était passé à l'improviste pour lui emprunter un outil et était resté interdit devant la table chargée de bouteilles et d'amuse-gueules. Devant son embarras, le maître de maison avait été obligé de lui expliquer la raison de la petite fête. Le voisin s'était excusé d'avoir interrompu ses préparatifs pour une raison aussi triviale et était revenu une heure plus tard avec une boîte fermée par un ruban et un poème écrit sur une carte. Les vers étaient plaisants et spirituels, et les rimes riches. Soloviov l'avait prié d'entrer, mais les directeurs de Shere Khan étaient déjà là et le voisin, entendant des voix, avait battu précipitamment en retraite et lui avait présenté ses meilleurs vœux avant de rentrer chez lui. Se souviendrait-il de la date, cette année, ou l'aurait-il oubliée ? C'était un gars bien, semblait-il. Peut-être devraient-ils se rapprocher et devenir amis ?

Dès le lendemain, il dirait à Andreï, son nouvel assistant, de prévoir quelque chose pour recevoir dignement d'éventuelles visites. Acheter quelques bonnes bouteilles et prendre des zakouskis chez le traiteur du restaurant « Prague ». Des mets de qualité qui pourraient se conserver quelques jours si on ne les mangeait pas tout de suite. Et si personne ne venait, quelle importance ? Depuis qu'il ne pouvait plus se déplacer qu'en fauteuil roulant, Soloviov n'avait plus la même perception des choses. Il ne pouvait blâmer les gens d'éviter la compagnie d'un infirme. Et puis… ce n'était pas facile de lui rendre visite. Aucune ligne de métro ou d'autobus ne passait à proximité. Il fallait obligatoirement une voiture pour accéder au lotissement, au terme d'un long trajet.

Seigneur, pourquoi avait-il peur à ce point la nuit ?

*

Des adolescents continuaient de disparaître. Depuis septembre de l'année précédente, la liste noire concernait neuf jeunes garçons entre quatorze et dix-sept ans. Bien sûr, ils n'étaient pas les seuls à ne plus donner signe de vie dans l'ensemble du pays. Les avis de fugue ou de disparition se comptaient par centaines. Mais le cas de ces neuf-là était particulier car on était certain de leur sort : on les avait retrouvés. Morts. Et ils se ressemblaient tous de manière surprenante : peau mate, cheveux noirs, grands yeux sombres. Comme des frères. La cause du décès était également identique : overdose. L'examen du rectum, pendant les autopsies, avait permis de déterminer que tous étaient des homosexuels. Que de jeunes camés homosexuels meurent d'overdose étant particulièrement fréquent, seules leur ressemblance peu banale et la découverte de leurs cadavres en peu de temps, et dans la même ville, avaient donné à penser que ces affaires étaient liées.

Comme c'est souvent le cas, une piste était apparue par hasard. Le fil en était tellement mince et ténu qu'il n'avait pas été évident de le relier à la même pelote. Sur l'une des avenues qui relient le centre de Moscou aux banlieues sud, un agent de la circulation avait sifflé une Volga bleu clair qui roulait trop vite. Le conducteur ne s'était pas arrêté, ajoutant ainsi un délit de fuite au dépassement de vitesse. Le flic avait aussitôt communiqué par radio les caractéristiques du véhicule au poste suivant. Mais en vain : la Volga avait disparu sans laisser de traces.

L'agent, qui rêvait d'une carrière de détective et consultait régulièrement les bulletins de recherche, avait eu le temps de remarquer un adolescent aux cheveux bruns assis à côté du conducteur, à l'avant de la voiture. Il n'avait pas réfléchi longtemps avant de transmettre le renseignement à la Petrovka, le siège de la Brigade criminelle. Ayant appris que la voiture n'était pas passée devant le poste de police routière et n'avait pas été aperçue aux autres points de contrôle du sud de la capitale, les inspecteurs avaient délimité un secteur de recherches. La Volga avait été rapidement retrouvée : elle était garée dans une rue discrète. Un peu plus tôt, son propriétaire s'était présenté au commissariat de l'arrondissement du Nord-Ouest pour déclarer qu'on la lui avait volée l'après-midi même.

Le véhicule avait été abandonné non loin d'un lotissement de cottages individuels affublé du nom convenu de «Résidences de Rêve». Quelques jours plus tard, un nouveau rapport concernant la disparition d'un jeune garçon répondant aux mêmes caractéristiques que les neuf autres était communiqué à la Criminelle. L'agent de la route fut convoqué à la Petrovka pour tenter une identification. Conformément à la procédure, la photo de la nouvelle victime était mélangée à celles d'autres adolescents, dont plusieurs aux cheveux foncés.

Le milicien avait consulté les documents pendant un bon quart d'heure avant d'admettre honnêtement:

– Non. Il s'agit bien du même type physique, mais je ne peux identifier personne. La voiture allait vite. Encore heureux que j'aie une bonne vue: au moins, j'ai entrevu le gosse, mais je n'ai pas pu remarquer ses traits.

Établir un lien entre les disparitions et la zone résidentielle du sud de Moscou était sans doute un peu rapide, mais comme c'était la seule piste, les enquêteurs avaient décidé de garder à l'œil les habitants des «Résidences de Rêve». Vingt maisons en brique d'un étage. Vingt familles.

Des renseignements sur les habitants des cottages tombaient chaque jour sur le bureau du *maïor* de la milice Anastasia Kamenskaïa, dite «Nastia», enquêtrice à la Brigade criminelle de Moscou[1]. Son collègue, Kolia Selouïanov, qui ne jurait que par les cartes, les graphiques et les supports visuels, lui avait fabriqué un énorme plan mural du lotissement avec une pochette punaisée sous chaque maison pour pouvoir y insérer les informations sur les occupants. L'attention avait particulièrement touché Nastia, qui l'avait tout de suite accroché au mur, en face de sa table de travail. Elle était néanmoins dubitative sur les fruits que cette approche pouvait porter.

Bien entendu, au début, le travail d'enquête s'était

1. Le grade de Kamenskaïa, *maïor*, correspond à chef de bataillon dans l'armée française, car la milice russe utilise les grades militaires. En réalité, dans la hiérarchie policière française, elle serait capitaine de police (anciennement inspecteur principal). *(Toutes les notes sont des traducteurs.)*

concentré sur le cadre de vie des victimes : ces jeunes garçons devaient forcément avoir quelque chose en commun. Des relations ? Des intérêts ? À quel endroit se rendaient-ils le jour de leur disparition ? Faisaient-ils partie de clubs de sport ? Les questions étaient nombreuses, et y répondre avait pris du temps, mais cela n'avait donné aucun résultat. En dehors de leur aspect physique, aucun élément visible ne liait entre eux les adolescents disparus.

– Peut-être étaient-ils destinés à approvisionner en chair fraîche un bordel homosexuel clandestin ? suggéra l'enquêteur Iouri Korotkov.

– Alors c'est un bordel pour client unique, lui rétorqua Nastia. Tous les garçons se ressemblent comme des frères. Dans un bordel, il y aurait des garçons pour tous les goûts : des blonds, des bruns, des roux, au teint clair ou foncé. Et puis... pourquoi les droguer jusqu'à risquer l'overdose ? Pour les faire tenir tranquilles ? Pour les rendre dépendants et les empêcher de s'enfuir ? Ça pourrait se comprendre s'ils étaient destinés à des clients différents. Mais s'il ne s'agit que de satisfaire un seul homme, je ne vois pas la logique. À quoi bon multiplier des partenaires interchangeables ?

– Quelle logique ? s'écria Korotkov. C'est un fou, c'est clair ! Il n'y a aucune logique à trouver.

Nastia secoua résolument la tête.

– Détrompe-toi, Iouri. Les fous réfléchissent aussi, même s'ils ne le font pas comme nous.

– Et tu crois qu'un psychopathe habite dans ces « Résidences de Rêve » ?

– Pas nécessairement. Un complice pourrait lui trouver les garçons. Encore que... Tu as raison, Iouri. Les fous n'ont pas de complices : la complicité se construit sur des intérêts communs ou un partage de butin. Un fou peut difficilement embrigader d'autres personnes dans un projet criminel.

Elle garda le silence et se fit une tasse de café soluble. Elle ajouta du sucre et touilla, mais ne but pas tout de suite : c'était le moment d'allumer une cigarette dont elle savoura une longue bouffée.

– Ou bien, c'est un fou très riche. Un type qui peut payer très cher un homme de main. Mais, même comme ça, c'est incompréhensible. Regarde.

Elle poussa vers Korotkov un diagramme établi à partir des dates de disparition de chaque adolescent et le moment de sa mort présumée d'après l'état du cadavre.

– Ce «psychopathe», comme tu dis, trouve sa victime suivante alors que les précédentes sont encore en vie. Tu vois ? Le premier adolescent a disparu en septembre et est mort en décembre. À ce moment-là, trois autres gosses avaient déjà disparu. Pourquoi réunit-il un harem de garçons identiques ? Ce serait différent si à chaque décès succédait un nouveau kidnapping : le criminel aime les garçons bruns à la peau mate et, comme ils ne veulent pas coucher avec lui, il les drogue pour les forcer. Il n'a besoin d'un nouveau partenaire que lorsque l'ancien est mort. Là, il y aurait une logique. Mais dans cela…

Elle agita sa main vers le diagramme, dessinant une forme confuse dans l'air.

– Et pourquoi meurent-ils tous d'overdose ?

– Il les tue peut-être ainsi lorsqu'il en a marre d'eux, suggéra Korotkov.

– Oui… Il en a marre d'eux, répéta Nastia. Et il leur cherche des remplaçants qui leur ressemblent. Quel intérêt ? Bon, admettons que la dope rende les garçons de plus en plus amorphes et leur fasse perdre leur attrait. Mais s'il drogue le suivant de la même manière, il obtiendra exactement le même résultat. Qu'est-ce qu'il espère ? Entretenir cette chaîne sordide toute sa vie ? Un garçon par mois jusqu'à la fin de ses jours ? Et de toute manière, lorsqu'il en ramène un nouveau, que fait-il des anciens qui sont toujours en vie ? Non, Iouri, ça ne marche pas. Ce n'est pas comme ça qu'il procède.

– Comment alors ?

Nastia fronça les sourcils.

– Si je le savais, nous ne serions pas ici à nous creuser les méninges… Allons, trêve de spéculations et mettons-nous au boulot. M'as-tu apporté quelque chose ?

– Évidemment, répondit Korotkov en souriant de toutes

ses dents. Voici un nouveau lot de commérages sur les habitants de ces confortables cottages.

Nastia était incapable de comprendre comment Korotkov parvenait à se retrouver dans ses notes désordonnées et remplies d'abréviations énigmatiques. En travaillant comme lui, elle se serait mélangé les pinceaux à tous les coups. Elle était très prudente avec l'information, comme s'il s'agissait d'un objet fragile et cher. Elle était persuadée qu'y changer une seule lettre ou une virgule suffisait à modifier le sens d'un texte et lui faire perdre ainsi sa vraie valeur. C'est pourquoi elle jeta un regard effrayé au tas de papiers que Korotkov lui avait laissé sur le bureau avant de partir : des formulaires remplis n'importe comment et des feuilles gribouillées à la hâte et arrachées à un calepin. La jeune femme était paresseuse pour tout ce qui ne concernait pas le travail et pouvait rester des mois sans passer un coup de chiffon chez elle, mais l'ordre régnait dans son bureau et ses dossiers étaient rangés à la perfection. Avec un soupir amer devant l'informe amas de papiers qui maculait son espace de travail, elle prit une liasse de feuilles vierges et entreprit de recopier au propre les brouillons de Korotkov sur les fameux « Rêveurs ».

Les habitants de ces cottages de luxe étaient ce qu'on appelait des « nouveaux Russes ». La raison en était simple : les « anciens » n'avaient pas les moyens de s'y installer. Cela signifiait que ceux qui emménageaient là avaient les moyens de laisser leur ancien appartement aux grands-parents, qui restaient en ville, contrairement au commun de la population dont trois générations au moins cohabitaient dans des logements trop exigus. Ainsi, sur les vingt familles qui peuplaient les cottages, trois seulement comprenaient également les grands-parents. Nastia décida de les exclure provisoirement de la liste des suspects potentiels : il était peu probable qu'un tel trafic d'adolescents pût se dérouler sous les yeux de vieilles personnes. Restaient donc dix-sept familles. C'était beaucoup trop. Surtout en tenant compte que le lien éventuel entre l'une de ces maisons et les adolescents disparus n'était même pas établi. Il s'agissait simplement de la seule piste disponible. Ils allaient peut-être consacrer du temps et des efforts considérables pour découvrir au bout du compte que cela ne menait à rien.

Un élément était de nature à ralentir le travail. À part les enquêteurs de la Criminelle, personne ne savait rien sur ces neuf adolescents dont le sort tranchait sur celui de l'énorme masse de gosses disparus. À part les coupables, bien sûr. Rien que l'année précédente, en Russie, cinquante-huit mille personnes avaient été portées manquantes. Et quarante-huit mille l'année d'avant. Évidemment, la plupart de ces gens étaient originaires de Moscou. Personne n'avait remarqué ces neufs garçons au profil typé dans la masse totale des disparus. À part Anastasia Kamenskaïa qui aimait triturer les données et possédait le savoir-faire requis. Elle avait partagé ses soupçons avec son chef, le colonel Gordeïev, qui s'était rangé à son avis. Mais il n'y avait pas assez d'éléments pour ouvrir un dossier officiel. Le nombre de jeunes qui mouraient d'overdose était effrayant. Et ils quittaient rarement la vie dans leur lit douillet. Il arrivait même souvent qu'on déplace leur cadavre pour les abandonner loin du lieu de leur décès. On les déposait dans des ruelles sombres, des parcs, des caves et des cours. On les jetait dans la rivière. On les laissait à la campagne. La plupart d'entre eux étaient des toxicomanes et leur style de vie les éloignait de chez eux pendant des jours ou des semaines. La formule « ne vivait plus à son domicile et est décédé suite à usage de stupéfiants » revenait souvent dans les rapports. Dans ces conditions, personne n'aurait pensé à regrouper des cas à partir de l'apparence physique des victimes. Et si Nastia avait même vaguement suggéré cette idée aux responsables du Parquet, sans doute ces derniers lui auraient-ils ri au nez.

Et s'ils avaient quand même pris son hypothèse en considération, l'équipe de Gordeïev aurait été chargée de l'enquête, avec à la clé des exigences de résultats et des demandes permanentes d'explications sur le temps passé et le personnel employé. Non, il valait mieux travailler sans rien dire aux services du procureur, de manière à ne pas les avoir sans cesse dans les pattes. Quant à la couverture officielle, elle était simple : vérification de la participation de la Volga bleue dans la disparition de Dima Vinogradov, seize ans. Le reste était affaire d'intuition.

En enregistrant les informations transmises par son collègue, Nastia demeura songeuse devant une inscription tracée en grandes lettres au stylo rouge.

« Nom : Soloviov, Vladimir Alexandrovitch.
Né le 5 avril 1953 à Moscou.
Profession : traducteur.
Situation de famille : veuf.
Membres de la famille habitant chez lui : aucun.
Membres de la famille habitant ailleurs : son fils, Soloviov, Igor, né en 1976. »

Tiens, tiens ! Soloviov. Son anniversaire tombe vendredi prochain, se dit-elle. *Je devrais peut-être lui rendre une petite visite pour lui présenter mes vœux et jeter un œil sur le Royaume des Rêves.*

*

La réunion de marketing sur les nouveaux titres était prévue pour onze heures du matin, mais elle débuta, comme d'habitude, avec une demi-heure de retard. Il était curieux de constater que des gens travaillant au sein de la même entreprise avec des bureaux au même étage étaient incapables de se rencontrer à l'heure dite. Ils n'avaient que dix mètres à parcourir jusqu'au bureau du patron, mais ils auraient tout aussi bien pu venir de villes différentes.

Le directeur général des Éditions Shere Khan, Kirill Andreïevitch Essipov, un barbu de taille moyenne, considérait son entreprise comme son enfant et veillait soigneusement à sa croissance. Il avait commencé sa carrière à un poste subalterne dans une grande maison d'édition avant de trouver, par un pur hasard, un filon qui lui avait permis de fonder sa propre boîte : la littérature orientale. Il avait emprunté, donné à son entreprise le nom de Shere Khan, le tigre du célèbre roman de Rudyard Kipling, et lancé une collection intitulée : « Best-sellers d'Extrême-Orient ». Les premiers romans publiés n'avaient rencontré qu'un succès tout relatif. Les amateurs de prose orientale n'étaient pas légion. En tout cas, cela ne lui avait pas rapporté de quoi rentrer dans ses fonds et rembourser les emprunts, sans même parler de faire des bénéfices. Mais Essipov ne s'était pas découragé pour autant. Il croyait en son idée et savait comment la rendre rentable : son but n'était pas d'inculquer au lecteur russe la passion pour une littérature complexe aux tournures et images pour le moins peu familières. Il était persuadé que le lecteur serait attiré par des thrillers et des polars à la trame bien ficelée, mais situés dans un contexte oriental. Le concept était simple : « occidentaliser » l'intrigue, quitte à la faire se dérouler en partie en Europe ou en Amérique, tout en gardant la plupart des noms asiatiques et une foule de détails exotiques. Le succès avait été rapide. Les amateurs de littérature policière avaient découvert la collection et le bouche-à-oreille avait fonctionné à merveille dans un pays sevré de ce genre de littérature depuis la révolution d'Octobre. On s'était bientôt arraché les livres ornés d'un logo tarabiscoté aux initiales « BSEO » pour « Best-sellers d'Extrême-Orient ».

Dans la première phase d'activité, les questions de campagnes publicitaires ne s'étaient même pas posées. Il y avait si peu d'argent dans les caisses qu'il était exclu de faire passer la moindre réclame dans la presse. Il fallait seulement compter sur des couvertures attractives et la bonne appréciation des lecteurs. Avec le succès, la situation avait changé et des problèmes de stratégie commerciale avaient surgi. Un débat permanent opposait Essipov, partisan d'une politique publicitaire agressive, et Avtaïev, le directeur financier, qui veillait à économiser jusqu'au moindre kopeck.

Ce jour-là, la discussion tournait sur le lancement d'un nouvel ouvrage de BSEO et Essipov était décidé à convaincre Grigori Avtaïev d'investir une très forte somme dans une campagne de promotion tous azimuts.

– À quoi bon ? dit le directeur financier. La collection marche déjà très bien. Les ventes sont excellentes et je ne pense pas que nous ayons besoin de publicité supplémentaire.

– Je pense, moi, que nous devons essayer de gagner très vite de nouvelles parts de marché, expliqua calmement Essipov.

– Cela se produira de toute façon, s'obstina Avtaïev. La série est lancée et, dans la conjoncture actuelle du pays, l'augmentation des tirages se poursuivra toute seule. Tu sais bien que le phénomène se produit pour toutes les maisons d'édition : les ventes augmentent indépendamment de la qualité des livres, tant la demande est forte pour les ouvrages d'évasion. Pourquoi investir des fonds pour obtenir un résultat qui se produira naturellement quoi qu'on fasse ? Je ne saisis pas.

– Parce que je veux augmenter les tirages très vite. Si nous ne faisons rien, il nous faudra longtemps pour atteindre les cent ou cent vingt mille exemplaires pour chacun de nos ouvrages et nos ventes stagneront au-delà. Moi, je veux atteindre les cent cinquante mille ou les deux cent mille très vite. Ce sera autant que nous prendrons sur nos concurrents et nous fidéliserons une clientèle qui nous permettra de progresser en diversifiant nos collections.

– Bien sûr, objecta Avtaïev en avançant les mains dans un geste craintif, comme pour se protéger. Cela va nous coûter beaucoup d'argent. Et si les ventes ne suivent pas ? Il est impossible de garantir le succès d'une telle stratégie.

– On peut le garantir si on fait la bonne opération de marketing, trancha Essipov avant de se tourner vers Semion Voronets, le directeur littéraire. As-tu choisi les bonnes feuilles ?

En réalité, Essipov devait perpétuellement batailler avec ses deux principaux bras droits. Voronets suggérait inévitablement de pré-publier le meilleur passage de l'ouvrage et Essipov n'était jamais d'accord avec lui. Il estimait être le seul à voir plus loin que le bout de son nez. Aussi bien Avtaïev que Voronets avaient une vision à court terme et tous leurs efforts étaient orientés vers la meilleure vente possible du dernier ouvrage paru. Mais ce qui se comprenait dans le cadre de la sortie d'un livre isolé était contre-productif dans celui d'une collection. Le lecteur alléché par les bonnes feuilles achèterait l'ouvrage en pensant que l'ensemble était du même niveau. En constatant que ce n'était pas le cas, il penserait s'être fait avoir et n'achèterait plus le roman suivant, quelle que soit la qualité des extraits publiés dans la presse. Non ! Kirill Essipov estimait qu'en matière d'extraits il ne fallait pas choisir le meilleur, mais le plus intrigant, de manière à amener le lecteur à vouloir connaître le fin mot de l'histoire. Malheureusement, Semion Voronets était incapable de trouver de tels extraits. Il était coriace et persévérant dans la gestion des auteurs et des traducteurs et avait un sens sûr de la qualité de leur travail, mais il n'avait aucune conscience de ce qui remuait les tripes des lecteurs de thrillers ou de polars. Lorsqu'il acceptait de ne pas choisir l'extrait le mieux écrit, il se rabattait sur le passage le plus érotique ou le plus violent, ce qui ne correspondait pas forcément au contenu réel du livre. Il ne comprenait pas que les lecteurs attirés par une scène de cul ou la description d'un meurtre sanglant seraient déçus par le reste de l'ouvrage et bouderaient les autres titres de la collection. Mais comment convaincre l'obtus Voronets qui pensait, lui, qu'une montagne de cadavres ou une mer de sang constituait toujours le meilleur appât ? Comment le persuader qu'il fallait éveiller l'intérêt du lecteur potentiel en le titillant avec un conflit, un mystère, une énigme ?

Essipov parcourut l'extrait sélectionné par Semion pour être publié en trois parties dans un grand quotidien populaire. *Tout ça n'a rien à voir avec le roman*, pensa-t-il tristement. Trois hommes déploient tout leur génie des arts martiaux en combattant dans un souterrain infesté de rats. Effrayant non-sens. L'un d'entre eux – le héros, à n'en pas douter – envoie les deux autres au repos éternel, mais reste coincé avec les rats dans un dédale de caves parce qu'il vient de liquider celui qui connaissait la sortie. Il était clair que seuls les lecteurs séduits par cette scène, qui n'était nullement caractéristique du reste, achèteraient le livre. Et ils seraient déçus.

– Quel est le sujet du roman ? demanda-t-il en repoussant le texte.

– La mafia japonaise à Hollywood, répondit Voronets.

– Pourquoi ne pas trouver un passage qui l'indique ? Où est le yakuza ? Où est Hollywood ? Il faut se concentrer sur le message à faire passer.

– Mais c'est la scène la plus haletante ! se défendit le directeur littéraire, incapable d'adopter le point de vue d'Essipov.

Ce dernier secoua la tête d'un air abattu.

– Mon Dieu ! Je ne peux pas passer ma vie à répéter sans cesse les mêmes choses.

Voronets lui promit de trouver un autre extrait, mais Essipov était persuadé qu'il ne serait pas bon non plus. Il aurait fallu embaucher quelqu'un de moins borné et de plus subtil.

– Passons aux textes de présentation, reprit-il d'une voix lasse.

En plus des bonnes feuilles dans les journaux, les campagnes publicitaires comprenaient également de petits textes de présentation des futures parutions insérés à la fin des ouvrages déjà en vente. Voronets était chargé de les rédiger, mais, s'il savait très bien juger du style des autres et les pousser à s'améliorer, il était lui-même incapable de faire des résumés convenables. Saisir la trame de l'histoire et la concentrer en quelques lignes remplies de mystère était au-dessus de ses capacités. Il en était lui-même conscient et se défaussait souvent de ce travail sur les auteurs et les traducteurs, le résultat n'étant guère plus brillant. Essipov avait décidé de confier cette tâche à un rédacteur publicitaire, mais le radin Avtaïev s'y était opposé : embaucher quelqu'un pour un travail qui pouvait être fait par le personnel existant ? Jamais !

Essipov avait cédé, mais le regrettait de plus en plus.

– Grigori, nous ne pouvons pas continuer comme ça, dit-il en se tournant vers son directeur financier. Il faut embaucher un spécialiste. Les résumés que nous faisons actuellement ne servent à rien.

Avtaïev trouva là l'occasion d'enfourcher son cheval de bataille favori :

– Si ça ne sert à rien et que nos livres se vendent, c'est bien la preuve que…

– J'ai dit qu'il fallait embaucher un spécialiste et c'est très exactement ce que nous allons faire, l'interrompit Essipov.

Il voulait ajouter : « Et si tu n'es pas d'accord, trouve-toi une maison d'édition où tu pourras faire des économies à ta guise », mais il se retint. C'étaient des choses qu'il ne pouvait pas dire. Il préféra ajouter calmement :

– Je suis sûr, Gricha, qu'il ne faudra pas bien longtemps pour te convaincre que les investissements publicitaires ne sont pas du gaspillage. Je t'en donne ma parole. Autre chose : n'oubliez pas, tous les deux, que l'anniversaire de Volodia tombe vendredi. Bloquez l'après-midi. Nous irons lui présenter nos vœux.

Le visage d'Avtaïev se ferma encore plus. Un cadeau d'anniversaire pour le meilleur traducteur de la maison, ce n'était pas une plaisanterie. Impossible de s'en tirer avec des fleurs et une bouteille. Il fallait un article de prix. Et qui donc allait payer ?

Essipov contempla Avtaïev et Voronets qui sortaient de son bureau. Le directeur général des Éditions Shere Khan se dit qu'il portait sur ses épaules le fardeau de leur travail en plus du sien propre. Et il n'y avait pas moyen de faire autrement. Il ne pouvait pas les virer. Il était trop lié à eux.

*

Soloviov avait du mal à s'habituer à son nouvel assistant. Depuis qu'il était pris au piège dans son fauteuil roulant, il avait un « secrétaire » qui faisait également fonction d'infirmier, majordome, garçon de courses, cuisinier, chauffeur et valet. Au départ, on lui avait conseillé d'embaucher une femme. Il avait refusé. Certes, la plupart de ces tâches étaient essentiellement féminines et n'exigeaient aucun travail de force, mais il se savait incapable de supporter la présence et la pitié de la femme qui s'occuperait de lui. L'époque où il multipliait les conquêtes qui l'aimaient pour sa force, sa volonté et son courage était encore trop présente à son esprit.

Son premier secrétaire était un gars agréable qui faisait consciencieusement son travail, mais dont l'ambition se limitait à un emploi sans possibilité de carrière. Soloviov lui payait des gages plus que décents et lui permettait d'utiliser la voiture dans son temps libre. Il s'avéra très vite qu'en entrant au service de l'invalide, il était surtout intéressé par la possibilité d'être logé sur place et d'obtenir ainsi un permis de résidence à Moscou. Dès que le résultat avait été atteint, il s'était trouvé un appartement et avait démissionné. Ses éditeurs lui présentèrent alors son deuxième assistant : un jeune homme qui travaillait aux entrepôts. Il n'était pas resté très longtemps : empoté et intellectuellement limité, il oubliait d'accomplir la moitié des tâches que son patron lui assignait. De plus, Soloviov le soupçonnait de s'approprier ce qui ne lui appartenait pas : de menus objets disparaissaient et les « erreurs » dans les comptes étaient trop fréquentes pour incriminer le seul hasard.

Soloviov en était à son troisième secrétaire. Essipov en personne le lui avait envoyé avec ses plus plates excuses pour le précédent candidat et en lui promettant que celui-là serait excellent. Il s'appelait Andreï.

Cette fois, l'invalide avait considéré la situation avec prudence. Les deux expériences ratées lui avaient permis de prendre la mesure de sa vulnérabilité et de son besoin de se reposer sur quelqu'un complètement et en toute confiance. Il avait donc décidé d'avoir une bonne conversation avec Andreï avant de le prendre à son service.

– Quel âge avez-vous ? lui avait-il demandé dès le début de l'entretien.

– Vingt-cinq ans.

– Famille ?

– J'ai mes parents, mais je ne suis pas marié.

– Vous habitez chez eux ?

– Non, je loue un appartement.

– Niveau d'études ?

– J'ai eu mon bac.

– Vous avez fait l'armée ?

– Bien obligé.

– Dites-moi, Andreï, qu'est-ce qui vous intéresse dans ce travail ? Il n'y a aucune perspective de carrière.

– Il me sera impossible de faire carrière où que j'aille, avait-il répondu avec un sourire résigné. Pour avoir de l'avancement, il faut avoir un caractère que je n'ai pas. Il faut être agressif, tenace et rapide. Je ne suis pas comme ça.

– Vous allez être obligé de déménager pour vous installer ici, l'avait alors prévenu Soloviov.

– Oui, je sais. Ils m'ont prévenu.

– Et que vous ont-ils dit d'autre ?

– Que je devrais conduire, être capable de faire une cuisine décente, ne pas boire et être précis et attentif dans le travail. Accomplir mes tâches sans rien oublier.

– Vous vous en sentez capable ?

– Je crois. Ma mère n'arrête pas de me répéter que j'aurais dû être une fille.

Avec ses lunettes, il avait l'air sérieux et efficace. Soloviov s'était dit qu'il pourrait faire l'affaire. D'ailleurs, il n'avait pas d'autre choix. En tout cas, au cours des deux semaines qui s'étaient écoulées depuis, Andreï s'était acquitté de ses tâches sans problème. Soloviov, rendu prudent par l'expérience, n'avait pas baissé la garde pour autant. À la fin de la matinée, il avait envoyé son assistant en ville pour faire les emplettes destinées à son buffet d'anniversaire.

Il aurait déjà dû être rentré, se dit Soloviov dans un mouvement d'humeur. La nuit commençait à tomber et il avait peur de rester seul dans le noir.

Le bruit du moteur d'une voiture lui parvint à travers la fenêtre, puis le claquement d'une portière et le cliquetis de la serrure de la porte d'entrée. Depuis son bureau au rez-de-chaussée, l'invalide pouvait entendre le moindre des pas d'Andreï. Allait-il d'abord décharger la voiture, ou aurait-il le bon goût de venir rendre compte tout de suite ?

La silhouette d'Andreï se dessina sur le seuil et l'irritation de Soloviov baissa d'un cran.

– Bonsoir. Navré pour le retard.

Il comprenait donc qu'il était tard. C'était bon signe.

– Qu'est-il donc arrivé ? demanda Soloviov en s'efforçant de rester impassible pour qu'Andreï ne remarque pas son irritation.

– Le traiteur n'avait pas certains des zakouskis que vous vouliez et j'ai dû attendre qu'ils me les préparent.

– Comment ça ? Ils les ont faits spécialement pour vous ?

– Non, le détrompa Andreï avec un sourire satisfait. Spécialement pour *vous*. Je suis allé voir la directrice et lui ai remis une de vos traductions en lui expliquant que c'était votre anniversaire. Son mari est un grand amateur des « Best-sellers d'Extrême-Orient » et elle a accepté de prendre ma commande et de la réaliser en un temps record.

– Vous avez pris le bouquin dans ma bibliothèque ?

– Pas du tout. Je l'ai acheté en chemin. À tout hasard. Vous savez comment se passent les choses, chez nous. Et cela m'a bien servi.

Un gars débrouillard, se dit Soloviov, agréablement surpris. Et pas très intéressé : il avait acheté le livre avec ses deniers alors qu'il aurait très bien pu lui en demander un exemplaire. Il ne le lui aurait pas refusé.

– En tout cas, j'ai réussi à tout acheter : boissons et nourriture. Je vais décharger la voiture, puis je préparerai le dîner. À moins que vous ne préfériez manger d'abord ?

– Non, non. Faites comme vous l'avez dit. Je n'ai pas très faim.

Le jeune homme se retira et Soloviov retourna à sa traduction. Il disposait encore d'une dizaine de jours pour la rendre – à la mi-avril, il était dans les temps. Il détestait faire les choses au dernier moment et préférait terminer avant l'échéance pour relire le manuscrit à tête reposée.

Après le dîner, Soloviov s'installa au salon, devant la télé.

– Andreï ! s'écria-t-il soudain. J'ai oublié de vous rappeler d'appeler le masseur, ce matin.

– C'est fait, lui répondit son secrétaire. Vous m'en avez parlé hier. Il sera là demain matin à dix heures.

– Merci, Andreï, lui lança Soloviov, soulagé.

Son masseur passait toujours à dix-sept heures, un jour sur deux. Évidemment, le lendemain, jour de son anniversaire, des visiteurs ne manqueraient pas de se présenter. Comme il n'avait invité personne à une heure précise, des gens risquaient d'arriver à n'importe quel moment après le déjeuner. Mais il n'aurait manqué son massage pour rien au monde : après, il avait l'impression d'être un autre homme.

Bien ! se dit-il. *Ce garçon n'a pas une tête de linotte. Encore un bon point pour lui.*

Cette nuit-là, il eut du mal à s'endormir. Il était vaguement inquiet pour le lendemain, mais sans savoir pourquoi. Ce jour n'avait pourtant rien de particulier. Ce ne serait qu'un anniversaire de plus. Ce n'était certainement pas le premier et sans doute pas le dernier non plus. Il ne comprenait pas ce qui le troublait. Il avait comme la prescience d'une catastrophe.

Sa chambre était au rez-de-chaussée et celle d'Andreï au premier, juste au-dessus de la sienne. À la clarté jaune qui filtrait par la fenêtre, Soloviov voyait bien qu'Andreï n'avait pas encore éteint, et cela le perturbait aussi. Il était quand même une heure du matin. Qu'est-ce qui tenait le garçon encore éveillé ? Normalement, il aurait dû dormir du sommeil du juste. Souffrait-il d'insomnie, lui aussi ? Et si oui, pourquoi ? Conscience coupable ? Souffrance spirituelle ? Seigneur ! Il devenait ridicule !

La lumière s'éteignit enfin et Soloviov se calma. Il avait fini par s'assoupir lorsqu'il entendit des pas. Quelqu'un descendait prudemment la rampe du premier. Quelqu'un ? Cela ne pouvait être qu'Andreï.

Soloviov ouvrit les yeux, mais aucune clarté ne tombait de la fenêtre. Pourquoi n'avait-il pas allumé s'il avait besoin de descendre ? Pourquoi rôdait-il dans le noir ? Son cœur battait la chamade et ses oreilles tintaient.

Les pas se rapprochèrent et, même s'ils étaient prudents et étouffés, Soloviov n'avait aucun mal à les distinguer. Ils résonnaient dans sa tête d'une manière insupportable.

– Andreï ! cria-t-il en allumant sa lampe de chevet.

La porte s'ouvrit rapidement. Andreï se tenait sur le seuil, seulement vêtu d'un short, les pieds nus.

– Je suis navré de vous avoir réveillé, s'excusa-t-il, embarrassé. J'ai pourtant essayé de ne pas faire de bruit.

– Je ne dormais pas, dit Soloviov, sèchement. Qu'y a-t-il ? Qu'est-ce que vous faites debout en pleine nuit ?

– Je m'endormais lorsque je me suis rappelé que je n'avais pas rangé le beurre dans le frigo. Je faisais vraiment beaucoup de bruit ?

– Non, mais j'ai l'ouïe fine, bougonna Soloviov. Rangez le beurre et allez vous coucher.

Il éteignit la lumière et se recroquevilla sous les couvertures. Il avait honte. Tout de même… avoir peur du moindre bruit, comme un bébé ! Il devait prendre sur lui et décider une fois pour toutes qu'il n'y avait pas de quoi être effrayé. Après tout, il n'y avait aucun objet de valeur dans la maison ; les voleurs n'avaient aucune raison de s'attaquer à lui. C'était ridicule d'être aussi lâche. Il devait se ressaisir.

*

Curieusement, il se réveilla d'excellente humeur. Le soleil brillait et c'était son anniversaire. Certes, il était invalide, mais cela n'avait pas la moindre importance. C'était jour de fête et il fallait le célébrer dignement.

Il resta au lit jusqu'à l'arrivée du masseur, puisqu'il devait se déshabiller de toute manière. L'homme de l'art se présenta à dix heures pile, comme promis. Quarante minutes plus tard, Soloviov se sentait en meilleure forme. Des picotements parcouraient son épiderme et il avait l'impression que ses muscles atrophiés avaient retrouvé de la vigueur. Après le massage, il prit un bain et se fit un shampooing. Il se sécha, se rasa, puis il enfila une chemise de soie grise, un pull gris sombre assorti et passa dans la cuisine, où Andreï avait dû lui préparer le petit déjeuner.

La première chose qu'il vit fut un énorme bouquet au milieu de la table. Andreï souriait.

– Joyeux anniversaire, Vladimir Alexandrovitch ! s'écria-t-il en lui tendant un grand paquet cadeau. Je vous présente mes meilleurs vœux et j'espère que vous aurez plaisir à vous souvenir de cette journée tout au long des douze prochains mois.

Soloviov était aux anges. Les peurs de la nuit s'étaient envolées, à jamais, lui semblait-il, et il était heureux de partager avec Andreï cet état d'esprit.

Il défit le paquet et la surprise manqua de l'étrangler. C'était un paysage stylisé à la manière traditionnelle des estampes japonaises. Soloviov ne s'était jamais considéré comme un véritable spécialiste en matière artistique et il évaluait les œuvres d'art d'une manière sobre et simple : d'un côté il y avait celles qu'il aimait, et de l'autre, tout le reste. Et cette lithographie lui plaisait. Il en tomba instantanément amoureux.

– Merci, Andreï ! s'écria-t-il avec chaleur. Merci beaucoup. C'est un magnifique cadeau. Une merveilleuse illustration. À votre avis, où serait-elle le plus en valeur ? J'aimerais l'accrocher dans mon cabinet de travail, puisque c'est là que je passe le plus clair de mon temps et que cela me fera plaisir de la regarder.

– Ce sera parfait, dit Andreï. Nous nous occuperons de trouver le meilleur endroit après le déjeuner. Car avant, j'ai une surprise.

– Une autre ?

– Puisqu'il est déjà onze heures trente, au lieu d'un banal petit déjeuner, j'ai préparé un véritable déjeuner à l'européenne.

Tout en parlant, il sortit du four une énorme pizza et la posa sur la table. Soloviov constata avec surprise qu'il s'agissait d'une « Quatre saisons », sa préférée. Comment avait-il bien pu savoir ?

– Pour commencer une salade César avec tomates et fromage, puis la pizza et, pour finir, un bon café avec du strudel. Et comme nous avons tout notre temps, nous pourrons prolonger le plaisir pendant au moins une bonne heure.

– Génial ! s'écria Soloviov en se rendant soudain compte qu'il avait grand faim.

Quel curieux jeune homme ! Avec quelle subtilité il comprenait son humeur et ses goûts. Soloviov appréciait beaucoup la cuisine italienne et Andreï devait le savoir par les gens de Shere Khan.

Longtemps auparavant, au début de sa collaboration avec la maison d'édition, Soloviov et sa femme, Svetlana, avaient été les invités d'Essipov lors d'un circuit en Italie. L'éditeur était accompagné de sa petite amie de l'époque et Grigori Avtaïev, qui était aussi du voyage, avait emmené son fils. Ils avaient vraiment pris du bon temps ! Quelque part, Soloviov était touché qu'ils se soient donné la peine d'expliquer à Andreï ses goûts et ses habitudes. C'étaient vraiment de braves gens qui appréciaient son travail.

La salade était exactement comme il le fallait et ce fut une autre heureuse surprise.

– Vous l'avez préparée vous-même ? demanda-t-il en se resservant.

– Oui, bien sûr. J'ai trouvé la recette dans un livre de cuisine. Quelque chose qui ne va pas ?

– Non, pas du tout. C'est parfait. Et la pizza ?

– Je l'ai commandée. Je ne sais pas très bien faire la pâte... Vladimir Alexandrovitch, j'y pense, Essipov a appelé ce matin pour demander quelle heure vous conviendrait le mieux pour une visite. J'ai pris la liberté de lui répondre qu'il pouvait venir quand il voulait après cinq heures. Mais si ça ne va pas, je peux le rappeler.

– Après cinq heures, c'est parfait. Pas d'autres coups de fil ?

– Aucun.

L'espace d'un instant, une vague de tristesse submergea Soloviov. Il n'était pas loin le temps où le téléphone commençait à sonner dès l'aube, le jour de son anniversaire. Les gens appelaient pour lui présenter leurs vœux et s'enquérir de l'heure où ils pouvaient passer, demandant même s'ils pouvaient amener un ami. Et maintenant...

Il chassa ces sombres pensées. *Tout va bien, Soloviov, pas la peine d'en faire tout un plat. Les gens n'aiment pas le spectacle de la souffrance et tu ne peux pas les blâmer pour ça. Et toi ? Au cours de l'année écoulée, combien de fois as-tu appelé un vieil ami pour lui souhaiter son anniversaire ? C'est toi qui as déménagé et as changé de numéro. Bien sûr, ton fils Igor est resté à l'ancien appartement, mais tu ne peux quand même pas espérer qu'il donne tes nouvelles coordonnées à ceux qui appellent ! De plus, ça doit être la java perpétuelle chez lui. N'importe quel copain peut décrocher le téléphone et répondre : « Vladimir Soloviov n'habite plus ici. » C'est la manière la plus simple de se débarrasser d'un gêneur.*

– Après le repas, nous irons faire un tour, décida-t-il. Il fait beau et c'est une honte de rester enfermé par un temps pareil.

*

Son humeur changea brutalement pendant la promenade, mais il ne parvint pas à en déterminer la raison. Rien ni personne ne l'avait contrarié, mais il se sentit soudain déprimé. Il avait commis une erreur en acceptant de fêter son anniversaire. Il aurait dû dissuader quiconque de venir. Un invalide solitaire doit mener une vie d'ermite, au lieu de chercher à ressembler aux gens bien portants.

Andreï poussait le fauteuil roulant tout le long du chemin pavé qui faisait le tour du lotissement. L'air du printemps était chaud et délicieux et Soloviov éprouvait du plaisir à le respirer profondément, mais il avait envie de retourner à ses traductions. Il n'était indépendant que dans son travail. Et pas seulement indépendant : irremplaçable.

Il faillit demander à Andreï de faire demi-tour, mais se retint. À quoi bon lui laisser deviner que son humeur avait changé ? Il avait fait de grands efforts pour transformer cette journée en un événement particulier. Il lui avait acheté un magnifique cadeau et lui avait préparé un bon déjeuner. Sans doute serait-il triste de constater la vanité de ses efforts.

Mais qu'est-ce que j'ai ? se demanda Soloviov. *À quoi bon me soucier de ses sentiments ? Andreï n'est ni un parent, ni un ami. Il travaille pour moi. Et ce qu'il pense ne doit pas m'affecter le moins du monde.*

– C'est peut-être l'heure de faire demi-tour, suggéra-t-il calmement en s'efforçant de ne pas laisser transparaître son aigreur soudaine. Il me reste encore du travail.

– Bien entendu, Vladimir Alexandrovitch. À votre guise,

répondit le jeune homme en faisant faire demi-tour au fauteuil roulant.

Une fois chez lui, Soloviov s'enferma dans son travail et son moral s'améliora très vite. Il se plongea dans les idéogrammes, les transformant avec facilité en des phrases russes parfaitement ciselées tout en respectant le brio de l'auteur dans le développement de la trame. Il fut tiré de sa concentration par le bruit d'une voiture qui se garait devant l'entrée. Surpris, il regarda l'heure. S'il était déjà cinq heures, il n'avait pas vu le temps passer. Mais non ! Il n'en était que trois. La sonnette tinta. Il entendit les pas rapides d'Andreï et le cliquetis de la serrure. Puis une voix de femme qu'il ne reconnut pas. *Sans doute quelqu'un qui s'est trompé et cherche la maison d'un voisin*, pensa-t-il. Il se trompait. Moins d'une minute plus tard, Andreï frappait à la porte et passait la tête par l'entrebâillement.

– Vladimir Alexandrovitch, une visite pour vous.

Soloviov propulsa son fauteuil roulant jusqu'au séjour. Au milieu de la pièce se tenait une grande blonde. Elle portait un ample pull blanc et un pantalon serré qui moulait ses hanches étroites. Au début, il ne la reconnut pas. Cela faisait des lustres qu'ils ne s'étaient pas vus et, pendant tout ce temps, Soloviov n'avait pratiquement pas pensé à elle. Il l'avait simplement effacée de sa mémoire, comme une donnée superflue et inutile.

– Bonjour, Soloviov, dit-elle doucement. Joyeux anniversaire !

Il se sentit la bouche sèche. Enfin il la reconnaissait et se souvenait d'elle.

– C'est toi ?

– C'est moi, comme tu vois.

2

Ils prirent le café dans le salon confortable. Andreï était monté dans sa chambre. Nastia observait avec curiosité l'homme qu'elle n'avait pas revu depuis plus de dix ans. Il n'avait pas beaucoup changé, à part le fauteuil roulant. Le beau visage viril était resté le même, ainsi que la douceur du regard, chaleureux et perspicace. Les cheveux châtain clair étaient toujours épais, même si quelques rares cheveux gris étaient visibles sur les tempes.

– Quel est le but de ta visite ?

– Un caprice féminin, répondit-elle évasivement.

Soloviov sourit franchement.

– C'est nouveau. Je ne me rappelle pas que tu étais capricieuse.

– J'ai changé.

– Beaucoup ?

– Beaucoup. Volodia, tu ne peux même pas t'imaginer à quel point.

– Je suis toujours heureux de te voir.

– Merci. C'est agréable à entendre.

– Mais pourquoi es-tu venue ? Tu ne m'as jamais souhaité mon anniversaire depuis notre rupture.

– Pourquoi je suis venue ? Je l'ignore. Sans doute voir ce que tu étais devenu. Je t'ai tout de même aimé, bien que tu ne sembles pas souhaiter t'en souvenir.

– Ce que je suis devenu ? demanda Soloviov d'un ton

qui laissait transparaître sa colère. Je suis veuf, invalide et impuissant. Satisfaite ?

– Je suis désolée, répondit-elle doucement en le regardant droit dans les yeux. Tu veux qu'on en parle ?

– Non ! C'est inutile. En parler n'améliore rien.

– Bien, alors n'en parlons pas.

Son regard se fit plus chaud et, l'espace d'un instant, Nastia tomba sous le charme de ses yeux gris.

– Toi, tu n'as pas changé du tout, constata-t-il, presque gaiement. Toujours aussi futée. Habile à tourner les choses à ton avantage. Que fais-tu dans la vie ? Tu es dans les affaires, à amasser les dollars ?

– Bien sûr. Nous autres avocats travaillons tous dans les affaires, maintenant.

– Surtout avec ta connaissance des langues étrangères. Tu en parles trois, si je me souviens bien.

– Cinq, le corrigea-t-elle avec une petite moue satisfaite. L'anglais, le français, l'espagnol, l'italien et le portugais. En réalité, tu as raison : les langues latines sont tellement voisines qu'on peut les considérer comme les dialectes d'un seul et même idiome.

– Je suis content que tu n'aies pas gaspillé ton intelligence et ton don des langues en entrant dans la milice. Je me souviens à quel point tu t'inquiétais de ne pas être acceptée au ministère de l'Intérieur à la fin de tes études. Ce que tu voulais endosser l'uniforme à l'époque ! Aujourd'hui, tu dois en rire, non ? Les avocats expérimentés valent leur poids en or, actuellement, surtout lorsqu'ils sont spécialisés en droit financier et immobilier. Les gens les plus riches de Russie.

Cela faisait des années que Nastia avait eu le temps de s'habituer à ce genre de conversation. Au début, cela ne lui avait pas plu. Puis elle avait fini par s'habituer au fait que beaucoup de gens considéraient bizarrement son goût pour le travail de flic.

– Ta boîte marche bien ?

– Pas trop. Tu connais ma passion pour la légalité. Je ne pourrais pas travailler pour un cabinet qui gagne des fortunes de manière illégale. Lorsqu'on respecte la loi et qu'on déclare correctement ses revenus, il est impossible de gagner beaucoup d'argent, de nos jours.

– Assez en tout cas pour te payer une voiture, fit-il remarquer.

– C'est celle de mon mari.

– Tu es mariée ?

Il ne put dissimuler sa surprise et elle eut du mal à ne pas éclater de rire. Soloviov était toujours aussi vaniteux. Pensait-il réellement qu'elle allait le regretter jusqu'à son dernier soupir ?

– Et qui est l'heureux élu ? Un « nouveau Russe » qui a fait fortune dans les affaires ?

– Non, un scientifique, titulaire d'un doctorat d'État, professeur, membre correspondant de l'Académie des sciences, etc., etc. Avec une voiture en prime.

– Un bon parti, reconnut-il. Avec un mari aussi âgé, la perspective de devenir une jeune veuve ne t'inquiète pas ?

– Pas le moins du monde.

Elle suivait le cheminement tortueux de sa pensée. Il croyait sans doute qu'un académicien pareillement couvert d'honneurs ne pouvait être qu'un vieux monsieur. Elle avait donc décidé de prendre un amant et avait pensé à lui pour tenir ce rôle. C'était plus simple que de s'en chercher un nouveau. Au moins, avec les vieux on sait à quoi s'en tenir et on n'est pas déçu. Il devait être persuadé qu'elle était venue après avoir entendu parler de son veuvage, sans rien savoir de son infirmité. D'ailleurs, il n'allait pas tarder à en parler, si le raisonnement qu'elle lui prêtait était exact.

– Tu dois être déçue de me trouver ainsi…

Tout juste. Il n'avait pas changé. Elle pouvait toujours lire en lui.

– De te trouver comment ? lui demanda-t-elle avec douceur. Ça fait une demi-heure que nous discutons et je ne sais toujours pas ce que tu veux dire. Veux-tu que je fasse encore un peu de café ?

– Ne t'en fais pas, Andreï va s'en charger.

Il pressa un bouton sur une petite boîte carrée, posée sur la table, et des pas retentirent presque tout de suite à l'étage. Le secrétaire descendait.

– Tu es devenu un véritable aristocrate, dit-elle en plaisantant. Un majordome pour préparer le café ?!

Il ne répondit pas, se contentant de poser fixement les yeux sur elle. Elle se sentit aussitôt mal à l'aise, comme au moment où son regard l'avait fait fondre pour la première fois. Éprouvait-elle encore des sentiments pour lui ? Non, impossible. À l'époque, il exerçait un véritable ascendant sur elle : elle avait vingt-trois ans et sortait à peine de la fac de droit. Il pouvait faire d'elle ce qu'il voulait. Elle était prête à tout supporter et lui pardonner parce qu'elle était éperdument amoureuse de lui. Ce n'était plus le cas. Elle ne ressentait plus le moindre sentiment pour lui et ne se laissait plus manipuler par personne, même par plus fort qu'elle.

– Tu attends des invités ? demanda-t-elle après qu'Andreï leur eut servi le café avec des parts de strudel avant de retourner dans sa chambre.

Soloviov hocha vaguement la tête.

– Quelques-uns, oui.

– À quelle heure ?

– Après cinq heures. Pourquoi ?

– Si tu ne veux pas qu'ils me voient ici, dis-le-moi. Je partirai avant.

– Absurde. Pourquoi devrais-je te cacher ?

– Je ne sais pas. J'ignore ta situation actuelle. Tu attends peut-être une dame.

– Détends-toi. Je n'attends que des hommes.

– Bien, j'en suis heureuse. Cela signifie que je ne suis pas venue en vain.

Elle posa sa tasse, se leva et se plaça derrière lui en lui passant les bras autour du cou et en appuyant sa joue sur ses cheveux ondulés.

– Soloviov, tu es vraiment stupide, soupira-t-elle. Comment est-il possible que tu n'aies pas grandi depuis douze ans ?

Elle le sentit se tendre. Tentait-il de dissimuler qu'il était gêné par son contact ou qu'il avait envie de l'embrasser ?

– Et toi ? Tu as grandi ?

– C'est ce que je tente de découvrir. C'est pour ça que je suis là.

– Je crois que j'ai manqué un épisode…

Sa voix était pincée, même s'il semblait s'être un peu détendu.

– Je veux simplement savoir si tu as arrêté de me troubler. Soloviov, tu me perturbes depuis des années. Il m'arrive encore de penser à quel point je t'ai aimé et je veux savoir si c'est fini ou non. D'une manière ou d'une autre, il vaut mieux une certitude, même si cela ne fait pas plaisir, plutôt que de rester sur des suppositions.

– Et à quoi cela va-t-il te servir de savoir ?

Il pencha la tête de manière à poser sa joue sur la main de la jeune femme.

– Cela m'aidera à comprendre si je me suis débarrassée de cet amour ou si je cours toujours après lui en tenue de jogging. J'aurai trente-six ans cette année. Le milieu de la vie, si l'on peut dire. Je veux mettre de l'ordre en moi avant de passer ce cap.

Nastia était incapable de dire quelle part de vérité elle venait d'instiller dans son mensonge. Elle avait préparé cette explication parce qu'elle correspondait à son style et à son caractère et ne risquait pas de surprendre quelqu'un qui la connaissait bien. Pourtant, à mesure qu'elle parlait, elle se demandait si les mots qu'elle prononçait ne traduisaient pas une vérité plus profonde et si là n'était pas la vraie raison de sa visite à son ancien amant, plutôt que l'enquête sur la disparition des adolescents bruns. Elle appréciait le contact de la joue de Soloviov sur sa main, l'odeur de ses cheveux. Et son chaud regard lui procurait toujours le même plaisir trouble. En présence de cet homme, elle retrouvait les sensations agréables qu'elle avait connues si longtemps auparavant.

Elle entendit des pas calmes derrière elle : Andreï était de retour. Sans se retourner, elle se pencha sur son lointain amant et l'embrassa doucement sur les lèvres.

– Je vous demande pardon, Vladimir Alexandrovitch, dit le secrétaire. Dois-je dresser la table ?

Nastia se redressa lentement et s'étira voluptueusement.

– C'est une bonne idée, n'est-ce pas Soloviov ? Il faut songer à nourrir tes visiteurs. Même s'ils ne sont pas invités. Je vous prie de m'excuser, Andreï, mais n'attendez aucune aide de ma part à la cuisine. Je ne suis pas bonne dans ce genre d'activités. Si cela ne vous fait rien, je resterai ici, à profiter de la compagnie de Volodia dont j'ai été privée pendant tant d'années. Aucune objection, Soloviov ?

Elle se rassit sur le canapé et porta sa tasse de café froid à ses lèvres.

– Comment va ta mère ? demanda le maître des lieux.

– Florissante. Elle a travaillé quelques années en Suède, mais elle est revenue au pays. Avoue que tu étais secrètement amoureux d'elle.

Il partit d'un rire spontané et gai. Il se souvenait toujours avec plaisir de ses années d'étudiant et de son directeur de thèse, Nadejda Kamenskaïa, une femme aussi belle et élégante que douée dans son travail universitaire.

– Tout juste. Tous les hommes, des adolescents aux vieux garçons, étaient amoureux d'elle. Je l'adorais autant que je la craignais. À propos, Nastia… j'ai vu par hasard quelques ouvrages traduits par une certaine A. Kamenskaïa. Il s'agit bien de toi, n'est-ce pas ?

– Oui. Ma mère s'est tellement décarcassée à m'enseigner les langues que je me ferais l'effet d'une ingrate si je n'en profitais pas. Cela me permet de les pratiquer en m'amusant, tout en me faisant de l'argent de poche.

Peu à peu, ils se détendirent et ils finirent par bavarder comme s'ils ne s'étaient jamais quittés. Le visage d'Andreï restait impénétrable. À deux ou trois reprises, Nastia tenta bien de le prendre à témoin pour l'impliquer dans la conversation, mais il répondit évasivement et prétendit avoir affaire à la cuisine. Lorsque la sonnette de la porte d'entrée retentit vers dix-huit heures trente, il sembla pousser un soupir de soulagement.

Nastia considéra les nouveaux arrivants : les dirigeants des éditions Shere Khan avec qui Soloviov entretenait des rapports de travail particulièrement étroits. Les trois hommes appartenaient clairement à ces « nouveaux

Russes » qui roulaient dans des voitures de luxe étrangères, ne coupaient jamais leurs téléphones cellulaires et avançaient des chiffres de centaines de milliers de dollars sans avoir l'air d'y toucher. Elle surprit vite les regards cauteleux qu'ils lui lançaient tous les trois, malgré tous leurs efforts pour faire semblant de ne pas la remarquer, la laissant ostensiblement hors de leur conversation avec le maître des lieux et son assistant sur des sujets éditoriaux auxquels elle n'entendait rien.

Elle en eut rapidement assez de cette démonstration outrancière de supériorité masculine. En d'autres circonstances, elle serait partie sans tarder, mais elle était en service. Elle mit ses émotions dans sa poche et ravala son ego pour rester de marbre. Elle voulait avoir un poste d'observation dans le lotissement et cela signifiait qu'elle avait besoin de cette maison et de Soloviov et qu'elle devrait serrer les dents et supporter le traitement qu'on lui infligeait.

En essayant de ne pas trop se faire remarquer, elle quitta la pièce pour passer dans le grand vestibule, décrocha sa veste de la penderie et la mit sur les épaules avant de passer dans la véranda. Les marches du perron étaient doublées par un plan incliné destiné au fauteuil roulant. Les fenêtres du rez-de-chaussée étaient éclairées et laissaient filtrer des rires et des voix animées. Soudain, elle se sentit brutalement envahie par la sensation d'être terriblement seule et inutile.

Elle alluma une cigarette. Qui croyaient-ils donc qu'elle était, ces éditeurs ? Une croqueuse de diamants un peu sur le retour à la recherche d'un riche mari ? Une aventurière qui avait jeté son dévolu sur une proie facile, un invalide qui pouvait difficilement espérer trouver une jeune beauté ? Oui, c'était certainement ce qu'ils voyaient. C'était pour ça qu'ils l'ignoraient ou lui lançaient des regards ostensiblement méprisants, l'air de dire : n'y compte pas, fillette, ce n'est pas ta pointure. Pour toi, le riche Soloviov est aussi inaccessible que la Lune. Elle se demanda comment ils l'auraient regardée si elle s'était donné la peine de se maquiller et de s'habiller avec les vêtements que sa mère lui avait rapportés de Suède. Au besoin, elle savait se montrer très séduisante. Mais elle ne pensait jamais que c'était nécessaire, sauf pour les besoins du service. Dans sa vie personnelle, elle préférait s'habiller de manière simple et confortable. Attirer l'attention ne l'intéressait pas.

– Vous prenez le temps de souffler au milieu des agapes ? dit une voix près d'elle.

Surprise, elle se retourna. Sur les marches se tenait un drôle de bonhomme avec une grande moustache tombante et épaisse, comme celle des Cosaques dans les vieilles toiles du XIXe siècle. La quarantaine, il commençait à se dégarnir et portait un costume de marque et une cravate en soie assortie. Elle remarqua aussi qu'il tenait un paquet sous le bras. Comme il était venu à pied, elle se dit qu'il s'agissait d'un voisin.

– Pas exactement. J'offre un « break » aux autres invités, répondit-elle sur le ton de la plaisanterie. Mon air sévère intimide tout le monde.

– Il y en a beaucoup ? demanda le Cosaque avec une pointe d'incertitude.

– Non. Trois seulement. Entrez, s'il vous plaît. La porte est ouverte.

– Je ne sais pas si je dois. Je suis venu en pensant qu'il n'y aurait encore personne. Je voulais juste donner son cadeau à Vladimir Alexandrovitch. Mais s'il y a des gens, je ne vais pas entrer…

– Pourquoi ?

Son embarras augmentant, Nastia le trouva très sympathique.

– Eh bien… C'est gênant. Je ne connais personne. Non, je reviendrai demain.

– C'est bête. Les cadeaux et les vœux perdent tout leur charme s'ils arrivent trop tard. Leur magie n'est valable que le jour même. Moi non plus, je ne connais pas ces gens. Mais ce n'est pas une raison. Faisons connaissance et présentons un front commun contre ces étrangers !

Avec un clin d'œil joyeux, elle tendit la main au moustachu.

– Anastasia, dit-elle en se présentant. Je suis une vieille amie de Soloviov. C'est un ancien élève de ma mère.

– Je suis un voisin, dit-il en lui serrant chaleureusement la main. Vous pouvez m'appeler Genia.

Nastia jeta sa cigarette, donna d'autorité le bras à Genia et l'entraîna littéralement à l'intérieur de la maison.

– J'amène un visiteur, lança-t-elle du seuil de la pièce.

La contrariété qui s'afficha sur le visage des trois éditeurs lui tira un sourire satisfait.

– Je vous présente Genia, un voisin de Volodia.

Andreï se leva aussitôt et remplit un verre de champagne pour le nouveau venu et le lui porta sur un petit plateau argenté.

– Genia, c'est à vous de porter un toast ! s'écria Nastia tandis que la troïka de Shere Khan interrompait la discussion à contrecœur.

Ils se tournèrent vers le Cosaque et levèrent leur verre.

– Volodia, commença ce dernier mal à l'aise, en cherchant ses mots. Je vous présente mes meilleurs vœux… Je ne sais même pas ce qu'il faut vous souhaiter… C'est-à-dire… Je suis très heureux de constater que vous n'êtes pas seul en cette occasion. Il est très important d'être entouré de gens qui ont besoin de vous et viennent non pas en vertu d'une quelconque obligation, mais parce que ça leur fait plaisir. Après tout, la chose la plus importante dans la vie est d'être nécessaire aux autres. Je souhaite de tout cœur qu'il y ait toujours du monde dans votre maison et qu'elle ne soit jamais oubliée.

– Merci mille fois, Genia, répondit Soloviov avec une chaleur non feinte. Je vous suis très reconnaissant d'être venu et je bois avec plaisir à chacune de vos paroles.

– Approchons-nous de la table, chuchota Nastia à l'oreille de Genia. Ils parlent de leurs affaires qui n'ont aucun intérêt pour nous, mais la table est couverte de mets délicieux. Profitons-en…

Elle l'entraîna jusqu'à un sofa, près du buffet, où elle le força littéralement à s'asseoir. Il était évident qu'il ne se sentait pas à sa place et qu'il voulait partir.

– Vous habitez ici depuis longtemps ? lui demanda-t-elle en lui remplissant une assiette de zakouskis.

– J'ai été l'un des premiers à m'installer dans le lotissement, tout de suite après sa construction. Volodia et moi sommes arrivés presque en même temps.

C'est curieux, se dit Nastia. *Ils sont voisins depuis longtemps et il est gêné d'être ici. Comme s'il venait de faire la connaissance de Soloviov et ne savait pas quelle attitude adopter...* Elle ne comprenait pas comment un homme aussi modeste et timide pouvait avoir les moyens de vivre dans une demeure aussi luxueuse : difficile de gagner l'argent nécessaire sans être un requin aux dents aiguisées.

– Que faites-vous dans la vie, Genia ? Si je ne suis pas trop indiscrète...

Son embarras parut grandir.

– En fait... Rien de particulier. Je m'occupe des enfants et de la maison. Ma femme est dans les affaires. Et moi... Je reste à la maison.

Nastia identifia tout de suite la famille. Les Iakimov, cottage n° 12. La femme était la directrice générale d'une grande entreprise d'ameublement et d'agencement d'appartements, de maisons individuelles et de bureaux. Le mari ne travaillait pas. À la lecture des fiches rangées dans les enveloppes du grand plan mural des « Résidences de Rêve », Nastia s'était fait une idée très différente du couple. Elle avait imaginé une femme d'affaires d'un certain âge qui s'était payé un mari beau, présentable et bien monté. En réalité, la vie leur avait fait changer de rôle : elle apportait l'argent du ménage et il s'occupait du foyer. C'était peut-être une bonne idée.

– Vous avez combien d'enfants ?

– Trois.

– Bigre ! Ça doit vous donner du travail...

– Je me débrouille, avoua-t-il avec un sourire timide. Ma femme ne se plaint pas.

Nastia orienta la conversation vers les autres résidants du lotissement. À la différence de Soloviov qui vivait en reclus et ne voyait presque personne, Genia Iakimov connaissait tout le monde. N'ignorant pas qu'il restait chez lui toute la journée, les voisins faisaient souvent appel à lui pour de menus services comme garder des enfants ou recevoir des livraisons.

Nastia faisait des remarques en apparence banales et posait des questions d'allure anodine. Évidemment, elle ne pouvait rien noter ni lui demander de répéter quoi que ce soit ou de s'étendre sur un détail. La conversation devait sembler spontanée et il lui était impossible de montrer un intérêt particulier aux propos de Iakimov, mais elle s'imprégnait de chacun de ses mots en faisant semblant de n'écouter qu'à moitié tout en picorant le contenu de son assiette. Elle sentit sur elle le regard surpris de Soloviov. Après tout, elle était venue pour le voir, lui. Et non pour se joindre à une soirée ou discuter avec ses invités. Pourquoi acceptait-elle son indifférence ? Pourquoi restait-elle là alors qu'il se laissait accaparer par les trois éditeurs, l'obligeant à faire la causette avec un homme qu'elle venait de rencontrer ? Il pouvait s'attendre à un tel comportement de la part de la Nastia Kamenskaïa qu'il avait connue des années plus tôt : une fille tellement amoureuse de lui qu'elle avait abandonné toute fierté et renoncé à son amour-propre. Mais cette nouvelle Anastasia qui évoquait le passé sans un tremblement dans la voix et parlait de ses sentiments présents avec le détachement d'un scientifique étudiant un phénomène rare, comment pouvait-elle continuer à avaler ce genre de couleuvre ? Ou alors… cela lui plaisait-il ?

En la fixant des yeux, Soloviov perdit le fil de la conversation avec ses éditeurs. L'un d'entre eux, un grand bonhomme au visage agréable, la regarda, lui aussi. C'était Semion Voronets, le directeur littéraire de Shere Khan. *Première phase terminée avec succès*, pensa Nastia. *Ils se rendent enfin compte que j'existe et que j'ai droit moi aussi à une conversation avec le héros du jour. Au travail, Anastasia !*

Elle se leva du sofa en cuir café au lait et, sans se presser, s'approcha de Soloviov.

– Alors, grand génie de la littérature orientale, le taquina-t-elle gentiment, n'est-ce pas le moment de consacrer quelques instants à une dame qui va bientôt s'en aller ?

– Oh ! Excusez-nous, s'écria Essipov, petit et barbu. Nous avons accaparé ce pauvre Volodia. Je suis navré que vous deviez partir si vite.

– Vraiment ? demanda-t-elle d'un ton faussement naïf. Et pourquoi donc ? Aviez-vous l'intention de me draguer ?

Elle baissa sur Essipov un regard amusé. Par la taille, elle le dépassait d'une bonne tête.

– Oh ! Je n'oserais pas, se défendit l'intéressé. En revanche, à la manière qu'il a de vous fixer, je crois que Semion est prêt à se mettre sur les rangs.

C'était habile. Ils venaient de la mettre entre les pattes du séducteur de la bande. Semion allait se dévouer pour lui faire une cour pressante, la faire boire et s'efforcer de la faire apparaître sous un mauvais jour à Soloviov. Après quoi, il n'aurait plus qu'à l'entraîner dehors avec la certitude que le maître de maison aurait perdu tout intérêt pour elle. Le plan était primitif, mais terriblement efficace : Nastia savait qu'aucun homme digne de ce nom ne pouvait supporter un tel coup porté à son amour-propre.

La manière dont ils entouraient Soloviov était surprenante. Trois duègnes en pantalon ! Pourquoi manifestaient-ils une telle hostilité à son égard ? Se sentaient-ils si proches du traducteur qu'ils voulaient lui éviter des déconvenues sentimentales ? Ou éloigner une intrigante qui, pensaient-ils, n'en voulait qu'à son argent ? Non, ce n'était pas possible. Les « nouveaux Russes » étaient incapables de manifester la moindre noblesse de sentiments. Nastia se dit qu'ils protégeaient plutôt les intérêts d'une autre femme. Peut-être une amie ou une parente de l'un des membres du trio. Une querelle entre Soloviov et elle pouvait expliquer son absence à cette soirée d'anniversaire, et les trois éditeurs voulaient éviter qu'une intruse vînt prendre sa place avant l'inévitable réconciliation. Ou alors, il n'y avait pas eu de dispute et elle était simplement retenue par le travail ou des affaires de famille.

En violation de toutes les règles de savoir-vivre et sous le regard stupéfait des convives, elle passa derrière le fauteuil roulant, posa les mains sur les poignées et poussa Soloviov vers son cabinet de travail. Elle referma la porte derrière elle et entraîna le fauteuil jusqu'à la fenêtre basse. Elle s'assit sur le rebord pour faire face à son ancien amant.

– Je te retiens seulement dix minutes et je m'en vais, dit-elle.

– Si vite ?

– Je dois y aller. Alors, Soloviov… qu'est-ce que tu en penses ? J'ai fait ce déplacement pour rien ou pas ?

– À toi de voir…

Il accompagna ces paroles d'un haussement d'épaules, comme si la réponse de la jeune femme ne l'intéressait pas le moins du monde.

– Je suis assez grande pour décider ce qui me convient. Mais toi ? Qu'est-ce que tu en dis ?

– Je ne comprends pas ! s'écria-t-il, irrité. Qu'est-ce que tu veux que je te dise ? Pose tes questions clairement.

– Très bien, dit-elle en soupirant. Il y a douze ans, tu ne m'aimais pas et tu n'avais pas besoin de moi. J'étais un fardeau. Je ne t'intéressais pas le moins du monde. Et pourtant nous étions amants. J'ai mis longtemps à saisir que tu ne sortais pas avec moi parce que tu éprouvais quelque chose pour moi, mais parce que tu avais peur de ma mère. Ou plutôt de ce que je pouvais lui dire sur ton compte. Tu avais peur, si tu me quittais, que je me venge en lui racontant des calomnies qui te déconsidéreraient à ses yeux et t'empêcheraient d'avoir ton diplôme. Dès que je l'ai compris, je suis partie. Je ne peux pas dire que cela ne m'a pas fait mal. J'ai beaucoup souffert, Soloviov. Je t'aimais. Aujourd'hui, je veux savoir si mes sentiments ont changé et, j'ai plaisir à constater que je ne tremble plus sous ton regard et que je ne fonds plus à ton contact. Tu as changé, et moi aussi. À ma grande surprise, je constate que je pourrais encore tomber amoureuse de toi. Moi, qui suis une autre femme, je pourrais t'aimer, toi, qui es un autre homme. Nouvelle rencontre entre deux personnes nouvelles.

Elle fit une pause pour le laisser s'imprégner de ses paroles.

– Aujourd'hui, reprit-elle, je peux contrôler mes sentiments. Je te le répète, Soloviov, je crois que je pourrais t'aimer de nouveau. Je me demande seulement si je le dois. Si je décide que non, je ne le ferai pas. Aucun problème. Si je décide que oui, il n'est pas du tout dit que je puisse y parvenir. Avant tout, j'ai besoin d'une réponse de ta part, sans préambule ni explications interminables sur ce qui s'est passé il y a tant d'années. Dis-moi simplement si tu vas rester en contact avec moi. Dans le cas contraire, je m'en irai tout de suite et pour de bon.

Elle avait fait de son mieux pour qu'il lui demande de revenir. Elle avait besoin de fréquenter le lotissement et, s'il lui fallait mentir pour être invitée dans cette maison, eh bien, elle était prête à le faire. À feindre. À se comporter en amoureuse. Douze ans plus tôt, elle avait eu mal. Mal au point de penser que sa vie était finie. Mais le temps avait fait son œuvre et, dans son cœur, il ne restait plus aucun sentiment pour cet homme. Même pas le désir de se venger. Rien. Le vide. Comme si rien n'était arrivé. Mais si elle devait le faire souffrir pour réussir son enquête, elle n'hésiterait pas une seconde. Elle ne pourrait jamais lui infliger les affres qu'elle avait ressenties. Et elle savait d'expérience qu'on peut survivre à tout. Soloviov survivrait aux quelques minutes désagréables qu'il passerait en apprenant les motivations et les sentiments véritables de la femme qui l'avait séduit.

Soloviov lui prit la main et l'attira vers lui.

Elle quitta d'un bond la tablette de la fenêtre et se retrouva sur ses genoux. Il lui donna un long baiser tendre et expert quittant régulièrement ses lèvres pour s'attarder sur son cou, une main lui enserrant les épaules tandis que l'autre se glissait vers ses seins, sous le pull.

Attentive à ses propres réactions, Nastia constata avec surprise qu'elle ne sentait rien. Jadis, ces mêmes caresses et baisers lui auraient fait perdre toute contenance et toute retenue. Là... Rien. Bien sûr, ce n'était pas désagréable et elle n'éprouvait pas le dégoût qu'elle aurait ressenti s'il avait été un parfait étranger, mais le plaisir d'autrefois avait totalement disparu.

Elle le repoussa doucement pour retourner s'asseoir sur le rebord de la fenêtre.

– Soloviov, dit-elle, je n'ai pas entendu de réponse. Je ne sais toujours pas si tu veux que je revienne.

– Tu ne le veux pas toi-même, dit-il en la fixant de son doux regard. Ne te raconte pas d'histoires, Nastia. Tu n'as pas besoin de moi. Je suis un invalide alors que tu es une jeune femme en pleine forme avec des besoins normaux que je suis incapable de satisfaire. Tu ne ressens rien lorsque je t'embrasse. Alors… de quoi est-il question ?

– Tu n'as vraiment pas grandi. Pour toi, il n'y a que le sexe qui compte. Tu as toujours été macho et tu le restes. (Elle sourit et lui tapota la main pour atténuer la violence de ses propos.) Et tu n'as rien compris. Je retourne rejoindre mon mari. De ton côté, prends le temps de réfléchir. Je reviendrai demain, et nous parlerons. J'espère que tes copains ne seront plus là. C'est tout, Soloviov. Ne me raccompagne pas. Je vais filer à l'anglaise. Je ne tiens pas à prendre congé de tes requins de la finance. Est-il possible de sortir d'ici discrètement ?

– Cette porte donne dans le vestibule.

– Alors, à demain, mon cher.

Il hocha la tête sans la quitter des yeux.

Elle passa dans le vestibule. La porte du séjour était ouverte et des voix lui parvenaient distinctement. De l'autre côté, dans la cuisine, Andreï discutait tranquillement avec le moustachu Iakimov. Cela voulait dire que les trois éditeurs étaient restés seuls.

Elle reprit sa veste dans la penderie sans faire de bruit pour entendre quelques bribes de leur conversation.

– Cette Gazelle est exactement ce dont on a besoin dans cette affaire, disait Avtaïev, le directeur financier. Il sera impossible de faire autrement.

– C'est trop compliqué, répliqua Voronets d'un ton indécis. Cela exige trop d'efforts qui ne seront peut-être pas récompensés.

– Il n'y a rien à discuter, lui lança Essipov. C'est ainsi et c'est ce qu'il faut faire. À tout prix.

Il n'est pas difficile de comprendre qui est le boss, pensa-t-elle en filant.

*

Alexeï Tchistiakov était étendu sur le canapé et regardait un polar à la télé. Par terre, près de lui, était posé un plateau chargé d'assiettes vides et d'une tasse où stagnait un restant de thé. Visiblement, il n'avait pas bougé de là depuis le déjeuner.

– Qu'y a-t-il, Liocha ? lui demanda-t-elle avec une pointe d'inquiétude dans la voix. Tu es malade ?

Il hocha la tête.

– No-on. Je suis en grève.

– En grève ? Mais pourquoi ?

– Figure-toi que ces salauds ont décidé de ne pas nous payer. Ils ont dit que les salaires seraient versés après les examens. En d'autres termes, ils veulent instaurer un système de rétribution en fonction des résultats.

– Et les examens ont lieu quand ?

– En mai.

– Génial ! Si l'on est fauchés, on va avoir des problèmes pour notre voyage d'anniversaire.

– Des problèmes ? Doux euphémisme pour un enterrement de première classe, lui renvoya Tchistiakov.

Ils s'étaient mariés le 13 mai de l'année précédente, au cours d'une cérémonie commune avec le demi-frère de Nastia, Alexandre, qui, tout à son bonheur, avait promis que les deux couples fêteraient ensemble leurs anniversaires de mariage au cours de différents voyages : Paris, la première année ; Vienne, la deuxième ; Rome, la troisième, etc. À l'époque, Nastia l'avait laissé dire en sachant très bien que ni son mari ni elle n'accepteraient de laisser Alexandre les inviter, même s'il était riche, et qu'il leur serait impossible d'économiser assez pour se payer ces voyages. Tchistiakov aurait très bien gagné sa vie s'il avait accepté une chaire dans une université étrangère, mais il ne voulait pas partir sans Nastia qui, de son côté, refusait de quitter son travail. Il leur fallait donc continuer à s'accommoder de fins de mois difficiles.

– Tu veux dîner ? demanda-t-il en repoussant le plaid qui lui couvrait les jambes et tâtonnant de ses pieds nus à la recherche des pantoufles qui lui échappaient toujours.

– Non, merci.

– Tu as déjà mangé ? Tu n'es pas rentrée directement du travail ?

Ça faisait longtemps qu'elle ne se posait plus la question de savoir si elle devait dire la vérité ou mentir à son mari. Elle optait toujours pour la première solution. D'abord, Tchistiakov la connaissait depuis qu'elle avait quinze ans et n'ignorait rien d'elle ni de son caractère ; et Nastia était incapable de lui dissimuler quoi que ce soit. De plus, mathématicien de génie, il avait un esprit clair et précis qui lui permettait de déceler la moindre contradiction dans les propos qu'on lui tenait. Pour couronner le tout, il était au courant de sa liaison avec Soloviov. Beaucoup de temps s'était écoulé depuis lors, mais la souffrance qu'il avait ressentie pendant une année et demie, alors qu'il croyait perdre pour de bon la femme qu'il aimait, avait laissé dans son cœur une cicatrice que Nastia savait encore douloureuse et que la jalousie pouvait rouvrir. Si elle ouvrait la porte au soupçon, elle était sûre de le faire souffrir, et c'était pour elle une raison supplémentaire de ne pas lui mentir.

– J'étais chez quelqu'un.

– Pendant tes heures de boulot ?

La surprise perceptible dans sa voix se lisait également dans ses yeux. Nastia n'avait pas pour habitude de s'occuper d'affaires personnelles pendant le travail.

– C'était pour les besoins du service, Liocha. J'ai rendu visite à Soloviov.

Elle ne prit même pas la peine de lui rafraîchir la mémoire. Tchistiakov savait très bien de qui elle parlait.

– Vraiment ?

Il s'efforça de rester impassible, mais Nastia savait quels efforts cela lui demandait. Elle lui sut gré de les faire.

– Il habite dans un lotissement où nous cherchons les auteurs de plusieurs crimes. J'ai besoin d'une couverture pour enquêter le temps qu'il faudra sans attirer l'attention. Soloviov peut donner à ma présence un alibi à toute épreuve. Nous avons eu une aventure, jadis, et cela ne choquera personne si je reparais dans sa vie maintenant qu'il est veuf. Tu comprends ?

– Oui, bien sûr. Ça ne peut choquer personne. Dois-je me préparer à un divorce ?

– Honte à toi, Liocha !

Elle s'assit sur le canapé à côté de lui, lui passa les bras autour du cou et pressa sa joue contre son épaule.

– Ce n'est que pour le travail, Liocha. Rien de plus. Après toutes ces années, Soloviov ne me fait plus aucun effet. Je suis une grande fille, maintenant. Et tu ne dois pas t'inquiéter. S'il te plaît, je te le demande. J'aurais pu ne rien te dire et tu ne l'aurais jamais su. Mais je n'ai aucune raison de te cacher quoi que ce soit. Soloviov ne représente plus rien pour moi. Rien. Ce n'est que le propriétaire d'une maison qui peut m'être utile dans le cadre d'une enquête.

Tchistiakov demeura un instant silencieux, caressant doucement les cheveux de sa femme.

– Et lui ? finit-il par demander. Il sait que tes visites ne sont motivées que par le travail ?

En plein dans le mille ! pensa-t-elle. *Impossible de dissimuler quoi que ce soit à un homme comme lui. Mais s'il n'était pas aussi intelligent, je ne l'aurais pas épousé.*

Elle se blottit contre lui.

– Non, chéri. Il ne le sait pas.

– Donc, il te voit comme son ancienne maîtresse ?

– Liocha !

– Nastia, nous nous connaissons depuis vingt ans ; nous avons du respect l'un pour l'autre et nous pouvons nous permettre d'appeler un chat un chat. Comment lui as-tu expliqué ta réapparition ?

– Comme tu l'imagines. Je lui ai dit que je voulais être bien certaine d'avoir tourné la page. C'est son anniversaire, aujourd'hui. Cela m'a servi d'excuse pour lui rendre visite.

– Et... Tu es bien sûre ?

– Je le suis, Liocha. Arrête de te torturer, s'il te plaît. Je sais depuis des années que Soloviov ne représente plus rien pour moi. Je n'avais pas besoin d'en obtenir confirmation en allant chez lui. J'avais seulement besoin d'un prétexte.

– Ça ne t'inquiète pas de penser que, maintenant qu'il est libre, il pourrait s'éprendre de toi pour de bon ?

– Non, ça ne m'inquiète pas le moins du monde. S'il n'était pas capable de m'aimer à l'époque, je ne vois pas pourquoi il le serait aujourd'hui. La présence ou l'absence d'un conjoint ne joue aucun rôle dans l'affaire. De plus, j'ai omis de te dire un détail important.

– Lequel ?

– Il est invalide. En fauteuil roulant.

– Un accident ?

– Je ne le sais pas encore. Il ne m'en a pas parlé spontanément et je ne l'y ai pas poussé. Mais le découvrir n'est pas difficile et je n'ai pas besoin de lui pour cela. Liocha, parlons d'autre chose. Pas la peine d'en faire une montagne. Tu m'as demandé pourquoi je ne veux pas dîner et je t'ai répondu que j'étais passée chez Soloviov. J'aurais pu te citer un autre nom et nous en serions restés là. Inutile de t'inquiéter. C'est toi que j'aime, c'est toi que j'ai épousé et c'est avec toi que j'envisage de continuer à vivre jusqu'à ce que nous ne soyons plus que des vieillards cacochymes. Je vais faire du thé.

Elle se leva et tira son mari par le bras. En regardant ses cheveux ébouriffés, elle se surprit à le comparer à Soloviov. Oui, son ancien amant était plus beau. Et les yeux noisette de son Liocha n'étaient pas aussi chauds et charmeurs. Ils pouvaient être sérieux, ironiques, moqueurs ou tendres, mais ils n'avaient pas cette sensualité masculine qui fait trembler les genoux et tourner la tête des femmes. C'était peut-être pour cela que Nastia aimait son mathématicien roux. Et elle ne supportait pas les machos sûrs de leur virilité au point de croire qu'il leur suffit d'apparaître pour séduire toutes les femmes et les plier à leur volonté. Ces hommes qui pensent que le rôle de la femme se réduit à avoir des orgasmes, porter des enfants et obéir à l'étalon qui lui permet d'accomplir son destin.

*

Ses visiteurs avaient fini par prendre congé, mais Soloviov n'avait pas bougé de son cabinet de travail. Il avait libéré Andreï en lui disant qu'il allait se coucher. La visite d'Anastasia l'avait déconcerté. Il n'avait jamais été très fier de son comportement envers elle et, ces souvenirs lui étant désagréables, il les avait oubliés.

Il n'avait jamais été un battant, capable d'insister sur ce qu'il considérait juste et nécessaire. Il prenait toujours le chemin le plus aisé sans chercher à changer les choses pour les faire correspondre à ses désirs ou à ses besoins. Lorsqu'il s'était rendu compte que la fille de sa directrice de thèse était tombée amoureuse de lui, il lui avait semblé plus facile d'avoir une aventure inutile avec elle que de se donner le mal d'orienter leurs rapports vers une simple amitié sans heurter ou blesser la jeune fille. Il avait simplement suivi la voie du moindre effort.

Il avait bien vu qu'elle souffrait et qu'il avait provoqué cette douleur, d'abord en lui faisant croire qu'il partageait ses sentiments, puis en lui montrant que ce n'était pas vrai. Mais la conscience de sa responsabilité était un poids qu'il préférait ne pas sentir. Ni se rappeler. Et il était parvenu à l'oublier totalement.

Pourquoi était-elle revenue ? Pour se venger ? Se moquer de lui en jouissant du spectacle de son infirmité ? En tout cas, il était clair qu'elle ne l'aimait plus. Et pourtant... Ce n'était pas si simple. Le fait que ses caresses ne l'aient pas excitée ne signifiait rien. Elle avait vieilli. À trente-six ans, elle était devenue plus froide et raisonnable. Même un peu cynique. Et très belle. Elle était même mieux que douze ans plus tôt. Bien sûr, elle avait toujours l'air fade et peu attirante, surtout sans maquillage, mais Soloviov savait apprécier la pureté des lignes de son visage et de sa silhouette : longues jambes galbées, taille mince, seins hauts, chevelure épaisse, mains fines et élégantes, pommettes bien marquées et nez droit. Seuls les vrais connaisseurs sont capables d'apprécier de telles femmes. Les autres ne les remarquent pas. Ils peuvent passer dix fois à côté d'elles sans les voir. Il faut un œil exercé pour apprécier leurs charmes.

Elle avait dit qu'elle comptait revenir le lendemain. Cela lui faisait-il plaisir ou non ? Soloviov tenta d'analyser ses sentiments mais, comme d'habitude, il finit par laisser tomber. Il était plus simple de se laisser emporter par le mouvement. De laisser Anastasia revenir et l'aimer de nouveau. Cette fois, elle ne lui serait plus un fardeau.

Son statut de veuf invalide le libérait de toute obligation envers les femmes. Il vivait seul et une femme amoureuse ne lui poserait pas de problème. Sans compter qu'elle était mariée, qu'il habitait loin de tout et qu'elle ne pourrait donc pas lui imposer sa présence tous les jours.

Bien, pensa-t-il. *Tout est pour le mieux.*

3

Nastia attendit que Soloviov sorte de chez lui. C'était deux jours après sa visite. Lorsqu'elle vit Andreï pousser son patron en fauteuil roulant hors de la maison pour leur promenade habituelle, elle patienta encore quelques minutes et alla sonner à la porte du cottage n° 12. Des voix d'enfants s'approchèrent immédiatement et la porte s'ouvrit à la volée sur une fillette de huit ou neuf ans, couverte de peinture.

– C'est une visite ? demanda-t-elle.

– Oui, si tu me laisses entrer, répondit joyeusement Nastia.

Genia Iakimov apparut derrière la jeune artiste.

– Tiens ! s'écria-t-il avec surprise en la reconnaissant. Quel bon vent vous amène ?

– En réalité, je venais voir Soloviov, mais j'ai trouvé porte close et me suis dit que je pourrais attendre son retour chez vous...

– Lui et Andreï sont certainement allés faire un tour, expliqua le moustachu.

Sentant qu'il allait lui suggérer de les rejoindre, puisqu'ils ne s'éloignaient jamais beaucoup pour leurs promenades, elle préféra couper court.

– J'ai affreusement mal aux pieds. J'ai commis l'erreur de mettre des chaussures neuves et je souffre le martyre. Puis-je me reposer un peu chez vous ?

– Mais oui, bien sûr. Entrez !

La disposition des pièces était différente de celle du cottage de Soloviov. La cuisine était beaucoup plus grande et le reste du rez-de-chaussée occupé par une énorme salle de séjour où se trouvaient réunis les trois rejetons de la maison : Mitia, jeune homme de douze ans, Lera, la jeune peintre, et une petite créature aux longues bouclettes rousses qui, après un examen plus approfondi, se révéla être un garçonnet du nom de Fedia. Mitia était absorbé par un jeu fascinant contre un adversaire informatique, tandis que Lera, étendue par terre de tout son long, tentait de peindre un Crocosaure sous la direction attentive de Fedia, sérieux comme un pape. La créature était le fruit de son imagination et, avec force gestes, glapissements et beuglements, il expliquait à sa sœur à quoi elle ressemblait. L'ordinateur faisait aussi beaucoup de bruit et Mitia ponctuait ses interjections électroniques d'exclamations et de commentaires tonitruants. Comme il n'y avait pas moyen de s'entendre dans un tel chahut, Iakimov se borna à présenter ses enfants à Nastia et l'entraîna dans la cuisine, dont les dimensions et l'agencement à l'européenne en faisaient une salle à manger plus qu'acceptable.

– Vous ne voyez pas d'inconvénient à ce que je prépare à manger ? demanda timidement Iakimov. Les gosses dînent dans une heure et je n'ai encore rien fait.

Ils bavardèrent paisiblement de tout et de rien. Du moins en apparence. Quel genre de personne pouvait se permettre d'habiter le lotissement ? Que fallait-il faire pour cela ? Quelles étaient les contraintes de la vie dans un coin isolé et mal desservi ? Évidemment, ceux qui habitaient là n'utilisaient pas les transports en commun. Les Iakimov, par exemple, avaient deux voitures : pendant que la femme partait au travail avec la sienne, le mari devait s'occuper de la maison, ce qui impliquait d'emmener les enfants à l'école ou chez le médecin, de faire les courses, etc. Autant de tâches difficiles à accomplir sans voiture.

Peu à peu, Nastia orienta la conversation vers les problèmes de délinquance et de sécurité, évoquant les associations de surveillance du voisinage qui se développaient dans beaucoup de pays.

– Oui, approuva Iakimov. On dit que ça ne peut pas marcher chez nous et je pense aussi qu'il est difficile, voire impossible, à mettre en place dans les grands ensembles où des milliers de personnes se croisent tous les jours. Mais dans des résidences comme les nôtres, c'est parfaitement réalisable. Chacun a vue sur les maisons de ses voisins et, puisque tout le monde se connaît, il est facile de repérer les visiteurs. En particulier dans la journée, où la plupart des habitants sont au travail.

En moins de cinq minutes, Nastia apprit qu'on voyait rarement des inconnus dans la journée, mais qu'il était difficile de savoir ce qui se passait le soir parce que les allées n'étaient pas très bien éclairées et que les propriétaires des cottages avaient pour la plupart une vie sociale bien remplie et recevaient beaucoup de visiteurs, parfois des groupes entiers. En tout cas, Iakimov n'avait jamais remarqué de conduite suspecte dans les alentours. Nastia justifia son intérêt pour le sujet en expliquant qu'elle travaillait sur un nouveau produit multirisque habitation pour une compagnie d'assurances.

Soudain, Iakimov dressa l'oreille. Le son en provenance de la salle de séjour avait changé. Les bruits électroniques avaient cessé.

– Excusez-moi, bredouilla-t-il en sortant de la cuisine.

Il fut très vite de retour, mais la contrariété se lisait encore sur ses traits.

– Quelque chose ne va pas ? demanda Nastia.

– Rien de particulier. Mitia s'est remis à jouer aux échecs sur l'ordinateur.

– C'est cela qui vous a contrarié ? Qu'est-ce qu'il y a de mal ? s'écria-t-elle, surprise.

– Je crois qu'il est encore trop tôt pour qu'il commence à jouer aux échecs, répondit Iakimov avec fermeté. Il vaut mieux qu'il s'intéresse à des jeux qui développent et éduquent, tout en faisant travailler ses réflexes, ses temps de réaction, son acuité visuelle et sa coordination.

Nastia faillit lui faire remarquer que l'intérêt du garçon pour les échecs constituait une preuve suffisante de son éducation et de son développement, mais préféra tenir sa langue. Après tout, ce n'était pas son affaire. Un père doit savoir comment élever son enfant.

– Genia, que faisiez-vous dans la vie ? lui demanda-t-elle.

– Ingénieur. En construction.

– Et quelles professions souhaitez-vous pour vos enfants ?

– Ils feront ce qu'ils voudront, répondit-il, comme à contrecœur. Ils ne me semblent pas faire preuve de talents spéciaux. Vous savez, les pommes ne tombent jamais loin du chêne.

– Comment dites-vous ? demanda-t-elle avec un petit rire amusé. Je n'ai jamais entendu cette expression. C'est un proverbe ?

Il sourit en continuant à mélanger les ingrédients pour faire des boulettes de viande hachée.

– En fac, nous avions l'habitude de déformer les phrases toutes faites et les proverbes. Nous organisions même des concours. Par exemple : « Tant va la cruche à l'eau qu'à la fin elle se noie. »

– Pas mal. Vous en avez d'autres ?

– Au royaume des sourds, les manchots sont muets..

Il lui fallut une seconde pour saisir l'astuce.

– Excellent !

Iakimov tournait le dos à la fenêtre et Nastia, qui lui faisait face, pouvait voir l'allée derrière les carreaux. Elle aperçut Soloviov qui rentrait dans son fauteuil poussé par Andreï. Elle se demanda un court instant si elle devait faire semblant de ne pas les avoir vus pour poursuivre la conversation, mais décida qu'il valait mieux en rester là. Chaque chose en son temps.

– Les voilà ! s'écria-t-elle en se levant. Merci de votre accueil, Genia.

*

Elle était incapable de dire si sa venue faisait vraiment plaisir à Soloviov, mais voyait clairement le mécontentement d'Andreï. Bien entendu, le jeune homme ne se serait jamais permis la moindre réflexion ou attitude hostile, mais Nastia sentait son humeur de la même manière que les jeunes mariées perçoivent la sourde animosité de belles-mères en apparence polies et amicales.

Après sa première visite à son ancien amant, Nastia avait essayé d'apprendre l'origine de son infirmité, mais n'y était toujours pas parvenue au bout de deux jours. Une chose était sûre, pourtant : ce n'était pas le résultat d'une agression. Toute information sur des coups et blessures graves dans la région de Moscou finissait sur son bureau. Le nom de Soloviov dans un rapport lui aurait littéralement sauté à la figure. Ses jambes avaient donc dû perdre leur mobilité à la suite d'un accident ou d'une maladie. Était-ce lié à la perte de sa femme, Svetlana ? De quoi était-elle morte ? Nastia savait qu'ils étaient tous les deux du même âge. Elle était donc très jeune au moment de son décès. En tout cas, moins de quarante ans.

– Tu m'avais promis de venir hier, lui fit remarquer Soloviov. Serais-tu devenue inconstante ?

– Je t'ai bien dit que j'avais changé. Pas forcément en bien. Tu m'as attendue ?

– En effet.

Il lui sourit avec tant de chaleur et de tendresse que, l'espace d'une seconde, elle oublia tout le reste.

– Ton assistant ne semble pas partager tes sentiments, dit-elle pour se donner une contenance. Tu n'as pas l'impression qu'il est jaloux ?

– Mais de quoi, grands dieux ?

Soloviov semblait sincèrement stupéfait.

– Andreï n'est pas mon fils. Il n'a aucune raison de se vexer parce que je fais entrer une nouvelle femme dans la maison après mon veuvage.

Ce n'est pas ton fils, pensa Nastia. *Mais il peut très bien être homosexuel. Et toi aussi peut-être, mon jadis bien-aimé Soloviov.*

Mais tout autres furent les paroles qu'elle prononça à voix haute.

– Tu sais, lorsqu'un homme fait le travail d'une femme, il développe une psychologie féminine. Ton Andreï fait la cuisine, le ménage et s'occupe de toi. Et voilà qu'une dame se présente ? Elle jette partout un œil critique, t'empêche de travailler et il doit, en plus, lui servir le café ?

– Ne dis pas de bêtises, l'interrompit Soloviov en haussant les épaules. Parle-moi plutôt de toi. Que fais-tu depuis toutes ces années ?

– Rien d'intéressant. Vie ennuyeuse, travail monotone, entrecoupé de quelques traductions au noir. Et toi ?

– Moi ? demanda-t-il avec un petit rire étrange. J'ai mené une vie de frustration.

– Que veux-tu dire ?

– Que ma vie aurait pu être totalement différente, mais qu'elle est devenue telle qu'elle est.

– Et pourquoi, d'après toi ?

– Les événements... Que sais-je ? À deux reprises, j'ai projeté de partir m'installer à l'étranger et c'est tombé à l'eau les deux fois. Je ne crois pas être né sous une bonne étoile. Maintenant que je suis invalide, je suis certain de ne plus jamais pouvoir quitter Moscou. Et encore moins la Russie.

– Que s'est-il passé ? Qu'est-ce qui t'a empêché de partir ?

– Ce qui m'a empêché de partir ? répéta-t-il avec une pointe de sarcasme dans la voix. Le destin. Voilà tout. Je voulais divorcer, épouser une autre femme et partir avec elle. Juste à ce moment-là, Svetlana est morte. Je ne pouvais quand même pas laisser mon fils tout seul. Mon amie est partie, comme prévu, mais je suis resté.

– Et la deuxième fois ?

– La deuxième ? Mes jambes m'ont trahi. Où pourrais-je bien aller en fauteuil roulant ?

Nastia sentit qu'il ne voulait pas entrer dans les détails. Ce n'était pas grave : elle pouvait découvrir ce qui l'intéressait sans lui. Mais elle se demanda pourquoi il restait tellement évasif. Elle se souvenait d'un Soloviov qui aimait toujours geindre et se faire plaindre, qui racontait dans le menu détail combien il était malheureux et à quel point le destin ou les gens s'étaient mal comportés à son égard. S'attirer la sympathie d'autrui était chez lui un véritable besoin. Bien sûr, en douze ans son caractère avait changé. Il était différent. Elle aussi, d'ailleurs.

Il sauta brusquement du coq à l'âne :

– Qu'est-ce que tu as dit à ton mari pour justifier ton absence ?

– Un mensonge. Peu importe. Il sait que mon travail me prend beaucoup de temps et ne surveille pas mes allées et venues.

– Tu veux dire qu'il n'est pas jaloux ?

– Pas le moins du monde, répondit-elle en mentant sans vergogne.

Pauvre Liocha ! Elle savait à quel point il allait souffrir en dépit de toutes ses assurances et de ses explications. Elle le faisait pour l'enquête et espérait sincèrement que le jeu en vaudrait la chandelle.

Nastia passa presque deux heures avec Soloviov, à discuter, dîner, évoquer des souvenirs et de vieux amis, évitant soigneusement de parler de leurs anciens rapports et des relations qui pourraient s'établir de nouveau entre eux. La jeune femme ne manqua pas de remarquer les regards circonspects que lui lançait Andreï, l'assistant. Elle s'efforça de ne pas y prêter attention. Ils se séparèrent amicalement.

Il était tard lorsqu'elle rentra chez elle et se précipita sur le téléphone pour appeler sa mère.

– Maman, te souviens-tu de Volodia Soloviov, un de tes thésards ?

La voix de Nadejda Kamenskaïa devint froide et tendue. Elle n'ignorait rien de leur aventure.

– Je m'en souviens, mais sans doute pas aussi bien que toi, répondit-elle d'un ton pincé.

– Je t'en prie, maman, dit Nastia en plaisantant. C'est plutôt ta faute si j'ai une bonne mémoire et n'oublie jamais rien.

– Comment a-t-il refait surface, celui-là ?

– Je suis tombée sur lui dans le cadre du travail. Sa femme est décédée dernièrement et il est invalide. En fauteuil roulant. Es-tu au courant de quelque chose ?

– Franchement, non.

– Te serait-il possible de te renseigner ? Comme il travaille dans ton domaine, la linguistique, peut-être qu'un de tes collègues connaît toute l'histoire.

- Pourquoi tu ne le lui demandes pas toi-même ?
– J'ai essayé, mais il évite de répondre. Je ne veux pas le brusquer.
– Entendu, dit-elle. Je vais voir ce que je peux faire. Est-il mêlé à quelque chose ?
– Non, pas du tout ! Comment pourrait-il être mêlé à quoi que ce soit ? Avant d'esquisser le moindre geste, il réfléchit pendant un siècle ou deux et finit par ne rien faire. Il me faut juste quelques infos pour pouvoir agir en connaissance de cause. Sans cela, je pourrais laisser échapper quelque chose de vexant et louper le contact.
– Je trouve étrange que tu aies besoin d'informations complémentaires, dit sèchement sa mère. Je crois me rappeler que vous aviez un excellent contact.
– Maman !
– Ça va, ça va ! Ne monte pas sur tes grands chevaux. Je ferai de mon mieux. Alexeï est au courant ?
– Bien sûr.
– Mon Dieu ! Mais quelle enfant ai-je mis au monde ? dit Nadejda en poussant un soupir. Tu n'as jamais eu de tact. À quoi bon le torturer ?
– C'est une affaire de service, maman. Et pas un jeu avec un ancien amant, lui expliqua Nastia d'une voix fatiguée.

Elle aimait sa mère, mais au cours des dernières années cette dernière avait cessé de la comprendre comme avant. Surtout depuis qu'elle était revenue de l'étranger, après un séjour de plusieurs années. Nastia préférait le contact de son beau-père, un flic à la retraite qui comprenait tout de suite ses problèmes.

*

Nadejda l'appela à son bureau le lendemain, à la fin de la journée de travail, alors qu'elle s'apprêtait à partir.
– Tu sais, c'est une histoire horrible. La femme de Volodia séjournait dans un centre de vacances lorsqu'elle a disparu. On n'a retrouvé son corps qu'au bout d'un mois au fond d'une forêt. On en voulait à son caméscope. Tu te

rends compte ? Mourir pour un caméscope ! Je ne peux pas l'accepter !

– Où cela s'est-il passé ?

– Je ne sais pas précisément. Quelque part dans le centre de la Russie. Sur la Volga, je crois.

– Et ses jambes ?

– Ce n'est pas clair. Personne n'a l'air de savoir. En tout cas, il n'en parle pas. Quelqu'un m'a dit qu'il avait été sévèrement passé à tabac.

– Qui t'a dit ça ?

– Tu ne le connais pas.

– Cela signifie que je vais faire sa connaissance, insista Nastia. De qui s'agit-il ?

– Malychev. Artur Malychev. Un chargé de cours à l'Institut des langues étrangères. Tu vas prendre contact avec lui ?

– Bien sûr.

– Pourquoi ?

– Parce que c'est mon métier, maman. S'il a été battu, je veux savoir pourquoi la milice n'a pas enregistré l'affaire. Et, dans le cas contraire, je veux savoir pourquoi ce Malychev croit qu'il l'a été.

– Quelle importance peut avoir ce qu'il peut croire si ce n'est pas vrai ?

– Une énorme importance, répondit Nastia. Même la rumeur la plus folle trouve sa source quelque part. Quelqu'un l'a racontée à quelqu'un d'autre pour une raison indéterminée. S'il s'agit d'une pure invention, c'est forcément celle de quelqu'un. Et si elle possède un fond de vérité, il est toujours utile de découvrir de quelle vérité il s'agit.

– Bien. J'espère que Malychev n'aura pas de problème si l'histoire de l'agression n'était qu'un mensonge.

Nastia perçut un fond d'inquiétude dans le ton de sa mère.

– Ne t'en fais pas, maman. Il ne lui arrivera rien, à ton Malychev. Tu vas me donner ses coordonnées, ou je dois les chercher moi-même ?

Nadejda poussa un soupir et lui donna l'adresse et le numéro de téléphone.

Après avoir raccroché, Nastia mettait sa veste pour partir lorsque Iouri Korotkov fit irruption dans son bureau.

– Nastia, je crois que nous tenons enfin quelque chose, s'écria-t-il. Tu ne vas pas me croire, mais je suis épuisé. J'ai couru toute la journée. Sois bonne, fais-moi un café.

Il s'effondra sur une chaise et allongea les jambes devant lui. Nastia retira sa veste, l'accrocha à un cintre et fit chauffer la bouilloire. Elle savait qu'elle allait rester encore là au moins une heure.

– Que je te raconte, reprit Korotkov avec du triomphe dans la voix. Il y a une semaine, on a cambriolé le kiosque d'un revendeur de cassettes vidéo. Le voleur a laissé des tas d'empreintes digitales, mais elles ne correspondent pas à celles de nos archives. Le type est inconnu de nos services. Le propriétaire du commerce a établi la liste des cassettes volées. Il s'agit de films sans lien apparent entre eux. Quatorze en tout. Quelques thrillers, de la SF, des polars… Évidemment, pour une affaire aussi mineure, il n'était pas question de perdre du temps. Mais l'un des gars de la milice de quartier s'est pris au jeu. Il a voulu savoir ce que ces quatorze films avaient en commun. Comme il ne pouvait pas les visionner tous, il a comparé les génériques. Eh bien, figure-toi qu'il y a un même acteur présent dans toutes ces productions. Il tient de petits rôles et on ne le voit jamais plus de quelques minutes. Mais lorsque le flic l'a vu, il s'est immédiatement souvenu des photos des jeunes disparus et m'a contacté…

– Tu ne plaisantes pas ? demanda Nastia sans trop y croire. Il leur ressemble vraiment ?

– Comme des jumeaux, affirma Korotkov en trempant ses lèvres dans le café fumant. J'ai comparé la photo de l'acteur à celles des garçons morts. Il a le même visage qu'Oleg Boutenko.

C'était la première victime : disparu en septembre, son cadavre avait été retrouvé en décembre. Cela voulait dire qu'on avait affaire à un maniaque pédophile. Rien de pire qu'un tueur en série. Les affaires de ce type aboutissaient rarement car rien de matériel ne reliait le criminel à ses victimes.

Il y avait tout de même quelques éléments positifs dans ce dossier : d'abord les empreintes digitales laissées dans le kiosque. Ensuite, le type devait disposer d'un endroit où il pouvait garder ses victimes en vie pendant quelques jours ou même quelques semaines. Pour finir, le fil ténu qui menait aux « Résidences de Rêve ».

Secouée dans le métro presque vide, Nastia dessina mentalement un diagramme des possibilités qui s'offraient à elle. Pour commencer, se pencher sur la sécurité du kiosque cambriolé. Pourquoi était-il vulnérable cette nuit-là ? Avait-il un système d'alarme ? Qui pouvait savoir que le kiosque ne serait pas protégé au moment des faits ?

Ensuite, pourquoi était-ce précisément ce kiosque-là qui avait été visé ? Pourquoi pas un magasin dans une autre partie de la ville ? Parce que le voleur savait qu'il n'était pas gardé ou parce qu'il habitait tout près ?

Troisièmement : comment le voleur savait-il que le kiosque disposait des cassettes qu'il désirait ? Avait-il eu la possibilité de le vérifier ? Ou savait-il que le choix était sensiblement le même partout en ville ?

Quatrièmement : est-ce que le kiosque pratiquait la location des cassettes ? Si c'était le cas, le voleur avait peut-être loué celles qu'il avait volées, ce qui pouvait expliquer comment il avait effectué sa sélection. Et s'il fréquentait l'endroit, il avait pu entendre parler des systèmes de sécurité de nuit, ou de leur absence. Il fallait donc vérifier les reçus de location et noter les clients qui louaient des films. C'était une piste sérieuse.

Oui, mais le type aurait tout aussi bien pu louer les cassettes dans d'autres magasins. Il les avait alors volées dans celui-là en raison des failles qu'il avait remarquées dans le système de sécurité. Dans ce cas, c'était l'ensemble des vidéoclubs de la ville qu'il fallait vérifier.

Cinquièmement : pourquoi avait-il volé les cassettes au lieu de les acheter tout simplement, sans effraction ? Trop cher ? Mais droguer les garçons pendant des semaines pour qu'ils se tiennent tranquilles n'était pas donné non plus. Il devait donc avoir les moyens. Il pouvait tout aussi bien louer les films et en faire des copies. Certes, il lui fallait un deuxième magnétoscope pour cela. Il ne connaissait personne qui pouvait lui en prêter un ?

L'image que Nastia commençait à se faire de l'homme qui avait cambriolé le kiosque ne correspondait pas à celle qu'elle avait de celui qui enlevait les garçons, mais elle savait que cela n'avait pas d'importance : elle ne devait surtout pas tenter de les superposer. Les fous ont une logique différente. Voler les cassettes devait présenter une importance capitale pour lui.

Il faisait nuit lorsqu'elle sortit de la station Chtcholkovskaïa. Elle avait un début de migraine causée par la charge de travail et de trop nombreuses cigarettes et sentit qu'elle avait besoin de marcher un peu. En passant devant l'arrêt du bus, elle se dit qu'il était tard et que Liocha allait se faire du souci. Comme elle n'avait pas emprunté sa voiture, il pouvait être certain qu'elle n'était pas allée rejoindre Soloviov, mais il s'inquiéterait de toute manière. D'autant plus que, l'année précédente, elle avait été victime d'une agression, un soir qu'elle rentrait tard. C'était par miracle qu'elle avait échappé à la mort. Mieux valait prendre l'autobus.

Le trajet comptait quatre arrêts. Nastia descendit du véhicule et s'engagea dans le sillage d'un couple qui marchait dans la même direction. Le chemin jusqu'à la maison n'avait rien de particulièrement plaisant : éclairage déficient et anémié, peu de passants, nids-de-poule à chaque pas. Rien en tout cas pour rendre agréable une promenade nocturne. Sans même s'en apercevoir, le couple la « raccompagna » jusqu'à sa porte et s'en alla plus loin, visiblement à la recherche d'un moment de bonheur ou, du moins, d'intimité.

L'entrée de l'immeuble était sombre, elle aussi, mais moins effrayante que l'extérieur. Après tout, elle était chez elle. En sortant de l'ascenseur, sur son palier, elle pensa subitement à la maison de Soloviov, avec son grand perron et son vestibule immense.

Elle plongea la main au fond de son sac pour saisir ses clés, mais le trousseau, bien caché, se déroba à ses doigts. Elle finit par renoncer à une recherche qu'elle savait fastidieuse et appuya sur la sonnette. À sa surprise, aucun bruit ne lui répondit. Elle se dit que Liocha avait dû s'endormir devant la télévision et insista. Toujours rien. Elle vida la moitié du contenu de son sac avant de retrouver ses clés.

Alexeï n'était pas à la maison. En se penchant à la fenêtre, Nastia se rendit compte que la voiture n'était plus garée devant l'immeuble. Étrange. Et désagréable. Elle se déshabilla rapidement, s'enveloppa dans une robe de chambre et s'assit à la table de la cuisine, devant un saladier de tomates et de concombres au persil et à l'aneth.

Elle aimait bien son appartement, où elle se sentait toujours à l'aise. Bien sûr, c'était minuscule. Une seule pièce avec un vestibule où deux personnes pouvaient difficilement tenir, une cuisine et une petite salle de bains, mais Nastia ne l'avait jamais trouvé trop étroit, même depuis qu'elle y vivait avec Liocha. Le problème était qu'il ne pouvait rivaliser avec le cottage «de rêve» de Soloviov. La jeune femme avait souvent eu l'occasion d'entrer dans des logements plus spacieux et confortables que le sien. Celui de son demi-frère était un vrai palais. Elle lui avait rendu visite un nombre incalculable de fois et, en rentrant chez elle, n'avait jamais trouvé ridicule son propre appartement. Peut-être était-ce parce qu'Alexandre ne menait pas la même vie qu'elle. Il avait reçu une éducation différente, possédait une autre vision du monde et exerçait une profession aux antipodes de la sienne. Banquier riche et énergique, il avait un sens profond des affaires. Elle trouvait donc parfaitement naturel de le voir évoluer dans un cadre luxueux.

Mais Volodia Soloviov était de la même race qu'elle. Son don pour les langues lui permettait de vivre comme il l'entendait, mais au fond ce n'était qu'un traducteur. Pas le titulaire d'un MBA d'une université prestigieuse. Nastia aurait pu travailler comme lui dans une maison d'édition si elle n'avait pas choisi la milice, à s'occuper de cadavres en décomposition, de victimes éplorées et à jouir du plaisir douteux de confondre des criminels. Comprendre qu'elle aurait pu mener la vie de Soloviov la rendait plus critique dans l'examen de son existence et de son appartement.

Pourquoi est-ce que je vis dans un taudis ? se demanda-t-elle en mastiquant sa salade. *Je ne suis pas pauvre, si j'en crois les statistiques. Les médecins et les enseignants gagnent beaucoup moins que moi, sans parler des retraités. Où va l'argent ? J'ai à peine de quoi survivre en attendant ma paie. Il est possible que je ne le dépense pas comme il faut. Et puis il y a les horaires. Comme je n'ai pas de temps libre, je ne peux pas faire la cuisine et je dépense plus que nécessaire dans l'alimentation. Quand j'étais en fac, j'achetais des rognons ou de la saucisse bas de gamme. C'était très bon marché, mais il me fallait une demi-journée pour les rendre mangeables en les cuisinant. Je ne peux plus me le permettre aujourd'hui : je pars à huit heures du matin et je considère que j'ai de la chance lorsque je peux rentrer avant dix heures du soir.*

Comme elle ne pouvait pas faire ses courses dans la journée, elle achetait ce qu'elle trouvait aux étals près du métro où toutes les denrées étaient hors de prix. Et, au lieu de rognons ou de saucisse, elle achetait du jambon préemballé, délicieux, mais trois fois plus cher. Au moins n'y avait-il pas besoin de perdre du temps à cuisiner.

Soudain, elle se rendit compte que, même en économisant sur la nourriture, elle ne pourrait jamais épargner assez d'argent pour se payer une maison comme celle de Soloviov. Leurs niveaux de revenus n'étaient pas les mêmes. Elle n'arrivait pas à comprendre pourquoi une personne qui maîtrisait trois langues pouvait habiter dans un logement d'un tel confort alors qu'une autre, qui en parlait cinq et accomplissait un travail dur et utile à la société, se voyait contrainte de vivre dans un appartement minuscule. Elle était certaine que son ancien amant était un homme honnête, pas un escroc ou un fraudeur. Il méritait l'argent qu'il gagnait. S'il y avait une injustice, elle était inhérente à la société. Là résidait la différence entre elle et Soloviov – différence qui, dans l'absolu, n'aurait pas dû exister.

Elle se surprit à penser à lui avec plaisir. Et au fait qu'elle irait le revoir le lendemain.

Tu as tout faux, Anastasia, se reprocha-t-elle avec un

certain abattement. *Tu devrais travailler, mais tu ne penses qu'au plaisir. Mets-toi dans la tête que tu n'as plus un âge où les erreurs n'ont pas de conséquences fâcheuses. Surtout si l'on bute deux fois sur la même pierre.*

Elle finit sa salade, fit la vaisselle, resta un bon quart d'heure sous le jet d'une douche chaude pour se détendre et se réchauffer et se traîna jusqu'au lit. Elle tendit la main vers le téléphone pour appeler ses beaux-parents à Joukovski – Liocha était peut-être chez eux –, mais se retint à la dernière seconde. *Surtout pas!* se raisonna-t-elle. *Il pourrait croire que tu le surveilles. Et s'il n'est pas là et que ses parents ignorent où il se trouve?* Son intention n'était pas de mettre Liocha en porte-à-faux. D'une part, elle n'avait aucune raison de douter de sa fidélité. Évidemment, Alexeï Tchistiakov était un homme normal qui pouvait être séduit par une femme belle, intéressante et sexy. Statistiquement, le risque existait, mais le sentiment qu'elle devait s'en inquiéter ne s'était jamais imposé à elle. D'ailleurs, à quoi bon? À trente-six ans, elle connaissait son mari depuis vingt ans. Plus de la moitié de sa vie. Ils vieilliraient ensemble, ils seraient toujours ensemble et, indépendamment de ce qui pouvait arriver, ils resteraient toujours les meilleurs amis: elle le savait d'expérience à la manière dont leur relation avait franchi l'épreuve du temps. Et puis, était-elle sans tache elle-même? Bien sûr que non.

Donc, elle n'appela pas ses beaux-parents. Mais, au moment où elle éteignait la lampe, la sonnerie du téléphone retentit.

– Nastia? lança une voix incertaine à l'autre bout de la ligne.

C'était Pavel Kamenski, son père.

– Oui, répondit-elle en s'efforçant de dissimuler sa surprise.

L'aîné des Kamenski appelait rarement. Nastia était encore petite lorsque ses parents avaient divorcé et elle n'avait plus eu de contact avec son père que pendant les grandes vacances lorsqu'elle allait encore à l'école, puis de temps en temps au téléphone. Depuis qu'elle s'était rapprochée de son demi-frère, Alexandre, le fils que Pavel Kamenski avait eu d'un deuxième mariage et qui était resté plus proche de lui, elle avait des nouvelles de leur père un peu plus souvent, mais pour elle il n'en restait pas moins un parfait étranger. Elle ne ressentait rien à son égard. Elle ne l'appréciait pas, mais ne le détestait pas pour autant. C'était la plus parfaite indifférence. Alors qu'elle adorait son beau-père. C'était le second mari de sa mère qu'elle avait toujours appelé « papa ».

– Nastia, je t'appelle pour te prévenir, annonça Kamenski tout de go avant de marquer une courte pause. Il y a un problème avec la petite Dacha et ton Alexeï est en train de donner un coup de main à Alexandre.

Dacha était sa belle-sœur.

– Qu'est-ce qu'elle a ?

– Eh bien... Euh...

Nastia n'eut pas besoin d'autre chose que la gêne de son père pour comprendre. Dacha en était au quatrième mois de sa grossesse. Quelque chose avait dû mal se passer. Peut-être avait-elle perdu le bébé.

– Comment est-ce arrivé ?

– Je n'en sais rien. Alexandre a appelé de l'hôpital il y a une heure ou deux. Il m'a dit qu'Alexeï était allé chercher un spécialiste qu'il connaissait et m'a demandé de te passer un coup de fil pour que tu ne t'inquiètes pas. Il est navré de te priver ainsi de ton mari, mais je crois qu'il est dans un tel état de panique que la présence d'Alexeï lui fait du bien.

– Bien sûr, c'est tout à fait naturel. Merci de m'avoir prévenue.

Merci de m'avoir prévenue ce soir plutôt que demain, ajouta-t-elle en son for intérieur. *Je suis rentrée depuis près d'une heure. Une autre que moi serait devenue folle d'inquiétude en se demandant où pouvait bien être son mari à une heure pareille. Et toi, papa chéri, au lieu de composer mon numéro toutes les cinq minutes pour me rassurer dès mon retour, tu appelles au bout d'« une heure ou deux » ? Qu'est-ce que tu faisais donc ? Tu regardais un film à la télé ? Encore heureux que je sois de bonne composition et que je ne panique pas facilement.*

Une expression de son père résonnait encore à ses oreilles : « un problème avec la petite Dacha ». Elle n'avait jamais entendu son père parler de « la petite Nastia ». *Je ne suis pas jalouse, Dieu m'en est témoin. Et Dacha est une femme merveilleuse, un miracle vivant aux yeux bleus que personne, moi y comprise, ne peut se retenir d'aimer. Mais je suis tout de même ta fille, non ? À moins que je ne sois que l'enfant d'une femme à laquelle tu as été marié accidentellement, stupidement et pour une courte période...*

Elle chassa ces idées à peine arrivées. Penser à Kamenski ne présentait aucun intérêt pour elle. Il ne tenait aucune place dans sa vie. La vague d'inquiétude pour sa belle-sœur qui montait en elle depuis le coup de fil la submergea. Sacha, leur premier fils, était né l'année précédente, au début du mois de juin. Nastia s'était dit qu'il n'était pas très judicieux pour le couple de chercher à avoir un deuxième enfant si vite, mais Dacha voulait tellement une fille et Alexandre était si heureux qu'elle avait gardé ses réticences pour elle.

Pauvre Dacha ! Elle espéra qu'elle n'avait pas fait une fausse couche. Mais, même si c'était le cas, elle était terriblement jeune : vingt ans. Elle pouvait encore avoir une bonne douzaine d'enfants si elle le désirait. *Pourvu qu'elle ne souffre pas d'une lésion quelconque qui la rende stérile !*

Quant à Liocha, il avait rejoint Alexandre à l'hôpital. C'était vraiment une bonne idée. Son mari était un homme raisonnable et calme, peut-être trop parfois, mais idéal dans une telle situation. C'était sans doute la personne qui pouvait avoir la meilleure influence sur Alexandre, hyperinquiet et alarmiste. De plus, il avait quelques grands médecins parmi ses amis. À une époque, il avait mis au point un programme informatique de diagnostic médical et avait travaillé avec de grands spécialistes du milieu hospitalier. Il avait dû faire appel à une sommité.

Nastia n'eut aucun mal à reconstituer le déroulement des événements. Le coup de fil affolé d'Alexandre : Dacha perdait son sang et il ne pouvait rien faire. Dacha était en train de mourir ! Pour une raison incompréhensible, Alexandre Kamenski imaginait toujours le pire. Mais, curieusement, ce pessimisme maladif qui, face à chaque difficulté, lui faisait penser que tout était perdu ne s'étendait pas à son travail. En fait, il ne se faisait du souci que pour les siens. Surtout pour Dacha, qu'il aimait au point de perdre toute mesure lorsqu'il lui arrivait quelque chose.

Bien entendu, Liocha avait quitté l'appartement en quatrième vitesse pour voler au secours de son beau-frère, sans perdre un temps précieux à rédiger un mot pour prévenir sa femme.

Soudain, Nastia ralluma la lampe et tendit la main vers le téléphone. Elle avait composé le numéro de Soloviov avant même de se demander pourquoi elle l'appelait.

– Je te réveille ? demanda-t-elle d'un ton contrit en entendant sa voix douce.

– Non, je me couche tard.

– Comment vas-tu ?

– Très bien, merci. Que me vaut le plaisir ?

– À vrai dire, je ne sais pas. Mais j'avais sans doute envie de t'appeler ; sinon, je ne l'aurais pas fait.

– Ça semble logique, dit-il d'un ton amusé. Je vois que tu fais travailler tes méninges même sur des questions purement émotionnelles. Et toi, comment vas-tu ?

– Très bien, comme toujours.

– Tu es chez toi ?

– Bien sûr. Où pourrais-je bien être à cette heure tardive ?

– Et ton mari ? S'il t'entendait ?

– S'il pouvait m'entendre, je ne t'aurais pas appelé.

– Toujours logique. En tout cas, je suis heureux de ton coup de fil.

– C'est vrai ?

– C'est vrai.

Sa voix avait de nouveau l'intonation qui la faisait chavirer.

– On s'habitue vite aux bonnes choses, poursuivit-il. Nous nous sommes vus hier, et aujourd'hui je sentais que quelque chose me manquait. J'ai compris ce que c'était en entendant ta voix au téléphone. Tu me manques.

– Toi aussi, répondit-elle avec un sourire. Je passerai demain si tu n'as pas d'autres plans.

– À quelle heure ?

– Vers vingt heures. Ça te va ?

– Entendu.

– Bises, dit-elle doucement.

– Bonne nuit.

Ainsi donc, Soloviov, je te manque déjà. Et pourquoi ? Laissons mon cas de côté. Dans notre relation, j'ai toujours été la poire. Mais toi ? Tu ne me voyais même pas comme un être humain. Je n'étais qu'un concept : la fille de ta prof. Et je pouvais te nuire auprès d'elle. Il ne t'est jamais venu à l'idée que je n'avais aucune raison de lui parler de notre liaison : tu étais tellement sûr que je lui disais tout. Il n'était pas dans mes habitudes de la mettre au courant de ma vie privée et elle n'a appris toute l'histoire que bien des années plus tard. Aujourd'hui, renouer avec moi ne présente plus de risques pour toi. Tu n'es plus marié et je le suis. Tu n'as pas à craindre que je m'incruste et que je te demande de m'épouser. Et si je le faisais tout de même, ton infirmité est la meilleure défense : dans ta situation, personne ne pourrait te forcer à te remarier. Tu peux donc avoir une liaison. Ta vie est morne et ennuyeuse et, bien que tu fasses semblant de n'avoir besoin de personne, c'est faux. Tu as toujours apprécié la vie en société. Tu aimais être au centre de l'attention générale, et ce n'est pas le genre de choses que l'on perd de gaieté de cœur. Tu as besoin de te sentir aimé. Et tes sentiments n'entrent pas en ligne de compte. Tu es capable de feindre pour obtenir ce que tu veux. Tu dis que je te manque ? Peut-être. En tout cas, demain, tu agiras comme si tu éprouvais quelque chose pour moi. Mais ce ne sera pas vrai. Tu feras semblant pour que je continue à te voir et que tu puisses sentir de nouveau mon amour, le respirer et t'en imprégner. Tu es un vampire émotionnel.

Mon Dieu ! Et dire que je t'aimais tant !

4

Artur Nikolaïevitch Malychev était un bel homme de cinquante ans qui voulait paraître plus jeune et parlait d'une voix très basse.

– Je ménage ma gorge, expliqua-t-il à une Nastia obligée de tendre l'oreille. Je donne six heures de cours par jour. Ce n'est pas rien. Sans parler des cours du soir. J'essaie de ne pas forcer ma voix en dehors des amphis.

Il ne savait que très peu de choses sur Soloviov. Ils ne faisaient pas partie du même cercle d'amis. Même en fac, ils appartenaient à des promotions différentes. Il avait appris les malheurs de Soloviov par sa femme. Elle le tenait elle-même d'une ambulancière qu'elle connaissait. Comme cette dernière ne manquait pas une seule parution des « Best-sellers d'Extrême-Orient », le nom de Soloviov avait attiré son attention lorsque son ambulance l'avait pris en charge dans la rue après une agression.

– Vous souvenez-vous exactement de ce que votre femme vous a dit en vous rapportant les propos de cette personne ?

– Oui. Que l'un de mes anciens condisciples de fac, le traducteur Soloviov, avait été transporté aux urgences après avoir été sévèrement battu. C'est tout. Elle n'avait pas d'autres détails.

– Et cette amie… vous la connaissez ?

– Non, pas du tout. À vrai dire, j'ignore même son nom.

– Vous ne connaissez pas les amies de votre femme ?

– Ce n'était pas une amie. Juste une relation. Vous savez comment ça se passe : elles se sont rencontrées à l'hôpital. Elles ont dû s'appeler deux ou trois fois avant de se perdre de vue. En tout cas, elle n'est jamais venue à la maison.

– Dans quel hôpital était-ce ?

– Je... je ne sais pas... répondit Malychev avec un embarras visible.

– Artur Nikolaïevitch, ce que vous me dites est impossible. Vous me dissimulez quelque chose ?

Il rougit et fit mine de chercher un briquet qui se trouvait juste devant lui.

– C'est que... C'est très embarrassant. À l'époque, ma femme a voulu avorter. En cachette. J'étais absent de Moscou, cela lui a simplifié les choses.

– Mais vous avez quand même découvert qu'elle avait avorté, lui fit remarquer Nastia.

– Oui, acquiesça Malychev en la regardant droit dans les yeux. Je n'ai aucune raison de le taire. Vous êtes de la milice et vous avez les moyens de le savoir, non ?

– Je crois que vous avez raison.

– Sans compter que tout l'Institut est au courant. Nous avons divorcé, depuis. Elle a rencontré quelqu'un. Le bébé était de lui. C'est pour ça qu'elle me l'avait caché. Elle est arrivée à donner le change quelque temps. Puis son amant lui a demandé de partir avec lui à l'étranger. Il s'est lancé dans les affaires en Côte-d'Ivoire. C'est tout.

– Je vous prie de m'excuser. Je ne voulais pas vous embarrasser avec une conversation désagréable. Mais il faut vraiment que je retrouve cette femme du service des ambulances. Vous souvenez-vous de quelque chose qui pourrait m'aider ?

– Non, pas du tout.

– Est-il possible d'entrer en contact avec votre ex-femme ?

– Je n'ai pas son téléphone. Elle habite là-bas, en Guyane... non, je veux dire, en Côte-d'Ivoire.

– Je comprends, lança Nastia dans un soupir. Ses anciennes amies savent peut-être dans quel hôpital elle était.

Malychev lui donna plusieurs noms que Nastia nota soigneusement.

– Je ne suis pas sûr que ces femmes puissent vous aider, la prévint-il néanmoins. Mon ex était plutôt prudente et taciturne et n'avait confiance en personne. Elle a réussi à garder secrète sa liaison avec ce type pendant un bon moment. Si elle s'était confiée à ses copines, ça se serait su beaucoup plus tôt.

Nastia ne parvint pas à dissimuler un sourire.

– Artur Nikolaïevitch, je ne voudrais surtout pas vous décevoir, mais le mari est toujours le dernier informé. C'est un vieux cliché, mais des gens autour de vous devaient sans doute connaître toute l'affaire depuis un bon moment.

– Non, dit-il, péremptoire, en hochant la tête. Je suis certain que ce n'était pas le cas.

Nastia ne chercha pas à savoir sur quoi se fondait cette certitude. À quoi bon insister puisqu'elle avait obtenu ce qu'elle voulait ?

Pourtant, il se trouva que Malychev avait raison : aucune des amies de son ancienne épouse ne connaissait l'établissement où elle avait fait passer sa grossesse. Ou bien elles ne comptaient pas réellement parmi ses intimes, ou bien elle était tellement secrète qu'elle ne leur avait pas dit à quel hôpital elle allait. Il fallait aussi tenir compte du fait qu'un avortement n'est pas une opération lourde qui nécessite une hospitalisation de plusieurs jours. Comme elle allait entrer le matin pour ressortir le soir, aucune d'entre elles n'avait jugé utile de se renseigner pour pouvoir éventuellement lui rendre visite.

Pour Nastia, il ne restait qu'une seule chose à faire : vérifier un à un les registres des hôpitaux de l'année considérée, en cherchant le nom d'Anna Malycheva. Puis prendre la liste du personnel hospitalier pour chercher les ambulancières qui étaient de service ce jour-là. C'était le genre de travail qui pouvait immobiliser des enquêteurs pendant plusieurs jours. Et cela pourquoi ? Pas pour rechercher un criminel, mais pour retrouver une femme qui prétendait que Soloviov avait été passé à tabac. Admettons que je la trouve et que son histoire soit vraie, réfléchit-elle. Et alors ? Quel est le rapport avec les garçons morts d'overdose ? Ou le fou qui a volé les cassettes vidéo dans ce foutu kiosque ? Aucun.

Elle savait d'expérience que son chef ne la laisserait jamais perdre son temps à découvrir le passé d'un ancien amant qui n'était mêlé à aucune activité louche et sur lequel ne pesait pas le moindre soupçon.

Mais était-ce bien vrai ? N'y avait-il pas quelque chose d'étrange dans cette histoire d'agression ?

Nastia Kamenskaïa n'était pas du genre à avoir peur de la vérité.

*

– Ne les embête pas, lui dit Viktor Gordeïev avec exaspération. Et surtout, qu'ils ne sachent pas ce que tu sais.

Ce matin-là, il était arrivé d'une humeur massacrante et ne s'était vaguement calmé que le soir. Mais il y avait toujours de l'irritation dans sa voix. En prenant son poste, Nastia lui avait transmis un dossier contenant la liste des mesures à prendre pour rechercher le voleur des cassettes. Sans nouvelles de lui à la fin de la journée, elle avait fini par aller lui poser directement la question. En fait, pour des raisons de politique interne au service, rien n'avait été fait. Le vol de quelques cassettes était une tâche à peine digne d'un commissariat de quartier. Pour que la Petrovka s'en occupe, il fallait des raisons impérieuses. Nastia en avait, mais comme Gordeïev n'avait pas informé la Direction de la tournure prise par leur enquête (et que, pour garder les mains libres, il ne voulait surtout pas le faire), les moyens nécessaires pour suivre la piste du voleur leur avaient été refusés.

– Il faut comprendre, expliqua-t-il à Nastia, que nous sommes les seuls à avoir fait le lien entre la disparition de ces neuf garçons et à envisager l'hypothèse d'un tueur en série. Nous quatre, Korotkov, Selouïanov, toi et moi. Et nous faisons peut-être fausse route. Tu sais ce qui arriverait si nous rendions publics nos soupçons ? Il suffirait d'une simple allusion au fait que les victimes présentent un profil sémite pour que tous les torchons à scandale fassent leur une sur une organisation antisémite clandestine à l'œuvre à Moscou. Et que veulent ces journaux ? Du tirage ! Tous les moyens leur seront bons pour faire monter la sauce : fausses rumeurs, informations non vérifiées et mensonges éhontés. Tu imagines la suite ? Panique au sein de la communauté juive qui exigera des mesures de protection et des résultats immédiats de la milice. Nous ne pouvons pas nous lancer tête baissée dans une affaire aussi sensible. Je ne suis pas certain que nous ayons assez d'hommes politiques subtils et avisés dans la ville pour calmer un tel scandale. Les problèmes ethniques sont toujours délicats. Leur solution requiert de la patience et du discernement. Et toutes nos protestations sur le fait que le coupable n'est sans doute qu'un maniaque qui aime ce type de garçons, sans forcément prêter attention à leur origine, ne serviront à rien. De nombreuses personnes auront tout intérêt à nous accuser de couvrir une affaire raciste. Les élections sont pour bientôt, ne l'oublie pas.

– Je ne l'oublie pas, souffla Nastia. Mais nous sommes les seuls à pouvoir suivre la piste du voleur de cassettes. Les gars du commissariat de quartier ont trop de travail et ils ignorent l'importance de l'affaire.

– Et le type qui a eu l'idée de comparer les génériques des films ? Il semble intelligent. Tu ne crois pas qu'il pourrait s'en charger ?

Elle secoua la main d'un air abattu.

– Ses supérieurs ne le laisseront pas faire. Personne ne comprendra pourquoi il travaille sur le vol de quelques cassettes. Ils lui confieront des tas d'autres tâches et il sera bien forcé de laisser tomber notre voleur.

– Bien. Alors il ne reste plus qu'à les tromper, proposa Gordeïev.

– De quelle manière ?

– Quel est le secteur concerné ?

– L'arrondissement de l'Ouest. Près de la station de métro Molodejnaïa.

– Nous avons des affaires en cours là-bas, n'est-ce pas ?

– Oui, deux cadavres, répondit Nastia en comprenant ce que son patron avait en tête. Selouïanov s'occupe de l'un et Lesnikov de l'autre. L'affaire de Selouïanov implique également le vol d'objets de valeur : des tableaux, des bijoux. Ça fera l'affaire ?

– Impeccable. Tu piges vite ! lui lança Gordeïev, appréciatif.

Une demi-heure plus tard, il s'était arrangé pour disposer d'un flic de l'arrondissement de l'Ouest pour suivre la piste des biens volés. Précisément celui qu'il voulait. Et plus personne ne pourrait reprocher à ce jeune agent de suivre les directives des enquêteurs de la Petrovka.

Nastia décida de n'aller le voir que le lendemain et partit chez Soloviov.

*

– Allons, dit-elle en plaisantant alors qu'elle s'installait dans un fauteuil confortable. Dis-moi combien je t'ai manqué.

– Beaucoup, répondit Soloviov sur le même ton rieur.

Il semblait différent, ce soir-là. Dans un pull bleu foncé, les cheveux en bataille et les yeux pétillants, il n'avait plus rien de commun avec l'homme grave qu'elle avait découvert le soir de son anniversaire. Elle se retrouvait devant le Soloviov qu'elle avait connu : heureux et confiant dans la vie, toujours prêt à plaisanter et à sourire.

Andreï n'était pas là. Il faisait un saut chez l'éditeur pour ramener les épreuves d'un nouveau livre. En dehors de sa présence, Nastia se sentait beaucoup plus libre. Elle ne pouvait pas supporter l'hostilité, même bien dissimulée sous des apparences polies ou même cordiales. Ils avaient ramené du café et des sandwiches de la cuisine avant de passer dans le séjour. Nastia avait failli proposer de faire à dîner, puisque les victuailles ne manquaient pas, mais elle s'était retenue en pensant qu'Andreï ne serait sans doute pas content de voir quelqu'un lui prendre son travail.

– Et moi, je t'ai manqué ? demanda Soloviov.

– Un peu, avoua-t-elle. Entre la préparation de contrats

urgents, des négociations et des coups de fil. Allons-nous parler de nous ou aborder un sujet plus intéressant ?

– Notre relation ne serait pas le sujet le plus intéressant ?

Nastia regarda attentivement son ami. Projetait-il de la conquérir une nouvelle fois ? Si c'était le cas, il ne manquait pas d'air.

– Si, sans doute, reconnut-elle. Mais tu sais bien qu'il est impossible de se baigner deux fois dans la même rivière. Nous avons changé tous les deux. Et nous sommes devenus presque des étrangers l'un pour l'autre. Si nous décidons de placer nos relations au centre de la conversation, il faut d'abord réapprendre à nous connaître.

Soloviov partit d'un grand éclat de rire.

– Tu es impossible ! Tu as perdu tout ton romantisme et tu es devenue impitoyablement sèche, pratique et logique. Pourquoi penses-tu que j'aie changé ? Je suis le même. Exactement le même Soloviov que tu aimais, il fut un temps.

– Ce n'est pas possible, lui fit-elle remarquer tout doucement. Beaucoup d'événements ont marqué ta vie et la mienne au cours de ces années. Je peux même ajouter qu'ils ont laissé une trace énorme. Tu as traversé la tragédie de la perte de ta femme. Tu es devenu riche et plutôt célèbre. Comment peux-tu dire que tu es le même ?

– Tu as raison en ce qui concerne l'argent. Quant à la célébrité, j'en doute.

Et en ce qui concerne ta femme ? Tu n'as même pas relevé, se dit-elle. *Pourquoi ? Pourquoi évites-tu la discussion ?*

– Non, tu te trompes, cela ne fait aucun doute, répondit-elle rapidement. Les lecteurs te connaissent.

– Comment peux-tu affirmer cela ?

Nastia vit un intérêt sincère s'allumer dans ses yeux. Toujours vaniteux, il aimait qu'on parle de ses succès. Mais il ne s'agissait pas de ça : tout dans son attitude montrait qu'il voulait vraiment savoir.

– L'ambulancière qui t'a emmené à l'hôpital est une de tes fans.

Soudain, son visage dit la colère. Ses traits semblaient plus aigus et figés, comme s'il se retenait de dire quelque chose de vexant. Elle fit semblant de ne pas le remarquer et poursuivit sur un ton badin :

– Elle a appelé tous ses amis pour leur dire que le célèbre traducteur Soloviov des « Best-sellers d'Extrême-Orient » avait été agressé dans la rue. Elle était tout à fait désolée. Je crois qu'elle a sincèrement souffert pour toi.

À présent Nastia avait la certitude que l'histoire était vraie. Mais elle ne comprenait pas pourquoi cette rixe sur la voie publique n'apparaissait pas dans les rapports. Coups et blessures volontaires ayant entraîné une invalidité permanente, ce n'était pas un simple délit, mais bel et bien un crime passible de huit ans de travaux forcés. Visiblement, Soloviov protégeait son agresseur. Qui cela pouvait-il être ? Son fils ? Peut-être. Mais les médecins ? Mais le service des admissions de l'hôpital ? Ils étaient tenus de signaler toute agression à la milice. Pourquoi ne l'avaient-ils pas fait ? Sans doute parce que personne ne s'en souciait plus. Au cours des dernières années, plus personne n'accomplissait les formalités exigées par la loi. Chacun menait ses affaires sans se préoccuper du sort du voisin. Le pays partait à vau-l'eau.

– Elle m'a aussi passé un coup de fil, poursuivit-elle sans même une inflexion de la voix qui aurait pu révéler le mensonge. En fait, c'est à ce moment que j'ai commencé à penser que je devais te faire une petite visite.

– Tu as réfléchi longtemps, lui fit-il remarquer sèchement. Presque deux ans.

– Oui. Longtemps. Je projetais de me marier et ne parvenais pas à me décider si je devais te revoir. Je ne savais pas que Svetlana était décédée. J'ai tourné et retourné la situation, dans l'indécision la plus totale. Ensuite, j'ai été emportée par les préparatifs du mariage, puis de la lune de miel. Mais, comme tu peux le constater, j'ai fini par venir.

– Et tu as fait exactement ce qu'il fallait. Tu ne peux pas t'imaginer à quel point je suis heureux que tu sois de retour dans ma vie.

Elle vit clairement qu'il cherchait à changer de sujet et

se laissa faire. Mais elle n'avait aucune envie de dériver sur le terrain des sentiments.

– Tu peux me dire quel est le meilleur roman que tu aies traduit ? lui demanda-t-elle. J'ai confiance dans ton jugement et je lirai celui que tu m'indiqueras.

– Tu peux lire toute la série. Ils sont tous bons, que ce soit par la trame, les personnages, les dialogues…

– Mais il doit bien y en avoir un que tu préfères, insista-t-elle.

– Mon préféré ? C'est *La Lame*. Il est épuisé. Il s'est bien vendu l'année dernière. Mais je peux te prêter le dernier exemplaire qui me reste.

– Merci, je vais le lire.

Bien sûr qu'elle le ferait. Elle lirait *La Lame* et tous ceux qu'il avait traduits. Pour comprendre pourquoi il considérait celui-là comme le meilleur. Dites-moi quel livre vous aimez et je vous dirai à quoi vous pensez lorsque vous êtes en train de le lire.

Une seconde ! se dit-elle brusquement. *Mais que fais-tu ? À quoi bon chercher à savoir ce qu'il a dans la tête et à quoi il pensait en traduisant ce bouquin ? Tu projettes de travailler sur lui ? Et pourquoi donc ? Simplement parce qu'il tente de dissimuler le fait qu'il a été battu ? Reprends-toi, Anastasia. Sois honnête : est-ce qu'il t'intéresse ? Est-ce que tu te laisses encore prendre à son jeu ? Si c'est le cas, tu n'es qu'une imbécile. Sinon, laisse-le et ne te mêle pas de savoir ce qu'il a dans la tête.*

*

Guennadi Svalov, le jeune agent de l'arrondissement de l'Ouest, ressemblait à un « nouveau Russe » plutôt qu'à un flic normal. Fort, trapu et les cheveux très courts, il conduisait une Volkswagen bleu clair et ne se séparait jamais de son téléphone mobile. Nastia savait que chaque minute de communication coûtait un dollar, soit une fraction non négligeable du salaire d'un milicien. *Le type doit faire du travail au noir quelque part*, pensa-t-elle avec désapprobation.

– Je me souviens très bien de vous ! s'écria-t-il joyeusement. Vous donniez un cours de criminologie à l'école de la milice.

C'était tout à fait possible. Chaque année, avant que les jeunes diplômés ne reçoivent leur première affectation, Nastia faisait quelques séances de travaux dirigés de manière à détecter les étudiants les plus brillants, ceux qui ne réfléchissaient pas comme tout le monde. Après, Gordeïev s'en mêlait et déterminait ceux qui pouvaient convenir pour la Criminelle. Comme ils étaient toujours à court de personnel, il était plus efficace de recruter ainsi les nouvelles recrues.

– Vous avez sélectionné Oleg Mechtcherinov pour votre département, poursuivit Svalov.

Évidemment qu'elle se le rappelait. C'était même un de ses pires souvenirs. Oleg était brillant et possédait une intelligence exceptionnelle. Mais il n'utilisait pas ces qualités pour faire régner la loi et l'ordre : il les avait mises au service de la pègre. Il avait tenté de faire capoter une enquête et, pour finir, était devenu un meurtrier avant d'être abattu par le *maïor* Lartsev qui était bien meilleur tireur que lui, mais qui avait quand même été blessé au cours de la fusillade[1]. Nastia se demanda si Svalov connaissait les circonstances de la mort de son camarade de promotion.

Elle expliqua au jeune flic comment exploiter les pistes qui pouvaient mener à l'identification du voleur des cassettes. Le volume de travail ne souleva pas l'enthousiasme de Svalov. De plus, il ne semblait pas très bien suivre les raisonnements de Nastia.

– Vous… vous voulez dire qu'il faut faire le tour de tous les vidéoclubs ? balbutia-t-il d'une voix traînante et chargée de toute la misère du monde.

– Exactement. Et il faut noter les noms des gens qui ont loué les films qui nous intéressent.

– Mais le plus souvent les clubs n'exigent pas de pièce

1. Voir *Le Cauchemar*, le premier roman d'Alexandra Marinina publié dans cette collection.

d'identité. Les clients peuvent utiliser n'importe quel nom d'emprunt.

– Ne t'occupe pas de ça. Commence par obtenir tous les noms. Après, nous chercherons le moyen d'exploiter notre récolte, lui expliqua-t-elle patiemment.

– Comment peut-on les exploiter s'ils sont faux ? demanda-t-il.

À son expression, il était clair qu'il ne cherchait pas simplement à contredire Nastia. Il se posait la question pour de bon. Mais la situation indisposait de plus en plus la jeune femme. Son jeune collègue cherchait visiblement à en faire le moins possible. Comment avait-il bien pu avoir l'idée de vérifier les génériques des quatorze films ? Et surtout, la mettre en application ? À moins que quelqu'un ne lui ait donné le résultat tout prêt.

– Pour commencer, nous ignorons si le voleur a utilisé un faux nom. Il n'a peut-être pas vu la moindre raison de le faire. Ensuite, nous ne savons même pas s'il a vraiment loué ces cassettes.

– Vous voulez dire qu'on va peut-être faire tout ce travail pour rien ?

– C'est possible, reconnut-elle. Mais il faut le faire. Nous sommes sur la piste d'un tueur et nous ne devons rien négliger pour le trouver. Une chose encore : s'il te plaît, ne parle de cette enquête à personne. Il ne faut pas ébruiter l'histoire de ces adolescents. Tu comprends ?

Elle avait le sentiment qu'il n'avait rien compris du tout et qu'ils avaient commis une erreur en comptant sur lui. Mais il était trop tard. Il faisait partie du groupe opérationnel et savait tout sur les disparus. Il n'y avait pas moyen de faire marche arrière.

*

Ce soir-là, Nastia se rendit à l'hôpital, au chevet de sa belle-sœur. Alexandre avait fait tout le nécessaire et Dacha bénéficiait d'une chambre individuelle équipée d'un téléviseur et d'un petit frigo. Il lui suffit de regarder le visage sans couleurs de la jeune femme pour ressentir un pincement au cœur : elle n'avait pas besoin d'autre chose pour comprendre qu'on n'avait pas pu sauver le bébé.

– Tu es jeune, Dacha chérie, la consola-t-elle. À peine vingt ans. Tu as tout le temps d'avoir autant de bébés que tu voudras.

– Je voulais tellement celui-ci ! murmura sa belle-sœur. C'était un jour si merveilleux... celui où Alexandre et moi... Enfin, tu sais bien...

– Ma chérie, vous vous aimez. Il y aura encore une infinité de jours merveilleux dans votre vie. Il ne faut surtout pas désespérer. Vous projetez bien d'aller à Paris pour votre anniversaire de mariage, non ? Tu te rends compte comme ce serait bien de ramener un bébé de là-bas !

– Impossible, chuchota Dacha tristement. Le médecin a dit que nous ne devons rien faire avant trois mois. D'ailleurs, le mois prochain, je ne serai sans doute pas encore en état de faire un long voyage.

Des larmes s'échappèrent de ses grands yeux bleus. Malgré le sourire qu'elle tentait de maintenir, ses lèvres tremblaient. Une vague de compassion submergea Nastia.

– Quand vont-ils te laisser sortir ?

– La semaine prochaine, s'il n'y a pas de complications. Je suis désolée, s'excusa-t-elle en s'asseyant sur le lit et en essuyant ses larmes. Il faut que j'arrête de pleurer. Ça ne sert à rien. Tout est de ma faute. Je n'avais qu'à pas essayer de déplacer cette machine idiote.

Alexandre avait expliqué à Nastia que l'accident s'était produit alors qu'elle déplaçait le lave-linge dans un débordement d'énergie ménagère. Elle ne devait s'en prendre qu'à elle-même, mais Nastia n'en était pas moins désolée pour elle.

Dans le couloir, elle tomba sur son demi-frère, les bras chargés de deux lourds sacs de fruits.

– Pourquoi tu ne lui apportes pas plutôt un bon livre ? lui demanda Nastia en l'embrassant sur la joue. Elle a besoin de distraction.

– Je lui ai apporté des bouquins, mais elle ne veut pas lire.

– Persuade-la de le faire. Tu es son mari, non ? Sers-toi de ta virilité. Ce n'est pas bon pour elle de rester couchée toute la journée à penser au bébé perdu et à pleurer du matin au soir. Il faut qu'elle rentre à la maison dès que possible.

– Je sais, dit Alexandre. Tu as cinq minutes ?

– Si tu veux. Pourquoi ?

– Accompagne-moi jusqu'à la chambre de Dacha. Je suis déjà venu deux fois aujourd'hui. Je vais juste lui donner les fruits, lui faire une bise et je te ramène chez toi. D'accord ?

Dacha, qui n'attendait plus de visiteurs, pleurait à chaudes larmes. Le spectacle était si pénible que Nastia fit aussitôt demi-tour dans le corridor, laissant le jeune couple en tête à tête. Au bout de vingt minutes, Alexandre la rejoignit.

– Tu as raison, reconnut-il pendant qu'ils descendaient l'escalier. Je dois la faire sortir d'ici. Demain, je parle au chef de service. Je leur signerai une décharge s'il le faut. Elle sera bien mieux à la maison. Au moins, elle pourra retrouver notre fils.

– Qui s'occupe de lui, en ce moment ?

– Ma belle-mère. Elle pourra aussi prendre soin de Dacha. Elle le fera bien mieux que tous les médecins du monde.

Nastia était certaine qu'il ferait exactement ce qu'il disait. Et si l'hôpital refusait de la laisser sortir, il soudoierait les responsables. L'argent ne comptait pas lorsqu'il était question de sa famille. Jeune entrepreneur en pleine réussite, il était persuadé qu'une somme adéquate pouvait résoudre n'importe quel problème.

Il resta silencieux pendant une bonne partie du trajet jusqu'au quartier de Nastia. Puis il lui demanda soudain :

– Tout va bien entre toi et Liocha ?

– Oui, bien sûr. Pourquoi cette question ?

– Il m'a semblé tendu. Vous vous êtes disputés ?

– Alexandre, nous ne nous disputons jamais, tu le sais. Il était peut-être fatigué.

– Nastia, n'essaie pas de me la faire. Je sais voir si ton mari est fatigué. Il semblait plutôt contrarié par quelque chose.

– Balivernes !

Elle savait parfaitement ce qui tourmentait son mari : ses contacts avec Soloviov. Elle préféra changer de sujet.

– Au lieu d'imaginer Dieu sait quoi, dis-moi plutôt si tu connais une certaine Iakimova dans le milieu des affaires.

– Iana ?

– Oui, Ianina Iakimova.

– Une tigresse, répondit aussitôt Alexandre en souriant pour la première fois. Poigne de fer, incroyablement chanceuse et riche. Pourquoi cette question ?

– Simple curiosité. J'ai rencontré son mari récemment. Mais mon intérêt pour elle est d'ordre totalement privé. J'espère que tu me comprends. Pour son mari, je ne travaille pas dans la milice. Je suis avocate.

– On dit qu'il s'occupe des gosses à la maison. C'est vrai ?

– Oui, il joue le rôle traditionnel de la mère au foyer. Il les conduit à l'école, leur prépare les repas… Mais sa femme, tu l'as déjà vue ?

– Bien sûr. Et plus d'une fois.

– Comment est-elle ?

– Impressionnante ! Belle, mais écrasante. Trop grande, trop forte, trop chevelue… Si on pouvait la réduire d'un tiers, elle serait parfaite.

– Des commérages ?

– Comment dire… oui et non.

– C'est-à-dire ?

– Ce n'est pas facile, dit-il en ébauchant un petit sourire en coin. Par exemple, une fois, elle est parvenue à réussir une affaire alors que personne ne lui donnait la moindre chance et le bruit a couru qu'elle avait utilisé des méthodes illégales pour forcer la main aux gens qu'il fallait. Mais ce n'était qu'une rumeur car personne n'a pu avancer le moindre élément tendant à démontrer qu'elle avait utilisé des hommes de main ou du chantage.

– Elle s'est peut-être servie de ses charmes, tout simplement ? suggéra Nastia.

– Pas de danger ! répondit Alexandre catégoriquement. Si tu la connaissais, tu n'y penserais même pas. Iana a la réputation d'un iceberg. Pour oser s'intéresser à elle, il faudrait avoir l'instinct suicidaire. À moins de mesurer deux mètres, peser cent trente kilos, avoir au bas mot dix millions de dollars, être célibataire, entre quarante-cinq et cinquante ans, voire plus, et posséder une personnalité extraordinaire et une main de fer. Et encore, le succès ne serait pas garanti.

– N'exagère pas, le reprit Nastia. Tu sais de quoi a l'air son mari ? Plus petit que moi, à moitié chauve, doux et timide. Très agréable. Aux petits soins pour les gosses et sans fortune personnelle, à ce qu'il me semble.

– Exactement. Elle n'irait tout de même pas s'encombrer de la copie conforme de son légitime. Il est très rare que les amants ressemblent aux maris.

– Tu as sans doute raison, reconnut-elle pensivement.

Alexandre arrêta la voiture devant l'immeuble de Nastia.

– Tu montes ? lui demanda Nastia. Tu ne vas quand même pas rester tout seul, chez toi. De toute manière, ce sont les parents de Dacha qui s'occupent de ton petit Sacha.

– D'accord, dit son demi-frère.

En voyant la complicité qui les unissait, il était difficile de croire que leur première rencontre ne datait que de dix-huit mois. Auparavant, chacun connaissait l'existence de l'autre, mais ils ne s'étaient jamais vus, ni même parlé au téléphone. Nastia était son aînée de huit ans. Depuis, des liens de sympathie et d'affection s'étaient développés entre eux et avaient englobé aussi leurs fiancés respectifs, Liocha et Dacha, qui étaient devenus leurs conjoints le même jour, un an plus tôt. Bien qu'élevés dans des familles différentes, ils étaient semblables par l'aspect physique et le caractère qu'ils tenaient tous les deux de leur père, Pavel Kamenski, un homme grand et mince, blond, aux cils et sourcils presque incolores, froid, un peu cynique, réservé et sévère avec ses enfants. Mais, à la différence de ce dernier, ils étaient tous les deux capables de débordements d'affection et savaient faire preuve d'une grande compassion devant les souffrances d'autrui, en particulier de ceux qu'ils aimaient.

*

Nastia ne pouvait pas se permettre de se lever tard. Elle s'efforçait toujours de partir tôt en se ménageant de la marge pour tenir compte de l'éventuel métro bloqué dans un tunnel ou des bouchons qui immobilisaient régulièrement son bus. Elle avait rendez-vous avec Guennadi Svalov à la station Komsomolskaïa, mais y arriva avec vingt-cinq minutes d'avance et décida de monter en surface pour faire le tour de la place et jeter un œil aux étals de livres des vendeurs des rues.

Les ouvrages des éditions Shere Khan se voyaient de loin à cause de leur couverture brillante et très facilement reconnaissable. À sa grande surprise, Nastia aperçut des exemplaires de *La Lame*, l'ouvrage préféré de Soloviov qui, selon lui, était épuisé.

Volodia surestime la popularité de la série, pensa-t-elle avec amusement. Soloviov lui avait prêté *La Lame*, mais elle en acheta un exemplaire pour pouvoir le lui rendre plus vite sans risquer de l'abîmer. Elle prit aussi trois autres volumes de la série. Son ami lui avait assuré qu'ils étaient tous bien écrits et, comme elle, Liocha aimait les polars et les thrillers exotiques.

Le vendeur, remarquant son intérêt pour la collection, engagea la conversation.

– Vous avez de la chance : c'est le dernier *Secret du temps* qui me reste. Ça part comme des petits pains. J'en ai vendu six aujourd'hui.

– Et le reste de la collection ? Ça marche aussi ? lui demanda Nastia.

– Mieux que ça : les gens se l'arrachent. J'ai même des clients qui me commandent des anciens titres.

– Et cet exemplaire du *Secret du temps*, c'est vraiment le dernier que vous aviez ? Le tout dernier ?

– Pour aujourd'hui, oui. Mais je serai réassorti demain. Je prends toujours trois ou quatre exemplaires de chaque titre. Si c'est un livre qui se vend bien, je monte jusqu'à dix. Sinon, je n'en prends qu'un.

– Ça fait combien de temps que le *Secret* est sorti ?

– Pratiquement un mois.

Nastia rangea les livres dans son sac et se promena tout autour de la place, s'arrêtant devant d'autres étals. La collection BSEO était présente partout et les quelques vendeurs qu'elle interrogea lui affirmèrent qu'ils partaient très bien. Pas étonnant que Soloviov soit riche. Ses revenus devaient être considérables, surtout s'il était payé au prorata des ventes et non au forfait.

À l'heure dite, elle se trouvait à l'endroit convenu avec Svalov. Le jeune flic n'était pas là. *Encore un mauvais point*, se dit Nastia, qui appréciait la ponctualité. Il arriva avec un quart d'heure de retard et ne pensa même pas à s'excuser. L'air affairé, il sortit de sa mallette quelques feuilles de papier. Son expression n'était pas très amicale. Il semblait même passablement dégoûté par le travail que Nastia lui faisait faire.

– Voici les résultats des vérifications de trente loueurs de cassettes. J'y ai passé deux jours.

– Combien y en a-t-il en tout ? demanda Nastia avec un petit air innocent.

– Soixante-quatorze.

– Tu passeras donc trois autres jours à faire le reste, dit-elle calmement. Et ne me regarde pas comme si je te faisais perdre ton temps à t'occuper de mes lubies.

– J'ai déjà beaucoup de boulot, bougonna Svalov.

– Figure-toi que moi aussi. Et ce maniaque qui se promène librement en ville est notre problème commun à tous les deux. Pas à quelqu'un d'autre. Garde ça en tête. Entendu ?

Elle prit les documents et retourna à la Petrovka pour terminer sa journée de travail. Elle y fut accaparée par des affaires urgentes. Il était presque dix heures du soir lorsqu'elle rentra chez elle. Un mot l'attendait sur la table de la cuisine :

« Je donne un cours, ce soir. Le dîner est dans le four. Laisse ta paresse de côté et réchauffe-le. Bisous. »

Indiscutablement, Liocha connaissait sa femme par cœur. Il n'ignorait pas les effets de l'indolence de Nastia sur sa manière de se nourrir. Si elle pouvait manger froid un plat qui méritait d'être chauffé, elle le faisait. Et s'il fallait vraiment le faire cuire pour pouvoir le consommer, elle préférait se rabattre sur un morceau de pain avec du fromage ou une saucisse et une tasse de café.

Une longue minute, Nastia hésita entre la faim et la paresse, puis finit par adopter un compromis. Elle se fit rapidement un sandwich au salami qu'elle dévora en trois bouchées, puis elle attendit le retour de son mari pour dîner avec lui.

L'estomac provisoirement calé, elle resta dans la cuisine, se cala sur sa chaise, étendit les jambes sur un tabouret devant elle et ouvrit un des bouquins qu'elle avait achetés. C'était *La Lame*. Le livre était bien écrit et l'intrigue se noua très vite pour la captiver dès les premières pages.

Au bout de quelque temps, Nastia remarqua que le bout de son index était devenu noir, à force de tourner les pages. L'encre laissait encore des traces. Elle en eut la confirmation en frottant une page : les lignes devinrent légèrement baveuses. Elle se rendit soudain compte que le livre avait encore l'odeur caractéristique des ouvrages récemment imprimés.

Elle regarda la page d'informations éditoriales, à la fin du bouquin. L'impression à soixante-dix mille exemplaires datait de plus d'un an. Et pourtant, l'encre n'était pas encore totalement sèche. Sans compter l'odeur. Ce n'était pas possible. Il s'agissait sans doute d'une réédition. Mais pourquoi cela n'était-il pas mentionné ?

Elle alla chercher l'exemplaire que Soloviov lui avait prêté. Les deux livres étaient identiques, à la différence que celui de son ami ne sentait rien et que l'encre ne bavait plus. Or, ce ne pouvait pas être le cas s'ils avaient été imprimés en même temps l'année précédente.

Elle avait encore en tête les propos du jeune vendeur. Il vend jusqu'à dix exemplaires par jour des nouvelles parutions. Disons, cinq en moyenne. Et il doit y avoir quelque trois cents points de vente à Moscou. Disons, deux cents. Cela fait grosso modo mille exemplaires par jour. C'est un ordre de grandeur. Il suffirait donc de soixante-dix jours pour épuiser soixante-dix mille exemplaires. Et cela rien qu'à Moscou. Considérons que la moitié du tirage part en province. Il en reste trente-cinq mille à Moscou. Cela fait à peine un peu plus d'un mois. Même en imaginant que les ventes aient fortement ralenti après la première semaine, il est impossible qu'il reste encore des exemplaires de la première édition de *La Lame* au bout d'un an. L'ouvrage doit être épuisé.

Bien sûr, elle savait qu'il était toujours possible de trouver un ou deux exemplaires d'un livre épuisé. Mais elle en avait vu plusieurs chez chaque libraire. D'où venaient-ils ?

Elle entendit une clé tourner dans la serrure et la porte palière s'ouvrir. Liocha était de retour.

– Alors, ce cours ? demanda-t-elle lorsqu'il parut sur le seuil de la cuisine.

Elle se hissa sur la pointe des pieds pour l'embrasser.

– Très bien. Mais dis... pourquoi tu n'as pas dîné, espèce de petite effrontée ?

– Je t'attendais. Tu sais bien que je ne peux pas manger seule. C'est trop ennuyeux. Je préfère dîner avec toi.

– Oui, oui, dit Tchistiakov en hochant la tête pour montrer qu'il n'était pas dupe. Le bon vieux Liocha va réchauffer le repas et le servir et ensuite seulement nous mangerons ensemble. De toute manière, je sais que tu ne changeras jamais. Qu'est-ce que tu lis ?

– Un de ces « Best-sellers d'Extrême-Orient ». Sur les Japonais aux États-Unis.

– Et l'autre bouquin ?

– C'est le même.

– Tu l'as pris en double ? Tu veux l'offrir à quelqu'un ?

– Non. Je peux avoir ton avis ?

Liocha avait mis le hachis à réchauffer et découpait des tomates en rondelles, tournant le dos à sa femme.

– Je t'écoute, dit-il sans bouger.

– Je dois te montrer quelque chose.

– Alors, attends trente secondes.

Il versa les tomates dans un saladier, ajouta l'assaisonnement, remua, puis s'essuya les mains avec une serviette.

– Je t'écoute, dit-il en s'approchant de la table.

– Jette un coup d'œil à ces deux livres, s'il te plaît, et dis-moi ce que tu en penses.

– Outre le fait qu'ils sont identiques ?

– Oui.

Liocha ouvrit les deux ouvrages à la page de titre qu'il examina de près.

Nastia ne pensait pas qu'il pouvait y avoir un quelconque élément intéressant à cet endroit. Le nom de l'auteur, Akira Hakahara, était indiqué en capitales en haut de la page. Le titre, *La Lame*, s'étalait au milieu, au-dessus du logo et du nom de l'éditeur, Shere Khan, avec le visage d'un tigre feulant.

– Ils sont différents, conclut-il en lançant un regard intrigué à sa femme.

– Qu'est-ce qui te fait dire cela ?

– Ils ne sont pas fabriqués de la même manière. Celui-ci (il lui montrait l'exemplaire de Soloviov) a été imprimé selon un procédé photomécanique, ce qui n'est pas le cas de l'autre.

– Je ne vois pas de différence.

– Regarde l'encrage des lettres. Avec le procédé photomécanique, l'encre est répartie uniformément. Mais ici, on constate que l'encre est moins dense dans la partie inférieure des lettres qu'au sommet.

Nastia avait remarqué cette particularité mais, dans l'ignorance de ce qu'elle signifiait, elle n'y avait pas prêté attention.

– Qu'est-ce que ça veut dire ? demanda-t-elle en se rendant compte que, grâce à Liocha, elle avait mis le doigt sur un élément important.

– Simplement que ces deux livres ne proviennent pas du même tirage. Pourquoi ces questions ? Tu soupçonnes quelque chose ?

– Sur celui-ci l'encre est fraîche, mais les informations légales disent qu'il a été imprimé il y a un peu plus d'un an… Oh, Liocha ! Ça sent la fumée !

Il se précipita vers le four, l'éteignit et en ouvrit la porte. Un nuage s'en échappa. Il retira le plat en s'aidant d'un torchon pour ne pas se brûler.

– Bordel ! Le hachis est cramé. Toi et ton mystère d'imprimerie !

– Excuse-moi, Liocha. Je ne voulais pas te distraire.

Une partie du hachis était tout de même comestible et, pendant un bon moment, ils mangèrent sans rien dire.

– Liocha, c'est quoi un procédé photomécanique ? finit-elle par lui demander.

– Inutile de t'encombrer le cerveau avec ça. C'est trop difficile à expliquer.

– Fais court et emploie des mots simples, comme si tu parlais à une attardée. Les grandes lignes. Je veux juste savoir ce qui distingue ce procédé de l'autre.

– Pourquoi ça t'intéresse tellement ?

– Pas « tellement ». Je veux simplement savoir. Ça n'a pas de rapport avec les enquêtes dont je m'occupe, mais tu sais à quel point je déteste ne pas comprendre quelque chose.

– Bon, tu as gagné. Pour commencer, le manuscrit est saisi sur un système de composition qui permet de faire la maquette du futur livre. Puis on fait des clichés des pages. Tu suis ?

– Jusqu'ici pas de problème.

– Ce qui précède est valable quel que soit le système d'impression. C'est après que commencent les différences. Avec le procédé mécanique, on réalise une matrice à partir des clichés. Une matrice permet de faire quelque cinquante mille copies. Si le tirage est supérieur, on emploie une deuxième matrice. En revanche, avec le procédé électrographique, c'est la photocopie qui est utilisée. Le nombre de copies n'est pas limité. Comme pour un risographe, si tu sais ce que c'est.

– Je ne le sais pas, mais ce n'est pas important. Je saisis la différence. Dis-moi, Liocha. Dans le premier cas, pourquoi réaliser des tirages qui ne sont pas divisibles par cinquante mille ?

– Que veux-tu dire ? Passe-moi le ketchup, s'il te plaît.

– Voilà. Je me demande pourquoi on imprime plus de cinquante mille, mais moins de cent mille. Puisqu'on est obligé de faire un deuxième jeu de matrice, pourquoi ne pas l'utiliser jusqu'au bout ?

– C'est une question économique, répondit-il en haussant les épaules. Tout dépend des perspectives du livre. Imprimer plus d'exemplaires qu'on est capable d'en vendre entraîne des frais qui dévorent le bénéfice : il y a le coût du papier et des jaquettes en plus de l'impression, sans compter la place qu'il faut pour les stocker.

– Il y a autre chose que je ne saisis pas. Pourquoi passer à l'autre méthode si on dispose de matrices qui peuvent encore servir pour trente mille exemplaires. La matrice est-elle détruite une fois le livre imprimé ?

– Tout dépend du contrat. Parfois on détruit, parfois on conserve. Encore une fois, je ne comprends pas pourquoi cela t'intéresse tant.

– Simple curiosité, Liocha. Je crois que, sans le vouloir, nous sommes tombés sur une affaire de fraude fiscale. Cette maison d'édition n'est pas aussi cloche que ta pauvre femme. Lorsqu'un bouquin doit se vendre, il est probable qu'ils utilisent les matrices jusqu'au bout et impriment à cent mille exemplaires. Mais dans les informations légales, ils indiquent soixante-dix mille, ce qui constitue leur base fiscale. En d'autres termes, ils ne paient pas de taxes sur les trente mille exemplaires restants. Puis ils continuent le tirage en utilisant un procédé électrographique et tout le monde pense qu'il s'agit toujours du premier tirage, qui, en réalité, a été largement dépassé. Pas mal, hein ?

– Ouais, dit-il. C'est juste que je ne comprends pas en quoi ça te regarde. As-tu décidé de travailler pour le fisc ? Ou de devenir avocate spécialisée dans l'édition ?

Nastia ne voyait pas très bien la raison de son insistance.

– Mais non, chéri, se défendit-elle. Je ne veux pas changer de métier. Je voulais juste résoudre une petite énigme. C'est bon pour le cerveau.

– Vraiment ? dit-il en haussant les sourcils, prêt à lancer son attaque. Eh bien, moi, je crois que tu veux voler à la défense de ton ami Soloviov qui est escroqué par des éditeurs avides.

Elle rougit, piquée au vif. L'accusation était fausse : non seulement elle n'avait pas pensé à Soloviov, mais encore, à en juger par son train de vie, il était probable que les éditeurs ne le trompaient pas. D'un autre côté, elle se rendait compte que Liocha avait interprété les choses d'une autre manière. Comment avait-elle pu être maladroite au point de lui demander d'examiner des livres traduits par un homme qu'il percevait comme un rival ?

– Tu as tout faux, Liocha, dit-elle d'un ton ferme. Soloviov n'a aucun rapport avec cette histoire. C'est vraiment une coïncidence si ce sont ses bouquins qui m'ont permis de saisir le problème.

– Très bien, dit-il, faussement débonnaire. Dans ce cas, quels sont tes plans pour samedi ? Tu vas bosser ?

– Non, je reste à la maison. Il faut que je travaille sur l'ordinateur.

– Et quand iras-tu voir Soloviov ?

– Liocha, voyons !

– Ne t'en fais pas, je suis aussi calme qu'un mammouth congelé. Je veux seulement savoir pour la voiture. Quand en auras-tu besoin ?

– Peut-être dimanche après-midi. Mais si tu comptes l'utiliser, je peux y aller demain, ou lundi.

– Non, fais comme tu avais prévu. Je resterai à la maison dimanche.

– Merci.

L'air était lourd de tension et Nastia chercha un moyen de détendre l'atmosphère, mais rien d'original ne lui vint à l'esprit.

– Liocha, dit-elle enfin. Je t'ai dit qu'il s'agissait d'une enquête sérieuse. Neuf jeunes garçons sont morts. Quelque part à Moscou ou dans les environs tout proches, un monstre les enlève, les séquestre, les bourre de drogues pour les faire tenir tranquilles et abuse d'eux sexuellement avant qu'ils ne meurent d'overdose. C'est un fou. Un maniaque. Chaque jour, je vis dans la hantise que d'autres parents viennent signaler la disparition d'un autre gosse. Je n'ai qu'une piste : la résidence où habite Soloviov. Je me dois de l'exploiter. Et il faut que je mène mon enquête sans attirer l'attention. C'est mon devoir. Ma responsabilité devant ces pauvres parents qui attendent pendant des mois des nouvelles de leur fils et ne trouvent que son cadavre. Mais cela ne veut pas dire que je me fous de tes sentiments. Tu es mon mari, et je t'aime. Je ne veux pas que tu sois jaloux et que tu souffres à cause de moi. Donc, si tu estimes que c'est trop dur pour toi, j'arrêterai.

– Qu'est-ce que tu veux dire ?

– Je n'irai plus chez Soloviov.

– Et les gosses ? Et leurs parents ?

– Quelqu'un d'autre exploitera la piste. Quelqu'un dont le conjoint ne sera pas jaloux.

Liocha, soulagé, afficha un sourire contrit et embarrassé.

– Je suis désolé, Nastia. Je ne pensais pas te contrarier à ce point. Pas de problème. Maintenant que je comprends tout, je serai plus cool.

– Je peux donc voir Soloviov ?

– Tant qu'il te plaira.

– Et tu ne me feras pas de scène ?

– Bien sûr que si ! s'écria-t-il en éclatant de rire. Rien que pour t'ennuyer. Pour que tu voies l'effet que ça me fait lorsque tu es soucieuse et que je ne sais pas pourquoi ni comment t'aider.

– C'est dur, hein ?

Nastia savait que la crise était passée. Le conflit avait couvé toute une semaine, depuis le vendredi précédent, où elle était allée voir Soloviov pour lui souhaiter un bon anniversaire. Le non-dit et les soupçons avaient envahi l'appartement toute une semaine durant, même s'ils avaient tous les deux affiché un comportement détendu et courtois. Les conflits cachés sont toujours dangereux car ils laissent des blessures profondes malgré l'absence de cris, de pleurs ou d'autres manifestations violentes. Un extrait de *La Lame* lui revint à l'esprit : « Une personne aux yeux tristes est une personne qui n'a jamais pleuré lorsque, enfant, on la grondait ou réprimandait. » La phrase lui sembla vaguement familière, mais Nastia n'était pas d'humeur à creuser dans sa mémoire.

5

L'ère de la vidéo avait apporté beaucoup de changements en Russie. Le premier et le plus important était la transformation de bon nombre de cinémas en salles de promotion publicitaire pour des articles aussi divers que les meubles, les voitures, l'électroménager et même les robes de mariée. Les halls et les foyers spacieux des anciens temples voués au cinématographe étaient maintenant remplis de consoles de jeux électroniques et de caisses de change de devises signalées par des néons publicitaires[1]. Et plus rien ne rappelait que les films étaient considérés comme le septième art.

La deuxième conséquence immédiatement perceptible était la disparition des adolescents des rues et des endroits publics. Bien sûr, s'ils avaient pu installer des magnétoscopes sur les bancs et dans les parcs, ils l'auraient fait : voir des films au grand air, en bande, en fumant une clope et un verre d'alcool merdique à la main était plus agréable que de le faire à la maison, avec l'épée de Damoclès de l'ordre parental d'avoir à ranger sa chambre ou de faire ses devoirs. Néanmoins, puisque le progrès de la technologie n'était pas encore allé au-devant des souhaits des mineurs, la seule option possible était de regarder les films à la mai-

1. Dans la Russie de la transition post-communiste, l'économie fonctionnait à la fois en roubles (vie quotidienne, petits achats) et en dollars ou autres devises (monde des affaires, salaires du secteur tertiaire, gros achats), d'où la prolifération des bureaux de change.

son. D'une certaine manière, ça rassurait les parents puisque leur progéniture ne traînait plus dans la rue. Et les intéressés préféraient se détendre et s'amuser devant un magnétoscope et des films d'action plutôt que d'avoir à lire de gros pavés ennuyeux sur la guerre et la paix. Les flics des brigades des mineurs respiraient mieux, eux aussi. Seuls les enseignants n'appréciaient pas, fatigués qu'ils étaient d'attendre que leurs élèves daignent lire les ouvrages au programme. Chaque année, les enfants lisaient moins et faisaient des fautes de plus en plus grossières à l'écrit.

On pouvait acheter des cassettes vidéo presque à chaque coin de rue. Et on pouvait aussi en louer dans les magasins. Les locations étaient de deux sortes : celles où le client demeurait anonyme étaient risquées pour le loueur et donc chères ; en revanche, celles où le client acceptait de se faire enregistrer présentaient moins de risques et étaient donc meilleur marché.

Dans le premier cas, le client se présentait au magasin, choisissait un film et laissait une caution égale au prix de la cassette. Lorsqu'il la rendait, la différence entre la somme déposée et le coût de la location lui était restituée. Mais, comme les cassettes n'étaient pas vérifiées à leur retour, les clients malins pouvaient mettre ce qu'ils voulaient dans la boîte : un vieux film, une bande vierge ou une copie mal faite sur des équipements bas de gamme. Il suffisait de décoller l'étiquette d'origine et de la recoller sur le boîtier rendu. Pour tenir compte de ce risque, les marchands majoraient le prix de la location. Ils se constituaient ainsi une réserve financière pour remplacer les cassettes volées.

Avec le système d'enregistrement, en revanche, le client devait produire une pièce d'identité. Le loueur notait ses coordonnées et le prix de la location devenait modique. Évidemment, les choses ne se passaient pas forcément comme cela. Lorsqu'un client avait « oublié » ses papiers, les employés notaient le nom qu'on leur donnait et augmentaient sensiblement le tarif, à mi-chemin entre les deux systèmes.

Moscou comptait soixante-quatorze vidéoclubs qui pratiquaient le système de l'enregistrement. Et Nastia devait travailler sur les données recueillies par Guennadi Svalov sur les trente qu'il avait visités.

La journée qui s'annonçait était idéale pour rester à la maison et travailler efficacement. La veille, un soleil éclatant avait laissé augurer un de ces week-ends où les personnes de faible caractère, comme Nastia, peuvent se laisser détourner de leurs bonnes intentions laborieuses par la perspective d'une promenade dans les parcs. Mais le samedi matin venu, le temps était tout sauf tentateur. Sous les nuages bas il n'y avait que grisaille, humidité et bruine, et la pensée d'aller se balader n'avait rien de séduisant.

Au lieu de sortir, Nastia se laissa aller au plaisir d'une grasse matinée et se leva à dix heures et demie. Elle aimait traîner au lit, particulièrement les jours sombres et pluvieux. Alexeï, lui, se levait tôt et, lorsqu'elle émergea, elle trouva son mari dans la cuisine, devant l'assiette et la tasse de son petit déjeuner, vides depuis longtemps. Il rédigeait un cours de mathématiques qu'il devait donner le soir même dans une grande école d'économie.

Elle passa sous la douche le cerveau embrumé et avec la sensation d'avoir mal partout. Pour s'éclaircir les idées, elle décida de se souvenir des titres des quatorze cassettes dérobées par le mystérieux voleur. Au troisième, elle ferma un peu le robinet d'eau chaude pour faire baisser la température du jet. Le septième titre était long et compliqué et elle ne parvint pas à se le rappeler tout de suite. Elle tourna brusquement le robinet d'eau froide et sous le flot soudain glacé, le titre récalcitrant lui revint en mémoire. Elle frissonnait et avait la chair de poule, mais elle résista vaillamment jusqu'au moment où elle se rappela le dernier des quatorze titres.

Après la douche, elle passa dans la cuisine avec les yeux brillants et les joues roses. Alexeï poussa ses papiers et lui fit un peu de place pour le petit déjeuner.

– Liocha, dit-elle, j'ai envie de faire quelque chose de spécial pour le déjeuner. Ce que tu voudras...

Après la conversation de la veille, elle se sentait un peu coupable vis-à-vis de son mari et, sans réellement s'en rendre compte, cherchait à lui faire plaisir. Alexeï la regarda avec intérêt.

– Quoi, par exemple ?

– Eh bien, je ne sais pas. À toi de voir. Qu'est-ce qui te ferait plaisir ?

– Un esturgeon grillé. C'est possible ? Tu pourrais faire ça ?

– Je ferai de mon mieux, dit-elle bravement.

Nastia n'était pas certaine du tout de savoir faire de l'esturgeon grillé, mais l'important était d'essayer. Après tout, elle pouvait toujours consulter un livre de cuisine ou demander à son mari. Elle se prépara des tartines et des tranches de fromage et les dévora en les faisant passer avec deux tasses de café très fort. Après quoi, elle s'habilla pour descendre. Alexeï l'observait avec un amusement non dissimulé. Nastia n'avait pas l'habitude de faire les courses seule. Généralement, elle accompagnait son mari, le samedi. Mais si elle n'avait pas le temps, il y allait tout seul.

Après avoir mis sa veste et ses baskets, elle apparut sur le seuil de la cuisine.

– Liocha, qu'est-ce qu'il faut prendre ?

– Nom d'une pipe ! s'exclama-t-il en exagérant son exaspération. Avec quoi crois-tu qu'on fait de l'esturgeon grillé ? Avec de la viande de bœuf ?

– Mais, Liocha, gémit-elle, j'ignore quel genre d'esturgeon il faut : congelé, frais, sous cellophane, en boîte… Comment je le saurais ?

Alexeï soupira et lui expliqua dans le détail ce qu'il convenait d'acheter et où elle pourrait l'obtenir.

– Et n'oublie pas de prendre des tomates, des concombres, des herbes, des pommes de terre et une boîte de champignons. Et si tu vois de la salade de betterave râpée, prends-en.

– Pour quoi faire ?

– Pour l'entrée. Si nous nous permettons d'acheter de l'esturgeon, autant faire un repas dans les règles. Fais ce que tes aînés te disent et laisse ton cerveau au vestiaire.

– Voilà ! renifla-t-elle en rangeant quelques pochettes

en plastique dans son sac à main. Tu n'as que huit mois de plus que moi et tu te comportes comme si…

– Prends la voiture, mon adulte chérie, lui renvoya-t-il. Il faut acheter des légumes pour toute la semaine.

– Pas besoin de voiture, protesta-t-elle.

– Bien sûr que si. Autrement, tu vas encore souffrir du dos. Et ne conteste pas mes décisions, s'il te plaît, précisa-t-il avec une moue comique.

– Je n'aime pas prendre la voiture pour aller au marché. Ça fait m'as-tu-vu. Et puis, il faut trouver à se garer. C'est noir de monde, tu sais. Je ne veux vraiment pas.

Alexeï posa son stylo sur la table et leva les yeux au ciel.

– Mon Dieu, pourquoi ne m'as-tu pas donné cette femme intelligente que j'ai voulue et attendue tant d'années ? Pourquoi m'as-tu collé cette écervelée ? Maintenant, je vais devoir laisser tomber la préparation de mon cours, m'habiller et aller faire les courses avec elle parce que cette fille sans jugeote ne peut pas porter plus de trois kilos sans se faire un tour de reins. Et cela parce qu'elle a décidé, ce matin en se levant, qu'elle ne prendrait pas la voiture. Et à cause de ça, son mari est obligé d'aller porter les sacs, faute de quoi il va supporter pendant plusieurs jours ses geignements, gémissements, grognements et autres tentatives pathétiques pour se faire plaindre. Seigneur, entre ces deux maux, lequel choisir ?

Nastia savait qu'il plaisantait. Mais elle avait aussi le sentiment qu'elle devait lâcher un peu de lest, faute de quoi la comédie pouvait virer à l'aigre. Elle n'aimait pas beaucoup conduire, mais elle était contrainte de prendre la voiture, sans quoi Liocha l'accompagnerait au lieu de préparer son cours. Et ce ne serait pas bien.

Le marché n'était pas bien loin et elle ne resta pas longtemps absente. Moins d'une heure plus tard, elle posait ses achats sur la table de la cuisine sous l'œil attentif d'Alexeï. Ce dernier constata, à sa grande surprise, qu'elle avait choisi l'esturgeon qu'il fallait et n'avait rien oublié de la liste qu'il lui avait dressée.

– Très bien. Tu peux aller travailler, je me charge de

faire la cuisine, décida-t-il en faisant mine de dissimuler sa gentillesse sous un ton bourru. Au moins, tu n'auras pas la moindre chance de nous gâcher le repas avec ta maladresse proverbiale.

Elle déposa joyeusement un baiser sur la joue de son mari et s'en alla dans la grande pièce. Les corvées domestiques ainsi expédiées, elle pouvait passer à la partie la plus plaisante, intéressante et gratifiante de son programme du jour : son travail.

Elle s'installa devant l'ordinateur pour créer un tableau de quatorze colonnes, une pour chaque cassette volée. Elle écrivit le titre de chaque film en haut de chaque colonne et traça dix lignes, une pour chaque secteur administratif de la ville. Il lui suffisait maintenant d'entrer les données recueillies par Svalov. Pour le moment, elle ne disposait que de celles de trente vidéoclubs, mais elle espérait pouvoir rajouter les éléments des quarante-quatre autres dès le mardi suivant.

Nastia n'aimait pas penser qu'elle travaillait en vain. Elle croyait fermement qu'il n'y avait pas de tâches inutiles. Même si cela ne donnait pas le résultat attendu, un élément imprévu pouvait apparaître. Dans le cas qui l'occupait, le voleur avait très bien pu louer les cassettes au prix fort sans laisser ses coordonnées, condamnant ainsi à l'échec toute tentative de le retrouver dans les registres. Mais elle se disait que, s'il avait volé les cassettes alors qu'il était plus simple de les acheter, la meilleure hypothèse était qu'il n'en avait pas les moyens financiers. Si donc il avait fait sa sélection en les louant avant de les voler, il était sans doute allé là où c'était meilleur marché. La recherche sur les noms des clients pouvait donc donner quelque chose. Évidemment, si le vol n'était pas lié à des considérations financières, son travail ne donnerait pas le résultat attendu, mais il permettrait de déterminer que la piste de la location était fausse et ouvrirait la voie à d'autres hypothèses. Aucun travail n'était inutile. Comme Nastia aimait à le répéter : un résultat négatif est toujours un résultat.

*

Avec le retour des beaux jours, Kirill Essipov, le directeur général des éditions Shere Khan, avait décidé que le moment était venu de reprendre les week-ends à la campagne. Ce vendredi soir-là, il prit la route pour sa datcha à l'extérieur de Moscou, sur la route de Iaroslavl. Il avait invité ses collègues Grigori Avtaïev et Semion Voronets à déjeuner le samedi. Essipov n'était pas marié, mais il entretenait une liaison avec la même femme depuis deux ans. Oksana, une grande et belle femme qui le dépassait de près d'une tête, était mannequin. Vovtchik, le garde du corps d'Essipov, un géant de près de deux mètres, lorgnait sur elle depuis qu'elle était apparue dans la vie de son patron.

La maison, glaciale après les longs mois d'hiver, avait été chauffée, et la jeune femme allait et venait en short et dans un tee-shirt minuscule qui laissait à nu une bande plutôt large de son ventre lisse et plat.

– À quelle heure viennent-ils ? demanda-t-elle en s'installant sur les genoux de son compagnon.

– À trois heures. Pourquoi ? Tu as des plans ?

– Non, je veux juste avoir le temps de m'habiller avant leur arrivée.

– Tu deviens pudique ? ironisa Essipov.

– Qu'est-ce que ça veut dire ? demanda-t-elle, offensée. Je ne veux pas donner des émois à cet idiot de Voronets qui me déshabille du regard chaque fois que je passe devant lui.

– Il te déshabille ? demanda nonchalamment l'éditeur.

– Tu ne l'as pas remarqué ? À moins que tu ne penses que, puisque vous êtes tellement riches et tellement proches, je vous appartiens à tous les trois. Tu as eu la priorité en tant que chef, et maintenant c'est leur tour. C'est ce que tu penses ?

– Oksana, Oksana, dit-il en lui caressant le dos et les épaules pour la calmer. Ne sois pas comme ça. Tu es une vraie beauté et il est normal que les hommes bavent en te regardant. Tu ne dois pas t'en offusquer. Et tu ne dois pas m'en vouloir parce que je ne casse pas la figure à tous les mecs qui te reluquent. Je ne peux tout de même pas me battre avec la moitié de la Russie !

– Il te suffit de dire à ton Voronets d'arrêter de me fixer, suggéra-t-elle en l'enlaçant encore. Il est répugnant et je ne l'aime pas.

– Oksana chérie, ce n'est pas très professionnel. Ton métier implique que tout le monde te regarde et pas seulement ceux que tu trouves à ton goût.

– Entendu, capitula-t-elle dans un soupir avant de lui déposer un baiser sur le sommet du crâne. Je supporterai ton Semion au nom de mon professionnalisme.

Oksana n'était pas une imbécile, même si elle aimait roucouler et faire l'idiote. Son front large et lisse abritait l'esprit pragmatique d'une fille qui appréciait les choses et les comportements à leur juste valeur. Elle avait assez de tact et de culture pour sortir en société sans qu'Essipov ait à rougir d'elle. Et elle possédait un sens sûr des convenances et des distances sociales. Elle aurait aussi pu se plaindre du comportement de Vovtchik, mais à la différence de Voronets, le garde du corps n'était qu'un employé. Elle comprenait très bien que, si elle disait le moindre mot contre lui, le type perdrait son emploi sans ménagements ni indemnité de licenciement. Pourquoi lui ferait-elle payer la réaction normale et masculine d'un homme à l'intelligence limitée qui ne savait pas faire la différence entre une fille quelconque et l'amie du patron ? En ce qui concernait Voronets, les choses se présentaient différemment. Rien ne le menaçait. Essipov ne prendrait pas la décision de se fâcher avec son vieil ami et partenaire sans une raison vraiment grave et sérieuse. Elle pouvait donc se plaindre de lui pour des motifs relativement futiles. Cela ne faisait aucun mal à l'intéressé et, au moins, cela la libérait. Elle ne pouvait tout de même pas garder tout pour elle. De plus, elle s'en serait voulu de s'en prendre à Vovtchik, un gars agréable qui savait bien qu'il n'avait pas la moindre chance contre son patron. En revanche, Voronets se croyait irrésistible et ne voyait rien de mal à draguer l'amie de son ami. Or, il n'était pas le moins du monde attrayant.

Lorsque Avtaïev et Voronets arrivèrent à la datcha, Oksana s'était changée. Elle avait mis un jean et un ample sweat-shirt à manches longues. Elle accueillit les invités en compagnie d'Essipov et demeura avec eux les dix minutes requises par la bienséance avant de leur demander de l'excuser avec un sourire poli et de quitter la pièce.

Dans la cuisine spacieuse, Vovtchik se creusait les méninges sur des mots croisés. En entendant les pas d'Oksana, il leva la tête et l'accueillit avec un grand sourire.

– Ils ont dit quand ils voulaient manger ? lui demanda-t-il en lui lançant un regard carnivore.

– Dans une vingtaine de minutes. Ils prennent un verre. Ils ont adopté toutes ces habitudes européennes, mais pas celle de déjeuner plus tôt ou de dîner le soir, expliqua Oksana en pouffant. Tu as besoin d'aide pour le repas ?

Lorsque c'était nécessaire, Vovtchik remplissait également les fonctions de domestique.

– Non, merci. Tout est prêt. Reste plutôt avec moi pour faire les mots croisés. Viens sur mes genoux, tu verras mieux.

– Et que suis-je censée voir mieux ? Les lettres ou ton amour passionné ? demanda-t-elle non sans dérision. Je te l'ai dit cent fois : bas les pattes.

– C'est exactement ce que je fais, protesta-t-il en levant les mains et en les agitant d'une manière espiègle. Je t'ai invitée à t'asseoir sur mes genoux, quant à mes mains, les voici.

La plaisanterie idiote les fit rire tous les deux. Oksana n'avait jamais été tentée de répondre aux avances du garde du corps. Même lorsqu'elle se disputait avec Essipov, même lorsqu'elle se sentait injustement blessée et meurtrie, l'idée de se venger en le trompant avec Vovtchik ne lui avait jamais traversé l'esprit. Elle considérait son corps magnifique comme un outil professionnel fait pour porter des vêtements de haute couture qui le rendaient encore plus saisissant et attirant. Elle était devenue mannequin alors qu'elle était toujours en âge scolaire et s'était habituée à utiliser sa plastique pour le travail et non pour obtenir des avantages ou atteindre des buts déplacés.

Elle se versa un thé dans une grande et belle tasse ornée de tulipes dorées et sortit un paquet de gâteaux secs. Vovtchik la regarda faire avec commisération. Il savait qu'elle suivait un régime strict et ne déjeunait jamais avec les autres convives, sauf lorsqu'elle ne pouvait faire autrement. Comme elle avait un appétit solide, suivre son régime exigeait d'elle beaucoup de volonté et elle s'efforçait d'échapper à la tentation en évitant la vue de plats appétissants. Vovtchik compatissait et se comportait comme si Oksana était atteinte d'une maladie grave dont il n'aurait pas été convenable de se moquer. Il aimait manger et avait vraiment pitié de cette fille qui devait se priver d'un des grands plaisirs de l'existence.

– Retourne-toi, dit-il au bout de quelques minutes. Je vais commencer à servir le repas.

– Tu es un chic type, lui répondit-elle avec reconnaissance avant d'aller s'asseoir devant la fenêtre.

Puis elle tourna le dos à Vovtchik qui s'activait à sortir les plats du frigo.

Il faisait chaud dans la cuisine, comme dans le reste de la maison. Après son thé, Oksana décida de prendre un peu d'air frais. Elle ouvrit en grand les deux battants de la fenêtre et s'installa à genoux sur une chaise en appuyant ses coudes sur le rebord extérieur. Des gouttelettes de pluie rafraîchirent ses joues chaudes. Essipov et ses amis s'étaient installés dans la véranda. Leurs voix lui parvenaient aussi clairement que si elle s'était trouvée à côté d'eux.

– Personne n'y a encore pensé, disait Essipov. Tout le monde veut faire plus de bénéfices, mais personne n'est disposé à dépenser de l'argent pour savoir ce qu'attendent réellement les lecteurs. Je sais que ça ne te plaît pas, Gricha, mais tu dois comprendre que nous devons faire le choix conscient de dépenser de l'argent aujourd'hui pour en gagner beaucoup plus demain.

– Et combien penses-tu que cela va nous coûter? demanda le directeur financier d'une voix défaite.

– On peut le calculer. Le sondage doit être fait à Moscou et dans les principales villes de province où nous disposons de revendeurs. Nous emploierons des étudiants comme sondeurs. Ils seront heureux de gagner quelque argent. Si nous payons mille roubles le questionnaire, ils travailleront dur. Ils se posteront près des librairies et des vendeurs des rues et aborderont les clients pour recueillir leur sentiment. Je pense qu'ils pourraient interviewer cinquante personnes par jour pendant deux ou trois jours.

– Et combien de questionnaires faudrait-il ? insista Avtaïev.

– Cinq mille seraient suffisants pour nous faire une assez bonne idée de la demande générale en littérature et dresser un portrait de ceux qui achètent nos livres.

– Cinq millions de roubles ! s'écria le directeur financier. Tu vas jeter par la fenêtre cinq millions de roubles pour une enquête d'opinion qui ne servira à rien ? Jamais.

– Allons, Gricha, dit Essipov en riant. Ce n'est que le début de l'addition. Tout d'abord, les questionnaires doivent être préparés par des professionnels. Si on demande n'importe quoi n'importe comment, ça ne nous sera d'aucune utilité. Il faudra aussi payer ceux qui recruteront les étudiants, leur expliqueront la marche à suivre et, plus important, les surveilleront. Vous connaissez les jeunes d'aujourd'hui. Il faut leur éviter la tentation de rester chez eux bien au chaud, de remplir eux-mêmes les cinquante questionnaires en répondant au hasard et de se présenter le soir pour toucher leurs cinquante mille roubles. Non, mes amis, les enquêteurs devront rester à leur poste et faire leur travail consciencieusement sous le regard de nos recruteurs. Pour finir, il faudra traiter par ordinateur les données recueillies. Semion, est-ce que tu sais te servir d'un programme de traitement des informations ?

– Hein ? s'écria Voronets, surpris.

De sa fenêtre, Oksana sourit. Elle s'amusait follement. Elle connaissait déjà l'idée d'Essipov. C'était elle qui la lui avait suggérée et ils en avaient parlé à plusieurs reprises. Mais Voronets, lui, n'avait certainement rien compris. Savait-il même allumer un ordinateur ?

– Rien, Semion, dit sèchement Essipov. Et toi, Gricha ?

– Bon, alors combien ? demanda le directeur financier qui avait compris où son patron voulait en venir.

– Au moins cinq autres millions de roubles. Le travail intellectuel est cher.

– Cinq millions ! gémit Avtaïev. Et pourquoi ?

– Pour saisir les données, faire tous les calculs et sortir les résultats. Cinq millions. Personne ne prendrait moins.

– On pourrait peut-être chercher des gens meilleur marché. Des étudiants en informatique, par exemple…

– Si je te dis que personne ne prendrait moins, c'est que j'ai déjà demandé des devis. Pour traiter une telle masse d'informations, il faut des spécialistes hautement qualifiés avec un matériel haut de gamme. Un étudiant serait incapable de le faire. De plus, les professionnels connaissent la valeur marchande d'une telle enquête et les profits qu'on peut en tirer. Ils ne travailleront pas pour des clopinettes.

Le tintement des couverts et de la vaisselle indiqua à Oksana que les trois convives avaient entamé leur repas. Elle s'assit sur sa chaise et posa la tête sur ses bras croisés sur le rebord de la fenêtre. Son visage était mouillé, mais elle le laissa ainsi : l'humidité était bonne pour la peau. Lorsque le garde du corps revint dans la cuisine, elle lui demanda :

– Vovtchik, peux-tu me préparer quelques crudités ? Mais sans assaisonnement. Et pas de pain, non plus.

Quelques minutes plus tard, Vovtchik lui apporta son assiette. Il n'arrivait pas à comprendre comment une personne normalement constituée pouvait se contenter d'une nourriture d'herbivore et il ressentait à l'égard d'Oksana la sympathie qu'inspire un grand malade.

Oksana, elle, savait que ce repas, pour frugal qu'il fût, contenait les vitamines et les oligo-éléments dont son corps avait besoin et presque pas de calories. Elle mangea donc avec appétit. Elle se sentait un peu euphorique. Cette impression ne provenait pas de la nourriture, mais de la conversation qu'elle avait entendue. Son Kirill était nettement plus intelligent et clairvoyant que ses associés ! Elle en avait toujours été consciente.

Dès le premier instant. Dès le jour où elle les avait rencontrés tous les trois et où elle s'était entendu dire : « Choisis celui que tu veux. Celui qui te plaît le plus. Il est important pour moi que tu restes en permanence avec l'un d'entre eux et tu peux prendre n'importe lequel. Ils n'ont pas de secret entre eux. »

Elle avait longuement regardé les trois directeurs de Shere Khan. D'abord, elle s'était sentie attirée par Semion Voronets, grand et large d'épaules. Oksana mesurait un mètre quatre-vingt-quatre, ce qui était une taille optimale pour un mannequin, et Voronets lui semblait parfaitement assorti. Mais il lui avait suffi de quelques minutes de conversation pour se rendre compte qu'il n'était pas très intelligent. Gricha Avtaïev était un homme très avenant, mais Oksana savait très bien ce que cela voulait dire que d'être la maîtresse d'un homme qui aspirait à préserver sa réputation de mari fidèle et de père attentionné : la crainte constante d'être découvert, les regards furtifs – et parfois tout à fait directs – à sa montre, des histoires sans fin sur les bobos du petit dernier ou les résultats scolaires de l'aîné. Beaucoup d'humiliation et peu de plaisir.

Puis son regard s'était posé sur Essipov. Le plus petit des trois et aussi le plus jeune. Celui qui lui convenait le moins en termes de taille et d'âge : elle était plus grande que lui de quinze bons centimètres et il n'avait que trois ans de plus qu'elle. Oksana aimait les hommes grands et beaucoup plus âgés. Au moins dix ans de plus. C'est pourtant lui qu'elle avait choisi. Et elle ne l'avait pas regretté.

Au début, elle ne comprenait pas très bien pourquoi elle avait été ainsi « affectée » à la direction des éditions Shere Khan. Elle ne devinait que les grandes lignes d'un vaste plan. L'homme qui l'avait embauchée savait comment rendre une maison d'édition réellement rentable. Elle devait assimiler les projets qu'il lui communiquait et les distiller adroitement à Essipov en lui faisant croire que c'étaient ses propres idées.

– Je veux que Shere Khan devienne la maison d'édition la plus riche et la plus prestigieuse de Moscou et peut-être de toute la Russie, lui avait confié son mystérieux employeur.

– En quoi cela vous concerne-t-il ? lui avait-elle demandé. Pourquoi vous occuper de cette boîte ? Si vous savez comment faire de l'argent dans l'édition, lancez votre propre entreprise au lieu d'en faire profiter ces gens.

– Et qui te dit que je veux en faire profiter quelqu'un ? avait-il répliqué en riant. J'ai bien l'intention de mettre la main sur les profits de cette maison mais, avant, je veux qu'elle prospère. Tu comprends ?

– Je crois, oui.

– Et toi, non seulement tu es mon outil pour y parvenir, mais tu as tout intérêt à le faire. Parce que, lorsque j'aurai réussi, tu auras ta part. Combien veux-tu ?

– Vingt pour cent, avait-elle décidé après une courte réflexion. Je pense que c'est réglo. Les idées sont les vôtres, mais l'exécution repose sur moi. Sans compter que je devrai coucher avec ce type. Et je ne peux pas dire que cette perspective m'enchante. Il est trop petit pour moi.

Son employeur l'avait gratifiée d'un sourire satisfait et Oksana s'était dit qu'il était vraiment content, bien qu'elle fût incapable de comprendre pourquoi.

– Tu es une chic fille, lui avait-il dit. Intelligente et raisonnable. Tu m'as demandé exactement ce que je pensais te donner. Ce qui veut dire que nous pensons de la même manière. Et que notre coopération sera fructueuse.

Deux années s'étaient écoulées depuis et Oksana pouvait voir à quel point les idées de son employeur étaient justes. La jeune femme les suggérait habilement à Essipov, puis les rencontres régulières entre les trois directeurs lui permettaient de constater que les profits avaient augmenté de tant et que tel ou tel bouquin crevait tous les plafonds de ventes.

Et là, elle venait d'entendre Essipov faire admettre à ses associés l'idée d'un sondage d'opinion sur les goûts du public, le profil des lecteurs des livres Shere Khan et leurs souhaits pour l'avenir. Il serait ainsi possible de savoir quelles catégories du public n'avaient pas encore été conquises et ce qu'il fallait faire pour les toucher. Une telle enquête donnerait des réponses à beaucoup de questions. Or, c'était Oksana qui avait suggéré l'idée à son amant.

Tout avait commencé quelques jours plus tôt par une remarque innocente au milieu d'une conversation sur le nombre de personnes qui lisaient des best-sellers d'Extrême-Orient dans les transports en commun.

– Tu sais, je ne veux pas te décevoir, mais tout le monde n'achète pas tes bouquins, lui avait-elle lancé négligemment. Tout à l'heure, j'ai vu une femme feuilleter *Le Secret du temps* à l'étal d'un libraire. Elle a lu la quatrième de couverture, l'a tourné et retourné, mais a fini par le reposer.

– Une fauchée qui n'avait pas les moyens ! avait plaisanté Essipov.

– Je ne pense pas. Elle semblait très aisée, bien habillée, avec des bijoux. En réalité, j'ai même été surprise de la voir feuilleter *Le Secret du temps*.

– Surprise ? Que veux-tu dire ?

– Eh bien…

Oksana avait fait une pause, comme pour trouver les mots justes. En fait, elle avait tout préparé dans sa tête depuis la veille.

– J'ai toujours pensé que tes livres s'adressaient à un certain public et qu'une femme comme elle n'en faisait pas partie. Mais je me trompe sans doute…

Cela avait suffi à faire comprendre à Essipov qu'il ne connaissait pas forcément le lectorat de ses ouvrages. Et Oksana, par quelques autres remarques bien ciblées, l'avait conduit à imaginer l'idée de l'enquête d'opinion.

Elle éprouvait une intense satisfaction à constater que la conversation qu'elle venait de surprendre était le fruit de son travail. Sans les idées qu'elle lui avait distillées, jamais Essipov n'aurait pensé à se lancer dans une telle opération.

*

La journée était à la pluie, et le plafond nuageux, très bas, ne laissait filtrer qu'une clarté diffuse. Depuis le matin, Soloviov était contraint de travailler à la lumière électrique. Un halogène et une lampe de bureau éclairaient convenablement son bureau et le clavier de son ordinateur. Soloviov aimait le temps doux et tiède mais voilé, qui favorisait la concentration et n'inspirait pas de gaieté futile.

Son travail avançait bien et, comme d'habitude, lui apportait une douce satisfaction. Le manuscrit dont il déchiffrait les idéogrammes était accroché près du moniteur de son ordinateur, sur un support incliné qui empêchait les pages de tourner. Sur le fond bleu de l'écran apparaissaient les lettres blanches du texte qu'il rédigeait et qui racontait une histoire passionnante.

Soloviov se sentait en pleine phase d'amélioration créatrice. L'apparition inattendue d'Anastasia dans sa vie avait conduit ses pensées vers de nouvelles pistes et donné naissance à de nouvelles images et associations d'idées. Il était tellement absorbé par son travail qu'il avait laissé passer l'heure du déjeuner. Il ne se rendit compte qu'il avait faim que vers cinq heures, lorsque Andreï finit par l'interrompre en lui proposant une collation. Il propulsa lui-même son fauteuil roulant jusqu'à la cuisine, avala rapidement ce que son assistant lui avait préparé, le remercia mollement et retourna à toute vitesse dans son cabinet de travail, bien qu'il aimât d'habitude se laisser aller à un moment de détente : un bon café et quelques instants de bavardage avec Andreï, une cigarette dans une main et un ballon de cognac dans l'autre.

Mais ses espoirs de poursuivre son fructueux travail se trouvèrent brisés à peine eut-il franchi le seuil de son bureau. L'écran de son ordinateur était noir et seul subsistait le fantôme d'un point verdâtre en son milieu. Selon toute apparence, la machine venait de se «planter». Il la ralluma et, lorsqu'elle fut de nouveau opérationnelle après le temps d'installation, il constata avec horreur que tout son travail de la journée avait disparu. Pourtant, il était sûr de l'avoir régulièrement sauvegardé. Le texte qu'il avait rédigé la veille était toujours là, mais il ne restait pas la moindre trace de ce qu'il avait traduit depuis le matin. Il fit quelques tentatives pathétiques pour retrouver le fichier perdu grâce à l'instruction «Restaurer», mais sans résultat.

Il en déduisit que le système avait été contaminé par un virus qui détruisait le travail en cours. Et peut-être d'autres choses encore plus épouvantables. Une règle en la matière disait : « Si votre machine est infectée par un virus et que vous ne savez pas ce qu'il convient de faire, le mieux est de l'éteindre aussitôt ! » Comme tous les programmes, les virus ne peuvent tourner que si l'ordinateur fonctionne. Quant à la contamination, il n'était pas aisé de déterminer comment elle avait pu se produire. Sans doute par une disquette infectée. Mais certains virus s'installent dans le disque dur et restent inertes pendant une longue période avant de sortir de leur léthargie pour dévorer le contenu des mémoires avec la subtilité d'un troupeau de buffles affamés.

Soloviov appuya sur le bouton d'arrêt et appela son assistant.

– Andreï, j'ai besoin d'un réparateur d'ordinateurs. De toute urgence ! Est-ce que vous connaissez des sociétés d'assistance informatique qui travaillent le week-end ?

– Non, mais je vais en trouver une, lui répondit l'intéressé. Que s'est-il passé ? Que dois-je leur dire ?

– Que mon ordinateur a certainement été contaminé par un virus qui efface le travail en cours.

Soloviov retourna dans son cabinet, prit un livre dans la bibliothèque et tenta de s'abîmer dans la lecture. D'une oreille, il entendait la voix assourdie d'Andreï au téléphone. Son humeur était totalement gâchée et il regrettait de n'avoir rendez-vous avec Anastasia que le lendemain, dimanche. Il aurait préféré qu'elle vienne le jour même puisque, de toute façon, il était bloqué.

– Vladimir Alexandrovitch, un réparateur viendra demain à trois heures.

– Et pourquoi pas aujourd'hui ? bougonna Soloviov. Il n'est pas tard.

– Ils sont submergés de travail. C'est la seule boîte informatique de Moscou ouverte le week-end. Et c'est en insistant lourdement que j'ai obtenu ce rendez-vous pour demain. D'abord, ils voulaient nous faire patienter jusqu'à jeudi prochain. J'ai promis de payer un supplément. Pas de problème ?

– Vous avez bien fait, rugit-il. Quelle connerie ! Impossible de travailler jusqu'à demain. Et le pire est que je vous ai promis de vous laisser quartier libre demain du matin jusqu'au soir. Comme Anastasia sera là, je ne pensais pas avoir besoin de vous. Mais maintenant, avec ce réparateur, je serais plus tranquille si vous restiez.

– Je resterai, Vladimir Alexandrovitch, ne vous inquiétez pas. Je comprends. Si je n'étais pas là, le gars serait tout seul dans votre bureau pendant que vous vous occupez de votre invitée. C'est risqué. Je traiterai mes affaires personnelles un autre jour. Il n'y a rien d'urgent.

Malgré ces paroles apaisantes, Soloviov était incapable de maîtriser sa contrariété. L'hostilité d'Andreï envers Nastia ne lui avait pas échappé et il avait voulu arranger les choses pour qu'ils ne se rencontrent pas dimanche. Et tout son programme était remis en question par un virus ! Devait-il demander à la jeune femme de venir le soir même ? Oui, c'était la solution. Ainsi, il pourrait donner la soirée à Andreï et éviter les problèmes le lendemain.

Il composa rapidement le numéro d'Anastasia. Un homme lui répondit et Soloviov nota que, pour un professeur distingué d'un certain âge, il avait une voix très jeune. À moins que son mari ne soit sorti ? Était-ce son amant ?

– Bonjour, retentit enfin la voix calme de la jeune femme.

– C'est moi, s'annonça-t-il rapidement. Pardonne-moi de t'appeler à l'improviste. Je ne te dérange pas ?

– Pas de problème. Je t'écoute.

– Je me demandais si tu étais toujours d'accord pour demain ? commença-t-il prudemment.

– Oui, pas de changement. Pourquoi ? Tu as un problème ?

– Non. Enfin... Oui. Je veux dire... Écoute, pourrais-tu venir maintenant ? Il n'est pas trop tard. Nous pourrions passer une bonne soirée.

– Tu n'es pas libre demain ?

– Non, dit-il en mentant. C'est juste que tu me manques. Je veux te voir sans attendre demain.

– Je suis désolée, répondit-elle très calmement. Impossible ce soir. C'est hors de question. Si tu as un empêchement demain, ce n'est pas grave. Nous nous verrons un autre jour. Mais pas aujourd'hui.

– Nastia, je tiens réellement à te voir... Tu as raison, j'ai un problème, demain. Mais je ne veux pas remettre notre rencontre. Viens ce soir, s'il te plaît.

– Ce n'est pas possible.

– Mais nous ne pouvons pas nous voir demain.

– Alors ce sera plus tard.

– Quand ?

– Je ne sais pas. Mais pas aujourd'hui, en tout cas.

– Tu ne peux pas à cause de ton mari ? finit-il par lui demander.

– Cela n'a aucun rapport avec mon mari, répondit-elle fraîchement. J'ai un travail à finir.

– Mais tu peux le faire demain, insista-t-il sans savoir pourquoi il en faisait une telle affaire. Tu seras libre toute la journée si nous ne nous voyons pas.

– Je t'ai déjà dit que ce n'était pas possible, Soloviov. C'est hors de question. Ce n'est donc pas la peine que je vienne demain ?

– Mais si. Viens. Je t'attendrai.

– Et ton problème. Tu peux le résoudre ?

– Non. Tu devras simplement t'en accommoder. Je voulais accorder une journée de congé à Andreï pour que tu n'aies pas à le rencontrer. Je vois bien que vous n'avez pas d'atomes crochus, tous les deux. Mais il se trouve que j'ai besoin de lui et que je ne peux pas le laisser partir. En revanche, ce soir, j'aurais pu lui donner sa soirée...

– Ne t'en fais pas. Je me sens tout à fait à l'aise avec ton gars. C'est lui qui ne peut pas me voir. À demain, Soloviov.

La conversation laissa le traducteur d'une humeur massacrante. Elle n'était pas aussi éprise de lui qu'il le croyait. Ou peut-être jouait-elle avec lui ? Voulait-elle le torturer ? Le faire souffrir comme elle avait souffert, jadis ?

– Andreï ! cria-t-il d'une voix grincheuse. Allons faire une promenade. Habillez-vous !

6

De grands yeux noisette considérèrent Soloviov avec calme et sérieux.

– Je m'appelle Marina et je viens de la part de la société Electrotech. Que s'est-il passé ?

Soloviov surmonta sa confusion et observa avec curiosité la jeune femme envoyée par l'entreprise d'assistance informatique. Pour une obscure raison, il était persuadé que le technicien serait un homme et non cette petite jeune femme de vingt-sept ou trente ans, avec des yeux qui lui dévoraient la moitié du visage et des lèvres délicatement ourlées.

– Tout mon travail d'hier a été effacé, expliqua-t-il.

– Et pas celui des autres jours ?

– Pas à ma connaissance, répondit-il avec une pointe d'incertitude.

– Les fichiers n'ont pas été altérés de quelque manière ? insista « Yeux noisette ».

– Je n'ai pas vérifié. Je n'ai pas voulu les ouvrir. Pour ne pas empirer les choses.

– Vous avez bien fait, acquiesça-t-elle. Voyons ça. Où est votre bécane ?

– Je vais vous montrer, dit Andreï. Suivez-moi.

Le jeune homme précéda la technicienne dans le cabinet de travail. Soloviov les suivit sans hâte.

– Quelles disquettes utilisez-vous ? demanda Marina en branchant l'ordinateur.

– Elles sont là, dans la boîte.
– Celles-là seulement ? Personne ne vous en prête ?
– Non, je n'utilise que les miennes.
– Les avez-vous confiées à quelqu'un ?
– Bien sûr. Je suis traducteur. Je transmets mes textes par disquette à l'éditeur. Là-bas, ils sont copiés sur leurs disques durs et ils me rendent les originaux. Vous croyez que le virus pourrait venir de la maison d'édition ?
– C'est possible. Montrez-moi les disquettes qu'ils vous ont restituées. Nous allons commencer par les scanner.
Soloviov les sortit de la boîte et vérifia les annotations portées au stylo sur les étiquettes blanches.
– Les voilà.
Il les tendit à Marina.
– À quand remonte le dernier up-date de votre antivirus ?
– Pardon ? demanda Soloviov, déconcerté par le jargon.
– La dernière mise à jour, expliqua-t-elle.
– Eh bien... En réalité, je ne me suis jamais donné la peine de la faire. Vous savez, je ne me sers de l'ordinateur que pour travailler. Je n'ai jamais ajouté de nouveaux programmes ou de choses dans ce genre. Il est dans l'état où je l'ai acheté et je n'ai jamais eu de problème jusqu'à aujourd'hui.
– Il faut un début à tout, dit l'informaticienne avec un sourire charmant. Je vais charger la dernière mise à jour et nous vérifierons les disquettes.
Soloviov observa avec intérêt les manipulations de la jeune femme. Ses mains étaient petites avec des doigts réguliers et dodus aux ongles coupés et sans vernis. Elle était rassurante, sans prétention, délicate. Mais, en dépit de ses grands yeux de faon apeuré, elle utilisait la machine avec une grande assurance.
– Exactement ce que je pensais, dit-elle enfin dans un soupir. Vos dernières disquettes sont infectées. Cela fait trois mois que le problème vous guette. J'imagine que vous ouvrez rarement ces vieux fichiers.
– C'est exact. Lorsque j'ai terminé une traduction, je ne reviens jamais dessus.

– C'est à cause de cela que le virus ne s'est pas manifesté plus tôt.

– Que faut-il faire ?

– L'éradiquer. Vous disposez de combien de temps ?

– Combien vous en faut-il ?

– C'est ça le problème. Je n'en sais rien. Une fois que c'est commencé, cela peut aller vite ou non. Mes antivirus ne seront peut-être pas suffisants et il me faudra aller chercher d'autres programmes. C'est un truc vraiment vicieux que vous avez là et je n'ai jamais eu l'occasion de travailler sur lui.

– J'imagine que je ne pourrai pas me servir de l'ordinateur avant que vous n'ayez terminé.

– Bien sûr que non. Si vous le faites, le virus s'activera de nouveau et détruira autre chose. En revanche, je peux essayer de récupérer ce qu'il a détruit. Mais cela va prendre du temps.

– S'il vous plaît, Marina, faites ce qui vous semble bon, dit Soloviov. Je paierai ce qu'il faut, mais j'ai besoin de mon ordinateur le plus tôt possible.

– Je comprends. Dans ce cas, autant commencer. Excusez-moi, je ne connais pas votre nom.

– Vladimir Alexandrovitch.

– Entendu, Vladimir Alexandrovitch. Je vais faire de mon mieux. Notez-moi le nom du fichier que vous avez perdu hier.

Soloviov coucha quelques lettres sur une feuille qu'il lui tendit. À ce moment, la sonnette de l'entrée retentit. *Anastasia,* se dit-il aussitôt. *Après tout, ce n'est pas plus mal qu'elle soit venue.* Marina en avait pour un bon moment et il ne pourrait pas travailler tant qu'elle n'aurait pas terminé. Il avait naïvement cru qu'il suffirait de dix minutes pour tout arranger et qu'il pourrait rattraper très vite le temps perdu.

Il gagna le séjour où Andreï avait fait entrer Nastia. Elle lui sembla particulièrement désirable et il fut surpris de sentir s'emballer son cœur.

Ça suffit ! s'emporta-t-il contre lui-même. Reprends-toi !

– Andreï, s'il vous plaît, allez tenir compagnie à Marina,

au cas où elle aurait besoin de quelque chose. Et n'hésitez pas à lui offrir une tasse de café si ça se prolonge.

– Marina ? lança Nastia. Cela veut-il dire que tu as de la compagnie, Soloviov ? Est-ce pour cela que tu voulais tant me faire venir hier plutôt qu'aujourd'hui ?

– Jalouse ? ironisa-t-il gentiment. Non, c'est simplement que j'ai un problème d'ordinateur et j'ai dû faire venir un technicien. Je n'y suis pour rien s'il s'agit d'une femme jeune et jolie.

– Et pourquoi faire appel à un technicien ? Tu aurais pu m'en parler ?

– Tu t'y connais en ordinateurs ? Tu es avocate pas informaticienne.

– Eh oui, je m'y connais en ordinateurs. C'est ainsi. J'ai appris avec mon mari. Souviens-t'en à l'avenir.

– C'est gentil de me le proposer. Veux-tu manger quelque chose ?

– Non, merci. Mais je prendrais bien une tasse de café.

– Alors, viens dans la cuisine.

– Et ton majordome anglais ? plaisanta-t-elle. Tu ne laisses pas le personnel s'en charger ?

– Il vaut mieux qu'il reste dans le bureau avec cette technicienne. Je n'aime pas que des étrangers restent tout seuls dans la maison, expliqua Soloviov, un peu gêné par sa propre suspicion.

– Secrets mystérieux ? Ou trésors irremplaçables ?

– Ni l'un, ni l'autre. Je n'aime pas que… Je ne peux pas l'expliquer. Je n'aime pas, c'est tout.

– Ce sont des choses courantes, le rassura Nastia en hochant la tête.

Elle fit le café et ils retournèrent dans le séjour. La conversation se traînait et Soloviov ne parvenait pas à comprendre pourquoi il avait tant insisté pour la voir la veille, et d'où lui était venue l'impression si forte qu'Anastasia lui manquait. À ce moment-là, c'est vrai, il avait besoin de la voir. Et le matin même, il attendait sa venue avec impatience. Et là, face à face, ils ne trouvaient rien à se dire. Peut-être n'était-elle pas d'humeur à bavarder ? Fatiguée, contrariée, fâchée ? Chaque fois qu'il la voyait, il éprouvait la même surprise en constatant combien elle avait changé. Douze ans plus tôt, il pouvait lire en elle à livre ouvert tellement elle était claire et simple. Là, il n'avait plus aucune idée de ce qu'elle pensait, de ce qui la motivait. Il ne savait même pas de quoi lui parler.

– As-tu lu le livre que je t'ai prêté ? lui demanda-t-il dans une nouvelle tentative pour rompre le silence.

Nastia sembla se ragaillardir et il y vit un bon signe.

– Oui, c'est très bien. Excellent, même. Je n'aurais jamais cru qu'un polar asiatique puisse être à ce point fascinant. J'ai passé la moitié de la nuit à le terminer : je n'arrivais pas à m'en détacher. La seule chose, c'est que j'avais parfois l'impression d'avoir lu ces pages auparavant.

– C'est impossible, répondit-il calmement. Ces livres sont inédits en Russie. C'est la première traduction.

– Je l'ai peut-être lu dans une langue étrangère, en anglais ou en français…

– C'est peu probable. Pour autant que je sache, les éditions Shere Khan ont les droits mondiaux des auteurs qu'elles publient. Évidemment, tout est possible. Qu'est-ce qui t'a semblé familier ? L'intrigue ?

– Non, quelque chose de vague. Tu sais, comme un parfum discret. Je suis idiote, n'est-ce pas ? Comment un texte pourrait-il avoir une odeur ?

Soloviov eut un soupir de soulagement. La conversation s'était enfin engagée sur une voie tranquille et sans surprise désagréable. Il pouvait parler de littérature pendant des heures, voire des jours. Surtout avec Anastasia qui savait l'écouter avec plaisir, le contredire sans agressivité et lui donner intelligemment la réplique. Et ils ne risquaient pas d'aborder des questions qu'il préférait éluder.

Andreï vint les voir une fois pour leur demander s'ils n'avaient besoin de rien avant de retourner immédiatement dans le cabinet de travail. Au bout d'une heure et demie, Marina fit une apparition :

– Vladimir Alexandrovitch, j'ai retrouvé le fichier d'hier et j'ai besoin de vous pour me dire quelles transformations il a subies. Cela me permettra de déterminer la nature du virus.

– Excuse-moi, Nastia. J'en ai pour une minute, dit Soloviov en roulant vers la porte.

*

Une fois seule dans le séjour, Nastia sentit la tension retomber. La compagnie de son ancien amant l'avait vidée de son énergie. Il lui était difficile de rester calme et de garder l'esprit alerte en présence d'un homme qui avait intimement fait partie de sa vie.

Les paroles de Soloviov lui revinrent à l'esprit : « Je n'y suis pour rien s'il s'agit d'une femme jeune et jolie. »

Oui, elle était vraiment jolie, cette petite Marina aux yeux noisette. Mais Nastia n'avait pas aimé le regard qu'elle lui avait lancé : acéré, critique et donc grossier. Sans doute avait-elle voulu savoir quel genre de femme pouvait bien avoir une liaison avec un invalide. Encore qu'elle n'avait aucun moyen de connaître l'état de leurs rapports. Sauf si Andreï lui en avait parlé. Il avait dû lui faire la causette et se plaindre qu'une vieille petite amie de son patron avait refait surface au bout de quelques siècles et qu'elle était tout le temps dans ses pattes.

Exactement ce dont j'ai besoin, pensa Nastia. *Une duègne en pantalon pour protéger la vertu de son maître.*

Elle se leva du canapé et fit le tour de la pièce. Elle s'arrêta devant la fenêtre et contempla la forêt toujours figée dans les ténèbres hivernales malgré la douce tiédeur d'avril. Un chemin asphalté séparait la maison des arbres. Il conduisait à la dernière maison du lotissement et s'achevait en impasse. Les « Résidences de Rêve » étaient desservies par une petite bretelle de la rocade qui s'enfonçait au milieu des bois. Voilà pourquoi tout était tellement calme. Genia Iakimov avait raison lorsqu'il disait qu'il était impossible de ne pas remarquer une personne étrangère. Nastia avait beau se creuser les méninges pour trouver le lien entre un ou plusieurs habitants de ces cottages et les garçons disparus, elle était à court d'idées. Ceux qui pouvaient inspirer des soupçons étaient au travail toute la journée, et ceux qui restaient à la maison faisaient de bien piètres suspects : des retraités, quelques maîtresses de maison, un invalide et son assistant. Le lotissement n'avait sans doute aucun rapport avec l'affaire. Elle s'était laissé entraîner par un mirage. Elle n'avait plus rien à faire dans ces lieux.

Profondément plongée dans ses pensées, elle n'entendit pas revenir Soloviov.

– C'est l'heure de dîner, s'écria-t-il avec bonne humeur. Dieu merci, Marina est parvenue à reconstituer le texte que j'ai traduit hier.

– Merci, Volodia, mais il faut que j'y aille. C'est l'heure.

– Pourquoi si tôt ? s'écria Soloviov, déçu. Tu viens à peine d'arriver.

– C'est l'heure, répéta-t-elle doucement. Ne sois pas contrarié.

– Quel dommage ! lança-t-il en soupirant. Quand reviens-tu ?

– Je t'appellerai.

– Quand ?

– Volodia, je suis une femme mariée et qui travaille dur, lui expliqua-t-elle en souriant, comme on parle à un gamin capricieux. N'attends pas l'impossible. Je ne contrôle pas toujours mon emploi du temps. Je viendrai quand je pourrai.

Elle sortit de la maison et monta dans sa voiture, mais, au lieu de prendre la direction de l'autoroute, elle s'arrêta devant le perron du cottage n° 12. Toute la famille Iakimov était là. Genia paraissait encore plus timide en présence de sa femme. Ianina Borissovna, ou Iana, comme Alexandre Kamenski l'appelait, écrasait totalement son mari. Elle semblait imposante, mais ce n'était qu'une première impression et, comme il arrive souvent, cette impression ne correspondait pas à la réalité. Très vite, Nastia remarqua que les yeux de la femme d'affaires se faisaient tendres et amoureux lorsqu'elle regardait son petit bonhomme de mari. En dépit de sa voix forte et de son ton assuré, elle ne disait rien qui puisse être interprété comme méprisant à l'égard du père de ses enfants.

Nastia avait encore en tête les mots de son frère

Alexandre pour décrire Iana. Belle, mais écrasante. Trop grande, trop forte, trop chevelue… C'était vrai. Elle avait un visage beau et vivant, avec des traits réguliers et la peau lisse. Un corps épanoui et des cheveux denses et épais qui dévalaient sur ses épaules et lui couvraient les omoplates. Elle accueillit Nastia avec une certaine prudence, mais en faisant de son mieux pour paraître amicale.

– Entrez, entrez ! s'écria-t-elle. Genia m'a parlé de vous, et les enfants aussi.

Iakimov se tenait tout près et dansait d'un pied sur l'autre en lançant à sa femme des regards craintifs. Cela fit sourire Nastia : Iana était jalouse. Seigneur ! Elle était amoureuse de son mari et se méfiait d'une femme surgie d'on ne savait où et qui s'était présentée chez eux en son absence.

Un gentil couple.

– Je n'en ai que pour une minute, dit Nastia en restant dans le vestibule encombré de vélos que l'on sortait pour le printemps et de skis que l'on rangeait après l'hiver.

– Vous vous souvenez que je vous ai parlé du projet de ma société pour assurer des maisons individuelles comme les vôtres ? Mes supérieurs ont fini par mettre au point ce type de contrat et je suis chargée de le mettre en œuvre. Auriez-vous l'amabilité de demander à vos voisins s'ils seraient disposés à protéger leur maison ? Si cela ne vous dérange pas trop, évidemment. Je ne connais personne ici, à part vous et Volodia. Mais vous le connaissez… il n'est pas particulièrement sociable.

Nastia s'attendait à voir Iana répondre pour son mari, mais elle se contenta de lancer à ce dernier un regard interrogatif.

– Que suis-je censé leur dire ? marmonna-t-il d'un air hésitant.

– Nos représentants viendront les voir, examineront la maison, estimeront sa valeur et proposeront un contrat. Dès le paiement de la première prime, ils feront installer un système d'alarme électronique. À partir de ce moment-là, ma société prendra la responsabilité matérielle de tous les accidents domestiques, ainsi que des cambriolages, des incendies, des dégâts des eaux et des bris de glaces. Si plus de la moitié des cottages sont assurés, nous établirons également une surveillance par rondes régulières, de nuit comme de jour, autour du lotissement. Bien sûr, le montant des primes sera plutôt élevé, mais nous sommes une entreprise sérieuse et nous faisons bien ce que nous entreprenons. Vous voyez, ce n'est pas bien sorcier, Genia. Vous acceptez de vous en occuper ?

– Je le ferai, décida Iakimov avec un hochement de tête affirmatif.

– Dis, Genia, nous devrions peut-être servir d'exemple aux autres ? Qu'en penses-tu ? demanda soudain Iana à son mari.

Nastia apprécia le tact de la femme d'affaires. Elle n'avait pas mis son mari devant le fait accompli, mais avait fait mine de l'associer à sa décision. Le consultait-elle pour de bon ? Nastia appréciait le couple de plus en plus.

– Bonne idée, dit-il. Nous serons les premiers. Bien sûr, j'en parlerai aux voisins. Dès que j'aurai trois ou quatre noms, je vous contacterai et vous enverrez vos représentants.

Nastia s'en alla avec la satisfaction d'avoir fait une bonne action. Naturellement, les gens qui voulaient protéger leur maison l'indifféraient. Elle s'intéresserait en revanche de près à ceux qui refuseraient. Parmi eux, elle trouverait peut-être quelqu'un qui avait de bonnes raisons de ne pas laisser des étrangers visiter son logement de la cave au grenier. Et dans ce cas ces raisons ne seraient sans doute pas très avouables.

En quittant le lotissement, Nastia se sentait tout de même un peu bizarre. Sa visite à Soloviov lui avait laissé un goût amer. C'était comme si avant de monter sur le ring deux champions de boxe s'étaient rencontrés pour s'observer, se remémorant leurs précédents combats et évaluant la forme de l'autre. Et soudain, l'un des deux demande à l'autre de l'excuser une minute et s'en va pour de bon. Et l'autre, sans comprendre que le combat n'aura finalement pas lieu, grimpe sur le ring et s'échauffe en attendant le retour de son adversaire et planifiant son attaque. Nastia avait endossé l'habit du fuyard et ne parvenait pas à décider si elle devait s'en vouloir ou s'en féliciter.

Pendant tout le chemin du retour, elle lutta sans succès contre sa confusion et sa culpabilité.

*

Le lundi matin suivant, Guena Svalov lui apporta les données concernant les vidéoclubs restants. Son visage exprimait la plus vive contrariété. Sans doute avait-il prévu de passer son week-end à gagner de l'argent dans une activité complémentaire, comme le faisaient la plupart des employés de la milice malgré les nombreux règlements et circulaires qui l'interdisaient. Et au lieu d'arrondir ses fins de mois, il s'était vu contraint d'accomplir ce travail absurde à ses yeux.

Après le briefing du matin, Nastia prit le chemin de la section informatique dans l'espoir d'avoir accès à un ordinateur libre. On lui en affecta un dans lequel elle inséra la disquette qu'elle avait préparée à la maison et entreprit d'y ajouter les nouvelles informations de Svalov : nom du film, adresse de l'entreprise de location, nom et adresse du client… Elle travaillait vite et ses doigts volaient sur le clavier. Une telle tâche demandait une concentration parfaite pour ne pas se tromper de colonne. Nastia possédait une excellente mémoire et, en insérant le dernier nom, elle put dire avec certitude que personne n'avait loué les quatorze cassettes correspondant aux quatorze films volés.

Lorsqu'elle eut fini, elle jeta un regard à l'horloge murale et poussa un profond soupir de dépit. Il était déjà tard et elle n'avait pas vu la journée passer. À part ce satané tableau, elle n'avait rien fait d'utile alors qu'elle avait du travail à la pelle. Sa seule consolation était qu'elle n'avait loupé aucune affaire urgente – autrement, Gordeïev l'aurait fait chercher.

Elle imprima le tableau et retourna à son bureau, l'air abattu. Malgré la douceur du temps, la pièce était humide. Elle alluma la bouilloire pour se faire un café soluble. Dans le calme de son antre, elle prit conscience que ses yeux lui faisaient mal d'avoir tant fixé l'écran. Elle se souvint des recommandations des médecins dans ce genre de situation et se campa devant la fenêtre pour reposer ses yeux à la lumière du jour. Dans la rue, des jeunes filles en pantalon et chemisier colorés, à la mode, se promenaient, visiblement insouciantes, heureuses et encore peu habituées au chagrin. Une phrase de *La Lame* lui revint à l'esprit : l'un des personnages qui se débat avec une multitude de problèmes regarde également les gens par la fenêtre « avec la tristesse d'un oiseau en cage observant des papillons voltigeant en liberté ». Encore une fois, elle ressentit une impression familière, comme un parfum très léger qui s'évanouit soudain sans qu'on ait pu l'identifier.

Ses pensées revinrent à Soloviov. Lui manquait-elle ? Et si c'était le cas, pourquoi s'intéressait-il à elle maintenant alors qu'il ne l'avait pas réellement fait douze ans plus tôt ? Pour sortir de l'ennui de son existence ? Ou bien voyait-il aujourd'hui tout ce qu'il avait été incapable d'apprécier jadis ? Quelle que fût la réponse, les sentiments de Nastia à son égard n'avaient pas changé : elle le trouvait gentil, intelligent et agréable, mais il n'y avait pas la moindre place pour lui dans son cœur. Ou bien était-elle en train de se jouer la comédie ?

Pour la première fois depuis bien longtemps, Anastasia Kamenskaïa n'était plus sûre d'elle. Ou plutôt, elle était certaine de ne pas avoir besoin de Vladimir Soloviov, en tout cas sentimentalement. Mais elle était attirée. Et ce n'était pas à cause de l'enquête en cours. Elle se sentait poussée vers lui, vers sa maison. Mais pourquoi ? Pourquoi ?

*

Oksana s'étira délicieusement et s'assit sur son lit. La présence de Vadim ne l'embarrassait pas du tout – elle n'avait même pas jugé nécessaire de se lever lorsqu'il était entré. Leur relation restait cantonnée aux affaires, et l'idée même d'une intimité entre eux semblait absurde. Oksana se couchait tard et ne se levait pas avant midi.

Aussi, lorsque Vadim passait en fin de matinée, il la trouvait toujours sous les couvertures. Lorsqu'elle se levait pour passer une robe de chambre, elle ne lui demandait pas de se retourner. Si Vadim la regardait, ce n'était pas avec le désir glouton de Vovtchik, le garde du corps d'Essipov, et il ne se permettait jamais des commentaires grivois comme Semion Voronets.

– Alors, tu es suffisamment réveillée pour avoir une conversation sérieuse ? lui demanda Vadim en sirotant son café.

Depuis son arrivée, il avait eu le temps de se faire du café et un sandwich tout en lui expliquant qu'il venait de finir son service et qu'il avait très faim. Oksana aimait sa manière de se comporter. Il ne la considérait pas comme une femme d'intérieur et ne lui demandait jamais de lui préparer quoi que ce soit. S'il voulait quelque chose, il se servait lui-même en s'excusant poliment. Après tout, il ne venait pas en visite, mais pour le travail.

– Tu peux y aller, Vadim. Je suis tout ouïe.

– As-tu entendu parler de l'écrivain Ed McBain ?

– Eh bien... Cela me dit quelque chose, mais je suis incapable de m'en souvenir.

– Tu n'as rien lu de lui, bien sûr ?

– Non.

– Bien. Le nom d'Ed McBain est un pseudonyme. Et il en a un deuxième : Evan Hunter.

– Pourquoi deux pseudos ?

– Pour que ses lecteurs ne confondent pas les genres. En tant qu'Ed McBain, il écrit des polars qui ont pour cadre le commissariat du 87e district. Hunter, lui, publie des romans sociologiques plus sérieux. Mais un lecteur qui connaîtrait suffisamment bien les œuvres de McBain et de Hunter n'aurait aucune difficulté à déterminer que les deux auteurs ne sont qu'une seule et même personne. Parce qu'aucun écrivain ne peut dépasser ses propres limites. Tu comprends ? Il est unique, avec ses opinions et ses valeurs, son style et sa manière de concevoir et de développer ses intrigues. Il peut changer de nom selon les ouvrages, mais certainement pas de personnalité. C'est pourquoi un lecteur attentif ne se laissera pas abuser. Et cela m'a donné une idée : organiser un concours auquel pourront participer les lecteurs. Mais pour cela, l'éditeur devra être en contact direct avec les auteurs, sans passer par des agents ou des intermédiaires. Il devra obtenir de l'un d'entre eux l'autorisation de publier son nouveau livre sous un pseudonyme ou de manière anonyme.

– Pour quoi faire ?

Oksana avait toujours du mal à comprendre où Vadim voulait en venir. Lorsqu'il commençait à exposer un de ses plans, elle était toujours étonnée qu'il croie possible de gagner de l'argent avec des idées aussi surprenantes. Mais à mesure qu'il développait ses arguments, son nouveau concept finissait par apparaître clair, logique et séduisant, et elle se demandait alors pourquoi Kirill Essipov n'y avait pas pensé lui-même.

– Imagine un roman publié dans une collection populaire, mais sans aucun nom d'auteur. À la place, sur la couverture, la mention : « Gagnez le premier prix de notre concours ! » Serais-tu intriguée ?

– Évidemment, dit Oksana. La plupart des lecteurs le seraient.

– Tout juste. Et l'explication se trouverait en quatrième de couverture. Dans le genre : vous tenez entre les mains un nouveau roman d'un auteur célèbre dont les œuvres sont régulièrement publiées dans notre collection. Mais son nom est secret. Temporairement, bien sûr. Le but du concours est de le découvrir. Mais pas en envoyant un nom au hasard : en motivant la réponse par une analyse du style, des images et des idées. Il suffirait d'envoyer la réponse avant telle date, disons trois ou quatre mois après la parution et d'appâter les participants par un prix fabuleux pour, disons, les trois premières personnes à trouver la bonne réponse. Que fera le lecteur intéressé ?

– Oui, que fera-t-il ? répéta Oksana fascinée par les explications.

Dans de telles situations, elle perdait la capacité de réfléchir et suivait avec application le raisonnement de Vadim.

– Le lecteur achète le livre dans l'espoir de deviner le

nom de l'auteur et de gagner le prix. Il ne faut pas oublier que le désir de gagner, d'obtenir de la reconnaissance et de bénéficier d'avantages sans bourse délier, ou presque, est le principal ressort de nos contemporains. Au début, ils ne feront pas attention à l'impératif d'avoir à motiver leur réponse et se croiront capables de deviner le nom de l'auteur en lisant ce seul livre. Pour l'éditeur, le premier résultat obtenu sera de fortes ventes sur notre « titre mystère ». Mais avançons. Le lecteur tourne la dernière page et il a beau se creuser les méninges, il se rend compte que c'est beaucoup plus compliqué qu'il ne le croyait. Mais il a déjà acheté le livre, ce qui constitue en quelque sorte sa mise de départ. De plus, mentalement, il a déjà empoché le prix. Va-t-il renoncer ? Il le ferait certainement s'il pensait que des gens plus intelligents que lui ont déjà gagné. Donc, que doit faire l'éditeur ?

– Le rassurer, suggéra Oksana de manière incertaine.

– Tout juste. Des messages publicitaires à la radio et dans la presse écrite suffiront à l'informer qu'il est encore en course parce que personne n'a encore découvert l'auteur. Si ton Essipov réussit à mener à bien l'enquête d'opinion, il aura une claire idée des journaux et des émissions de radio préférés par ses clients. Et notre cher lecteur ainsi réconforté, que va-t-il faire ?

Elle comprenait maintenant où Vadim voulait en venir. Il était vraiment intelligent ! Kirill n'était pas mal, mais Vadim...

– Il achète tous les livres de la collection qui lui manquent, s'écria-t-elle joyeusement.

– Exactement. Bien sûr, notre lecteur peut en emprunter quelques-uns à des amis, à condition qu'ils ne soient pas, eux aussi, passionnés par le concours, mais il sera bien obligé de se procurer d'autres titres dont certains sont épuisés. Tu saisis ?

– Cela permettrait de les rééditer... constata la jeune femme.

Pendant les deux années passées avec Kirill Essipov sous la houlette de l'inventif Vadim, Oksana avait assimilé les grands principes du monde de l'édition. Elle savait qu'il suffisait de conserver les indications légales d'origine sur les exemplaires d'un nouveau tirage pour dissimuler les bénéfices au fisc.

– Comment trouves-tu mon idée ? Bonne ? lui demanda Vadim.

– Et comment !

– Alors c'est ta nouvelle mission. Est-ce qu'ils ont mis au point le questionnaire pour l'enquête d'opinion ?

– Bien sûr que non. Kirill n'a obtenu l'accord de ces larves que le week-end dernier.

– Mais il l'a obtenu ?

– Vadim, Kirill a une volonté de fer. Même s'il sait qu'il se trompe, il fera en sorte que les choses soient faites comme il le veut. D'ailleurs, que peuvent-ils faire contre lui ?

– Parfait. Assure-toi qu'il n'oublie pas de formuler les questions du sondage de manière à déterminer sur quels supports une campagne publicitaire a le plus de chances de toucher la majorité des lecteurs de la collection. Tu comprends ?

– Bien sûr que je comprends, Vadim. Je vais réfléchir à la meilleure manière de m'y prendre.

– Fais-le, ma chère. Nous avons encore pas mal de travail avant de devenir riches. Dans trois ans.

– Encore tout ce temps à attendre ! lança Oksana en soupirant.

– La patience est toujours récompensée, lui renvoya Vadim avec un petit rire. Tu te souviens, en lançant notre opération, nous avons parlé de cinq ans. Deux années ont passé, il en reste trois. Ce n'est pas beaucoup quand on y réfléchit. Dans relativement peu de temps, tu ne seras plus obligée de travailler comme mannequin pour profiter de l'existence. Tu seras libre de te marier, d'avoir des enfants et de manger tout ce que tu voudras sans te préoccuper de ta ligne. Et tu pourras épouser un homme que tu aimeras même s'il ne peut pas t'entretenir. La liberté de choix est la plus grande des libertés. Attendre un peu, ce n'est pas trop pour l'obtenir.

– Et toi ? demanda-t-elle brusquement.

– Comment ça, et moi ?

– Que feras-tu de ta liberté ?

– Nous verrons bien, gloussa-t-il évasivement. L'essentiel est que je pourrai quitter mon travail dans la fonction publique qui me nourrit à peine et m'a pris les meilleures années de ma vie. Presque vingt ans. C'est plus qu'assez. Je compte commencer à récolter. Ce ne sera que justice.

Après qu'il eut refermé la porte derrière lui, Oksana prit une douche et s'installa avec dégoût devant son petit déjeuner. Elle aimait manger, et devoir en permanence suivre des régimes stricts commençait à l'indisposer au plus haut point. Flocons d'avoine et carottes pour la peau, aneth et persil pour favoriser la circulation, tomates et concombres à cause de leur faible pouvoir calorique... Ce qu'elle voulait vraiment, c'était un steak avec des pommes de terre sautées et de la choucroute, le borchtch ukrainien que lui faisait divinement sa mère, épais et bouillant, avec des lardons qui flottent en surface et une bonne tarte sablée avec de la crème fouettée.

Quelqu'un lui avait dit un jour qu'elle avait des goûts plébéiens : quitte à manger de la tarte, elle devait être meringuée avec des morceaux de noix. Mais Oksana s'en moquait. Elle avait horreur de la meringue et aimait le gâteau qui lui rappelait son enfance de petite écolière soviétique ordinaire – cette tarte à l'épaisse pâte sablée, toute dorée, garnie de petites mottes multicolores de crème délicieusement parfumée. C'était peut-être « plébéien », mais elle aimait tout ce qui évoquait les heureuses années qu'elle avait passées dans la tendresse et la chaleur que lui prodiguaient ses parents. En fait, Vadim avait raison. Elle devait gagner beaucoup d'argent pour vivre comme elle le désirait, au lieu de se torturer en permanence avec les régimes, un travail d'esclave et l'intimité d'un homme qu'elle n'aimait pas, même s'il ne lui déplaisait pas.

– Ne te laisse pas aller à tromper ton Essipov, lui répétait régulièrement Vadim. Tu dois être patiente. S'il te voit avec un autre homme, le plan tombe à l'eau. Je pourrai toujours lui mettre une autre fille dans les bras, mais toi, tu te retrouveras le bec dans l'eau, et pour de bon.

Oksana respectait cette consigne à la lettre car elle avait appris depuis belle lurette que Vadim avait toujours raison. Au début de leur relation d'affaires, elle se l'était dit en pensant qu'il valait mieux ne pas contredire le patron. Avec le temps, à mesure que les idées qu'il lui soufflait pour Essipov donnaient des résultats réels, elle était parvenue à la conclusion que Vadim était d'une intelligence hors du commun et qu'il valait mieux suivre ses conseils.

– Comment comptes-tu t'emparer de leur argent ? lui demandait-elle parfois.

Au début, la réponse était toujours vague. Vadim ne s'était confié – et encore partiellement – que bien après le début de leur opération. Quand il avait été certain qu'il pouvait lui faire confiance, s'était-elle dit.

– Je veux qu'ils s'enrichissent par des moyens illégaux. Et lorsqu'ils seront devenus les éditeurs les plus grands et les plus puissants de Russie, lorsque leurs revenus seront fantastiques, j'exigerai une grosse part de leurs profits. Ils ne pourront pas refuser parce que j'aurai toutes les preuves de leurs malversations. Et ils iront finir leurs jours dans un camp sibérien s'ils ne veulent pas partager.

– Et s'ils arrêtent de frauder le fisc avec des tirages illégaux ? Comment pourras-tu parvenir à tes fins ?

– D'abord, ils n'arrêteront pas. Un voleur ne peut pas s'arrêter. C'est comme une maladie. L'argent corrompt et l'on s'y habitue comme à une drogue. On devient dépendant et on ne peut plus s'en passer.

– Et après ?

Vadim éclata de rire et lui donna une pichenette sur le nez.

– Tu n'as pas besoin de le savoir. Cela perturberait ton sommeil.

Ces mots ne l'avaient pas vraiment inquiétée, mais elle ne les avait pas oubliés.

*

Les noms dansaient devant ses yeux. C'était un de ces moments où Nastia s'en voulait de s'être engagée sur une fausse piste mais se trouvait incapable de l'abandonner pour de bon et continuait à y travailler. Plus elle regardait les feuilles de papier devant elle, plus elle était persuadée que son idée de trouver le voleur des cassettes en dépouillant les registres de location était mauvaise. Mais, pour une raison incompréhensible, elle continuait à s'attacher à cette piste. Peut-être parce que c'était la seule qu'elle avait.

Il n'y avait plus une seule molécule d'oxygène dans tout son bureau tellement elle avait fumé de cigarettes, et les nombreuses tasses de café qu'elle avait avalées lui avaient laissé un goût amer dans la bouche, mais elle était toujours assise, les yeux rouges, devant les tableaux crachés par l'imprimante du service informatique, à lire et relire les noms alignés en colonnes. Parfois, elle avait l'impression qu'un schéma apparaissait, mais dès qu'elle essayait de se concentrer dessus ce sentiment fugace s'évanouissait. Aucun nom n'apparaissait dans les quatorze colonnes, ni même seulement dans dix d'entre elles. De deux choses l'une : ou son idée était fausse depuis le début, ou bien le voleur avait utilisé des noms d'emprunt. Et si Nastia Kamenskaïa obtenait la certitude que la deuxième hypothèse était la bonne et que le criminel se cachait dans son tableau, elle était capable de faire l'impossible pour le retrouver. Cela prendrait sans doute du temps, mais elle était certaine d'y parvenir. Le problème était qu'elle n'avait aucun moyen d'en être sûre, et cela lui coupait toute énergie. Elle ne pouvait réprimer la petite voix intérieure qui lui disait : « Laisse tomber ! Tu as tout faux. Ta théorie ne valait rien. Tu peux déchirer tes tableaux en mille morceaux et les jeter à la corbeille. Cherche autre chose ! »

Elle se leva en se frottant les reins, ouvrit tout grand la fenêtre pour aérer la pièce et passa dans le bureau voisin, où travaillaient Iouri Korotkov et Kolia Selouïanov. Le premier était au téléphone tandis que le second, qui rédigeait un rapport, ne dissimula pas sa surprise en la voyant.

– Tu es encore là ? s'écria-t-il. Nous pensions que tu étais partie depuis belle lurette…

– Vous pensiez ensemble ou séparément ?

Kolia éclata de rire, heureux d'avoir trouvé une excuse pour interrompre un exercice d'écriture qu'il exécrait.

– Ensemble. On s'est dit que tu étais le genre de fille à nous payer une tasse de café, puis on a regardé l'heure et décidé que c'était trop tard.

– Si je comprends bien, faire deux pas dans le couloir est au-dessus de vos forces…

– Allons, Nastia. Nous sommes des flics. S'il nous fallait user nos semelles pour vérifier toutes nos théories, nous n'en sortirions jamais ! Et puis d'ailleurs, ce n'est pas toi qui te moques de nous en nous disant que nous ferions mieux de nous arrêter pour réfléchir au lieu de courir à droite et à gauche comme des dératés ? Pour une fois que nous suivons ton conseil, tu te plains !

– Oh ! Ça va ! Dans une minute ce sera de ma faute. De toute manière, c'est toujours sur moi que ça retombe. Qu'est-ce que tu écris ? Une nouvelle pièce en prose pour la postérité ?

– Non, répondit Selouïanov sur le même ton de plaisanterie. Un poème épique sur l'arrestation du citoyen Belov, rue Belov. Ça sonne bien, hein ?

– Comment tu dis ? s'écria Nastia en fronçant les sourcils tandis qu'elle sentait son cœur s'emballer.

– J'ai dit que le citoyen Belov, Anatoli Petrovitch, a été arrêté aujourd'hui rue du général Belov. Une belle coïncidence, n'est-ce pas ? Mais regarde-toi ! Tu es toute pâle. Tu le connais ? C'est l'un des tiens ?

– Non, je ne le connais pas. As-tu un plan de Moscou ?

En réalité, la question était purement rhétorique. À la brigade, tout le monde savait que Selouïanov conservait dans son bureau une dizaine de cartes de Moscou et de la région. Son passe-temps favori depuis l'enfance était d'approfondir sa connaissance topographique de la ville.

– Tu n'as qu'à me demander. Je peux tout te dire sans regarder.

– Non, j'ai besoin d'un plan.

En soupirant, Selouïanov ouvrit un tiroir et en sortit une brassée de cartes plutôt usées par une utilisation permanente et couvertes d'inscriptions multicolores. Il digérait mal que Nastia doute à ce point de ses capacités.

– Je peux en prendre une ? Je te la rendrai demain.

– Prends-la, bougonna Selouïanov. De toute façon, tu n'en fais qu'à ta tête.

– Ne dis pas de bêtises, lui renvoya-t-elle en tendant la main pour ébouriffer légèrement ses cheveux. Lorsque Korotkov aura fini de téléphoner, viens donc prendre un café. De la poudre instantanée en échange d'un plan de Moscou. Tu ne perds pas au change.

Elle retourna rapidement dans son bureau et déplia la carte avant de se pencher sur son tableau. Elle repéra très vite la ligne où elle avait ressenti l'impression fugitive de laisser passer une idée. Le vidéoclub de la rue Konovalov. L'un des clients s'appelait Konovalov. Cela voulait-il dire quelque chose ? Après tout, c'était un nom aussi répandu qu'Ivanov ou Kouznetsov.

En tout cas, cela méritait d'être vérifié. Nastia se pencha sur le plan, retrouva la rue Konovalov et releva les noms des rues dans le secteur. Puis elle vérifia sur son tableau. Son idée était bonne. Dans chacune des quatorze colonnes, le nom d'un client coïncidait avec celui d'une rue du quartier de Kouzminki-Perovo : Poletaïev, Chmilov, Mikhaïlov, Papernik, Konovalov, Pliouchtchev, Kouskov. Et aussi Perov et Kouzmine. Neuf noms. Cinq d'entre eux apparaissaient dans deux colonnes et les quatre restants une seule fois chacun. Quatorze colonnes. Avait-elle donc vu juste ?

Elle s'assit à son bureau et se croisa les mains derrière la nuque. C'était d'une simplicité biblique. Que fait-on lorsqu'on veut déguiser son identité ? On peut emprunter les noms de ses amis et connaissances, ou de ses collègues de bureau, ou encore se souvenir de ses camarades de classe. On peut aussi ouvrir l'annuaire au hasard. Ou regarder les plaques des rues. Évidemment, on ne peut pas prendre Pouchkine, Tolstoï ou Lénine, mais des noms plus banals comme Mikhaïlov, Konovalov ou Kouzmine.

La conclusion immédiate qu'on pouvait tirer était que le type connaissait bien ce quartier. Il devait y vivre ou y travailler.

Nastia inspira profondément tout en essayant de retenir le sourire triomphant qui se dessinait sur son visage. Elle s'empara de la carte et de la boîte de café soluble et passa rapidement dans le bureau voisin. Cette fois, Selouïanov était au téléphone et Korotkov enduisait une tranche de pain de fromage à tartiner.

– Oh ! s'écria-t-il joyeusement. J'étais sur le point de me pointer chez toi et te voici avec l'objet de toutes mes convoitises.

– Ne te réjouis pas trop vite. J'apporte du boulot avec le café.

– Oh non ! gémit Korotkov. Ne me dis pas ça. Dis-moi plutôt que tu plaisantes.

– Je plaisante, dit-elle docilement. Je sais où chercher notre cinglé.

Korotkov se figea, le couteau à la main.

– C'est une blague ?

– Tu m'as demandé de plaisanter, pas de faire des blagues, dit-elle en lui chipant sa tartine. Il habite ou il travaille dans le quartier Kouzminki-Perovo.

– Kolia ! lança Korotkov d'une voix de stentor. Raccroche ! Nous avons à faire !

Selouïanov perdit son sourire, ajouta quelques mots dans le combiné et raccrocha.

– Plus jamais je ne lui prêterai une carte, bougonna-t-il en repoussant l'appareil. Voilà comment elle récompense les bonnes actions : cette ingrate sadique ne me laisse même plus causer avec ma fille. Qu'est-ce qu'il y a ?

Nastia leur résuma en quelques mots les résultats de ses recherches.

– Eh bien, dis donc ! s'écria Selouïanov en hochant la tête avec satisfaction et oubliant qu'il était censé être furieux. Mais ce secteur est gigantesque ! Comment allons-nous procéder ?

– Je crois que le plus simple est de commencer par localiser sur la carte les vidéoclubs où il a loué les cassettes et, ensuite, d'aller voir sur place. Nous trouverons peut-être des indices qui nous permettront de réduire la zone de recherches. Kolia, c'est ton domaine. Nous ne pouvons pas rivaliser avec toi. Tu connais par cœur les groupes d'immeubles et les zones industrielles.

Selouïanov lança un regard significatif à l'horloge.

– Et quand sommes-nous censés nous occuper de ça ?

– Allons ! s'écria Korotkov, toujours heureux d'avoir un prétexte pour rentrer tard chez lui. Nous savons tous que Valia t'attend bien au chaud à la maison et que tu n'es pas à une demi-heure près. Ce n'est pas comme si tu avais un rendez-vous quelque part.

Selouïanov avait vécu seul pendant une longue période après son divorce. Il avait rencontré quelques femmes, mais cela n'avait jamais duré bien longtemps. Il était sur le point de s'avouer incapable de nouer des relations stables lorsqu'il avait fait la connaissance de Valia. C'était un mois plus tôt. Elle était libre et travaillait à la division municipale de la milice. Comme Selouïanov était l'heureux propriétaire de son appartement, la jeune femme s'était simplement installée chez lui. Le matin, il l'accompagnait au travail en voiture et, le soir, elle préparait le dîner en l'attendant. Elle alliait de réels talents de cuisinière à un franc intérêt pour son activité de flic.

Ils avalèrent leur casse-croûte et burent un café avant d'étaler le plan de Moscou sur une table. Les quatorze films avaient été loués par l'« homme aux noms de rues » dans huit vidéoclubs différents. En plaçant ces huit points sur la carte, Selouïanov demanda à ses collègues, poliment mais fermement, d'arrêter de s'agiter dans ses pattes et de s'accrocher à lui. Nastia et Korotkov sortirent sur la pointe des pieds, le laissant seul.

Le bureau de Nastia était glacial. En quittant la pièce avec son plan sous le bras, elle était tellement excitée par sa découverte qu'elle avait oublié de fermer la fenêtre. Il n'y avait plus la moindre trace de fumée de cigarette, mais la fraîcheur du soir avait eu le temps de s'installer et la température était celle d'une chambre froide.

Korotkov referma la fenêtre et frissonna. Nastia sortit son blouson de la penderie et le mit sur ses épaules. Malgré l'heure avancée, elle se savait incapable de rentrer chez elle. Pas avant que Selouïanov ne revienne avec les conclusions qu'il allait tirer de l'examen du plan. Elle serait morte d'impatience s'il lui avait fallu attendre le lendemain.

– Nastia, tu crois vraiment tenir une piste ? lui demanda Korotkov avec sérieux.

Elle poussa un soupir et baissa les paupières. Soudain, elle avait l'air très lasse.

– Je n'en sais rien. Parfois, je me dis qu'il n'y a pas de maniaque. Que j'ai trop brodé. Que nous sommes à la recherche d'une ombre sortie de mon imagination. Et que tout ce que nous essayons de faire, toi, Kolia et moi, est inutile parce que je me trompe depuis le début.

– Mais ces garçons se ressemblent beaucoup trop, lui objecta Korotkov. Et ça, ce n'est pas un produit de ton imagination. Nous avons tous vu les photos : toi, Gordeïev, Kolia et moi. Ce n'est pas une hallucination collective. Et sur ces neuf garçons, huit viennent de familles juives. C'est un fait. Pas des élucubrations... Nastia, tu as vraiment un coup de barre.

– Hum-hum... murmura-t-elle en bougeant à peine les lèvres.

Elle se sentait soudain trop épuisée pour parler.

– Alors, qu'est-ce que je peux faire pour te réconforter ? Veux-tu que j'aille te chercher une glace ? Ou du chocolat ? Ça te dit ?

Elle hocha la tête et rouvrit les yeux.

– Merci, Iouri. Tu es un vrai copain. Ne fais pas attention à ma mine abattue. Raconte-moi plutôt quelque chose.

– Tu sais déjà tout de moi, protesta-t-il en esquissant un sourire. Mon fils pousse, ma belle-mère est de plus en plus malade et Lala me fait une scène par jour. Voilà les dernières nouvelles.

– Et Loussia ?

Korotkov entretenait une liaison de longue date avec Loussia Semionova, mais ils attendaient que leurs enfants grandissent avant de l'officialiser : Iouri avait un fils et elle en avait deux.

– Elle est en voyage professionnel. On l'a envoyée un

mois quelque part sur la côte Pacifique. Ils ont mis au point un procédé génial pour prévoir l'évolution de la criminalité au cours des cinq prochaines années en fonction du gagnant de l'élection présidentielle.

– Elle te manque ?

– Beaucoup, admit-il.

– Dis-moi, Iouri, tu n'as jamais eu d'aventure qui se répète ?

– Qu'est-ce que tu veux dire ?

– Tu rencontres une femme avec qui tu as déjà eu une liaison dans le passé et vous remettez ça. Ça ne t'est jamais arrivé ?

– Non. Pourquoi cette question ?

– Pour rien. Juste par curiosité.

– Nastia, ne me raconte pas d'histoires. Dis-moi pourquoi.

– Je te l'ai dit : pour rien.

– Menteuse ! lui lança-t-il, sûr de lui. Tu pourrais rougir, au moins.

Il allait s'étendre sur le thème lorsqu'un coup puissant fit trembler le mur.

– C'est Kolia ! Allons-y. Il a dû trouver quelque chose ! s'écria Nastia, trop heureuse d'interrompre la conversation.

L'immense fatigue qu'elle ressentait quelques minutes plus tôt s'était évanouie comme par enchantement. L'instant d'avant elle était avachie sur sa chaise et n'aspirait qu'à rentrer se coucher le plus vite possible, et voilà que maintenant elle bondissait fraîche et alerte pour se précipiter dans le bureau d'à côté.

– Alors, Kolia ? Qu'as-tu déniché ? demanda-t-elle à son collègue en s'efforçant de contrôler le tremblement de sa voix.

– Il me semble que j'ai une piste. Regardez bien. Je suis parti du principe que ce type est allé dans des vidéoclubs qui se trouvaient près du chemin qu'il emprunte régulièrement. Bref, je vous passe les détails. Voici les résultats : ou bien il habite ici (Kolia entoura au crayon un secteur de quelques rues) et se rend périodiquement au nord de la ville, ou bien il vit ici (il dessina un autre cercle dans un autre secteur) et se rend non moins périodiquement dans le centre. Il est aussi possible qu'il habite au nord ou dans le centre et qu'il se déplace dans ces deux secteurs. Mais dans ce cas, il ne peut pas faire n'importe quel job.

– Et pourquoi donc ? demanda Nastia.

– Vite, cite-moi dix noms de rues autour de la Petrovka, lui demanda Selouïanov tout de go.

– Mais… Je ne sais pas… Kobolovski… Tverskaïa… Pouchkine… Tchekhov…

Elle s'arrêta pour réfléchir sous le regard amusé de son collègue.

– Tu vois ? Ce n'est pas beaucoup… Tu peux m'en citer dix près de chez toi ?

– Pigé, s'écria-t-elle. Pour bien connaître le nom des rues du quartier où l'on travaille, il faut faire certains métiers bien spécifiques.

– Comme un réparateur affecté à un quartier, suggéra Korotkov.

– Juste. Ou quelque chose du même genre, dit-elle. Donc, la première chose à faire demain matin sera de déterminer quelles entreprises de services à domicile fonctionnent dans les secteurs de Kouzminki et de Perovo qui nous intéressent. Kolia, tu peux t'en occuper ?

– Tu es vraiment une salope ! s'écria l'intéressé avec une grande tendresse. Tu pourrais au moins me féliciter pour mon brillant travail. À la maison, Valia m'attend le front sur le carreau de la fenêtre, les yeux fatigués à force de guetter l'arrivée de son grand bonhomme de flic, et toi…

Nastia le regardait avec une expression tellement sérieuse qu'il ne put s'empêcher de rire.

– Kolia, tu es un génie de l'enquête criminelle, déclara-t-elle enfin. Tu sacrifies ton amour pur et ardent sur l'autel du dur labeur policier. Souviens-toi de ceci : si le maniaque existe et que nous le trouvons là où tu l'as dit, on t'érigera une statue. Bon les gars. Il est temps de rentrer.

7

Visiblement, l'antipathie qu'Andreï éprouvait envers Nastia n'avait d'égal que la sympathie soudaine que lui inspirait Marina, la technicienne aux yeux noisette d'Electrotech. C'était à ce point évident que Soloviov pouvait à peine se retenir de sourire ou de faire des remarques ironiques à son assistant. Le virus qui avait contaminé l'ordinateur était très difficile à éradiquer et Marina avait dû revenir trois jours de suite avec des antivirus supplémentaires pour « guérir » le délicat organisme électronique. Le traducteur était consterné par le retard dans son travail, mais Andreï s'efforçait de lui faire apprécier le côté positif de la situation.

– Vous vous rendez compte du temps qu'il fait ? Idéal pour prendre l'air. Surtout après l'hiver. Vous pourriez peut-être rendre visite aux voisins. Depuis que je suis à votre service, je ne vous ai pas vu avoir de contact avec eux. Et puis… toutes ces petites choses que vous remettez à plus tard depuis des mois, vous pourriez aussi vous en occuper.

Andreï avait raison. Il n'était pas allé chez le dentiste depuis l'été précédent. Il était également plus que temps de s'acheter un nouveau costume et quelques chemises. Bien entendu, Soloviov n'envisageait nullement de faire les magasins en fauteuil roulant. Il comptait demander à Andreï d'aller chercher différents modèles dans l'un des meilleurs magasins de la capitale pour pouvoir les essayer tranquillement chez lui. Cela revenait plus cher, mais c'était plus pratique.

La liste des «corvées» qu'il différait sans cesse comprenait une invitation à ses anciens beaux-parents. Il avait cessé de les voir depuis le décès de Svetlana et les braves gens n'avaient pas compris pourquoi. Ils savaient bien que, dans son état, il lui était difficile d'aller leur rendre visite, mais il ne leur demandait jamais de passer le voir. Ils s'appelaient de temps en temps, mais Soloviov différait sans arrêt une éventuelle rencontre en arguant de ses ennuis de santé ou d'une traduction urgente à rendre. Pour finir, ça ne lui ferait pas de mal de changer les verres de ses lunettes. Il sentait que sa vision avait empiré à cause de son travail constant à l'ordinateur.

Les costumes et les chemises furent livrés le mardi, alors que Marina s'échinait toujours à liquider le virus récalcitrant.

– Parfait ! s'écria joyeusement Andreï. Elle peut nous donner un avis féminin.

Soloviov se contenta de sourire sans rien trouver à redire lorsqu'elle sortit du bureau pour participer à la sélection des vestes, des pull-overs et des chemises. C'était même amusant. Andreï couvait Marina de regards énamourés et cette dernière lançait à Soloviov des œillades explicites. Elle semblait attirée par cet homme mystérieux et riche qui vivait en reclus à faire des traductions de langues exotiques. Et le fait qu'il soit invalide lui ajoutait un certain charme. Elle jouait clairement à le séduire et cela ne lui déplaisait pas. S'il avait été en pleine forme, il aurait hésité à s'engager plus avant dans un flirt, mais dans sa situation cela n'avait pas d'importance. Son fauteuil roulant était une protection efficace contre toute demande insistante et un moyen d'échapper à des obligations non désirées. Il répondait donc avec une certaine chaleur aux sourires et aux regards de la petite technicienne.

– Essayez celle-ci, lui suggéra Marina en lui montrant une veste en soie dans les tons rouille.

Soloviov secoua dubitativement la tête, mais céda au

désir de la jeune femme. À en croire Andreï et Marina, le vêtement lui allait bien. Ils poussèrent le fauteuil roulant jusqu'au grand miroir du vestibule. Soloviov s'y regarda d'un œil critique et n'approuva pas leur choix. La couleur ne lui convenait pas. À l'époque où il pouvait encore se servir de ses jambes, il n'aurait pas hésité à acheter cette veste magnifique, mais depuis qu'il était invalide il lui semblait avoir vieilli et il avait peur de paraître ridicule dans des vêtements trop voyants. Il arrêta finalement son choix sur un veston gris clair d'un célèbre faiseur italien. Ce fut ensuite le tour des chemises. Le traducteur s'amusait comme un fou à observer Andreï qui s'efforçait de plaire à Marina et ne manquait pas une occasion de louer son bon goût. D'ailleurs, l'assistant était systématiquement d'accord avec tout ce qu'elle disait, comme si la contredire était un crime de lèse-majesté.

Soloviov finit de choisir ses chemises et les deux employés du magasin remballèrent les articles qu'il n'avait pas pris et s'en allèrent. Andreï annonça très vite que le déjeuner était prêt et Soloviov constata avec amusement que Marina était invitée alors que son assistant n'avait jamais brillé par son excès d'hospitalité.

À table, l'ambiance oscillait entre une douce exubérance et une franche hilarité. Andreï était d'excellente humeur et multipliait les plaisanteries et les histoires drôles. Marina riait aux éclats et Soloviov goûtait pleinement ce moment de détente.

– Marina, vous êtes mariée ? demanda Andreï à la jeune femme.

– Non, répondit-elle en faisant tournoyer un brin de persil entre ses doigts. C'est grave ?

– Je ne comprends pas les hommes, poursuivit Andreï. Si une femme comme vous reste célibataire, c'est que les hommes de cette génération sont tous des idiots.

– Andreï, dit Soloviov. Je crois que vous faites fausse route. Ce n'est pas les hommes qui ne veulent pas de Marina, mais Marina qui n'a pas encore trouvé celui qui lui convient. Je suis certain qu'elle croule sous les propositions. Ai-je tort ?

– Hélas ! Vous vous trompez, répondit-elle avec un sourire bien que son regard fût très sérieux.

– Impossible ! s'écria Soloviov sans la croire. Vous devez avoir de nombreux prétendants.

– Non, pas du tout. Ce doit être mon travail qui les fait fuir. Une technicienne en informatique, c'est... Je ne sais pas.

Elle sourit encore, mais cette fois son embarras était clairement perceptible.

– Ils doivent penser que je suis comme un ordinateur moi-même. Froide et calculatrice, conclut-elle.

– Alors il faut les convaincre qu'ils se trompent. Pleurez, faites des scènes, soyez insupportable et exigeante.

– Le problème, Vladimir Alexandrovitch, c'est que je n'ai personne à qui faire une scène.

– Vraiment ? insista-t-il en hochant la tête avec sympathie. Ou est-ce simplement que vous ne voulez pas vous marier et que vous n'arrivez pas à l'admettre ?

Cette fois, elle partit d'un véritable éclat de rire.

– Vous avez vu ça en moi ? On ne peut pas vous tromper.

– Mais pourquoi Marina ? Vous êtes une adepte de l'amour libre ? Ou bien vous n'avez pas envie de passer votre vie à faire le ménage ?

– Ni l'un ni l'autre. Vous n'avez pas deviné, cette fois.

– Alors, de quoi s'agit-il ?

– Rien. Je me suis brûlée une fois et je ne veux pas recommencer.

– Vous avez fait un mariage malheureux ? dit Soloviov.

– Non. Je suis tombée amoureuse d'un homme qui ne m'a pas comprise. Il était plus âgé que moi et a cru que je n'étais intéressée que par son argent et ses relations. En fait, je n'aime pas les gens de mon âge. Je suis attirée par les hommes plus mûrs et intelligents, mais comme ils sont généralement bien installés dans l'existence, ils me prennent pour une sorte de croqueuse de diamants. Et je peux les comprendre : je suis fauchée comme les blés. Mais à quoi bon parler de moi ? Ce n'est pas un sujet passionnant.

Soloviov s'aperçut alors qu'Andreï était exclu de la conversation et il en éprouva du remords : il monopolisait

Marina sur un sujet particulièrement sensible alors que le jeune homme était amoureux d'elle.

– Vous en avez encore pour longtemps, avec mon ordinateur ? demanda-t-il en changeant brusquement de sujet.

– Non, Vladimir Alexandrovitch. J'en aurai terminé aujourd'hui. Bien sûr, je devrai revenir dans quelques jours pour voir si aucun problème ne subsiste, même à votre insu. Ce virus est particulièrement virulent. J'ai cru l'avoir éradiqué à plusieurs reprises et il est reparu chaque fois sous une autre forme. Mais je suis sûre de l'avoir eu ce coup-ci.

Après le déjeuner, Marina retourna au travail et Soloviov s'installa dans le séjour avec un livre. Au bout d'un instant, Andreï sortit de la cuisine.

– Vladimir Alexandrovitch, c'est cruel d'agir comme vous le faites.

Le traducteur leva les yeux et les posa sur son assistant.

– De quoi parlez-vous ? D'agir comment ?

– Vous ne vous rendez pas compte que Marina est amoureuse de vous ? Et vous appuyez justement là où ça lui fait mal.

– C'est absurde ! Qu'est-ce qui vous fait dire ça ?

– Elle me l'a avoué elle-même. Je suis avec elle presque en permanence lorsqu'elle travaille sur l'ordinateur. Elle est folle de vous.

– Ne dites pas de bêtises, Andreï.

– Ce ne sont pas des bêtises ! Il faut réellement être aveugle pour ne pas le remarquer. Vous ne voulez simplement pas le voir.

– Et quand bien même ! s'insurgea Soloviov, exaspéré. Qu'est-ce que je suis censé faire ? Elle est amoureuse ? C'est son problème, pas le mien.

– Mais vous pourriez être un peu moins blessant à son égard. Elle rêve depuis toujours d'un homme comme vous.

– Ah oui ? (Soloviov haussa le sourcil d'un air sceptique.) Un invalide en chaise roulante, c'est ça son rêve ? Ou un homme riche avec une confortable maison.

– Vous voyez ? Vous faites exactement comme les autres ! lui lança Andreï en retenant sa colère. C'est de cela qu'elle parlait au déjeuner. Personne ne fait l'effort de la voir comme un être humain. Vous croyez qu'elle est incapable d'apprécier votre intelligence, votre éducation et votre culture ? De plus, elle vous trouve très séduisant.

– Allons bon ! Et quoi d'autre ?

– Elle pense que vous avez un secret, un secret masculin, un pouvoir caché et une incroyable force d'attraction. Elle est folle de vous, et vous…

– Ça suffit, Andreï. N'en parlons plus, dit Soloviov, excédé, en rouvrant son livre.

Andreï retourna dans le cabinet de travail, mais son patron n'arrivait plus à se concentrer sur sa lecture. Quelle bêtise ! Cette fille aux yeux de biche était donc amoureuse de lui ? Oui, sans doute. Ses yeux étaient très expressifs. Et elle passait beaucoup de temps à réparer l'ordinateur. Faisait-elle exprès de traîner ? Peut-être Andreï avait-il raison. Et cette conversation au déjeuner… Elle tentait sans doute de lui envoyer un message. C'était drôle. Totalement idiot, bien sûr, mais drôle. Et très dommage pour elle, si c'était vrai. Elle avait des yeux extraordinaires. Sans oublier la silhouette. Ni le sourire.

Des bruits étranges en provenance de la cuisine attirèrent son attention : un grondement profond accompagné de gargouillis bizarres. Soloviov gagna le seuil de la pièce et ce qu'il vit était répugnant. Un liquide noir et malodorant débordait de l'évier pour se déverser par terre.

– Andreï ! cria-t-il. Coupez l'eau ! Vite ! Il y a une inondation !

L'assistant sortit en un éclair du cabinet de travail. En coupant l'eau, il arrêta la fuite, mais il lui suffit de quelques minutes pour se rendre à l'évidence : impossible de gérer la crise sans l'aide d'un plombier. La tuyauterie était visiblement obstruée et les eaux usées de l'étage refoulaient dans la cuisine. Il faudrait au moins un furet pour la déboucher. Pendant que Marina et Andreï épongeaient l'eau sur le carrelage pour l'empêcher d'atteindre la moquette, Soloviov appela le service de plomberie d'urgence. On lui répondit qu'un employé ne pourrait pas venir avant deux bonnes heures.

– Ce n'est pas vrai ! s'écria Andreï. Vous m'aviez donné l'après-midi. Et maintenant je ne pourrai pas partir avant que tout soit réparé.

L'avant-veille, il avait demandé sa soirée à son patron. Il avait prévu d'aller aider sa mère à réceptionner et installer de nouveaux meubles. Elle n'avait accepté la date et l'heure de livraison qu'après concertation avec son fils. Il ne lui restait plus qu'à téléphoner pour changer le rendez-vous.

– Si vous voulez, je peux rester, proposa Marina de bon cœur. J'attendrai le plombier.

– Vraiment ? lui demanda Andreï en reprenant des couleurs. Vous n'êtes pas pressée ?

– Non. Disons simplement que je n'ai pas encore fini mon travail sur l'ordinateur. Mais il faut que vous me montriez les robinets pour ouvrir et couper l'eau, au cas où le plombier ne parviendrait pas à les trouver.

– Merci, Marina. Vous me sauvez la vie.

À ce moment, Soloviov comprit que les circonstances le forçaient à rester seul avec une jeune femme qui se disait amoureuse de lui. Et cela, pendant un temps indéterminé. Le spécialiste pouvait se présenter au bout des deux heures promises, comme de trois ou de quatre. En tout cas, il était exclu pour lui de rester seul lorsqu'il attendait des visiteurs de ce genre. C'était une règle de sécurité élémentaire. Et puis, les réparateurs avaient toujours besoin de quelque chose : un chiffon, l'emplacement des robinets, une bassine…

Finalement, à part les curieuses visites d'Anastasia, cela faisait longtemps qu'il ne s'était pas trouvé seul avec une femme amoureuse de lui. Cela pouvait être une expérience intéressante.

*

Le plombier était reparti depuis longtemps, mais Marina était toujours là bien qu'elle ait, elle aussi, terminé son travail en détruisant le virus. À sa grande surprise, Soloviov n'était pas ennuyé par sa compagnie. Suivant les instructions d'Andreï, elle avait même fait faire à l'invalide sa promenade habituelle autour du lotissement, malgré les protestations de l'intéressé. En réalité, il n'avait offert qu'une faible résistance. Il avait envie de prendre l'air et n'avait rien contre une conversation avec la jeune femme. Après la balade, elle avait fait du thé, puis ils étaient passés dans le séjour enténébré par le crépuscule et avaient allumé un seul halogène. Soloviov s'était servi un cognac qu'il sirotait, mais Marina avait refusé un alcool en arguant qu'elle devait conduire pour rentrer chez elle.

– Je dois vous sembler ridicule, dit Marina.

C'était une question plutôt qu'une affirmation. Elle était calme et sûre d'elle et ne ressemblait plus à la jeune femme rigolote du déjeuner.

– Pourquoi dites-vous ça ? protesta doucement Soloviov.

En prononçant ces paroles, il comprit que ce n'étaient pas seulement des propos convenus pour ménager sa susceptibilité. Il pensait vraiment qu'elle n'était pas ridicule. Lors de sa conversation avec Andreï, il avait trouvé la situation idiote et incongrue, mais il se rendait soudain compte à quel point elle ne l'était pas. Pourquoi avait-il pensé que plus aucune femme ne pourrait tomber amoureuse de lui, à l'exception peut-être d'une ancienne amante déjà transie d'amour pour lui douze ans plus tôt ? Il avait quarante-trois ans. S'il enlevait quinze ans d'enfance et d'adolescence et deux d'invalidité, il en restait vingt-six au cours desquels il avait toujours connu l'amour d'une femme. Du point de vue sexuel, il n'avait jamais été en manque. Son charme, sa prestance, son talent attiraient le sexe opposé, et il avait multiplié les aventures avant son mariage et même après, jusqu'au jour où l'accident avait fait de lui un être amoindri, incapable de se mouvoir de manière autonome. Mais, à part cela, quelque chose avait-il véritablement changé ? Il était toujours bien de sa personne et son charme n'avait pas disparu, pas plus que son talent. La sexualité ? Depuis deux ans, il n'avait pas essayé. Mais l'important pour une femme était d'être satisfaite et, de ce point de vue-là, Soloviov ne manquait pas d'expérience ni de savoir-faire. De quelle manière ? C'était une autre question. Mais entre adultes consentants, ce genre de problème est toujours résolu par le plaisir mutuel. Pourquoi donc avait-il pensé que Marina ne pouvait pas tomber amoureuse de lui ?

– Je suis content que vous soyez restée avec moi plutôt que de rentrer chez vous tout de suite après le départ du plombier, dit-il.

– Vous ne me trouvez donc pas trop envahissante ? Je sais que vous préféreriez travailler plutôt que de bavarder avec moi. Mais je n'ai pas la force de me lever et de partir. Je n'ai pas assez de volonté, avoua-t-elle.

– Et j'en suis heureux, la rassura-t-il avec un sourire. Croyez-moi, Marina, j'en suis sincèrement heureux. Je me sens bien avec vous. Vous êtes une femme étonnante et je suis désolé que vous ayez réparé si vite mon ordinateur.

– Ça, ce n'est pas vrai. Vous avez dit vous-même que vous aviez un travail à rendre et que ce virus bousculait tous vos plans. N'essayez pas d'être gentil avec moi. Je comprends tout.

– Si vous comprenez tout, pourquoi êtes-vous toujours assise sur ce canapé ?

– Que devrais-je faire ? M'en aller ? Entendu, je m'en vais.

– Vous devriez plutôt m'embrasser. Et pour cela, vous allez devoir vous lever et venir jusqu'à moi.

Il jouait son rôle avec assurance et facilité. Il avait séduit des dizaines de femmes et connaissait toutes les subtilités de ce jeu agréable et excitant. Marina se leva et s'avança vers lui. Elle était tellement petite que leurs têtes se trouvaient presque au même niveau. Soloviov lui prit doucement la main.

– Eh bien, qu'attendez-vous ? Embrassez-moi, puisque vous êtes là, murmura-t-il d'un ton moqueur.

Le visage de la jeune femme se pencha sur le sien, leurs lèvres se touchèrent et Soloviov ressentit une telle explosion de désir qu'il en fut surpris lui-même. L'instant d'après, elle était assise sur le plaid moelleux qui lui couvrait les genoux, les bras enroulés autour de ses épaules, tandis qu'il la serrait ardemment contre lui, savourant ses lèvres tendres et sa peau soyeuse. Puis, il redevint maître de lui et s'arracha à son étreinte.

– Tu y as bien réfléchi ? lui demanda-t-il dans un chuchotement à peine audible.

– Oui, soupira-t-elle sans ouvrir les yeux.

– Il n'est pas trop tard pour reculer.

– Je ne veux pas reculer. Je ne veux pas. Autrement, je vais devenir folle.

– Entendu, alors.

Il ne l'entraîna pas dans la chambre. Il ne la déshabilla même pas. Mais tout ce qu'il savait, tout ce qu'il avait appris en vingt-six ans d'expérience, il le mit au service de cette menue jeune femme aux grands yeux noisette. Il ne songea même pas qu'Andreï pouvait faire irruption à n'importe quel moment. Il écoutait les halètements de Marina et les petits cris qu'elle s'efforçait de retenir. Il se dit que cela n'avait pas duré très longtemps, mais en regardant l'heure, il vit que quarante bonnes minutes avaient passé. Marina eut du mal à se relever tant ses genoux tremblaient.

– Maintenant, je dois m'en aller, affirma-t-elle d'une voix sourde en finissant par se mettre debout. Je veux emporter tout cela avec moi, avant que quelque chose ne vienne le gâcher.

– Mais tu vas revenir ? lui demanda-t-il calmement, comme si rien ne s'était passé.

– Oui. Demain soir, après mon travail. Ne me regarde pas partir.

Elle disparut si vite qu'il eut l'impression d'avoir rêvé toute la scène.

*

Parfois, l'inspiration rendait visite à Kolia Selouïanov. Cela ne lui arrivait pas souvent. En tout cas, pas plus de deux fois par mois, mais ces jours-là étaient épuisants pour ceux avec qui il travaillait. À l'inverse de Nastia, Selouïanov n'était pas un adepte des raisonnements logiques, mais il avait une intuition très développée qui lui permettait d'accomplir des miracles lorsqu'elle se manifestait. Il se lançait alors dans des actions qu'il ne parvenait pas très bien à comprendre lui-même, mais qui, à l'étonnement général, donnaient des résultats. Malheureusement, la fréquence des apparitions de la muse des investigations criminelles était inversement proportionnelle à la quantité d'alcool qu'il ingurgitait avec une régularité qu'il aurait mieux fait d'employer à d'autres activités depuis que son divorce l'avait séparé de ses enfants. La rencontre avec sa nouvelle amie Valia, un mois plus tôt, avait fait descendre sa consommation de spiritueux, augmentant du même coup sa capacité à avoir des idées géniales.

Il ne lui fallut que deux jours pour identifier les suspects les plus probables dans les secteurs de Kouzminki et Perovo. Vingt-trois personnes en tout. Deux autres journées lui suffirent – avec l'aide de Korotkov et de Guena Svalov – pour réunir les empreintes digitales de tous ces hommes sous des prétextes innocents. Ils employèrent pour cela des enveloppes, des cartes de visite, des billets de banque et d'autres objets parmi lesquels les verres et les bouteilles figuraient en bonne place. Le vendredi soir, toutes ces pièces furent déposées sur le bureau de Nastia dans des sachets en plastique dûment estampillés.

– Voilà la récolte. À toi de jouer, dit à la jeune femme un Korotkov épuisé. Je suis incapable de manipuler la vieille Sveta.

– Mais moi non plus ! se défendit Nastia. Elle me terrifie.

Tout le monde craignait le médecin légiste Svetlana Mikhaïlovna Kassianova pour la dureté de ses jugements, sa langue acérée et son manque total de tact. Elle ne dissimulait ni n'atténuait jamais sa pensée quand elle était sûre d'avoir raison sur un sujet et ne s'intéressait alors jamais à l'opinion des autres. Nastia préférait consulter Oleg Zoubov. Avec lui, il était toujours possible de s'entendre. Il suffisait d'avoir assez de patience pour l'écouter gémir sur sa santé et sa charge de travail et de lui apporter une petite friandise de la cantine – Zoubov se faisant immédiatement une joie de la partager avec le solliciteur. Mais le pauvre homme venait d'être hospitalisé à cause d'un ulcère et il était impossible d'échapper à Kassianova. Zoubov et elle étaient les seuls experts qui pouvaient accepter ce que tous leurs autres collègues refusaient : une tâche urgente après la journée de travail. D'ailleurs, de toute l'équipe des légistes, Kassianova était la seule à rester jusqu'à des heures tardives un vendredi.

– Vas-y, Anastasia ! Vas-y ! la poussa Selouïanov en lui tendant le combiné du téléphone. Nous avons fait notre part. Maintenant, c'est ton tour. Appelle-la !

Nastia soupira et composa le numéro du poste de Kassianova.

– Oui ? lança la légiste de sa voix puissante.

– Bonsoir, Svetlana Mikhaïlovna, dit Nastia le plus poliment possible.

– Qui est-ce qui vient m'emmerder un soir de départ en week-end.

– Kamenskaïa, du département de Gordeïev.

– J'en suis vraiment ravie, répondit Kassianova, sarcastique. Et que voulez-vous me demander, Kamenskaïa du département de Gordeïev ?

– Juste une chose… Surtout ne me tuez pas !

Kassianova éclata d'un rire tonitruant et communicatif qui fit sourire Nastia.

– Aurais-je une bonne raison de le faire ?

– J'en ai bien peur, reconnut Nastia en sentant que la conversation tournait à son avantage.

Elle exposa sa requête.

– Vous avez besoin d'un simple avis, ou d'un rapport motivé ? demanda la légiste lorsque Nastia se tut.

– Un avis sera parfait.

– Très bien, dit Kassianova d'un ton amène. Parce que la paperasse prend des tonnes de temps. Apportez-moi vos éléments. Mon gendre passe me chercher dans une heure. Je commencerai aujourd'hui et je reviendrai demain matin pour terminer.

Ce soir-là, la chance abandonna les enquêteurs. Aucun des échantillons que la légiste eut le temps d'examiner ne correspondait aux empreintes laissées par le voleur de cassettes dans le kiosque cambriolé.

– Il va falloir attendre demain, dit tristement Nastia en enfilant sa veste. J'aurais tellement aimé en finir !

– Si ça se trouve, il n'y aura rien non plus. Pas la peine de s'exciter à l'avance, l'avertit un Selouïanov d'ordinaire plus optimiste. Nous n'avons aucune certitude que l'homme que nous recherchons se trouve parmi les vingt-trois dont nous avons recueilli les empreintes. Il ne faudra pas nous étonner si Kassianova fait chou blanc. Mais je continuerai à réfléchir et à explorer des pistes. Quelques nouvelles idées me sont venues pendant que nous faisions la chasse aux empreintes.

– De toute manière, philosopha Korotkov, tout espoir contient le risque d'une déception. N'oublions pas que la vieille Sveta a une famille et des petits-enfants. Si ça se trouve, elle sera bloquée demain pour des raisons personnelles et nous devrons attendre lundi pour être fixés.

– Arrêtez, vous deux ! leur ordonna Nastia, pince-sans-rire. Ne nous jetez pas le mauvais œil.

En sortant du bâtiment, ils aperçurent Kassianova qui partait par l'autre aile. Elle était énorme et paraissait d'autant plus sévère qu'elle portait son uniforme de cérémonie en raison d'une inspection qui avait eu lieu dans la journée. Son gendre bondit de la voiture pour lui ouvrir la portière.

En voyant Nastia regarder les feux arrière qui disparaissaient dans la circulation, Korotkov sourit :

– Ne t'inquiète pas, lui dit-il. Je vais te ramener. Lala va être furieuse de mon retard, alors, un peu plus ou un peu moins… Autant différer le moment désagréable. Avec un peu de chance, elle dormira lorsque je rentrerai.

La Jigouli de Korotkov était bonne pour la ferraille, mais son propriétaire la faisait durer en sachant pertinemment que, lorsqu'elle rendrait l'âme, il serait dans l'impossibilité financière absolue de la remplacer, du moins dans un avenir prévisible. Il vivait dans un appartement de deux pièces avec sa femme Lala, leur fils et sa belle-mère paralysée. Comme cette dernière occupait l'une des chambres, le couple et l'enfant étaient obligés de s'entasser dans l'autre. Pour couronner le tout, Korotkov devait supporter les récriminations permanentes de Lala qui le poussait à quitter la milice pour entrer dans le secteur privé, où les salaires, prétendait-elle, étaient plus élevés.

Aucun des collègues de Korotkov n'ignorait la situation et personne ne s'étonnait de le voir toujours se porter volontaire pour travailler pendant les week-ends et les vacances, ni de constater sa répugnance à rentrer chez lui le soir.

*

Depuis la soirée du mardi, Soloviov sentait son cœur tiraillé dans deux directions différentes. Marina venait chaque soir et Andreï déployait des trésors de tact pour se comporter en majordome hospitalier qui savait trouver les prétextes les plus divers pour se retirer au bon moment, le plus discrètement possible, laissant son patron seul avec son invitée. Mais plus Soloviov appréciait de faire l'amour à la jeune femme, plus il la caressait de manière experte et inventive, plus il pensait à Anastasia.

Pourquoi ne l'appelait-elle pas ? Pourquoi ne venait-elle plus le voir ? Avait-elle perdu tout intérêt pour lui ? Et si elle n'avait reparu que pour vérifier qu'elle n'éprouvait plus rien pour lui ?

Elle lui manquait et, plus le temps passait, plus ce sentiment se renforçait. Marina était délicieuse. Elle réchauffait son âme avec sa passion ardente et ses caresses, mais Soloviov n'arrêtait pas de penser à Anastasia, froide, un peu cynique, et qui ne réagissait pas à ses baisers. Et il comprenait que c'était elle et non Marina qu'il souhaitait voir tous les soirs. Que c'était Nastia et pas Marina qu'il souhaitait étreindre. Que c'était avec la fuyante et insondable Nastia, à laquelle il avait fait jadis tant de mal, et non avec l'ardente Marina, qu'il voulait passer de longues soirées et se laisser aller au plaisir de conversations intéressantes. Avec Marina, ce n'était pas possible : elle ne s'intéressait ni à la culture orientale ni aux techniques de traduction, alors qu'il pouvait parler de tout cela avec Nastia pendant des heures.

Il avait composé son numéro à plusieurs reprises, mais chaque fois un homme – le mari académicien, sans doute – lui avait répondu qu'elle n'était pas là. Soloviov n'avait pas osé lui demander son numéro professionnel : si elle ne le lui avait pas donné, c'était sans doute parce qu'elle ne voulait pas qu'on l'appelle à son travail. Le règlement de sa boîte interdisait peut-être de recevoir des coups de fil personnels. Ou bien, des amis du mari travaillaient avec elle et entendaient toutes ses conversations... Il pouvait imaginer une multitude d'autres hypothèses. Mais pourquoi n'appelait-elle pas ?

Le vendredi, il reçut la visite de son voisin, Genia Iakimov.

– Vladimir Alexandrovitch, où est donc passée votre amie ? lui demanda ce dernier après les salutations d'usage. Elle m'a prié de prospecter pour sa compagnie d'assurances. Des représentants devaient venir dès que nous aurions quelques clients potentiels. Or j'en ai trouvé plusieurs, mais elle ne m'a pas contacté.

– Pourquoi ne pas lui passer un coup de fil ? suggéra Soloviov.

– C'est que... Elle ne m'a pas laissé son numéro, expliqua Iakimov, consterné.

– Voici le numéro de son domicile, dit Soloviov en lui tendant son répertoire ouvert à la bonne page. Elle pense sans doute que vous n'avez pas eu le temps de remplir votre mission. Vous pouvez l'appeler tout de suite. J'en profiterai pour lui parler.

Une fois encore, Nastia n'était pas chez elle. Iakimov laissa son nom à son mari, en précisant aussi son numéro de téléphone au cas où elle l'aurait perdu. Lorsqu'il fut parti, Soloviov se rendit compte que ses mains tremblaient. Il se sentait dans la peau d'un adolescent amoureux capable d'employer toutes sortes de stratagèmes stupides pour téléphoner à une fille qui l'évitait.

– Qui est cette Anastasia ? demanda Marina, la voix chargée de jalousie, après le départ de Iakimov. La fille qui était ici la première fois que je suis venue ?

– Oui. Celle-là, lui répondit-il sèchement.

Il n'avait aucunement l'intention de parler d'Anastasia avec elle, mais elle insista.

– Tu la connais depuis longtemps ?

– Longtemps, en effet. Sa mère était mon directeur de thèse.

– Vous avez eu une aventure ?

– Marina, quelle importance ?

– Pour moi, ça en a. Alors ?

– Disons que nous sommes sortis ensemble. Il y a pas mal d'années de ça.

– Et pourquoi vient-elle te voir maintenant ?

– Nous sommes de vieux amis. Tu es jalouse ?

– Bien sûr !

Elle l'admit d'une manière si simple et naturelle que Soloviov n'en fut même pas contrarié. Marina lui semblait très jeune, très naïve et d'autant plus touchante qu'elle était petite et fragile.

Mais l'image de l'autre femme ne quittait pas son esprit. Et il avait beau tenter de l'en déloger, il ne pouvait rien y faire.

*

Un an plus tôt, Vadim avait eu une de ses meilleures idées pour augmenter la rentabilité des éditions Shere Khan : lancer une collection de livres écrits par des auteurs russes sur des sujets orientaux. Évidemment, il n'était possible de le faire que dans la mesure où la maison d'édition serait parvenue à fidéliser un lectorat. Il fallait tenir compte du fait que le public russe préférait les écrivains étrangers et que leurs livres se vendaient mieux. À l'époque où la censure était encore omniprésente, les auteurs soviétiques baignaient dans le conformisme politique de manière à pouvoir publier leurs ouvrages. Et seuls les livres étrangers qui ne présentaient aucun risque politique étaient traduits et édités. Mais la population savait qu'il existait dans le reste du monde des ouvrages au contenu « sulfureux » et ne demandait qu'à pouvoir les lire. Les polars connaissaient sensiblement le même sort que les livres idéologiques, mais pour d'autres raisons. La politique officielle était de ne pas mettre à la disposition du commun des mortels des ouvrages donnant des précisions sur la manière de commettre des crimes ou des délits, ni sur les techniques d'investigation policière.

Après l'effondrement du communisme et l'abolition de la censure, la situation avait changé radicalement. Toutes sortes de livres étrangers étaient devenus accessibles et les lecteurs sevrés se les arrachèrent. Le seul problème était que ces ouvrages commençaient à dater sérieusement. L'URSS n'avait ratifié la convention internationale des droits d'auteur qu'en 1973. Cela signifiait que les éditeurs russes pouvaient publier n'importe quel livre paru à l'étranger avant cette date, sans l'accord de l'auteur et sans lui payer de droits. En revanche, la parution d'ouvrages récents devait être négociée contractuellement, selon les règles de la profession. Et là se posait un autre problème : le montant des droits était déterminé par les ventes, l'auteur recevant un pourcentage du prix de chaque exemplaire vendu. Or, en Russie, en raison du faible pouvoir d'achat des ménages, les livres se vendaient entre dix et vingt fois moins cher qu'en Occident. Certains auteurs acceptaient de faire publier leurs livres en russe même si cela ne leur rapportait, au mieux, que quelques centaines de dollars, mais pas tous. La plupart demandaient des à-valoir un peu moins élevés qu'en Occident mais tout de même trop importants pour les éditeurs russes. Il était donc plus pratique pour eux d'éditer des livres antérieurs à 1973 sans payer de droits que de multiplier les inconvénients en négociant des contrats avec des auteurs étrangers, ce qui rognait leurs bénéfices et leur ajoutait des frais de correspondance, de traduction des contrats et d'avocats, ainsi que des coups de fil internationaux.

Une maison d'édition ne pouvait se lancer dans la publication d'ouvrages étrangers contemporains que si elle avait les reins solides. Mais il était difficile d'avoir les reins solides sans publier des livres étrangers contemporains. D'où l'intérêt d'inciter les lecteurs à acheter des livres d'auteurs russes en surmontant l'impopularité dont ils souffraient.

Kirill Essipov, lui, avait eu l'idée de publier des romans étrangers mais en s'orientant vers l'Est, où il disposait d'une importante réserve de titres, alors que tous ses rivaux se tournaient vers l'Ouest et se battaient pour des ouvrages de Chase, Gardner ou Spillane dont la multiplication saturait le marché et... le lecteur. Mais il était temps d'opérer une reconversion vers des auteurs autochtones qui, à ventes égales, garantiraient de meilleurs profits. C'est du moins ce que pensait Vadim. Et donc le directeur général des éditions Shere Khan devait y penser aussi.

En donnant à Oksana ses directives pour la nouvelle mission de « persuasion », Vadim lui avait expliqué :

– Il y a beaucoup de choses qui touchent aux cultures et aux civilisations orientales dans notre vie russe. Les arts martiaux en constituent l'exemple le plus simple. Il serait facile d'imaginer quelques intrigues passionnantes sur les mœurs des karatékas et autres judokas et l'utilisation de leurs techniques à des fins criminelles. L'arrière-plan pourrait être passionnant : les méthodes de formation, le style de vie, etc. Autre exemple : les sectes religieuses asiatiques. Ça pourrait donner lieu à d'excellents romans populaires. Ou encore les hommes d'affaires japonais en Russie : leur psychologie mise en rapport avec notre économie de l'ombre et le monde souterrain des affaires dans notre pays. Et pourquoi pas les Chinois et les Vietnamiens qui viennent vendre leurs articles sur nos marchés ? On pourrait montrer leur vie en Russie autour d'une affaire mystérieuse qui aurait pour cadre leur communauté. Voilà le sujet d'un grand livre potentiel ! Le problème est de trouver qui serait capable de l'écrire. J'ai bien peur qu'il n'y ait personne pour ça.

– Et pourquoi donc ? s'était étonnée Oksana.

– Parce que, s'il y avait quelqu'un, il serait déjà écrit. Crois-tu qu'il est facile d'écrire des livres que les gens ne peuvent pas refermer avant de les avoir terminés ? Un tel don est un cadeau du ciel.

– Que veux-tu dire ? Que c'est impossible ?

– Bien sûr que non. Sinon, je n'en parlerais pas, lui avait répondu Vadim avec assurance. Il suffit de mettre la main sur deux personnes : une qui connaît le sujet et peut inventer une intrigue « orientale » et une autre qui sait écrire et captiver le lecteur. Cette fois, ta mission n'est pas simple. Comme une fusée, elle comporte trois étages : d'abord, convaincre ton Essipov de publier des auteurs russes. Ensuite, lui donner des idées de sujet pour maintenir le caractère asiatique de la collection. Et troisièmement, le persuader d'employer deux co-auteurs. Tu y arriveras ?

– Je vais essayer, avait promis la jeune femme, impressionnée par l'inventivité de son employeur.

Un an plus tard, la série russe des « Best-sellers d'Extrême-Orient » comptait trois titres. Les deux premiers n'avaient pas connu de succès, mais le troisième était un coup réussi. Essipov, persuadé que toutes les idées venaient de lui, avait déniché un bon couple d'auteurs : un ancien hippie qui connaissait les religions et les philosophies asiatiques sur le bout des doigts pour avoir rencontré le Dalaï Lama et passé deux ans dans un monastère bouddhiste à la frontière bouriato-mongole, et une brave femme sans imagination mais qui possédait une plume alerte et une bonne manière d'accommoder l'intrigue pour tenir le lecteur en haleine. Elle avait écrit deux romans d'amour sur des Cendrillons russes, mais sans succès. Seul le premier avait été publié. Le deuxième n'en était qu'un simple clone. Elle était dépourvue du moindre esprit romanesque et incapable de donner de la densité à une histoire ou à des personnages, mais elle savait mettre en valeur l'imagination des autres. Le vieux hippie, quand il était défoncé, savait, lui, concocter des histoires formidables et nourries de détails criants de vérité avec la célérité d'un employé de casino distribuant les cartes à la table de black-jack. Essipov avait eu la bonne idée de les réunir. Ils avaient travaillé ensemble, étaient tombés amoureux l'un de l'autre et, vu leur âge, avaient donné naissance, sous un pseudonyme commun, aux premiers romans russes de la collection « Orientale ».

Gricha Avtaïev avait insisté pour les payer au forfait, et le plus petit possible. Puisque c'était trois fois ce que la dame avait touché pour son premier – et alors unique – roman et que le hippie était d'ordinaire fauché, ils s'étaient contentés de ce qu'on leur proposait sans chercher à marchander. Après le succès de leur troisième roman chez Shere Khan, Essipov était sur le point de leur proposer un contrat pour huit livres sur deux ans avec un forfait plus important pour chaque ouvrage. C'est alors que l'inattendu s'était produit.

Semion Voronets, qui maintenait le contact avec les auteurs, avait passé un coup de fil au couple pour sonder le terrain. C'était la dame qui avait décroché.

– Alors, que devenez-vous ? lui avait-il demandé. Vous préparez un autre livre ?

Ce qu'il entendit l'horrifia.

– Oui, nous sommes en train d'écrire. Mais pas pour vous.

– Pour qui, alors ? balbutia-t-il en n'en croyant pas ses oreilles.

– Pour Santana.

Les éditions Santana étaient assez connues, presque aussi florissantes que Shere Khan, et tout à fait respectables.

– Mais comment ? Pourquoi ? s'écria Voronets en perdant son calme.

– Ils nous ont offert de meilleures conditions, répondit calmement la dame.

– Comment cela ?

– Ils nous paient mieux.

– Mais… que… Combien vous donnent-ils ?

– Le double.

– Je vous ai demandé combien ?

– Je vous l'ai dit : deux fois plus que vous. Qu'est-ce qu'il y a ? Vous ne pouvez pas multiplier par deux ? se moqua la femme.

– Je ne me souviens pas des termes de notre contrat, bougonna Voronets.

– Très mauvais, ces termes. Sortez votre copie et rafraîchissez-vous la mémoire…

– Vous avez signé avec eux ? demanda le directeur littéraire en espérant que le couple n'avait rien commis d'irrémédiable.

Après tout, il n'y avait peut-être qu'une vague promesse. Il suffirait alors d'expliquer que jamais Santana n'avait bien payé ses auteurs et qu'ils n'étaient pas près de commencer.

– Oui, nous avons un contrat en bonne et due forme.

En entendant cela, Voronets perdit totalement son sang-froid.

– Vous comprenez ce que vous avez fait ? cria-t-il dans le combiné. Essipov va me tuer ! Votre comportement est inadmissible. C'est de la trahison ! Vous auriez dû m'en parler avant de signer quoi que ce soit.

– Quelque chose nous y obligeait ? demanda-t-elle. Admettons que je vous aie appelé. Et alors ? Vous m'auriez dit quoi ? Que vous êtes honnête en nous donnant la moitié et que chez Santana ce sont des voleurs parce qu'ils nous offrent le double ?

– Mais non ! Nous aurions augmenté notre offre. Bien sûr, vos bouquins ne le valent pas, mais nous tenons à conserver nos auteurs…

– De deux choses l'une, dit la dame sans se démonter. Ou notre travail ne vaut pas une telle somme et il n'y a aucune raison que vous nous la donniez, ou il la vaut et, dans ce cas, vous nous avez arnaqués ces derniers mois.

Voronets ne put que répéter :

– Essipov va me tuer.

C'étaient d'autant moins des paroles en l'air qu'Essipov l'avait réellement mis en garde à plusieurs reprises sur les conséquences de sa pingrerie :

– Alors, comment vont-ils ? Ils ne vont pas nous lâcher, n'est-ce pas ? S'il le faut, il ne faut pas hésiter à augmenter leur forfait.

– Ils ne vont aller nulle part, avait chaque fois répondu Voronets. Je peux voir leur satisfaction lorsqu'ils viennent nous apporter leur nouveau manuscrit et que nous les payons. Pour eux, ce sont des sommes énormes. Ils n'ont jamais vu autant d'argent de leur vie.

– Tu en es sûr ?

– Et comment ! Il suffit de voir comment ils s'habillent… Ils ne sont pas habitués à gagner beaucoup. Ne t'inquiète pas. De toute manière, personne ne leur donnera jamais plus que nous. L'éditeur qui pourrait le faire n'est pas encore né…

Gricha Avtaïev approuvait toujours ces arguments en hochant la tête d'un air convaincu. En tant que responsable financier, il savait combien les autres éditeurs pouvaient payer. Deux seulement dépassaient Shere Khan en ce domaine, mais ils ne publiaient pas le même genre de livres. Bien entendu, Santana n'était pas l'un des deux.

Si Essipov n'avait pas tué Voronets, c'était simplement parce qu'il ne tenait pas à finir en prison. Si l'éditeur avait eu moins de retenue et de bon sens, la vie de son collaborateur aurait pu se terminer prématurément et sans gloire.

Les patrons de Shere Khan invitèrent néanmoins le couple d'auteurs à venir « bavarder ». La dame se présenta seule.

– Ça fait presque un an que nous travaillons ensemble, commença Essipov en tournant autour du pot. Je voudrais savoir si vous êtes satisfaite de notre collaboration ou si quelque chose ne vous convient pas. Vous n'avez peut-être pas de bons rapports avec notre directeur littéraire.

Semion Voronets pâlit aussitôt. Il était certain que la dame allait le traîner dans la boue et lui mettre tout sur le dos, même ce dont il n'était pas coupable.

– Non, tout va bien, répondit-elle avec un gentil sourire. Nous avons un contact merveilleux avec Semion Arkadievitch.

– Alors, comment faut-il comprendre votre comportement ?

– Notre comportement ? répéta-t-elle en haussant les sourcils d'un air interrogatif. Quel est votre problème ? Vous évaluez notre travail à une certaine somme et c'est votre droit : vous êtes des professionnels de l'édition et vous connaissez la valeur de nos manuscrits. Nous n'avions donc aucune raison de vous demander plus. Mais d'autres éditeurs estiment notre travail au double de ce que vous donnez. Pourquoi devrions-nous refuser leur offre ? Je ne comprends pas.

– Mais nous avons investi en vous, dit Avtaïev. Nous

avons fait de vous ce que vous êtes aujourd'hui. Votre premier livre s'est vendu très mal mais nous avons pris le deuxième. Puis le troisième. Nous avons investi pour vous faire de la publicité et favoriser votre succès. Nous avons fait de vous de vrais auteurs et, maintenant, vous nous quittez pour un autre éditeur. Santana obtient un produit fini puisque vous êtes reconnus. Mais ne croyez pas que vos livres se vendent bien parce que c'est vous qui les écrivez. Vous bénéficiez de la renommée de notre maison et de sa collection orientale. Vous voulez que je vous dise ce qui va se passer ? Je suis certain que votre nouveau roman publié par la concurrence n'aura pas le même succès. Les lecteurs sont habitués à vous lire dans notre collection. Ceux qui vous connaissent ne vous chercheront pas chez Santana. Votre nouvel éditeur acceptera peut-être de sortir un deuxième ouvrage mais, s'il n'a pas de succès non plus, il vous laissera tomber. Entre-temps, nous aurons trouvé des auteurs pour vous remplacer, les fans de notre collection vous auront oubliés et nous n'aurons plus aucun intérêt à publier vos œuvres. C'est vrai que nous gagnons de l'argent grâce à vous, mais vous n'êtes pas irremplaçables. Nous pouvons facilement nous passer de vos livres. Mais vous, que ferez-vous ? Aucun autre éditeur ne voudra vous publier.

Depuis la pièce de repos qui jouxtait la salle de réunion, Oksana ne perdait pas une miette de la conversation. Elle entendait chaque mot, qu'elle aurait ainsi la possibilité de rapporter à Vadim. Les trois directeurs de Shere Khan la considéraient depuis longtemps comme un élément du décor et ne lui prêtaient plus guère d'attention, parlant de leurs affaires tout à fait librement devant elle. Ils avaient préparé la rencontre avec cette femme en mettant au point un scénario et en s'attribuant des rôles. Essipov devait lancer la conversation sur un ton modéré, après quoi Avtaïev monterait sur ses grands chevaux : il accuserait les auteurs d'être des ingrats et critiquerait le travail du couple, expliquant ce qui n'allait pas et ce qui avait besoin d'être amélioré. Puis Voronets volerait à leur secours en disant que leurs livres étaient bien en dépit de quelques défauts.

Les trois compères espéraient ainsi démontrer à la dame que son co-auteur et elle n'étaient pas de vrais écrivains et certainement pas des génies de la plume. « Ils ont une trop haute opinion d'eux-mêmes », avait estimé Essipov. Le plan était donc de les convaincre que leurs livres ne se vendaient que grâce aux efforts des éditions Shere Khan qui avaient continué à les publier malgré leurs premiers échecs en payant des forfaits philanthropiques pour leurs livres merdiques. Une fois les illusions de la dame brisées, les trois éditeurs pourraient lui imposer leurs conditions et, avec son co-auteur, la lier à eux pour toujours.

Les trois hommes suivaient le plan à la lettre, mais Oksana entendait bien que les choses ne tournaient pas comme prévu. Le scénario était mauvais. Il aurait peut-être fonctionné avec une personne faible et velléitaire, mais pas avec cette femme. Elle percevait nettement, rien qu'à l'intonation des voix, ce que ni Essipov, ni Avtaïev, ni Voronets ne parvenaient à voir de leurs propres yeux. La dame ne disait presque rien, mais, aux rares mots qu'elle lâchait, Oksana l'imaginait riant sous cape et comptant sur ses doigts les erreurs de ses interlocuteurs. Sa vision fut même si vive que la jeune femme hocha la tête pour la faire disparaître.

– Je ne comprends pas votre position, finit par déclarer l'auteur. Vous voulez nous voir rester chez vous alors que vous prétendez que nos livres sont mauvais. Si c'était vraiment le cas, vous devriez être heureux de vous débarrasser de nous.

– Nous n'avons pas dit que vos ouvrages étaient mauvais, s'empressa de rectifier Essipov.

– Je ne suis pas sourde. Votre collègue vient juste de dire que notre travail ne valait pas les forfaits que nous touchons, que nos romans sont bourrés de défauts et que vous pourriez économiser de l'argent en refusant de les publier. Alors de quoi s'agit-il ? Pourquoi m'avez-vous fait venir ? Je vous rassure tout de suite, vos critiques ne m'ont pas blessée. Vous avez le droit de penser ce que vous voulez et, puisque votre opinion est franche et tranchée, je ne vais certainement pas perdre mon temps à tenter de vous convaincre. Mais comment pouvez-vous parler aux auteurs comme vous le faites tout en affirmant que vous voulez continuer à travailler avec eux ? N'importe quelle personne dotée d'un minimum d'amour-propre tournerait les talons après ce que vous venez de dire.

– Je crois que vous surestimez les auteurs, dit Essipov avec un petit rire.

Quel idiot ! pensa Oksana, excédée. *Non, mais quel idiot ! Comment peut-il parler ainsi ? Il ne voit pas qu'il vient de lui dire qu'il considère ses auteurs comme des larves rampantes prêtes à toutes les vilenies pour attraper quelques miettes tombées de la table du seigneur. Quel crétin arrogant ! Il n'a pas compris que cette femme n'est pas aussi stupide qu'il le croit !*

Elle alluma nerveusement une cigarette. Vadim avait raison : Essipov n'était pas encore devenu un véritable éditeur. Il n'avait toujours pas saisi que, si l'auteur n'écrit pas, il n'y a rien à publier. La richesse et le prestige importent peu : une maison d'édition ne saurait survivre sans le travail des auteurs. Si ces derniers ne lui apportent pas leurs ouvrages, elle finira par disparaître comme une bulle de savon. Voilà pourquoi il fallait avoir une bonne politique à l'égard des écrivains : les apprécier, les gâter et même leur lécher les bottes de temps en temps. C'est l'auteur qui nourrit l'éditeur et non l'inverse, et tant qu'Essipov n'aurait pas compris cela le succès de Shere Khan demeurerait fragile. Ils resteraient des gagne-petit. Or, Vadim n'avait pas besoin de minables. Il voulait une véritable machine à faire de l'argent. Et, par la force des choses, ce que Vadim voulait, Oksana le voulait aussi.

8

Korotkov devait être extralucide. Certes, la famille et les petits-enfants de Kassianova se portaient parfaitement et ce n'était pas de là que venait le problème. En ce samedi matin, une panne de secteur privait de courant l'ensemble du bâtiment de la Direction du ministère de l'Intérieur de Moscou. Pourtant, cela n'avait pas l'air de déranger le moins du monde la vieille Sveta. Elle ne pouvait pas finir le travail que Nastia attendait d'elle, mais les fenêtres laissaient passer assez de lumière du jour pour pouvoir s'adonner à des tâches administratives.

– Pas la peine de pleurer, dit-elle à Nastia qui semblait au bord des larmes. Je vais rédiger des rapports et je reprendrai l'examen de vos échantillons aussitôt que l'électricité reviendra.

– Et si le courant n'est pas rétabli avant ce soir ?

– Il faudra bien qu'il le soit. Si ce n'est aujourd'hui, ce sera demain. Et sinon, lundi… Allons, ce n'est pas la peine de vous en faire. La milice de Moscou ne peut pas rester longtemps dans le noir. Rien ne fonctionne. Nos chefs sont en train de remuer ciel et terre pour faire rétablir le réseau. Tout sera rentré dans l'ordre dans moins d'une heure.

Elle avait raison. À onze heures, la lumière revint et les écrans des ordinateurs se rallumèrent. À une heure et demie, le téléphone intérieur retentit sur le bureau de Nastia.

– L'échantillon n° 18, annonça Kassianova.

Nastia frappa sur le mur près d'elle et, quelques secondes plus tard, Korotkov apparut sur le seuil. Lui aussi, il attendait impatiemment les résultats.

– Qu'est-ce que nous avons sur le n° 18 ?

Korotkov prit la liste et la parcourut rapidement.

– Tcherkassov, Mikhaïl Efimovitch. Trente-six ans. Habite rue Mouranov, pas loin de la station de métro Bibirevo. Travaille pour une société de maintenance d'appartements dans le quartier de Perovo.

– En quoi consiste leur travail ?

– Ils font toutes sortes de travaux de ménage : laver des vitres, nettoyer des appartements, fixer des étagères, monter des placards, garder les enfants…

– Compris, l'interrompit Nastia avec un signe de tête affirmatif. Exactement ce qu'il faut pour connaître parfaitement le voisinage. Quel est son profil ?

– Tcherkassov est un homme à tout faire. Du moins, c'est ce que Selouïanov a écrit dans son rapport. Il lave les vitres, accroche des lustres, installe des étagères… On l'envoie même faire le ménage.

– Très bien. Première chose à faire : vérifier son casier. Puis nous irons voir à quoi il ressemble.

Elle se leva et s'empara d'une grande boîte de bonbons qui faisait au moins soixante-dix centimètres de large.

– Allons. En passant, nous allons donner ça à la vieille Sveta. Elle nous a bien aidés.

– D'où sors-tu cette boîte ?

– Je l'ai achetée ! Comment je l'aurais sinon ? gloussa-t-elle.

– Combien je te dois ?

– Laisse tomber, Iouri. S'il te plaît.

– Voyons, Nastia !

Personne n'a jamais songé à calculer combien d'argent les enquêteurs de la Brigade criminelle sortent de leur poche dans l'exercice de leurs fonctions. C'est dommage : on se rendrait compte qu'ils doivent payer tant de choses qu'il est difficile d'estimer ce qu'il leur reste de leur salaire. Chaque fois qu'il leur fallait l'avis urgent d'un expert ou une analyse rapide, ils se fendaient d'une bouteille ou de confiseries, suivant le sexe et l'âge de la personne concernée. Les réceptionnistes, les chauffeurs de taxi, les grands-mères dans les squares et bien d'autres individus qui sont amenés à collaborer avec la milice doivent être également traités avec un minimum d'égards, personne n'étant disposé à gaspiller son temps et à torturer sa mémoire et son intelligence pour répondre aux questions d'enquêteurs qui se présentent les mains vides. Une secrétaire ne leur accorde aucune attention s'ils ne lui apportent pas au moins une rose et une barre chocolatée, et il est hors de question d'avoir une conversation intéressante avec un témoin âgé sans un gâteau et une tasse de thé. Pour couronner le tout, la plupart des flics n'ont pas de voiture personnelle et, pour faire correctement leur travail, ils sont souvent obligés de prendre des taxis ou de se faire véhiculer par des particuliers qui négocient âprement le montant de leur dérangement. Bien entendu, il n'y a aucun moyen de se faire rembourser toutes ces dépenses.

Nastia avait l'habitude de tout payer elle-même, y compris lorsque d'autres collègues étaient dans le coup. Mais elle savait d'expérience que Korotkov était du genre à se fâcher, à crier, à taper du poing sur la table, à taper du pied et à exiger qu'elle prenne au moins la moitié de la somme.

– Allons, Iouri. Je ne serai pas moins fauchée pour autant, lui disait-elle dans ces cas-là.

– Ça m'est égal, répondait-il. Ce n'est pas parce que tu n'as pas de quoi manger que je veux te rembourser, mais à cause de mon amour-propre. Je ne veux pas vivre sur l'argent des autres, tu comprends ?

Nastia comprenait, mais n'aimait pas prendre son argent. Comme son travail était essentiellement analytique et qu'elle ne sortait pas beaucoup sur le terrain, elle dépensait beaucoup moins que ses collègues qui étaient en permanence sur la brèche. Mais Korotkov comme Selouïanov étaient inflexibles et s'arrangeaient toujours pour payer leur part. D'autres enquêteurs du département n'entraient pas dans de telles considérations et estimaient que, dans la mesure où ils dépensaient leur fric pour arroser des gens à l'extérieur de la Petrovka, Nastia pouvait bien utiliser le sien pour alimenter en vodka et bonbons les légistes et autres experts qui travaillaient à l'intérieur du bâtiment.

Pour finir, Nastia fut bien obligée de prendre le billet de Korotkov. Ils allèrent de concert porter le cadeau à Kassianova. Puis ils montèrent dans la vieille guimbarde de Korotkov et s'élancèrent en direction de la rue Mouranov.

*

Il était difficile de ne pas trouver Tcherkassov. En réalité, même s'ils avaient voulu éviter de se heurter à lui, Nastia et Korotkov n'auraient pas réussi. Mikhaïl Efimovitch Tcherkassov était un personnage connu de son voisinage dans la mesure où il savait tout faire et où il ne refusait jamais son aide à quiconque avait besoin de réparer quelque chose, d'un moulin à café à une voiture.

La voiture de Korotkov «tomba en panne» juste devant sa porte. Nastia se composa un visage contrarié et alla s'appuyer contre un arbre pour fumer une cigarette tandis que son collègue ouvrait le capot et se penchait sur le moteur. Une rangée de garages en tôle ondulée s'étendait à proximité et les portes de la plupart d'entre eux étaient ouvertes : le samedi, les gens bichonnaient leur voiture pour en profiter à l'approche des beaux jours. Korotkov fit mine de s'escrimer sur la mécanique pendant quelques minutes, puis s'approcha de l'un des boxes ouverts. Il ressortit rapidement en compagnie du propriétaire qui l'accompagna jusqu'à la voiture et y jeta un coup d'œil critique.

– Eh bien, mon gars ! Elle marche encore ? dit le nouveau venu en hochant la tête d'un air compatissant.

– Difficilement. Elle roule dix minutes et s'arrête pendant une heure. Vous pouvez me donner un coup de main ?

– Je ne connais presque rien en mécanique. C'est à Micha qu'il faut demander.

– Qui est Micha ? demanda Korotkov, l'air innocent.

– Un voisin. Il habite cet escalier. C'est le genre de gars qui peut réparer tout et n'importe quoi. S'il n'y parvient pas, c'est qu'il n'y a pas de solution. Allez le voir à l'appartement n° 41. Il ne refusera pas de vous aider.

– Je ne peux pas, protesta Korotkov timidement. Il ne me connaît pas. Je ne vais pas le déranger alors qu'il se repose un samedi.

En réalité, une rencontre directe avec Tcherkassov n'était pas prévue. Le but de leur manœuvre était d'entrer en contact avec les voisins, de recueillir des informations et d'étudier les lieux au cas où il faudrait arrêter le type chez lui.

– Ne vous inquiétez pas ! Tout le monde va le voir, de jour comme de nuit. Il n'envoie jamais personne balader. Et il ne prend pas cher.

– Non, dit fermement Korotkov. Il ne vous jette pas parce que vous êtes ses voisins, mais il ne me connaît ni d'Ève ni d'Adam.

– Je vous dis qu'il n'y a pas de problème, insista l'autre.

Tout en parlant, il se dirigea vers la porte d'entrée dans la claire intention d'aller lui-même chercher Micha le débrouillard.

Nastia se rendit compte qu'elle devait faire quelque chose. S'il était le maniaque qui enlevait les jeunes garçons et les séquestrait dans un endroit secret, Tcherkassov devait être en alerte permanente et flairer un flic à dix pas. Ils n'avaient pas prévu de souricière et, si Tcherkassov décidait de prendre le large, Nastia et Korotkov ne pourraient pas l'en empêcher. Il en profiterait pour détruire toutes les preuves et, pire encore, pour se débarrasser de tous les garçons encore vivants. Et certainement pas en les renvoyant chez leurs parents.

– Écoutez, dit-elle avec le genre de voix de femme acariâtre et autoritaire qui rend allergique n'importe quel homme normal. Nous n'avons pas besoin de ce Micha. Nous pouvons arranger la voiture nous-mêmes. Pourquoi devrions-nous payer pour une réparation mineure ? Vous êtes de mèche avec ce type ? Vous lui trouvez des clients et il vous donne un pourcentage ?

L'homme resta interloqué et incapable de répondre. Dès qu'il reprit ses esprits, il exprima le fond de sa pensée en un mot qui lui venait du cœur. Puis, il s'en retourna vers son garage.

Peu après, la porte de l'immeuble s'ouvrit pour laisser passer un homme d'un âge indéterminé. Le ventre rebondi, les fesses molles, le double menton et le front dégarni indiquaient qu'il devait avoir plus de quarante ans, mais la queue de cheval retenue par un bandana de cuir noir, le jean couleur encre, les lunettes à monture fine disaient : moins de trente.

– Micha ! lança une voix en provenance du box le plus éloigné. Tu peux venir jeter un coup d'œil ? Tu es pressé ?

– Je vais faire des courses, répondit l'homme sans âge.

– Mon fiston va y aller… Petia, cours jusqu'au magasin et ramène tout ce que te dira l'oncle Micha, ordonna l'homme à un gamin qui se tenait près de lui et tentait de se rendre utile.

Tcherkassov était tellement près de Nastia qu'elle dut faire un effort considérable pour ne pas le regarder. Elle fit mine d'être absorbée par la contemplation des mouvements de Korotkov qui continuait de s'activer, penché sous le capot ouvert. En regardant l'« oncle Micha » du coin de l'œil, elle ressentit une impression vaguement familière, comme celle que lui avait procurée la lecture de *La Lame*, le roman traduit par Soloviov.

Quelques minutes plus tard, Tcherkassov avait expliqué à Petia ce dont il avait besoin et s'était plongé dans la réparation de la voiture du père. Korotkov termina de « réparer » la sienne et Nastia et lui s'en allèrent rapidement sans attendre que Tcherkassov les remarque.

– Étrange, non ? dit Korotkov tandis qu'ils s'éloignaient de la rue Mouranov. Un type normal, amical, qui va faire ses courses et aide ses voisins… Un gars comme n'importe qui. Et ce serait lui notre maniaque ? Difficile à croire.

– Nous ne savons pas s'il a un lien avec les garçons. C'est ça qu'il faut vérifier. Je me trompe peut-être en pensant que le maniaque et le voleur sont un seul et même homme.

– En tout cas, nous sommes certains que c'est lui, le voleur. Les empreintes sont formelles.

Devant la moue de Nastia, il ajouta :

– Quoi ? Tu penses que la vieille Sveta a pu se tromper ?

– Non, je crois à deux cents pour cent dans les capacités de Kassianova. Mais vous avez pu faire une erreur, toi et Selouïanov. Mélanger les enveloppes qui contenaient les empreintes ou mal rédiger l'étiquette. Qui sait ? Au bout du compte, nous pourrions fort bien découvrir que les empreintes relevées au vidéoclub ne sont pas celles de Tcherkassov.

– Arrête de nous apporter la poisse ! s'écria Korotkov irrité. Elle sait très bien venir sans qu'on l'appelle.

– Entendu, dit Nastia, obéissante. De toute manière, son apparence ne veut rien dire. On ne peut pas être un tueur sanguinaire vingt-quatre heures sur vingt-quatre, si ? Même en tuant une personne par jour, le pire des monstres aurait beaucoup de temps libre. Et il serait bien obligé de l'employer comme n'importe qui : il doit manger, donc aller au magasin et faire la cuisine. Il ne peut pas sortir tout nu, donc il doit acheter des vêtements, les laver ou les faire nettoyer, recoudre des boutons, les repriser lorsqu'ils se déchirent. Il a un corps d'homme ordinaire qui tombe parfois malade, ce qui le conduit à consulter des médecins. En d'autres termes, en dehors des moments où il tue, sa vie ressemble à celle de n'importe qui. Il a des voisins à qui il parle gentiment. Tous les tueurs en série ont des collègues de travail ou des parents qui les respectent et les aiment pour les raisons les plus diverses. Aucun ne porte la mention « criminel psychopathe » inscrite sur le front en lettres de feu…

Elle laissa mourir ses ruminations philosophiques pour revenir à un point qui l'intriguait :

– Tout de même… j'ai l'impression d'avoir déjà rencontré ce type quelque part.

– J'ai compris, lança Korotkov en riant. Tu laisses entendre que nous avons besoin de manger quelque chose. Sans apport de calories, tu seras incapable de te souvenir de l'endroit où tu l'as vu. Allez… je t'emmène déjeuner dans un bon endroit. C'est cher, mais très calme.

– Mais c'est cher… releva Nastia prudemment.
– Je t'invite.
– En quel honneur ?
– Un ami vient de me rembourser une somme que je lui avais prêtée et sur laquelle je ne comptais plus. Et en plus, il m'a versé des intérêts. Il reste encore des gens bien dans ce bas monde. Dommage qu'il y en ait si peu.
– Iouri, je ne suis pas habillée pour aller dans ce genre d'endroits. Je ne peux tout de même pas me pointer en jean, baskets et blouson.
– Tu peux te permettre de porter ce que tu veux. C'est ce qui fait tout ton charme.
Ils quittèrent la chaussée Dmitrovskoïe, dépassèrent la grande bâtisse bleu clair d'un hôtel et tournèrent à droite un peu après. Korotkov gara la voiture dans un emplacement facile d'accès.
– Entre, dit-il en poussant une lourde porte en bois laqué. Le battant portait une plaque indiquant le nom de l'établissement – « La petite fleur pourpre » –, et paraissait donner sur la salle d'un fast-food ou d'un glacier plutôt que sur celle d'un restaurant de luxe. À l'intérieur, un escalier menait jusqu'à une autre porte, ouverte. En haut, Nastia vit tout de suite que l'endroit n'avait rien d'un glacier : le préposé au vestiaire, très poli, se tenait derrière un comptoir sur lequel reposaient un téléphone et un menu recouvert de cuir. L'employé semblait bien connaître Korotkov et l'accueillit avec un grand sourire. Nastia consulta le menu sans retirer son blouson. Le choix était excellent et les prix prohibitifs.
– Alors ? lui demanda Korotkov en riant. Les plats te conviennent ?
– Oui, répondit-elle tranquillement en retirant son blouson pour le poser sur le comptoir.
Le restaurant était minuscule, avec deux grandes tables pour six à huit convives, trois tables pour quatre et deux autres, discrètes, derrière une petite rambarde de séparation, pour deux convives.
Korotkov conduisit Nastia avec assurance vers l'une d'entre elles. Ils étaient les seuls clients.

– C'est quoi, cette maison ? demanda doucement Nastia en parcourant la salle des yeux avant d'allumer une cigarette. Pourquoi il n'y a personne ?

– C'est toujours comme ça jusque vers cinq heures du soir. C'est à ce moment-là qu'arrivent les premiers clients : des petits mafieux marginaux. Mais pas tous les jours. Les règles sont très strictes : chaque famille mafieuse a ses jours et ses heures, généralement entre huit heures et minuit. Pendant la journée, tout le monde peut venir. La cuisine est bonne, les produits de haute qualité et les serveuses polies.

Nastia ne s'était pas rendu compte à quel point elle était affamée. Elle termina son assiette si vite que Korotkov ne put s'empêcher de lui dire :

– On croirait que tu n'as pas mangé depuis une semaine ! À quoi pense ton petit mari d'amour ?

– Oh ! Il continue à me préparer de bons petits plats, mais je n'y ai presque pas touché. J'étais sur les nerfs et ça me coupe l'appétit.

– Et maintenant, tu es plus calme ?

– Pas exactement, reconnut-elle avec un geste vague de la main qui tenait la cigarette, dessinant un étrange idéogramme de fumée. Mais nous y voyons plus clair. Pour commencer, nous devons tout savoir sur Tcherkassov, y compris s'il a une datcha ou un autre appartement. Si c'est le maniaque, il ne peut pas séquestrer les garçons rue Mouranov, avec tous les voisins qui se présentent chez lui pour lui demander de leur rendre service. Si nous déterminons qu'il possède un autre logement, une petite maison à la campagne ou même une simple cabane dans la forêt, ce sera aux experts légistes de jouer. Il y a aussi la question du moyen de transport : roule-t-il en voiture ? Et si oui, est-elle à lui ou s'agit-il d'un véhicule de service ? En d'autres termes, je sais ce qu'il faut faire et mon appétit est de retour.

Comme ils étaient les seuls clients, ils furent servis rapidement et le déjeuner ne prit pas longtemps. À cinq heures, ils étaient de retour à la Petrovka. Selouïanov, qui dormait mieux et était beaucoup plus opérationnel depuis que Valia était entrée dans sa vie, était arrivé au boulot peu après le départ de ses deux collègues pour Bibirevo. Comme Korotkov lui avait laissé une note comminatoire et menaçante sur son bureau, à leur retour il avait déjà rassemblé pas mal de renseignements sur Mikhaïl Tcherkassov.

L'homme n'avait pas réussi à terminer une maîtrise à la fac de sciences, mais avait travaillé dans la recherche scientifique jusqu'à la fermeture de son institut, quatre ans plus tôt. Depuis, il avait multiplié les petits boulots. Il avait été marié, mais pas longtemps, et n'avait pas d'enfant. Étrangement, son ancienne femme vivait avec la mère de Tcherkassov. Et aucune des deux ne voulait rien savoir de lui.

– Pourquoi vivent-elles ensemble ? demanda Nastia.

– Le sempiternel problème du logement combiné avec une haine ardente, répondit Selouïanov avec un sourire satisfait. À leur mariage, les deux familles se sont livrées à l'échange habituel d'appartements et de chambres pour que les conjoints puissent avoir un logement à eux. Et lorsqu'ils ont divorcé, il n'a plus été possible de défaire ce qui avait été fait. Les parents de la femme s'étaient installés dans une autre ville et la mère de Tcherkassov vivait dans un minuscule appartement, dans un quartier des faubourgs. Donc, au moment de sa séparation, le couple était condamné à continuer à vivre ensemble à moins que l'un des deux ne s'installe chez la mère. Comme cette dernière ne voulait plus voir son fils, ç'a donc été sa belle-fille, Olga, qui est venue vivre avec elle.

– Mon Dieu, mais qu'avait-il donc fait à sa mère ?

– Tu veux vraiment le savoir ? lui demanda Selouïanov en lui lançant un regard madré. Qu'aurai-je en échange ?

– Un coup sur la tête, lui promit Nastia. Ne joue pas avec mes nerfs.

– Il a été surpris en flagrant délit d'adultère. Et pas avec n'importe qui : avec le petit frère de sa femme. Mais comme ce dernier venait d'atteindre sa majorité et qu'il était consentant, personne n'a appelé la milice, même si l'homosexualité était encore un délit dans notre pays, à l'époque. À propos… le petit frère est un jeune homme très avenant. Tout à fait ton genre.

– Mon genre ?

Nastia fronça les sourcils avant de comprendre. Tu veux dire qu'il est brun aux yeux noirs ?

– Tout juste. Et très beau. Comme un mannequin.

– Quand as-tu eu le temps de rassembler toutes ces infos ? demanda Korotkov, surpris.

– Je te le dirai plus tard, répondit son collègue d'un air satisfait.

– Où est le frère, maintenant ? intervint Nastia.

– Oh ! C'est compliqué. L'affaire remonte à six ans. Il faut préciser que les deux familles étaient aussi conservatrices l'une que l'autre. La mère Tcherkassov a rompu les ponts avec son fils, mais le frère d'Olga, qui s'appelle Slava, a été mis dehors, purement et simplement, avec une valise, mais sans un sou. À l'époque, il poursuivait ses études et n'avait donc aucun revenu, ni même une bourse. Qu'a-t-il donc fait ? Vous avez trouvé : il s'est précipité chez son amant, Micha, qui l'a reçu à bras ouverts. Ils ont vécu heureux pendant quelques mois, mais ça ne pouvait pas durer : le salaire de Tcherkassov n'était pas suffisant pour deux. Slava s'insurgeait contre les récriminations de Micha en lui demandant de lui foutre la paix, puisque c'était à cause de lui que ses parents l'avaient mis à la porte. Après tout, Micha n'avait qu'à assumer ses actes : il l'avait séduit, il devait donc l'entretenir. Le pauvre type avait bien tenté d'assumer, mais en vain. Slava s'était donc dégoté un ami plus riche. Tcherkassov en a été très affecté. Mais le choix de son ex-petit ami s'est révélé catastrophique : comme son nouvel amant était plongé jusqu'aux oreilles dans les merdes mafieuses, le jeune homme se retrouvait presque quotidiennement convoqué par la milice sous un prétexte ou sous un autre. De plus, le bonhomme était entouré de gens bien « intentionnés » – l'intention étant de mettre la main sur tout ce qu'il avait. D'où bagarres permanentes, tentatives d'intimidation, batailles rangées avec des armes à feu et autres joyeusetés du capitalisme sauvage à la mode de chez nous. En conséquence de quoi, notre jeune Slava mène aujourd'hui une existence pitoyable puisque son riche copain n'est plus de ce monde et que son nouvel amant est en taule. Il a bien essayé de revenir chez Tcherkassov, mais ce dernier a fait preuve d'un amour-propre et d'une fermeté inattendus : il l'a envoyé balader en le traitant de traître infidèle. Pour résumer, Slava déteste Micha qu'il tient pour le responsable de ses malheurs. Il n'a ni diplôme, ni logement, ni argent, ni famille. Il survit en se prostituant et déteste la vie qu'il mène. Voilà toute l'histoire, les gars.

– Kolia, tu nous racontes des bobards, s'insurgea Korotkov. Tu n'as pas eu le temps matériel de découvrir tout ça pendant que nous étions à Bibirevo. Admets que tu as tout inventé.

– Pas du tout, se défendit Selouïanov dans un éclat de rire. En réalité, c'est fort simple. Je suis allé voir la mère de Tcherkassov. J'y ai rencontré son ex-femme. Évidemment, j'ai essayé de la faire parler, mais elle ne m'a rien dit du comportement particulier de son mari et de son frère. En revanche, elle n'a pas arrêté de me dire que Micha était une canaille qui ne méritait pas de vivre. La mère approuvait, mais il était impossible de leur faire raconter des faits concrets. Comme ça ne menait nulle part, j'ai demandé à voir des photos du mariage et de leur vie commune, histoire de forcer quelques confidences. Et là... Surprise ! Sur une photo de groupe, j'ai remarqué ce bon vieux Slava que je connais depuis pas mal de temps. Assez longtemps, en fait, pour me souvenir sans problème de sa biographie. Et de l'aventure avec le mari de sa sœur qui avait ruiné sa vie. À ce moment-là, tout est devenu clair et j'ai compris que le fameux beau-frère n'était autre que notre suspect. Avez-vous encore en mémoire l'affaire du double meurtre de la rue Babouchkine ?

– En 1991 ? demanda Nastia.

– Exactement. Le riche amant de Slava était mêlé à cette bataille rangée. Et c'est la première fois que j'ai vu le gosse. Depuis, je le garde à l'œil. En fait, il est devenu l'un de mes indics et m'a aidé à résoudre plus d'une affaire. En échange, il est toujours libre et ne pourrit pas en taule.

Korotkov se tourna vers Nastia :

– Alors, la sceptique ? Tu es prête à admettre que nous ne nous sommes pas trompés et que Tcherkassov est bien notre homme ?

– Oui, répondit-elle distraitement en griffonnant sur une feuille. Oui, oui. Mais où les garde-t-il ?

– Nous allons vite le découvrir, annonça Korotkov avec un bel optimisme. Je peux vous l'assurer.

*

Le lendemain, l'antenne collective de l'immeuble de la rue Mouranov tomba en panne. Les réparateurs arrivèrent à toute vitesse. Au bout d'une demi-heure de travail, ils expliquèrent aux locataires que quelqu'un s'était branché illégalement sur le câble et que cela parasitait la réception. Pour résoudre le problème, ils devaient vérifier les connexions des appartements. Et ce fut exactement ce qu'ils firent. Cela prit pas mal de temps mais, lorsqu'ils s'en allèrent, tous les téléviseurs du bâtiment fonctionnaient normalement.

Dix minutes après leur départ de la rue Mouranov, Nastia Kamenskaïa savait que le locataire de l'appartement n° 41 possédait un magnétoscope tout simple, le moins cher disponible en magasin, ainsi que quatorze cassettes vidéo bien alignées sur l'étagère du petit meuble qui supportait le téléviseur.

Deux heures plus tard, elle apprenait que Mikhaïl Tcherkassov n'avait ni datcha, ni cabane dans les bois et ne louait pas d'autre appartement que le sien. Il fut donc décidé de le placer sous surveillance rapprochée pendant quelques jours. Personne ne se soucia de chercher une justification officielle. Le lieu diabolique où le maniaque séquestrait et droguait les gosses, abusant d'eux jusqu'à leur mort par overdose, devait bien être quelque part. Et certains d'entre eux s'y trouvaient peut-être encore. Vivants.

Cependant, cinq jours de filature, vingt-quatre heures sur vingt-quatre, ne donnèrent rien. Tcherkassov partait travailler le matin, passait sa journée à faire la tournée des clients pour accomplir les corvées qu'on lui confiait et rentrait chez lui le soir. Il faisait ses courses et regardait les nouvelles cassettes des vidéoclubs. Une fois, il avait loué un film en donnant un faux nom : Vladimirov. La rue éponyme était située à proximité de la station de métro Perovo. Il était donc fidèle à son mode opératoire.

En dehors de cela, à la maison, il avait réparé des appareils électriques et des magnétoscopes pour ses voisins et s'était organisé des soirées cassettes avec plateau-repas. Deux fois en cinq jours, il était allé rendre visite à un partenaire sexuel régulier en payant la passe avant de partir. Rien d'autre. Il n'avait pas erré dans les rues à la recherche de garçons bruns à la peau mate. Il n'avait pas traîné dans des caves ou des maisons abandonnées. En fait, il n'avait rien fait qui pouvait confirmer les crimes dont il était soupçonné.

– Bon ! conclut le colonel Gordeïev à l'issue de la filature. Au moins, nous pouvons être sûrs qu'il n'a enlevé ni tué personne au cours des cinq derniers jours. Qu'est-ce qu'on fait maintenant ? Des suggestions ?

– Moi, je le coffrerais, dit Selouïanov, sûr de lui. Nous avons la preuve qu'il est bien l'auteur du cambriolage. Arrêtons-le pour ça. Ensuite, nous trouverons le moyen de le faire parler.

– Qu'en dis-tu ? demanda Gordeïev à Nastia. Tu es d'accord ?

– Non, dit-elle fermement. Pas du tout d'accord. Et s'il ne parle pas ? Vous imaginez ces pauvres gosses prisonniers quelque part sans aucune aide ? Ils auront le temps de mourir d'inanition. Et lui, il continue à ne pas piper mot. Il reconnaît le cambriolage, exprime le repentir le plus sincère et au bout du compte il tombe sur un juge qui le condamne au temps passé en préventive et le relâche. Vous voyez le risque ?

– Comment ça, il ne parlerait pas ? la contra Selouïanov avec écœurement. C'est qui, ce type ? James Bond ? Ce n'est qu'un homo quelconque qui n'a jamais eu peur de sa vie. Même Slava, son ancien copain qui a connu de mauvais moments avant d'aller en taule, n'a pas pu rester muet. Ne croyez pas que c'est facile de ne pas parler pendant les interrogatoires. On ne voit ça que dans les romans : il n'a pas parlé, alléluia ! En fait, pour résister, il faut une grande force de caractère et une bonne préparation psychologique. Pas vraiment le genre de Tcherkassov. Il n'a pas fait l'école du renseignement extérieur.

– Tu as raison, Kolia, dit doucement Nastia. Je sais qu'il est très difficile de résister à un interrogatoire et que la plupart des gens en sont incapables. Mais je continue à envisager les pires éventualités. Et s'il mourait ?

– Comment ça, s'il mourait ? répéta Selouïanov. Pourquoi devrait-il mourir ?

– Comme ça. Sans raison. Il meurt. Crise cardiaque. Ou une malformation congénitale dont il ignorait tout lui-même. À un moment donné, une membrane cède et il n'est plus là. Mort subite. On ne pourrait rien y faire. Tu vois le tableau : on arrête le type pour vol tout en ignorant où il planque les mômes et il crève pendant l'interrogatoire... Vous pourriez vivre en sachant qu'un ou plusieurs gosses sont morts parce que nous n'avons pas pu leur venir en aide à temps ? Tant qu'il est libre, nous avons encore une chance de les retrouver. Mais si nous le coffrons, nous risquons de perdre définitivement cette chance.

– Je suis d'accord avec Nastia, dit Gordeïev en hochant son crâne chauve. L'un d'entre vous a-t-il une hypothèse pour expliquer pourquoi il n'a pas rendu visite à ses prisonniers au cours des cinq derniers jours ?

– J'en ai deux, lui répondit Nastia. Ou bien il a senti qu'il était surveillé, ou il n'a pas de prisonnier à l'heure actuelle. Quatre garçons présentant les mêmes caractéristiques physiques que ceux qu'on a retrouvés morts par overdose sont portés manquants. Mais nous ne pourrons savoir s'ils sont passés entre les mains de Tcherkassov que lorsqu'on les retrouvera. S'il se sent observé et ne va pas les voir, c'est mauvais signe. Nous ignorons comment il les nourrit. Il leur apporte peut-être de quoi survivre pendant deux ou trois semaines avec des tas de drogues. Mais il peut très bien les alimenter au coup par coup. Dans ce cas, s'il ne va pas les voir parce qu'il a détecté nos gars, nous serons responsables de leur mort.

– Donc, quelle est la situation ? demanda Korotkov. S'il n'a pas de prisonniers, il n'y a aucune raison de le suivre. Nous pourrons le filer jusqu'à la fin des temps, il ne nous mènera nulle part. Il n'a aucune raison d'aller dans sa cachette. Et c'est sans doute là que se trouvent tous les indices qui pourraient le compromettre.

– Tu as raison, Iouri, dit Gordeïev. Mais tu te trompes sur un point. Ce type est un maniaque. Et, tôt ou tard, il ne pourra pas résister. Même s'il a remarqué la surveillance, ce sera plus fort que lui : il y aura un moment où il ne pourra plus se contrôler. Et il partira à la chasse. Mais c'est vrai qu'il nous faudra peut-être attendre très longtemps. Nastia, tu devrais rassembler tous les rapports sur les vêtements des victimes et voir si on peut établir un quelconque lien avec Tcherkassov. Korotkov, essaie de retrouver la trace des quatre gosses que Nastia a mentionnés. Si nous parvenons à déterminer qu'ils ne sont pas entre les mains de Tcherkassov, nous pourrons l'arrêter sans craindre de mettre quelqu'un en danger.

Korotkov ne faisait pas partie de l'équipe de surveillance car il pouvait avoir été repéré par le suspect lorsqu'il simulait la panne de voiture.

– Toi, Selouïanov, tu vas te taper le sale travail en compagnie de Svalov, conclut le patron.

– Comme d'habitude, bougonna l'intéressé.

– Pas la peine de te plaindre. Tu dois trouver un motif légitime pour poursuivre la surveillance. Dieu merci, Tcherkassov est soupçonné de cambriolage, ce qui nous couvre pour le moment, mais nos supérieurs ne comprendraient pas qu'on le file trop longtemps sans l'arrêter. Tâche d'inventer une raison plausible. Anastasia, ça fait un bon moment que je ne t'ai pas entendue parler de ton lotissement de rêve. Tu as abandonné cette piste ?

– Oui, reconnut-elle. J'ai beaucoup de travail. Sans compter que nous avons trouvé Tcherkassov, ce qui signifie que la piste du Rêve ne tient plus.

– Là, tu te trompes, l'avertit Gordeïev, soudain sévère.

Il ne faut jamais laisser tomber une piste : il est difficile de prévoir comment vont tourner les choses.

Nastia savait que le chef avait raison. Ça faisait déjà une semaine que son mari, Liocha, lui avait transmis le message de Genia Iakimov. Ce n'était pas bien de disparaître comme ça. Lorsqu'on travaillait sous couverture, il fallait conserver sa crédibilité. Et s'il s'avérait inutile de poursuivre le jeu, il fallait en sortir élégamment, de manière plausible, sans éveiller la curiosité ou les soupçons des gens.

*

C'était flagrant : Guennadi Svalov n'aimait pas travailler le samedi. Nastia se demandait avec stupéfaction comment il parvenait à rester dans les enquêtes criminelles en prenant des week-ends entiers. Aucun chef de service ne supportait ce genre de choses. Svalov avait probablement mis au point un stratagème pour donner l'impression qu'il remplissait ses tâches alors qu'il passait son temps à s'occuper de ses affaires. Ainsi, lorsqu'on lui avait annoncé qu'il devait se rendre aux « Résidences de Rêve » avec Nastia, il n'avait pas pu dissimuler son déplaisir.

– Habille-toi bien, l'avait prévenu celle-ci. Tu dois ressembler à un employé d'une grande firme. Et nous prendrons ta voiture. Elle correspond plus à ce que nous sommes censés être.

Sur les vingt familles qui habitaient le lotissement, presque toutes étaient intéressées par une assurance. Trois seulement n'en voulaient pas et Soloviov était du lot. Nastia ne dissimula pas sa surprise. Elle pensait, au contraire, que son vieil ami aurait pu s'estimer particulièrement vulnérable.

– Pourquoi tu ne veux pas assurer ta maison ? lui demanda-t-elle après avoir envoyé Svalov rencontrer d'autres résidants.

– Je te l'ai déjà dit : il n'y a rien à voler ici. Ma maison ne présente aucun intérêt pour les voleurs.

– Peut-être. Mais les voleurs ne le savent pas forcément. Ils peuvent croire que, comme tu es riche, tu dois conserver des objets de valeur. Et lorsqu'ils auront constaté que ce n'est pas vrai, il sera trop tard : des portes et des fenêtres seront fracturées, des meubles cassés et tu auras eu la trouille de ta vie. De plus, s'ils ne trouvent rien, ils pourraient fort bien décider de te torturer à mort pour te faire dire où tu caches ton argent. Tu n'as pas peur ?

– Si tu ne m'effraies pas, je n'ai pas peur, répondit Soloviov.

Nastia l'avait prévenu qu'elle allait passer et c'était sans doute pour cela qu'Andreï n'était pas là. Mais elle sentait tout de même un malaise. Au début, elle s'était dit qu'elle ressentait toujours les mauvaises ondes émises par l'assistant, qui n'avait jamais dissimulé son hostilité à son égard. Puis elle constata que le problème venait de Soloviov lui-même. Il semblait perdu, abattu et terriblement seul.

– Qu'est-ce qu'il y a, Volodia ? lui demanda-t-elle en voyant que la conversation ne parvenait pas à prendre.

Il regarda Nastia avec surprise et esquissa un sourire crispé.

– Tout va bien. Ne fais pas attention.

– Je vois bien que ce n'est pas vrai. Ma présence t'ennuie ? Je suis désolée, mais je dois attendre le retour de mon collaborateur qui visite les autres cottages.

– Tu m'as manqué, explosa-t-il soudain. Je ne pouvais pas imaginer que tu me manquerais autant.

Il lui prit la main pour la porter à ses lèvres, puis posa ses doigts frais sur sa joue brûlante.

– C'est bête, non ? J'ai besoin de toi alors que tu n'as plus besoin de moi.

– Si c'était ainsi, je ne serais pas là, dit-elle doucement.

Elle avait l'impression de se voir elle-même, comme si elle était une autre personne, en compagnie de Soloviov. Et elle savait que, douze ans plus tôt, elle serait morte de joie s'il avait fait ce qu'il venait de faire et s'il avait prononcé ces mots. Jamais encore il ne lui avait baisé la main, ni dit qu'elle lui manquait. C'était tout juste si, par pure bonté d'âme, il l'avait dédaigneusement autorisée à l'aimer. Il avait supporté son amour. Et là ? Était-il réellement amoureux ? Nastia s'efforça de regarder au plus profond de son cœur et de comprendre ce qu'elle ressentait. Un sentiment de triomphe ? De la joie mauvaise ? Ou simplement le plaisir de voir un sentiment si longtemps douloureux être enfin payé de retour ? À sa grande surprise, elle constata qu'elle n'éprouvait rien. Même la chaleur de ses yeux n'avait plus d'effet sur elle, alors qu'à peine quinze jours plus tôt elle tombait encore sous leur charme.

– Tu mens, constata Soloviov sans lâcher sa main. Tu n'as pas besoin de moi. J'ignore pourquoi tu viens me voir. J'aimerais croire que ce n'est pas par pitié, mais je ne vois pas d'autre explication. Chère Nastia, il ne faut pas avoir pitié. Tout va très bien pour moi.

– Maintenant, c'est toi qui mens. Si tout allait bien, je ne te manquerais pas. Tu as peut-être besoin d'une femme. N'importe qui et pas forcément moi.

– J'ai quelqu'un. Mais j'ai besoin de toi. Cela ne t'engage à rien. Cela ne signifie pas que tu doives quitter ton mari à la minute.

Nastia dut se contrôler pour ne pas éclater de rire. Même dans cette situation compliquée, Soloviov ne doutait pas de son attirance. S'il n'avait pas été invalide, elle lui aurait exprimé franchement le fond de sa pensée, sans prendre de gants ni choisir ses mots. Elle se demanda qui était ce « quelqu'un ». Quinze jours plus tôt, il lui avait dit qu'il n'avait pas de petite amie. Lui avait-il menti ? Ou bien la personne avait-elle surgi récemment ? La belle Marina ?

– Pourquoi as-tu besoin de moi ? Ta copine actuelle ne te convient pas ?

– Je n'ai pas envie de parler d'elle. Mais je veux que tu saches que je peux la laisser tomber tout de suite.

– Pour moi ?

– Oui, pour toi.

– Soloviov, je ne veux pas de tels sacrifices.

Elle libéra doucement sa main pour prendre son paquet de cigarettes dans son sac.

– Je suis une femme d'affaires ennuyeuse et totalement dépourvue de romantisme, comme tu as pu le voir. Tu ne serais pas heureux avec moi. J'ai toujours été un peu sèche et je suis devenue plus dure que du pain rassis. Tu veux une femme à tes pieds et j'ai oublié le mode d'emploi.

– Tu as tort. J'ai déjà une femme à mes pieds. Mais j'ai besoin d'aimer quelqu'un. Cette conversation n'a pas de sens. Tu n'as pas besoin de moi et je devrai l'accepter. Mais il faut tout de même que je te dise que tu m'as mené en bateau et que c'était cruel de ta part.

– Ce n'est pas vrai, Volodia. Je ne t'ai donné aucun espoir. Je te l'ai dit honnêtement la première fois : il faut que je sache si je me suis ou non libérée de toi. Rien d'autre.

– Alors, je n'ai pas bien compris.

– Exactement.

– Mais je t'ai manqué, c'est bien ce que tu m'as dit au téléphone ?

Nastia se sentait fatiguée. Fatiguée de chercher le maniaque. Fatiguée de Soloviov et de cette conversation qui ne menait nulle part. Elle comprenait son ancien amant, la moindre de ses intentions, la plus infime de ses pensées, comme si elle pouvait lire en lui. Elle savait qu'il ne parlait pas d'amour, mais de fierté. Il voulait la récupérer et l'avoir à ses pieds. Douze ans plus tôt, elle l'avait laissé s'en aller, voyant qu'il ne l'aimait pas. Le fait qu'il ait accepté la séparation ne signifiait qu'une seule chose : il était heureux de s'être débarrassé d'elle. En réalité, c'était lui qui l'avait laissée et non le contraire. Mais il avait eu l'impression que c'était elle qui le quittait. Et là, son amour-propre tenait sa revanche : elle était partie, mais pour revenir longtemps après, l'implorant à genoux de la reprendre. Avec le temps, il avait perdu tout intérêt pour les conquêtes faciles. Il voulait la gagner, elle, adulte, forte et indépendante, parce que c'était une manière de se valoriser à ses propres yeux. Soloviov, elle le savait, était une de ces personnes qui n'aiment pas leur partenaire en tant que tel, mais s'aiment eux-mêmes à travers le sentiment de leur partenaire. Il avait toujours eu besoin de s'admirer à travers le regard des autres, et plus que jamais dans sa situation d'invalide.

Lorsque Svalov revint, Nastia poussa un soupir de satisfaction. Dieu merci, elle pouvait prendre congé. Devant un étranger, Soloviov ne lui demanda pas quand elle reviendrait le voir et elle en fut soulagée.

– Alors, Guena ? demanda-t-elle à Svalov après qu'il eut inséré la voiture dans la circulation de la grande route. Combien de maisons as-tu inspectées ?

– Combien ? répéta-t-il, surpris. Mais... Toutes !

– Les dix-sept ? dit-elle, étonnée.

– Bien sûr.

Elle était restée deux heures et demie interminables avec Soloviov, ce qui signifiait que Svalov avait passé moins de dix minutes dans chaque cottage. Ce n'était pas bien.

– Comprends-tu au moins que ce n'est pas du travail sérieux ? s'écria-t-elle, en colère. Le représentant d'une société qui se respecte ne peut pas étudier en dix minutes une maison de deux niveaux. Il nous faut faire au moins trois ou quatre visites en demandant aux résidants tous les détails. Plus important encore, nous devions nous intéresser à ceux qui ne veulent pas d'assurance et en déterminer la cause réelle. L'as-tu fait, au moins ?

Svalov ne répondit rien, les yeux fixés sur la route.

Compris. Il ne l'avait pas fait. Il s'était débarrassé de sa mission le plus vite possible de manière à pouvoir s'occuper de ses propres affaires.

– Il faudra que tu reviennes demain. Et lundi aussi, reprit Nastia en évitant de monter sur ses grands chevaux.

– Combien de temps allons-nous perdre ici ? répondit-il avec un mouvement d'humeur. Nous connaissons le criminel et, au lieu de l'arrêter et de le faire parler, vous me faites perdre mon temps avec des bêtises.

Nastia n'avait pas l'intention de se disputer avec lui et resta donc extrêmement polie et amicale.

– Tu assistais à la réunion d'hier et tu as entendu Gordeïev. Je croyais que nous avions décidé qu'il était trop dangereux d'arrêter Tcherkassov avant d'avoir trouvé l'endroit où il séquestre ces garçons. Si tu n'étais pas d'accord, pourquoi n'as-tu rien dit ? Tu avais une occasion d'exposer tes idées. Mais ce n'est pas grave : je suis prête à les entendre.

– Je n'ai pas d'idées, glapit-il. J'ai simplement horreur de perdre mon temps. Je néglige mon travail à cause de votre Tcherkassov.

– Eh bien, supporte encore un peu, demanda Nastia gentiment. Crois-moi, ça vaut le coup.

En arrivant à la Petrovka, elle bouillait de colère et d'indignation, même si elle était parvenue à se contrôler tout le long de la route. La génération des enquêteurs cultivés et dévoués était-elle en voie d'extinction ? Allait-elle être remplacée par des gens comme Svalov, indifférents et égoïstes ? Guena pourtant n'était pas stupide. Il était doué et son esprit fonctionnait bien et de manière originale, autrement il n'aurait pas songé à vérifier les génériques des quatorze films volés. Il pouvait devenir un excellent détective à condition de le vouloir. Mais, visiblement, il ne le voulait pas. Pourquoi était-il entré dans la milice ?

*

Guennadi Svalov avait eu ses raisons. L'année où il finissait ses études secondaires, l'une des académies de la milice de Moscou s'était ouverte aux étudiants qui n'avaient pas fait l'armée. Comme des combats faisaient rage à l'époque dans les républiques du sud de la Russie, Svalov n'avait eu aucune envie de faire son service avec le risque d'être envoyé au front. Les réformes économiques étaient commencées depuis trois ans et la demande d'avocats spécialisés dans les affaires civiles explosait. Le plan de Svalov était donc de poursuivre des études de droit immobilier tout en travaillant dans la milice jusqu'à l'âge où il ne serait plus incorporable. Il démissionnerait alors pour rejoindre un cabinet de conseil. Comme il considérait que son travail aux enquêtes criminelles n'était que provisoire et que, par-dessus le marché, il le trouvait totalement inintéressant, il consacrait aux affaires immobilières tout son temps libre, et celui qu'il libérait sur ses heures de boulot. Il collaborait avec trois sociétés qu'il conseillait sur les questions de contrats et les matières juridiques. Il gagnait bien sa vie mais, ses activités d'enquêteur lui prenant beaucoup trop de temps à son gré, il s'était arrangé pour obtenir son transfert dans un service administratif de la milice où personne ne l'empêcherait de prendre ses week-ends et où il pourrait sortir à six heures tapantes tous les soirs et non à six heures le lendemain matin. Il était parvenu, non sans mal, à convaincre son chef qui lui avait affirmé que son ordre de transfert serait signé dès que son affectation provisoire à la Brigade criminelle prendrait fin par la résolution ou le classement de l'affaire.

Il aurait pu patienter le temps nécessaire si un autre élément n'était pas entré en ligne de compte. Il avait passé un accord avec une des sociétés pour lesquelles il travaillait: il devait prendre ses vacances pour partir en voyage d'affaires dans un pays où son employeur envisageait d'acheter des terrains pour lancer un programme immobilier. Le départ était prévu pour la mi-mai et ses billets déjà prêts puisqu'il avait juré pouvoir se libérer à ce moment. Le problème était qu'il ne pourrait prendre ses congés à la date souhaitée que dans la mesure où il serait déjà à son nouveau poste. L'un des avantages des employés administratifs était la liberté qu'ils avaient de fixer les dates de leurs vacances, alors que les enquêteurs devaient tenir compte des impératifs des affaires en cours. Dans le peu de temps qu'il lui restait, il devait résoudre l'affaire des gosses disparus, obtenir son ordre de transfert, recevoir la convocation à son nouveau poste et poser aussitôt sa demande de congé. Et cela alors qu'avec la fête du Travail et le 9 Mai[1] le début du mois était toujours un véritable gruyère de ponts pendant lesquels rien n'avancerait. En d'autres termes, il n'avait aucune marge de manœuvre.

Or, il ne voulait vraiment pas faire faux bond à la société immobilière.

1. En Russie, la victoire sur l'Allemagne nazie est fêtée le 9 mai et non le 8 comme dans les pays occidentaux.

9

Le général Rounenko n'aimait pas le colonel Gordeïev. Il n'était jamais à l'aise avec lui. Il respectait ses capacités et ne mettait pas en doute son professionnalisme, mais, lorsque cet homme de cinquante ans chauve, rond et trapu franchissait le seuil de son bureau, Rounenko se sentait dans la peau d'un étudiant sur le point de passer un examen. Et il détestait cela depuis l'école primaire. Gordeïev lui apportait toujours des surprises, parfois agréables (comme la résolution rapide et non conventionnelle d'une affaire qui défrayait la chronique), parfois déplaisantes, comme ce jour-là. Or, le colonel ne semblait pas être au courant de l'incident déplaisant qui avait eu lieu le matin même à la conférence de presse hebdomadaire à laquelle participaient les responsables de la direction principale du ministère de l'Intérieur.

Le général avait eu droit à une copieuse engueulade de la part de l'adjoint du ministre. Et Gordeïev était la seule personne capable de lui expliquer comment une telle chose avait pu se produire et ce qu'elle signifiait.

– Viktor Alexeïevitch, commença Rounenko en s'efforçant de parler calmement, dès que son subordonné mit un pied dans son bureau. Pourquoi est-ce que j'ignore tout de cette histoire de garçons juifs ?

Le coup était fort, mais le colonel ne se laissa pas démonter :

– Parce que je n'en sais rien moi-même, répondit-il en regardant le général droit dans les yeux.

– J'espérais que vous pourriez m'en parler, lui renvoya Rounenko en sentant la colère monter en lui. Ce n'est pas très bon lorsque, au cours d'un point de presse, un journaliste pose des questions sur lesquelles les responsables de la Direction ne disposent d'aucune information. Il pourrait croire que nous ne contrôlons pas la situation et que nous ignorons ce qui se passe dans notre ville.

– Je ne comprends pas à quoi vous faites allusion. Il n'y a aucune affaire de garçons juifs dans notre plan de travail, dit fermement Gordeïev.

– Ah non ? s'écria le général. Vous avez le toupet d'affirmer que non ! Alors qui est ce Tcherkassov sur lequel vos gens travaillent si sérieusement qu'ils ont demandé le renfort d'agents pour pouvoir le filer ? Pourquoi essayez-vous de me le cacher ?

– Tcherkassov est un homosexuel que nous soupçonnons d'avoir commis des crimes sexuels graves. Ça n'a aucun rapport avec des garçons juifs. Camarade général, on vous a mal informé.

– Donc, le fait que les victimes de ces crimes sexuels graves soient des garçons juifs est une broutille, selon vous ? Je ne vous comprends pas, colonel. Pourquoi me cachez-vous ces choses ?

– Je vous demande pardon, camarade général, mais rien ne nous permet de lier Tcherkassov à des enfants de familles juives. Tcherkassov est soupçonné – et je répète : seulement soupçonné – de l'enlèvement et du meurtre d'Oleg Boutenko. Or, Boutenko est russe. Je ne comprends pas d'où vient tout le reste.

– Intéressant. Vous ne comprenez pas ? Le journaliste du point de presse prétend que Tcherkassov n'est pas soupçonné du meurtre du seul Boutenko, mais de neuf garçons. Certes, Boutenko est russe, mais les huit autres sont juifs. Vous ne teniez pas à le mentionner ? Vous vouliez brouiller les cartes ? Expliquez-moi ce qui se passe. Pourquoi dissimulez-vous cette affaire à la Direction ? Qu'est-ce qui vous prend ?

Le général avait décompressé et se sentait plus calme. Bien entendu, il était toujours en colère d'avoir dû tenir le rôle de l'imbécile complet qui ignore ce que font ses subordonnés, tant au point de presse qu'un peu plus tard, dans le bureau de son supérieur. Mais il connaissait Gordeïev depuis longtemps. Assez pour savoir qu'il n'était ni négligent ni tête en l'air. Il ne faisait jamais rien qui ne soit mûrement réfléchi et n'était pas du genre à tenir secrètes des informations sans raison.

Il se rendit d'ailleurs compte que ses raisons étaient excellentes dès qu'il eut entendu son histoire. Ce qui comptait pour Tcherkassov était l'apparence physique et c'était pur hasard si la plupart de ses victimes étaient juives. Lorsqu'un type aime les femmes de type turkmène, il draguera ce genre de femmes, même si elles ne sont pas turkmènes. C'était exactement pareil. Mais la médaille avait son revers : désormais, la Direction était au courant de l'affaire et devait prendre des mesures.

– Pourquoi n'avez-vous pas arrêté Tcherkassov ? demanda le général lorsque Gordeïev se tut.

– Il nous faut d'abord trouver l'endroit où il séquestre ses victimes. Sans cela, nous ne pourrons l'inculper que de vol.

– Comment ça ? Vos célèbres détectives ont oublié comment faire parler les prisonniers ? Ils ont perdu leur habileté à mener des interrogatoires ? Toutes les techniques pour les faire craquer ?

Gordeïev supporta sans broncher l'ironie du général. Ce dernier enchaîna :

– Vous attendez peut-être qu'il enlève quelqu'un d'autre pour le prendre en flagrant délit et ne pas avoir à chercher d'autres preuves ? Avez-vous une idée de ce qui risque d'arriver demain ? Les journaux diront que quelqu'un s'en prend à des enfants juifs et que la milice ne fait rien pour arrêter ce cauchemar. Ça, c'est demain. Après-demain n'importe quel politicard accusera les communistes d'être derrière tout ça en rappelant les répressions de Staline contre les Juifs, le « Complot des blouses blanches » et l'antisémitisme de Brejnev. Les communistes, qui n'ont aucun lien avec l'affaire, seront furieux et nous demanderont de confondre leurs accusateurs. Les élections sont pour bientôt et le scandale sera terrifiant. Et vous ne pourrez jamais expliquer pourquoi Tcherkassov est toujours en liberté. Colonel, n'abusez pas de ma patience. Je veux apprendre l'arrestation de ce type d'ici une heure au plus tard. Avant que tout ça ne se transforme en catastrophe. Vous m'entendez ?

– Oui, camarade général, répondit Gordeïev sans se démonter. Mais je voudrais avoir le droit de décider tout seul le meilleur moment pour l'arrêter. Je pense qu'il est trop tôt. Donnez-moi le nom du journaliste qui a eu vent de l'histoire et je ferai de mon mieux pour le persuader d'attendre. Je lui raconterai pourquoi il ne doit pas publier l'info tout de suite.

– Vous êtes fou ? La salle était pleine de journalistes ! s'emporta encore le général. L'un d'entre eux a posé sa question et tous les autres l'ont entendue ! Vous voulez tous les faire taire ? Il n'y a pas à discuter, Viktor Alexeïevitch. Je veux que Tcherkassov soit sous les verrous dans une heure. C'est un ordre.

– Camarade général, je reste sur ma position, dit sèchement Gordeïev. Il faut comprendre que nous parlons de garçons qui sont toujours en vie et qu'il faut retrouver. Je ne fais pas un caprice et je ne cherche pas à vous contredire, mais nous devons faire preuve de bon sens et de compassion. Ces gosses sont sans doute à l'article de la mort, ils ont besoin d'aide et, si Tcherkassov ne nous conduit pas à eux, ils pourraient bien mourir avant que nous ayons le temps de le faire parler.

– Pour autant que je sache, vous n'êtes pas sûrs qu'il séquestre d'autres garçons à l'heure actuelle. Vous ne disposez pas d'une telle information.

– Non, nous n'en sommes pas sûrs, reconnut Gordeïev. Mais nous avons des raisons de le soupçonner. On nous a signalé la disparition de quatre jeunes garçons qui correspondent au profil des victimes de Tcherkassov. Mais nous ne savons pas s'il y est réellement pour quelque chose ou si leur disparition a d'autres causes. Nous y travaillons. Dès que nous serons certains que Tcherkassov ne les détient pas, nous pourrons le coffrer. Et nous trouverons bien des preuves contre lui. Mais je dois être sûr que personne ne souffrira d'une arrestation hâtive.

– Bien, dit le général en serrant les lèvres. On attendra donc jusqu'à demain. Et s'il n'y a rien dans la presse, nous pourrons remettre l'arrestation à après-demain. Mais vous devez être prêt à le coffrer à tout moment. Que quelqu'un vérifie les journaux dès leur parution. Si un seul mot est imprimé sur ces garçons, vous donnez l'ordre. Je sais d'expérience qu'il ne s'écoulera pas plus de quatre-vingt-dix minutes entre la parution de l'article et le coup de fil des plus hautes instances. À ce moment-là, je devrais être capable de dire que l'assassin est sous les verrous. Voilà, c'est tout ce que je peux faire pour vous. Si je n'avais pas un tel respect pour vos capacités professionnelles, je ne ferais pas de telles concessions. Sommes-nous d'accord ?

– D'accord, camarade général, répondit Gordeïev avant de tourner les talons et de se diriger vers la porte.

– Viktor Alexeïevitch ! le rappela Rounenko.

Le colonel fit volte-face.

– Oui, camarade général ?

– Inutile de monter sur vos grands chevaux, ici. Si vous voulez vous mettre en colère, faites-le chez vous, dans votre cuisine. Rompez !

Gordeïev referma la porte si doucement que Rounenko eut l'impression qu'il l'avait fait claquer de toutes ses forces.

*

Assis devant Nastia, le colonel était rouge de colère.

– Quelqu'un a une trop grande gueule. Je sais que ce n'est pas moi et j'espère que ce n'est pas toi. Alors qui ?

– Je réponds de Korotkov et de Selouïanov, dit-elle tout de go. Vous pouvez leur faire confiance comme à vous-même.

– Svalov ?

– Probablement. Il n'y a pas d'autre possibilité.

– Quel idiot ! s'écria Gordeïev hors de lui. Pourquoi

a-t-il fait ça ? Nous lui avions pourtant tout expliqué. Comment a-t-il pu ? Bon, inutile d'épiloguer. Cours au service de presse et demande la liste des journalistes présents à la conférence. Il faut tenter de les convaincre de ne rien divulguer pendant quelques jours, si possible.

Bien sûr, c'était impossible. Trop de journalistes étaient présents au point de presse et il ne fallait pas compter les contacter tous. De plus, beaucoup d'entre eux ne se trouvaient pas dans leurs rédactions et étaient donc injoignables par téléphone.

Gordeïev ne décolérait pas.

– C'est très mauvais. Ça ne peut pas être pire. Mais nous ne devons nous en prendre qu'à nous-mêmes. Nous n'aurions pas dû faire confiance à ce gosse. C'est une bonne chose que Rounenko n'ait pas pensé à la télévision. Il n'a parlé que de la presse écrite, qui ne sera en vente que demain matin. Mais il y a des programmes télévisés consacrés aux affaires policières et on peut s'attendre à voir l'affaire abordée dès ce soir. Qu'ils soient tous damnés avec leur soif de scandales ! Tout ce qu'ils veulent, c'est des scoops pour vendre leurs torchons ou faire grimper l'audimat. Le reste, ils s'en foutent ! Il n'y a rien à faire. S'il faut arrêter Tcherkassov cette nuit, nous le ferons. Je donnerai l'ordre. Et toi, ma chère, va trouver le journaliste qui a posé la question ce matin. Il en sait plus que les autres et cet imbécile de Svalov a pu lui dire des choses qu'il n'a pas encore mentionnées. Tu comprends ?

Cette fois, Nastia eut de la chance. Elle ne mit que deux heures à retrouver Guivi Simeonovitch Lipartia, journaliste d'un hebdo populaire. Il terminait un article pour l'édition qui devait paraître le lendemain. Il ne fit preuve d'aucune compréhension à son égard et se montra même hostile et condescendant.

– Pouvez-vous me dire comment vous avez entendu parler de l'affaire Tcherkassov ? commença Nastia.

À l'air qu'il prit, elle sentit ce qu'allait être sa réponse.

– J'imagine que si je vous demandais de me dévoiler vos informateurs, vous ne me répondriez pas non plus.

Les choses étaient claires : elle faisait son travail, et lui le sien. Et leurs intérêts ne coïncidaient pas. Il se tenait assis devant elle, élégant et hautain, la regardant avec froideur de ses grands yeux noirs, comme ceux qu'on voit sur les toiles de Pirosmani, le peintre géorgien. Lipartia était beau et le savait. Et la jeune femme terne et mal fagotée qui lui rendait visite était incapable de lui inspirer autre chose que de la surprise et une certaine irritation pour avoir interrompu son travail.

– Guivi Simeonovitch, il n'y a aucun intérêt à introduire des mystères là où il n'y en a pas. Guennadi Svalov vous a parlé en violant l'interdiction formelle de secret auquel il est soumis. Il a transgressé les règles et en subira les conséquences. Mais je vous ai demandé de me recevoir parce que nous avons de très sérieuses raisons pour que l'affaire Tcherkassov ne soit pas portée tout de suite à la connaissance du public. Vous êtes journaliste et vous savez quelles peuvent être les conséquences qu'il y aurait à faire éclater sans fondement un scandale pareil.

– Je ne crois pas que ça soit sans fondement. La mort de garçons juifs me semble un point de départ suffisant. Vous ne pensez pas ?

– Non, je ne le pense pas, dit-elle fermement. Si vous examinez les statistiques, vous remarquerez que des garçons de toutes les nationalités disparaissent. Mais je constate que la mort de dix Tchétchènes, de dix Arméniens ou de dix Tatars ne vous incite pas à prendre votre stylo. Pourquoi le faire dès qu'il s'agit de Juifs ? Ont-ils quelque chose de particulier ? Ou bien est-ce parce que ça vous donne l'occasion d'exploiter la douloureuse question juive ?

– Vous ne parviendrez pas à m'insulter. Et ne changez pas de sujet, s'il vous plaît. Nous ne parlons pas de statistiques sur les garçons juifs victimes de criminels, mais d'un maniaque qui les tue. Si j'avais appris que votre Tcherkassov enlève, viole et tue des Arméniens ou des Tatars, ma réaction aurait été la même.

– Je n'ai pas cette impression. Si c'étaient des Tatars ou des Russes, vous laisseriez tomber parce que c'est banal. Ce qui compte pour vous, c'est qu'ils sont juifs. Avec ça, vous pouvez maintenir la pression et publier une série entière d'articles. Le problème est que vos actions inconsidérées vont nous forcer à arrêter le criminel dès aujourd'hui, bien que nous n'ayons pas beaucoup de preuves contre lui. Demain, dès que Tcherkassov aura lu la presse, il tentera de s'échapper et d'effacer toutes les traces. N'oubliez pas qu'il séquestre des garçons quelque part et que ceux-ci risquent de mourir si nous ne trouvons pas l'endroit après son arrestation. C'est pour ça qu'il est toujours sous filature. Nous espérons qu'il nous conduise à sa cachette. Si quelque chose arrive à ces garçons, vous l'aurez sur la conscience, Guivi Simeonovitch. Vous et Svalov.

– Vous autres de la milice, vous aimez bien vous défausser de votre responsabilité, répliqua Lipartia avec un petit sourire satisfait. Vous oubliez que Tcherkassov tue des garçons juifs depuis huit mois et que personne ne l'a appréhendé. La faute à qui ? La mienne aussi ? Qu'a fait notre glorieuse milice pendant ces huit mois ? Pourquoi ne l'avez-vous pas arrêté ? Pourquoi l'avez-vous laissé détruire neuf vies ?

Nastia se rendit compte que c'était sans espoir. Il ne l'entendait pas. Il ne voulait pas l'entendre. Il s'écoutait parler. Cela la mit hors d'elle.

– Guivi Simeonovitch, puis-je vous poser une tout autre question ?

– Je vous en prie.

– En quelle année avez-vous terminé vos études secondaires ?

– En quoi cela vous intéresse-t-il ?

– S'il vous plaît, dites-le-moi si cela ne vous fait rien.

– En soixante-quatorze.

– Et ensuite, qu'avez-vous fait ? L'armée ? L'université ?

– L'université. Je ne comprends pas à quoi rime cet interrogatoire.

– Franchement, moi non plus, répondit Nastia en arborant son plus beau sourire. Mais je suis prête à parier que vous étiez un activiste des Jeunesses communistes à l'école et un membre du bureau de votre section du Parti à l'université. J'ai raison ?

– Eh bien… Oui. Comment l'avez-vous deviné ?

– À votre manière de parler. Vous ne tenez pas compte des arguments de votre interlocuteur. Votre but est de défendre votre position. Et si vous êtes incapable de le faire, vous utilisez des accusations démagogiques qui n'ont aucun rapport avec le sujet, mais qui forcent votre adversaire à se justifier. Les vieux trucs des mauvais apparatchiks : « Ah ! Vous ne pouvez pas participer au soubbotnik[1] parce que vos enfants sont malades et qu'il n'y a personne pour s'occuper d'eux ? Mais savez-vous que les enfants crèvent de faim en Corée ? » Ce genre de choses. Merci de m'avoir accordé un peu de votre temps. Bonne fin de journée.

Une fois dans la rue, elle s'en voulut d'avoir perdu son sang-froid. Elle aurait dû éviter de se montrer impolie. Maintenant, il n'allait pas manquer de ponctuer ses articles de réflexions sur la grossièreté et l'arrogance des flics, en particulier des femmes. Au diable !

*

Le soir même, Tcherkassov fut conduit à la Petrovka. L'arrestation se déroula en douceur. Elle avait été bien préparée et Tcherkassov n'opposa pas de résistance. D'ailleurs, il n'avait pas d'arme. Lorsqu'elle en fut informée, Nastia sentit qu'il y avait un problème. Lorsqu'un homme soupçonné de meurtres en série accepte de se rendre sans faire d'histoires, c'est que quelque chose ne va pas.

Korotkov et Selouïanov se chargèrent de l'interrogatoire. Nastia resta dans son bureau à attendre les résultats. Gordeïev ne rentra pas chez lui non plus, bien qu'il fût neuf heures passées. Les policiers qui perquisitionnaient l'appartement de Tcherkassov appelèrent :

1. En URSS, le samedi le plus proche de l'anniversaire de la naissance de Lénine était une journée de travail (en théorie « volontaire » mais pratiquement obligatoire) que les travailleurs « offraient » à l'État.

– Toutes les cassettes vidéo sont là. Nous avons trouvé deux paquets de cigarettes pleins de marijuana. Un peu de cocaïne. Rien d'autre.

– Pas de méthamphétamine ? demanda Nastia avec inquiétude.

Les neuf garçons étaient morts d'une overdose de méthamphétamine.

– Non, rien que de la marijuana et de la coke. Nous avons aussi trouvé un journal intime avec toute sorte de descriptions sexuelles.

C'est mieux, pensa-t-elle. Si le type notait tout dans son journal, ils auraient peut-être une chance de trouver l'endroit. Korotkov et Selouïanov travaillèrent le suspect pendant deux heures, mais n'obtinrent rien de particulier. Il voulait bien avouer le vol des cassettes, mais pas le reste.

À onze heures, Gordeïev poussa la porte du bureau de Nastia. Il semblait fatigué et bouleversé.

– Rentre chez toi, fillette, lui ordonna-t-il. Il est tard. Tu reprendras demain. J'ai le sentiment qu'il ne va rien nous dire cette nuit. Nous allons l'envoyer dormir en cellule, ça nous permettra de prendre un peu de repos pour aborder la journée de demain. Ces derniers jours nous ont minés, c'est pour cela que nous n'avançons pas convenablement.

– On va bientôt nous apporter son journal, protesta Nastia. Il doit contenir ce dont nous avons besoin. Je veux l'examiner moi-même.

– Tu le liras demain. Il faut apprendre à être patiente et à remettre certaines choses à plus tard. C'est très utile. Allez, allez ! Rentre vite. Et appelle ton mari pour qu'il t'attende au métro.

– Ce n'est pas la peine, Viktor Alexeïevitch. Je peux rentrer toute seule. Il ne va rien se passer.

– Il sera plus de minuit quand tu arriveras à Chtcholkovskaïa. Appelle-le tout de suite, que je t'entende. J'ai assez de problèmes comme ça. Je ne tiens pas, en plus, à me faire du mauvais sang pour toi. Appelle tout de suite.

Elle soupira et décrocha le combiné.

*

Nastia dormit très mal et, à six heures, décida qu'il était inutile de rester plus longtemps au lit, ce qui ne lui ressemblait guère : elle avait toujours du mal à se lever.

Elle s'efforça de ne pas faire de bruit pour ne pas réveiller son mari qui dormait paisiblement, puis elle prit une douche, se fit un café et commença à s'habiller. Malgré tous les efforts qu'elle faisait, Liocha ouvrit un œil et tendit la main pour ramasser le réveil par terre et regarder l'heure.

– Où vas-tu à cette heure-ci ? gémit-il.

– Au boulot, Liocha. Ne rien savoir me rend folle. Nous avons arrêté notre suspect. Je veux savoir ce qu'il a dit.

– Je vois. Hier, ils en ont parlé, à la télé. Dans le genre : le maniaque est toujours libre. Que fait la milice ? Vous pouvez les poursuivre pour diffamation et gagner plein d'argent.

– Si ça ne tenait qu'à moi, ce n'est pas de l'argent que je leur arracherais, mais les yeux ! s'écria-t-elle furieuse. Ces journaleux ont bousillé notre enquête. Ils nous détestent. Ils se passeraient de manger pour pouvoir écrire à quel point nous sommes mauvais, paresseux et incapables… Chéri, il faut que j'y aille.

En général, lorsque Nastia partait travailler, les rames du métro étaient bondées. Habituée aux heures de pointe, elle ne prêtait pas attention à la cohue. Mais ce matin-là, il y avait de la place à revendre dans les voitures. Nastia s'installa dans un coin et se mit à parcourir les journaux qu'elle avait achetés dans un des couloirs. Tous mentionnaient l'affaire. Aucun n'avait jugé bon de la passer sous silence. Les articles ne différaient que par la manière d'aborder la question. Mais ils citaient tous le nom de Tcherkassov. Nastia ne parvenait pas à comprendre comment ces journalistes pouvaient à ce point manquer de professionnalisme. Ils publiaient des informations non vérifiées, sans s'inquiéter de la crédibilité ou des motivations de la source et sans même mettre en question leur véracité. Or elles pouvaient se révéler non seulement fausses, mais encore calomnieuses. Et la calomnie était un délit. Et si les accusations contre Tcherkassov n'étaient pas fondées ? Et s'il n'avait aucun rapport avec les gosses morts ? Le cambriolage serait la seule chose qu'on lui reprocherait. Il pourrait alors poursuivre les journaux pour l'avoir désigné à la vindicte populaire comme un tueur en série. Pourquoi pas ? C'était une bonne idée. S'il était condamné à une peine de camp, il aurait tout le temps nécessaire pour intenter des procès aux journaux et demander des dommages et intérêts. De leur côté, les journalistes se défausseraient sur Svalov en expliquant qu'il appartenait à la milice et qu'ils n'avaient aucune raison de ne pas le croire : ils n'avaient imprimé que ses affirmations. Svalov, lui, nierait tout en bloc. Ou prétendrait que Gordeïev et Kamenskaïa l'avaient induit en erreur en lui présentant Tcherkassov comme coupable.

Mais tout cela n'était que des rêves. Le suspect ne poursuivrait personne devant les tribunaux : les journaux n'avaient fait qu'imprimer la vérité. C'était bien un meurtrier en série avec neuf vies sur la conscience.

Et peut-être plus.

*

Nastia Kamenskaïa avait commencé à travailler dans la milice à vingt-deux ans, tout de suite après la fac de droit. Elle allait avoir trente-six ans dans deux mois et ne manquait pas d'expérience. Elle avait fait des erreurs et connu des défaites qui avaient été pour elle autant d'amères déceptions. Elle avait eu son lot de satisfactions et de succès aussi. Mais elle n'avait pas encore rencontré d'affaire qui ressemble de près ou de loin à celle de Tcherkassov. Souvent, après l'arrestation d'un suspect, de nouveaux détails apparaissaient pour changer l'image du crime. Les découvertes les plus inattendues pouvaient se produire. Mais là…

Jamais au cours de ses quatorze années de service elle ne s'était trouvée dans une situation où, après la mise sous les verrous d'un coupable présumé, il était apparu que l'affaire ne se présentait pas du tout comme elle le pensait. Bien sûr, l'image qu'elle se forgeait au cours des enquêtes ne coïncidait jamais complètement avec la réalité. Il y avait toujours des différences, parfois importantes. Mais jamais à ce point !

Après avoir admis le vol des cassettes dès le début de son interrogatoire, Tcherkassov avait refusé de parler d'autre chose pendant un long moment. À l'heure où Nastia arriva à la Petrovka, Korotkov avait déjà repris l'interrogatoire. Jusqu'à onze heures il n'avait rien obtenu du suspect. Un tel mutisme ne manquait pas d'être surprenant de la part d'un homme qui n'avait aucune expérience des méthodes de la milice. Tcherkassov n'était pas le moins du monde honteux de son orientation sexuelle et refusait calmement mais fermement d'en discuter. La loi contre l'homosexualité avait été abolie et, Dieu merci, il n'avait jamais forcé quelqu'un à avoir des rapports avec lui.

Les choses basculèrent au moment où Korotkov s'y attendait le moins.

– Ce visage vous dit-il quelque chose ? demanda l'enquêteur en poussant devant Tcherkassov une photo extraite d'un film avec le bel acteur brun aux yeux noirs en gros plan.

– Oui, répondit Tcherkassov. C'est un acteur italien que j'aime beaucoup. J'ai déjà reconnu avoir volé les cassettes des films dans lesquels il joue.

– Et cet autre visage ?

Cette fois Korotkov lui montra une photo de l'une des victimes : Oleg Boutenko. Tcherkassov poussa un profond soupir tandis que ses joues s'empourpraient. Il se rejeta en arrière sur sa chaise et agrippa ses genoux.

– Je le connaissais. C'était un accident.

– Vous voulez bien m'en parler, demanda le flic en se préparant à essuyer une première salve de mensonges.

– Oleg était corrompu jusqu'à la moelle. Quand je l'ai rencontré, il dealait. Et consommait. Il a habité chez moi. Il ne voulait pas rentrer chez ses parents et restait dans mon appartement pour ne pas risquer de rencontrer certains gars avec qui il avait des problèmes. En plus, ses parents avaient signalé sa disparition à la milice et on le cherchait partout. Il a passé trois mois comme ça. Un jour, en rentrant, je l'ai trouvé mort. Il se shootait en expérimentant différentes drogues, en changeant les doses et faisant des mélanges. Il avait fait une overdose. Que pouvais-je faire ? Qui me croirait lorsque j'expliquerais qu'il était venu chez moi de son plein gré et qu'il était heureux avec moi ? Quand j'ai vu que je ne pouvais rien faire, j'ai transporté le corps à l'extérieur de la ville.

– Dites-moi, Mikhaïl Efimovitch, d'où Oleg sortait-il les drogues ? Vous les lui apportiez ?

– Oh, non ! Il utilisait des doses tellement importantes que je n'aurais jamais pu lui en fournir pour plus de deux jours. Je n'ai pas beaucoup d'argent, vous savez. Il avait tout apporté avec lui. Je ne sais pas comment il était parvenu à en rassembler de telles quantités. Je crois qu'il avait des problèmes avec son revendeur. Il avait dû garder pour lui toute une cargaison et c'est pour ça qu'il se planquait. J'ignore les détails. Il ne m'en a pas parlé.

– Au moment de sa mort, Boutenko avait-il épuisé toutes ses drogues, ou bien lui en restait-il ?

– Il avait consommé toutes les drogues chères.

– Et les bon marché ?

– Vous savez, je doute qu'on puisse les qualifier de « bon marché ». Il y avait deux paquets de marijuana. Oleg ne fumait pas d'herbe : il disait que c'était pour les débutants. Et il restait un peu de cocaïne. En fait, il avait beaucoup de coke. Vous savez certainement pourquoi.

– Et pourquoi donc ? demanda Korotkov.

– La coke est fréquemment utilisée pour accroître les capacités sexuelles. La clientèle d'Oleg était essentiellement composée d'obsédés. Le sexe est un commerce dans lequel Oleg évoluait depuis très longtemps.

– Avez-vous été son premier partenaire ?

Cette idée fit sourire Tcherkassov.

– Bien sûr que non ! Il a commencé à se prostituer à douze ans. Je vous ai dit qu'il était pourri jusqu'à la moelle.

– Bon. Avançons. Comment vous êtes-vous procuré la méthamphétamine ?

– Pardon ? dit le suspect en levant la tête pour jeter un regard perplexe à Korotkov.

– Je vous demande comment vous avez obtenu la méthamphétamine. Où vous l'êtes-vous procurée, puisque vous prétendez qu'après la mort d'Oleg tout ce qui restait était du shit et de la coke.

– Je n'en ai jamais eu. Jamais. Je ne comprends pas. Oleg se servait de cette saloperie, mais il n'en restait pas après sa mort.

– Vous êtes certain de ne pas posséder de méthamphétamine ?

– Sûr et certain. Mais peut-être qu'Oleg en avait caché dans mon appartement. Vous en avez trouvé quelque part ? Vous pouvez me croire ! s'enflamma-t-il soudain. Je n'en savais rien. Je le jure.

En réalité, il n'y avait pas la moindre trace de méthamphétamine dans l'appartement. Les experts étaient formels. Or c'était avec ça que Boutenko et les huit autres victimes avaient eu leur overdose.

Manquant d'éléments, Korotkov préféra ne pas insister sur ce point.

– Poursuivons, Mikhaïl Efimovitch. Parlez-moi du suivant.

– Après Oleg ? Vous voulez dire qui j'ai rencontré ?

– Par exemple, dit l'enquêteur en hochant la tête. Votre partenaire suivant s'est aussi installé chez vous ?

– Non, après la mort d'Oleg personne n'a vécu avec moi.

– Et avant ?

– Que voulez-vous dire ?

Le menton de Tcherkassov se souleva de nouveau et son regard trahit la même perplexité que précédemment.

– Une troisième personne habitait peut-être chez vous en même temps qu'Oleg… Ou encore plus…

– Vous êtes fou ! Même si mon orientation sexuelle ne vous plaît pas, ça ne vous donne pas le droit de m'insulter et de faire de moi un tenancier de bordel. J'étais très attaché à Oleg. Je l'aimais, si cela signifie quelque chose pour vous. Voilà pourquoi je n'ai installé personne dans l'appartement après sa mort.

Korotkov le laissa retourner en cellule pour le déjeuner et passa chez Nastia qui lisait le journal du suspect avec un étonnement qui se renforçait au fil des pages.

– Alors ? demanda-t-il en prenant la tasse de café qu'elle lui tendait et en en avalant une bonne lampée. As-tu trouvé quelque chose que je pourrais lui sortir tout à l'heure ?

– Non, Iouri, reconnut-elle avec une certaine confusion. A-t-il admis quelque chose en plus du vol ?

– Seulement la mort de Boutenko. Et il jure que c'était une overdose accidentelle. Le gosse se serait tué tout seul et aurait habité chez lui de son plein gré parce qu'il se cachait de dealers qu'il aurait escroqués. Qu'est-ce qu'il y a dans le journal ?

– Écoute plutôt.

Elle prit le cahier de Tcherkassov et lut :

Je l'adore. C'est une combinaison stupéfiante entre la beauté physique qui me rend fou et une incroyable perversité dans le vice et le péché. Je peux pleurer de joie en regardant sa peau sombre, ses grands yeux luisants, ses longs cils recourbés et ses épais cheveux bouclés. Le nez droit, les lèvres fines, le menton arrondi : une beauté biblique qui exhale la sexualité naturelle que la civilisation a inhibée. Il semble impensable de toucher une telle beauté, de la souiller. Je pourrais l'aimer de loin, mais sa corruption m'excite et l'avidité avec laquelle il exige tous les plaisirs ressemble à celle d'un enfant devant des sucreries. Il aime le sexe parce qu'il y prend du plaisir. Quelle chance de l'avoir rencontré ! Aucune femme dotée d'une telle beauté et d'une telle sexualité ne pourrait rester pure. Il y a un mystère éternel dans le fait que la nature a donné aux hommes la capacité de conserver leur pureté quelle que soit la boue qu'ils traversent. Mais la boue s'accroche aux femmes. Elles sont sales dès leur enfance.

Nastia resta un moment silencieuse avant de conclure :

– J'ai l'impression qu'il l'aimait vraiment.

– Et les autres ? Il les aimait aussi ?

– Il n'y en a pas, Iouri. C'est ça le plus étrange. Il tient ce journal depuis longtemps. Il a noté beaucoup de choses sur sa vie intime. Il a eu des partenaires avant et après Boutenko, mais il ne parle de personne d'autre comme ça. Ce qui me fait dire que, si Boutenko est l'un des neuf, pourquoi est-il mentionné dans le journal et pas les autres ? En quoi est-il différent ?

– Peut-être par la volonté de dissimuler ses crimes, suggéra Korotkov. Si la mort de Boutenko était accidentelle, elle ne présente aucun danger pour Tcherkassov. En revanche, s'il a tué les autres, il ne se confiera à personne, même pas à son journal.

– Ça n'a pas de sens ! s'écria Nastia en abattant son poing sur le journal tellement elle était frustrée. S'il aimait tant son Oleg, s'il l'adorait, s'il l'idolâtrait, que cherchait-il chez les autres gosses ? Trois d'entre eux sont morts avant Boutenko. Je ne pige pas.

– Nastia, tu as dit toi-même que ce type est un maniaque. Il n'y a rien à piger. Sa logique est différente de la nôtre.

– Non, Iouri. Nous avons fait erreur. Ce type n'est pas un maniaque. Il est amoral, c'est vrai, parce qu'il a permis à son petit ami de rester chez lui alors qu'il savait que ses parents le cherchaient et se faisaient un sang d'encre. Et ça simplement parce que ce garçon avait un cul plus mignon que les autres. Tcherkassov est certainement un être malheureux et pathétique qui aime tellement l'apparence physique de son amant qu'il a commis ce cambriolage stupide. Mais ce n'est pas un maniaque. Son journal ne contient aucune allusion criminelle ou morbide.

– Justement, ce cambriolage ne constitue-t-il pas une claire indication de sa folie ?

– En fait, je pense exactement le contraire. Il ne pouvait se permettre d'acheter les quatorze cassettes, qui étaient trop chères. Il ne gagne pas beaucoup d'argent, même en travaillant la nuit et les week-ends. Tu te souviens du type qui expliquait que Micha ne refuse jamais un travail, même si on le réveille en pleine nuit ? Il tente de gagner le plus possible, mais légalement. Il a besoin d'argent pour ses partenaires : vêtements, cadeaux, liquide, etc. Il ne doit pas lui en rester beaucoup pour les dépenses courantes. Son appartement est pauvrement meublé et sa garde-robe n'est pas extravagante. Il ne pouvait pas se payer les cassettes, mais il voulait voir cet acteur. Passionnément. Peut-être n'est-il capable de réagir qu'à cette apparence physique. Je ne sais pas, Iouri. Le doute me ronge. Plus j'y pense, plus je suis certaine que ce n'est pas lui.

– Pas lui qui quoi ?

– Pas lui qui a enlevé les garçons.

– Qui alors ?

– Comment le saurais-je ? dit-elle en haussant les épaules. Quelqu'un d'autre. Les faits ne correspondent pas à ce que nous pensions.

– Tu es sûre ?

– Non. Je n'y comprends rien et je ne peux être sûre de rien. Rien ne colle.

– Ne t'en fais pas, Nastia. Il ment pour tenter de s'en sortir. Kolia et moi, nous le ferons craquer, tu verras.

– Je l'espère, mais j'ai un mauvais pressentiment.

– Le diable t'emporte ! À propos... tu as quelque chose à manger ? J'ai une faim d'enfer.

– Tu veux quelques biscuits ?

– « Quelques » ? Des tonnes, oui ! Et si tu étais vraiment une copine, tu me ferais un bon café.

Nastia brancha la bouilloire et sortit d'un tiroir une grande boîte ronde de biscuits. Elle enviait l'optimisme de son collègue tout en comprenant bien, avec déplaisir, qu'elle était à l'origine de ses certitudes sur la culpabilité de Tcherkassov. Bien qu'elle fasse autant d'erreurs que les autres, Korotkov avait une confiance excessive dans les résultats de ses raisonnements logiques. Il oubliait tout de suite les fausses pistes pour ne retenir que les fois où elle avait eu raison. Dès lors que Kamenskaïa avait décrété que Tcherkassov était le maniaque, il ne pouvait en être autrement et le faire avouer n'était plus qu'une question de temps. Quant aux doutes soudains de Nastia, Korotkov les tenait pour une manifestation anodine d'indécision.

Tcherkassov était coupable et il ne restait plus qu'à le démontrer.

– Tu sais à quoi je pense ? reprit Nastia en lui tendant une tasse de café chaud. S'il s'avère que Tcherkassov est innocent, nous pouvons l'utiliser. Puisque les journalistes nous ont forcé la main en nous obligeant à l'arrêter, nous pourrons faire croire au vrai tueur que l'enquête est arrêtée puisque nous croyons avoir capturé le coupable. Ça pourrait le conduire à se montrer moins prudent et à commettre des erreurs.

– C'est futé, reconnut Korotkov. À propos des journalistes… tu as parlé à Svalov ?

– Non. À quoi bon ?

– Comment ça ? Pour qu'il nous dise pourquoi il a tout lâché à ce Lipartia. Pour lui arracher la tête avant que notre colère ne diminue.

– Ça ne servirait à rien, Iouri, le contredit Nastia en riant. Ce serait comme d'expliquer à un tueur qu'il ne faut pas tuer. Que c'est mal. Tu crois que le tueur ne sait pas faire la différence entre le bien et le mal ? Bien sûr qu'il le sait. Mais au moment de prendre sa décision le besoin de tuer est plus fort que le désir de rester bon et de respecter la loi. Svalov sait très bien qu'il a commis un acte méprisable. Mais il avait ses raisons. Lui faire la leçon ne résoudra pas nos problèmes. Alors, à quoi bon perdre notre temps ? Il a été renvoyé du groupe et ça n'a pas l'air de beaucoup le traumatiser. Au contraire, il a résolu son problème : se débarrasser de nous.

– Mais pourquoi a-t-il agi comme ça ? Tu as une idée ?

– Non, mais je le devine. Notre affaire se dressait en travers de sa route. Tu as vu sa voiture ? Tu as vu le temps qu'il passe en communications sur son portable et la teneur de ses conversations ? Ce qui l'intéresse, c'est de se faire du fric, pas d'arrêter des criminels. Et nous avons le toupet de le tenir sur la brèche pendant ses congés ! Il a décidé de résoudre l'affaire le plus vite possible pour que nous le lâchions. Que risquait-il ? Il n'avait qu'à nier tout en bloc. Au pire des cas, si Lipartia dévoilait ses sources, il pourrait toujours prétendre être tombé dans un piège :

« Il m'a fait boire et je ne me souviens de rien, mais je suis terriblement confus et désolé et je ne recommencerai plus. » Pour tout châtiment, il sera muté à un poste administratif, ce qui est exactement ce à quoi il aspire. Ça lui laissera beaucoup plus de temps pour s'occuper de ses affaires. Et voilà tout.

– Il n'en reste pas moins un salaud, dit Korotkov avec obstination.

– Là, je n'ai rien à dire, acquiesça Nastia dans un soupir.

*

L'arrestation de Mikhaïl Tcherkassov facilitait le travail des enquêteurs : ils n'avaient plus à se soucier de ne pas être remarqués. Et plus ils recueillaient d'informations, plus Nastia était persuadée que ce n'était pas le tueur. Au bout de trois jours de garde à vue, au moment de décider s'il fallait l'inculper ou le relâcher, Nastia s'était forgé une certitude.

L'affaire Tcherkassov avait été confiée au juge d'instruction Konstantin Olchanski. Pour lui, qui avait étudié le dossier après l'arrestation du suspect, la question de sa culpabilité ne se posait pas de la même manière que pour les enquêteurs qui avaient tant peiné à identifier celui qu'ils tenaient pour le criminel. Il était aussi difficile à Iouri Korotkov d'admettre l'idée que Tcherkassov était innocent qu'à Olchanski de considérer qu'il était coupable dans la mesure où aucun élément ne le liait à huit des neufs garçons manquants. De plus, malgré la haute opinion qu'il se faisait d'Anastasia Kamenskaïa, il n'avait pas en elle la même foi aveugle que Korotkov.

– Tu ne te serais pas laissé emporter par ton raisonnement, Kamenskaïa ? lui demanda-t-il dès qu'elle eut franchi le seuil de son bureau au Parquet. Il n'y a peut-être aucun tueur en série de garçons juifs, mais des meurtres sans lien direct entre eux.

– Konstantin Mikhaïlovitch, je crois que vous avez à la fois tort et raison. L'« affaire des garçons juifs » n'existe pas.

Je suis d'accord avec vous. Mais il ne fait pas de doute que les enlèvements et les meurtres portent la même signature. Quelque chose nous échappe. La clé de tout. Regardez.

Elle déposa sur le bureau du magistrat un dossier et en sortit une brassée de photos qu'elle étala devant lui : les neuf gosses retrouvés morts et l'acteur italien dont Tcherkassov était amoureux.

– Notre suspect a avoué le vol et l'histoire de Boutenko. L'acteur et l'adolescent se ressemblent comme deux gouttes d'eau. En plus, nous sommes au courant d'une autre aventure entre Tcherkassov et un jeune homme qui leur ressemble. Il est clair qu'il éprouve une vive attirance pour ce type d'hommes. Et à mon avis, c'est plus près de l'obsession que de la simple attirance. Est-il possible de croire qu'il existe au même moment et dans la même ville un autre homosexuel qui éprouve une attraction morbide pour ce genre de garçons ? Sans compter que les autres victimes mortes d'overdose utilisaient la même drogue que Boutenko. Comment croire pareille chose ?

– Je suis prêt à admettre n'importe quoi, plaisanta Olchanski. Je suis comme le Père Brown de Chesterton. Tu te souviens ? Lorsqu'on lui demandait comment il pouvait deviner les actes du criminel, il répondait qu'il fallait se mettre dans sa peau, apprendre à penser comme lui et à lui ressembler. En d'autres termes, devenir aussi immoral et coupable que lui. Mais un prêtre, qui doit être par définition un modèle de moralité, de bonté et de pureté, en était-il capable ? Le Père Brown affirmait qu'il pouvait le faire. Il en avait la force. Et je suis comme lui. Je peux faire l'impossible. Je n'ai pas assez d'éléments pour décider d'une inculpation. Il n'y a aucune preuve. Tu veux que je l'arrête pour le cambriolage ? Là au moins, nous avons ses aveux. Mais je ne peux pas garantir qu'il restera en prison. Ce n'est pas une affaire très importante. Le coupable a reconnu les faits, les cassettes peuvent être restituées au propriétaire, il n'y a pas de conséquences graves. Pour le garder en préventive jusqu'au procès, il faudrait mentir au procureur et perdre beaucoup de temps à le convaincre. C'est humiliant et je n'aime pas ça.

– Alors… ? Nous ne pouvons pas le relâcher. S'il était coupable malgré tout, il est clair qu'on ne peut pas lui permettre de recommencer. Et s'il ne l'est pas, alors le vrai criminel saura que nous n'avons pas fermé l'enquête et sera de nouveau sur ses gardes. En plus, tant que nous détenons Tcherkassov, il ne peut pas continuer ses méfaits.

– Et pourquoi donc ?

– Parce que, tant que Tcherkassov est en cellule, notre criminel hypothétique ne peut commettre un seul crime sans se trahir. S'il enlève quelqu'un ou si l'on retrouve un cadavre qui ressemble aux précédentes victimes, nous comprendrons tout de suite que nous avons arrêté un innocent. Vous voyez ? Donc, tant que nous gardons Tcherkassov, nous avons une forte chance de ne pas voir apparaître de nouvelles victimes. S'il détient des prisonniers, le maniaque est bien obligé de s'en occuper. Et il n'osera pas en ajouter de nouveaux. Sans même parler de ce que la presse dira contre nous si on apprend que nous l'avons relâché. Les journaux sont certains qu'il est coupable de l'enlèvement et du meurtre des garçons juifs. Comme nous sommes incapables de les convaincre du contraire, ils nous traîneront dans la boue dès qu'il aura fait un pas dehors. Et nous ne pourrons pas nous défendre parce que, si nous voulons arrêter le vrai maniaque, il nous est impossible d'annoncer publiquement que Tcherkassov est innocent.

– Mais qui va leur dire qu'il a été relâché ? Certainement pas nous.

– Tcherkassov le fera lui-même. Il estime avoir été injustement accusé et, dès qu'il sera libre, il se précipitera dans les rédactions pour obtenir leur rétractation. Et il aura raison, vous savez.

– Je comprends.

Olchanski se leva de son fauteuil et prit son imperméable dans la penderie. Nastia le connaissait depuis des années et ne parvenait toujours pas à comprendre comment ce bel homme mince pouvait ressembler à un empoté. Au moins, il avait changé la monture de ses lunettes pour remplacer celle qu'il avait réparée avec du ruban adhésif et qui le faisait ressembler à un comptable à la retraite dans les films soviétiques de l'après-guerre.

– Allons-y, je vais lui parler moi-même, dit-il en boutonnant son pardessus. Il faut le persuader de ne rien dire.

À la Petrovka, Nastia voulut laisser son bureau au juge d'instruction et aller travailler dans la salle des ordinateurs, mais Olchanski lui dit de rester.

– C'est après vous qu'il en a, lui expliqua-t-il crûment. Moi, je n'y suis pour rien et je ne vais pas lui présenter des excuses à votre place.

Tcherkassov semblait épuisé, mais il était calme et même impassible. Nastia ne l'aimait pas, mais elle ressentait pour lui quelque chose qui s'apparentait à du respect. L'homme avait subi tant d'humiliations et d'insultes tout au long de sa vie en raison de ses préférences sexuelles qu'il avait développé l'aptitude à garder son sang-froid et à rester digne dans n'importe quelle situation.

– Mikhaïl Efimovitch, commença Olchanski. Ce soir, les soixante-douze heures de garde à vue expirent et je dois prendre la décision de vous inculper ou de vous laisser repartir. Pour ça, je dois avoir une discussion avec vous, vous poser toute une série de questions et enregistrer vos réponses.

– Quelles sont les charges ? demanda Tcherkassov. Le vol ou autre chose ?

– Pour le moment, seulement le vol, répondit Olchanski prudemment. Mais il y a des choses que vous devez savoir.

– Quelles choses ?

– On vous soupçonne d'une série de crimes très graves.

– Mon Dieu, je me suis déjà expliqué.

– Oui, je sais. Le code pénal ne me permet pas de vous inculper pour avoir laissé Oleg Boutenko se cacher de ses parents et utiliser des narcotiques dans la mesure où il venait d'atteindre l'âge légal. C'est une affaire entre vous et votre conscience. En fait, c'est d'une affaire différente, bien que liée, que je veux vous parler. Après Boutenko, huit autres garçons et jeunes hommes ont disparu dans les mêmes circonstances. Et ils sont morts d'une overdose de la même drogue. Vous devez admettre que nous avons quelques raisons de soupçonner votre implication dans ces affaires. D'autant que le médecin légiste a établi que toutes les victimes étaient des homosexuels. Ainsi, Mikhaïl Efimovitch, nous avons non seulement l'histoire de vos rapports avec Oleg Boutenko, mais huit autres affaires identiques. Et toutes sont liées par votre attirance apparemment incontrôlable pour des hommes qui présentent les mêmes caractéristiques physiques. Comme Slava Dorochevitch, le frère de votre ex-femme, Oleg Boutenko ou cet acteur italien qui figure dans les cassettes que vous avez volées.

– Je ne vois pas le rapport, répondit Tcherkassov sans se départir de son calme.

En l'observant, Nastia se rendait compte que la tournure que prenait la conversation ne l'inquiétait pas le moins du monde. Il suivait le raisonnement du juge d'instruction en s'efforçant, sans succès, de le comprendre. Il ne voyait vraiment pas où Olchanski voulait en venir.

– Vous ne voyez pas le rapport ? répéta le magistrat.

– Non, pas du tout.

– Alors, regardez ces photos.

– Qui sont ces gars ?

– Regardez attentivement.

Tcherkassov prit les clichés, les examina et, impassible, les rendit au magistrat.

– On les a spécialement choisis, ou quoi ? Ils se ressemblent comme des frères. Qui sont-ils ?

– Mikhaïl Efimovitch, il s'agit des huit garçons dont je viens de vous parler. Ils sont morts d'une absorption excessive de méthamphétamine. Au moment où on a retrouvé leurs cadavres, ils avaient tous disparu de chez eux depuis longtemps. Comme Boutenko. Avez-vous une explication à me donner ?

– Non, dit Tcherkassov avec fermeté. Mais je comprends votre démarche. Oui, c'est vrai, j'aime les garçons de ce genre. Je dirais même que je ne suis attiré que par eux. Vos collègues ont réuni beaucoup de renseignements sur moi et connaissent certainement le profil des gens avec qui je suis sorti ces dernières années. Mes amis n'ont pas tous cette apparence, mais ça ne veut rien dire. La plupart des gens rencontrent et passent une partie de leur vie avec des gens qui ne ressemblent pas à leur idéal, même si seuls certains visages ou certaines silhouettes peuvent faire battre leur cœur à la folie et leur inspirer des actions stupides. Vous pensez donc que j'ai enlevé et tué ces garçons ?

– Les avis sont partagés, dit Olchanski en ébauchant un sourire. Une partie du groupe pense que c'est vous, et l'autre que vous êtes innocent. Le débat est intense et chaque camp cherche de nouveaux éléments à l'appui de sa thèse.

– Et vous ? Qu'en pensez-vous ?

– Je n'ai pas d'opinion. Je n'ai pas pu examiner tous les faits et les preuves. Je suis comme un juge à qui les deux groupes d'enquêteurs vont venir présenter leurs conclusions. Je vais les entendre et examiner leurs pièces. Après quoi, je prendrai ma décision. J'ai tout mon temps, les soixante-douze heures expirent à huit heures et il n'est que... (il consulta sa montre) cinq heures trente. Il nous reste deux heures et demie.

Nastia était toujours admirative devant la technique d'Olchanski. Là, en plus, elle était soulagée. Il était parvenu à diluer la responsabilité de l'arrestation dans un travail d'équipe sans mentionner personne. « Les avis sont partagés », « le débat est intense »... Tcherkassov savait désormais que tous les enquêteurs n'étaient pas contre lui et que s'en prendre à l'ensemble de la brigade reviendrait à jouer un mauvais tour à ceux qui étaient de son côté. En plus, Olchanski s'était intelligemment gardé d'exprimer une quelconque opinion personnelle de manière à ne pas s'aliéner le suspect par des attaques de front, mais sans tenter non plus de gagner sa confiance par des effets faciles en faisant mine de le croire.

– Je suis innocent, protesta Tcherkassov. Que puis-je faire pour le prouver ? Qu'est-ce qui pourrait bien vous convaincre de mon innocence ?

– Vous pouvez nous aider à la démontrer. Mikhaïl Efimovitch, je vous prie de bien m'écouter et de rester calme. Même si ce que je vais vous dire ne vous plaît pas, tentez de vous contrôler et de suivre mon raisonnement. Laissez le côté émotionnel pour plus tard. Entendu ?

– Je vous écoute.

– Nous avons tous notre propre vérité, Mikhaïl Efimovitch. Vous avez la vôtre, le *maïor* Kamenskaïa a la sienne, j'ai la mienne. Vous savez en toute certitude si vous avez commis ces crimes ou non. Mais ce qui est évident pour vous ne l'est pas forcément pour nous. Et vous devez l'accepter. Personne n'est obligé de vous croire sur parole. Il n'y a que dans les vidéoclubs qu'on a gobé les faux noms que vous donniez. Nous savons que vous avez menti pour ces broutilles, comment pouvons-nous vous croire alors que nous vous soupçonnons de crimes très graves ? Je vous explique ça pour que vous compreniez bien : il est inutile de nous en vouloir parce que nous vous soupçonnons. Nous sommes payés pour résoudre des affaires criminelles et, dans le cadre de notre travail, nous passons notre temps à réunir, examiner et vérifier de nombreuses informations de manière à déterminer ce que le criminel sait déjà, mais n'a aucune intention de nous dire. Très souvent nous soupçonnons des innocents. Il arrive qu'ils soient placés en garde à vue et emprisonnés avant d'être relâchés avec nos excuses. Mais nous faisons de notre mieux pour l'éviter et nous considérons que c'est une faute de notre part lorsque ça arrive.

Olchanski resta silencieux quelques secondes pour s'assurer que Tcherkassov avait bien assimilé son petit laïus.

– Et maintenant, reprit-il, je vais aborder la partie la plus importante de notre conversation. Pour le moment, nous ignorons si vous êtes ou non coupable de ces meurtres. Mais dans moins de deux heures et demie, je devrai prendre une décision. Et si, à ce moment-là, je n'ai pas la certitude de votre innocence, je serai bien obligé de vous inculper. En toute franchise, je peux vous dire que ce ne sera pas facile, parce que nous n'avons pas la preuve de votre culpabilité. Du moins, une preuve directe. En revanche, nous avons un faisceau de présomptions et d'éléments indirects.

– Cela signifie-t-il que vous m'avez arrêté sans preuves ?

Tcherkassov restait incroyablement calme, comme s'il discutait d'un sujet abstrait avec un interlocuteur amical.

– Nous vous avons placé en garde à vue pour le cambriolage. Nous avions suffisamment d'éléments pour démontrer que vous étiez le coupable. Et vous avez avoué… vous vous êtes même repenti et les marchandises volées ont été restituées. De ce fait, nous n'avons aucune raison de vous garder en préventive jusqu'au procès. Pour ce chef d'inculpation, vous pourrez rentrer chez vous. Mais si je vous inculpe de meurtre, vous serez placé en préventive. Évidemment, il peut très bien arriver que nous ne trouvions pas de preuves sérieuses et vous serez libéré. Mais cela ne signifiera pas pour autant que vous êtes réellement innocent.

– Si. Je le suis. Je vous l'ai dit.

– Je vous ai entendu, mais vous ne m'écoutez pas comme il faut. Vous dites que vous êtes innocent, mais je n'ai que votre parole. Que suis-je censé faire ? Vous relâcher ? Et s'il s'avérait que vous êtes coupable ? Ce serait mal.

– Mais si vous me gardez et s'il s'avérait que je suis innocent, ce serait bien ?

– Oui, Mikhaïl Efimovitch. Ce serait bien et nous entrons dans la partie la plus difficile de nos négociations. Vous savez que la presse a annoncé que vous êtes soupçonné de ces meurtres. Voilà pourquoi nous nous sommes vus contraints de vous arrêter, malgré le manque de preuves. En réalité, nous n'avions pas l'intention de le faire parce que, comme je vous l'ai dit, avant de prendre une telle décision, nous vérifions encore et encore tous les éléments dont nous disposons. Mais l'information est tombée entre les mains de journalistes qui l'ont rendue publique et nous avons dû vous amener ici avant le moment prévu. Car je vous rappelle que vous vous seriez tout de même retrouvé ici à cause du cambriolage. Mais les choses auraient été plus simples et vous auriez pu rentrer chez vous au bout de trois jours sans problèmes supplémentaires. Aujourd'hui, nous devons considérer les choses autrement. Si vous êtes innocent, cela signifie que le véritable meurtrier est dehors. Pour l'instant, il se croit à l'abri parce qu'il pense que, grâce à la stupidité de la presse, notre souricière s'est refermée sur vous. Dès que vous sortirez d'ici, il comprendra que nous n'avons pas cessé la traque et tentera de détruire toutes les preuves ou même de prendre la fuite. En plus, tant qu'il croira que nous sommes certains de votre culpabilité, il ne commettra pas d'autres crimes : il ne tient sans doute pas à ce que nous nous apercevions de notre erreur. Voilà ce que je voulais vous dire.

– En substance, vous m'annoncez que vous ne pouvez pas me relâcher : si je suis coupable, justement parce que je le suis, et si je suis innocent, pour tromper le vrai tueur. C'est bien ça ?

– Oui, Mikhaïl Efimovitch. C'est exactement ça.

– Et les journalistes ? Comment ont-ils appris que j'étais soupçonné de ces meurtres ?

– C'est ma faute, dit Nastia en comprenant bien que, si Olchanski lui avait demandé de rester, c'était pour assumer sa part de responsabilité.

– C'est vous qui leur avez dit ?

– Non, mais j'ai fait confiance à un jeune officier inexpérimenté qui n'a pas écouté mes ordres et a transmis l'information à la presse. J'en porte donc l'entière responsabilité parce que je n'ai pas compris à temps que son comportement n'était pas très professionnel. Je tiens à vous dire, Mikhaïl Efimovitch, qu'au cas où votre innocence serait démontrée, je suis prête à vous aider à vous blanchir et réhabiliter votre nom.

– Bien. Je vous en remercie, dit-il simplement avec un hochement de tête approbateur. Je devine ce que vous êtes sur le point de me proposer. Vous voulez m'envoyer en prison ? Il n'en est pas question ! Jamais !

Pour la première fois, il éleva la voix. Ni Nastia ni Olchanski ne s'attendaient à une autre réaction. Un homosexuel n'avait aucune chance d'aller en prison sans dommage. Autant se tuer lui-même. Sans compter que Tcherkassov n'avait aucune expérience de la prison.

– Non, Mikhaïl Efimovitch, le détrompa Olchanski. Je voulais suggérer autre chose. Vous n'irez pas en cellule, mais vous ne retournerez pas chez vous non plus. Nous vous garderons en isolement. Si vous êtes coupable, nous vous aurons sous la main. Et si vous êtes innocent, vous nous permettrez de confondre le vrai tueur.

– Et si je ne suis pas d'accord ?

– Ce serait dommage. Il ne me resterait plus qu'une alternative. Un, vous laisser partir avec le risque que le tueur commette un autre crime ou qu'il prenne la fuite et que nous ne le retrouvions jamais. C'est ça que vous voulez ?

– Et l'autre solution ?

– J'expose votre affaire au procureur qui confirmera aussitôt que vous constituez un danger pour la société et vous gardera en préventive, même pour un délit comme ce cambriolage. Je vais être très franc avec vous. Lorsqu'un accusé comparaît libre, il a beaucoup plus de chances d'obtenir une amende ou une peine avec sursis. En revanche, si vous arrivez au procès en venant tout droit de préventive, vous êtes certain d'écoper d'une peine réelle. Et ce n'est pas une simple menace. Je vais vous expliquer. Le temps de préventive est décompté de votre peine. Un jour passé en prison équivaut à un jour que vous n'aurez pas à purger en camp pénitentiaire. Mais si vous êtes condamné à une amende, personne ne sait comment décompter le temps que vous avez déjà passé sous les verrous. Un jour équivaut à combien ? Mille roubles ? Dix mille roubles ? La loi ne dit rien là-dessus. Vous comprenez le problème ? Si vous sortez de préventive, le plus simple pour le juge est de vous donner une peine de camp. La seule chose qu'il doit fixer est la durée. Êtes-vous sûr que, avec vos préférences sexuelles, vous pourriez supporter un séjour dans une colonie pénitentiaire ? Pour vous toute la question est là.

– Vous me forcez la main, Konstantin Mikhaïlovitch. Je sais que je suis innocent, mais vous…

La conversation se poursuivit encore quelques minutes, toujours aussi serrée, bien que l'issue ne fît pas de doute.

Lorsque Tcherkassov parlait de son innocence, Olchanski feignait des doutes qu'il ne ressentait pas réellement. Tout le marchandage était fondé sur cette incertitude. Mais Nastia était pratiquement sûre que le suspect n'était pas l'homme qu'ils recherchaient. Et elle devinait, à de menus signes, que le juge d'instruction pensait comme elle. Et pourtant, comment une telle coïncidence était-elle possible ? Deux homosexuels aimant exactement le même type de garçons, l'un incapable de faire du mal à une mouche et l'autre qui multipliait les crimes ? Et si ce n'était pas une coïncidence ?

Tcherkassov fut ramené en cellule bien avant huit heures. Dès que la porte du bureau de Nastia se referma derrière les gardes qui l'emmenaient, Olchanski enleva sa veste avec soulagement. Sa chemise était trempée de transpiration sous les bras et le long du dos.

– Et dire que c'est un travail que nous avons choisi, Kamenskaïa ! Cette heure de conversation était aussi pénible que de décharger un wagon de charbon. Je devais m'accrocher à chaque mot et ne pas en dire trop. S'il est innocent, il valait mieux ne pas le braquer ou l'indisposer à mon égard. S'il est coupable, je devais garder des cartes et ne pas montrer mon jeu. Je devais aussi peser ses paroles et faire attention à ne pas perdre une occasion d'obtenir des informations. Mais j'ai l'impression de ne pas m'en être trop mal tiré. Dis-moi, Kamenskaïa, suis-je un virtuose ou non ?

– Vous êtes un maestro, reconnut-elle sincèrement. Le Paganini du recrutement. Le Bernstein de l'interrogatoire…

– Tu veux me contrarier ? dit Olchanski, l'air soudain sévère. Tu te sers de mots étrangers exprès pour m'humilier.

– Si vous ne connaissez pas Bernstein, que dites-vous de Gershwin ? dit-elle avec un petit rire.

– Tu en as, du culot, Kamenskaïa ! Tu crois que je n'ai jamais entendu parler de Leonard Bernstein ? Tu me prends pour un ignorant, un balourd, un illettré ? C'est ce que tu penses de moi ?

– Excusez-moi, Konstantin Mikhaïlovitch, se récria

tout de suite Nastia, abasourdie. Vous avez dit que j'employais des mots qui vous étaient peu familiers. Je n'avais pas l'intention de vous insulter.

– Je l'ai dit. Mais tu sais de quel mot il s'agissait ? Recrutement. C'est un mot que je ne veux pas entendre. Ça, c'est dans vos cordes à vous, les opérationnels. Vous devez négocier avec les suspects et recruter des indics. En fait, c'est ton travail que je viens de faire en attrapant une suée. Le mien, c'est la loi, les procès-verbaux, la jurisprudence et la procédure. Toi et tes collègues, vous avez merdé et j'ai dû vous sauver la mise. Et maintenant, je dois feindre de croire Tcherkassov coupable, bien qu'un aveugle puisse voir que ce n'est pas le cas. Quand on sait que quelqu'un ment, il n'est pas très difficile de faire semblant de le croire. Mais essaie donc de feindre de ne pas croire quelqu'un quand tu sais qu'il dit la vérité. J'aimerais bien t'y voir.

– Excusez-moi, marmonna-t-elle encore. S'il vous plaît, n'en rajoutez pas. Je me sens déjà assez mal à l'aise...

– Tu me crois fâché ? s'étonna Olchanski. Tu as oublié ma façon d'être, Kamenskaïa. C'est vrai que ça fait longtemps que nous n'avons pas travaillé ensemble. Combien ? Deux mois ?

– Plutôt trois, dit-elle en retrouvant son sourire. Nous avons bouclé l'affaire Parachkevitch fin janvier. Vous ne m'en voulez pas ?

– Bien sûr que non, Anastasia. Tu n'as tout de même pas pu oublier que c'est ma manière d'être ! Il ne faut pas y prêter attention. Pourquoi tu n'ouvrirais pas la fenêtre, il fait une chaleur à crever, ici.

Nastia savait qu'Olchanski disait vrai. Sa réputation n'était d'ailleurs pas à faire, ni au Parquet de Moscou, ni à la Brigade criminelle, ni dans les services de médecine légale de la ville. Beaucoup de gens n'aimaient pas sa manière d'être, qu'ils trouvaient désagréable. Nombreux étaient ceux qui parvenaient à peine à le supporter et quelques-uns le détestaient. Il y avait aussi une minorité qui l'appréciait. En tête de liste venaient sa femme, Nina, et leurs deux filles, puis le colonel Gordeïev et Kamenskaïa. Ces deux derniers respectaient le juge d'instruction pour son professionnalisme, sa rigueur intellectuelle, son indépendance et son incorruptibilité. Mais aussi pour la bonté sans bornes dont il était capable à l'égard de ses amis et même simplement de gens qu'il estimait.

Gordeïev, qui connaissait Olchanski depuis de nombreuses années, l'admirait et le respectait depuis leur rencontre et avait tout de suite reconnu ses capacités professionnelles sans prêter attention aux traits déplaisants de son caractère. Nastia, elle, avait eu besoin de plus de temps pour s'y faire. À leur première rencontre, quatre ans plus tôt, elle avait été rebutée par sa rudesse et son franc-parler, et cette impression avait mis longtemps à se dissiper. Leurs rapports ne s'étaient normalisés que l'année précédente, après une franche discussion au cours de laquelle Olchanski lui avait mis les points sur les « i » en lui disant qu'il était équitablement grossier avec tout le monde et que les sentiments personnels ne devaient pas interférer avec le travail.

Une minute après huit heures, Tcherkassov fut extrait de sa cellule. Il confirma qu'il avait bien réfléchi et qu'il était d'accord pour l'isolement volontaire, à la seule condition qu'une fois l'affaire bouclée la milice le réhabilite publiquement et ne dévoile jamais l'affaire du cambriolage.

Korotkov et Selouïanov le conduisirent aussitôt dans un appartement d'un immeuble sûr, gardé par les hommes d'un mafieux de second ordre qui avait une dette envers Selouïanov et était heureux de s'en acquitter. Nastia rangea son bureau, mit ses dossiers dans le coffre, troqua les confortables mocassins qu'elle portait au bureau contre ses baskets habituelles, enfila sa veste et se dépêcha de rentrer chez elle. Elle se sentait vidée, comme si elle avait bouclé trois années de boulot en quelques jours. Le pire était que tout ce travail avait été inutile. Parce que Tcherkassov n'était pas le tueur. Ni le tueur ni le maniaque.

Et tout était à recommencer.

10

Vadim ne rencontrait jamais Oksana en public parce qu'il ne voulait pas attirer l'attention sur leurs rapports. Mais il savait qu'une jeune femme qui avait consenti à travailler pour lui pour presque rien – à part la promesse de devenir riche – avait besoin d'être choyée, au moins de temps en temps. Si cela avait été possible, il l'aurait emmenée au restaurant. Mais comme cela ne l'était pas, il apportait le restaurant chez elle. Il arrivait avec des sacs pleins de produits de luxe qu'il cuisinait lui-même. Et il composait le menu en fonction du régime d'Oksana, ce pour quoi elle lui était infiniment reconnaissante. Une des rares choses que son organisme ne tolérait pas était l'ananas, si utile pourtant pour la combustion des graisses. Son allergie se manifestait par des éruptions de boutons sur ses joues et son cou. Cela la rendait malheureuse non seulement parce qu'elle aimait le goût de ce fruit exotique, mais surtout parce qu'elle gardait le souvenir d'enfance des boîtes de conserve bleu ciel d'ananas au sirop que son père lui rapportait lorsqu'il avait l'occasion de faire quelques emplettes dans un des magasins réservés à l'élite du Parti communiste et inaccessibles au commun des mortels.

Ce soir-là, Vadim faisait la cuisine. Lorsqu'ils avaient pris rendez-vous la veille au soir, il avait senti, au ton de la jeune femme, qu'elle avait quelque chose d'important à lui dire. Et dans ce cas elle méritait d'être encouragée.

Tout en savourant le plateau de fruits de mer que Vadim lui avait apporté (peu de calories, mais des tas de vitamines), Oksana lui fit le récit détaillé de la réunion entre les directeurs de Shere Khan et la femme qui avait préféré signer avec la concurrence.

– Penses-tu que Santana a de plus gros moyens ? demanda Vadim.

– Je ne sais pas. Kirill m'a toujours affirmé que c'était Shere Khan qui payait le mieux dans tout Moscou et que personne ne pouvait leur faire de concurrence. Il a d'ailleurs été très surpris lorsqu'il a appris que Santana avait proposé à ce couple d'auteurs de leur payer le double.

– Bizarre.

Vadim plongea sa fourchette dans la salade de crudités, à la recherche d'une olive. C'était une information du plus haut intérêt. Ou bien Santana avait fait d'excellentes affaires, ou bien la compétition entre les deux maisons d'édition avait atteint le point où l'une d'elles acceptait de prendre le risque de perdre de l'argent en surpayant des auteurs, simplement pour jouer un sale tour à son concurrent. À moins qu'il n'y ait autre chose...

– J'aimerais que tu écoutes très attentivement ce que nos amis disent de Santana. Je veux savoir comment ils expliquent affaire. À propos... comment s'est terminé l'entretien avec la « transfuge » ?

– Rien de particulier. Ils se sont séparés sans rien décider. Kirill croit sans doute que sa petite mise en scène a fait de l'effet et que le couple va rentrer au bercail. En tout cas, ils leur ont promis de les payer autant que Santana. Mais ce n'est pas le plus intéressant, Vadim.

– Dis-moi...

– Ils ont un problème avec Soloviov.

– Soloviov ? Le traducteur des « Best-sellers d'Extrême-Orient » ?

– Lui-même. Selon Avtaïev, les bouquins qu'il traduit se vendent particulièrement bien, mieux que tous les autres livres que Shere Khan publie.

– Très bien. Où est le problème ?

– Ils veulent mettre la main sur quelque chose qu'il possède.

– Quoi donc ?

– Je n'ai pas très bien compris. Je n'ai entendu qu'une partie de la conversation.

– Raconte-moi tout en détail.

– J'accompagnais Kirill en voiture. Il s'est arrêté quelques minutes pour rencontrer une relation d'affaires et il a oublié son téléphone mobile. Quelqu'un l'a appelé pendant qu'il n'était pas là et j'ai décroché. Un homme m'a demandé de lui transmettre que Korenev cherchait à le joindre. C'est ce que j'ai fait dès que Kirill est revenu. Il a rappelé tout de suite. La conversation a été très brève. Le type a dû expliquer quelque chose, puis Kirill lui a dit : « Le diable t'emporte ! Ce n'est pas bien. Tu dois encore essayer. Je sais que tu fais de ton mieux, mais tu dois le trouver. Ça fait trop longtemps que ça dure. » Une demi-heure plus tard, alors que nous étions arrivés chez lui, il a passé un coup de fil à Gricha Avtaïev. Ils ont parlé du dernier livre traduit par Soloviov, les épreuves, l'impression et tout le bataclan, et Kirill a dit brusquement : « À propos, ils ne l'ont toujours pas déniché, ce satané truc. Oui, bien sûr, nous allons encore essayer, mais il faut inventer autre chose. »

– Qu'est-ce qui te fait dire que ça concerne Soloviov ?

– C'était de lui qu'ils parlaient. Si ça ne le concernait pas, Kirill aurait mentionné un autre nom, n'est-ce pas ?

– Tout est possible, dit Vadim avec la voix traînante de celui qui réfléchit. Cette recherche est peut-être si importante pour eux qu'ils n'ont pas besoin de préciser la personne que ça concerne. En tout cas, c'est important. Très important, même. Ça signifie qu'ils font des choses dont nous ignorons tout. Et nous devons savoir. C'est indispensable pour la réussite de notre plan. Il va falloir que tu joues serré pour tout découvrir.

Les quelques éléments que Vadim venait d'apprendre d'Oksana suffirent à orienter ses pensées dans de nouvelles directions. La première chose à faire était de déterminer s'il n'avait pas fait une erreur en misant sur Shere

Khan. Il aurait peut-être dû s'intéresser à Santana. Mais, deux ans plus tôt, au moment où il avait fait son choix, Shere Khan était beaucoup plus prometteur. D'ailleurs, personne ou presque n'avait entendu parler de Santana. Et dans le *Bulletin littéraire*, le journal des professions de l'édition, cet éditeur apparaissait rarement, à la différence de Shere Khan, mentionné à longueur d'articles. Lorsqu'un éditeur peu connu débauchait les auteurs de confrères plus connus en leur offrant des conditions deux fois meilleures, cela signifiait forcément quelque chose. Par exemple que Santana était une structure destinée à blanchir de l'argent mafieux. En d'autres termes, la maison d'édition était volontairement restée discrète assez longtemps pour se fondre dans le paysage sans attirer l'attention et le temps était venu pour elle d'entrer dans la cour des grands. Il fallait vérifier.

*

Il n'arrivait plus à travailler. Soloviov n'aurait jamais cru qu'une femme puisse lui inspirer un sentiment de manque aussi handicapant. Et il ne s'agissait pas d'une personne qu'il venait de rencontrer et dont il serait tombé éperdument amoureux, mais de Nastia qui avait été sa maîtresse voilà tant d'années. Elle s'était totalement donnée à lui, au point qu'il pouvait lire de l'adoration dans son regard. Elle était toujours disponible et jamais il n'avait dû la forcer. Il lui suffisait de claquer des doigts. Mais il avait éprouvé un énorme soulagement au moment de leur rupture, parce que leur liaison lui pesait et ne lui apportait aucune joie. Et là, douze ans après, il ne comprenait pas ce qui se passait. Pourquoi souffrait-il ? Pourquoi ne parvenait-il pas à se raisonner ? Pourquoi n'arrêtait-il pas de penser à elle ?

Soloviov regardait les idéogrammes sans les comprendre. La page était ouverte devant lui depuis la veille au soir et il était toujours incapable de traduire un seul mot. Il se sentait comme assommé. Même la pensée de Marina l'irritait. Elle ne pouvait remplacer Nastia.

Il ressentit l'envie soudaine de revenir à l'époque où Anastasia lui appartenait et il sut instantanément que c'était possible. Il avait encore les lettres. *Ses* lettres. Ou plutôt les courtes notes qui accompagnaient les poèmes qu'elle écrivait. À l'époque, cela lui semblait futile. Il avait pourtant gardé ces feuillets à l'insu de sa femme. Il ne les avait jamais relus, mais ne s'était jamais résolu à s'en débarrasser.

En s'installant dans sa nouvelle maison, il avait fait encastrer deux coffres-forts dans les murs de son cabinet de travail. Dans l'un, le petit, il gardait un peu d'argent et des papiers importants. Dans l'autre, plus grand et plus profond, il rangeait ses archives. Tous les deux étaient ignifugés. Depuis son enfance, Soloviov avait peur du feu et craignait les incendies, qui pouvaient en quelques secondes réduire en cendres les souvenirs et le travail de toute une vie. Svetlana, sa femme, le surnommait en riant « l'Avare », non parce qu'il aimait l'argent, mais parce qu'il était incapable de jeter ou de détruire quoi que ce soit. Il était difficile de trouver archives personnelles plus complètes : tout y était, depuis ses premières traductions faites lorsqu'il était encore étudiant jusqu'aux copies de ses derniers travaux pour les éditeurs. Il y avait aussi les brouillons de son mémoire de fin d'études, les manuscrits de ses monographies, des lettres, des photos, les bulletins scolaires de son fils, ses articles pour la presse, sans oublier les poèmes de Nastia Kamenskaïa.

Il prit un trousseau de clés dans le tiroir de son bureau et ouvrit le coffre des archives. La mince chemise bleu ciel plastifiée devait être rangée tout au fond. Après le déménagement, il avait rangé tous ses documents en piles selon un système logique : ceux dont il n'avait pas besoin en bas et ceux qu'il consultait plus régulièrement en haut.

Un coup d'œil à l'emplacement où le dossier aurait dû se trouver suffit à le convaincre que quelque chose n'allait pas. Il se pencha pour regarder de plus près, mais sa première impression était la bonne : la chemise bleu clair avait disparu. Il l'aperçut en remontant les yeux le long de la pile. Elle était sensiblement à mi-hauteur. Étrange qu'elle soit si haut. Normalement, elle aurait dû se trouver à la dernière place, en compagnie des souvenirs scolaires de son fils Igor. Il se demanda un instant s'il n'avait pas changé le dossier de place en pressentant le retour de Nastia, mais il chassa aussitôt cette idée : il n'en gardait aucun souvenir. De plus, Nastia était reparue sans crier gare. *C'est quoi cette embrouille ?* se dit-il.

La réponse était tellement désagréable que son pouls et sa respiration s'accélérèrent. Quelqu'un avait fouillé dans son coffre. Quelqu'un l'avait ouvert et examiné ses dossiers. Mais pourquoi ? Ils n'avaient aucune valeur. Simple curiosité ? Mais qui ? Et quand ? Il pensa aussitôt à son précédent assistant au cerveau lent mais aux doigts agiles. Et s'il avait volé des documents dans le coffre pour se venger de son renvoi ? Mais il n'y avait rien là-dedans qu'il aurait pu monnayer, et encore moins utiliser pour le faire chanter.

Soloviov respira à fond pour se calmer et inspecta les dossiers méthodiquement. Rien ne manquait. Mais il était clair que le coffre avait été fouillé, autrement, les poèmes de Nastia seraient restés au bas de la pile. En outre, ses traductions n'étaient plus dans l'ordre où il les avait rangées.

En s'efforçant de refouler son inquiétude, il remit tout à sa place et referma le coffre. Il n'avait plus envie de lire les notes de Nastia, ni ses poèmes. En revanche, il comprenait soudain que ses peurs, la nuit, étaient sans doute provoquées par autre chose que son imagination. À un moment ou un autre, il avait dû percevoir des bruits furtifs que son subconscient avait analysés comme une intrusion et une menace, générant ensuite l'impression d'insécurité et de peur qu'il ressentait régulièrement. Mais que pouvait-on bien chercher ? *Non,* se raisonna-t-il. *Tout cela est un mauvais rêve. Une absurdité totale.*

Mais quelqu'un avait bel et bien déplacé ses dossiers.

Il appuya sur le bouton pour appeler Andreï. Son assistant se présenta devant lui en quelques secondes.

– Oui, Vladimir Alexandrovitch ?

– J'ai réfléchi. Je crois que nous devrions sécuriser la

maison, expliqua-t-il en s'efforçant de ne pas regarder Andreï dans les yeux. Pouvez-vous demander à nos voisins, les Iakimov, ce qu'ils ont convenu avec Anastasia ? Je veux signer un contrat, moi aussi. Ils doivent avoir le numéro de son bureau. Si c'est le cas, appelez-la pour la prier de nous envoyer leur représentant.

– Entendu, Vladimir Alexandrovitch, je vais m'en occuper, mais…

– Qu'y a-t-il encore ? Quelque chose vous échappe ? demanda Soloviov d'un ton un peu trop rude, car il vit s'assombrir le visage d'Andreï qui sembla soudain blessé, comme si son patron venait de l'accuser injustement de stupidité.

– Je me dis seulement que, puisque c'est l'une de vos amies, elle ne comprendra peut-être pas que ce soit moi qui l'appelle…

– Andreï. Faites comme j'ai dit et ne cherchez pas à comprendre.

Cette fois, la réaction de son assistant fut plus étrange. Il sembla grandement soulagé. Mais Soloviov, de retour dans ses sombres pensées, ne le remarqua même pas. Il avait résisté à son intention première : passer un coup de fil à Nastia chez elle puisqu'il avait une bonne raison de le faire. Après tout, cela n'avait rien de personnel : les affaires sont les affaires. Mais il s'était dit que ce n'était pas une bonne idée. Si elle n'avait pas envie de le voir, il n'allait pas s'imposer.

Très vite, Andreï revint pour l'informer que les Iakimov n'avaient pas le numéro du bureau de Nastia, mais que, aussitôt qu'ils l'auraient au bout du fil, ils lui diraient que Soloviov avait aussi l'intention de s'assurer. Le maître de maison hocha pensivement la tête, puis tenta de se remettre à sa traduction. Il n'y parvint pas : il n'avait ni la force ni le désir de travailler. De toute manière, il était près de six heures et Marina n'allait pas tarder à arriver. Il éteignit l'ordinateur et fit rouler son fauteuil jusqu'à la fenêtre. Il avait plu ces deux derniers jours mais, le soleil étant de retour, la forêt s'était couverte d'une brume de rameaux bourgeonnants dont la dentelle vert tendre reposait ses yeux et ses nerfs. Un quart d'heure plus tard, il se sentait mieux et prêt à rejeter la faute de la mésaventure du coffre sur sa distraction et son esprit exagérément soupçonneux.

Un peu avant sept heures, Andreï vint lui annoncer qu'il sortait. Il avait pris l'habitude de quitter la maison un peu avant l'arrivée de Marina, de manière à les laisser seuls. Il se débrouillait toujours pour avoir quelque chose à faire à l'extérieur. Ce soir-là, il allait rendre visite à Igor, le fils de Soloviov. Il devait lui apporter un certificat d'invalidité de son père qui lui permettrait d'obtenir une dispense du service militaire.

À sept heures et demie, Marina n'était pas arrivée, au grand étonnement de Soloviov. La jeune femme était toujours très ponctuelle et passait toujours un coup de fil pour prévenir qu'elle allait être en retard. À neuf heures, la surprise s'était transformée en franche inquiétude.

Et si elle avait eu un accident ? pensa-t-il. *Mais non !* Elle avait dû être appelée pour un dépannage d'urgence et, pour une raison quelconque, n'avait pas pu le prévenir. Mais il devait en avoir le cœur net.

Il se souvenait trop bien de ce qui était arrivé à Svetlana, sa femme. Elle passait quelques jours dans une résidence de vacances lorsqu'elle était partie faire des photos dans les bois... Elle n'était pas revenue. Le pire était que personne n'avait remarqué son absence pendant quatre jours entiers : ni la femme qui partageait sa chambre, ni ses compagnons de table au réfectoire. Quelle indifférence envers son prochain ! Elle serait peut-être vivante si on avait donné rapidement l'alerte. L'un des enquêteurs lui avait appris que Svetlana n'était pas morte sur le coup. Son agresseur l'avait seulement blessée grièvement. Si les recherches avaient été lancées très vite...

Depuis lors, une sourde angoisse l'envahissait dès que quelqu'un s'absentait de manière inexpliquée. Il s'inquiétait lorsque son assistant mettait plus longtemps que prévu à faire ses courses. Et là, Marina...

Soudain, il se rendit compte qu'il n'avait pas le numéro de la jeune femme. Depuis qu'ils étaient devenus intimes, c'était elle qui l'appelait, jusqu'à cinq fois par jour. Il se souvint qu'Electrotech, la boîte d'assistance informatique où elle travaillait, était ouverte jour et nuit. L'opérateur de service pourrait sans doute le renseigner, mais c'était Andreï qui avait le numéro. Il appela chez son fils.

– Il vient de partir, lui répondit Igor d'une voix éméchée.

– Il y a combien de temps ?

– Un quart d'heure environ. Merci pour l'attestation.

– Je t'en prie. Ne la perds pas.

Ainsi, Andreï ne serait pas de retour avant un bon moment. Il devait également passer chez lui pour prendre quelques vêtements d'été. La météo annonçait des températures élevées pour les prochains jours. *Très bien, il suffit d'appeler les renseignements.*

À sa grande surprise, on lui répondit qu'aucune société de ce nom n'était enregistrée. Non seulement c'était étrange mais, après l'incident du coffre-fort, très désagréable. Bien que Soloviov n'établît aucun rapport entre les deux affaires, l'inquiétude revint frapper à la porte de sa conscience.

Au diable les finasseries ! pensa-t-il. *Tant pis si Anastasia me prend pour une mauviette.*

Il composa son numéro.

– Elle n'est pas encore là, lui répondit la voix polie de son mari. Je dois prendre un message ?

– S'il vous plaît, dites-lui de me rappeler. Mon nom est Soloviov. Elle a mon numéro. C'est très important et très urgent.

– Très bien. Je le lui dirai.

Il crut percevoir de la moquerie dans la voix. Il s'imagina la scène : un académicien âgé et respecté, installé dans un fauteuil confortable et se moquant de lui, le prétendant éconduit et pourtant plus jeune et plus beau.

– C'est vraiment très important, répéta-t-il en maudissant le trémolo révélateur qui vibrait au fond de sa voix. Demandez-lui de m'appeler ce soir. Même si c'est très tard.

– Ne vous inquiétez pas. Je lui transmettrai votre message et elle vous contactera sans faute.

Il se souvenait qu'à la fin de ses études Anastasia avait effectué des stages à la milice. Elle pouvait peut-être lui faire rencontrer des spécialistes à qui confier le mystère du coffre. Ce ne serait pas mal qu'ils enquêtent sur son ancien assistant. Et sur le nouveau aussi, tant qu'ils y étaient.

*

Chaque flic a ses tombes. Leur nombre augmente avec le déroulement de sa carrière. Contrairement à ce qui se passe avec le commun des mortels, ce ne sont pas celles de ses parents ou de ses amis. Ce sont celles des personnes qui seraient toujours vivantes si... S'il était intervenu à temps... S'il avait compris à temps... S'il s'était montré plus persévérant... S'il avait deviné que... S'il avait eu confiance... Si... Et le remords qu'elles inspirent ne s'atténue pas avec le temps. Au contraire, il grandit, générant une culpabilité diffuse qui éclate parfois pour lui faire passer des nuits sans sommeil. Et contre ça, il n'y a aucun remède.

Nastia Kamenskaïa elle aussi avait ses tombes. Celles du général Vakar et de Sergueï Denissov. Celle de Vadim Boïtsov. Celle d'Oleg Mechtcherinov. Et même celle de Pavel Saouliak qui avait tué tant de gens qu'il avait accueilli avec soulagement la possibilité de se suicider. C'était d'ailleurs Nastia qui l'avait poussé à le faire en passant avec lui un accord horrible: il lui donnait les informations qu'il possédait sur des criminels hauts placés et, en échange, elle le laissait en finir tout seul avec la vie, sans arrestation, sans procès et sans les nombreux mois qu'il devrait passer dans le couloir des condamnés en attente de l'exécution d'une sentence qu'il savait lui-même inévitable.

Tous sauf Denissov étaient enterrés à Moscou. Parfois, Nastia leur rendait visite, même si elle était incapable de dire pourquoi. Ce n'était pas parce qu'elle voulait entretenir l'illusion d'un contact: avant leur décès, aucun ne comptait parmi ses amis et elle ne pouvait même pas prétendre en avoir connu correctement un seul. Ce n'était pas non plus pour leur manifester un quelconque respect : c'étaient tous des criminels qui, d'une manière ou d'une autre, avaient mérité leur sort. Peut-être voulait-elle se rappeler le prix de ses erreurs.

La visite d'un cimetière la laissait toujours le cœur lourd, mais l'aidait à prendre ses décisions. Dans les moments difficiles, lorsqu'elle devait choisir entre différentes options, réfléchir devant l'une de ces tombes lui rappelait à quel point il était nécessaire de décider non en fonction de l'intérêt opérationnel, mais des vies qui pouvaient être sauvées, même si c'était plus difficile, voire pratiquement impossible. Parce que rien n'avait – ni ne devait avoir – plus de valeur que la vie humaine.

C'était ce qu'elle avait fait ce jour-là, en pensant aux jeunes garçons disparus.

Il était tard lorsqu'elle rentra chez elle. Les robinets étaient ouverts dans la salle de bains.

– Liocha ! cria-t-elle du vestibule. Qu'est-ce que tu fais ? Tu prends un bain ?

Son mari apparut sur le seuil, les cheveux en bataille et les bras couverts jusqu'au coude de mousse savonneuse.

– Tu fais la lessive ? s'exclama-t-elle. À l'heure de dormir ?

– J'avais complètement oublié la réunion du département, demain, à l'Institut et je n'avais plus une chemise de propre. J'ai décidé de les laver toutes, puisque j'y étais.

– Et le dîner ? Ce n'est pas du jeu. Je n'aime pas manger toute seule. C'est trop ennuyeux.

– Pourquoi tu ne te déshabilles pas, madame la difficile ? J'ai presque fini.

Nastia obéit et passa sa robe de chambre en pestant. Non seulement son mari faisait la cuisine, mais il était même contraint de laver ses chemises. Ç'aurait pu se justifier si elle avait gagné durement l'argent du ménage. Mais le salaire de Liocha était supérieur au sien – sans compter ce que lui rapportaient ses conférences et les ouvrages qu'il écrivait, monographies et manuels. Bien entendu, son activité de chercheur l'autorisait à rester à la maison, mais elle aurait peut-être pu le décharger d'une partie des tâches domestiques... Elle n'en revenait pas de la chance qu'elle avait. Aucun autre homme n'aurait pu supporter sa paresse pathologique, ni sa passion pour la résolution d'énigmes criminelles qui lui prenaient tout son temps et son énergie du matin jusqu'au soir.

– À propos... ton bien-aimé a appelé, lui annonça Liocha en servant le dîner.

– Lequel ?

– Tu en as beaucoup ?

– Des tonnes. Une colonne entière. Toi en tête, bien entendu.

– Et qui forme la première ligne ?

– Papa, Sacha, Gordeïev, Korotkov... L'un d'entre eux ?

– Non. Soloviov.

– Vraiment ? Qu'est-ce qu'il voulait ?

– Que tu le rappelles. Et fissa ! Il a insisté en disant que c'était très important et très urgent.

– Qu'il se débrouille ! dit-elle en balançant la main comme pour balayer l'importun. Il ne peut rien y avoir d'urgent ni d'important dans ses relations avec moi.

Liocha resta silencieux et se concentra sur sa choucroute, mais avec une expression qui ne plut pas à Nastia. Échaudée par son expérience passée, elle décida d'éclaircir les choses tout de suite avant qu'elles ne dégénèrent.

– Quelque chose ne va pas ? demanda-t-elle.

– Non, non, tout va bien, répondit calmement son mari. Encore un peu de choucroute ?

– Non, merci. Mais tout de même, Liocha, quelque chose t'a vexé ? Est-ce le coup de fil de Soloviov ? Qu'y a-t-il d'extraordinaire ? Ce n'est pas la première fois, n'est-ce pas ?

– Je n'ai pas apprécié que tu refuses de le rappeler.

Elle haussa les épaules :

– Pourquoi ? C'est une réaction ordinaire. N'en fais pas toute une histoire, s'il te plaît.

– Je ne fais rien du tout, la rassura son mari en posant sa fourchette. J'examine simplement les coups suivants, comme aux échecs. Première hypothèse : il te demande de le rappeler sous un faux prétexte. Cela signifie quoi ? Qu'il te poursuit et que tu l'évites. Donc, votre relation a évolué et pris des couleurs douteuses. En tant que conjoint, ça ne peut pas me faire plaisir. Deuxième hypothèse : il lui arrive réellement quelque chose et il a besoin de ton aide. Et toi, tu oublies ton devoir professionnel et te laisses mener par les sentiments. Ce n'est pas bien.

– Liocha chéri, il ne peut pas avoir besoin de mon aide professionnelle parce qu'il ne sait pas que je travaille au ministère de l'Intérieur. Il me croit avocate d'affaires. Quel genre de soutien suis-je censée lui apporter à onze heures du soir ?

– Mais il a insisté. Même très tard, a-t-il dit.

– Je l'appellerai demain. Liocha, laissons tomber. J'ai d'autres choses à penser.

– Nastia, je ne veux pas passer pour un imbécile jaloux à ses yeux. Je lui ai promis de lui transmettre son message. Si tu ne le fais pas, il va s'imaginer que j'ai fait exprès de manger la commission pour me venger en le laissant se démerder avec ses problèmes. Appelle-le, s'il te plaît, demande-lui ce qui cloche et reprenons nos activités vespérales.

Elle soupira, ramassa les assiettes sales pour les empiler dans l'évier et prit une grosse pomme jaune. Elle ne buvait plus de thé avant de se mettre au lit : elle se réveillait avec le visage gonflé.

– Tu as gagné, je vais l'appeler.

Soloviov décrocha dès la première sonnerie. Nastia comprit que quelque chose l'inquiétait et qu'il attendait impatiemment son appel.

– Je veux protéger ma maison dès que possible, lui annonça-t-il tout de suite. Je suis prêt à signer un contrat à condition qu'on m'installe le meilleur système d'alarme possible.

– Ça ne pouvait pas attendre jusqu'à demain matin ? demanda Nastia, intriguée. Tu devines sans doute que nos représentants ne travaillent pas la nuit...

– Mais je ne peux pas te toucher au travail. Tu ne m'as pas donné le numéro.

L'explication était tirée par les cheveux et la voix de Soloviov tendue et inquiète. Il avait dû se passer quelque chose.

– Il y a un problème ?

– Oui.

– Tu ne peux pas en parler ?

– Voilà.

– Ton chien de garde est à l'écoute ? dit-elle avec un petit rire. Il ne te laisse pas parler aux femmes hors de sa présence ? À moins que je sois la seule femme en butte à son hostilité.

– Ne dis pas de bêtises. Tu te trompes.

– Si tu le dis… Je peux t'appeler à un autre moment. À moins que tu veuilles que je vienne.

– Je préférerais.

– Ça ne va pas être facile, Volodia. Je travaille tard le soir. Je pourrai passer samedi après-midi. Ça te va ?

– Non. C'est trop loin.

– Écoute, je déteste qu'on me force la main, tu comprends ? Dis-moi quand tu pourras parler et je te rappelle. Je ne tiens pas à perdre une demi-journée à aller chez toi et à en revenir simplement parce que ton assistant a un problème avec moi. Quand veux-tu que je te rappelle ? Dans une heure ? Deux ?

Soloviov ne répondit pas et Nastia comprit qu'elle n'avait pas correctement formulé la question. Si Andreï écoutait et que Vladimir ne voulait pas parler devant lui, il ne pouvait tout de même pas dire : « Appelle-moi dans une heure. » Cela revenait à dire à son assistant : « J'espère qu'à ce moment-là vous dormirez et que vous me laisserez dire quelque chose que je ne veux pas que vous entendiez. »

– Bon, alors, rappelle-moi, dit-elle enfin. Dans quarante minutes environ. Mais pas plus tard, parce que je compte tout de même dormir un peu cette nuit.

– Oui, merci. À demain.

Nastia raccrocha. « À demain » ? Décidément, quelque chose clochait réellement. Cela devenait intéressant.

Et si Soloviov avait remarqué quelque chose dans le comportement d'Andreï qui permettrait de faire le lien entre la Volga bleue volée et les habitants des « Résidences de Rêve » ?

*

Il était enfin parvenu à s'assoupir. Les deux événements, les archives et l'inquiétude pour Marina, l'avaient mis sur les nerfs. Finalement, la jeune femme avait donné de ses nouvelles. Elle revenait d'Istra, où elle travaillait chez un client, lorsqu'elle était tombée en panne. C'était une portion de route déserte, il n'y avait pas de cabine téléphonique dans les environs et elle avait attendu longtemps un automobiliste serviable. Sa deuxième conversation avec Anastasia avait aussi contribué à apaiser ses craintes. Andreï étant monté se coucher, il avait pu appeler son ancienne maîtresse plus librement. Elle lui avait promis de parler de son affaire à des amis qu'elle avait dans la milice et de passer le voir samedi.

Des bruits de pas le tirèrent du sommeil. Sans doute Andreï qui marchait dans la maison en pleine nuit. Soloviov écouta plus attentivement. Ce n'était pas son assistant. Non... Et s'il se faisait encore des idées ? Il était inquiet au-delà de toute raison et avait peur de son ombre. Il devait se contrôler.

Il se retourna et ramena le drap sur son visage. Il n'y avait pas de bruit : son imagination lui jouait des tours. Il devait se calmer et dormir.

Soudain, il rejeta les couvertures et s'assit sur le lit. Ce n'était pas son imagination. Il entendait bien des bruits dans son cabinet de travail. Très nettement. Et il était totalement impuissant, avec ses jambes qui ne répondaient pas ! Qui cela pouvait-il bien être ? Andreï ? Un inconnu ? Si c'était Andreï, il pouvait le vérifier sans difficulté. Il tendit la main vers le bouton d'appel. S'il entendait des pas en provenance de l'étage, cela signifiait qu'il y avait quelqu'un d'autre dans le bureau.

Des pas rapides retentirent en descendant la rampe. Andreï arrivait. Il jetterait un œil au bureau et Soloviov saurait une fois pour toutes s'il y avait un intrus ou si son imagination lui jouait vraiment des tours. D'autant qu'il n'entendait plus aucun bruit suspect. Bien entendu, il ne voulait pas qu'Andreï le voie paniquer, mais cinq minutes de honte valaient bien une nuit de sommeil.

– J'arrive, Vladimir Alexandrovitch ! lança Andreï avant d'entrer.

La porte de la chambre s'ouvrit et le jeune homme apparut, pieds et torse nus, comme la fois précédente.

À ce moment, Soloviov se sentit ridicule.

– Pouvez-vous m'apporter le manuscrit sur lequel je travaille ? dit-il tout doucement. Je suis insomniaque, alors autant continuer à l'annoter.

– La sortie papier ? demanda Andreï en murmurant lui aussi.

– Non, l'original. Le texte japonais.

Andreï ressortit en refermant la porte derrière lui. *Maintenant*, pensa Soloviov. *C'est maintenant qu'il doit y avoir du tapage, des bruits de lutte, peut-être des cris. À moins qu'Andreï ne revienne en disant que le bureau est sens dessus dessous et que le coffre a été forcé.*

Mais, au lieu de tout cela, il entendit claquer l'interrupteur, un chuintement de pieds nus sur le parquet, puis encore l'interrupteur et le grincement de la porte.

– Le voici, Vladimir Alexandrovitch. Je vous aide à vous installer ?

– Oui, s'il vous plaît.

Andreï souleva adroitement son patron et plaça des oreillers derrière son dos avant de lui donner le manuscrit.

– Vous avez besoin d'autre chose ?

– Non merci. Allez vous coucher. Je suis désolé de vous avoir réveillé.

– Ne vous en faites pas, répondit Andreï avec un chaleureux sourire. Je suis là pour ça.

Une fois seul, Soloviov essaya de se plonger dans l'étude du texte. Après la frayeur qu'il avait eue, il savait qu'il ne réussirait pas à dormir. Qu'est-ce qu'il lui arrivait ? Il n'y avait personne dans le bureau. Il avait tout imaginé. Andreï était entré, il avait pris le manuscrit et était ressorti. Cela signifiait qu'il n'y avait personne.

À moins que… Si quelqu'un s'était réellement trouvé là, il se serait sans doute caché en entendant des voix. Après tout, Andreï ne cherchait personne. L'intrus avait pu se dissimuler derrière la porte, la bibliothèque ou même les doubles rideaux. À présent, Soloviov regrettait de ne pas avoir franchement parlé à son assistant. Il aurait dû lui dire qu'il avait entendu des bruits.

Il tendit l'oreille, mais la maison était calme. Il parvint à se concentrer et à lire plusieurs pages, annotant le texte au crayon dans les marges. Lorsqu'il sentit ses paupières s'alourdir, une heure s'était écoulée. Il posa le manuscrit sur la table de nuit, ôta les oreillers qui lui maintenaient le dos, s'allongea et éteignit la lumière. Dix minutes plus tard, de nouveaux bruits le tirèrent de la torpeur qui précède le sommeil.

Il se demanda s'il perdait l'esprit. Il était peut-être atteint de la manie de la persécution. En tout cas, il devait avoir des hallucinations auditives. Ce n'était pas de la milice qu'il avait besoin, mais d'un psychiatre. Et pourtant, les frottements et les grincements ne diminuaient pas. Au contraire, il entendait des pas en provenance du séjour aussi bien que de l'étude. C'en était trop. Qu'importait ce qu'Andreï pouvait penser. Il fallait l'appeler et lui demander de fouiller toute la maison. Une seule chose peut faire disparaître les peurs imaginaires : la réalité.

Il tendit la main vers le bouton d'appel. La conséquence fut immédiate et terrifiante. Quelqu'un descendit rapidement la rampe, puis il y eut un fracas rapide et des détonations. Trois coups de feu. Un d'abord. Un instant de silence. Puis deux autres, très rapprochés. Un bruit de course à travers le séjour vers la porte d'entrée. Ensuite, le silence. Total. Absolu.

Cette fois, l'idée qu'il avait des hallucinations ne lui effleura même pas l'esprit. Comment aurait-il pu imaginer ces détonations ? Et s'il l'avait fait, Andreï serait déjà devant lui. Mais ce n'était pas le cas. Surmontant la faiblesse qui envahissait son corps, Soloviov alluma la lumière et tendit les bras pour prendre ses béquilles. Il se souleva du lit et dut mobiliser toutes ses ressources pour traîner vers la porte son corps qui rechignait à lui obéir. Il avait imaginé tant de choses horribles au cours de cette nuit funeste qu'il ne fut presque pas étonné par le spectacle qui l'attendait dans le séjour. Il recula dans la chambre, s'assit dans son fauteuil et prit le téléphone.

Le coup de fil à la milice épuisa ses dernières forces. Il raccrocha et resta là, immobile dans sa chambre à coucher, à regarder la nuit noire jusqu'à l'arrivée des flics. Il était terrorisé.

*

Le téléphone sonna presque en même temps que le réveil. Nastia, émergeant du sommeil avec difficulté, décrocha le combiné.

– Réveille-toi, la belle, lança la voix fatiguée de Kolia Selouïanov.

– Qu'est-ce qu'il y a ? J'ai trop dormi ? Je suis en retard ?

– Eh oui ! Tu as dormi pendant qu'il se passait des choses passionnantes. La milice a été appelée chez ton copain Soloviov.

Tout à fait éveillée, elle s'assit d'un bond.

– Que lui est-il arrivé ?

– À lui, rien. Il est en pleine forme, à part qu'il a très peur. Mais ce n'est pas là le problème.

– Kolia, je vais te tuer. Tu as décidé de me torturer encore longtemps ? Parle vite !

– Il y a deux cadavres dans la maison.

– Comment ?!

– Tu as bien entendu : deux cadavres. Un homme et une femme. Tu y vas ?

– Oui, bien sûr… Je veux dire, non ! se reprit-elle. Je suis censée travailler pour une compagnie d'assurances. Flûte ! Il va falloir que je trouve quelque chose. On a identifié les victimes ?

– Selon les voisins, l'homme était l'assistant de Soloviov. Mais personne ne connaît la femme. Ton invalide a-t-il une petite amie ?

– Il me semble. Elle ressemble à quoi, cette femme ?

– Très petite. Très jolie. Mais sans papiers sur elle.

– Il faut chercher sa voiture, dit Nastia. Ce n'est pas un lotissement où il est facile d'aller à pied. Son véhicule doit être garé quelque part dans les environs. Il n'y a rien près de la maison ?

– Non, seulement la voiture de Soloviov. Écoute, Nastia, je suis exténué. Je suis de service depuis vingt-quatre heures, alors dépêche-toi d'aller à la Petrovka. Il faut que je te passe le bébé avant de pouvoir aller me coucher.

– Attends, Kolia. Une minute, geignit-elle. Et Soloviov ? Qu'est-ce qu'il dit ? Il les a tués ?

– Il prétend que ce n'est pas lui. Il aurait entendu des bruits dans la maison et appelé son assistant qui habite à l'étage. Lorsque ce dernier est descendu, il y aurait eu des coups de feu. Voilà.

– Et l'arme ?

– On ne l'a pas encore trouvée. Alors ? Tu viens ou non ?

– Je suis déjà en route.

Elle bondit hors du lit et se prépara rapidement. En faisant le café, elle se dit que le plus simple était de prendre la voiture de Liocha, mais elle se souvint presque aussitôt que son mari devait aller à Joukovski, en grande banlieue, pour une réunion à son institut. C'était un vrai problème. Elle ne pourrait pas aller voir Soloviov alors qu'elle devait vraiment le faire.

Nastia nouait ses baskets dans le vestibule lorsque retentit la voix de Liocha.

– Tu pars déjà ?

– Oui, mon soleil. Je m'en vais.

– Tu t'es préparée bien vite, aujourd'hui. Tu as un problème ?

Elle passa la tête par l'entrebâillement de la porte pour voir son mari. Alexeï était toujours couché, mais il semblait bien éveillé. Elle comprit qu'il avait dû être tiré de son sommeil par l'appel de Selouïanov.

– Pas moi, répondit-elle. Soloviov. Deux morts et il est impliqué. Le coup de fil, c'était Kolia. Il est sur l'affaire.

– Prends la voiture, lui proposa son mari de manière inattendue. Je suppose qu'il te faudra aller là-bas.

- Et toi ? Tu ne devais pas aller à l'Institut ?

– Je demanderai à Agranov de m'emmener. C'est sur son chemin. Et je reviendrai par le train de banlieue.

Nastia jeta à ses chaussures un regard critique. Elle aurait dû les enlever avant d'entrer dans la pièce, mais elle n'avait pas le temps. *Tant pis pour le plancher*, pensa-t-elle. Elle s'approcha sur la pointe des pieds, pour ne pas trop salir, et s'assit au bord du lit. Elle posa sa main sur le front de son mari et se pencha pour lui donner un baiser.

– Je ne t'apporte que des problèmes, n'est-ce pas ? dit-elle d'une voix contrite. Ce n'est pas ma faute si mon travail est comme ça. Les gens s'entre-tuent sans tenir compte de nos plans personnels. Je n'ai aucune influence sur eux. Que puis-je faire ? Tu veux que je démissionne ? Je vois bien que je suis une source de souci permanent pour toi.

Il répondit sur le ton de la plaisanterie :

– Et puis quoi encore ? Pendant que tu passes ton temps avec tes cadavres que tu ne peux pas influencer, je peux utiliser l'appartement et l'ordinateur toute la journée. Je peux faire venir des femmes et organiser des fêtes avec les copains. Je mène une vie très libre. Et je peux très bien me passer de toi.

– Tu es fâché, dit-elle tristement. Prends la voiture, je me débrouillerai. Après tout, il n'est pas nécessaire que j'aille voir Soloviov aujourd'hui. Je peux le faire demain. Ou pas du tout.

– Arrête ! lança-t-il. Prends la voiture et arrête tes bêtises. Si tu as des problèmes avec ta conscience, tu peux passer me prendre à Joukovski, demain soir. Je passerai la nuit chez mes parents. Il y a une soutenance de thèse et il y aura sans doute une petite soirée après. Ça va finir à pas d'heure.

En prenant la voiture pour la Petrovka, Nastia avait le cœur lourd, mais très vite ses pensées bifurquèrent vers ce que Selouïanov lui avait appris. Deux personnes avaient été tuées dans la maison de Soloviov. Son assistant, Andreï Korenev, et une femme qui devait sans doute être Marina, la technicienne en informatique. Que faisait-elle chez Soloviov en pleine nuit ? Question stupide : ils avaient une liaison, évidemment. Nastia n'avait pas oublié le regard jaloux et inquisiteur que la jeune femme lui avait lancé le jour où elles s'étaient rencontrées. Une hypothèse lui traversa immédiatement l'esprit : Soloviov les avait surpris en train de coucher ensemble et les avait tués. Puis il avait caché l'arme dans la maison ou l'avait jetée dans les bois. Il avait très bien pu sortir de la maison dans son fauteuil avant d'appeler la milice.

Allons, Nastia! se raisonna-t-elle. *Tu crois que Soloviov a pu les tuer ? Il est difficile de prétendre qu'il ne ferait pas de mal à une mouche, mais tu sais très bien qu'il n'est pas du genre à prendre une décision hâtive et à agir sous l'effet de la colère.*

Elle savait pertinemment que Soloviov était le genre d'homme qui suivait toujours le mouvement. Il ne savait pas prendre les choses en main. À l'époque de leur aventure, il n'avait pas su y mettre un terme, même s'il en avait envie. Il avait attendu que ça s'arrête tout seul. Il s'était toujours comporté comme ça. Il ne se dressait pas contre l'adversité. S'il avait surpris sa maîtresse dans les bras de son assistant, il aurait eu des mots méprisants et définitifs, aurait renvoyé Andreï et rompu avec Marina, mais pas plus. Et puis… il y avait l'appel de la veille. Il avait l'impression que quelqu'un avait fouillé dans ses archives. Y avait-il un rapport ?

À la Petrovka, Nastia grimpa les cinq volées de marches jusqu'à son bureau comme si elle avait des ailes. Elle voulait avoir tous les détails. Mais elle dut déchanter. Juste au moment où sa garde de vingt-quatre heures allait finir, Selouïanov avait été appelé sur les lieux d'un autre meurtre.

11

En sortant, ce jour-là, Oksana n'imaginait pas qu'elle allait avoir une aussi mauvaise surprise. Elle travaillait en extérieur avec son photographe et, à l'heure du déjeuner, ils étaient entrés dans un restaurant qu'elle fréquentait avec Kirill Essipov. Ils étaient en train de s'installer à une table libre lorsqu'elle aperçut ce dernier en compagnie d'une femme. À première vue, Oksana ne pensa à rien de mal. Au contraire, elle décida de leur dire bonjour. L'intruse était beaucoup plus âgée qu'elle et même qu'Essipov. Elle avait manifestement la quarantaine et n'était pas très attirante. Dodue, de taille très moyenne et la poitrine opulente, elle était la parfaite antithèse d'Oksana. À peine eut-elle fait deux pas dans leur direction que la jeune femme remarqua que Kirill caressait le bras de sa compagne. Elle eut une bouffée de chaleur: il y avait tant de tendresse et d'amour dans ce geste qu'aucune confusion n'était possible.

Le couple était assis au milieu de la salle, assez loin d'elle, et Kirill lui tournait à moitié le dos. La table que le photographe et elle avaient choisie se trouvait dans une niche compartimentée, près d'un des murs, et ils étaient difficiles à voir. Le photographe avait lui aussi aperçu Essipov.

– Dis, ce n'est pas ton Kirill là-bas, avec la grosse bonne femme ? lui demanda-t-il en ne voyant pas la nécessité de faire preuve d'un excès de tact.

– Oui, je crois, murmura-t-elle en feignant l'indifférence. Sans doute une femme d'affaires.

– Tu rigoles, ou quoi ? Il ne peut pas se détacher d'elle…

– Laisse tomber ! aboya Oksana. Ça ne te regarde pas.

Le photographe était un type facile à vivre et pas très contrariant, il laissa tomber le sujet désagréable. Évidemment, Oksana n'avait plus faim.

– Partons ! dit-elle après avoir à peine touché son assiette.

Une fois dehors, ils montèrent dans la voiture du photographe. Ils devaient se rendre à un défilé de mode et avaient un peu de temps devant eux. À l'origine, Oksana voulait en profiter pour faire quelques courses, mais elle n'en avait plus envie. Rien ne comptait plus pour elle que l'apparition de cette femme inconnue que son Kirill couvait avec tendresse.

– Je te laisse où ? demanda le photographe.

– Nulle part. Attendons de les voir sortir.

– Tu n'as tout de même pas l'intention de les suivre ? Allons, Oksana, tu n'as rien d'autre à faire ?

– Ferme-la. Tu es mon ami ou non ?

– Je suis ton ami, mais je suis raisonnable. Je n'ai pas le droit de t'encourager à faire n'importe quoi. Inutile de te mettre à jouer les Sherlock Holmes.

Elle se tourna vers lui, le regard suppliant.

– Vitia, c'est très important. Crois-moi. Très important. Attendons qu'ils sortent et tâchons de savoir où ils vont. S'il te plaît, fais-le pour moi.

– Bon, d'accord, dit Vitia dans un soupir. Je me plie toujours à tes quatre volontés.

Il s'écoula quarante minutes avant qu'Essipov ne sorte avec la femme de plus de quarante ans. Et ce qui se passa ensuite laissa Oksana horrifiée : ils montèrent dans la voiture et se mirent à s'embrasser. Et de quelle manière ! Et lorsqu'ils démarrèrent, ce fut pour aller chez Essipov.

Oksana les regarda entrer dans l'immeuble, puis sauta de la voiture et se précipita vers une cabine téléphonique. Lorsqu'elle eut Vadim au bout du fil, elle lui demanda sur un ton sans réplique de passer chez elle le soir même, après le défilé de mode.

*

– Je ne comprends pas ce qu'il lui trouve, criait-elle en arpentant la pièce rageusement.

Vadim était lui aussi abasourdi par la nouvelle, mais moins qu'elle. Il savait bien à quel point les hommes peuvent être inconstants.

– Qu'est-ce qu'il a à me reprocher ? Hein ? Elle a au moins quinze ans de plus que moi et elle est vingt fois plus laide ! Qu'est-ce qu'il lui trouve ? Tu peux me le dire ?

Ce qui la mettait hors d'elle, ce n'était pas tant la jalousie que la crainte de perdre son amant. Elle savait que, si elle rompait avec lui, Vadim n'aurait aucun mal à trouver une autre fille à mettre dans le lit d'Essipov, mais qu'elle n'aurait pas sa part du profit final. Il le lui avait assez souvent répété. Elle devait donc rester au contact des directeurs de Shere Khan par tous les moyens possibles. Et comment ferait-elle si Essipov la plaquait ? Jamais, au cours des deux années précédentes, elle n'avait eu l'occasion de soupçonner qu'il y avait une autre femme. Elle avait donc baissé la garde, croyant sa position solide et que la seule chose qu'elle avait à faire était de ne pas lui donner le moindre prétexte de douter d'elle. Elle ne flirtait jamais et ne laissait personne lui faire la cour. Mais cela n'avait pas suffi.

– Peut-être qu'elle répond à ses fantasmes au lit… suggéra Vadim d'un ton conciliant.

– Comment ça au lit ? Tu n'imagines même pas à quel point je me donne du mal et tout ce que je fais. Parole ! Si je ne lui plais pas au lit, alors je me demande ce que je peux encore inventer…

Elle s'empara d'un petit vase en céramique qui ornait une console et le jeta contre le mur, le faisant éclater en mille morceaux. Vadim secoua la tête d'un air désapprobateur.

– Du calme, Oksana ! Ça ne sert à rien de t'énerver

comme ça. Il faut trouver une solution constructive. Sans casser la vaisselle…

– Quelle solution ? s'écria-t-elle au bord des larmes. J'ai supporté cet avorton pendant deux ans en feignant le plaisir et sans chercher des compensations ailleurs… Et maintenant, quoi ? Tout ça pour rien ? Cette vache avec ses mamelles énormes arrive et, lui, il la suit comme un veau stupide ?

Vadim était désolé pour elle. Il s'approcha, la fit se retourner pour se trouver en face d'elle et l'enlaça en lui tapotant gentiment la nuque.

– Calme-toi. Calme-toi. Tout n'est pas perdu. Il va falloir travailler dur, mais je te promets que ça vaudra le coup. Asseyons-nous et réfléchissons de manière constructive.

Oksana éclata en sanglots. Elle s'agrippa à ses épaules et plongea son visage humide dans le creux de son cou. Il l'entraîna lentement vers la salle de bains.

– Allons, Oksana. Pas la peine de pleurer. Un peu d'eau te fera du bien. Bon… Où est cette fermeture Éclair ?

Il la trouva, l'ouvrit et lui retira adroitement la robe extravagante dans laquelle elle était arrivée de son défilé de mode et qu'elle n'avait même pas pris le temps d'ôter. Sous elle, elle ne portait qu'une minuscule petite culotte. Vadim la poussa sous la douche et tourna le robinet d'eau froide. Oksana s'écarta du jet avec un cri aigu.

– C'est glacé ! Tu es fou ou quoi ?

– Peut-être, reconnut-il avec un sourire, mais au moins tu as arrêté de pleurer. Passe-toi le visage sous le jet, sinon tu vas être horrible avec le visage bouffi et des taches rouges.

Elle obéit et régla les robinets pour avoir de l'eau tiède avant de passer sous le jet. Puis elle se sécha avec une grande serviette rose et se rendit compte alors qu'elle avait pris une douche sans enlever sa petite culotte.

– Tourne-toi ! ordonna-t-elle à Vadim. Et passe-moi la robe de chambre.

Elle accrocha délicatement son slip à une corde à linge au-dessus d'elle et sortit de la douche. La situation ne lui semblait plus aussi catastrophique. Vadim était intelligent et avait de la ressource. Il saurait quoi faire.

De retour dans le séjour, elle se versa un petit verre de liqueur et s'installa dans un fauteuil.

– Tu en veux ? demanda-t-elle à Vadim en pointant le menton sur une bouteille dodue en verre épais.

Il refusa d'un signe de tête. Oksana savait qu'il buvait peu et ne se laissait tenter que par de bons cognacs. Mais elle n'aimait pas les alcools trop forts et n'en avait pas chez elle.

– Ainsi, ma petite, nous avons deux options. Ou bien tu t'acoquines avec un autre directeur de Shere Khan, ou bien nous essayons de récupérer ton Kirill. Laquelle tu préfères ?

Oksana s'accorda le temps de la réflexion. Semion Voronets était « toujours prêt », comme un jeune pionnier soviétique, mais elle ne pouvait pas le supporter. Gricha Avtaïev ne valait pas mieux. Bien sûr, s'il n'y avait pas d'autre solution, elle choisirait l'un ou l'autre, mais cela ne la tentait guère.

– Il me semble, fit-elle prudemment, que si je me lie à Avtaïev ou Voronets, Kirill ne le prendra pas bien. Je me fous de ses sentiments, mais s'il décide de m'éviter je n'aurai plus la possibilité d'assister à leurs réunions et aux négociations. En ce moment, je fais partie des meubles et personne ne me remarque, mais cela changerait très vite si Kirill se fâchait contre moi. Notre plan tomberait à l'eau. N'ai-je pas raison ?

– C'est juste, reconnut-il. Donc, il faut trouver un moyen d'éloigner Kirill Essipov de cette femme. Raconte-moi comment vous faites l'amour.

– Comment ? s'étrangla Oksana, furieuse. Comment oses-tu ?

– Allons, Oksana… Tu sais que je n'ai aucune curiosité mal placée. Je veux seulement savoir ce qui se passe entre vous au lit pour tenter de déterminer ce qui l'attire chez cette femme.

Bien qu'Oksana ne fût généralement pas timide devant Vadim, elle dut se forcer pour satisfaire sa demande. Ce n'était pas facile de raconter en détail ses ébats avec Kirill. Elle n'en parlait même pas à ses amies et n'avait donc pas l'habitude d'utiliser des euphémismes ou des mots savants. Elle eut du mal à prononcer les premières phrases plutôt crues, mais ensuite le comportement de Vadim lui facilita la tâche : ses yeux ne devinrent pas huileux et il resta très digne. Il écoutait attentivement, l'encourageant parfois d'un signe de tête, lui soufflant les mots justes et la couvant d'un regard compréhensif. Lorsque Oksana cessa de parler, il resta un instant silencieux.

– Et vous procédez toujours de la même manière ? finit-il par demander.

– Dans l'ensemble, oui. Mais avec des variations.

– Je vois, constata-t-il en exhalant un soupir. Au lit, vous jouez un safari, avec lui dans le rôle du chasseur et toi de la tigresse qu'il doit acculer et vaincre.

– Il me semble que les hommes ont besoin d'avoir le dessus.

– Pas tous, ma chère. Si notre ami Essipov était un raté, ta stratégie serait la bonne. Être un vainqueur au lit permet de compenser des échecs au travail ou en affaires. Mais ton Kirill est un excellent entrepreneur qui devient chaque jour plus riche et dirige une des maisons d'édition les plus importantes de Moscou. Il n'a rien à prouver dans la vie, ni au lit.

– Alors de quoi a-t-il besoin, cet avorton ?

L'idée que tous ses efforts sexuels au cours des deux dernières années avaient été vains ne lui plaisait visiblement pas.

– À en juger par ta description, je dirais qu'il ne lui faut pas un adversaire, mais une figure maternelle. Tu as lu Freud ?

– J'en ai entendu parler, répondit Oksana avec une grimace.

Elle n'appréciait pas que Vadim cite des livres qu'elle n'avait pas lus ou des choses qu'elle ignorait. Elle n'était pas particulièrement instruite et se sentait parfois humiliée de ne pas savoir de quoi il parlait.

– Alors tu connais le complexe d'Œdipe ?

– Oui, convint-elle avec soulagement. Mais je croyais qu'il ne concernait que les cinglés.

– Non, pas seulement. Bien sûr, si un homme est atteint d'une maladie mentale, le complexe d'Œdipe pourrait lui faire tuer son père pour l'empêcher de toucher sa mère. Mais chez un homme sain d'esprit, cela se traduit par le choix instinctif d'une femme qui lui rappelle sa mère ou avec qui il peut se comporter comme un petit garçon et qui lui passe tous ses caprices. Tu dois employer d'autres tactiques au lit pour satisfaire un homme comme ça. Il faut que tu les maîtrises.

– Mon Dieu ! Tout est à recommencer ! s'écria la jeune femme en levant les yeux au ciel. Bon... Il ne me reste plus qu'à apprendre... J'espère simplement que ce sera efficace.

– Je ne peux pas le garantir, mais nous devons essayer. Pour commencer, tu ne dois pas être l'agresseur. Ensuite, tu dois faire comme si ton partenaire ne savait pas très bien s'y prendre. Comme s'il avait peur et ignorait l'essentiel. C'est à toi de lui apprendre doucement et patiemment. Et de lui faire sentir qu'il apprend vite en l'encourageant. Il a besoin de reconnaissance, d'approbation et de compliments, tout ce qu'un enfant obtient de sa mère. Il a aussi besoin qu'on le plaigne et le cajole. Il faut l'étreindre, poser sa tête sur ta poitrine, le serrer. Et pour finir, tu dois surveiller ton langage. Pas de mots durs ou obscènes. Tu dois t'efforcer de lui parler comme à un gosse : « mon bébé », « mon ange », « mon petit garçon », etc. Tu comprends ?

Oksana était abasourdie :

– Je ne peux pas. Ce n'est pas mon style. Je ne me comporte jamais comme ça.

– Tu le feras parce que tu le dois, répliqua fermement Vadim.

– Allons, Vadim ! C'est pourri, ce truc. Ce n'est plus un lit, mais un berceau gluant de caramel et de sirop que tu me proposes !

– Il faudra bien t'y habituer.

– Et si ça ne marche pas ? Si je fais ce que tu dis et qu'il a besoin de tout autre chose ?

– Et si et si... se moqua-t-il. Seuls ceux qui ne font rien ne commettent jamais d'erreur. Et celui qui ne fait rien n'arrive jamais à rien. Nous avons un but ? Alors agissons. Il faut travailler pour y parvenir. Et prendre des risques parce que c'est le seul moyen.

Il était très tard lorsqu'il s'en alla. Oksana se mit au lit et, lovée dans une position fœtale, tenta d'imaginer une nouvelle manière de faire l'amour à Kirill. Le résultat ne l'enthousiasma pas. « Mon bébé »... N'importe quoi ! Mais Vadim avait raison. Elle devait essayer. Elle devait éloigner Essipov de cette vieille aux mamelles hypertrophiées. C'était le seul moyen d'atteindre son objectif : devenir riche rapidement. Et l'argent lui donnerait la liberté de se choisir un mari par amour et non pour assurer sa sécurité financière. Cela valait la peine de se plonger un peu dans la guimauve.

*

Ce qui s'était passé dans la maison de Soloviov restait peu clair. L'arme n'avait pas été trouvée dans la maison, mais dans les bois, assez loin. Et, malgré le sol friable, il n'y avait aucune trace de fauteuil roulant à proximité. Ce n'était donc pas l'invalide qui avait jeté le pistolet. Mais cela ne suffisait pas à le blanchir. La présence d'un complice n'était pas à exclure.

L'équipe d'experts, après avoir passé la maison au peigne fin, était parvenue à déterminer qu'il y avait une quatrième personne dans la maison en plus de Soloviov et des deux victimes. Mais beaucoup d'éléments demeuraient inexplicables. Ainsi, la voiture de la femme était garée loin du cottage, à une bonne dizaine de minutes à pied. Pourquoi ? Mystère. De plus, elle y avait laissé son sac à main, avec ses papiers et ceux du véhicule, établis au nom de Marina Sergueïevna Soblikova. Abandonner ainsi des objets importants dans l'automobile en pleine nuit, loin de toute maison : un tel comportement ne manquait pas de surprendre ! Ou bien la jeune femme était totalement irresponsable ou bien…

Pour Nastia, il ne faisait pas de doute que ce qui suivait ce deuxième « ou bien » constituait la bonne piste. Le cadavre de Soblikova avait été trouvé à l'entrée du cabinet de travail qui avait été fouillé de fond en comble : les deux coffres étaient ouverts et des dossiers éparpillés par terre. Vers midi, son impression se trouva confirmée : la charmante Marina Soblikova avait un casier. Née en 1968, elle avait été condamnée à deux ans de camp pour cambriolage, avait purgé sa peine et n'était dehors que depuis dix-huit mois. Elle faisait partie d'un gang spécialisé dans l'ouverture des serrures spéciales et du contournement des systèmes de sécurité. Le juge d'instruction qui avait bouclé cette vieille affaire était persuadé que la jeune femme avait participé à des dizaines de casses, mais il n'avait pu retenir contre elle que le dernier, où elle avait été prise en flagrant délit. Certains membres du gang étaient tombés en même temps qu'elle et les enquêteurs de la milice étaient parvenus à les incriminer dans d'autres affaires, mais aucun n'avait accepté de charger Soblikova : ils soutenaient tous qu'elle n'avait participé qu'au tout dernier cambriolage. Des gentlemen, en somme. Après sa libération, la jeune femme avait apparemment décidé de se ranger. Elle avait étudié l'informatique et avait obtenu un emploi. Rien d'extraordinaire. Restait à savoir si elle avait replongé dans ses anciens travers.

Nastia décida de se faire l'avocat du diable et d'échafauder une théorie qui l'exonérerait. Les choses avaient pu se passer ainsi : dans le cadre de son travail, Soblikova arrive chez Soloviov. Elle devient sa maîtresse, mais Andreï, l'assistant, lui plaît bien. Elle le rejoint la nuit. Pour ne pas être remarquée par le maître de maison, elle gare sa voiture au loin. Tandis qu'elle folâtre à l'étage avec Andreï, un inconnu pénètre dans la maison à la recherche de quelque chose dans le bureau. Soloviov entend du bruit et appelle son assistant. L'inconnu se dissimule dans un recoin pendant qu'Andreï descend. Lorsque ce dernier pénètre dans la pièce, il ne voit rien et récupère le manuscrit que Soloviov vient de lui demander. Un peu plus tard, les bruits reprennent et l'invalide sonne encore. Pour une raison quelconque, Soblikova descend avec Andreï. Peut-être allait-elle partir ? Et ils tombent nez à nez avec l'intrus qui les tue.

Nastia vérifia les notes de Selouïanov. Oui, elle s'en allait : Andreï Korenev ne portait que son short alors qu'elle était entièrement habillée.

Une fois l'hypothèse trouvée, il ne restait plus qu'à la vérifier. Elle était sur le point d'établir la liste des actions à entreprendre lorsque son collègue, le lieutenant chef Micha Dotsenko, apparut dans l'embrasure.

– Je vous apporte d'autres éléments sur Soblikova, dit-il en lui tendant un mince dossier. Les Voisins[1] me l'ont prêté pour consultation. J'ai promis de le ramener tout de suite.

Dotsenko, plus jeune et d'un grade moins élevé que Nastia, était le seul membre de l'équipe à ne pas la tutoyer. Il avait beau essayer, il n'y parvenait pas. Et comme Nastia détestait l'habitude des supérieurs russes de tutoyer leurs subordonnés, le vouvoiement était de rigueur entre eux.

– Merci, Micha.

Nastia ouvrit la chemise. Le document qu'elle contenait lui fit l'effet d'une douche froide. Marina Soblikova avait un surnom dans le Milieu : « Gazelle ».

« Cette Gazelle est exactement ce dont on a besoin dans cette affaire. »

Où avait-elle entendu cette phrase ? Elle s'en souvint instantanément. Chez Soloviov, lors de sa première visite, le jour de son anniversaire. C'était un des directeurs de Shere Khan qui l'avait prononcée. Nastia avait cru qu'ils évoquaient des problèmes de transport puisqu'une « Gazelle » était un camion fabriqué par les usines Gaz. Elle entendait souvent des chauffeurs utiliser ce nom.

1. La Sécurité fédérale. Successeur des départements intérieurs du KGB, ce service joue à la fois le rôle d'une police fédérale (comme le FBI) et d'un service des Renseignements généraux particulièrement musclé.

Donc, la première hypothèse était la bonne. Soblikova n'était pas une victime collatérale. Elle était bien là pour fouiller la maison. Ses commanditaires avaient engagé une vraie pro, une spécialiste des serrures difficiles. Et Andreï ? Il devait être dans la combine. Cela expliquait sa conduite, car Nastia avait tout de suite senti qu'il ne l'appréciait pas. Évidemment, elle représentait une menace pour leurs plans. Si sa relation avec Soloviov s'était approfondie, Marina aurait eu beaucoup de mal à entrer en jeu. *Humm...* se dit-elle. *Volodia, dans quelle merde t'es-tu fourré ? Que cherchent-ils ? Un objet ? Un document ?*

Elle n'avait plus besoin de vérifier l'hypothèse qui innocentait Marina. Il était clair à présent que c'était bien elle qui fouillait dans le bureau. Et aussi pourquoi Andreï n'avait rien remarqué quand il était entré dans la pièce en allant prendre le manuscrit. Sans oublier la raison qui avait poussé la jeune femme à se garer loin de la maison en laissant son sac dans la voiture. Un voleur expérimenté ne s'encombre jamais d'effets personnels lorsqu'il travaille. On ne sait jamais comment les choses peuvent tourner : en cas de fuite, il faut éviter de laisser tomber ou de perdre des éléments compromettants. Sans compter qu'un sac est encombrant et risque de s'accrocher n'importe où. Quant à la manière dont elle s'était introduite dans la maison, il n'y avait rien de plus simple : Andreï avait simplement laissé la porte ouverte.

Oui, tout collait. Mais il restait le point essentiel à découvrir : qui les avait tués ? Qui était cette troisième personne présente chez Soloviov cette nuit-là ?

Un autre point gênait Nastia. Devait-elle avouer à son ancien amant qu'elle travaillait à la Criminelle et se charger de l'enquête sur le double meurtre ? Mais en le faisant, elle renonçait à sa couverture auprès des autres résidants du lotissement, ce qui signifiait abandonner une piste qui pouvait conduire à l'élucidation de l'affaire des garçons assassinés. Ou devait-elle préserver son bobard ? Que valait-il mieux ?

Persévérer sur une voie qui ne menait peut-être nulle

part mais pouvait tout aussi bien conduire à l'arrestation d'un maniaque et l'empêcher de faire d'autres victimes ? Ou admettre qu'elle avait commis une erreur en tentant d'établir un lien entre les « Résidences de Rêve » et l'affaire des garçons ?

Tenter de sauver des vies…

Ou admettre…

Sa tête lui tournait. Elle se sentait trop nerveuse pour prendre une décision. Elle se leva, referma son bureau derrière elle et alla voir Anatoli Khvastounov.

*

C'était un truc qui avait fait ses preuves. Après une bonne séance de travail avec Khvastounov, Nastia recouvrait sa capacité de raisonner sainement.

– Salut, dit l'intéressé avec un franc sourire. Encore des problèmes d'embrayage au cerveau ?

– Ça grippe, tu ne peux pas t'imaginer ! reconnut-elle franchement. Je n'arrive pas à quitter le point mort de la colère et de la crainte.

– Je vais t'aider à mettre un peu d'huile dans tes rouages, lui promit Khvastounov. Ils ont fini par cracher au bassinet…

– Tu as fini par obtenir le déblocage des fonds pour ton appareil ?

– Et comment ? Regarde.

Il plaça devant elle une petite valise de la taille d'un attaché-case et en souleva le couvercle. Il n'y avait rien de bien excitant à l'intérieur : quatre petits disques de métal, deux à droite et deux à gauche et deux cadrans.

– Il fait quoi, ce miracle de la technologie moderne ? demanda-t-elle avec un brin de scepticisme dans la voix.

– Beaucoup de choses, répondit Khvastounov. C'est un activatomètre.

– Et ça sert à quoi ?

– À établir des diagnostics. Ce n'est pas la peine que je t'explique, je ne comprends pas très bien moi-même. Mais ça marche. Pose tes mains sur les disques et reste calme.

Nastia obéit. Sur les cadrans, les aiguilles tressautèrent par saccades et vinrent se placer sur le côté.

Khvastounov nota les résultats sur une feuille, réfléchit et hocha la tête.

– Ce n'est pas la forme ? Des problèmes émotionnels ?

– Non, non, tout va bien, protesta-t-elle.

– Alors pourquoi il n'y a que ton hémisphère droit qui fonctionne ? Ce n'est plus un cerveau que tu as ! C'est juste un hémisphère. Tu as surchargé le lobe des émotions et des images. Tu éprouves des difficultés à piger certains trucs ?

– C'est pour ça que je me suis dépêchée de venir te voir. Je sais qu'une petite séance de tir d'une demi-heure sous ta supervision est radicale pour me faire retrouver mes capacités.

– Ne t'inquiète pas, tu vas les retrouver tout de suite. Et tu vas constater ce que montre l'appareil. Va au stand. Tu veux charger toi-même ?

– Jamais. Je te fais confiance. Mes ongles sont trop longs. J'ai besoin d'une manucure.

Khvastounov inséra le chargeur et lui tendit le pistolet.

– Vas-y. Commence le traitement. Tu te souviens des mots ?

– Je m'en souviens.

– À voix haute ! lança-t-il.

– Allons ! Je ne vais pas me tromper…

– À voix haute, je te dis. Ça ne marchera pas autrement.

– D'accord ! dit Nastia dans un soupir. Je suis prête.

Elle se mit en position, gardant le long du corps le bras qui tenait le pistolet, prête à le lever.

– Eh ! Repose ton arme. Tu ne t'es pas encore concentrée ! lui cria Khvastounov. Réponds à la question : quelle est la clé du succès au tir en toutes circonstances ? Réponds lentement en disant tous les mots.

– La clé du suc-cès au tir en tou-tes cir-con-stan-ces est la co-or-di-na-tion dans l'e-xé-cu-tion des gestes suivants : po-si-tion-ner le poi-gnet, sai-sir la cros-se, presser la détente, ânonna lentement Nastia.

– Juste. Quel est le premier support ?

– Sentir une prise correcte de crosse.
– Le deuxième ?
– Pointer l'arme et engager le doigt sur la détente.
– Le troisième ?
– Contrôle de la stabilité du canon et coordination de l'index avec la position du poignet.
– Le quatrième ?
– Contrôle de l'action après le tir.
– Très bien. Tu te souviens de tout. Tu peux prendre ton arme. Et annonce tes mouvements à voix haute. Tu ne dois penser qu'à ce que tu dis. À rien d'autre.
– Envelopper la poignée et plier le doigt, dit Nastia.
– Bien, allez. Pas la peine d'empoigner la crosse comme la gorge d'une rivale. Tu serres trop. Relâche-toi.
– Mais c'est lourd… se justifia Nastia.
– Il ne va pas tomber. Pourquoi tu crois que nous parlons d'« envelopper » ? Ta paume et ta main enveloppent la crosse. L'arme et la main ne forment plus qu'un tout. C'est comme de mettre un gant. Tu ne dois pas craindre de faire tomber l'arme car elle fait partie de ta main. Très bien. Continue.
Nastia leva lentement le pistolet.
– Et les mots ? lui rappela l'instructeur. Je veux les entendre.
– Mouvement aisé et doigt bloqué.
– On a dit « aisé », Nastia ! hurla-t-il. Aisé ! Imagine que tu lèves ta main pour arranger ta coiffure. Calmement, sans effort, naturellement. Il ne faut pas penser à ce qui se passerait si tu rates ta cible. Si tu rates, la belle affaire ! Je ne vais pas te faire la gueule pour ça. Le but de la manœuvre est de se concentrer sur les quatre supports et d'exécuter les mouvements correctement. Le résultat n'est qu'une broutille sans importance. Tu comprends ?
– Hmm-hmm !
– Baisse la main et recommence. Légère, détendue. Voilà ! dit-il. Tu peux quand tu veux. Vas-y.
– Serrer le doigt, tenir le poignet, répéta-t-elle fermement.
– Répète-le cinq fois et fais-le.

– Serrer le doigt, tenir le poignet ! Serrer le doigt, tenir le poignet ! Serrer…

Le coup de feu partit. La main de Nastia retomba par saccades.

– Continue, dit Khvastounov. Ne t'arrête pas.

– Ne pas lâcher la prise, détendre le doigt.

– Là… Repose l'arme. Il en faut de la patience avec toi, ma vieille !

– J'ai touché où ? demanda Nastia en louchant pour tenter d'apercevoir le trou dans la cible.

– Tu as touché là où tu devais. Recommence l'exercice et tire trois fois. La main détendue. Tu ne dois penser qu'aux mouvements. Oublie la cible.

Nastia répéta les mots magiques comme une incantation, tira trois balles et reposa l'automatique.

– Très bien ! dit Khvastounov d'un ton satisfait. Tu as touché trois fois dans le neuf. Nous allons vérifier où tu en es avec ma petite merveille électronique.

Nastia plaça une nouvelle fois ses mains sur les disques métalliques.

– Tiens ! Tu vois ? Il semblerait que tu aies aussi un hémisphère gauche… Retourne au stand et tire encore cinq coups.

La troisième fois, les cadrans de l'activatomètre indiquèrent que l'hémisphère gauche de la jeune femme était plus actif que le droit. Elle avait recouvré toutes ses capacités de raisonnement abstrait et logique.

– Anatoli, tu es un magicien. Où as-tu appris ça ? Je n'ai jamais réussi à obtenir vingt-sept points avec trois balles, ni quarante-trois avec cinq. J'ai toujours tiré comme un manche !

– C'est une technique que j'ai mise au point. C'était le sujet de mon mémoire de fin d'études. J'avais peur que les membres du jury se moquent de moi et me recalent.

– Mais ils ne l'ont pas fait.

– Non. Korkh en personne a pris ma défense. Après son intervention élogieuse, plus personne n'a osé le contredire. Tu n'imagines pas son poids. S'il dit que c'est bien, alors c'est que ça doit l'être.

Arkadi Iakovlevitch Korkh était une légende vivante : le premier étudiant en Russie à avoir soutenu une thèse de doctorat sur la méthodologie de l'instruction au tir. Et il était le premier spécialiste dans son domaine, entraîneur honoré des équipes olympiques russes. S'il avait approuvé la méthode de Khvastounov, il n'était pas étonnant que Nastia obtienne de bons résultats dès sa cinquième leçon.

– Dis-moi, Tolia, tu as appris à beaucoup de gens à tirer avec ta méthode ?

– Oui. Du moins, à ceux qui veulent apprendre. On ne peut rien faire avec ceux qui ne veulent pas. En fait, ils n'ont pas besoin d'instructeur : ils se prennent pour des pros et ne viennent au stand que pour maintenir leur forme et se montrer. Dès que je serai parvenu à introduire le système d'entraînement que je préconise, on pourra réellement voir qui vaut quoi. D'abord, un parcours d'obstacles, puis une fusillade contre deux adversaires avec un bruit de fond traumatisant. Puis, pour finir, le stand. La bande-son est déjà prête : détonations, explosions de grenades, hurlements de sirènes, cris de femmes. La pression est incroyable. J'aimerais bien voir comment ils tirent après ça. Voir quels scores ils obtiennent.

– Et tu peux leur apprendre à combattre et à tirer dans de telles conditions ?

– Bien entendu. J'ai adapté ma méthodologie à cela aussi. Et j'ai eu l'approbation de Korkh. Il ne me manque que des étudiants. Les seuls qui viennent pour un entraînement suivi sont les commandos *spetsnaz*. Les troupes spéciales comprennent la valeur de mon entraînement, mais pas les flics.

Nastia se sentait mal à l'aise. Elle avait beaucoup de respect pour cet homme qui croyait en son travail et ne vivait que pour lui. Khvastounov s'impliquait dans tout ce qu'il faisait et c'était sans doute pour cela qu'il le faisait bien. Il avait organisé des cours de formation, obtenu de l'administration les équipements nécessaires et payait même de sa poche des brochures et des cassettes vidéo qu'il faisait venir de l'étranger. Et il semblait sincèrement contrarié de ne pas avoir plus d'élèves.

– Il ne faut pas nous en vouloir, balbutia-t-elle d'un air coupable. Tu sais à quel point nous sommes chargés de travail. Nous ne voyons pas la lumière du jour.

– Ne t'en fais pas, la rassura-t-il en haussant les épaules. Je ne me plains pas. Mon travail consiste à être prêt pour pouvoir former un groupe rapidement en cas de besoin. Si ce n'est pas le cas maintenant, ça viendra... Je suis content que tu viennes. Pourtant, ton travail n'exige pas l'utilisation d'armes à feu. Tu ne procèdes pas à des arrestations. Tu ne portes même pas un pistolet, n'est-ce pas ?

– Non, dit-elle. Je viens ici pour chasser le stress et remettre en service mon cerveau. Ça me défoule lorsque les émotions me surchargent les neurones. En une demi-heure, je retrouve mes facultés d'analyse et suis de nouveau capable de réfléchir logiquement.

– Eh bien, j'en suis heureux, dit-il avec un triste sourire. Ça fait plaisir de constater qu'on sert à quelque chose.

En quittant le stand de tir, Nastia se rendit compte avec surprise qu'elle n'avait pas pensé une seule fois au problème qu'elle avait ressassé toute la journée. Khvastounov l'avait obligée à se concentrer sur les « supports ». Pendant ce temps, le problème s'était résolu de lui-même et, débarrassée de l'inquiétude et de la crainte, la décision à prendre lui paraissait évidente et totalement logique.

*

– Eh bien, mon cher, tu m'as mise dans de beaux draps, dit Nastia d'un ton contrarié. Je sais bien que tu ne l'as pas fait exprès, mais tu dois comprendre que je suis dans le pétrin à cause de toi. Comme une idiote j'ai appelé mes relations à la milice pour leur dire que mon ami Soloviov avait un problème et que toute suggestion serait la bienvenue. Et voilà qu'ils débarquent chez moi, me saisissent par les aisselles et m'emmènent pour me soumettre à la question ! Or, mon ami Soloviov a deux cadavres sur les bras, est soupçonné de meurtre et on ne le met pas en garde à vue pour ne pas aggraver son état de santé. Alors dis-moi si j'avais besoin de ça ?

Soloviov avait une mine épouvantable. Son visage était gris. Nastia était arrivée à peine une demi-heure après le départ du juge d'instruction chargé du dossier. Le magistrat avait estimé plus simple de passer le voir que de le convoquer au Parquet.

– Mais tu me crois ? répéta Soloviov. Tu me crois quand je dis que je ne les ai pas tués ?

– Bien sûr que je te crois. Et alors ? Je ne suis pas le juge d'instruction. C'est lui qui doit te croire. Lorsque trois personnes se trouvent dans une maison et que deux d'entre elles sont tuées, il est clair que la troisième devient suspecte. Qu'est-ce que tu veux que je te dise ?

– Il y avait quelqu'un d'autre dans la maison, affirma son ami.

– Volodia, ta seule chance est de comprendre ce qu'ils voulaient. Si tu sais où ils fouillaient, il faut deviner ce qu'ils voulaient. Après, tout devient facile. Mais tant que tu ne l'auras pas fait, tout ce que tu diras ne vaudra pas un sou. Quelqu'un a poussé Marina dans tes bras.

– Ce n'est pas vrai, dit-il avec fougue. Marina n'a aucun rapport avec tout ça.

– Aucun rapport ? répéta Nastia avec un petit sourire satisfait. Alors elle sortait d'où ? Tu peux me le dire ?

– Il y avait un virus dans mon ordinateur. Andreï a appelé une société informatique. Le fait qu'elle ait fait de la prison n'est pas significatif.

– Quel est le nom de l'entreprise ?

– Electrotech.

– Tu as leur numéro de téléphone ?

– Non. Andreï l'avait. C'est lui qui les appelait.

– Volodia, je suis navrée de te décevoir. Lorsque tu m'as exposé ton problème hier, j'ai tout de suite pensé à Marina. Ce matin, avant d'appeler mes amis de la milice, j'ai fait ma petite enquête. La société Electrotech n'existe pas. Tu comprends à quel point la situation est grave ? Sur l'ordre d'une tierce personne, Andreï a monté toute cette histoire avec Marina. Le virus a été chargé sur ton ordinateur pour une seule raison : avoir libre accès à ton bureau. Et tout ça pourquoi ? Allons, Soloviov, reprends-toi. Dès que tu auras découvert ce qu'ils cherchaient, la milice pourra résoudre le crime et nous laissera tranquilles. Tu t'en fous peut-être, après tout, le juge d'instruction semble disposé à te ménager, mais moi, ils me rendent folle. Mon temps n'est pas extensible. Tu sais que je suis payée à la commission en fonction des dossiers dont je m'occupe. Comment puis-je travailler si je dois passer plusieurs heures par jour au Parquet ou à la Petrovka ?

– Que veux-tu que je fasse ? demanda Soloviov, l'air encore plus épuisé.

– Je veux que tu examines tous tes papiers et les objets que tu gardes dans tes coffres pour tenter de déterminer ce qui pouvait les intéresser. Et plus vite tu y parviendras, mieux ce sera pour tout le monde. Si tu veux, je peux t'aider. Je peux prendre quelques jours de congé et examiner tes archives, page par page. Pour moi c'est important. Ce genre d'histoire peut me faire perdre mon travail.

– Entendu, dit-il. Examinons mes papiers. Si tu penses que c'est important, on peut le faire. Mais pas aujourd'hui, je suis crevé.

– Demain ?

– Va pour demain.

– Je viendrai à la première heure.

– Si tu veux. À la première heure.

Nastia voyait bien qu'il avait la tête ailleurs. Peut-être cherchait-il à fuir les événements de la nuit.

– Tu as besoin d'un nouvel assistant, constata-t-elle. Tu ne peux pas t'en sortir tout seul.

– Les éditeurs vont m'envoyer quelqu'un, répondit-il avec indifférence.

– En attendant, tu as besoin de quelqu'un. Pourquoi ne pas demander à ton fils de venir quelque temps ?

– Mon fils ? répéta-t-il avec une telle surprise que Nastia eut l'impression qu'elle avait dit une absurdité. Pas question.

– Mais pourquoi ?

– Parce que non, c'est tout.

– Comme tu veux. Mais il te faut vraiment quelqu'un.
– Tu viens demain. Ensuite, nous verrons.

L'abattement de Soloviov était compréhensible. Découvrir deux cadavres, dont celui de sa maîtresse, et rester une partie de la nuit seul avec eux en attendant l'arrivée de la milice était le genre de mésaventure qui pouvait ébranler les nerfs les plus solides.

– Est-ce que je peux t'aider ce soir ? Te faire à dîner ? proposa-t-elle.
– Non, je n'ai pas faim.
– Veux-tu que je t'aide à te coucher ?
– Je peux me débrouiller.
– Bon, alors à demain.
– Oui, à demain. Merci d'être venue.

Elle s'avança vers lui, se pencha et l'embrassa.

– Tiens bon, Soloviov. Je parle d'expérience. Les premiers coups sont les plus difficiles à supporter. Prends un somnifère et essaie de dormir. Demain, tu te sentiras mieux. La nuit sera difficile. Tu ne vas pas t'effondrer après mon départ ?
– Je ferai en sorte de l'éviter.

Un faible sourire se dessina sur son visage. Il prit la main de la jeune femme et la pressa sur sa joue, comme il l'avait fait quelques jours plus tôt.

– Va-t'en, Nastia. Et reviens demain. À la première heure.

12

Les périodes qui précèdent les journées de congé, les vacances ou les ponts du calendrier recèlent toujours d'immenses dangers. Nastia Kamenskaïa connaissait la loi de Murphy sur l'emmerdement maximal comme si elle l'avait écrite elle-même. Elle était particulièrement sensible à une de ses variantes qu'on peut formuler ainsi : plus on se rapproche du début d'un long week-end et plus augmente la probabilité de se trouver confronté à des éléments qui exigent une vérification immédiate. Ce qui devient impossible lorsque tout le monde est sur le départ : pas moyen de mettre la main sur les gens pour les obliger à rester travailler. Or, le début du mois de mai était toujours une véritable passoire : un pont de quatre jours pour la fête du Travail, le 1er Mai, suivi de quatre jours ouvrables, puis un autre pont de quatre jours pour le 9 Mai, la commémoration de la victoire sur l'Allemagne nazie. Beaucoup d'entreprises privées fermaient pour la totalité de la période sans s'ennuyer à ouvrir les quelques jours coincés entre les jours fériés.

Cette année-là, le mois de mai était semblable à lui-même et offrait un cadre propice à toute manifestation de la loi de Murphy. Le 29 avril, les enquêteurs effectuèrent une nouvelle fouille de l'appartement de Mikhaïl Tcherkassov. Ils procédèrent lentement et avec méthode, contrairement à la première fois, dans la précipitation de l'arrestation. Elle permit de découvrir deux nouveaux éléments qui avaient échappé aux limiers : un calepin soigneusement dissimulé dans un interstice entre deux planches et rempli d'une écriture qui n'était pas celle de Tcherkassov ; et des traces de boue sous un tapis.

Le contenu du calepin indiquait que son rédacteur était un fana des jeux électroniques. Pensant qu'il pouvait appartenir à Oleg Boutenko, les enquêteurs se mirent en rapport avec ses parents qui infirmèrent tout de suite leur théorie : non seulement leur Oleg n'aimait pas les jeux et n'avait pas d'ordinateur, mais encore l'écriture ne semblait pas être la sienne, bien qu'ils n'en fussent pas tout à fait certains. Ils fournirent quelques pages rédigées par leur fils – devoirs scolaires, brouillons, lettres – pour permettre une comparaison graphologique. Les flics envoyèrent le tout au labo.

Mikhaïl Tcherkassov était incapable d'expliquer la présence du calepin et, en l'interrogeant dans l'appartement où il était maintenu au secret sous bonne garde, Iouri Korotkov n'apprécia pas du tout.

– Avez-vous déjà vu ce calepin ? lui demanda-t-il.

– Non, jamais, répondit Tcherkassov en hochant la tête.

– Alors, comment a-t-il pu arriver chez vous ?

- Oleg, sans doute, suggéra-t-il aussitôt.

– Nous vérifions. Et si ce n'est pas lui, qui ?

– Aucune idée.

– Pouvez-vous me donner la liste des gens que vous avez fait entrer dans l'appartement après la mort de Boutenko ?

– Personne. Si vous faites allusion à mes partenaires, j'allais chez eux.

– Et les gens qui n'étaient pas vos partenaires ? Des relations, des voisins, des parents ?

– Personne n'a laissé de calepin. J'en suis sûr.

– Alors, comment est-il arrivé là ?

– Je n'en sais rien.

– Est-ce que Boutenko a pu recevoir quelqu'un pendant que vous étiez dehors ?

– J'en doute. Il se cachait de ses complices et avait peur d'eux.

– Mais il a pu se faire de nouveaux amis. Comme vous.

– Où les aurait-il trouvés ? Il n'a pas quitté la maison.

Son assurance laissait Korotkov perplexe.

– Comment pouvez-vous en être certain ? Vous partiez travailler et Boutenko restait seul. Vous ignorez de quelle manière il passait son temps en votre absence.

– Mais il se cachait. Ces dealers le terrifiaient.

Ils tournaient en rond et Korotkov arrêta l'interrogatoire, certain qu'il n'obtiendrait rien de plus.

Lorsqu'ils eurent confirmation que l'écriture du calepin n'était pas celle d'Oleg Boutenko, Nastia suggéra de le montrer à tous les parents des garçons disparus. De nouveau, de sérieux doutes s'élevaient quant à l'innocence de Tcherkassov.

Pour faire analyser les traces de boue trouvées sous le tapis, Selouïanov dut déployer des trésors de charme et des tonnes de bagout, sans oublier de sortir les quelques milliers de roubles nécessaires à l'achat d'une bouteille de vodka. L'expert finit par déterminer qu'il s'agissait de traces de sable mélangé à du béton. Et le béton était composé d'une catégorie de ciment plutôt rare.

– Les traces ont été faites par des bottes qui ont marché dans la boue d'un chantier de construction.

Le 30 avril, veille de fête, était une de ces journées où les bureaux s'arrangent pour fermer tôt. Selouïanov passa un nombre de coups de fil incroyable, mais dut se rendre à l'évidence : personne n'était disposé à prolonger son séjour au bureau assez longtemps pour lui dire sur quels chantiers le béton en question était employé. Il dut se résoudre à attendre la fin du long week-end. L'époque où un coup de fil de la milice suffisait à obliger les employés de l'administration à laisser tomber leurs loisirs pour retourner vérifier un dossier au bureau était bien loin. Désormais, les forces de l'ordre n'inspiraient aucun respect.

Le même jour, les parents de cinq des huit garçons disparus en plus de Boutenko furent réunis à la Petrovka. Korotkov alla voir les trois autres qui étaient dans l'impossibilité de se déplacer.

– C'est le calepin de notre fils ! s'écria le père de Valeri Liskine, disparu début décembre et retrouvé mort en février.

– En êtes-vous sûr ?

– Oui, c'est bien son calepin. Il ne s'en séparait jamais.

– Est-ce que vous pouvez nous fournir des échantillons de son écriture pour l'expertise ?

– Bien entendu, dit-il. Ainsi, vous avez retrouvé le criminel ?

– Non, pas encore, malheureusement.

– Dans ce cas, comment avez-vous eu le bloc-notes de Valeri ? Pourquoi nous cachez-vous des choses ? Je suis son père et j'ai le droit de savoir qui a tué mon fils !

– Croyez-moi, Boris Arkadievitch, nous faisons tout notre possible pour arrêter le tueur.

– Vous mentez ! s'écria Liskine. Vous faites tout ce que vous pouvez pour le protéger. D'abord, vous l'avez laissé en liberté jusqu'à ce que les journaux démasquent votre attitude et maintenant, vous faites tout pour prouver qu'il n'est pas coupable. La milice a toujours été antisémite. Mais ça ne va pas se passer comme ça !

*

Boris Liskine mit sa menace à exécution. Le lendemain, le colonel Gordeïev convoqua Selouïanov et Korotkov. Il laissa Nastia tranquille : elle en était à son troisième jour d'examen des archives et de la maison de Soloviov, à la recherche de ce qui pouvait intéresser les mystérieux criminels.

– Bravo, les gars ! commença le colonel, très sérieux. C'est un beau cadeau que vous nous avez fait à la veille de fêtes interminables. Les parents des huit victimes ont déposé plainte. Ce bâtard de Svalov a lâché les noms des victimes à la presse. Les trois familles auxquelles Iouri a rendu visite se sont jointes aux cinq que nous avons reçues ici.

– Et que va-t-il se passer ? demanda Selouïanov, indécis.

– Pas grand-chose. Nous supporterons notre couronne

d'épines et mettrons à profit la moindre occasion de démontrer que nous ne sommes pas antisémites. De toute manière, depuis la conférence de presse, l'affaire est sur le devant de la scène. En ce qui nous concerne, ça ne change qu'une chose : j'ai droit à une engueulade téléphonique quotidienne du patron alors qu'habituellement il ne m'appelle que tous les trois jours. Bien, revenons à l'affaire. Qu'est-ce que nous avons ? Rien à part Tcherkassov qui donne une explication plausible au décès de Boutenko et n'admet rien d'autre.

– Et la piste explorée par Nastia ? Ça peut donner quelque chose, dit Korotkov avec une confiance bien feinte.

– Et si ça ne donne rien ? le contra Gordeïev. Il faut creuser l'histoire du calepin de Liskine dans l'appartement de Tcherkassov. Pour le moment, la piste du lotissement ne donne rien. Bien entendu, en enquêtant sur les deux meurtres chez Soloviov, Nastia pourrait trouver quelque chose, mais je n'ai pas grand espoir. Concentrons-nous sur Tcherkassov. Il est parvenu à nous mystifier mais, Dieu merci, pas trop longtemps. Il faut le laisser tranquille dans l'appartement. Qu'il continue de penser que nous le croyons. Korotkov, va le voir tous les jours et interroge-le, mais en douceur, qu'il ne se doute de rien. Vérifie chaque détail, mais fais semblant d'accepter ses explications. Ce Tcherkassov est plus habile qu'il semble à première vue.

La réunion se poursuivit encore dix minutes et fut interrompue par la sonnerie du téléphone.

– Ça commence ! soupira Gordeïev.

Il se leva et boutonna sa vareuse sur son large poitrail.

– À moi de payer les pots cassés. Vous, les enfants, au boulot !

*

Pendant trois jours, ils fouillèrent la maison de fond en comble, vérifiant méthodiquement tous les recoins, examinant chaque livre, lisant chaque papier. L'état d'esprit de Soloviov s'améliorait à mesure que s'éloignait le souvenir de cette nuit horrible. Nastia faisait toujours semblant de n'avoir aucun lien avec la milice et prétendait n'aider Soloviov que pour se débarrasser de la pression des enquêteurs qui s'intéressaient de trop près à elle.

Pendant ces quelques jours, elle eut l'occasion de se rendre compte que Soloviov n'était pas aussi handicapé qu'il le semblait lorsqu'il avait un assistant pour faire les choses à sa place. Elle n'avait pas de raison non plus de se faire du souci pour sa sécurité. Dans le vestibule, il y avait toujours un flic en uniforme affecté à une double tâche : protéger l'invalide au cas où des visiteurs nocturnes reviendraient et l'empêcher de s'évanouir dans la nature, puisqu'il était toujours soupçonné. Ce n'était certainement pas lui qui s'était débarrassé de l'arme en la jetant dans la forêt, mais la mystérieuse quatrième personne aurait pu être un complice. De toute manière, Soloviov bénéficiait d'une garde permanente et Nastia n'éprouvait aucun remords à le laisser seul le soir, bien qu'elle ne parvînt pas à comprendre son refus têtu de demander à son fils de s'installer temporairement chez lui.

– Quand tes éditeurs te trouveront-ils un nouvel assistant ? lui demanda-t-elle, assise en tailleur par terre, devant le coffre des archives, alors qu'elle ouvrait un nouveau dossier.

– À leur retour. Ils ont pris, tous les trois, quelques jours de vacances à l'étranger… Je ne vois toujours pas ce que tu espères trouver, Nastia. Une traduction ? Un projet ? Il n'y a rien d'autre là-dedans.

– Laisse tomber, Soloviov, lui répondit-elle. Tu crois que les criminels se seraient donné tout ce mal s'ils n'avaient pas cherché quelque chose de précis dans ton bureau et dans ce coffre ? Si tu ne veux pas regarder ces papiers, va donc nous faire du café.

– Il me semble qu'il n'y a plus de sucre, dit-il confus.

– Mon Dieu, ce n'est pas possible d'être comme ça ! s'écria-t-elle en exagérant son exaspération. Appelle donc Genia Iakimov et demande-lui de te prêter du sucre. Il faut vraiment tout t'expliquer ? Tu t'es trop habitué à te reposer sur ton assistant. Et tant que tu y es : dresse une liste des courses dont tu as besoin, j'apporterai tout demain. Allez ! Bouge-toi. Fais quelque chose d'utile si tu ne veux pas m'aider ici.

– Tu es fâchée, n'est-ce pas ? demanda-t-il d'un ton contrit.

Il voulait qu'on le prenne en pitié, qu'on le plaigne, et Nastia le voyait bien. Mais elle ne ressentait rien de tel. La phrase qu'elle avait entendue à propos de « Gazelle », prononcée par l'un des patrons de Shere Khan, indiquait clairement que la maison d'édition était mêlée à l'affaire. L'enquêtrice avait toujours eu du mal à croire que les crimes tombaient du ciel sur des victimes qui, elles, tombaient des nues, et elle soupçonnait Soloviov d'en savoir beaucoup plus qu'il ne voulait le dire. Il était en relation avec ces éditeurs depuis plusieurs années et s'ils lui avaient envoyé des gens comme Andreï Korenev et Marina Soblikova dite « Gazelle », une voleuse professionnelle, il était difficile de croire qu'il n'était pas impliqué dans leurs activités.

Or, Soloviov se taisait. Il ne parlait pas de Shere Khan. Et il refusait obstinément d'expliquer comment il avait perdu l'usage de ses jambes. Dans ces conditions, Nastia n'avait aucun remords à lui faire des cachotteries.

Installée par terre, elle vérifia page par page le manuscrit d'une traduction. C'était un roman qu'elle n'avait pas lu. Sans doute l'un de ceux qui étaient épuisés. Il lui suffit de lire quelques phrases pour entrer dans l'histoire. Comment s'étonner du succès de la collection ? C'était vraiment très bien écrit. Le style raffiné, sans aucune lourdeur, était au service de l'action pour tenir le lecteur en haleine. Elle dut se forcer pour abandonner la lecture et continuer à tourner les pages pour vérifier qu'un document n'avait pas été glissé à l'intérieur. Depuis le séjour lui parvenait la voix de Soloviov, au téléphone avec le voisin.

Quelques instants plus tard, la sonnette de la porte d'entrée tinta. C'était Iakimov avec le sucre. Nastia resta immobile pour ne pas faire de bruit. Elle n'était pas d'humeur à bavarder avec le nouveau venu, même si elle l'aimait bien. Elle se prit à espérer que Soloviov aurait le bon goût de ne pas dire à Iakimov qu'elle était là. Certes, sa voiture était garée devant la maison, mais…

Comme elle l'espérait, Soloviov ne mentionna pas sa présence et la timidité maladive de son voisin l'empêcha de poser des questions, même s'il avait remarqué le véhicule. Il s'en alla très vite et, quelques instants plus tard, le maître de maison revint dans le bureau. Il portait sur les genoux un plateau avec la cafetière, le sucre et les tasses.

– Merci, Volodia, dit Nastia en regrettant la brutalité de ses paroles un peu plus tôt.

Elle se versa du café, en avala une gorgée et reposa la tasse par terre, à côté d'elle. Puis elle rangea soigneusement le manuscrit et tendit la main vers le suivant sur la pile : un mince dossier en plastique bleu.

– Il n'y a rien là-dedans. Pas la peine de perdre ton temps, s'écria précipitamment Soloviov.

– Volodia, nous avons un accord, protesta-t-elle avec une grimace. Ou tu collabores ou tu restes à l'écart.

– Donne-moi ce dossier, dit-il avec brusquerie en se penchant en avant. Je vais le regarder moi-même.

Nastia mit le dossier hors de portée en posant sur Soloviov un regard inquisiteur.

– Ce sont des documents personnels ? Quelque chose que tu ne veux pas que je voie ?

– Exactement ! Sa voix était froide et lointaine. Donne-moi ça.

– Je dois m'en assurer, dit-elle calmement.

Elle ouvrit le dossier et y jeta un œil. Ses joues s'empourprèrent tandis qu'elle se sentait totalement envahir par la gêne et la colère.

– Pourquoi gardes-tu tout ça ? Pour te souvenir de mon humiliation ?

– Ce n'est pas du tout ça, protesta Soloviov, aussi embarrassé qu'elle. Tu penses vraiment que ce qu'il y avait alors entre nous était humiliant pour toi ? Il ne faut pas.

– Volodia, je pense que nous avons déjà fait le tour de la question. Je n'ai pas besoin d'être consolée. Et surtout pas par un mensonge. Je pense avoir correctement évalué la situation depuis très longtemps, et le fait que tu n'aies jamais cherché à prendre de mes nouvelles prouve que je ne me suis pas trompée. J'aurais préféré que tu ne conserves pas ces poèmes.

Elle sortit les feuilles de la chemise. La vision de ces vers rédigés de son écriture lui était étonnamment douloureuse. Des souvenirs de désespoir et de honte la ramenèrent à l'époque où elle avait compris la vérité sur leur relation, lorsqu'une autre pensée la fit sourire. Elle se trouvait chez lui, dans son cabinet de travail, à examiner ses papiers, et il était près d'elle, avait fait le café et observait chacun de ses gestes et attendait impatiemment son retour chaque fois qu'elle partait. Si cela s'était produit douze ans plus tôt, elle serait morte de bonheur. Ils étaient seuls dans la maison (si l'on faisait abstraction du flic en faction), ils travaillaient ensemble sur un projet et il ne voulait pas qu'elle s'en aille... Et Nastia Kamenskaïa en était agacée. À chaque minute qui passait, elle trouvait encore plus déplaisant que ce mâle vaniteux soit en possession de ses poèmes, derniers témoins de sa lointaine humiliation.

Elle parcourut les feuillets, mais ne les remit pas dans la pochette bleue. Elle les plia en deux pour les fourrer dans son sac.

– Je les emporte, dit-elle d'un ton sans réplique.

– Pourquoi ? C'est à moi, dit-il vainement.

– Non, c'est à moi et à personne d'autre, le corrigea-t-elle. Je ne veux pas que tu gardes ces papiers. Je n'aime pas ça.

– Je comprends, admit-il dans un soupir. Je suis désolé que cela se passe ainsi. Pardonne-moi.

Elle prit la chemise suivante dans le coffre.

– Tu n'es pas fatiguée ? demanda Soloviov avec sollicitude. Et si je préparais le déjeuner ?

– Entendu, murmura-t-elle. Pendant ce temps, je vais encore dépouiller un dossier.

Si elle insistait pour tout vérifier elle-même, ce n'était pas par indiscrétion. Elle savait d'expérience qu'un œil neuf remarque plus facilement les documents qui ne sont pas à leur place que celui d'une personne qui a feuilleté le dossier mille fois et ne peut pas s'obliger à faire comme s'il n'en connaissait pas le contenu par cœur.

La chemise ne contenait pas un manuscrit entier, mais des brouillons et des pense-bêtes sur les particularités de personnages qui apparaissaient dans plusieurs romans. Le traducteur devait garder en tête la description des héros des livres qu'il traduisait, surtout si l'auteur employait des termes ambigus. Ainsi, si dans un ouvrage, la couleur des yeux d'une personne est traduite par «bleu-vert», il doit éviter de les rendre par d'autres nuances de bleu dans les romans suivants, même si la définition de la teinte n'est pas très claire dans le texte original.

Elle avait presque fini de feuilleter ces pages de notes lorsqu'elle tomba sur un document qui n'avait pas de rapport avec la description des personnages des «Best-sellers d'Extrême-Orient» et d'autres aventures. Deux petits rectangles de papier étaient couverts d'une écriture totalement différente, petite et nette.

Carac. crim.:	*Person. victime.:*	*Stade prof.:*
condition	*sexe*	*avertissement*
structure	*pos. sociale*	*prévention*
dynamique carr.	*urbain/rural*	*injonction*

Le deuxième feuillet était tout aussi surprenant:

Mode – la caractéristique la plus fréquemment rencontrée.
Médiane – la caractéristique qui divise par deux la gamme des caractéristiques.
Taux de croissance: 100 + x
Taux d'accroissement: (100 + x) -100
Norme distrib. – aux alentours de 65-70 %, les caract. tombent dans le champ «moyenne plus ou moins 2 sigmas»

– Jette un coup d'œil à ça, dit la jeune femme à son ami en lui remettant les deux demi-pages. Où as-tu déniché ça?

Soloviov obéit et fit une moue d'incompréhension.

– Jamais vu de ma vie. D'où ça sort ?

– C'est exactement ce que je te demande. Ce sont des antisèches pour un cours de criminologie. Tu as des étudiants en droit parmi tes amis ?

– Pas un seul. Je n'arrive pas à imaginer comment ça a pu atterrir ici.

– Même en essayant très fort ? dit-elle d'un ton moqueur. Essaie de te replonger quelques années en arrière. Par exemple, à l'époque où tu rédigeais des notes sur les caractéristiques des personnages récurrents.

– C'était il y a longtemps… dit-il sur un ton dissuasif.

– Combien de temps ?

– Quelques années. Comment pourrais-je me souvenir d'où j'étais et de ce que je faisais ? Non, mais vraiment : tu crois que ces criminels étaient à la recherche de ces antisèches ? Ridicule.

– Oh ! Cela t'amuse ? Eh bien, moi non. Puisque tu as un tel sens de l'humour, continue à t'occuper du déjeuner. Je me débrouille très bien sans toi.

Le « quelques années » ne convenait pas à Nastia. Il était clair que le dossier dans lequel elle avait trouvé ces papiers bizarres datait de pas mal de temps, mais elle aurait aimé obtenir des dates plus précises. C'était tout de même curieux : comment de tels documents avaient-ils pu finir dans ses archives si, comme il le prétendait, il ne connaissait pas d'étudiant en droit ?

Nastia devinait vaguement comment obtenir une partie des réponses, même si cela risquait de lui faire perdre du temps. Puisque Soloviov refusait de comprendre le sérieux de la situation, elle se devait d'agir seule.

Elle reprit les notes sur les personnages récurrents et les lut en détail. Comme Soloviov était une personne ordonnée et pointilleuse, chaque description faisait référence au roman où elle était utilisée. Nastia mit l'ordinateur en marche et consulta les dates d'enregistrement des fichiers. Les romans mentionnés dans les papiers avaient été traduits entre mars 1990 et novembre 1993. Il avait commencé la traduction des *Enfants de la nuit* en mai 1994, mais ce livre n'était pas cité dans les notes, qu'il avait donc dû rédiger entre novembre 1993 et mai 1994. Ce n'était pas une très longue période.

– Volodia ! lança-t-elle en élevant la voix pour être entendue de la cuisine. Comment as-tu passé le Nouvel An ?

– Pourquoi cette question ? répondit-il sans quitter ses fourneaux.

– Juste pour savoir… aucune raison particulière.

– J'étais ici.

– Seul ?

– Bien sûr.

– Ton fils n'est même pas venu ?

– Non, il a sa propre bande.

– Et l'année dernière ?

– Pareil. Je suis devenu un ermite. Je n'ai besoin de personne.

– Mais l'année d'avant, tu étais toujours dans ton ancien appartement, n'est-ce pas ? Tu es resté seul, ou tu avais de la compagnie ?

– L'année d'avant, j'ai passé les fêtes à l'hôpital. Pourquoi me demandes-tu tout ça ?

– Sans raison. Je fais simplement une pause. Le déjeuner est bientôt prêt ? Je commence à avoir faim.

– Dans un quart d'heure…

Très intéressant ! constata Nastia en son for intérieur. Ainsi, Soloviov était à l'hôpital en décembre 1993 et janvier 1994. Était-ce à cause de l'agression dont il avait été victime ? Et au cours de cette période les antisèches criminologiques étaient entrées en sa possession. Ou peut-être plus tard. Mais certainement pas plus tôt. Bien sûr ! Un compagnon de chambre à l'hôpital !

– Eh ! reprit-elle. Te souviens-tu s'il y avait des étudiants en droit parmi les patients qui partageaient ta chambre à l'hôpital ?

– J'avais une chambre individuelle, répondit-il.

– Combien de temps es-tu resté là-bas ?

– Trois mois. Je ne comprends pas où tu veux en venir. Ta curiosité est toujours aussi surprenante ?

– Et comment ! reconnut-elle avec un petit rire. Pourquoi es-tu resté aussi longtemps à l'hosto ?

– Mes jambes, je te l'ai déjà dit.

– Mais enfin… qu'est-ce qui t'est arrivé ?

– Je suis tombé malade. Tu vas encore m'interroger longtemps ?

– Quelle maladie ?

Il ne répondit pas. Au bout de quelques secondes, Nastia entendit son fauteuil roulant.

– Ta curiosité dépasse les limites de la politesse, la rabroua-t-il fraîchement en entrant dans la pièce. Je croyais t'avoir dit que le sujet m'est désagréable. Je ne tiens pas à en parler. Après tout, je suis un homme et je ne parlerai pas de mes maladies avec une femme que j'aime bien.

– Une femme que vous aimez bien… réellement ? releva-t-elle avec un sourire en coin.

Il approcha son fauteuil d'elle et lui tendit la main.

Nastia prit sa main tiède et sèche, plongea son regard dans ses yeux chaleureux et doux et sentit une nouvelle fois la force de son charme. Elle savait qu'elle ne pourrait jamais y être totalement insensible.

– « Bien » n'est pas exactement le mot, dit-il. En fait, cette femme m'est très chère.

– Et Marina ? C'était pourtant ta maîtresse.

– Marina n'était rien pour moi. Elle était amoureuse de moi et je me suis borné à gérer la situation. Mais je n'arrêtais pas de penser à toi.

– Soloviov, tu es impossible ! lui lança-t-elle en éclatant de rire. Elle était amoureuse et tu as « géré » la situation… C'est de cette manière que tu t'es comporté avec moi aussi. Tu as fait ça toute ta vie ? Il est plus facile de « gérer » que de dire réellement ce qu'on pense, n'est-ce pas ?

Ses traits se tendirent et son visage se ferma.

– Tu as tort ! s'écria-t-il en lui lâchant la main. Viens à la cuisine dans quelques minutes. Le déjeuner est prêt.

J'ai donc tort, se dit Nastia. Il lui était pourtant facile de se débarrasser de la curiosité persistante dont elle faisait preuve à l'égard de sa maladie : s'il lui racontait tout, elle n'aurait plus de raison de le harceler. Se pouvait-il que ce soit son fils ?

Pourquoi pas ? C'était une bonne idée. Le fiston et ses copains décident de voler le père en sachant qu'il a toujours beaucoup d'argent… Mais peut-être que le garçon n'a pas participé personnellement à l'attaque, se contentant de rencarder ses amis sur le jour où son père allait prendre le montant d'un à-valoir chez son éditeur. Il pouvait y avoir un étudiant dans la bande. Un étudiant en droit. Mais cela n'expliquait pas comment les antisèches avaient échoué dans les dossiers de Soloviov. Les possibilités étaient innombrables. Une parmi tant d'autres : l'étudiant avait pu passer chez les Soloviov pour voir le fils et les deux feuillets étaient tombés de sa serviette sans qu'il s'en rende compte, pour finir mélangés dans les papiers du père.

Mais même si ces deux petits feuillets sont reliés aux agresseurs de Soloviov, pourquoi est-il nécessaire de les chercher maintenant ? se demanda-t-elle en sachant d'avance que sa découverte ne menait nulle part. Il n'y avait rien de criminel dans le fait d'oublier des papiers chez un ami. Et leur présence chez Soloviov ne constituait nullement une preuve que l'étudiant en question avait participé à l'attaque contre le traducteur. Pourquoi donc chercher à les récupérer par effraction ?

– Nastia ! cria Soloviov de la cuisine. Ça refroidit.

Elle s'était plongée si profondément dans ses pensées qu'elle n'avait pas vu l'heure. Il avait dit quelques minutes, mais il s'était sans doute écoulé plus de temps. Avant de passer à la cuisine, elle rangea les antisèches dans son sac. Elles y seraient en sécurité.

Le repas était plutôt médiocre. Des plats caractéristiques de la cuisine d'un célibataire : soupe instantanée, des saucisses avec des cornichons marinés et du café accompagné d'un quatre-quarts importé de Finlande. Ils déjeunèrent dans un silence gêné. Au café, Nastia exprima le fond de sa pensée.

– Volodia, considérons que ta maladie est le résultat d'une agression. Ne me raconte pas d'histoires sur une mystérieuse maladie virale ou un choc nerveux. Si tu ne veux pas l'admettre, c'est ton affaire, mais tu as tort. Et je peux te le prouver. As-tu été agressé ?

– Je ne vois pas où cela nous mène.

Soloviov était mortellement pâle et des perles de transpiration brillaient sur ses sourcils et ses tempes.

– Tu le sais très bien. Tu protèges quelqu'un. Et j'ai des raisons de penser que c'est ton fils.

– Qu'est-ce qu'Igor vient faire dans cette histoire ? D'où sors-tu une telle idée ?

– De la manière dont tu refuses obstinément de le faire venir ici alors que tu as besoin d'aide et que les éditeurs ne t'enverront personne avant plusieurs jours. Quelle est la raison de cette hostilité maladive à l'égard de ton fils ? Peux-tu me l'expliquer ?

– Je n'ai rien à t'expliquer. Mes rapports avec Igor sont d'ordre personnel et ne te concernent pas.

C'était très clair. Elle pouvait insister, acculer Soloviov et l'obliger à parler. Elle le pouvait. Mais le devait-elle ? Quel intérêt de se disputer pour cela ? Il n'y avait aucune preuve que les criminels étaient à la recherche des antisèches. D'ailleurs, ce n'était sans doute pas le cas puisque c'étaient les patrons de la maison d'édition qui avaient payé « Gazelle » pour procéder à la fouille. Ils s'intéressaient vraisemblablement à autre chose.

Après le déjeuner, ils regagnèrent en silence leurs coins respectifs. Soloviov s'installa dans le séjour, près de la bibliothèque, et entreprit de secouer méthodiquement chaque livre en espérant qu'un papier quelconque se détacherait des pages. Nastia, elle, prit le dossier suivant dans le coffre des archives.

Vers huit heures, elle se sentit fatiguée. Elle en avait assez de cette maison où elle ne se sentait pas à l'aise, et assez de Soloviov que les recherches entreprises ennuyaient et qui, chaque fois qu'il le pouvait, prenait un malin plaisir à détourner la conversation vers leurs rapports. Elle en avait marre des dossiers, des papiers et des enveloppes.

– Voilà ! dit-elle avec satisfaction en se levant.

Elle s'étira délicieusement et passa dans le séjour.

– J'ai fini d'examiner le contenu du coffre des archives. Que dirais-tu d'une promenade ? Une petite demi-heure ? Il faut que je m'éclaircisse les idées. Au retour, je regarderai le contenu du petit coffre et ce sera terminé.

– Terminé ? s'écria Soloviov tandis que l'embarras se lisait sur son visage. Tu ne reviendras pas demain ?

– Pour quoi faire ? Tu as vérifié ta bibliothèque pendant que j'examinais tes dossiers, non ? Tu l'as fait, dis ?

– Je n'ai pas fini.

– Arrête ces enfantillages ! dit-elle, contrariée. J'imagine que tu n'as pas pu te retenir de lire des extraits de bouquins que tu avais oubliés. L'amour de la lecture est une bonne chose, mais ça ne doit pas t'empêcher de te concentrer sur ce que tu as à faire. Tu me fais perdre du temps et j'ai des tonnes de choses à faire. N'oublie pas, s'il te plaît, que je ne suis pas à l'origine de tes problèmes. Si tu ne m'avais pas demandé de l'aide et si, comme une imbécile, je n'avais pas contacté mes amis de la milice pour te rendre service, je n'aurais jamais été impliquée dans cette affaire de double meurtre. Je te prie de faire de ton mieux pour que tes problèmes ne deviennent pas les miens. Nous allons faire cette promenade, puis je vérifierai le petit coffre avant de partir. Je te fais confiance pour terminer l'examen de la bibliothèque.

Soloviov écouta la tirade sans chercher à l'interrompre. Il ne regardait pas Nastia, mais la fenêtre.

– Si tu veux te promener, vas-y toute seule. Je ne permettrai pas à une femme de pousser mon fauteuil, bougonna-t-il sans se tourner vers elle.

– Volodia, arrête ! s'écria-t-elle, consternée. Tu te rends compte que je ne peux pas me promener dans le lotissement toute seule ? Après ce qui s'est passé et les allées et venues de la milice, tes voisins ont toutes les raisons de s'inquiéter de l'apparition de tout nouveau visage. Je ne veux pas avoir à me justifier devant chaque maison.

– Je ne sortirai pas, s'obstina-t-il.

Nastia haussa les épaules et retourna dans le bureau pour continuer d'examiner les dossiers. Cette fois, il ne s'agissait pas d'archives, mais de documents d'affaires.

Un vrai gosse! pensa-t-elle. *Il ne peut pas permettre à une femme de pousser son fauteuil. Quel Casanova!*

Le petit coffre contenait son livret d'identité et son passeport, un acte de mariage, l'acte de décès de sa femme, son livret de compte d'épargne et ses relevés bancaires, des certificats d'invalidité, des factures et des quittances acquittées et l'acte de propriété de la maison. La collection habituelle de documents qu'on pouvait trouver au domicile de n'importe qui. À part ces papiers, le coffre contenait un beau porte-documents en cuir qui attira le regard de Nastia par son caractère incongru. Il semblait énorme et trop luxueux au milieu de la banalité des autres papiers.

Mais il ne contenait rien de spécial non plus: tous les contrats d'édition signés par Soloviov classés dans l'ordre chronologique. Nastia parcourut le premier. La phraséologie juridique habituelle, pas très littéraire, mais compréhensible. «Le présent contrat est valable pour la période du tant au tant... Obligations de l'éditeur... Obligations de l'auteur... Modalités de paiement... Etc., etc.» Le tout sur quatre pages.

Elle examina machinalement les contrats, vérifiant l'ordre chronologique. Les petits caractères qu'elle lisait depuis trois jours lui donnaient mal à la tête. Pour reposer un peu sa vue, elle décida de ne regarder que la première page qui contenait les dates. Puis elle fermerait les yeux et compterait trois autres pages avant de les rouvrir pour regarder la date du contrat suivant.

Un, deux, trois, août 1994, un, deux, trois, décembre 1994, un, deux, trois, avril 1995, un, deux, trois, septembre 1995, un, deux, trois... Cette fois, elle tomba sur autre chose. L'un des contrats comptait cinq feuillets. Et ce qu'elle avait devant les yeux n'avait rien à voir avec les autres contrats.

C'était l'original d'un fax à l'en-tête des éditions Shere Khan daté du 16 septembre 1995. À destination des revendeurs, il mentionnait la liste des ouvrages qui devaient sortir en octobre. Que faisait ce document à cet endroit?

Le fax était agrafé au contrat daté du 16 septembre

1995. Nastia sortit le document du dossier et l'examina de près. L'exemplaire que Soloviov avait en sa possession n'était qu'une photocopie laser de l'accord qu'il avait signé. Nastia sourit en comprenant ce qui avait dû se passer. Le traducteur était sans doute passé chez l'éditeur pour apporter la traduction et signer le contrat d'exploitation qui était prêt. Et au lieu de préparer le document en deux exemplaires, ils avaient fait une photocopie de l'original dûment signé pour la remettre à Soloviov. La photocopieuse devait également servir de télécopieur, et le fax aux revendeurs, oublié dans le bac de la machine, s'était retrouvé agrafé à la copie du contrat.

Elle regarda la liste des livres prévus pour octobre 1995. Parmi une vingtaine d'ouvrages, deux retinrent son attention. Elle venait de lire ces titres dans les papiers de Soloviov.

Nastia parcourut encore le contenu du porte-documents en cuir et dénicha rapidement le contrat d'un des livres, *L'Honneur d'un samouraï*. Signé le 4 avril 1993, il stipulait que les éditions Shere Khan avaient l'exclusivité de l'exploitation de l'ouvrage pendant une année entière. Cela signifiait que ces droits étaient tombés le 3 avril 1994. Comment l'éditeur avait-il pu ressortir l'ouvrage en octobre 1995 ? Il n'en avait pas le droit. Quant au second bouquin, *La Mort d'un samouraï* (Nastia se dit que l'auteur japonais avait une imagination débordante, du moins dans le choix des titres), il répondait au même cas de figure. Remise du manuscrit le 1er septembre 1993 et, le même jour, signature d'un contrat valable un an et qui expirait donc le 31 août 1994. Quels escrocs !

Elle se rappela qu'elle avait pu acheter le roman *La Lame* sur un étal, alors que Soloviov le croyait épuisé. Les patrons de la maison d'édition avaient donc le plus grand intérêt à récupérer l'original de leur fax : c'était la preuve qu'ils réimprimaient des livres illégalement. Si Soloviov s'en rendait compte et s'il décidait de les attaquer, les conséquences pouvaient être terribles pour eux : non seulement des dédommagements à payer, mais des démêlés à n'en plus finir avec le fisc et même la perte de leur licence.

13

Les enquêteurs de la milice gardèrent momentanément pour eux ce que Nastia leur avait appris sur les magouilles des livres de Shere Khan. Ils convoquèrent Kirill Essipov à la Petrovka pour parler de Soloviov qui demeurait le seul suspect réel de la mort de son assistant et de sa maîtresse. On avertit Nastia de ne pas sortir de son bureau pendant la présence de l'éditeur dans les locaux de la Criminelle. Essipov l'avait aperçue à l'anniversaire du traducteur et il était inutile de lui mettre la puce à l'oreille.

Il fallut aussi décider qui allait mener l'interrogatoire, ou plutôt la conversation, car le directeur général d'une importante maison d'édition n'était pas un petit malfrat qu'il fallait intimider. Même si le document trouvé par Nastia prouvait qu'il était impliqué dans une affaire d'escroquerie et de fraude fiscale, la première tâche était d'élucider l'affaire des meurtres. Cela ne pouvait qu'influencer le ton de l'entretien et la tactique de l'enquêteur. Le colonel Gordeïev décida de s'y coller en personne.

– Pour autant que je sache, commença le patron de la Criminelle, vous avez été très proche de Soloviov au cours des dernières années. Et, à en juger par son isolement volontaire, j'ai l'impression que votre maison d'édition constitue actuellement le cercle de base de sa vie sociale. Est-ce que je me trompe ?

– C'est vrai dans une certaine mesure, reconnut Essipov avec un signe de tête approbateur. En tout cas, depuis deux ans nous sommes pratiquement les seules personnes qu'il voit régulièrement. Après sa maladie, il s'est enfermé dans son travail et ne tient pas à en sortir.

– À propos... c'est quoi cette maladie ? demanda Gordeïev innocemment. Que lui est-il arrivé ?

– Vous savez, sa femme est morte dans des circonstances tragiques et, peu de temps après, son fils s'est laissé entraîner par de mauvaises fréquentations. Soloviov a réellement traversé une mauvaise passe à cause de tout ça et sa maladie est de nature psychosomatique. Naturellement, c'est un homme fier et il n'aime pas en parler.

– Dans quel hôpital a-t-il été soigné ?

– Désolé, je l'ignore, répondit Essipov avec une moue d'ignorance.

– Et pourtant, il a dû y rester longtemps, fit remarquer le colonel. Vous ne lui avez pas rendu visite ?

– À cette époque, nos relations étaient plus distantes. D'ailleurs, c'est un de nos traducteurs et non un ami intime. Il s'est borné à appeler notre directeur littéraire, Semion Voronets, pour lui dire qu'il était malade et que la traduction aurait du retard. Voilà tout.

– Et pourtant, vous êtes allés le voir pour son anniversaire. C'est un signe de rapports très personnels, non ?

– Pas du tout ! s'écria Essipov avec un petit rire. Ça fait partie de notre stratégie de relations humaines avec nos auteurs et traducteurs. Nous leur souhaitons toujours leur anniversaire. C'est comme ça pour tout le monde, pas seulement pour Soloviov.

– C'est une bonne stratégie, reconnut Gordeïev. Pouvez-vous me raconter tout ce que vous savez de lui ? Je veux comprendre ce qui a pu se tramer chez lui pour aboutir à ce double meurtre. Avez-vous des informations ou des idées là-dessus ?

– Pas la moindre. Je n'arrive pas à imaginer qui aurait bien pu vouloir tuer Andreï. Un amant déçu de Marina ? Il a très bien pu vouloir se venger et aura pris Andreï pour le maître de maison.

– C'est une idée intéressante. Il faudra y revenir. Avez-vous pensé que l'amant jaloux pouvait être Soloviov ? Il remarque quelque chose entre Andreï et Marina, les surprend et les tue. Qu'en dites-vous ?

– C'est absurde ! s'écria Essipov, le visage déformé par une expression d'horreur telle que Gordeïev manqua d'éclater de rire. Vous faites fausse route, ce n'est pas du tout ça !

– Comment pouvez-vous en être aussi sûr puisque vous ne connaissez pas très bien Soloviov ?

– Je connaissais très bien Andreï, dit Essipov. Et il ne se serait pas comporté comme ça.

– Poursuivez, s'il vous plaît, demanda Gordeïev avec le plus vif intérêt. Qui était Korenev ? Depuis combien de temps étiez-vous en relation avec lui ?

– Andreï était chauffeur et coursier dans notre entreprise. C'était un type incroyablement organisé, discipliné et utile. Un petit exemple : avant lui, nous avions un autre chauffeur et nous étions obligés d'intervenir auprès de la milice de la route pour qu'on ne lui enlève pas son permis au moins tous les quinze jours. Il n'arrêtait pas d'avoir des PV… Remarquez, c'est plutôt courant, de nos jours. Les patrouilles routières arrêtent tout le monde pour la plus infime infraction, même les voitures avec des plaques administratives, même leurs collègues en uniforme… Eh bien, après l'arrivée de Korenev, c'était terminé. Plus le moindre ennui. Plus un seul PV. Nous avons même oublié le nom du chef de la milice routière de notre secteur. Avant, nous connaissions le grade et le nom de chaque agent. Andreï comprenait le sens du mot « interdit ». Et il savait qu'il ne devait pas dépasser cette limite.

– Comment avez-vous pu laisser partir un employé pareil ?

– Eh bien… Nous avons dû… nous y résoudre, bafouilla Essipov. C'est nous qui avions trouvé l'ancien assistant de Soloviov. Mais sa conduite était exécrable. Il a abusé de l'invalidité de son patron pour se livrer à des malversations financières. Lorsque Soloviov l'a compris, il l'a mis à la porte. C'était très gênant pour nous. Le moins que nous pouvions faire était de lui présenter une personne parfaitement recommandable en qui nous avions toute confiance. Andreï Korenev était le meilleur candidat. Et Soloviov était très content de ses services. C'est pour cela que je peux vous affirmer avec certitude qu'Andreï n'aurait jamais rien fait dans le dos de son patron. Surtout avec la petite amie de ce dernier.

– Un oiseau rare, dit Gordeïev. De telles personnes ne courent pas les rues, de nos jours. À propos, quand l'avez-vous vu pour la dernière fois ?

– Il y a une dizaine de jours. Lorsqu'il nous a apporté le dernier manuscrit de Soloviov.

– Et avant ?

– Avant ? répéta Essipov en fronçant les sourcils tandis qu'il faisait travailler ses méninges. Ça devait être le jour de l'anniversaire. Oui, le 5 avril, lorsque je suis allé féliciter Soloviov, avec mes collègues Voronets et Avtaïev.

– Lui avez-vous parlé au téléphone entre-temps ?

– Non. Il nous a simplement passé un coup de fil pour prendre rendez-vous avant de nous apporter le manuscrit. Il voulait être sûr que Voronets serait là.

– Il aurait pu le laisser à l'accueil.

– Non. C'est contraire à nos règles. Le directeur littéraire de la collection est le seul habilité à réceptionner les manuscrits. C'était à Voronets d'accepter le travail de Soloviov. Vous savez, c'est une formalité administrative importante. Il doit déterminer la longueur du manuscrit en présence du traducteur ou de son représentant, puis remettre la disquette à la fabrication, où elle est vérifiée et copiée sur un disque dur. Si le contrat stipule qu'un paiement doit être fait, c'est également lui qui donne le feu vert à la comptabilité. En la matière, le travail qu'Andreï effectuait pour Soloviov n'était pas celui d'un coursier.

– Résumons tout cela. Vous avez vu Korenev le 5 avril, lors de la fête d'anniversaire de Soloviov. Puis l'un d'entre vous lui a parlé au téléphone lorsqu'il a pris rendez-vous pour la remise du manuscrit. C'est ça ?

– Exactement.

– Avec qui a-t-il parlé ? Avec vous ou avec Voronets ?

– Il a appelé Voronets, mais comme il était sorti, le standard m'a passé la communication.

– Et ensuite ?

– Je lui ai dit que Voronets serait là le lendemain de onze à six heures et qu'il pouvait venir à l'heure de son choix.

– A-t-il rappelé Voronets après ?

– Je... Je ne sais pas, bredouilla Essipov, incertain. Sans doute pas. En tout cas, je ne me souviens pas que mon collaborateur en ait parlé.

– Donc, Korenev s'est présenté le lendemain. Exact ?

– Exact. Vers cinq heures.

– Est-il passé vous voir ?

– Non. C'est moi qui me suis dérangé. Semion Voronets est passé me faire signer le bordereau de paiement de Soloviov pour la comptabilité. J'ai compris qu'Andreï était là et je suis allé prendre des nouvelles de Soloviov.

– Pourquoi demander à Korenev ? s'étonna le colonel. Vous ne pouviez pas appeler directement votre traducteur ?

– Je crois avoir mentionné qu'il ne se plaint jamais de sa santé. Mais nous avons un planning à respecter et nous aimons savoir à l'avance si la remise d'un manuscrit va être retardée. Bien entendu, lorsque la santé de nos auteurs et traducteurs n'est pas en cause, nous ne nous posons pas trop de questions. Mais lorsqu'il s'agit d'un invalide, nous devons être sur nos gardes à tout moment de manière à pouvoir détecter à temps le moindre problème. Vous comprenez ? Voilà pourquoi je demandais toujours à Andreï des nouvelles de son patron. Soloviov, lui, est capable de faire croire qu'on l'a sélectionné pour s'envoler dans l'espace à bord du prochain vaisseau Soïouz. Il ne se plaint jamais, même pas d'un mal de tête. C'est un grand stoïque.

– Que vous a dit Korenev cette fois-là ?

– Que tout allait bien. Il a emporté un nouveau livre à traduire. Semion a rédigé un contrat. Il a appelé Soloviov pour convenir des dates et des droits, nous l'avons paraphé, puis nous l'avons remis à Andreï pour qu'il le fasse signer par Soloviov et nous le rapporte lorsqu'il aurait le temps.

- Vous lui avez remis un ou deux exemplaires ?

– Deux, bien sûr. Un pour Soloviov et l'autre pour nous.

– C'étaient deux originaux ou un original et une photocopie ?

– Il y avait bien une photocopie. C'est plus pratique. Pourquoi ? C'est illégal ? s'enquit Essipov, soudain inquiet.

– Je ne crois pas. Si vous n'avez jamais eu de problème, c'est sans doute parce qu'il n'y avait rien à redire, le tranquillisa Gordeïev. En revanche, j'aimerais que vous vous rappeliez en détail vos conversations avec Korenev, tant au téléphone qu'au bureau.

– Au téléphone, nous n'avons parlé que de son rendez-vous avec Voronets. Au bureau, il nous a raconté que Soloviov travaillait toujours avec facilité et à un bon rythme. Ça tenait sans doute à son style de vie isolé. Pas de distractions.

– Qui a dit ça ? Korenev ou vous ?

– Andreï.

– Et qu'avez-vous répondu ? Que vous n'étiez pas d'accord ?

– Pourquoi aurais-je dit ça ? Andreï exprimait l'évidence.

– Et pourtant, Soloviov avait une maîtresse. Ce n'était pas une distraction ?

Essipov haussa les épaules.

– Je ne pouvais pas le savoir. Je n'ai appris son existence qu'après sa mort.

– Très bien, Kirill Andreïevitch. Ainsi, Korenev n'a rien dit ce jour-là qui aurait pu vous faire penser que son patron s'intéressait à la petite Soblikova ?

– Non, absolument rien.

– Vous connaissez d'autres amis ou relations de Soloviov ?

Essipov leva les yeux au plafond pour réfléchir.

– Voyons... Son fils, mais ils ne se voient pour ainsi dire jamais. C'est un type répugnant.

– Qu'est-ce qu'il a fait ?

– Rien de particulier. C'est juste un punk. Très désagréable, menteur, paresseux, apathique. Comme je vous l'ai dit, Soloviov n'aimait pas parler de ses malheurs.

– Qui d'autre ?

– Il y avait une femme à son anniversaire. Soloviov nous l'a présentée comme une vieille amie. De l'époque de sa soutenance de thèse.

– Vous l'aviez déjà rencontrée avant ?

– Jamais, c'était la première fois que je la voyais. Ils nous ont dit qu'ils s'étaient perdus de vue pendant plusieurs années.

– C'est qui, cette femme ? Que fait-elle ? Comment s'appelle-t-elle ?

– Elle se prénomme Anastasia, mais je ne crois pas avoir entendu son nom de famille. Elle est avocat d'affaires. Soloviov n'a pas donné d'autres précisions et nous ne lui en avons pas demandé.

Gordeïev ôta ses lunettes et entreprit d'en mordiller l'une des branches pendant qu'il réfléchissait. Puis il les reposa sur la table et soupira.

– Voyez-vous, Kirill Andreïevitch, il y a quelque chose qui ne va pas. Soloviov jure ses grands dieux qu'il ignorait la présence de Soblikova dans la maison cette nuit-là. Vous vous rendez compte ? Un homme qui ne sait pas que sa maîtresse passe la nuit chez lui ? Ça semble absurde. Et ne peut s'expliquer que d'une seule manière : Soblikova est entrée dans la maison en secret. Pourquoi ? Là aussi, je ne vois qu'une seule réponse : pour rejoindre Korenev. Ça signifie qu'il faut tenir compte de la jalousie et que votre Andreï n'est pas l'homme que vous avez décrit.

– Ce n'est pas possible. Je refuse de le croire. Jamais Andreï n'aurait fait ça. Jamais.

– Dans ce cas, il ne reste qu'une autre solution : Soloviov ment. Il savait que Soblikova était là. Et s'il ment, c'est qu'il est impliqué dans le meurtre.

– Ça aussi, c'est impossible.

– Mais, Kirill Andreïevitch, il n'y a pas d'autre possibilité, expliqua Gordeïev en souriant d'un air désolé. Je n'ai peut-être pas assez d'imagination. Il y a sans doute quelque chose qui m'échappe quelque part. Pouvez-vous échafauder une troisième hypothèse ? Si oui, faites-le, parce que si on suit mon raisonnement, dans un cas comme dans l'autre, Soloviov est coupable.

Kirill Essipov fut incapable de formuler une troisième théorie.

*

À peu près dix minutes après le départ d'Essipov, Gordeïev fit irruption dans le bureau de Nastia.

– Cet Essipov ! Pas moyen de le faire bouger, s'écria-t-il en entrant. Il soutient Soloviov à bloc : ce ne peut pas être le meurtrier. Point à la ligne.

– Sauf que ce ne peut effectivement pas être le meurtrier, confirma Nastia.

– Depuis combien de temps le connais-tu ?

– À une époque, je l'ai fréquenté pendant un an et demi.

– Fréquenté ? De quelle manière ?

Elle rougit, mais elle n'avait aucune raison de dissimuler la vérité.

– Intime, répondit-elle franchement.

– Il a beaucoup changé depuis ce temps-là ?

– Pour ainsi dire pas.

– Tu vois ? Toi, tu as le droit de soutenir que ce n'est pas le tueur. C'est une conviction profonde fondée sur l'expérience. Mais Essipov ? Il prétend ne pas très bien connaître Soloviov et que leurs relations ne sont pas personnelles. Comment peut-il être aussi sûr ?

– Peut-être qu'il cherche simplement à vous aiguiller sur une mauvaise piste, suggéra-t-elle. Il sait que Soloviov pourrait être coupable, mais cherche à le protéger pour une raison quelconque.

– Non, Nastia. Il y a autre chose. Je le sens dans les tripes. Mais une chose est sûre : il a peur que Soloviov soit inculpé du meurtre. Une peur proche de la panique. J'ai perçu les tremblements de sa voix et les tressaillements de ses muscles. Il est fort, mais ne parvient pas à se contrôler correctement. Il n'a pas l'habitude de discuter avec la milice. On remarque ce genre de comportement lorsque les gens parlent de personnes qui leur sont très proches, ou lorsqu'ils essayent de charger quelqu'un d'autre. Dans la mesure où Essipov ne revendique aucune proximité avec Soloviov, il faut considérer la deuxième possibilité. Les soupçons sont censés tomber sur quelqu'un qu'ils connaissent et le fait que nous nous focalisions sur Soloviov est en train de perturber leur jeu. Qu'en penses-tu ?

– Il y a une troisième possibilité, dit Nastia en sortant une cigarette. Chef, ça ne vous dérange pas si je fume ?

– Vas-y. Tu es une grande fille et je ne peux pas t'empêcher. C'est quoi, l'idée ?

– Soloviov n'est certainement pas un proche des éditeurs et, de ce point de vue, ils n'ont aucune raison de le protéger. Certes, il connaît deux langues difficiles, il traduit vite et bien et ils gagnent beaucoup d'argent sur son dos. Mais s'il est inculpé et reconnu coupable de meurtre, ils n'en mourront pas. Ils trouveront d'autres traducteurs, même si ça ne pousse pas sur les arbres. S'ils le protègent, c'est qu'ils veulent continuer avec Soloviov et avec personne d'autre. La question est pourquoi ?

– Bonne question, dit Gordeïev, ironique. Et très originale aussi. Mais je n'entends pas de réponse.

– Vous êtes sur le point d'en entendre une, Viktor Alexeïevitch. Mais avant, vous devez me promettre de ne pas me frapper.

– Je ne peux pas te le promettre. J'aurai peut-être besoin de te secouer un peu. Continue.

– Les éditeurs de Shere Khan font réaliser des tirages pirates des bouquins qu'ils publient et font ainsi des profits colossaux. Ces tirages sont effectués après la date d'expiration du contrat du traducteur, ce qui est une violation flagrante de ses droits. S'ils étaient honnêtes, ils devraient établir un nouveau contrat et payer de nouveaux droits. Apparemment, ils ont tendance à oublier ce genre de détail. J'ai l'impression que le plus important pour eux est que Soloviov mène une vie quasi monacale. Il ne sort pour ainsi dire pas de chez lui et quand il passe en ville, c'est toujours en voiture, sans s'arrêter. De plus, il ne voit jamais personne. Dans ces conditions, il n'est pas susceptible d'apprendre que les livres qu'il traduit sont toujours exploités après la fin de ses contrats. Un traducteur bien portant découvrirait très vite le pot aux roses. Si mes déductions sont justes, le problème a surgi parce que Soloviov est entré accidentellement en possession d'un document qui montre clairement la fraude.

– Tu n'exagères pas un peu ? demanda Gordeïev, ébranlé. C'est très particulier... Nous n'avons jamais rencontré de tels problèmes avant.

– Avant, les choses étaient différentes. L'édition était un monopole d'État. Tout était contrôlé et il n'y avait pas de place pour la tromperie. Encore que je ne sois pas réellement sûre de ça. Des écrivains comme les frères Vaïner ou les frères Strougatski étaient très populaires, sans parler des séries dans le genre des romans d'Angélique. Les tirages auraient pu atteindre des millions d'exemplaires. Mais on n'a jamais vu de livre avec de tels chiffres sur la page des informations légales...

– Bien sûr que si ! la coupa Gordeïev, péremptoire. Sur les rapports du Comité central et les bouquins de ce cher Brejnev !

– Évidemment. Mais les tirages des livres populaires n'atteignaient jamais de telles quantités, même si des millions de personnes étaient prêtes à les acheter. Je me souviens avoir vu dans les années soixante-dix un recueil de poèmes d'Evgueni Evtouchenko publié à cent mille exemplaires disparaître en trois jours. Et, au marché noir, les bouquins se vendaient plusieurs fois leur prix. Je vous assure, colonel, qu'actuellement dans notre pays, avec une bonne connaissance de la demande populaire et un réseau de distribution efficace, l'édition peut rapporter des millions. Et nos gars de Shere Khan ne veulent vraiment pas que Soloviov, qu'ils trompent éhontément, ait vent des profits illicites qu'ils se font sur son dos.

– Admettons, décida Gordeïev. Disons que tu m'as convaincu. Le document tombe accidentellement entre les mains de Soloviov et les éditeurs envoient Soblikova pour s'immiscer dans ses bonnes grâces avec la complicité de Korenev et reprendre le papier avant qu'il n'en comprenne tout le sens. Mais qui les a tués, si ce n'est pas Soloviov ? Et pourquoi ? Tu n'as pas d'idée là-dessus ?

– Pas la moindre, reconnut Nastia. Pas même le début d'un frémissement des neurones. Il me semble que nous devons nous focaliser en priorité sur le passé de Korenev et de Soblikova. Surtout de Soblikova, puisqu'elle a un casier. Il est possible que le tueur n'ait visé que l'un d'eux et que l'autre ait eu la malchance de se trouver au mauvais endroit au mauvais moment. Il y a une rampe plutôt qu'un escalier entre les étages, pour que Soloviov ait un accès facile à l'ensemble de la maison. Elle aboutit dans le séjour et la lumière y était allumée. Cela signifie que Korenev a eu le temps de presser l'interrupteur en arrivant en bas. À condition, bien sûr, que tout se soit passé comme le dit Soloviov. D'après la position des corps et la direction des tirs, Korenev est descendu, a allumé la lumière et a vu quelqu'un qui tentait de passer du séjour vers le vestibule. On peut supposer que l'intrus, en entendant des pas sur la rampe, a tenté de s'enfuir, mais que, dans l'obscurité d'une pièce inconnue, il n'est pas parvenu à le faire assez vite. Il voulait sans doute éviter de signaler sa présence en heurtant un meuble. Donc, lorsque Korenev est arrivé, il a vu cet étranger et a poussé un cri. En l'entendant, Soblikova est sortie du bureau et l'intrus a ouvert le feu sans réfléchir à deux fois. Le cadavre de Korenev se trouvait au bas de la rampe et celui de la jeune femme sur le seuil du bureau. Le problème est de savoir qui était la cible du visiteur nocturne : Soblikova, Korenev ou Soloviov lui-même ? À moins que ce ne soit qu'un voleur qui repérait les lieux pour un futur cambriolage. Si Korenev n'avait pas verrouillé la porte pour laisser entrer Soblikova, l'homme a pu en profiter lui aussi. Il ne pensait peut-être pas être surpris.

– Génial ! s'écria Gordeïev. Quatre hypothèses différentes et on n'a même pas encore commencé à en vérifier une seule !

– Les gars y travaillent, protesta Nastia. Ne soyez pas pessimiste.

– Ils y travaillent ? Bien. Nous verrons demain matin, à

la réunion, à quel point ils ont avancé. Dis-moi, as-tu un aquarium chez toi ?

– Quoi ? Je n'en ai jamais eu.

– Dommage. Tu ne sais rien sur les tortues de mer, n'est-ce pas ?

– J'avoue ma totale ignorance. Pourquoi ?

– Les étudiants de ma femme lui ont offert deux tortues et un aquarium. Elles mangent de la viande crue ! Tu te rends compte ? Je ne comprends pas comment des créatures marines peuvent manger de la viande ? C'est sans doute pathologique !

– Allons donc ! le détrompa Nastia en éclatant de rire. Et les requins ? Et les crocodiles ? Ils dévorent tout ce qu'ils peuvent avec grand plaisir.

– Je ne crois pas qu'on puisse définir les crocodiles comme des créatures marines. Quant aux requins, la comparaison ne me semble pas excellente : ce sont de grands prédateurs. Mes bêtes sont toutes petites, elles tiennent dans la paume de la main et il est difficile de trouver quelque chose de plus mignon. Elles ont les yeux bleus.

– Viktor Alexeïevitch, il me semble que vous avez besoin d'un peu de repos. Comment des tortues de mer de la taille de votre paume peuvent-elles avoir les yeux bleus ?

– Je te dis qu'ils sont bleus, insista Gordeïev avec irritation. Et leurs visages sont différents.

– Vous pouvez les distinguer ? demanda Nastia sans dissimuler sa surprise.

– Bien sûr !

– Je crois vraiment que vous avez un problème. Vous leur avez peut-être donné des noms ?

– Exact. Donatello et Michel-Ange.

De mémoire de flic, un rire comme celui qui éclata à ce moment-là n'avait jamais retenti dans ce bureau calme au 4e étage du 38 rue Petrovka.

– Ce n'est pas drôle ! dit le colonel avec du reproche dans la voix même s'il avait du mal à retenir un sourire. On m'a aussi promis une créature mexicaine qui vit dans l'eau, comme un lézard avec de grandes oreilles. Pour m'aider à perdre du poids.

– Vous allez le manger ?
– Mais non, je vais le placer dans un aquarium dans la cuisine. L'homme qui me l'a promis a perdu huit kilos. Lorsqu'il s'installait pour manger, ce truc à grandes oreilles se collait à la vitre et ne le quittait pas des yeux, regardant la moindre bouchée qu'il prenait. C'est terriblement laid. Ça coupe l'appétit. Le gars a perdu du poids. Il était obligé de se planquer derrière un journal. Pas très pratique…
Nastia prit un mouchoir pour essuyer les larmes qui lui embuaient les yeux.
– Sérieusement, Viktor Alexeïevitch, vous pourriez faire mourir de rire n'importe qui. Et pourquoi voulez-vous perdre du poids ? Nous vous aimons comme vous êtes !
– Il faut que je maigrisse, dit-il en reprenant son sérieux. Je dois perdre au moins dix kilos, sans quoi je ne pourrai bientôt plus boutonner mon uniforme.
Il se cala sur sa chaise et Nastia comprit que la récréation était terminée.
– Bien, dit-il, revenons aux choses sérieuses. Il y a autre chose que je voulais te dire. Je n'ai pas parlé de Soblikova à Essipov. Laissons-le croire que nous ne savons pas qui est « Gazelle ». Il a été le premier à mentionner son prénom, comme si c'était normal pour lui de le connaître. Et lorsque j'ai mentionné son nom de famille, il n'a pas semblé étonné et n'a pas posé de question. J'ai fait mine de ne rien remarquer. Il n'y a aucune raison de lui faire savoir qu'il a commis une erreur. En revanche, j'ai insisté sur les dernières conversations qu'il a eues avec Soloviov et Korenev. J'attendais qu'il me dise que l'un des deux lui avait signalé l'arrivée dans la maison d'une dame prénommée Marina. Eh bien, rien de tel ! Il m'a même dit qu'il n'avait appris l'existence de la maîtresse de Soloviov qu'après sa mort ! Mais il en parle comme si c'était une vieille connaissance. Donc, tu préviens nos gars : ils ne doivent pas parler d'elle à Essipov. Qu'il pense que nous n'avons établi aucun lien entre elle et lui. S'il continue à commettre des erreurs, nous pour-

rons les lui jeter au visage comme des tomates pourries le moment venu.

– Entendu. Je vais leur dire.

À peine avait-il quitté le bureau de Nastia que Gordeïev vit arriver Selouïanov. Son visage rougeaud et ses cheveux en bataille indiquaient clairement qu'il avait grimpé l'escalier quatre à quatre.

– Nastia ! s'écria-t-il tout essoufflé. Je ne sais pas... Je ne sais pas comment tu fais !

En surprenant ces paroles, Gordeïev fit demi-tour.

– Au rapport, lui ordonna-t-il.

– C'est pour la marque de ciment. J'ai obtenu la liste de tous les chantiers de Moscou où on l'utilisait. En fait, l'usine m'a donné la liste des entreprises qu'elle fournissait. Et les entreprises en question m'ont indiqué les chantiers. Les « Résidences de Rêve » figurent parmi eux. Le dernier lotissement a été terminé en décembre. Donc, une personne qui a rendu visite au lotissement à cette époque a pu maculer ses chaussures et laisser des traces dans l'appartement de Tcherkassov. Mais il faut des analyses complémentaires. J'en ai déjà parlé au juge d'instruction. Il va demander le prélèvement d'échantillons du sol autour des cottages pour qu'on puisse les comparer à la boue trouvée chez Tcherkassov. Il prétend toujours qu'il n'a jamais mis les pieds dans le lotissement et qu'il ne sait même pas où il se situe.

– Attends, Kolia, pas si vite, dit Nastia. Le visiteur, c'était peut-être Boutenko. C'est lui qui a pu crotter ses chaussures.

– Mais ton hypothèse de départ était bien que le maniaque devait avoir un lien avec ce foutu lotissement, lui fit remarquer Selouïanov, contrarié.

– J'ai dit beaucoup de choses. C'était la seule piste dont je disposais alors. N'oublie pas que nous n'avions rien d'autre pour soutenir notre théorie du tueur en série.

– Oh, ciel ! s'écria Selouïanov. J'ai fait de tels efforts et j'étais tellement content d'avoir trouvé le lien. Et maintenant tu me dis que ça ne prouve rien...

– Pas la peine de pleurer, dit Gordeïev. Ton travail est

important de toute manière. Même si la boue ne provient pas de notre lotissement, mais d'un autre des endroits de ta liste. Parce qu'il peut se passer beaucoup de choses désagréables dans un chantier. Tu suis mon idée ?

– Je la précède, bougonna Selouïanov.

– Donne ta liste à Korotkov et qu'il parle encore à Tcherkassov. Mais cette fois, qu'il le bouscule un peu. Il faut qu'il explique où il est allé et pourquoi, ce M. Propre qui croit que les femmes sont sales dès leur enfance.

Le colonel n'avait pas avalé la phrase dans le journal de Tcherkassov.

*

Mikhaïl Tcherkassov s'était confortablement installé dans l'appartement « sûr » et entretenait des rapports amicaux avec ses « gardes » du groupe mafieux qui « rendait service » à Selouïanov. Ces derniers avaient fini par comprendre qu'il ne chercherait pas à s'échapper et le considéraient désormais comme un compagnon plutôt qu'un prisonnier. Ils dînaient ensemble et passaient les soirées à jouer aux cartes. Tcherkassov gagnait tout le temps : il avait une science du jeu supérieure à la leur et, comme les mafieux trouvaient déshonorant de jouer pour des haricots, il se faisait même un peu d'argent. Les gardes ne lui en tenaient pas rigueur, même si au début ils avaient été surpris de se faire battre à plate couture par un homosexuel à cheveux longs. Au contraire, ils avaient décidé d'améliorer leur jeu et, après chaque partie, ils demandaient à Tcherkassov de leur expliquer leurs erreurs.

– J'avais une bonne main. Je ne comprends pas comment j'ai pu perdre, se plaignait, ce soir-là, un gars robuste que ses copains surnommaient Microbe.

– Je me tue à vous le répéter : l'important n'est pas la valeur des cartes, mais la répartition de celles que tu n'as pas dans les mains des autres joueurs. Tu n'aurais pas dû commencer par l'as, mais par une plus petite pour faire tomber les cartes supérieures, expliqua patiemment Tcherkassov.

Korotkov arriva juste à ce moment.

– Pourquoi ne pas vous joindre à nous, proposa le suspect en jouant les maîtres de maison.

Korotkov, toujours affamé, jeta un regard vorace au poulet rôti à l'ail et aux épices, mais refusa.

– Mikhaïl Efimovitch, pouvez-vous me dire comment vous nettoyez votre appartement ?

– Dans quel sens ? demanda Tcherkassov, embarrassé.

– Le plus banal. Quand et comment faites-vous un grand nettoyage ? Les sols, les fenêtres, tout ça...

– Est-ce à cause du calepin ? Vous pensez que je l'ai planqué parce que, autrement, j'aurais dû le trouver ?

– Mikhaïl Efimovitch, inutile de spéculer. Répondez simplement à ma question, s'il vous plaît.

– Je fais les fenêtres deux fois par an, à l'automne et au printemps.

– Et les sols ?

– Il y a du linoléum partout sauf dans la chambre à coucher et je passe une serpillière deux ou trois fois par semaine.

– Très bien. Et dans la chambre ?

– Mon Dieu ! Je ne vois pas en quoi ça peut vous intéresser.

– Mikhaïl Efimovitch, je vous ai demandé de répondre sans poser de questions...

– Il y a un tapis dans la chambre. Je passe l'aspirateur environ une fois par mois. En hiver, je le suspends dehors pour le battre.

– Et le plancher ?

– Lorsque je sors le tapis, j'en profite pour le laver entièrement. Autrement, je ne nettoie que la partie visible. Il faut déplacer des meubles pour ôter le tapis.

– Si je comprends bien, vous ne nettoyez sous le tapis qu'une fois par an.

– C'est ça.

– La dernière fois, c'était quand ?

– Voyons, réfléchit Tcherkassov. Début décembre, je crois. Oui. Oleg était encore vivant à l'époque. Il m'a aidé à déplacer les meubles et à rouler le tapis.

– Vous pouvez être plus précis ?
– Il faudrait que je regarde un calendrier. C'était sans doute pendant un week-end.
– Ne vous en faites pas, Mikhaïl Efimovitch, ça ira pour le moment. Dites-moi, vous allez souvent sur des chantiers ?
– Des chantiers ? répéta Tcherkassov sans dissimuler sa surprise. Non. Quels chantiers ?
– Des chantiers de construction, par exemple.
– Qu'irais-je y faire ?
– Donc, vous n'y allez jamais volontairement ?
– Non.
– Mais est-ce qu'il vous arrive d'y passer par hasard ?
– Probablement, reconnut-il en haussant les épaules. Comme tout le monde. Vous savez comment ça se passe : on construit quelque chose, on met des barrières partout et il faut faire du slalom entre les tranchées…
Korotkov sortit de sa poche la liste des chantiers établie par Kolia Selouïanov, étendit sur la table un plan de Moscou et demanda à Tcherkassov de se souvenir de ses déplacements au cours des derniers mois. Cela prit pas mal de temps et l'arôme délicieux du poulet s'estompa. En plus des « Résidences de Rêve », trois autres chantiers de construction avaient utilisé le ciment spécial pendant la période considérée. À en croire Mikhaïl Tcherkassov, il ne s'était jamais promené à proximité de l'un d'entre eux.
Si Tcherkassov mentait, alors, la zone autour de chacun des sites devait être fouillée à fond afin qu'on y retrouve l'endroit où il retenait ses victimes.
S'il disait la vérité, il fallait découvrir comment de la boue en provenance d'un des chantiers s'était retrouvée dans son appartement.
Et, tant qu'ils y étaient, ça ne serait pas mal de décider s'ils croyaient Tcherkassov ou non.

*

Faire procéder à une analyse était une bonne chose parce que cela permettait d'obtenir des réponses aux questions les plus diverses. Mais c'en était une mauvaise, aussi, parce qu'il était impossible d'avoir un résultat rapidement. Le délai d'attente habituel était d'un mois. Pour gagner du temps, il fallait avoir des relations personnelles au sein du laboratoire ou un ordre prioritaire de la Direction.

Des échantillons de sol des quatre chantiers avaient été envoyés au labo, mais personne dans le service ne comptait sur une réponse rapide, même si, par peur de la presse, la Direction de la milice de Moscou considérait l'affaire Tcherkassov comme prioritaire. En effet, au lieu d'un mois, les experts ne demandèrent que dix jours. Pour eux, il s'agissait d'un délai raisonnable. Mais pour les enquêteurs de la Criminelle, qui devaient répondre aux pressions de leurs supérieurs et travailler sous l'épée de Damoclès de l'éclatement d'un scandale raciste, c'était tout simplement interminable.

Le père de Valeri Liskine, le garçon dont on avait récupéré le calepin chez Tcherkassov, se révéla être un homme énergique et entreprenant. Il trouva un grand soutien et une énorme compréhension auprès du journaliste Guivi Lipartia. Ce dernier fit savoir à la Direction qu'il avait préparé un article venimeux pour exposer l'indifférence, l'apathie, le manque de professionnalisme et, plus important encore, l'antisémitisme de la milice et qu'il n'attendait que le moment favorable pour le faire publier.

Le colonel Gordeïev portait courageusement sur ses épaules le poids des ennuis, en s'efforçant de ne pas tracasser ses subordonnés ou de s'immiscer dans leur travail. Il savait que ses gars faisaient de leur mieux et que, sans attendre les résultats de l'analyse, ils fouillaient le moindre buisson et la plus petite cave au voisinage de chacun des quatre chantiers. Ils interrogeaient les relations de Tcherkassov pour voir s'il avait déjà mentionné un des quatre sites. Ils mettaient la pression sur leurs indics pour voir si Oleg Boutenko avait réellement volé une grande quantité de came et si les revendeurs étaient après lui. Plus largement, chaque mot prononcé par Tcherkassov était examiné au microscope.

Naturellement, Gordeïev fut convoqué devant un panel de généraux pour écouter des compliments qui ressemblaient à des réprimandes et des menaces. Il devint tout rouge et bouillit intérieurement, mais supporta vaillamment le supplice car il comprenait ses supérieurs : ils avaient peur du scandale.

– Vous ne pouvez pas obtenir une confession de ce Tcherkassov ? demanda avec aigreur le plus haut des gradés. Pourquoi le gardez-vous au secret, sinon ?

– Nous recherchons la preuve de sa culpabilité. En fait, nous ne sommes pas du tout sûrs que ce soit le maniaque.

– Dans ce cas, sur quoi vous fondez-vous pour le soupçonner ? Si la presse est parvenue à obtenir son nom, c'est parce que vous le surveilliez de près. Et il a reconnu connaître une des victimes. De quoi d'autre avez-vous besoin ?

– D'une preuve, insista Gordeïev.

Que pouvait-il leur dire d'autre ?

*

Nastia rentra chez elle à neuf heures passées. Son mari l'accueillit avec une question bizarre :

– Chérie, as-tu ouvert la boîte à lettres ces derniers jours ?

– Pas depuis des lustres. Nous ne sommes abonnés à rien et personne ne nous écrit[1]. Le téléphone a tué la correspondance. Pourquoi ?

– Pour rien. Si tu avais regardé au moins une fois par semaine, tu saurais qu'on va changer notre numéro de téléphone. Dès demain. La compagnie du téléphone nous a envoyé l'avis, qui est resté dix jours dans la boîte. Heureusement que j'ai eu l'idée d'y jeter un œil.

– Que veux-tu dire ? s'écria Nastia, abasourdie. Changer le numéro ? Pourquoi ?

1. Jusqu'à une date récente, les factures, les quittances et autres documents du même genre étaient remis directement aux locataires par l'équivalent russe du syndic.

– Réorganisation des centraux téléphoniques. C'est la même chose partout dans Moscou. La lettre nous a été adressée suffisamment à l'avance pour que nous puissions communiquer le nouveau numéro à toutes nos relations. Et là… Franchement, Nastia, ce n'est pas bien ! Tu te rends compte du bordel que ce serait si nous attendions des coups de fil importants demain ? À propos, le téléphone ne marche pas, aujourd'hui…

– Il ne marche pas ? Mais j'attends un…

– Comment ça, tu attends ? Comment je peux te l'expliquer ? Si tu avais vérifié le courrier, tu saurais depuis plusieurs jours que le téléphone est coupé aujourd'hui et que nous aurons un nouveau numéro demain. Puisque c'est toi qui détiens la clé de la boîte, la moindre des choses est de regarder au moins une fois tous les deux jours.

Nastia comprenait que Liocha était vraiment contrarié. Sans doute attendait-il des coups de fil, lui aussi.

– Au fait, comment as-tu fait pour trouver cette lettre ? lui demanda-t-elle.

– Au fait, ânonna-t-il en se moquant, la serrure de la boîte est cassée. Je me demande comment tu as fait pour ne pas t'en apercevoir.

– Allons, Liocha, ce n'est pas la peine de te moquer, répliqua-t-elle sur un ton apaisant. Tu sais bien que tu as épousé une véritable tête de linotte.

– Ça n'a aucun sens de se fâcher avec toi, grommela-t-il. Donne-moi la clé. Je vais faire arranger la serrure et je m'occuperai du courrier moi-même. Tu es la croix que je dois porter.

Pendant le dîner, Nastia établit mentalement la liste des gens à qui elle devait donner son nouveau numéro dès le lendemain matin. Ses parents, son frère, ses collègues, le secrétariat du bureau. Qui d'autre ? Elle n'avait pas d'amis. Liocha était la seule personne qu'elle avait considérée comme un ami véritable depuis qu'ils avaient quinze ans. Ah, oui ! Il fallait aussi prévenir Olchanski. Le juge d'instruction l'appelait souvent à la maison lorsqu'ils travaillaient ensemble sur une affaire.

Soudain, elle se posa une question dérangeante : à part sa mère, son beau-père et son frère, n'avait-elle donc personne à qui communiquer son nouveau numéro ? Naturellement, il y avait ses collègues. Mais dans sa vie privée... Se pouvait-il qu'elle ait fait fausse route ? Était-il normal qu'une femme de trente-cinq ans n'ait pas un seul ami à l'exception de ses parents proches ?

– Liocha, as-tu fait la liste des gens à qui tu veux communiquer le nouveau téléphone ?

– Bien sûr, répondit son mari.

Il n'était plus fâché puisque c'était totalement inutile.

– Tu l'as couchée par écrit ?

– Oui, ma mémoire n'est pas aussi bonne que la tienne et je ne peux pas me souvenir de tout le monde.

– Il y a donc beaucoup de personnes ?

– Une quarantaine.

– Combien ? !

– Quarante. Tu sembles surprise ? La tienne est plus longue ?

– Non, plus courte, Liocha. Parmi ces personnes, combien y a-t-il de relations de travail ?

– Vingt, vingt-cinq.

– Et le reste ?

– Des amis, des connaissances, des maîtresses. Pourquoi ce contre-interrogatoire ? Tu veux juger ma moralité ?

– Pas la tienne, la mienne. En plus de mes collègues, je n'ai que quatre personnes : mes parents, mon frère et ma belle-sœur. Et je me dis que ce n'est pas bien. Je n'y avais pas pensé, mais je me rends compte que je n'ai pas d'amis. Au boulot, il n'y a que Korotkov. Et ailleurs, seulement toi.

– Excellente façon de présenter les choses, grogna-t-il. Tu places dans la catégorie « ailleurs » ton mari seul et unique, et j'espère bien-aimé. T'arrive-t-il de faire attention aux paroles que tu prononces ?

– Allons ! Tu sais bien ce que je veux dire.

Il posa sa fourchette et regarda attentivement sa femme.

– Nastia, se peut-il que tu sois réellement bouleversée à cause de ça ? Tu as toujours été différente des autres et tu le sais depuis toujours. Pourquoi cela te dérange-t-il tout d'un coup ?

– C'est ridicule ! Je suis comme tout le monde. Je n'ai rien de spécial. Est-ce parce que j'ai étudié les maths avant de bifurquer vers le droit et m'engager dans la milice que tu me considères différente ? Mais, au bureau, il y a des tas de gens dans mon cas : des linguistes et des enseignants, des psychologues et des scientifiques. Ou parce que je parle cinq langues ? Il y a des centaines de personnes en Russie qui en maîtrisent davantage. Ou parce que je me suis mariée tard ? Il y a des millions de femmes dans mon cas. Alors comment se fait-il qu'il n'y ait personne dans ma vie, à part toi ?

– Et tu trouves que ce n'est pas suffisant ? Tu as besoin de quelqu'un d'autre ?

– Non. C'est justement ça le problème. Je n'ai besoin de personne d'autre. Et il me semble que ce n'est pas bien.

– Nastia, pourquoi te crées-tu des problèmes ? Tu vis de la manière qui te convient.

– Les gens normaux ne vivent pas comme ça, insista-t-elle. Toi, par exemple.

– Et depuis quand suis-je devenu une norme pour toi ? s'écria Liocha en éclatant de rire. Tu ne t'es jamais intéressée à personne. Qu'est-ce qui t'arrive ?

– Je ne sais pas. Peut-être que je vieillis, dit-elle en soupirant.

– Au fait, il me semble que tu as oublié ton Soloviov. Tu ne vas pas lui donner le numéro ?

– Liocha, pas de provocation ! lui lança-t-elle avec un sourire. Il se débrouillera.

– Pourquoi ? Il est tombé en disgrâce ? Ou bien tu as attrapé ton criminel et tu n'as plus besoin de ce pauvre traducteur ?

– Non, nous n'avons pas arrêté le tueur.

– Alors où est le problème ?

– Nulle part. Je l'appellerai lorsque ce sera nécessaire. Arrêtons de parler de lui.

– Entendu, dit Liocha de bon gré. Décidons plutôt comment nous allons fêter notre premier anniversaire de mariage. À en juger par ton regard confus et la culpabilité qui se lit sur ton visage, tu as oublié, n'est-ce pas ?

– Oh, Liocha ! J'y pense régulièrement, mais j'avais l'impression que le 13 mai était encore loin.

– Navré de te décevoir, chérie, mais il ne reste que quelques jours. Et ton frère Alexandre a des tas d'idées sur la question, toutes plus plaisantes les unes que les autres. À tout hasard, je te précise que Dacha et lui célèbrent aussi le leur.

– Et que propose-t-il ? Des trucs inimaginables, j'imagine ?

– Évidemment. Il a vraiment des goûts de millionnaire. Je suis allé les voir tout à l'heure. Dacha était très gaie et en pleine forme. Elle semble avoir totalement surmonté l'épreuve. Ils nous donnent le choix entre trois restaurants, chacun plus cher et plus exotique que les autres.

– Ne pourrions-nous pas nous défiler ? demanda Nastia avec espoir. Ça tombe un lundi. Aller au restaurant après le travail m'obligerait à passer la journée en robe et en escarpins. Je ne pourrais pas le supporter.

– Ton frère a résolu le problème : les trois restaurants sont ouverts la nuit. Jusqu'à six heures du matin. On peut s'y présenter aussi bien à dix heures qu'à minuit. Tu pourras donc te changer à la maison avant d'y aller.

– C'est de la folie ! s'écria-t-elle. Six heures du matin ! Et le boulot ? Comment je vais pouvoir bosser après une nuit blanche ?

– Nastia, il n'y a pas d'autre solution, dit Liocha. L'anniversaire doit être fêté le jour même. Ce n'est pas comme une soirée pour célébrer une soutenance de thèse qu'on peut organiser des semaines plus tard. Notre anniversaire de mariage tombe le 13 mai et on ne peut rien y faire.

– Il y a bien un moyen, dit-elle avec détermination.

– Lequel ?

– Ne rien fêter du tout. Nous pourrions prendre un verre de vin tous les deux, ici dans la cuisine, discuter et aller nous coucher à l'heure habituelle. Pour l'occasion, tu pourrais m'offrir des fleurs et moi, une quelconque bêtise sympathique et touchante. Voilà.

– Nastia, tu as tout faux, la détrompa son mari avec douceur. Tu oublies Alexandre et Dacha. Ce jour compte beaucoup pour eux. Tu te souviens des problèmes qu'ils ont eus pour se marier ? Et comment Alexandre s'est démené pour que nos deux cérémonies aient lieu en même temps ? Tu ne peux pas t'imaginer à quel point c'est important pour eux. Sans toi, leur mariage ne se serait pas fait et ils n'imaginent même pas de célébrer cette date sans toi. En plus, tu viens de t'étonner d'avoir si peu de monde autour de toi. Pas la peine de blesser les rares personnes auxquelles tu tiens.

– Entendu, dit-elle en accompagnant sa capitulation d'un geste de la main. Je ne compte blesser personne. Mais un restaurant ouvert toute la nuit ne me dit vraiment rien. Tu ne crois pas qu'on pourrait leur dire de venir ici ? Ce serait plus simple. Pas besoin de se changer et nous économiserions le temps du déplacement.

– Nastia, reprends-toi ! lui ordonna-t-il d'un ton sévère. Ça doit être une fête pour nous quatre. Si nous organisons quelque chose ici, il y aura trois convives, dont deux en tenue de soirée, et un cuisinier. Et même si j'ai très peu d'imagination, je devine qui sera le cuisinier.

– Je suis désolée, murmura Nastia. Je n'y ai pas pensé. Alors, va pour le restaurant.

– Lequel ? Alexandre nous a demandé de choisir.

Son mari lui remit les cartes commerciales des trois établissements et elle y jeta un regard rapide. Deux d'entre eux ne lui disaient strictement rien, mais un meurtre très habile avait eu lieu près du troisième l'année précédente. Elle l'élimina et, parmi les deux qui restaient, choisit celui qui proposait de la cuisine chinoise.

14

L'une des hypothèses avancées pour expliquer le double meurtre chez Soloviov était que le visiteur nocturne voulait le document que Marina Soblikova cherchait pour le compte de Shere Khan. En creusant l'idée, Dotsenko se mit en rapport avec la police fiscale. Il voulait déterminer si des enquêtes étaient en cours sur la maison d'édition et, dans l'affirmative, ce que les agents du fisc avaient découvert. Il en fut pour ses frais : les éditions Shere Khan étaient blanches comme neige au regard de la législation des impôts.

Oustinov, l'interlocuteur de Dotsenko, était le responsable des affaires d'édition et de distribution pour la ville de Moscou. Grand, le visage mince et intellectuel, il semblait parfaitement à l'aise dans les questions financières et fiscales et connaissait son domaine comme sa poche.

– Shere Khan est une grosse boîte et il était inévitable que notre attention se porte sur elle. Pour tout dire, j'ai abordé l'enquête en pariant que je parviendrais à les coincer d'une manière ou d'une autre. La fierté professionnelle, si vous voulez. Eh bien, j'ai fait chou blanc. Il n'y avait rien.

– Comment ça, rien ? s'écria Dotsenko sans arriver à le croire. Ce n'est pas possible.

– C'est aussi ce que je pensais, dit Oustinov avec une moue désabusée. Il m'était difficile d'admettre qu'ils n'aient rien à se reprocher côté impôts. J'ai creusé et creusé, mais en vain. Je n'ai pas constaté de fraude. Ou bien ils sont scrupuleusement honnêtes, ou bien ce sont des virtuoses de la dissimulation. En tout cas, je ne peux rien vous dire de particulier. Pourquoi la Criminelle s'intéresse-t-elle à Shere Khan ? Vous avez mis le doigt sur quelque chose ?

– Non. Il s'agit d'une affaire de meurtre au domicile d'un de leurs traducteurs. Nous vérifions s'il n'y a pas un lien avec la maison d'édition. Simple routine, répondit Dotsenko en appliquant à la lettre les instructions de Gordeïev.

*

Il fallut plusieurs jours à Oksana pour trouver le courage de se comporter avec Kirill Essipov comme Vadim l'avait suggéré. Elle fit en sorte que son amant ne s'aperçoive pas qu'elle connaissait sa liaison avec une autre femme, se comporta normalement et demeura souriante comme à son habitude. Au lit, elle se déroba à plusieurs reprises en évoquant des indispositions ou de la fatigue et remarqua avec amertume le soulagement à peine voilé qu'il ressentait chaque fois. Sa seule consolation était qu'Essipov n'avait pas rompu avec elle, ce qui ne pouvait signifier que deux choses : ou son aventure avec la femme à la poitrine avantageuse n'était qu'une passade, ou bien il tenait à Oksana et ne voulait pas rompre avec elle.

Lorsqu'il devint impossible de différer, elle accepta de passer la nuit avec Essipov.

– Je dois t'avouer quelque chose, lui dit-elle d'un ton tragique. Si tu veux, tu pourras considérer que je t'ai trahi et me laisser tomber…

– Tu as quelqu'un d'autre ? demanda-t-il.

Oksana remarqua avec satisfaction que cette idée ne semblait pas lui plaire. Il ne cherchait pas d'excuse pour se débarrasser d'elle et c'était positif.

– Bien sûr que non ! protesta-t-elle, indignée. Comment peux-tu penser une chose pareille ? C'est tout à fait autre chose. Tu vois, je ne peux plus supporter de jouer les lionnes et les femmes fatales, parce qu'en réalité ce n'est pas ma vraie nature.

Elle lut l'incompréhension sur le visage de son amant.

– Mais alors, quel besoin avais-tu de feindre ?

– Je voulais t'attirer, expliqua-t-elle avec un gentil sourire. Je pensais que tu aimais ce genre de femme et j'ai essayé d'être comme ça. Sensuelle, libérée, sans tabous. Mais plus ça va et plus je me rends compte que je ne peux plus me comporter de cette manière. Je t'aime trop pour continuer à te mentir.

– Je ne comprends pas bien, marmonna Essipov. Quelle est donc ta vraie nature ?

– Promets-moi de ne pas te moquer de moi, lui demanda-t-elle. Si ce que je fais te semble comique, repousse-moi, mais ne dis rien.

Il était assis sur le bord du lit, elle s'avança vers lui. Elle se pencha, l'embrassa sur le front et, d'une main, pressa sa tête contre sa poitrine tandis que, de l'autre, elle lui caressait la nuque et les épaules. La réaction fut beaucoup plus rapide qu'elle ne pouvait s'y attendre. Essipov entra tout de suite en action, la prenant par les hanches et l'attirant en lui en enfouissant son visage entre ses seins. Le programme établi par Vadim n'était pas très difficile à suivre et elle se débrouilla très bien, pour une première fois. Son amant était visiblement aux anges.

– Oksana ! murmura-t-il en haletant. Ksanotchka... Ma chérie...

Depuis deux ans qu'ils étaient ensemble, c'était la première fois qu'Oksana entendait Essipov dire quelque chose pendant qu'ils faisaient l'amour. D'habitude, il se limitait à des grognements et à un banal « C'était formidable » à la fin.

Ce Vadim ! Quel bonhomme ! Il savait exactement ce dont Essipov avait besoin et comment le lui donner.

Cependant, après cela, les événements ne se déroulèrent pas tout à fait selon le scénario prévu. Après l'amour, Essipov s'assoupit pendant une vingtaine de minutes, la tête sur l'épaule d'Oksana, ce qui ne lui arrivait jamais non plus. À son réveil, il lui demanda de l'épouser, ce qui était bien la dernière chose qu'elle désirait. Elle appréciait Kirill et avait eu le temps de s'habituer à lui, mais elle ne l'aimait pas. Pas du tout. Et il n'y avait même pas l'ombre d'un espoir que cela lui arrive un jour.

En dépit de sa profession et de son mode de vie, Oksana était très vieux jeu en matière de famille et de mariage. On se mariait par amour, pas pour l'argent. En tant que fille moderne évoluant dans un monde peu regardant sur la morale, elle parvenait à se comporter cyniquement dans certaines situations. Pour faire avancer ses intérêts, elle était capable de coucher avec n'importe qui, de feindre d'être amoureuse et même d'imiter une grande passion. Mais si elle épousait un jour quelqu'un, ce serait un homme qu'elle aimerait pour de bon, avec qui elle aurait envie de fonder une famille et de partager sa vie jusqu'à la fin de ses jours, si possible. Pour elle, le « bonheur » ne dépendait pas de la richesse et du confort matériel, mais de la présence d'une personne bien définie. Coucher avec un homme qu'elle n'aimait pas pour assurer son indépendance financière ne la gênait pas, mais pas question de l'épouser !

En faisant mine de prendre la question d'Essipov à la légère et en changeant de sujet, elle parvint à éviter de lui donner une réponse tout de suite. Mais elle devinait que son amant ne tarderait pas à revenir à la charge. Dès le lendemain, elle appela Vadim pour lui expliquer le succès de leur plan et lui demander conseil.

– Génial, ma belle ! s'écria-t-il lorsqu'elle lui eut tout raconté. Je suis fier de toi. Tu mérites la plus haute note. Mais je crois que tu devrais tout de même réfléchir à cette histoire de mariage. Il nous reste encore trois ans de travail avant de parvenir à nos fins. Ça vaudrait peut-être le coup d'assurer nos arrières et garantir ta présence auprès d'Essipov. Et lorsque le moment d'agir sera venu, il te suffira de demander le divorce. Ne te braque pas contre cette idée, Oksana. Réfléchis-y sérieusement.

– Pas question ! s'écria-t-elle en faisant une grimace explicite. Je ne veux pas d'autres problèmes. Et s'il me demande d'avoir un bébé ?

– Ça ne dépend que de toi, tu sais. Tu peux lui raconter que tu veux prolonger ta carrière pendant quelques années et que tu ne peux pas te permettre de tomber enceinte. Ou bien que tu as des problèmes gynécologiques et que tu dois te soigner avant de pouvoir procréer… Non, se ravisa-t-il, ce n'est pas une bonne idée ! S'il pense que tu ne peux pas avoir d'enfants, il peut revenir sur sa demande en mariage. Nous devons agir prudemment pour ne pas le rejeter.

– Et si je rencontre l'homme de ma vie pendant ces trois ans ? Tu imagines la catastrophe s'il refuse de s'intéresser à moi parce que je suis mariée ?

– C'est vraiment un grave problème, dit-il avec un sourire chargé d'ironie, puis il changea de sujet. Et notre idée de concours, elle chemine dans son cerveau ?

– Je fais de mon mieux. J'ai commencé par lui parler des jeux-concours à la télévision, dans le genre : regarde ce que les gens sont prêts à faire pour gagner quelque chose sans se fatiguer. J'ai aussitôt suggéré que ce n'était peut-être pas seulement les prix qui les intéressaient, mais aussi le désir de paraître plus intelligent ou plus veinard que le voisin. Je crois qu'il rumine l'idée. L'autre jour, il a dit en passant que la trouvaille de placer des points à l'intérieur des bouchons des bouteilles de soda était un bon moyen de fidéliser la clientèle. Je ne sais plus quelle marque fait ça. Tu collectionnes les points et tu as un cadeau. Je crois qu'il est en train d'imaginer un système du même genre pour les bouquins. Je vais le laisser mijoter encore deux ou trois jours, puis je lui glisserai l'idée de l'auteur anonyme.

– Comment comptes-tu procéder ? Tu as un plan ?

– Je compte commencer par lui dire que le plus important pour un homme est de se sentir plus intelligent que les autres. La chance peut tourner et ne dépend pas des qualités personnelles. Gagner grâce à ses qualités intellectuelles est plus gratifiant. En plus, un livre n'est pas un produit comme un autre. Il s'adresse à des lecteurs et pas à des loubards de banlieue. Or, les lecteurs sont généralement fiers de leur niveau intellectuel. N'ai-je pas raison, Vadim ?

– Tu es une perle, Oksana.

Il la regardait comme s'il la voyait pour la première fois et l'étudiait de près.

– J'ai parfois l'impression que c'est du gaspillage de laisser en friche un cerveau comme le tien. Pourquoi tu n'abandonnes pas la mode pour reprendre des études ? Tu serais parfaite comme enseignante, psychologue ou gestionnaire.

– Ne dis pas de bêtises, Vadim, protesta-t-elle en souriant et hochant la tête. Je n'ai pas la moindre chance de passer les examens d'entrée à l'université. Je n'aimais pas l'école et je n'ai rien retenu des programmes. Sans compter qu'Essipov me laisserait tomber. Un mannequin correspond à son standing. Pas une étudiante. Tu imagines le directeur général d'une grande maison d'édition sortir avec un rat de bibliothèque ? Ç'aurait l'air d'une blague. Il n'oserait plus se montrer avec moi.

– Dommage. Tu comptes donc continuer ainsi pendant les trois ou quatre prochaines années. Et ensuite, que feras-tu ? Mourir d'ennui ? Si tu rencontres ton prince charmant d'ici là, tu auras à t'occuper d'une famille et ça ira. Mais sinon ? Sans oublier que les gosses ont la sale manie de grandir et de quitter le domicile familial. Le mieux serait d'avoir une occupation bien à toi de manière à ne pas dépendre de quelqu'un. Si tu axes toute ta vie sur ton mari, il n'en sortira rien de bon. Tu te mettras à devenir de plus en plus exigeante à son égard, à le harceler, à faire attention au moindre de ses mots ou de ses regards. Ce n'est pas une vie, tu peux me croire.

Elle baissa la tête et se plongea dans la contemplation des dessins du tapis. Oksana avait honte de reconnaître devant Vadim qu'elle voulait un mari à qui elle pourrait consacrer sa vie entière. Elle était seule depuis trop longtemps : les mannequins commencent très jeunes et deviennent vite autonomes. Mais elle était fatiguée de son indépendance et détestait la solitude. Elle n'avait plus besoin de liberté. Elle en avait eu sa dose. Désormais, elle aspirait à rester chez elle, à attendre son conjoint au retour du travail et les gosses à la sortie de l'école, à cuire des potages, faire des gâteaux et des tartes sans s'inquiéter pour sa ligne et à regarder « Docteur Quinn, femme médecin » à la télé au lieu de participer à des soirées avec Essipov.

Elle était sûre que Vadim ne la comprendrait pas.

*

L'été arriva très vite cette année-là. Début mai, les arbres de Moscou étaient déjà verts et la température avoisinait les trente degrés. La période de « brume verte », lorsque les branches bourgeonnantes et les feuilles encore jeunes couronnent les cimes d'un éclat diaphane, n'avait duré que deux ou trois jours au lieu de la semaine habituelle. Curieusement, c'était un temps qui favorisait le travail. Les Moscovites, empoisonnés par la pollution, le tabac et l'alimentation trop riche en additifs chimiques, avaient beaucoup de mal à s'accoutumer à la chaleur, surtout lorsqu'elle arrivait aussi vite. En conséquence, même ceux qui avaient l'habitude de régler leurs affaires personnelles sur les heures de boulot préféraient rester dans la fraîcheur relative de leur bureau pour ne sortir que le soir, lorsque la fraîcheur tombait. Il était difficile de déterminer à quel point ils étaient productifs, mais au moins les enquêteurs de la milice pouvaient les trouver là où ils étaient censés être.

C'est ainsi que grâce à l'été précoce, les flics de la Criminelle purent résoudre plusieurs affaires de meurtre et de viol, surchargeant Nastia Kamenskaïa d'une montagne de données à classer et analyser. À la différence de la plupart de ses collègues, la jeune femme aimait la chaleur. En tout cas, ses mains ne se réchauffaient que lorsque la température dépassait les vingt-cinq degrés. Évidemment, ses jambes enflaient, ce qui l'empêchait de porter des mocassins ou des chaussures ouvertes, mais elle préférait mille fois avoir les pieds confinés dans ses baskets que les doigts glacés.

En début de soirée, Korotkov pointa son nez et lui rendit compte de sa dernière entrevue avec Tcherkassov. Contrairement à leurs espoirs et malgré la découverte chez lui du calepin du jeune Liskine, ils n'avaient aucun nouvel élément permettant de l'inculper. L'intéressé, lui, persistait dans ses explications.

– Qu'est-ce qu'il fait de ses journées en compagnie de ces mafieux ? demanda la jeune femme. Il leur fait les yeux doux ?

– Pas du tout. Ils jouent aux cartes. Et ils semblent bien s'entendre.

– Qui gagne ?

– Notre ami Tcherkassov. Il plume ses adversaires avec une constance admirable et une grande supériorité technique. J'ai récupéré une carte de score pour que tu puisses y jeter un coup d'œil. Je sais que tu es une grande joueuse.

Nastia examina la feuille que son collègue lui tendait. La première chose qui lui sauta aux yeux fut la longueur de leurs parties : ils allaient jusqu'à cent points au lieu des vingt habituels. Et les résultats étaient impressionnants : Tcherkassov avait atteint le score maximal alors que ses deux adversaires en étaient respectivement à quarante et vingt-six.

– C'est un véritable champion, convint-elle. Il faut bien le reconnaître.

Une nouvelle fois, elle eut l'impression fugitive qu'elle avait déjà vu Tcherkassov quelque part. Elle regarda encore une fois la carte de score et la mémoire lui revint brusquement. Micha Tcherkassov ! Presque vingt ans plus tôt, ils s'étaient retrouvés assis côte à côte au concours général de mathématiques. Elle était alors en terminale. Ils s'en étaient sortis tous les deux avec les honneurs : Nastia deuxième et Micha troisième. Comment un type aussi brillant avait-il pu finir comme homme à tout faire, à laver les vitres et réparer des voitures ? Que lui était-il arrivé ? On s'arrachait les informaticiens : il aurait pu devenir programmeur et gagner magnifiquement sa vie. Pourtant, à en croire son dossier, il n'avait même pas terminé ses études universitaires.

– Iouri, demanda-t-elle à son collègue d'un ton pensif, pourquoi Tcherkassov a-t-il quitté la fac ? On l'a expulsé ou il est parti de son plein gré ?

– Je ne lui ai pas demandé. C'était il y a longtemps.
– Mais encore ?
– Très bien, je l'interrogerai demain puisque ça t'intéresse tellement.

Nastia savait qu'elle n'avait pas besoin de répondre. Elle triturait la carte de score entre ses doigts.

– Qu'est-ce que tu en dis ? Est-ce qu'il ressemble à un psychopathe ?
– Pour moi, il ne ressemble à rien du tout, bougonna Korotkov. Je suis fatigué, j'ai faim, j'ai sommeil, je dois me coltiner une pleine cargaison de cadavres et je n'arrive à rien.
– Ne fais pas l'idiot, Iouri. J'ai besoin de savoir le fond de ta pensée.
– Si tu veux mon opinion, il n'a rien d'un fou. Je discute avec lui presque tous les jours et il n'a jamais prononcé une seule parole qui ait pu me faire douter de sa santé mentale. Il est logique, cohérent, ne confond pas les concepts et n'oublie jamais rien. Son humeur est toujours égale et il joue brillamment aux cartes. Ça te suffit ou je dois poursuivre ?
– Mais, Iouri, s'il dit la vérité et s'il n'est pas fou, qu'est-il arrivé à ces gosses ?
– Nastia, j'adore tes questions : elles sont formidables. Mais j'aimerais entendre des réponses tout aussi géniales.
– Les réponses risquent d'être moins agréables, dit-elle avec un sourire forcé. Je crois qu'il est temps de rentrer à la maison.

*

Dacha, la femme d'Alexandre Kamenski, n'ignorait pas qu'elle devait surveiller Nastia, sans quoi elle ne s'habillerait pas correctement. Le dimanche 12 mai, elle endossa l'habit de garde-chiourme dès la première heure et appela sa belle-sœur pour lui poser une question de la plus haute importance :

– Tu as décidé ce que tu allais porter au resto ?

Nastia tomba des nues. Pourquoi devait-elle se triturer

les méninges sur un problème qui ne se poserait réellement que trente-six heures plus tard ?

– Je verrai ça demain soir, répondit-elle gaiement.

– Comment ça, *tu verras* ? s'écria Dacha. Si je ne suis pas derrière toi, tu vas te pointer en jean et tee-shirt. Ou bien tu y réfléchis tout de suite ou bien je passe choisir tes vêtements moi-même.

Nastia savait d'expérience que ce n'étaient pas des paroles en l'air. L'année précédente, Dacha avait supervisé les préparatifs de leurs mariages, prévoyant tout dans les moindres détails et n'hésitant pas à se présenter chez Nastia dès l'aube du grand jour pour s'assurer qu'elle s'habillait exactement comme prévu.

– Tu veux que je te dise ? reprit la jeune femme. Tu devrais porter cette magnifique robe noire qu'Alexandre t'a offerte. Celle fendue sur le côté. Compris ?

– Compris, se résigna Nastia. D'autres instructions ?

– Et pas de chaussures plates…

– Dacha, tu veux ma mort ? Je ne supporte pas les talons aiguilles…

– Tu n'as qu'à faire un effort, lui renvoya sa belle-sœur d'un ton sans appel. En revanche, je t'autorise à ne porter qu'un seul bijou : un bracelet. Comme il s'agit d'une robe sans manches, tu dois avoir au moins quelque chose à un poignet.

– Et rien d'autre ? demanda Nastia sans trop y croire. Pas de collier, de boucles d'oreilles ou de bagues ?

– Rien d'autre, concéda généreusement Dacha. La robe est tellement chère qu'il est inutile d'y ajouter des bijoux. Ça ferait vulgaire et parvenu.

– Eh bien, ça au moins c'est positif ! Merci ! dit Nastia en ricanant.

Malgré sa pâle résistance à l'offensive de Dacha, elle devait admettre que la jeune femme, esthéticienne de formation, avait un goût excellent et le sens du style. Alexandre l'avait rencontrée alors qu'elle travaillait comme vendeuse dans un magasin de mode et Nastia avait eu à plusieurs reprises l'occasion d'apprécier son art d'associer vêtements et accessoires pour créer l'image voulue.

Le soir de l'anniversaire, au restaurant, Dacha, qui avait pris un peu de poids après la naissance de son fils, portait un tailleur-pantalon ivoire avec une longue veste non cintrée. Ses yeux bleus brillaient de nouveau et il était difficile de croire que trois semaines plus tôt elle était couchée sur un lit d'hôpital, avec un goutte-à-goutte, le teint pâle et les yeux gonflés de larmes.

Connaissant sa sœur, Alexandre avait réservé une table loin des musiciens et de la piste de danse, dans un coin discret.

– J'espère qu'il n'y aura pas de règlement de comptes entre gangs ! lança Nastia.

– Ne t'inquiète pas, la rassura son frère. C'est un endroit respectable et calme. Il n'y a jamais d'histoires comme ça, ici.

– Bien, nous verrons, dit Nastia, dubitative malgré son sourire. J'espère que tu as raison.

Les maîtres d'hôtel doivent avoir un sens très spécial qui leur permet de repérer le chef d'un groupe, indépendamment de sa taille et de sa corpulence. En tout cas, le jeune homme qui ressemblait à Sylvester Stallone focalisait son attention sur Alexandre. Au début, Nastia ne se sentait pas très à l'aise dans ce restaurant luxueux, mais elle parvint à se détendre au bout d'une demi-heure. Néanmoins, elle se sentait fatiguée et somnolente.

Alexandre et Dacha se levèrent pour faire un tour sur la piste de danse. En les regardant s'éloigner, Nastia remarqua Kirill Essipov installé à l'une des tables, au milieu de la salle. Il était en compagnie d'une grande et belle jeune femme et de deux hommes bien habillés.

– Liocha, tu te souviens des deux livres que tu as examinés l'autre jour, l'original et l'édition pirate ?

– Oui, pourquoi ?

– Le patron de la maison d'édition qui les a publiés est ici. Tu veux le voir ?

– Non, ce n'est tout de même pas la Joconde…

– Liocha, s'il te plaît, ne sois pas rabat-joie et invite sa partenaire à danser.

– Pour quoi faire ? Je n'ai pas besoin des partenaires des autres, j'ai la mienne.

– S'il te plaît… Pour me faire plaisir…

– Nastia, tu ne peux pas laisser le travail au vestiaire ? Tu veux vraiment gâcher notre petite fête ?

– Excuse-moi, je suis désolée.

Elle lui lança un sourire conciliant et se replongea dans son poulet à l'orange. Lorsque Alexandre et Dacha revinrent, ils remarquèrent le silence tendu qui régnait à table.

– Eh ! Qu'est-ce qu'il y a ? demanda-t-il. Vous vous êtes disputés ?

– Nous ne nous disputons jamais, répondit Nastia. Il y a simplement que j'ai vu quelqu'un que je connais et que j'ai demandé à Liocha d'inviter sa compagne à danser.

– Et cela a suffi pour gâter l'ambiance ? Montre-moi la dame. Je serai peut-être tenté.

– La deuxième table à droite de la colonne du milieu.

Alexandre tourna la tête et gloussa.

– Je connais deux des convives. Ce sont des banquiers. Lequel t'intéresse ?

– Le troisième. Un éditeur.

– Pourquoi as-tu besoin de la fille ?

– Je veux que l'éditeur me remarque. Là, tel qu'il est placé, il ne peut pas me voir, mais si Liocha invitait sa compagne, il voudrait certainement savoir d'où il sort et regarderait vers notre table. En plus, lui et moi nous sommes déjà rencontrés. Je me suis présentée sous un faux drapeau et je veux confirmer ma couverture.

– C'est quoi ton bobard ?

– Je suis avocate d'affaires.

– Pour quelle boîte ?

– Pas de nom. Inutile d'en inventer un.

Alexandre se leva.

– Excellent. La fille n'est pas mon type, mais qu'est-ce que je ne ferais pas pour ma sœur adorée !

*

Oksana accepta volontiers l'invitation de l'inconnu. Elle aimait danser, mais avait rarement la possibilité de le faire. Kirill était beaucoup plus petit qu'elle et cela les gênait tous les deux. Néanmoins, elle gardait le conseil de Vadim en mémoire et ne se permettait que rarement de changer de cavalier. Elle ne voulait surtout pas rendre Essipov jaloux. Ce soir-là, son ami était plongé dans une discussion d'affaires avec les deux banquiers, il semblait parfaitement à l'aise et Oksana estima qu'elle méritait quelques minutes de détente. De plus, l'homme grand et mince qui la conduisit vers la piste de danse n'était peut-être pas très beau, mais il exhalait l'odeur de l'argent. Il l'enlaça sans la serrer, en gardant une réserve polie.

– Vous devez mourir d'ennui avec ces gens de la finance, dit-il avec un sourire agréable.

– Comment savez-vous que ce sont des financiers ? lui demanda-t-elle. Vous les connaissez ?

– Deux d'entre eux, oui. Pas le troisième. Puis-je vous demander avec qui vous êtes venue ? Ou c'est impoli ?

– Avec Kirill Essipov.

– Ah ! C'est justement celui que je ne connais pas. Mais les deux autres sont épouvantablement ennuyeux. Pour eux, le monde se limite à la couleur des billets verts. Et vous, que faites-vous ?

– Je suis mannequin. Et vous ?

– J'appartiens à la même confrérie des gens épouvantablement ennuyeux, dit-il en riant. Si vous voulez vous distraire un peu, rejoignez-nous à notre table.

– Et je me retrouverai en quelle compagnie ?

– Tout à fait fréquentable : ma femme, ma sœur et son mari. Les deux dames sont charmantes et mon beau-frère est prof de maths. Cela signifie que mes activités bancaires sont minoritaires et se remarquent à peine dans la conversation.

Oksana le gratifia d'un gentil sourire.

– Merci. Je m'en souviendrai.

Elle aimait bien ce « banquier ennuyeux » qui n'essayait pas de la serrer ou de la palper comme cela arrive fréquemment lorsqu'on danse avec des inconnus. Il ne cherchait même pas à lier connaissance : il ne lui avait même pas demandé son prénom ni donné le sien. Une situation peu banale.

– Pourquoi m'avez-vous invitée ? dit-elle soudain.

– Me fallait-il une raison ?

– Vous savez, en général, les hommes ne font une telle proposition à une femme accompagnée que s'ils veulent faire connaissance ou s'ils n'ont personne avec qui danser. Vous n'essayez pas de me draguer et les deux dames à votre table sont réellement charmantes, comme vous me l'avez dit.

– Il est difficile de réfuter vos arguments. Je vais donc vous dire toute la vérité, annonça-t-il. Je pensais que vous étiez avec un des deux hommes que je connais et j'ai cédé à l'impulsion idiote de l'inquiéter un peu.

– De l'inquiéter ? Comment ?

– Et d'un, en le rendant jaloux.

– Et ensuite ?

– Ensuite, je connais très bien leurs épouses... Lorsque je me suis rendu compte que j'avais fait erreur et que vous accompagniez le troisième homme, j'ai failli reculer, mais je me suis dit que vous n'étiez sans doute pas habituée à entendre parler d'argent et de contrats, et que vous aviez droit à un peu de distraction. Je me trompe ?

– Oui, répondit-elle simplement. Vous vous trompez. Nous sommes ensemble depuis deux ans, Kirill et moi, et partout où nous allons je me retrouve noyée dans les questions financières et les conversations d'affaires. J'y suis habituée et cela ne me dérange pas. Quand il est question d'édition, je peux même dire que ça m'intéresse parce que je connais bien le sujet. Donc, vous n'aviez aucune raison de voler à mon secours.

– Étonnant ! s'écria Alexandre. Une belle femme qui s'intéresse à l'édition. Si j'étais votre ami, je vous épouserais sur-le-champ. Il est rare de trouver une partenaire en amour et un partenaire d'affaires réunis dans la même personne... Mais... Excusez-moi si j'ai gaffé ? Votre ami n'est pas libre, peut-être ?

Oksana, sans savoir pourquoi, se sentit soudain terriblement attirée par ce banquier pas très avenant mais au charme fou.

– Il est libre et m'a même fait sa demande. Vous n'êtes donc pas loin de la vérité.

– Le mariage est pour quand ?

– Qu'est-ce qui vous fait croire que j'ai accepté ? ironisa-t-elle. Vous êtes de ceux qui croient que c'est à l'homme de décider et à la femme de dire amen ?

– Ah ! Suis-je tombé sur une féministe qui pense que c'est la femme qui mène le bal ? En réalité, vous avez raison, bien sûr. L'un des trucs préférés des femmes est de prendre des décisions en faisant croire à l'homme que l'idée vient de lui.

Oksana eut un mouvement de recul tandis que son cœur s'emballait. Comment savait-il ? *Non, non,* se rassura-t-elle. *Ce n'est qu'une coïncidence. Un de ces vieux clichés que l'on répète. Pas de quoi s'inquiéter. Rester calme ! Inutile de paniquer.*

La musique s'arrêtant, Alexandre la raccompagna jusqu'à sa table. À leur approche, la conversation s'arrêta et les deux banquiers se levèrent pour serrer la main de leur collègue.

– Sacha, tu nous as enlevé notre Oksana tellement vite que nous n'avons pas pu réagir, dit l'un d'eux. Nous avons même cru avoir été victimes d'une ressemblance et que ce n'était pas toi.

– Eh bien moi, j'ai cru qu'Oksana était avec l'un de vous deux, lui renvoya-t-il. Et je voulais vous embêter. Mais elle m'a fait très vite comprendre l'étendue de mon erreur.

– Tu es avec qui ?

– Ma femme et des membres de la famille. Nous fêtons notre anniversaire de mariage.

– Dis, tu as vu Gourievitch dernièrement ? s'enquit l'autre banquier. Ça fait un moment que je n'ai pas de ses nouvelles.

– Je crois qu'il est en Israël. Il m'a parlé d'aller rendre visite à des amis pendant quelques semaines.

– Comme ça, il cherche toujours à s'installer là-bas,

constata le banquier. Dommage. J'espérais qu'il changerait d'avis.

Alexandre prit congé et retourna à sa table. Les trois hommes le suivirent du regard. Soudain, Essipov plissa ses yeux de myope en tentant de mieux voir un visage.

– Oksana, regarde... Je t'avais dit qu'une amie de Soloviov était là pour son anniversaire. Tu te souviens ? Eh bien, c'est elle, à la table de ce type. Qui est ce Sacha ? demanda-t-il à ses convives.

– Alexandre Kamenski. Tu ne le connais pas ?

– J'ai entendu parler de lui, reconnut Essipov. Je me demande qui est cette femme, avec lui.

– Sa femme ou sa sœur, répondit Oksana.

– C'est lui qui te l'a dit ?

– En personne.

– Alors, c'est sa sœur, conclut l'éditeur sans crainte de se tromper. Sa femme ne roulerait pas dans une petite Jigouli. Elle aurait au moins une Volvo. Et l'autre homme, tu sais qui c'est ?

– Le beau-frère.

– Il t'a dit ce qu'il faisait dans la vie ?

– Prof de maths, je crois.

– Non, ça ne colle pas, dit Essipov après un instant de réflexion. Ainsi, c'est la sœur de Kamenski. Intéressant. Et elle connaît Soloviov.

– Qu'est-ce que tu lui veux ? demanda Oksana, inquiète.

Cet Alexandre avait dit quelque chose qui l'avait effrayée et elle ne tenait pas à voir Essipov faire plus ample connaissance avec lui. Si le type répétait les mêmes propos, cela pouvait mettre la puce à l'oreille à son amant. Elle avait passé suffisamment de temps à entendre parler d'affaires pour comprendre que, pour l'éditeur, un banquier signifiait toujours de l'argent pour un nouveau projet. Essipov voulait-il faire la connaissance de Kamenski pour lui proposer de financer le concours ? Il venait d'en parler aux deux banquiers qu'il avait invités, mais cela n'avait pas très bien marché. Ils ne croyaient pas qu'un jeu destiné à fidéliser la clientèle, dans le genre des points dans les capsules de boissons gazeuses, pouvait augmenter les ventes d'une manière significative. Il y avait, selon eux, un risque que les rentrées ne couvrent pas les investissements nécessaires.

– J'ai besoin d'elle pour arriver à Kamenski. Puisqu'elle connaît Soloviov, il devrait être possible de l'intéresser au projet. Elle pourrait nous aider à convaincre son frère, expliqua Essipov.

Oksana se demandait fébrilement ce qu'elle devait faire. D'un côté, le concours devait être organisé. Vadim l'avait décidé et il fallait le faire. Mais Essipov faisait fausse route avec son idée de points. Elle n'avait pas encore eu le temps de lui suggérer l'idée de l'auteur anonyme. Il était encore trop tôt pour chercher des financiers. Lorsque son amant lui avait dit qu'ils allaient dîner avec des banquiers pour creuser l'idée du jeu, elle avait eu du mal à dissimuler son inquiétude, mais ses craintes s'étaient envolées dès qu'elle avait vu la réaction des deux hommes. Depuis qu'elle était avec Essipov, elle l'avait toujours vu négocier avec ces deux banques. Si elles lui faisaient faux bond, il allait lui falloir du temps pour en trouver une troisième et elle pourrait ainsi lui souffler la bonne solution. Sauf que maintenant l'arrivée de ce Kamenski risquait de précipiter les choses. Elle devait les empêcher d'établir le contact.

D'un autre côté, il était fort possible qu'aucune banque n'accepte de financer le projet. Ce qui voudrait dire que, même si elle parvenait à instiller l'idée de Vadim dans l'esprit d'Essipov, le concours ne serait pas organisé. Avait-elle vraiment le droit de laisser passer la chance d'intéresser Kamenski ?

Que faire ?

*

– Elle se prénomme Oksana, dit Alexandre en reprenant sa place. Elle est mannequin et prétend qu'Essipov veut l'épouser. Le plus drôle est qu'elle ne semble pas le moins du monde ennuyée par la conversation d'affaires à sa table. C'est une futée.

– Tu vois, Liocha, roucoula Nastia, ton obstination t'a

fait louper une conversation avec une femme intelligente. Tu dois le regretter. Non ?

– Alexandre, lui, a loupé une grande assiette de beignets de crevettes, lui rétorqua son mari. Pendant qu'il évaluait le QI de la dame aux longues jambes dans un slow langoureux, nous avons fait un sort à ce plat. Maintenant, tout ce qu'il lui reste, c'est du canard à la pékinoise qui a eu le temps de refroidir.

– Mais au moins il a bossé pour moi… Tiens ! Kirill Essipov me regarde. Et Oksana s'est retournée, elle aussi. J'ai obtenu le résultat escompté. Il m'a reconnue. Attendons la suite.

– Et qu'est-il censé se passer ? demanda Dacha.

– Je l'ignore, reconnut Nastia en buvant une gorgée de vin. Le principal est d'amorcer la pompe. Après, on voit ce qui coule.

Liocha lança un regard attristé à sa femme, mais ne dit rien.

Vingt minutes plus tard, un serveur s'approcha de leur table, un flacon d'une bonne vodka à la main.

– Avec les compliments de monsieur Essipov, annonça-t-il en posant la bouteille sur la table.

Elle était accompagnée de la carte de visite du directeur général des éditions Shere Khan.

– Vous voyez, déclara Nastia lorsque le serveur eut tourné les talons, il veut faire connaissance. Quel changement ! Quand nous nous sommes vus la première fois, c'est à peine s'il a daigné me remarquer. Comme si je n'existais pas. Visiblement, nous n'appartenions pas au même monde. Et maintenant, il me fait un cadeau. C'est utile d'avoir un banquier dans ses relations !

Elle se tourna vers la table de l'éditeur. Essipov la regardait en souriant. Nastia inclina la tête avec condescendance pour le remercier. De son côté, il leva son verre avec complaisance. Nastia fit de même pour répondre à son toast muet.

Peu de temps après, Essipov se présenta à leur table.

– Heureux de vous revoir, dit-il avec un sourire éclatant. Vous vous souvenez de moi ?

– Bien sûr.

– M'accorderez-vous le plaisir de cette danse ?

– Je vous prie de m'excuser, mais je ne danse jamais.

L'éditeur parut décontenancé. Il devait être certain qu'elle accepterait.

– Mais peut-être pouvez-vous faire une exception ? Juste pour moi.

Nastia pouvait difficilement objecter que ses hauts talons lui faisaient souffrir le martyre. Elle pouvait marcher lentement, mais danser ? Elle sentait pourtant qu'elle devait le faire. Il semblait vouloir lui parler en privé.

– Alors vraiment une exception, dit-elle gentiment.

La douleur était insupportable et Nastia pouvait à peine dissimuler une grimace à chaque pas. Encore heureux que ce soit un slow.

– Je crois me souvenir que votre prénom est Anastasia, n'est-ce pas ? commença Essipov en l'enlaçant pour l'entraîner doucement au rythme de la musique.

– Vous avez bonne mémoire.

– Je me demande pourquoi je ne vous ai pas rencontrée plus tôt, chez Vladimir. Il dissimule toujours ses trésors aux yeux de ses amis ?

– La flatterie ne prend pas avec moi, lui renvoya Nastia abruptement. Mais je veux bien satisfaire votre curiosité. Le jour de son anniversaire, nous nous sommes revus pour la première fois depuis de très longues années.

– Vous étiez en froid ? Pardonnez-moi si je suis indiscret.

– Non. Nous nous étions perdus de vue. Lorsque j'ai appris qu'il avait eu tous ces problèmes, j'ai décidé de lui rendre visite.

– Oui, c'est terrible ! reconnut Essipov en poussant un énorme soupir. D'abord le décès de sa femme, puis la maladie. Mais Volodia a été très courageux. Il est très fort mentalement. Nous faisons ce que nous pouvons pour lui. Quand je dis nous, je veux dire la maison d'édition. Vous savez, j'ai un projet qui pourrait nous permettre de lui payer un traitement à l'étranger. Ce serait très cher, mais mon idée, si je pouvais la réaliser, rapporterait vraiment beaucoup d'argent.

– C'est très louable. Qu'est-ce qui vous retient ?

– Je cherche des investisseurs. Nous n'avons pas les reins assez solides pour nous lancer seuls. Ce soir, je présentais justement ce projet à mes deux convives, des banquiers. Malheureusement, ils ne sont pas très chauds.

– Pourquoi ? Ils n'ont pas confiance en vous ?

– Évidemment qu'ils ont confiance, se récria-t-il. Notre maison a une excellente réputation ! C'est de notoriété publique. Simplement, mon idée est trop innovante pour eux. Vous savez, la plupart des banquiers n'acceptent pas facilement de sortir des sentiers battus. Pour eux, la nouveauté signifie des risques inconnus et ils en ont peur, même s'ils savent que ça peut leur faire gagner de l'argent. Et pour eux soigner Volodia n'entre pas en ligne de compte.

– Vous pensez pour de bon qu'il serait possible de lui rendre l'usage de ses jambes ?

– Je ne le pense pas, j'en suis sûr. Volodia vous a-t-il raconté ce qui lui est arrivé ?

– Non, il est très discret sur la question.

– C'est vrai. Mais je sais qu'il s'agit d'un problème nerveux. Sa paralysie est d'ordre psychique. Il a très mal pris la mort de sa femme, puis il a appris que son fils refusait de poursuivre ses études, qu'il se droguait et fréquentait des voyous. C'était trop pour un seul homme. Des spécialistes m'ont dit que de telles pathologies sont traitées avec succès à l'étranger.

– Donc, vous dites que la santé de Soloviov dépend d'un investisseur qui accepterait de financer votre idée ? C'est bien ça ?

– Exactement. Il me faudrait une bonne banque d'affaires, mais je n'ai pas les contacts nécessaires…

– Hélas, moi non plus, dit-elle avec un sourire désolé.

Elle voyait très bien où il voulait en venir et décida de ne pas tomber directement dans le panneau.

– Cela dit, reprit-elle, à votre place, je me garderais bien de précipiter les choses. Vous savez sans doute qu'il y a une enquête criminelle chez Soloviov. J'ai déjà été interrogée cinq fois. J'ai l'impression que la milice considère notre ami comme le principal suspect dans le meurtre de sa maîtresse et de son assistant. Il est fort possible qu'il ne puisse pas quitter le pays avant un bon moment.

– Il ne faut pas dire ça. Ni même le penser ! s'écria Essipov avec ardeur. Volodia est innocent !

– Comment le savez-vous ?

– Je le connais bien. Nous travaillons ensemble depuis la naissance de notre maison d'édition. Il n'a pas pu faire une chose pareille.

– Je crois que les enquêteurs pensent autrement.

– Ils vont forcément changer d'avis. Il est innocent et ils ne s'en sont pas encore rendu compte.

Nastia ne répondit pas et ils restèrent silencieux jusqu'à la fin de la danse.

*

L'insomnie était devenue son lot quotidien. Étendu sur son lit, les yeux grands ouverts, il guettait le moindre bruit. Andreï n'était plus là et plus personne ne marchait à l'étage. Les seuls signes de vie provenaient du vestibule où il y avait toujours un flic en faction.

Anastasia était partie après avoir trouvé un document dans ses dossiers. Elle n'était pas revenue et ne lui avait même pas passé un coup de fil. Soloviov comprenait douloureusement qu'il n'avait jamais été aussi seul. Comment sa vie avait-elle pu changer à ce point en quelques secondes ? Quelques jours plus tôt, il avait un assistant jeune et énergique, une jeune et belle maîtresse ainsi qu'une femme dont il rêvait et qui lui manquait. Et maintenant ? Son assistant était mort. Sa maîtresse – une voleuse professionnelle ! – était décédée, elle aussi. Quant à la femme de ses rêves, elle était sortie de sa vie. Il ne pouvait même pas la joindre au téléphone. Matin, midi et soir, chaque fois qu'il essayait, la sonnerie retentissait dans le vide. Il avait même appelé en pleine nuit, mais personne n'avait décroché. Où était-elle ? En vacances avec son mari ? Avait-elle déménagé ? Elle ne viendrait plus le voir et ne l'appellerait plus jamais. À quoi bon s'encombrer d'un invalide ?

Jusqu'à récemment, il avait pensé que les directeurs de Shere Khan étaient des gens agréables, dignes de confiance et consciencieux. Désormais, il savait qu'ils le traitaient comme un imbécile, l'utilisant parce que la maladie ne lui permettait pas de se promener en ville ou de rencontrer beaucoup de gens. Pourquoi s'étaient-ils comportés ainsi ? N'auraient-ils pas pu être honnêtes avec lui et lui verser son dû ? Ils n'ignoraient pas que ses traductions étaient sa seule source de revenus et qu'il avait besoin d'argent non seulement pour faire face au présent, mais aussi pour assurer le futur. Escroquer les gens est déjà minable, mais lorsque la victime est un invalide, cela devient vil et indigne.

Il n'avait jamais été rancunier et le mot « vengeance » n'entrait pas dans son vocabulaire. Anastasia avait raison : il suivait toujours la ligne du moindre effort, s'adaptant aux événements sans chercher à les modifier. Il n'était pas parti s'installer à l'étranger avec la femme qu'il aimait à cause de son fils. Et qu'est-ce que cela avait donné ? Il avait élevé un moins que rien qui finirait en prison tôt ou tard. Il avait eu une chance de changer sa vie et l'avait laissée passer. Et cela l'avait mené à quoi ? À la solitude la plus absolue. Et même son travail, la seule chose qui donnait un sens à sa vie, venait d'être détruit par la cupidité de ces salauds.

Car Soloviov comprenait avec une absolue certitude qu'il ne travaillerait plus jamais pour Shere Khan. Et il se laissait emporter par un désir aussi intense qu'inédit : celui de se venger. Il voulait leurs têtes. Il voulait les détruire et que la maison d'édition disparaisse sans laisser de traces.

15

Nikolaï Selouïanov était amoureux et, pour la première fois depuis de nombreuses années, il nageait en plein bonheur. Un bonheur qu'il aurait voulu partager avec la terre entière. Lorsqu'il avait appris les résultats de l'analyse des traces de boue et de la comparaison des échantillons de sol, il s'était dit qu'il était inutile de déranger ses collègues, particulièrement Nastia Kamenskaïa dont c'était l'anniversaire de mariage. Il avait gagné les «Résidences de Rêve» en voiture. Les experts avaient déterminé que l'échantillon n° 1, prélevé dans l'appartement de Tcherkassov, présentait beaucoup de points communs avec le n° 3 qui provenait de la dernière maison construite du lotissement. En revanche, les autres échantillons partageaient moins de similitudes et les éléments de divergence étaient plus nombreux.

Le double meurtre chez Soloviov garantissait toujours aux enquêteurs une bonne excuse pour aller faire un tour aux Résidences et Selouïanov était en terrain connu: il avait ouvert l'enquête en tant qu'opérationnel de service la nuit de la tragédie et avait fait ensuite quelques apparitions selon les besoins du service. Le seul témoin et principal suspect ne fut donc pas surpris de le voir débarquer chez lui à neuf heures du soir. Il semblait même content de sa visite. Selouïanov en fut tout surpris, car il n'avait pas gardé de Soloviov l'image d'un homme particulièrement amical et coopératif. En réalité, c'était cette réserve que l'enquêteur avait de prime abord trouvée suspecte.

Après avoir autorisé le milicien de faction à quitter son poste pour aller dîner, Selouïanov s'installa avec son hôte dans le séjour pour évoquer l'hypothèse du meurtre commis par un rôdeur. En fait, ce qui l'intéressait, c'était de savoir si Soloviov avait remarqué des inconnus traînant dans le lotissement au cours des derniers mois.

– Vous êtes toujours à la maison et votre cottage offre une bonne vue sur toute la rue. Pouvez-vous vous rappeler les gens que vous avez vus passer ces derniers temps ?

– Je ne regarde pas souvent par la fenêtre. Je doute de pouvoir vous aider.

– Essayez tout de même, insista Selouïanov avec un sourire engageant. Je comprends bien que vous avez autre chose à faire que de jouer les concierges, mais il est difficile d'imaginer que vous n'ayez vu personne.

Mais le traducteur n'avait aucune envie de faire travailler sa mémoire pour se souvenir des gens qu'il avait pu apercevoir de chez lui ou au cours d'une promenade. L'enquêteur, lui, se rendait bien compte que Soloviov ne prenait aucun intérêt à la conversation, mais qu'il était pourtant heureux de le voir. Il sut pourquoi au moment où il s'y attendait le moins.

– J'ai un service à vous demander, lui dit soudain Soloviov. Je crois que vous avez interrogé mon amie Anastasia Kamenskaïa en relation avec l'affaire…

– Oui… C'est exact, reconnut Selouïanov prudemment.

– Vous voyez…

Soloviov ne trouva pas les mots qu'il fallait et reformula sa pensée différemment :

– Je voudrais que vous m'aidiez à entrer en contact avec elle. Je n'ai que son téléphone à la maison et personne ne répond depuis quelques jours. Elle ne m'a pas donné son numéro au bureau. Or, vous l'avez certainement.

– Vladimir Alexandrovitch, je suis navré, mais cela m'est impossible. Chacun est libre de décider à qui il laisse ses coordonnées. Si Kamenskaïa ne veut pas que vous l'appeliez au travail, je n'ai pas le droit de m'immiscer. Elle doit avoir des raisons que nous devons respecter, vous et moi. Quant au fait que sa ligne privée ne réponde pas, il est possible qu'elle se soit installée dans une datcha à la campagne. Il commence à faire très chaud et beaucoup de gens préfèrent rester hors de la ville jusqu'à l'automne.

Soloviov demeura silencieux à fixer la fenêtre. Ses doigts serraient fermement le plaid qu'il avait sur les genoux et un sillon profond creusait son front.

– S'il vous plaît, finit-il par insister d'une voix très douce. S'il vous plaît, aidez-moi. C'est important.

– Est-ce que cela a un rapport avec le crime ?

– Non, non, le détrompa le traducteur. C'est purement personnel. Nous sommes de vieux amis et, en ce moment, j'ai besoin d'elle.

Selouïanov allait refuser une nouvelle fois, mais le regard de l'invalide était tellement implorant qu'il ressentit un frémissement de compassion.

– Si j'ai l'occasion, je lui ferai savoir que vous cherchez à la joindre, dit-il sans trop se mouiller.

*

Le lendemain, Selouïanov débarqua dans le bureau de Nastia le visage rouge de colère.

– C'est quoi cette histoire, espèce de fripouille ? lui lança-t-il sans même un bonjour. Tu fais des promesses et les yeux doux, puis tu te défiles ? Ce n'est pas bien de séduire un invalide. Tu t'es servie de lui dans cette affaire et puis tu l'as laissé tomber ? Ce n'est pas bien, ma vieille. Il faut penser aux conséquences de ses actes !

Nastia lui jeta un regard à peine dessillé après une nuit presque blanche. Ils étaient rentrés à l'aube et elle n'avait dormi que deux heures. Elle avait la tête en coton.

– Une seconde, Kolia. Pas si vite. Reprenons dans l'ordre.

– Quel ordre ? bougonna-t-il, un peu plus calme après avoir relâché la vapeur. Il n'y a aucun ordre là-dedans. Pourquoi n'as-tu pas dit à Soloviov que ton numéro de téléphone avait changé ?

– Et pourquoi aurais-je dû le faire ?

– Parce qu'il est follement amoureux de toi. Et il souffre. Il compose le numéro nuit et jour et ne comprend pas pourquoi ça sonne dans le vide. Il passe ses journées tout seul à frissonner à chaque bruit et à attendre que sa chère Nastia vienne le voir. Il était sur le point de pleurer lorsqu'il m'a demandé de l'aider à reprendre contact avec toi. Est-ce que tu sais au moins ce que tu fais ?

– Kolia, tu exagères, répondit-elle avec le plus grand calme. Tu es en train de te monter la tête. Tout comme Soloviov le fait parce qu'il est seul et triste.

Ce reproche eut le don de faire repartir Selouïanov au quart de tour :

– Et quand bien même ! Il se monte la tête ? C'est tout de même bien toi qui lui as donné de l'espoir, non ? Tu ne peux pas jouer ainsi avec les sentiments des gens. Même pour résoudre un crime. Tu ne le plains pas ?

– Moi ? Non. Il est adulte, il a du travail, une maison bien à lui et de bons revenus. Pourquoi devrais-je le plaindre ?

– Et tu ne penses pas que ta vengeance a été mesquine ? Je ne sais pas exactement ce que tu voulais lui faire payer, mais j'en ai une idée.

– Non, Kolia, il ne s'agit pas de vengeance. C'est vrai que nous avons eu une aventure autrefois. Mais elle a commencé il y a quatorze ans, alors que j'étais encore en fac, pour finir il y a plus de douze ans. Je ne peux pas dire que ça se soit bien terminé, mais nous nous sommes quittés sans larmes ni psychodrame. Entre nous, il n'y a pas de score à égaliser ni de revanche à prendre. Et n'oublie pas, mon gars, que Marina Soblikova est devenue sa maîtresse après ma réapparition. Et ce n'est qu'après son décès, lorsqu'il a compris qu'elle baisait avec lui pour s'introduire dans la place, qu'il s'est souvenu de moi en s'inventant une belle raison de souffrir. Je suis désolée, mais je ne vois pas pourquoi je devrais le plaindre ou me sentir en faute.

– Peux-tu me jurer que tu n'as pas fait exprès de le séduire ?

– Évidemment que je le peux !

– Et peux-tu me jurer que ce n'est pas pour te venger de son aventure avec Soblikova que tu le fuis ?

– S'il n'y a que ça pour te faire plaisir, je le jure !

La situation l'amusait franchement.

– Kolia, reprit-elle, regarde-moi. Est-ce que je ressemble à une femme que la jalousie peut rendre folle ? Je suis persuadée que, même si je le voulais, je ne parviendrais pas à être jalouse convenablement. Ne t'inquiète pas pour Soloviov. Il va très bien s'en remettre.

– Mais je veux que tu l'appelles, dit Selouïanov. Il peut nous être utile et je ne veux pas qu'il croie que je ne tiens pas mes promesses.

– Je me demande pourquoi tu penses qu'il pourrait être utile.

– Comment peux-tu... Oh, zut ! J'ai oublié de te dire que j'ai eu les résultats du labo hier soir. L'échantillon de boue trouvé chez Tcherkassov provient bien des « Résidences de Rêve ». Et il ne s'agit pas seulement du ciment, mais de la terre elle-même.

– Ah ! Je vois l'ordre de tes priorités ! Me donner des informations capitales pour pouvoir coffrer un tueur en série qui a déjà au moins huit ou neuf meurtres de jeunes garçons sur la conscience compte moins pour toi que me donner une leçon de morale sur la souffrance d'un invalide solitaire et pathétique !

– Voyons, Nastia ! la calma Selouïanov d'un ton contrit. Je suis désolé. J'avais tout faux. Mais tu n'es pas claire non plus.

Après son entretien avec Soloviov, il était allé interroger les habitants de quelques cottages, en commençant par ceux où il y avait toujours quelqu'un dans la journée. Avaient-ils aperçu un rôdeur autour du lotissement ou même seulement des personnes qu'ils n'avaient pas l'habitude de voir ? Tout le monde sachant ce qui s'était passé chez Soloviov, personne ne s'étonna de la démarche. Certains lui demandèrent seulement pourquoi il venait encore leur poser les mêmes questions que le grand flic aux yeux sombres qui était passé quelques jours plus tôt. Le flic en question était Micha Dotsenko qui n'avait pas son pareil pour réveiller les souvenirs des témoins. Pourtant, il n'avait rien obtenu de significatif. Bien entendu, chacun avait vu des tas de gens qui n'habitaient pas le lotissement : des visiteurs, des médecins, des plombiers, des électriciens, des éboueurs, des facteurs… Le genre d'individus qu'on oublie immédiatement après les avoir vus. Personne ne se rappelait quelqu'un de suspect. Et personne non plus n'avait vu des adolescents inconnus.

Selouïanov était allé jusqu'à montrer une photo de Tcherkassov, mais personne ne le connaissait. À en croire tous les voisins, cet homme n'avait jamais mis les pieds dans les « Résidences de Rêve ». Pourtant, des mottes de terre étaient bien arrivées jusqu'à son appartement.

Il n'y avait que deux possibilités : ou bien Tcherkassov avait traîné ses chaussures dans le lotissement, même s'il le niait ; ou bien son appartement avait reçu la visite de quelqu'un qui avait fait un tour près des cottages… ou qui y habitait. Pourquoi pas ? En tout cas, une chose était sûre : l'individu en question était allé directement du lotissement jusqu'à l'appartement de la rue Mouranov. Les experts avaient déterminé que l'échantillon de boue retrouvé sous le tapis était très largement composé de terre en provenance des « Résidences », ce qui n'aurait pas été le cas si la personne avait marché ailleurs avant de monter chez Tcherkassov. Elle avait dû se déplacer en voiture.

Tout cela ne manquait pas de déconcerter Nastia. Elle était incapable de dresser un tableau cohérent des faits. Qui était cet individu ? Tcherkassov ? Dans ce cas, s'il refusait de reconnaître qu'il était allé au lotissement, cela pouvait signifier qu'il cachait les gosses là-bas. Le problème était qu'aucun voisin ne l'avait jamais vu. Pas plus qu'on n'avait aperçu des adolescents inconnus. Peut-être y allait-il la nuit ? Ou bien, ce n'était pas dans les cottages qu'il se rendait, mais à proximité. Dans les bois ? La milice les avait passés au peigne fin et il n'y avait ni cabane ni excavation. En plus, le labo était formel : la personne aux chaussures crottées de terre était montée dans une voiture. Or une voiture, cela se voit le jour et s'entend la nuit, surtout dans un endroit aussi calme et isolé. Bien sûr, le type avait pu s'arrêter loin du lotissement et finir le chemin à pied. C'est exactement ce qu'avait fait Marina Soblikova : elle s'était garée à une bonne dizaine de minutes à pied des premières maisons. Et le tueur inconnu avait sans doute fait la même chose : tout le monde avait entendu les coups de feu, mais pas le démarrage d'une voiture. D'ailleurs, on avait trouvé des empreintes fraîches des pneus près de l'automobile de Marina, bien qu'il fût difficile de dire si elles avaient été faites à l'heure du double meurtre ou plus tôt dans la journée. D'autre part, si Tcherkassov ou quelqu'un d'autre avait marché pendant dix minutes le long du chemin de terre ou à travers champs, l'échantillon de boue de l'appartement n'aurait contenu que peu ou pas de ciment.

Rien donc ne venait étayer l'idée que Tcherkassov avait un lien avec le lotissement. Mais si ce n'était pas lui, qui ? Le suspect prétendait n'avoir invité personne chez lui, en tout cas depuis la mort d'Oleg Boutenko, et, à sa connaissance, ce dernier n'avait jamais reçu d'ami en son absence.

Mais il y avait le calepin de Valeri Liskine. Si Tcherkassov était le maniaque, la manière dont cet objet s'était retrouvé chez lui était évidente. Quant à savoir pourquoi il l'avait gardé, c'était une autre histoire. Mais s'il était innocent, qui l'avait laissé chez lui ? Et plus important encore, pour quelle raison ?

C'était une situation absurde. Voilà un homme, un homosexuel attiré par des garçons typés, aux cheveux noirs et à la peau mate, qui avait admis sa relation avec Oleg Boutenko tout en niant toute responsabilité dans sa mort. Et il semblait n'avoir réellement aucun lien avec les autres victimes. Mais quelques indices permettaient d'en douter. Et l'intéressé n'avait aucune explication convaincante à leur présence. Rien ne l'empêchait de déclarer avoir reçu des tas d'inconnus chez lui et que l'un d'entre eux avait facilement pu dissimuler le calepin. Et qu'il n'avait aucune idée de l'endroit où ces gens se trouvaient à présent. Les enquêteurs ne lui avaient pas encore parlé de la boue séchée retrouvée sous le tapis, mais il lui aurait suffi de confirmer ses dires : il recevait beaucoup de monde et n'importe qui aurait pu laisser ces traces. Mais non ! Il affirmait avoir très peu d'amis et ne recevoir personne. Pour le sexe, il allait chez ses partenaires.

Les déclarations de ses voisins confirmaient d'ailleurs ses dires. Nastia avait sous les yeux le rapport d'une conversation avec un de ses voisins de palier.

« Oui, je savais que Micha vivait avec un ami, même s'il ne nous l'avait pas dit. C'est un gars formidable : il peut tout réparer et remettre à neuf n'importe quoi, mais il n'est pas très hospitalier.

– Vous voulez dire peu amical ?

– Non, au contraire. Il est toujours très poli, très souriant. Même lorsqu'on se présente chez lui très tard le soir pour lui demander de réparer quelque chose, il n'est jamais désagréable. Il nous dit de lui laisser l'objet et, dès le lendemain, il nous le rend comme neuf. Ce que je voulais dire, c'est qu'il ne nous fait jamais entrer chez lui. Il habite dans l'immeuble depuis des années et je ne connais personne qui soit passé plus loin que le vestibule. Au début, nous pensions qu'il possédait des objets de valeur, comme des appareils électroniques ou des antiquités, et qu'il ne voulait pas que ça s'ébruite, par peur des voleurs. Mais nous avons fini par comprendre que c'est un vrai maniaque. Un maniaque de la propreté. Il ne fait entrer personne par peur de la saleté. Son vestibule est toujours impeccable. On pourrait manger par terre. Alors, imaginez comment doit être la chambre à coucher ! Aseptisée comme un bloc opératoire !

Tout cela suggérait que la personne qui avait dissimulé le calepin était entrée dans l'appartement en son absence. De deux choses l'une : soit Boutenko était seul à ce moment-là et lui avait ouvert la porte ; soit il était passé après la mort de Boutenko, mais dans ce cas il avait les clés. Car la serrure n'avait pas été forcée.

Il avait les clés.

Si Tcherkassov n'avait pas changé les serrures avant l'arrivée de Boutenko, cela pourrait constituer une piste intéressante. Parce qu'après son divorce il avait longtemps habité avec son beau-frère Slava. Leur rupture avait été plutôt désagréable. Et Slava fréquentait les cercles homosexuels.

*

Comme il fallait s'y attendre, Slava Dorochevitch, l'ex-beau-frère de Tcherkassov, n'était pas fou de joie à l'idée de rencontrer Selouïanov. Mais comme il ne pouvait pas faire autrement étant donné les liens qui, en tant qu'indic, l'unissaient au policier, il n'eut pas l'incorrection de refuser de le voir. Interrogé sur les clés de l'appartement, il répondit qu'il n'avait pas emporté son trousseau en déménageant. La question était de pure forme, puisque Korotkov avait appris que la serrure de la porte d'entrée avait rendu l'âme quelques mois après son départ et que Tcherkassov l'avait changée.

Le véritable but de la conversation avec le jeune homme était d'obtenir autant d'informations que possible sur la vie du suspect, sa personnalité, ses habitudes et de nombreux autres points que seul quelqu'un qui avait passé plusieurs mois sous le même toit que lui était susceptible d'éclaircir. Selon Dorochevitch, la passion de Tcherkassov pour les garçons d'un certain type physique était apparue à la fin de son adolescence, alors qu'il essayait encore de mener une vie sexuelle conforme aux normes établies. Il se savait homosexuel depuis l'âge de dix-sept ans, mais avait peur de s'afficher comme tel, sachant ce qu'il lui en coûterait d'un point de vue social. Il sortait donc avec des filles, tant à la fin de ses études secondaires qu'en fac plus tard. Bien entendu, celles qui avaient sa préférence étaient brunes, grandes et minces, avec la peau mate et de grands yeux sombres aux longs cils, les lèvres étroites, peu de poitrine et une silhouette sportive de garçon manqué. Il n'en demeurait pas moins que son regard s'attardait plus longtemps – et avec beaucoup plus d'intérêt – sur les garçons qui correspondaient à cette description.

C'est pendant sa dernière année de fac qu'il constata qu'il lui était impossible de continuer à aller contre sa nature. Il eut une relation avec un bizut. Malgré sa discrétion, l'affaire s'ébruita et fit scandale. Bien qu'il comptât parmi les meilleurs éléments de sa promotion, la direction de l'université décida de le renvoyer. Le bizut, qui avait un père influent, s'en tira avec un blâme et un transfert dans une autre faculté.

Tcherkassov décida alors de ne plus céder à ses penchants qui lui semblaient avilissants, de reprendre le chemin de l'hétérosexualité et de se marier. Ce qu'il fit en choisissant la sœur de Slava. Hélas, si elle ressemblait à son idéal physique, son nouveau beau-frère en était encore plus proche. Pendant des mois, il se battit courageusement contre la tentation, mais finit par céder. Selouïanov connaissait le reste de l'histoire.

À l'époque où il avait assumé sa sexualité, Tcherkassov n'était plus le jeune homme honteux qui s'était marié pour donner le change. Pour comprendre la raison de son attirance pour les garçons, il s'était plongé dans les livres et avait discuté avec de nombreux homosexuels déclarés. Plus il approfondissait le sujet, plus il se rendait compte qu'il ne souffrait pas d'une perversion répugnante, mais qu'il avait adopté un système de valeurs esthétiques dont les racines remontaient à la nuit des temps et se trouvaient également dans les dogmes religieux de l'orthodoxie. Un exemple l'avait particulièrement frappé : lors de la cérémonie du baptême, les garçons sont présentés devant l'autel alors que les filles ne le sont pas parce qu'elles sont considérées comme impures. Il avait fini par estimer que l'amour entre hommes était beau dès lors que les deux partenaires étaient consentants.

Dorochevitch, lui, n'était pas gay avant sa liaison avec Tcherkassov, mais, comme beaucoup de jeunes gens de dix-huit ans, il voulait tout essayer : la drogue, les milieux interlopes, les aventures homosexuelles… Et son beau-frère n'était pas un étranger, mais quelqu'un qu'il aimait bien. Alors, pourquoi ne pas essayer ? Leur contact n'avait pas provoqué de sentiment de dégoût, sans doute parce que Tcherkassov était parvenu à déculpabiliser leur relation et à faire partager à son jeune beau-frère sa conception esthétique. Bientôt, le jeune homme en était venu à aimer ces relations tendres dans lesquelles il percevait une beauté qu'il ne soupçonnait pas précédemment. Et une fois leur relation découverte, lorsque ses parents l'avaient mis à la porte, il n'avait pas eu d'autre solution que de s'installer chez son amant.

Selon Dorochevitch, Tcherkassov était un homme gentil et sentimental qui s'attachait aux cadeaux et aux objets qui lui rappelaient de bons souvenirs. Il aimait que tout soit net et propre autour de lui et passait une partie de son temps à nettoyer l'appartement. Il ne supportait pas le désordre : ç'avait d'ailleurs été le principal objet de discorde au cours de leur vie commune. Le jeune homme confirma également que Tcherkassov n'aimait pas laisser entrer des gens chez lui. Il n'invitait jamais personne. Quant aux voisins, il les recevait sur le seuil ou, si nécessaire, dans le vestibule. Ce n'était pas parce qu'il avait peur qu'on le vole : il était comme ça.

– Si je te disais que quelqu'un est entré dans l'appartement en l'absence de Tcherkassov, à qui penserais-tu d'emblée ? demanda Selouïanov.

– D'emblée ? À personne !

– Et en y réfléchissant un peu ?

Dorochevitch fronça les sourcils tandis qu'il se creusait les méninges pour faire plaisir au flic. Ce dernier attendit patiemment, s'efforçant de ne pas perturber ce processus complexe. La réflexion dura une bonne minute.

– Non, je ne vois vraiment pas. Micha ne donnait jamais les clés à personne. Il était comme un animal qui défend son territoire. Il ne supportait pas qu'on prenne un objet qui lui appartenait. S'il avait perdu ses clés, il aurait changé la serrure immédiatement. Il est d'une prudence excessive. Et la simple idée d'un étranger marchant chez lui avec des chaussures sales et posant ses doigts partout le rend malade. Je vous dis la vérité. Je le connais bien.

Nastia écouta attentivement son collègue lui rapporter la conversation avec son indic. Ainsi donc, Tcherkassov était gentil et sentimental ? L'histoire était décidément pleine de personnes douces et aimables qui se comportaient en tortionnaires sadiques. Les films montraient souvent des bourreaux nazis qui versaient des larmes en regardant des photos de leurs enfants restés au pays, et qui, sans état d'âme, envoyaient à la mort d'autres gosses dans les chambres à gaz. Ce témoignage ne constituait donc pas forcément un élément à la décharge de Tcherkassov. Il pouvait tout aussi bien être retenu contre lui. Et pourtant... Pourtant...

Si Tcherkassov était coupable, il devait être possible de trouver l'endroit où il gardait les gosses qu'il enlevait. Ce n'était pas facile, mais au moins la tâche était claire. S'il était innocent, alors quelqu'un tentait de lui faire porter le chapeau. De le faire accuser de meurtre et de le faire condamner à perpétuité, puisque la peine de mort n'était plus appliquée dans le pays. Quelqu'un qui avait planqué le calepin de Valeri Liskine dans l'appartement ? Et qui avait sans doute semé d'autres indices ? Mais lesquels ? Il devait y avoir autre chose. Une chose qui leur avait échappé.

– Kolia, je sais ce qu'il faut faire ! s'écria soudain Nastia.

*

En définitive, les enquêteurs n'avaient qu'une seule raison de soupçonner Tcherkassov du meurtre des garçons : le cambriolage qu'il avait commis. S'il n'avait pas volé ces cassettes vidéo, la milice n'aurait jamais pu le trouver. Cela signifiait que, si quelqu'un cherchait à lui faire porter le chapeau pour ses crimes, il ne pouvait certainement pas imaginer que Tcherkassov aille se faire coffrer comme ça. Il avait dû prévoir une autre manière d'aiguiller la milice vers lui. Et il ne s'agissait pas du calepin de Liskine, puisqu'il avait fallu une perquisition pour le dénicher et que, pour fouiller l'appartement, il fallait déjà que Tcherkassov soit suspect. Le bloc-notes devait donc constituer le dernier maillon d'une chaîne d'indices. Un élément tellement déterminant qu'il ne pouvait que balayer les derniers doutes des enquêteurs. Mais, découvert trop tôt, il obscurcissait le tableau plutôt qu'il ne l'éclaircissait.

Ce matin-là, Nastia poussa avec détermination la porte du bureau de Gordeïev :

– Viktor Alexeïevitch, commença-t-elle, il est temps de nous servir du fait que l'affaire Tcherkassov a attiré l'attention de la Direction. Nous avons besoin de plus d'effectifs.

– De combien ? répondit le colonel, sceptique. Un bataillon ?

– Une brigade serait mieux, mais nous pouvons nous contenter de trois hommes. Il faut aller dans les commissariats vérifier de très près les dossiers des huit gosses. Ils m'intéressent tous, sauf Boutenko. Dans son cas, tout est clair.

Comme les affaires des garçons bruns n'avaient pas officiellement été liées entre elles, la Criminelle ne disposait que de rapports de synthèse et non des dossiers complets.

– Et qu'espères-tu y trouver ? Le nom du tueur ?

– Non, chef, juste un indice.

Nastia lui expliqua son hypothèse. Gordeïev soupira et hocha la tête d'un air dubitatif.

– Et si nous demandions aux commissariats de nous faire parvenir ces dossiers, ce ne serait pas plus simple ?

– Mais vous savez comment ils sont ! Ils vont s'imaginer qu'on veut les prendre en faute parce qu'ils ont mal mené leurs enquêtes… Il faudra des semaines avant qu'ils daignent coopérer.

– Bon, d'accord, dit Gordeïev. J'espère que tu sais ce que tu fais. Prends Dotsenko et Lesnikov.

Avec ce renfort, même limité, ils se partagèrent le travail. Igor Lesnikov et Kolia Selouïanov étaient motorisés. Micha Dotsenko, même sans voiture, n'avait aucun problème à parcourir d'un bout à l'autre cette ville immense. Nastia, qui détestait les transports en commun, décida de faire équipe une nouvelle fois avec Iouri Korotkov, bien que son véhicule semblât devoir rendre l'âme à chaque tour de roue.

Pour un enquêteur, obtenir l'autorisation de consulter un dossier auquel il n'avait pas collaboré était une tâche ardue. Aucun flic n'acceptait de gaieté de cœur de laisser des confrères mettre le nez dans son travail, même s'ils le demandaient très poliment. Il fallait avoir un ordre de mission en bonne et due forme ou entretenir des liens très cordiaux avec l'intéressé.

Nastia et Korotkov n'eurent pas beaucoup de chance. Dans les deux commissariats qu'ils visitèrent, la situation fut identique : le chef était absent et il leur fallut attendre son arrivée. Puis ils passèrent un long moment à le convaincre, faisant valoir l'intérêt du service, expliquant qu'ils n'étaient là que pour faire avancer une enquête qui intéressait au plus haut point les gros pontes du ministère. Finalement, ils eurent accès aux dossiers, mais ce fut pour se rendre compte qu'ils ne contenaient rien de ce qu'ils cherchaient.

Devant le visage sombre de Nastia, Korotkov se sentit obligé de l'encourager :

– Il ne faut pas renoncer, dit-il. Il reste six affaires. Si ta théorie est vraie, un de nos gars trouvera la bonne pioche.

– C'est justement cela, le problème, constata-t-elle avec tristesse. Si ma théorie est vraie… Et si elle ne l'est pas ?

– Ce ne serait pas la fin du monde. On fait toujours des erreurs. Et on avance quand même.

– Mais ce serait dommage, insista Nastia. C'est une explication trop élégante. L'idée qu'elle puisse se révéler fausse m'horripile !

– C'est vrai, reconnut Korotkov en tournant dans Sadovoïe Koltso. C'est une idée élégante. Mais j'en ai une autre : si nous mangions un morceau ? Qu'est-ce que tu en penses ?

– Pas mal, reconnut-elle. Tu as raison, Iouri. Je suis affamée.

Ils achetèrent du fromage en tranches, deux paquets de soupe instantanée aux crevettes et une miche de pain. À la Petrovka, ils s'installèrent dans le bureau de Nastia et firent bouillir l'eau pour leur déjeuner improvisé.

– Tu n'as pas l'air en forme, reprit Korotkov en pêchant une crevette dans sa soupe pour la poser délicatement sur une tranche de pain. Tu n'es pas malade au moins ?

– Non. Je manque seulement de sommeil. Ça fait deux nuits que je ne dors pas. Tu sais que, pour moi, c'est pire que la mort.

– Qu'est-ce que tu fais de tes nuits ?

– Rien d'extraordinaire. Avant-hier, nous sommes sortis avec mon frère et ma belle-sœur. C'était notre anniversaire commun de mariage. Et la nuit dernière, j'ai passé le plus clair de mon temps à me battre avec des moustiques. Une colonie entière a fait irruption dans la chambre. Des voraces. Le pire est que Liocha a dormi comme un bébé. Ils le laissent tranquille et n'en ont qu'après moi. Mon sang les attire. Ce n'est pas juste. Et il n'y a aucun moyen de lutter contre eux.

– C'est vraiment dur ! Au fait... tu sais que Kolia m'a parlé de toi.

– Comment ça ?

– Tu te serais mal comportée...

– Avec qui ? Soloviov ?

– Oui. Que s'est-il passé ?

– Rien de particulier, Iouri, dit-elle tristement. Kolia exagère, comme d'habitude. Il est persuadé que j'ai séduit Soloviov et que je suis partie comme une garce, laissant le pauvre invalide seul avec sa souffrance.

– Et ce n'est pas vrai ?

– Bien sûr que non. Laisse tomber, Iouri... Écoute, je ne comprends pas ce que tu fais avec ces crevettes. Tu ne les aimes pas ?

– Bien sûr que je les aime. Je les mets de côté pour m'en faire un sandwich avec du fromage quand j'aurai fini ma soupe.

– Et c'est bon ? demanda Nastia en regardant d'un œil sceptique les morceaux de crevette posés sur la tranche de pain.

– Et comment ! Si tu me le demandes gentiment, je te ferai goûter.

– Je vais y réfléchir, gloussa Nastia. J'aimerais bien que les gars reviennent. Cette attente est insupportable.

Selouïanov fut le premier à donner signe de vie, mais il rentra les mains vides.

– Pas la peine de me regarder comme si j'étais le cancre de la classe, dit-il en remarquant la déception et le doute dans les yeux de sa collègue. J'ai tout épluché, tu peux me croire. Il n'y avait rien dans ces dossiers. Est-ce que je pourrais avoir un morceau de quelque chose ?

Nastia lui fit deux sandwiches au fromage et mit en route la bouilloire pour le thé. Selouïanov murmura un semblant de remerciement parfaitement inaudible puisqu'il venait de s'engouffrer la moitié d'un casse-croûte d'un seul coup.

Une demi-heure plus tard, Micha Dotsenko passa un coup de fil : il n'avait rien trouvé. Nastia souffrait le martyre. Les chances de voir se confirmer sa belle théorie devenaient plus minces à chaque minute. S'était-elle trompée ? Pourtant, si quelqu'un cherchait à faire porter le chapeau à Tcherkassov, il devait bien y avoir une piste conduisant directement à lui dans les dossiers des garçons disparus. Il fallait d'abord amener la milice à le soupçonner, à l'interroger et à perquisitionner chez lui. Le calepin de Liskine, ajouté à la mort de Boutenko, ne pouvait que transformer en certitude les soupçons des flics. Mais s'il n'y avait aucune piste menant à lui, l'histoire du calepin n'avait plus aucun sens.

Lorsque Lesnikov arriva, il arborait un sourire de vainqueur qui mit tout de suite du baume au cœur de Nastia. Son hypothèse était la bonne.

– Le commissariat du quartier où vivait Valentin Goldine, l'une des jeunes victimes, a reçu un appel anonyme deux jours après l'annonce de sa disparition à la télévision. L'inconnu prétendait avoir vu un garçon ressemblant à la photo rue Mouranov. Il était en compagnie d'un homme de trente-cinq, quarante ans à catogan.

– Le signalement qu'il fallait, fit remarquer Nastia en inclinant la tête d'un air satisfait. Cela nous aurait conduits tout droit à Tcherkassov si quelqu'un s'était donné la peine de vérifier. Que s'est-il passé ?

– Le gars de service a noté l'info et l'a transmise au flic chargé de l'enquête. Le problème est que le gars avait d'autres affaires en cours et qu'il a été grièvement blessé en arrêtant un suspect. Il n'a pas eu le temps de suivre la piste. Pendant son séjour à l'hôpital, où il est resté six semaines, le dossier a été confié à un de ses collègues qui n'a pratiquement rien fait. En tout cas, il n'a pas prêté attention à l'appel anonyme. J'imagine que c'est exactement ce que tu cherchais ?

La jeune femme ferma les yeux. Elle les rouvrit une seconde plus tard et sourit d'un air triomphant.

– Oui, Igor. C'est très exactement ce que je cherchais. Évidemment, il n'y a aucune raison de se réjouir dans une affaire de meurtre. Mais qu'est-ce que ça fait du bien de savoir qu'on n'est pas plus nul que le tueur !

Même si le sens de l'humour ne lui faisait pas défaut, Igor Lesnikov n'avait pas la réputation d'être un plaisantin. En tout cas, il n'avait pas l'habitude de sourire souvent. Sa réponse tint en peu de mots :

– Heureux de t'avoir aidée. Le devoir m'appelle. À plus…

Donc, le véritable criminel avait tenté de relier Tcherkassov aux garçons disparus. Il était probable qu'il avait aussi laissé une piste le connectant aux cadavres. Ce n'était pas très compliqué. L'esprit criminel de l'homme n'avait pas inventé de solution plus simple et plus efficace.

*

Cette fois, Nastia accompagna Korotkov à la planque de Tcherkassov. Ce dernier les reçut d'une manière plutôt cocasse. En tee-shirt et maillot de bain à cause de la chaleur, il portait un tablier de cuisine et nettoyait l'évier vigoureusement tandis que ses deux gardiens étaient absorbés dans une vidéo avec Chuck Norris. En apercevant Nastia, Tcherkassov partit à toute vitesse dans sa chambre pour enfiler un pantalon. Une minute plus tard, il était de retour, habillé et coiffé. Il jeta un long regard à sa visiteuse.

– On ne s'est pas déjà vus quelque part ? demanda-t-il en la regardant avec curiosité. Je me souviens que nous

nous sommes parlés à la Petrovka, mais j'avais déjà l'impression de vous avoir rencontrée auparavant.

– C'est exact, nous nous sommes déjà vus, reconnut la jeune femme avec un sourire. Peu avant votre arrestation, devant votre immeuble.

– Bien sûr ! s'écria Tcherkassov tandis que son visage s'éclairait. Bien sûr, vous êtes celle qui ne voulait pas de mon aide. Je n'aurais jamais cru que vous étiez de la milice.

Elle se demanda si elle devait lui parler de leur toute première rencontre, au concours de mathématiques, vingt ans plus tôt. Avait-il seulement remarqué son existence à l'époque ? Elle savait d'expérience qu'elle passait facilement inaperçue et ne laissait aucun souvenir.

– Mikhaïl Efimovitch, nous sommes ici pour vous ramener chez vous.

– Vous me laissez partir ? s'écria-t-il joyeusement. Vous avez résolu l'affaire ? Dieu merci !

– Non, malheureusement, nous n'avons pas encore trouvé le coupable. Mais nous devons vous emmener chez vous.

– Pour quoi faire ?

– Vous allez regarder partout pour vérifier que rien ne manque.

Tcherkassov ouvrit de grands yeux.

– Comment ça ? Vous voulez dire que mon appartement a été cambriolé en mon absence ? Je le savais ! Je savais que ce plan ne marcherait pas…

Il était devenu tout pâle et semblait prêt à pleurer.

– Calmez-vous, Mikhaïl Efimovitch. Personne n'est entré dans votre appartement dernièrement. Mais nous avons des raisons de croire que quelqu'un y est passé lorsque vous n'étiez pas là, il y a plusieurs mois. Et qu'il vous a dérobé quelque chose.

– Je ne comprends pas, murmura-t-il. Mais si nous devons y aller, autant le faire.

– Nous ne comprenons pas tout, nous non plus, avoua Korotkov d'une manière maladroite.

Ce n'était pas le genre de phrase susceptible de rassurer Tcherkassov. Pendant tout le trajet, il n'arrêta pas de s'agiter sur son siège et de faire craquer ses articulations. Visiblement, Dorochevitch n'avait pas exagéré : l'idée qu'un inconnu ait pu pénétrer chez lui le dégoûtait littéralement. Après son arrestation, l'appartement avait été fouillé deux fois et il était peu probable qu'il soit encore propre et bien rangé.

Ces craintes étaient justifiées, mais le maître des lieux fit meilleure figure que les enquêteurs ne s'y attendaient. Il s'efforça de ne pas remarquer les traces de pas dans le vestibule, mais enleva ses chaussures pour passer dans la chambre.

– Que suis-je censé chercher ? demanda-t-il.

– Un petit objet bien à vous. Quelque chose dont vous vous servez rarement et dont vous avez pu ne pas remarquer la disparition, lui expliqua Nastia. Pour commencer, regardez des objets qui portent votre nom ou vos initiales, ou qui vont par deux, comme des boutons de manchette. Ou encore des objets qui peuvent se diviser en plusieurs parties. Des choses de ce genre.

– Si vous aviez l'amabilité de me dire pourquoi vous avez besoin de ce genre d'objet, cela pourrait m'aider à chercher. Je ne vois vraiment pas ce que vous voulez, s'insurgea Tcherkassov, visiblement excédé.

Nastia poussa un gros soupir. Elle était très fatiguée et aurait aimé s'asseoir, mais elle ne voulait pas ajouter au déplaisir de son hôte en s'asseyant avec son jean sur le velours beige impeccable du canapé et des fauteuils. Dans l'énervement, Tcherkassov pouvait très bien ne pas voir ce qui manquait, même si, en temps ordinaire, il l'aurait remarqué comme le nez au milieu de la figure. Sans compter qu'il risquait aussi de bâcler ses recherches et de dire que tout était à sa place pour que cette bonne femme ôte ses fesses de sa merveille en velours.

– Vous voyez, Mikhaïl Efimovitch, reprit-elle, je crois qu'on vous a volé un objet pour le placer près de l'un des cadavres et attirer les soupçons sur vous. Il faut que je sache de quel objet il peut bien s'agir. Bien entendu, ce n'est certainement pas un vêtement ou un livre, mais plutôt un petit objet qui vous désigne immanquablement.

Les genoux de Tcherkassov se dérobèrent. Il chancela et s'assit sur le fauteuil le plus proche.

– Vous essayez de me dire… Mais je n'ai tué personne. Je n'ai rien perdu près d'un cadavre. Je vous l'ai dit… Mon Dieu ! Est-ce parce que je ne suis pas comme vous que vous ne me croyez pas ?

Les tremblements de sa voix et son découragement mirent Nastia et Korotkov mal à l'aise.

– Vous ne m'avez pas comprise, Mikhaïl Efimovitch. Je ne dis pas que vous avez tué quelqu'un et perdu quelque chose sur la scène du crime. Je vous explique que quelqu'un cherche à vous faire porter le chapeau. Et pour ça, il a volé un objet qui vous appartient pour le laisser près d'un cadavre.

– Je ne vous crois pas, murmura-t-il. Pourquoi quelqu'un voudrait-il me faire accuser ? Je n'ai pas d'ennemis. Personne ne me veut du mal. Vous avez tout monté. Vous essayez de me piéger parce que vous pensez que je suis le tueur.

À cet instant, Nastia se persuada réellement de son innocence. Elle le croyait parce qu'il ne cherchait pas à tirer profit d'une idée qui pouvait l'innocenter.

– Très bien, ne me croyez pas, dit-elle calmement. L'important c'est que je vous crois, moi. Vous comprenez ? Je pense que vous n'avez tué personne et c'est pour ça que je vous demande de chercher cet objet.

Tcherkassov se leva en silence et entreprit de fouiller dans ses affaires. Pendant qu'il cherchait, comme il ne les avait pas invités à s'asseoir, les deux enquêteurs restèrent debout. En plus des élancements dans les jambes, Nastia sentait poindre son mal de dos. De son côté, Korotkov s'accroupit, adossé contre le mur. Nastia ne comprenait pas comment il pouvait se trouver bien dans cette position, mais elle envia sincèrement son collègue qui avait fermé les yeux et semblait sommeiller.

Au bout d'un moment interminable, Tcherkassov se tourna vers Nastia, une petite boîte carrée à la main, le visage marqué par l'étonnement et l'inquiétude.

– Voilà, dit-il. Mais je ne comprends pas comment cela a pu se produire.

– Qu'est-ce que c'est ? demanda Korotkov en se levant.

– Une épingle de cravate. Il y avait un petit fer à cheval attaché à une chaînette. Il n'y est plus.

Tcherkassov remit la boîte à l'enquêteur. Une petite chaîne brisée pendait de l'épingle en plaqué or.

– Vous la portez souvent ? demanda Korotkov.

– Jamais. C'est un cadeau qu'on m'a fait il y a longtemps et que je garde en souvenir. Mais comment pouviez-vous savoir qu'il manquerait une chose comme ça ?

– Par déduction, expliqua Korotkov en souriant. Nous avons trouvé des traces de boue sous votre tapis. Connaissant votre goût pour la propreté, il nous était difficile de croire que vous ayez pu entrer dans la chambre sans enlever vos chaussures. Je vous ai posé des questions sur votre manière de faire le ménage, vous vous souvenez ?

– Oui, j'ai été très surpris. Je n'arrivais pas à deviner en quoi ça vous intéressait.

– Vous m'aviez dit avoir battu le tapis dehors avec Boutenko, début décembre. Cela signifie que la pièce était propre et que les traces de boue ont été laissées après. Comme vous ne confiez les clés à personne, cela veut dire que Boutenko lui a ouvert la porte. Votre mystérieux visiteur est donc passé dans l'intervalle entre le grand nettoyage et la mort de votre ami. Il a dissimulé le calepin de Liskine et arraché le fer à cheval de l'épingle.

– Mais Oleg… Il ne m'a rien dit. Pourquoi m'aurait-il caché qu'il avait fait entrer quelqu'un ? Je ne comprends pas. Et puis, pourquoi aurait-il permis à un étranger de cacher des objets et de toucher à mes affaires ? C'est parfaitement incroyable.

– Oui, justement. C'est incroyable, répéta Nastia en faisant tourner l'épingle de cravate entre ses doigts. Je suis bien d'accord, et c'est pourquoi je crois que les choses se sont passées différemment. L'inconnu est venu deux fois. La première, il s'est borné à discuter avec Boutenko qui, pour une raison quelconque, ne vous l'a pas dit. J'imagine qu'ils ont dû régler des affaires à eux dont votre ami ne tenait pas à vous parler. Quant à la deuxième visite, Boutenko n'avait aucun moyen de l'empêcher de faire quoi que ce soit.

– Pourquoi ? demanda Tcherkassov platement, en comprenant très bien où Nastia voulait en venir sans parvenir à y croire.

– Parce que le visiteur a tué votre ami. Comme il est mort d'une overdose, nous pouvons en déduire que leurs relations étaient fondées sur la drogue. La première fois, cet homme a appris quelle drogue Boutenko consommait. La deuxième, il lui en a fait prendre trop. Ce n'est pas difficile puisqu'il est impossible de déterminer visuellement le dosage d'une seringue et qu'un drogué finit par perdre tout sentiment de prudence.

Nastia se tut. Tcherkassov s'était assis sur le bord du fauteuil et se tenait la tête dans les mains. Ses épaules tremblaient. Il pleurait.

*

Oksana avait l'habitude de se présenter à la maison d'édition à n'importe quelle heure lorsque Essipov y était. Et parfois même lorsqu'il n'y était pas. La petite pièce de repos qui jouxtait le bureau du directeur général était à la fois leur lieu de rencontre et le refuge où elle pouvait souffler un peu au milieu d'une dure journée de travail marquée par des déplacements fréquents dans la circulation épuisante de Moscou. Mais c'était aussi le meilleur endroit pour écouter les conversations d'affaires de son amant.

Ce jour-là, elle arriva avant deux heures de l'après-midi, ce qui était très tôt pour elle puisque, d'ordinaire, elle ne se levait pas avant midi. Kirill l'accueillit joyeusement, l'embrassa sur la joue lorsqu'elle vint près de lui et lui donna une tape sur les fesses pour la pousser vers la petite pièce.

– Vas-y. Je vais demander à Vika de t'apporter du café.

Oksana ne se fit pas prier et s'enfonça avec volupté dans le profond fauteuil où elle aimait passer des moments de détente. La secrétaire ne tarda pas à lui apporter un plateau avec une cafetière et une boîte de gâteaux secs «basses calories» qu'on achetait spécialement pour son régime. Ils étaient insipides et répugnants et Oksana n'y touchait que lorsqu'elle était affamée ou trop nerveuse.

Elle avait bu la moitié d'une tasse lorsqu'elle entendit la porte du bureau de son amant s'ouvrir tandis qu'un homme disait :

– Bien le bonjour, monsieur Essipov.

Avec le temps, elle avait appris à reconnaître la voix de tous les membres du personnel de Shere Khan, mais celle-là ne lui était pas familière. Le plus étrange était que, lorsqu'un visiteur de l'extérieur arrivait, la secrétaire l'annonçait par l'interphone. Or, elle était là depuis un quart d'heure et n'avait rien entendu de tel.

– Bonjour…

L'intonation d'Essipov révélait la surprise, mais il ne demanda pas à l'inconnu de se présenter ni ce qui l'amenait. Oksana en déduisit qu'il connaissait son visiteur, mais ne l'attendait pas.

– Très bien, monsieur Essipov, venons-en à notre affaire, reprit l'inconnu. Vous avez une dette.

– Vraiment ? répondit mollement l'intéressé. Je n'en ai pas le souvenir.

– Non ? Et Gazelle ? Vous étiez censé la payer. Il faut le faire.

– Pour commencer, vous n'êtes pas Gazelle et je ne vous dois rien. Deuxièmement, elle n'a pas fait son travail et n'a donc pas mérité son argent. Je ne vois donc pas de quoi nous devrions parler.

– Oh ! Je vous trouve bien grognon, dit l'inconnu d'un ton ironique. Vous en devenez presque désagréable. Comme vous ne semblez pas comprendre la langue des affaires, je vais vous mettre les points sur les «i». Écoute, mon Kirill, tu as trouvé Gazelle grâce à moi. Tu m'as parlé de ton problème et je t'ai mis en contact avec elle. Je lui ai promis que le travail serait bien fait et que l'argent ne poserait pas de problème. La pauvre fille est morte alors qu'elle remplissait sa mission pour toi. Bref, tu l'as trompée parce que l'affaire n'était pas aussi sûre que tu le prétendais. De plus, la petite était soutien de famille. Elle pourvoyait aux besoins de ses frères et sœurs encore mineurs, sans parler de ses parents alcooliques qui dépensent en boisson leurs maigres revenus. Si cette famille se trouve aujourd'hui en difficulté, c'est à cause de toi. Je pense donc que tu devrais leur payer une pension jusqu'à la majorité des enfants. C'est clair ?

– Non.

La voix d'Essipov était toujours calme.

– Qu'est-ce que tu n'as pas compris ?

– Rien. Pourquoi je devrais payer pour un travail qui n'a pas été fait ? Et pourquoi je devrais entretenir une famille d'alcooliques parce que cette Gazelle, au casier plus long que mon bras, a été tuée par un autre criminel dans le cadre d'une de vos sales affaires ?

– Entendu. Ta position est claire et compréhensible, reconnut le visiteur. Mais elle présente une faille énorme. Qu'est-ce qui te fait dire que Gazelle a été tuée à cause de *nos* affaires ? Et si c'était à cause des *tiennes* ?

– Vous devez comprendre que nous ne traitons pas d'affaires de ce genre.

– Alors là, mon petit Kirill, tu n'es pas du tout convaincant, dit le visiteur en ricanant. Je ne vois que deux possibilités. La première : tu payes la somme prévue à la famille de Gazelle et l'incident est clos. La seconde : tu me la confies en dépôt pendant que tu réunis les éléments pour me prouver que la fille a été tuée dans le cadre d'affaires qui ne te concernent pas. Si tu le fais, je te restitue l'argent jusqu'au dernier kopeck. Si tu n'y arrives pas, nous conclurons que le meurtre était bien lié à tes magouilles et je le verse à la famille.

– J'aime bien ta manière de raisonner, dit Essipov en adoptant le tutoiement à son tour. Si ce sont des truands avec qui tu travailles qui l'ont tuée, la famille n'a pas besoin d'aide. Mais si ce sont des gens à moi, les vieux alcooliques et leurs rejetons deviennent soudain pathétiques et dignes de pitié ? Je ne suis pas d'accord.

– Tu n'as pas compris. Je ferai cracher le fils de pute

qui a buté Gazelle. D'abord, je le ferai écorcher vif, et après je déciderai ce qu'il faut faire de lui. De toute manière, la famille sera dédommagée, mais ce sont nos affaires internes. Nous paierons si c'est un gars du milieu, mais tu paieras si c'est quelqu'un de chez toi. Est-ce clair ? Ou il faut t'expliquer autre chose ?

– C'est limpide. Allons jusqu'au bout du raisonnement. Je n'aime pas les menaces, aussi je préfère te demander ceci : que va-t-il se passer si je ne remplis pas les conditions et ne te donne pas l'argent ?

– On peut voir les choses comme ça, dit le visiteur en ricanant de plus belle. Nous n'allons pas te harceler. Tu as un garde à l'entrée, un ancien flic. Même s'il est retraité, il a encore beaucoup d'amis dans la milice. Et toi-même, tu dois avoir des protections au commissariat, et même à la Petrovka. Nous préférons laisser ta boîte tranquille. Mais il y a tout de même quelqu'un à qui tu tiens, une fille rudement jolie : Oksana, ta fiancée. Si tu n'as pas de pitié pour la famille de la pauvre Gazelle, tu comprendras rapidement ce que cela signifie de perdre un être cher. Et tu seras aux premières loges pour le voir. Ça, je peux te l'assurer. Tu piges ?

– Maintenant, je comprends…

Essipov était toujours calme et posé, et cela impressionna Oksana, bien qu'elle fût glacée de terreur.

– Je dois donc te donner l'argent quoi qu'il arrive, poursuivit-il. La seule question est de savoir si je le récupère ou non. Pour le récupérer, je dois trouver le tueur de Gazelle et démontrer qu'il n'a aucun rapport avec moi. C'est ça ?

– Exactement. J'aime bien traiter avec toi, Kirill. Tu es tranquille, pas d'hystérie, pas de cris, pas de menaces de flics. Restons copains, d'accord ?

– Je vais réfléchir. Tiens, prends cette feuille et note la somme que tu veux m'extorquer.

Il y eut une courte pause, puis Oksana entendit un soupir de surprise suivi d'un petit sifflement appréciateur.

– Tu n'y vas pas de main morte. Mais considère que c'est d'accord. Appelle-moi dans deux jours…

Une pause, un bruit de pages qu'on tourne : Essipov consultait son agenda.

– Jeudi... reprit-il. Oui, c'est ça : jeudi entre une et trois heures. Nous prendrons les dispositions pour transférer l'argent.

– Tu le donnes pour de bon ou jusqu'à ce que le tueur soit démasqué ?

– Jusqu'à ce qu'il soit démasqué, évidemment. Je sais qu'il n'a aucun rapport avec moi ou ma maison d'édition. Et dans ce cas, ça ne peut être qu'un gars de chez toi. Je le prouverai, j'en suis certain. À ce moment-là, je serai heureux de te regarder au fond des yeux pour voir comment tu te sens.

– Tu n'y arriveras pas. Tu as engagé Gazelle, tu lui as assigné sa mission et cela veut dire que tu es responsable. Pas moi. Donc, inutile de nous disputer. À bientôt, mon petit Kirill.

Un bruit de pas, la porte qui s'ouvre et se referme, puis le silence. Oksana était recroquevillée dans son fauteuil et serrait dans sa main la tasse de café froid. Elle était terrifiée.

La porte du bureau s'ouvrit et elle frissonna en apercevant le visage de son amant. Il était d'une pâleur presque cadavérique et ses lèvres tremblaient. Oksana se rendit compte que la voix calme qu'elle entendait derrière la porte ne correspondait qu'à une façade, à une volonté de donner le change dans les situations difficiles. Mais il n'avait pas besoin de feindre devant elle.

– Tu as entendu ? lui demanda-t-il.

– Oui, murmura-t-elle sans le quitter des yeux.

– Le salaud ! La somme qu'il exige... Je serais ruiné. Mais ne t'inquiète pas. Je compte bien trouver ce qu'il faut faire pendant ces deux jours. Je ne leur donnerai pas un rouble.

– Mais il a dit que si tu ne paies pas, je serai...

– Des conneries. Je sais très bien qu'ils ne peuvent pas le faire. Il a dit ça pour me faire peur.

– Mais, Kirill... Tu ne peux pas... bafouilla-t-elle en cherchant ses mots. Donne-lui ce qu'il veut, s'il te plaît ! J'ai peur.

– Laisse-moi régler ça ! dit-il d'un ton beaucoup plus assuré. Ne t'inquiète pas, ils ne peuvent pas te toucher. Ils savent que, s'il t'arrivait quelque chose, je dirais tout à la milice. Ce n'était qu'une menace en l'air.

– Pourquoi ne pas lui livrer le tueur ? Il te rendrait l'argent. Après tout, tu sais bien que tu n'as envoyé personne pour tuer cette femme.

– Au lieu de jacasser, tu ferais mieux de me donner à boire ! la rembarra-t-il. Si je leur donne l'argent, je n'aurai aucune garantie de le récupérer. Tu crois qu'ils vont me le rendre gentiment ? Comme si on pouvait leur faire confiance ! Il faudra que j'aille le chercher avec un commando spécial de la milice ! Arrête tes conneries !

– Mais il a dit qu'il me tuerait, si tu ne paies pas. S'il te plaît, Kirill…

– J'ai dit non. Et il est inutile d'y revenir. Je t'assure que tu n'as rien à craindre.

Enfant de salaud ! se dit-elle tout en lui préparant un gin tonic. *Il est prêt à me sacrifier, l'enculé, plutôt que de payer. Il faut que j'en parle à Vadim. Lui seul peut m'aider. Lui seul peut trouver le moyen de découvrir le tueur en deux jours. Avant l'appel de ce type. Parce que si Kirill lui raconte des conneries au téléphone, il saura tout de suite qu'il ne va pas payer. Et il s'en prendra à moi. Vadim est mon seul espoir !*

16

Vadim eut des mots compatissants, mais laissa très peu d'espoir à Oksana quant à la possibilité de découvrir rapidement le tueur de Marina Soblikova et d'Andreï Korenev.

– Oksana, je ne pense pas pouvoir t'aider, reconnut-il honnêtement. Je n'en ai pas la possibilité. Je peux te donner des conseils, mais je ne suis pas sûr que cela suffira. Essaie de te rappeler tout ce que tu sais sur l'affaire et va voir la milice. Tes informations peuvent se révéler importantes et aider les enquêteurs à trouver le criminel plus rapidement. Mais tu ne peux faire ça que si tu es certaine que l'assassin n'a aucun lien avec la maison d'édition. Dans le cas contraire, ce serait la fin de Shere Khan. Et de notre plan par la même occasion. Si nous voulons réussir, il ne faut pas que les directeurs aillent en prison, n'est-ce pas ?

– Mon Dieu ! mais que dois-je faire ? se lamenta Oksana au bord des larmes. Pourquoi dois-je souffrir comme ça ? Non seulement je l'ai supporté pendant deux ans, non seulement je dois jouer la comédie au lit pour qu'il n'aille pas voir ailleurs, mais je découvre maintenant qu'il est prêt à me sacrifier parce qu'il ne veut pas payer ! Pour lui, l'argent compte plus que moi. Jamais personne ne m'a humiliée comme ça.

– Allons, petite, calme-toi, lui murmura Vadim d'une voix apaisante. Personne ne t'a humiliée. Essipov est certain que tu ne cours aucun risque. C'est pour ça qu'il se comporte ainsi. S'il te croyait vraiment en danger, je t'assure qu'il agirait différemment.

– Mais je me fous de ce qu'il pense ! Il pourrait être Spinoza ou Diogène, cela n'a aucune importance ! Ce qui compte pour moi, c'est ce que *je* pense, moi. Et je me dis que ce mafieux va appeler Kirill après-demain et que, dès qu'il sentira que tout ne se passe pas comme prévu, il se retournera contre moi. Et je n'ai même pas un garde du corps. Je suis une proie facile. Un gosse pourrait m'avoir…

– À propos de ce mafieux, l'interrompit soudain Vadim, tu as pu savoir comment il avait réussi à entrer dans le bureau d'Essipov sans être annoncé ?

– Parce qu'il est arrivé avec Vovtchik, le garde du corps d'Essipov.

– Ah-ah… murmura Vadim pensivement. C'est très intéressant…

– Comment ça « intéressant » ? s'écria Oksana, furieuse. Essipov ne se soucie que de l'argent, et toi de la manière de le lui prendre. Et moi là-dedans, je ne compte pas ! Quelqu'un pense-t-il seulement à moi ? Au fait que je suis terrorisée, que je me sens mal, que j'ai besoin d'aide ? Vous me considérez tous comme un objet, comme un outil pour parvenir à vos fins ! Vous n'êtes tous que des salauds !

Elle fondit en larmes. Et, en même temps qu'elles, elle déversa même ce qu'elle n'avait jamais osé s'avouer à elle-même. Non pas les sentiments de honte et de dégoût qu'Essipov lui inspirait, non pas l'humiliation d'avoir à jouer la comédie en faisant l'amour, non pas la peur inspirée par les menaces du mafieux inconnu, mais tout à fait autre chose. Elle ne voulait plus se mentir à elle-même. Elle avait trouvé l'homme avec qui elle voulait passer sa vie. L'homme pour qui elle ferait volontiers la cuisine et le ménage et avec qui elle serait heureuse d'avoir des enfants. L'homme qu'elle attendait désespérément au point de s'en rendre malade. L'homme le plus sage, le plus déterminé, le plus calme et le plus raisonnable. Assis à côté d'elle sur le canapé, il parlait des rapports entre le garde du corps du directeur général de Shere Khan et le milieu.

Cela faisait plus d'un an qu'elle se jouait la comédie en parvenant à se convaincre que Vadim n'était qu'un partenaire d'affaires et qu'elle ne devait pas penser à lui d'une autre manière. Son prince charmant viendrait plus tard. Elle le rencontrerait au moment le plus inattendu, ils resteraient ensemble et elle oublierait Vadim. Elle se donnait le change à elle-même en se comportant avec lui comme avec un copain, se baladant en sous-vêtements en sa présence et discutant avec lui alors qu'elle était au lit.

De son côté, il n'avait jamais paru intéressé par ce corps magnifique qu'il avait tout loisir d'apprécier sous toutes les coutures. Il l'interrogeait sur ses rapports sexuels avec Essipov et lui donnait des conseils. Il l'avait déshabillée pour la pousser sous la douche et n'avait pas semblé le moins du monde troublé ou émoustillé. Depuis le jour où, pour la première fois, il l'avait vue en tenue légère et qu'aucune flamme d'intérêt viril n'avait éclairé ses yeux, Oksana était persuadée que Vadim ne s'intéressait pas à elle. Qu'elle n'était pas son type de femme. Qu'il avait seulement besoin d'elle pour l'opération Shere Khan. Et, en conséquence, elle avait refoulé ses propres sentiments. Mais là, alors qu'il ne lui restait peut-être que deux jours à vivre, la digue qu'elle avait bâtie entre son cœur et sa raison se rompit en laissant échapper son sentiment profond.

– Excuse-moi, Oksana, disait Vadim en lui caressant paternellement les cheveux pour tenter de la calmer. Je ne pensais pas que tu le prendrais ainsi. Ce que nous essayons de faire n'est pas seulement pour moi. Si nous y parvenons, tu pourras vivre heureuse.

– Je ne serai pas heureuse, murmura-t-elle entre les larmes.

– Et pourquoi donc ?

– Je ne serai pas heureuse sans toi, s'écria-t-elle en pleurant.

Sous ses doigts, Vadim sentit ses épaules tressauter au rythme des sanglots. Il se recula pour mieux voir son visage rougi et inondé de larmes.

– Voyons, Oksana, murmura-t-il. Pourquoi dis-tu ça ?

– Parce que c'est la vérité et que je t'aime. Parce que je n'ai besoin que de toi. Je ne serai pas heureuse avec quelqu'un d'autre.

Vadim retira les mains de ses épaules, se leva et marcha jusqu'au bar. Il prit un verre, y versa deux doigts de vodka et ajouta une goutte de tonic.

– Bois, ordonna-t-il à la jeune femme en lui tendant le cocktail. D'un trait.

Elle obéit en faisant la grimace et posa le verre par terre, au pied du canapé. Ses traits étaient gonflés et elle avait une mine horrible, mais elle n'en avait cure : elle serait morte deux jours plus tard et personne ne pouvait l'aider. Vadim déplaça un fauteuil pour s'installer devant elle, tout près, et lui prit les mains.

– Je suis très touché, dit-il. Je suis très fier d'être aimé par une jeune femme aussi merveilleuse. Je ne suis qu'un fonctionnaire ordinaire avec un petit salaire. Pas un homme d'affaires plein aux as, ni un acteur connu, ni une célébrité. Je ne suis personne. Et si une jeune beauté me dit que moi seul peux la rendre heureuse, cela signifie beaucoup pour moi. C'est sans doute le plus beau compliment qu'on puisse me faire. Merci, Oksana.

Elle n'eut pas besoin d'autres explications pour comprendre. Elle se rejeta en arrière, se libéra les mains et sortit un petit mouchoir de la poche de sa robe de chambre. Elle s'essuya les yeux tout en esquissant un sourire pathétique.

– Mais tu as une femme que tu aimes et tu fais tout ça pour elle, n'est-ce pas ? demanda-t-elle d'une voix rauque. Ne t'inquiète pas, je ne compte pas te harceler. Je ne t'en aurais jamais parlé si les menaces de ce type ne m'avaient pas perturbée... Peu importe. Je ne veux rien de toi. Je veux arrêter.

– Qu'est-ce que tu veux ? demanda Vadim qui n'avait pas compris.

– Je veux arrêter. Finir ce jeu. Je ne peux pas rester avec Essipov. Je ne pourrai pas supporter de le revoir, ni de coucher avec un homme pour qui l'argent compte plus que moi. Et je me fous d'être riche ! Je veux vivre avec toi. Si c'est impossible, alors rien n'a d'importance de toute manière.

– Mais Oksana, il est beaucoup trop tôt pour tout arrêter. Nous ne sommes pas prêts. Je te l'ai déjà expliqué. Et si tu m'aimes réellement, tu dois penser aussi à mes intérêts. Ne refuse pas de m'aider même si tu as perdu tout intérêt pour l'affaire.

Oksana se leva, se drapa dans sa longue robe de chambre en soie dont l'entrebâillement révélait à chaque pas le galbe de ses jambes, et passa dans la salle de bains. Elle se lava le visage à l'eau froide, le sécha et était sur le point d'y appliquer un soin de nuit lorsqu'elle se ravisa en pensant que l'aspect huileux ne serait pas seyant. *Quelle importance ?* se demanda-t-elle, consternée. *Il ne veut pas de moi...*

Elle choisit la plus grasse des crèmes de l'étagère, ramena ses cheveux en arrière en les nouant avec un chouchou et se couvrit le visage d'un épais masque blanc. Par contraste, ses yeux semblaient sombres, brillants et énormes. Elle se redressa de toute sa taille et retourna dans le séjour en pointant le menton d'un air provocant. Vadim était dans la cuisine et préparait une omelette à la tomate.

– J'en fais pour deux ? demanda-t-il sans se retourner en entendant les pas de la jeune femme dans son dos.

– Oui, s'il te plaît, répondit-elle d'une voix ferme, comme si elle n'avait pas pleuré l'instant d'avant.

Elle n'avait pas faim, mais un solide appétit révèle le calme alors que son absence indique la nervosité. Elle s'était laissée aller et c'était impardonnable. Mais cela n'arriverait plus. Du moins, sous les yeux de Vadim.

Elle se versa une autre vodka-tonic, alluma une cigarette et s'assit dans la cuisine, la tête appuyée contre le mur et les yeux fermés. Tout était soudain devenu morne et inintéressant. Elle comprenait maintenant que la seule chose qui donnait un sens à sa vie était son intérêt pour Vadim, son désir d'être avec lui, de le voir, de lui parler, de dresser des plans et de résoudre des problèmes. C'était lui qui donnait goût, couleur et densité à son existence. Lui qui la faisait réfléchir, avancer, s'épanouir, se perfectionner. Elle voulait lui plaire, et son approbation et ses compliments lui étaient nécessaires.

Désormais, elle n'avait plus aucun intérêt pour l'affaire avec Essipov et sa maison d'édition. En une seconde, elle lui était devenue répugnante. S'inquiéter des intérêts de Vadim ? En d'autres termes assurer son avenir et son bonheur avec une autre ? Oh non ! C'en était trop. C'était à cette femme de l'aider et de jouer les mamans auprès d'Essipov. Pourquoi Vadim ne la poussait-il pas dans le lit de l'éditeur avec le même manque de scrupule qu'il avait eu à son égard ?

– Est-ce qu'elle est belle ? demanda-t-elle sans ouvrir les yeux.

– Qui ?

– La femme que tu aimes tant.

– Non, pas tant que ça. Pour moi, c'est la plus belle femme du monde, mais objectivement elle est tout à fait ordinaire.

– Quel âge ?

– Plutôt âgée.

– Cela signifie quoi ? Trente ? Trente-cinq ?

– Plus âgée que moi. À quoi riment toutes ces questions ?

– À rien. Simple curiosité.

Une femme quelconque et plus vieille que lui. Évidemment, il ne pouvait pas la jeter dans les bras d'Essipov. *Voilà pourquoi il a fait appel à moi,* se dit-elle. *Qu'a-t-elle de plus que moi, cette vioque ?*

– Tu as un complexe d'Œdipe, toi aussi ? dit-elle d'un ton sarcastique. Tu aimes les vieilles, comme Essipov ? Je me demandais comment tu avais fait pour trouver si vite la bonne tactique. Maintenant, je comprends.

– Non, tu ne comprends pas, répondit-il doucement. Elle a trois ans de plus que moi, ce qui lui fait quarante-huit. Et je ne sens aucune émotion filiale à son égard. Cette femme partage ma vie depuis de nombreuses années. Nous avons passé des moments difficiles, nous avons des enfants et nous sommes très proches. À une époque, elle s'est beaucoup démenée pour moi et j'estime de mon devoir de lui garantir un train de vie décent dans la deuxième moitié de sa vie. Les enfants seront bientôt grands et gagneront leur vie, mais elle continuera à dépendre de moi. C'est ma responsabilité.

– Tu veux dire que c'est par devoir que tu restes avec elle ?

Oksana sentit l'espoir renaître au fond de son cœur. Vadim n'aimait pas sa vieille bonne femme et, s'il s'occupait d'elle, c'était parce qu'il ne pouvait pas faire autrement. Dans ce cas, rien ne l'empêchait d'avoir une liaison avec elle. Certes, il n'y aurait pas de mariage mais, au moins, ils pourraient se voir souvent. Et peut-être même avoir des enfants ensemble. S'il pouvait lui promettre ça, ce serait avec plaisir qu'elle accepterait de reprendre son rôle dans le plan pour mettre la main sur les profits de Shere Khan.

– Tu peux appeler ça comme tu veux mais, pour moi, c'est de l'amour, lui répondit-il en la privant de ses dernières illusions.

Il partagea l'omelette en deux, y ajouta de la ciboulette finement hachée et la posa sur la table. Au travers des larmes, Oksana regarda le mélange de jaune, rouge et vert dans le plat et sentit que sa vie, précédemment remplie de couleur et de sensations vives, venait de se transformer en une sorte de bouillie informe.

*

– Ces types de Shere Khan savent rester discrets. Personne n'a remarqué les tirages illégaux. Il n'y a rien sur eux dans les fichiers de la police fiscale. Pas une seule infraction constatée, bien qu'ils aient épluché leurs comptes à fond.

Micha Dotsenko travaillait exclusivement sur l'affaire du double meurtre chez Soloviov. Malgré tous ses efforts, le dossier était au point mort. Il vérifiait plusieurs hypothèses :

- Soblikova était la cible et Korenev se trouvait au mauvais endroit ;
- l'inverse ;
- aucun des deux n'était visé et tout se résumait à un cambriolage qui avait mal tourné.

Dans la mesure où Soblikova avait un casier et avait été – et sans doute récemment encore – liée à la pègre, il fut décidé de commencer par elle. Dotsenko mit presque quinze jours à se frayer un chemin à travers les vieux dossiers de l'instruction, à retrouver et à interroger des témoins, à établir une liste des personnes qui pouvaient en vouloir à la charmante voleuse et à vérifier leurs alibis. Sans résultat. En raison de la personnalité de la jeune femme, l'hypothèse Soblikova fut la plus longue à explorer. Celle qui impliquait Korenev demanda nettement moins de travail. Mais l'enquêteur se pencha aussi sur le passé de Soloviov. Cela lui prit une semaine supplémentaire, mais il fut incapable de trouver la moindre piste : ni le traducteur ni son assistant n'avaient d'ennemis connus. Ils n'étaient pas liés à des individus louches ou à des organisations criminelles, pas plus qu'ils n'étaient impliqués dans des affaires financières douteuses.

Restait donc la thèse du cambrioleur inconnu. Dans ce cas, les chances de retrouver le coupable étaient minces et le dossier risquait de finir au placard. Le pistolet utilisé par le tueur était un automatique de l'armée déclaré « perdu » pendant les combats en Tchétchénie. Sans doute avait-il été vendu illégalement. Il était illusoire d'espérer pouvoir remonter les filières du trafic d'armes jusqu'à son dernier acheteur. Encore une impasse.

– Et si Shere Khan avait voulu se débarrasser de Soloviov ? suggéra Dotsenko.

– Que voulez-vous dire ? demanda Nastia, surprise. Pour quelle raison ?

– Ils ont eu peur que Soloviov retrouve le document. Lorsqu'ils se sont rendu compte qu'ils ne parviendraient pas à le récupérer, ils ont décidé qu'il serait plus simple de tuer leur traducteur.

La jeune femme afficha une moue dubitative.

– Les moyens semblent disproportionnés par rapport au but recherché. Il y a d'autres éléments qui contredisent cette thèse: vous avez remarqué à quel point Essipov insiste sur le fait que Soloviov n'a pas commis le double meurtre. Il semble terrifié à l'idée que le traducteur puisse avoir des problèmes. Visiblement, Soloviov est très bien vu. La maison d'édition compte sur lui. Beaucoup. À un point tel que cela en devient suspect. Bien entendu, le fax en question constitue actuellement la seule preuve qu'ils impriment des éditions pirates sans payer les impôts, les droits d'auteur et les honoraires du traducteur. S'il faisait surface, ils auraient sans doute des ennuis. Mais certainement pas au point de tuer quelqu'un. Sans compter qu'il était inutile de se débarrasser de Soloviov à ce moment-là, puisque Soblikova était encore à la recherche du document. Et que même si le traducteur avait mis la main dessus et menacé de s'en servir, il aurait toujours été possible de trouver un arrangement financier avec lui. Un dernier point: si Soloviov était la cible, pourquoi le tueur n'a-t-il pas rempli son contrat? Il avait la possibilité de le faire après avoir liquidé les deux obstacles qui lui barraient la route. Tout cela n'a pas de sens.

– Je suis bien d'accord, dit Dotsenko. Mais c'est la seule piste qui nous reste, à part celle du cambrioleur. Je crois que nous devrions l'explorer avant de déclarer forfait.

– Vous avez raison, reconnut Nastia en soupirant. Nous allons lancer une attaque en tenaille. Vous allez fouiner du côté de Shere Khan et je retournerai voir Soloviov. De toute manière, nous devons encore creuser la piste des «Résidences de Rêve» en relation avec l'affaire Tcherkassov.

*

Il pleuvait beaucoup cette nuit-là et on respirait mieux après la chaleur étouffante. Le martèlement des gouttes tenait Nastia éveillée et elle s'aperçut qu'elle souriait. Les averses nocturnes avaient toujours un effet apaisant sur elle. Elle n'expérimentait une sensation similaire que lorsqu'elle se trouvait en compagnie de sa belle-sœur Dacha. D'ailleurs, Liocha surnommait celle-ci l'« antidépresseur ambulant ».

Elle était couchée sous les draps, les yeux grands ouverts, et elle écoutait la pluie. Un poème flottait dans son souvenir.

Je suis couché, mais je ne dors pas
La nuit passe et vient le matin
« Le printemps », dit-on, mais la pluie n'arrête pas
Elle tombe et tombe sans fin
Et je la regarde, saisie de chagrin

Elle sortit tout doucement du lit pour ne pas réveiller Liocha. Elle trouva ses pantoufles en tâtonnant du bout des pieds, saisit sa robe de chambre et passa dans la cuisine. Son cœur battait comme si elle avait piqué un sprint. Son visage rayonnait et ses yeux pétillaient. Si Liocha s'était réveillé à ce moment et l'avait vue, il aurait été surpris de constater à quel point elle était devenue belle en un instant et sans le moindre artifice cosmétique. Mais il dormait à poings fermés.

*

Elle ne prit même pas la peine de prévenir Soloviov de son arrivée. Elle ne l'avait pas appelé après les reproches de Selouïanov. Avant de partir, elle avala ses deux tasses habituelles de café noir, un verre de jus d'orange et une tartine avec du fromage. Puis elle prit la voiture de son mari en direction des « Résidences de Rêve ».

Les cottages, lavés par la pluie et éclairés par le soleil du matin, brillaient comme des jouets. Les dernières traces de neige sale, vestiges de l'hiver, avaient depuis longtemps fondu et les arbres étaient couronnés de vert tendre et lumineux. La porte de chez Soloviov était ouverte et le flic de service assis sur le perron, une cigarette dans une main et un livre dans l'autre. Nastia le connaissait bien.

– Bonjour, lui lança-t-il joyeusement en la voyant arriver. Ça fait longtemps. Vous venez en visite amicale ?

– Pour le travail, répondit-elle. Comment ça se passe, par ici ?

– C'est calme. Personne ne vient jamais. Dites, est-ce qu'il sait que vous êtes de la maison ?

– Non. Et il ne doit pas le savoir. Pourquoi cette question ?

– Il s'intéresse beaucoup à vous. Il m'a demandé de l'aider à vous retrouver. Mais ne vous inquiétez pas, j'ai fait semblant de ne pas vous connaître. Le *maïor* Selouïanov nous avait donné des instructions en ce sens. Vous en avez pour longtemps ?

– Je ne sais pas. Si nous ne nous disputons pas dans les cinq premières minutes, j'en ai au moins pour deux heures. Vous voulez aller quelque part ?

– Oui, si ça ne vous fait rien. Vladimir Alexandrovitch est très poli et m'invite à me joindre à lui pour les repas, mais ça me met mal à l'aise. Et puis, c'est contraire au règlement. J'aimerais avaler quelque chose de chaud et acheter des cigarettes et les journaux. Je peux ?

– Entendu, mais pas plus de deux heures. Et attendez un quart d'heure avant de partir. Si je ne suis pas sortie avant, vous pourrez y aller.

Soloviov était dans son cabinet de travail, devant son ordinateur. Il ne s'attendait pas à la voir et sursauta, faisant voler des feuilles posées sur son bureau.

Nastia se pencha pour les ramasser, les ordonna et les posa bien nettement sur la table. Puis elle passa le bras autour des épaules de son ami et lui donna un rapide baiser sur la bouche.

– Alors, Soloviov ? Allons-nous parler du feu ? demanda-t-elle en reculant pour s'asseoir sur un petit canapé, près du mur.

– Du feu ? répéta-t-il, déconcerté. Quel feu ?

– Le feu des jours lointains. À moins que ce baiser d'adieu n'ait pas été assez long.

Ses joues s'empourprèrent. Il ôta lentement ses lunettes pour se frotter le front et les tempes.

Notre baiser d'adieu a été si long
Dans la rue, au cœur de la nuit
Le feu des jours lointains

– Tu as donc deviné, dit-il doucement. Ça ne devrait pas m'étonner. Tu es bien la seule qui pouvait s'en rendre compte.

– N'exagère pas. N'importe quel bon professionnel pouvait le remarquer. Mais ce n'est sans doute pas le cas des lecteurs habituels des romans que tu traduis. En général, ceux qui lisent des thrillers et des polars sur l'Orient, les yakuzas et ce genre d'histoires ne s'intéressent pas à la poésie japonaise classique. Ta petite tricherie avait de fortes chances de passer inaperçue. Tu n'as pas eu de chance d'être tombée sur moi.

– Mais ce n'est pas un crime.

– Tu n'as pas à t'inquiéter, le rassura-t-elle. À condition que l'auteur le sache. C'est évidemment le cas ?

– Bien sûr. En réalité, c'est le nœud du problème. Il sait que ses textes ne valent même pas le prix du papier sur lequel il les rédige. Ils sont bons pour la poubelle. Il a vraiment l'esprit romanesque, avec une grande inventivité et le goût du détail qui fait couleur locale, mais le style et le vocabulaire sont ceux d'un gosse de dix ans. Le lecteur le plus ignorant laisserait tomber au bout de trois pages. L'avantage c'est qu'on peut acheter ses manuscrits à un prix ridiculement bas.

– Et toi ? Tu es bien payé pour les réécrire ?

– Pas mal. Assez pour vivre bien. Et puis, j'aime ça. Tu sais que j'ai toujours été un excellent styliste, mais sans grande imagination. Je suis incapable d'inventer quelque chose d'intéressant.

Nastia se souvenait que c'était vrai. À l'époque où ils étaient ensemble, il avait bien tenté d'écrire des nouvelles, mais c'était plutôt des poèmes en prose que de véritables histoires : pas de sujet défini, pas de personnages, pas d'intrigue. En revanche, il y avait des images, des métaphores subtiles et peu communes, des expressions ciselées, un vocabulaire riche et vif. Ses quelques tentatives pour se faire publier s'étaient soldées par des échecs : la beauté du style n'était pas suffisante pour captiver les lecteurs des maisons d'édition.

Lorsque le directeur de Shere Khan lui donna à lire le manuscrit d'un auteur japonais inconnu, il fut horrifié : c'était le texte d'un illettré, composé d'une litanie de répétitions et d'expressions toutes faites. Néanmoins, il fit son travail consciencieusement et le lut en entier. Par-delà l'indigence de la plume, il découvrit une intrigue passionnante et efficace. Le roman méritait d'être réécrit, mais en conservant les spécificités de la langue japonaise.

– Si on a l'impression que le texte a été écrit par un Russe, il ne se vendra pas, lui avait confié Essipov.

– Je peux essayer, avait-il dit, pas très sûr de lui. Je ne sais pas si j'y parviendrai, mais c'est impubliable sous cette forme.

– Et dire que nous l'avons acheté sans même le lire, sur la foi d'un rapport de lecture d'une relation commune ! Vous devez essayer, Volodia. J'ai horreur de gaspiller de l'argent.

Il s'était mis au travail. Le manuscrit était explicite sur le mode de vie japonais et contenait assez de détails exotiques pour dresser un cadre convaincant. Pour le style, il décida d'emprunter les images de la poésie classique japonaise, ce qui avait donné un charme raffiné au livre.

Une semaine après avoir remis sa traduction à l'éditeur, il fut convoqué par le directeur littéraire, Semion Voronets, qui lui demanda de réécrire un autre roman. Il était aussi mauvais que le premier, voire plus.

– Pourquoi l'avez-vous acheté ? demanda Soloviov. Je veux bien croire que vous n'ayez pas su comment était le premier, mais maintenant vous êtes fixés.

– En fait, nous comptons sur toi pour le réécrire. Tu as fait de l'excellent travail. Tu es capable de transformer cette merde en best-seller. Et tu seras payé en conséquence.

Il avait donc accepté d'adapter le deuxième roman. Puis un troisième. Puis un quatrième. Il aimait ce travail qui lui permettait d'exercer ses talents de plume sans avoir à s'inquiéter de chercher des intrigues et des ressorts romanesques. Cela, c'était du ressort de ce Japonais dépourvu de tout talent littéraire qui, apprit-il, se démenait comme un beau diable, accumulant des dizaines de romans dont personne ne voulait. Les éditeurs japonais les refusaient après avoir lu trois lignes. Mais cela n'arrêtait pas l'auteur qui ne pouvait se passer de coucher par écrit les histoires qu'il inventait. Il n'était pas pauvre, il voyageait dans le monde entier et avait des amis partout, ce qui nourrissait son imagination et donnait du relief à ses personnages. Ses déconvenues avec les éditeurs de son pays ne le décourageaient pas : il voulait être publié, voir son nom sur des jaquettes brillantes, être au cœur de l'attention des médias, assister au tournage de productions cinématographiques à partir de ses œuvres et – pourquoi pas ? – recevoir l'Oscar du meilleur scénario original, un jour.

Persuadé que les Japonais ne pouvaient pas comprendre son art, il avait décidé de se tourner vers l'étranger. Il avait payé de sa poche une traduction en anglais du roman qu'il considérait comme le meilleur. Comme il ne parlait pas cette langue, il n'avait pas pu juger du résultat, mais le traducteur était certainement resté très proche du texte d'origine : les éditeurs anglo-saxons l'avaient rejeté après en avoir lu quelques pages. Mais cette succession d'échecs n'avait pas brisé son optimisme et il n'avait cessé d'écrire. Ou bien il croyait dur comme fer à sa bonne étoile, ou bien il ne pouvait simplement pas s'arrêter.

Et voilà que, soudain, un de ses amis russes avait parlé de lui à un éditeur moscovite intéressé par un de ses romans. Évidemment, devant cette occasion inespérée, il avait accepté de vendre les droits moyennant un paiement symbolique d'à peine quelques milliers de yens. En fait, il était tellement content qu'il l'aurait cédé pour rien.

Et le traducteur Vladimir Soloviov avait transformé un livre indigent en un grand roman. Le début de la grande aventure des « Best-Sellers d'Extrême-Orient ». L'auteur avait déjà écrit trente-deux romans que Shere Khan avait tous achetés. Quatorze étaient déjà publiés. Le filon comptait encore dix-huit livres et le Japonais continuait à écrire à un rythme effréné…

– Maintenant, je comprends pourquoi Shere Khan tient tant à toi, lui fit remarquer Nastia. Ils ont investi dans ces manuscrits et tu es le seul à pouvoir les adapter. Tu es vraiment irremplaçable. Ils craignaient donc ta réaction si tu apprenais qu'ils te trompaient. J'avais pensé que, si tu refusais de travailler pour eux, ils trouveraient un autre traducteur. Mais ce n'est pas possible. Ils ont réellement besoin de toi. Ce sont tes livres qui leur rapportent le plus. Tu sais, ils en font des tirages illégaux. Je l'ai découvert par hasard et je n'ai pas voulu t'alarmer.

Elle raconta à Soloviov comment elle avait acheté un exemplaire de *La Lame*, le roman qu'il lui avait prêté, et les conclusions qu'on pouvait tirer de la comparaison des deux livres.

– Quand j'ai lu le roman, j'ai ressenti une impression de déjà-vu, très fugace, presque intangible. Tu sais, un peu comme l'histoire de la madeleine de Proust. Une sensation qui replonge dans le passé. Le bouquin parlait des rivalités entre mafieux japonais aux États-Unis et je me souvenais de moments passés avec toi, à la campagne ou à la plage.

– Ça fait longtemps que tu as compris ?

– Non, la nuit dernière. J'ai été réveillée par la pluie et un poème m'est revenu en mémoire. Tu sais : « Je suis couché, mais je ne dors pas… »

– La nuit passe et vient le matin… poursuivit Soloviov avec une pointe de tristesse dans la voix. Ariwara Narihira, IXe siècle. Tu as bonne mémoire, Anastasia.

– Je ne peux pas me plaindre, reconnut-elle. Et ce poème m'en a rappelé d'autres. Par exemple, dans *La Lame*, tu as écrit qu'une personne aux yeux tristes est une personne qui n'a jamais pleuré lorsqu'on la grondait ou réprimandait dans son enfance. Ça m'a semblé familier au moment où je le lisais. Mais, hier soir, j'ai compris pourquoi :

Triste
(J'étais ainsi)
Devient le cœur d'un enfant qui ne pleure pas
Lorsqu'il est grondé ou battu.

– Ishikawa Takuboku, dit Soloviov dans un soupir. Bien, puisque tu sais tout, il n'y a aucune raison de le nier. Ce n'est pas forcément à mon honneur de piller les classiques, mais je n'ai rien fait de mal. Je ne vole pas des manuscrits, je les améliore. Le nom de l'auteur est sur la jaquette et il touche les droits prévus par contrat. Personne n'est lésé.

Il s'arrêta de parler et regarda par la fenêtre. Nastia attendit patiemment en luttant contre une folle envie d'allumer une cigarette.

– Je les hais, reprit-il soudain. Ils avaient raison de s'inquiéter pour cette foutue histoire de fax. Ils ne vont pas s'en tirer comme ça.

– C'est pour ça que tu m'as cherchée ?

– Je voulais te voir. Tu me manquais.

Nastia se leva de la banquette et s'étira avec plaisir.

– Ne te raconte pas d'histoires, Soloviov. Allons à la cuisine. Je vais faire du café et nous allons parler de tes éditeurs. Ta colère est justifiée, il n'y a pas de doute, et tu as tous les droits de t'en prendre à Shere Khan. Mais ce n'est pas la peine de me servir des histoires d'amour profond et durable. Je ne crois pas à tes serments.

– Et pourquoi ?

Sa voix était remplie d'un tel chagrin qu'elle se sentit mal à l'aise. Pourquoi le traitait-elle de cette manière ? Pourquoi s'était-elle persuadée qu'il ne pouvait pas l'aimer ? Parce qu'il n'avait pas répondu à ses sentiments douze ans plus tôt ? Non, il y avait autre chose. Un homme solitaire et malade est prêt à aimer tous ceux qui peuvent lui apporter un peu de chaleur et de compagnie.

– N'en parlons pas. Tu veux ? le rabroua-t-elle gentiment. Allons-y.

Soloviov fit tourner son fauteuil et prit le chemin du séjour.

*

Dénicher un petit fer à cheval plaqué or arraché à une épingle à cravate n'est pas facile si on ne sait pas où chercher. Korotkov et Selouïanov parcoururent une nouvelle fois de long en large les dossiers des huit garçons bruns sans en trouver la moindre trace. En tout cas, il ne figurait pas dans les listes des objets trouvés près des cadavres.

– De deux choses l'une, dit Selouïanov, préoccupé. Ou les enquêteurs n'ont pas vu le fer à cheval, ou quelqu'un l'a pris. Nous pouvons chercher jusqu'à ce qu'il gèle en enfer…

– C'est vrai, dit Korotkov. Mais il faut tout de même aller voir sur place. Je propose de commencer par les cadavres qui n'ont pas été découverts par la milice.

Parmi les huit victimes, cinq correspondaient à ce cas de figure. Les deux enquêteurs décidèrent de traiter d'abord les affaires où les corps avaient été trouvés par des enfants ou des adolescents qui paniquaient moins facilement devant un mort et, mus par la curiosité, pouvaient très bien avoir ramassé le fer à cheval avant l'arrivée de la milice. Sur les cinq, cela en faisait trois. Le travail devenait plus facile à gérer. Du moins en apparence, parce que le petit fer à cheval trouvé par un enfant avait probablement été perdu ou s'était transformé en un objet d'échange. Connaissant le sort fréquent des objets qui passent entre les mains des gosses, Korotkov et Selouïanov résolurent de prendre des forces et s'arrêtèrent en route pour avaler quelques brochettes d'agneau.

Dans la première affaire, les noms et les adresses des deux élèves de sixième qui avaient trouvé la dépouille de l'un des disparus sur les rives de la Moskova figuraient dans le dossier. Cependant, leurs parents ne voulurent pas laisser leur progéniture parler aux flics. Les pauvres petits étaient déjà suffisamment traumatisés, pas la peine d'en rajouter, dirent-ils.

– Alors, essayons de nous débrouiller sans eux, répondit Selouïanov, placide. Pouvez-vous me dire si vous avez vu un petit fer à cheval doré dans les affaires de votre fils ?

– Que voulez-vous insinuer ? s'écria la mère de Guena Fedotov. Mon fils n'est pas un voleur. Comment osez-vous ?

– Personne ne dit qu'il l'a volé, précisa l'enquêteur

sans s'énerver. Je vous demande seulement si vous avez vu ce genre d'objet.

– Non ! répondit la femme avec brusquerie.

Il était difficile de lui parler. Pour une raison inconnue, elle était mal disposée à l'égard de la milice et prête à faire barrière de son corps pour empêcher des flics véreux de torturer son bébé adoré. N'obtenant rien d'elle, les deux enquêteurs prirent le chemin de l'école fréquentée par Guena Fedotov et son copain Vova Molianov.

– J'aime bien les mères comme ça, bougonna Iouri Korotkov. Elles sont toutes persuadées que leur fils est un ange. Par définition, il est impossible qu'il soit mauvais. Il peut apporter chaque jour une pleine cargaison d'objets de valeur, elle inventera une explication innocente. Et s'il se promène complètement défoncé dans l'appartement, pâle et le regard vitreux, elle trouvera qu'il est surmené par les études. Et s'il finit par commettre une agression pour alimenter son vice, elle s'arrachera les cheveux en disant qu'il s'agit d'un coup monté parce que son garçon chéri ne pourrait jamais faire un truc pareil.

– Allons, mon vieux, ne te monte pas la tête, le calma Selouïanov. C'était simplement une maman normale qui protégeait son gosse d'une conversation traumatisante à propos de cadavres. Tu es un maximaliste, Iouri.

– Ah ! Tu deviens tolérant. Je sens l'influence bénéfique de ta charmante Valia ! s'écria Korotkov en riant et passant son bras sur l'épaule de son collègue. Je ne t'avais jamais vu aussi indulgent et compatissant. À quand le mariage ?

– Ne compte pas te soûler à l'œil. Nous ne sommes pas pressés.

– Pourquoi pas ? Vous êtes libres tous les deux, non. À quoi bon traîner ?

– Nous ne nous connaissons que depuis quelques mois. Regarde Nastia. Elle et son Liocha Tchistiakov se connaissent depuis qu'ils ont quinze ans et ils ne se sont mariés que l'année dernière. Il faut en prendre de la graine.

– Ne les idéalise pas, dit Korotkov. Nastia est très particulière. Elle ne ressemble à personne. C'est plutôt de mon cas que tu devrais t'inspirer. N'oublie pas qu'il est difficile de vivre longtemps en concubinage avec une jeune femme qui n'a jamais été mariée. Cela a une très mauvaise influence sur sa personnalité et le caractère de vos rapports.

Selouïanov répondit par un grognement. Ils arrivèrent bientôt devant l'école. Ils durent attendre un quart d'heure la fin des cours, mais ils avaient tout le temps.

– Peux-tu me dire pourquoi je n'ai aucune envie de travailler ? demanda Selouïanov, d'humeur philosophique. Je n'en ai vraiment pas la force. Je pourrais m'asseoir sur ce banc, fermer les yeux et dormir pendant une semaine ou deux. Je crois que j'en ai marre du boulot. Mais c'est peut-être un peu tôt pour ça, non ?

– Bien sûr que tu es fatigué, le rassura son collègue. Tu crois qu'on ne peut pas l'être avant l'âge de la retraite ? Il y a des jours où je peux à peine me traîner. Nous ne dormons pas assez, nous mangeons quand nous pouvons et nous sommes sous pression en permanence. C'est normal d'être épuisé. Ce serait anormal d'être en pleine forme après quinze ans de service.

– Mais regarde Nastia. Elle est toujours en pleine forme, insista Selouïanov. Elle dort peu, se nourrit de café et supporte les mêmes pressions que nous. Mais ça ne semble pas l'affecter. Pourquoi ?

– On te chasse par la porte et tu reviens par la fenêtre, constata Korotkov en riant. Je te l'ai déjà dit : ne te compare pas à Nastia. Elle est différente. Intrinsèquement différente. Compris ? Pour elle, il n'y a rien de plus important et intéressant que le travail. Elle ne vit que pour ça. Elle est en osmose totale avec la Petrovka. Et elle se fatiguera de vivre avant de se fatiguer de bosser. En disant ça, je ne nous dévalorise pas, toi et moi. Nous aussi, nous aimons notre job, mais nous avons d'autres choses en tête. Toi, tu essaies d'économiser assez chaque mois pour descendre à Voronej voir tes gosses. Et tu connais mes problèmes de famille. Tu as ta Valia et j'ai ma Loussia. Mais Nastia ne se laisse pas détourner par des broutilles et ne gaspille pas son énergie dans des histoires de cul. Et puis, elle est plus jeune que nous.

– Pas beaucoup plus. Au fait, Iouri, c'est bientôt son anniversaire. Tu sais quel jour ça tombe ?

– Le jour des élections. Impossible de l'oublier. Le seul problème est de trouver des idées de cadeau.

– N'importe quoi fera l'affaire. Trente-six ans, ce n'est pas un compte rond. Il suffit de lui offrir cinq pots d'un bon café soluble, cinq paquets de cigarettes et une bouteille de Martini bianco, son apéritif préféré. Avec ça, tu es sûr de lui faire plaisir.

– C'est fou ce que tu es romantique ! ironisa Korotkov. Comment peut-on faire passer la liste des commissions pour un cadeau d'anniversaire ?

– Non seulement on peut, insista Selouïanov, mais on doit ! De toute manière, on n'a pas vraiment le choix. Au fait, ça sonne quand ?

– À une heure et quart. Ils vont sortir d'une minute à l'autre.

Lorsque retentit la sonnerie, ils n'eurent aucun mal à trouver Guena Fedotov et Vova Molianov de 6e B. Ils étaient à la cantine. C'étaient deux petits binoclards à l'air réfléchi. Ils ingurgitaient des boulettes de viande accompagnées d'un riz à l'aspect écœurant, pour ne pas mentionner l'odeur. Depuis l'époque soviétique, les cantines scolaires étaient réputées pour la qualité déplorable des repas qu'elles offraient : des aliments qu'on n'aurait même pas osé proposer dans la pire des soupes populaires. C'était sans doute parce que les gosses ne protestent jamais : ou ils mangent ce qu'on leur donne ou ils ne touchent pas à leur assiette.

Guena et Vova ne furent pas le moins du monde impressionnés par l'apparition des deux policiers. Korotkov, avant d'arriver à la cantine, était passé par la salle des profs, où, jouant de son charme auprès des enseignantes, il avait appris en deux minutes que les jeunes Fedotov et Molianov étaient la fierté de l'établissement, au moins des trois classes de sixième. Ils accumulaient les meilleures notes, leur conduite était exemplaire et ils étaient même excellents en sport. En d'autres termes, ce n'étaient pas des gosses, mais une véritable personnification des rêves de l'équipe pédagogique et des parents.

– Nous pensions que vous aviez trouvé le criminel depuis longtemps, dit Guena aux enquêteurs avec un ton de surprise qui laissait percer une pointe de dédain. Qu'est-ce qui vous arrête ?

– Désolé, mon gars, mais nous butons sur un os, dit Korotkov. Nous ne parvenons pas à mettre la main sur un indice et il nous est impossible de découvrir le tueur sans ça. C'est pour ça qu'on est ici. Pour vous demander votre avis.

– On connaît ce vieux truc, dit Vova en remontant d'un doigt la monture épaisse de ses lunettes sur son petit nez. Les adultes ne nous demandent jamais notre avis. Lorsqu'ils prétendent le faire, ça signifie qu'ils ont déjà pris une décision et qu'ils veulent nous persuader qu'elle est bonne.

– Ne dis pas ça, le contra Selouïanov. J'admets que ce que tu dis est vrai dans la plupart des cas, mais pas dans cette affaire. Sans vous, nous ne pourrons pas la résoudre. Il y a une chose que nous devons savoir…

La tentative de jouer sur leur curiosité ne donna aucun résultat. L'enquêteur fit une pause dans l'espoir que les gosses s'engouffreraient dans la brèche pour demander quoi. Mais ils ne bronchèrent pas, continuant d'avaler leurs boulettes et leur riz immonde comme si les deux flics ne comptaient pas.

Voyant que les vieilles méthodes ne marchaient pas, Korotkov changea de tactique et prit l'initiative.

– Mes amis, nous devons mettre la main sur un petit fer à cheval doré. Sans ça, il nous sera impossible de boucler l'enquête et de confondre l'assassin. L'objet devait se trouver sur les lieux du crime, à côté du gars. Nous voulons savoir si vous l'avez vu. Et si vous avez une idée de l'endroit où il peut être à présent. Voilà, c'est de ça qu'il s'agit.

Vova plongea la main dans sa poche. Lorsqu'il la ressortit, un petit fer à cheval accroché à un morceau de chaînette cassée reposait au centre de sa paume, comme dans un nid douillet.

– C'est ça ?

– Exactement. Vous l'avez trouvé où ?

Le garçon referma le poing sur la babiole dorée.

– Là-bas. À côté de... Vous savez, le gars... J'ai cru qu'il n'était à personne. Je l'ai pris parce qu'on raconte que ça porte bonheur.

Korotkov remarqua que l'enfant avait soigneusement évité les mots désagréables comme « le cadavre », « le corps », « le mort ». Il avait repris le terme de Selouïanov : « le gars ».

– Et il t'a porté bonheur ?

– Je ne sais pas. Avant, les choses marchaient bien aussi.

– Bien. J'espère que rien ne va mal tourner sans lui. Après tout, tu es un homme et tu n'en as pas besoin pour affronter la vie, n'est-ce pas ?

Le garçon leva ses grands yeux vers Korotkov.

– Vous allez l'emporter ?

– Oui, Vova. Il le faut. Je sais que tu aimes cet objet, mais je dois le prendre. Tu comprends... Il ne faut pas être triste.

Son poing se serra davantage et une larme déloyale coula sur sa joue.

– Et si je ne veux pas le donner ?

Korotkov se prit à songer ce qu'il ferait dans ce cas. Allait-il s'en saisir de force ? Se battre avec un enfant ? Faire appel à son sens civique ? Le menacer de le mettre en prison ? Ridicule.

– Je te le demande pour de bon, Vova, dit-il doucement en posant la main sur l'épaule du garçon. Tu es grand et tu dois comprendre que c'est important. Je sais que c'est pénible de se séparer d'un objet auquel on est attaché. Dans la vie, on affronte beaucoup de situations dures et difficiles, mais il faut y faire face. Tout n'est facile et gai que pour les petits enfants. Ce n'est plus ton cas. C'est peut-être la première fois que tu devras renoncer à ce à quoi tu tiens, mais je peux t'assurer que ce ne sera pas la dernière. Tu dois apprendre à supporter ça avec courage et dignité. Tu peux le faire. Je sais que tu en es capable.

La cantine était bruyante, pleine de tapage et de cris, mais c'était comme si un mur de verre insonorisé s'était dressé autour de leur table. Ils restèrent silencieux tous les quatre, pendant qu'un enfant de onze ans prenait sa première décision difficile en renonçant volontairement à un objet qui était devenu son talisman depuis plus de trois mois.

Il ouvrit lentement son petit poing. Korotkov allait se saisir du fer à cheval pour le mettre dans sa poche, mais il se ravisa à temps. Il ne pouvait pas traiter le trésor du jeune garçon de cette manière. Il fouilla la poche intérieure de sa veste et en retira un sachet en plastique et une enveloppe destinés à la préservation des indices. Il plaça délicatement l'objet dans la pochette transparente, puis il glissa cette dernière dans l'enveloppe, qu'il cacheta. Vova se leva d'un bond et s'enfuit en courant. Guena Fedotov resta là, silencieux et immobile.

Les enquêteurs se levèrent.

– Ton ami s'est comporté en homme, dit Selouïanov avec un grand sérieux. Dis-le-lui. Il peut être fier de lui. Maintenant, va le rejoindre et le soutenir comme un véritable ami.

Guena hocha la tête en silence, mais ne bougea pas.

Les deux enquêteurs s'éloignèrent rapidement de l'école. Ils se sentaient coupables.

– Bordel ! C'est vraiment dur de traiter avec des gosses, dit Korotkov en colère. Pour nous, ce n'est qu'un petit fer à cheval ridicule, mais pour ce gosse, c'est une vraie perte ! C'est à te briser le cœur. On a envie de rire et de pleurer en même temps.

– Et tu sais le plus drôle ? ajouta Selouïanov. Sa mère était terrorisée à l'idée que son fils pouvait être perturbé par l'évocation du cadavre. Il n'a même pas sourcillé. Il ne comprend pas la signification de la mort et à quel point c'est effrayant. Mais il fond en larmes pour cette petite breloque. Un vrai traumatisme. J'ai l'impression d'avoir volé un bébé.

– Laisse tomber, Kolia. Estime-toi plutôt heureux d'avoir eu autant de chance. Nous avons déniché notre indice du premier coup. D'habitude, c'est toujours au dernier endroit qu'on le retrouve. Quand on le retrouve ! Et maintenant, qu'est-ce qu'on fait ?

– Allons voir Tcherkassov pour qu'il confirme que ce fer à cheval est bien à lui... Eh ! s'écria soudain Selouïanov en s'arrêtant. Nous n'allons pas du bon côté. Nous avons laissé la voiture près de l'immeuble de Molianov. Nous devions prendre à droite en sortant de l'école.

– Et qu'est-ce que nous avons fait ?

– Nous sommes partis à gauche. Nous étions troublés, j'imagine. Je ne supporte pas de voir pleurer les gosses.

Korotkov abonda dans son sens :

– Moi non plus. Qui dit que notre travail nous durcit le cœur ? Il me semble que c'est exactement le contraire. Je deviens sentimental en vieillissant...

*

Korotkov posa une pile de photos devant Tcherkassov. Elles représentaient tous les habitants adultes des « Résidences de Rêve ».

– Mikhaïl Efimovitch, l'individu qui veut vous incriminer est lié d'une manière ou d'une autre à ce lotissement. Il habite là, ou il y va en visite. Examinez attentivement ces photos et dites-moi si vous reconnaissez quelqu'un.

– Je ne suis pas sûr de bien comprendre, répondit Tcherkassov, un peu embrouillé. Pourquoi devrais-je reconnaître quelqu'un ?

– Parce qu'un type qui veut vous nuire doit forcément vous connaître. S'il a quelque chose contre vous, c'est sans doute parce que vous le connaissez personnellement. Bien sûr, il est toujours possible qu'il veuille se venger de quelque chose sans vous avoir jamais rencontré, mais c'est rare. Commençons par l'hypothèse la plus simple : vous le connaissez. Mais il peut s'agir d'une personne que vous n'avez pas vue depuis des années. S'il vous plaît, regardez ces photos.

Tcherkassov avait bien reconnu le fer à cheval. Pour les enquêteurs, c'était une nouvelle preuve de son innocence. S'il était le coupable, ils n'auraient jamais entendu parler de cette breloque. Il lui aurait suffi de ne pas dire que l'épingle à cravate était brisée et qu'il en manquait une partie.

Tcherkassov passa en revue une soixantaine de visages, s'attardant sur chacun d'eux.

– Non, je ne reconnais personne. Je ne les ai jamais rencontrés.

– Vous en êtes sûr ?

– Certain. Leur avez-vous montré ma photo ?

– Évidemment, répondit Korotkov, abattu. Personne n'a prétendu vous connaître.

– Vous voyez ? Je ne vous mens pas. Dites, j'en ai vraiment marre de rester ici. Vous ne pouvez pas me laisser rentrer à la maison ?

– Malheureusement, il faut vous armer de patience. Le criminel doit être certain que nous sommes tombés dans le panneau et que nous sommes persuadés de votre culpabilité.

– Que se passerait-il s'il se rendait compte que je suis innocent ?

– Vous comprenez bien que ce qu'il a fait lui a demandé beaucoup d'efforts et de haine. Cela signifie qu'il veut vous détruire à un point que vous ne pouvez pas imaginer. C'est une obsession. Le sens de sa vie. Et s'il voit que nous vous croyons, il ne s'arrêtera pas. Il continuera à s'acharner contre vous, à tenter de vous coller des crimes épouvantables sur le dos. Et il y aura de nouvelles victimes. Il joue clairement la carte du tueur en série pédophile. Si nous vous libérons aujourd'hui, nous trouverons dès demain ou après-demain un nouveau cadavre avec des indices destinés à vous incriminer. C'est ça que vous voulez ?

Comme Korotkov s'y attendait, ce n'était pas du tout ça que voulait Tcherkassov.

*

Il n'était pas facile d'accéder aux spécialistes de la culture japonaise du ministère des Affaires étrangères. Ils étaient tous très occupés et ne voulaient pas perdre de temps à bavarder avec une enquêtrice de la Criminelle sur un sujet qui ne les concernait pas personnellement.

Nastia parvint néanmoins à localiser deux anciens camarades de fac parmi le personnel du ministère et l'un d'eux, bien au fait de la culture japonaise contemporaine, lui accorda une demi-heure.

– Nakahara ? dit-il en haussant le sourcil en réponse à la question de Nastia. Non. Je n'ai jamais entendu parler de cet auteur. En tout cas, on ne le connaît pas au Japon.

– Je vais formuler les choses autrement. Y a-t-il en ce moment au Japon des auteurs de tout premier plan dans le polar ou le thriller ?

– Bien sûr. Mais ils ne sont pas nombreux. On peut les compter sur les doigts d'une main, parce que ces genres littéraires vont à l'encontre des traditions culturelles du pays et ne sont pas très bien considérés d'un point de vue intellectuel. Mais certains auteurs réalisent d'excellentes ventes. Une nouvelle étoile est apparue récemment. Otori Mitio. Aujourd'hui, sa renommée est internationale. On le traduit dans beaucoup de langues et, en Inde, ses livres sont portés à l'écran. C'est d'ailleurs très intéressant. La plupart des gens ignorent l'importance de l'industrie cinématographique indienne. Savez-vous qu'elle produit quelque huit cent cinquante films par an ?

– Combien ?!

– Huit cent cinquante. Chaque État de l'Union indienne dispose de ses propres studios. Et ils sont toujours à la recherche d'intrigues. Ils ne se contentent pas d'adapter des livres. Ils refont également des films étrangers. Il y a quelque temps, la télévision russe a diffusé un de leurs chefs-d'œuvre. Ils ont repris *La Vengeance aux deux visages* presque plan par plan en changeant le lieu de l'action, en Inde plutôt qu'en Australie. Je vous raconte ça parce que qu'Otori Mitio est très populaire là-bas, mais aussi aux États-Unis, en Turquie et en Chine. Ses romans sont très dynamiques et se déroulent dans le monde entier, avec beaucoup de personnages occidentaux, même si la trame de ses histoires est toujours typiquement orientale. Je pense qu'Otori Mitio est un des auteurs les plus connus au niveau mondial.

– Pourquoi n'est-il pas publié en Russie ? demanda

Nastia. Nous avons un grand marché pour des romans de ce genre.

– Sans doute parce qu'il est trop cher. Un auteur de cette catégorie exige des à-valoir trop importants pour nos éditeurs.

– Et pourtant, ils publient des célébrités internationales comme Sheldon, Collins ou Ludlum qui demandent aussi beaucoup d'argent. Vous pensez que cet auteur japonais est encore plus exigeant ?

– Je ne sais pas. C'est possible. À moins qu'il ne veuille pas traiter avec des éditeurs russes. Excusez-moi, mais je crois que j'ai perdu le fil de notre conversation et le temps passe. Qu'est-ce qui vous intéresse exactement ?

– Merci beaucoup ; vous m'avez appris ce que je désirais savoir, répondit Nastia. Pardon d'avoir abusé de votre temps.

En sortant du ministère, elle se précipita chez sa mère. Le professeur Kamenskaïa avait travaillé plusieurs années à l'étranger et avait des amis partout en Europe. C'était exactement ce dont Nastia avait besoin.

– Maman, il faut que tu m'aides, lança-t-elle, à peine entrée.

– Bien entendu, répondit Nadejda Kamenskaïa avec un sourire en coin. Tu ne viens jamais pour une autre raison. Les parents n'existent que pour ça : aider.

– Allons, maman !

– Ce n'est pas un reproche, Nastia chérie. Je sais à quel point tu es occupée. Qu'est-ce qu'il y a ?

– Te serait-il possible d'appeler quelques amis à l'étranger et de leur demander de m'envoyer quelques livres par courrier rapide ?

– Lesquels ?

– L'auteur s'appelle Otori Mitio. Il m'en faut deux ou trois, mais dans une langue que je connais.

– C'est pour toi ou pour le travail ?

– Pour le travail. J'ai aussi entendu dire que ses livres ont été portés à l'écran et j'aimerais avoir au moins une cassette. Je dois savoir si son nom est mentionné dans le générique et de quelle manière. S'il écrit les scénarios ou s'il n'apparaît que comme l'auteur du roman qui a inspiré le film.

– Tu t'intéresses aux problèmes de droits d'auteur ?! s'écria sa mère. Depuis quand ?

– Depuis qu'on tue des gens à cause de ça. Tu veux bien t'en charger ?

– Entendu. Je vais appeler quelques amis, puis je te les passerai pour que tu formules tes demandes toi-même.

Pendant que Nadejda Kamenskaïa s'installait devant le téléphone, Nastia passa dans la cuisine, où son beau-père (qu'elle appelait « papa » depuis sa plus tendre enfance) réparait un tabouret en regardant un petit téléviseur en noir et blanc.

– Comment vas-tu, Nastia, mon ange ?

– Couci-couça, plus vivante que morte, plaisanta-t-elle.

– Alexeï n'est pas venu avec toi ?

– Je n'avais pas prévu de venir. Il y a une heure je ne savais pas encore ce que j'allais faire.

– Il s'est passé quelque chose ?

– Une chose terrible : un soupçon épouvantable sur un crime atroce. Papa, est-ce qu'il y a quelque chose à manger ? J'ai une faim de loup.

– Il y a des boulettes de viande dans la poêle. Prends du pain. À moins que tu veuilles du potage ?

– Pas de potage, merci. Tu me connais par cœur. Dis-moi, un labo d'expertise légale est-il équipé pour chercher des différences dans des textes imprimés ?

– Ça dépend, répondit son beau-père, un vieux briscard de la Criminelle qui n'avait rien perdu de son savoir-faire depuis qu'il était à la retraite. Tu peux préciser ?

– Je veux savoir s'il est possible de distinguer des livres qui ont été imprimés à partir des mêmes clichés et sur les mêmes presses, mais à des moments différents.

– Pas vraiment. Si la colle ou le papier ne sont pas les mêmes, ça peut vouloir dire que les livres ne font pas partie du même tirage. Mais il se peut aussi que deux catégories de colle ou papier aient été utilisées pour le même tirage. Il suffit que l'imprimeur se soit trouvé à court d'un de ces deux produits lors de la fabrication. Qu'est-ce qui t'intéresse, exactement ?

– J'ai besoin d'établir que certains livres ont été imprimés beaucoup plus tard que l'édition originale. Un an ou plus.

– Alors, je dois te décevoir. Nous ne disposons pas encore des capacités techniques. Pourquoi crois-tu que nous sommes incapables de résoudre toutes ces affaires de valeurs et d'obligations contrefaites ? Sans parler de choses plus triviales, comme cette escroquerie sur la billetterie d'un spectacle d'un chanteur célèbre : il y a eu exactement deux fois plus de billets vendus qu'il n'y avait de places. C'est-à-dire deux tickets pour chaque place. Et impossible de distinguer les vrais des faux. Si tes livres ont été imprimés sur la même presse, la seule différence sera le degré de sécheresse de l'encre. Et il est impossible de le déterminer avec une précision suffisante.

– Dommage, dit Nastia, l'air abattu. J'avais espéré…

– Nastia ! l'appela sa mère.

– J'arrive !

Elle posa le restant du sandwich qu'elle s'était fait avec une boulette de porc et courut dans le séjour. Cinq minutes plus tard, elle avait la ferme promesse de recevoir le plus vite possible quelques romans du célèbre auteur japonais et la cassette d'un film tiré d'une de ses histoires. L'homme au bout du fil parlait en français avec un accent et sa voix lui sembla familière.

– Qui était-ce ? demanda-t-elle à sa mère après avoir raccroché.

– Fernando. Tu lui as fait faire le tour de Moscou, l'année dernière. Tu te rappelles ?

– Bien sûr. Bon sang, que c'est embarrassant ! Je ne l'ai pas reconnu et je lui ai parlé comme à un étranger.

– Ne t'inquiète pas. Il a gardé un excellent souvenir de toi et m'a dit qu'il était prêt à dévaliser tous les libraires de Madrid pour te rendre service. Qu'est-ce que vous avez décidé ?

– Il a promis de m'appeler dès qu'il saurait comment il va envoyer le colis. S'il trouve les livres à temps, il me les fera parvenir par un de ses amis qui s'envole pour Moscou après-demain.

– Très bien. Tu restes dîner avec nous ?

– Merci, maman, mais je ferais mieux de rentrer. Liocha n'aime pas beaucoup que je dîne sans lui.

– Alors, il vaut mieux que je te donne quelque chose.

Nadejda Kamenskaïa entreprit de remplir un sac en plastique avec du rosbif, de la salade de crabe et des parts de tarte.

– Ce n'est pas la peine, maman ! dit-elle. Nous avons tout ce qu'il faut.

– Tu vas emporter ce que je te donne. Je sais très bien comment tu te nourris quand Liocha n'est pas là. Un morceau de pain et un bout de fromage, et tu penses avoir fait un grand repas…

– Je te signale que mon Liocha que tu aimes tant doit être en train de me préparer un merveilleux dîner, lui renvoya-t-elle en avalant son sandwich.

– Je te signale, la taquina sa mère, que si tu faisais l'effort d'appeler chez toi une fois par jour, tu saurais que ton cher Liocha n'est pas là. Il doit passer deux ou trois jours à Joukovski. Tu as couru à droite et à gauche toute la journée et il n'a pas pu te joindre. Mais il t'a laissé un mot et nous a prévenus. Ma fille… quand vas-tu commencer à te comporter comme un être humain ? Tu dois apprendre à être plus attentive sinon à tes parents, au moins à ton mari. C'est tellement difficile de passer un coup de fil ?

Nastia accepta la réprimande. Elle était justifiée. Elle prit le lourd sac de denrées alimentaires que lui tendait sa mère, embrassa ses parents et partit vers le métro. Elle se sentait épuisée.

17

Désormais, il n'y avait plus qu'une solution : creuser la biographie de Tcherkassov pour découvrir une personne qui pouvait le haïr à ce point. Les enquêteurs savaient qu'il serait difficile de lui tirer quelque chose d'utile. L'expérience montrait que les gens avaient tendance à taire des histoires qui les faisaient paraître sous un mauvais jour, même s'ils pouvaient éviter des ennuis en les racontant. Il y avait aussi des blocages psychologiques qui empêchaient de remonter à la surface ce dont on ne voulait pas se souvenir. En d'autres termes, ils devaient trouver d'autres sources d'information en plus de l'intéressé lui-même.

Micha Dotsenko se chargea d'interroger encore une fois l'homosexuel tandis que le charmant et souriant Korotkov s'en allait rendre visite à la mère de Tcherkassov. Comme elle avait déjà déclaré qu'elle ne voulait plus entendre parler de son fils, il ne s'attentait pas à apprendre quoi que ce soit.

Vera Vassilievna Tcherkassova l'accueillit avec froideur et circonspection.

– Vous enquêtez toujours sur Mikhaïl ? lui demanda-t-elle. Il a dû faire quelque chose d'épouvantable pour que ça prenne aussi longtemps. Évidemment, rien de ce qu'il a pu faire ne saurait m'étonner. Comment la terre peut-elle porter un être pareil ?

– Vera Vassilievna, vous ne devriez pas parler de lui de cette manière. Votre fils n'a rien fait de mal…

– Et c'est un milicien qui me dit ça ! s'exclama-t-elle. Et on se demande pourquoi la criminalité augmente. Si les autorités trouvent l'homosexualité normale, pas étonnant !

Korotkov se rendit compte que le combat allait être rude. Elle avait des opinions bien ancrées et tenait pour un sale individu quiconque donnait l'impression de tolérer le mode de vie de son fils.

– Je sais que ça vous est difficile et désagréable de parler de votre fils, mais je voudrais que vous coopériez un peu avec moi. Nous cherchons à résoudre des crimes très graves et vous pourriez nous apporter une aide précieuse.

– Qu'est-ce que cette raclure a encore fait ?

– Pas lui. Quelqu'un veut faire condamner votre fils à sa place. Il risque la perpétuité et même la peine de mort, si elle est rétablie. Et nous voulons découvrir de qui il s'agit.

– Vous voulez dire que quelqu'un veut se venger de Mikhaïl ?

– C'est exactement ça.

– Ça ne m'étonne pas. Tous les mêmes, ces pédés ! Il n'y en a pas un pour racheter l'autre. Voilà dans quel milieu il faut fouiller. Moi, je ne vois vraiment pas comment je pourrais vous aider : je n'ai pas vu mon fils depuis le jour où j'ai découvert de quoi il était capable. Et je ne connais aucun de ses amis.

– Nous enquêtons aussi dans les cercles homosexuels, Vera Vassilievna, mais nous ne devons négliger aucune piste. Il est possible que le désir de vengeance du criminel remonte à plusieurs années, à l'époque de ses études, et ne soit pas lié à ses préférences sexuelles.

– Ridicule, dit-elle d'un ton péremptoire. Il n'avait jamais de problème avec personne lorsqu'il menait une vie normale. Je peux vous l'assurer.

– Avez-vous un album de famille que nous pourrions feuilleter ensemble ?

Tcherkassova se radoucit. Ce n'est pas souvent que des étrangers s'intéressent aux photos de famille, parce que les instants capturés ne parlent qu'à ceux qui les ont vécus. D'un autre côté, il est difficile de s'étendre sur ces souvenirs devant des parents parce qu'ils sont déjà au courant de tout. Korotkov ne l'ignorait pas. Il savait aussi que cette femme n'allait pas coopérer facilement. Il valait mieux l'amadouer plutôt que de tenter de faire appel à sa pitié pour des victimes qu'en raison de leurs inclinations sexuelles elle ne pouvait certainement pas trouver tout à fait innocentes.

En parcourant des yeux le minuscule appartement que Tcherkassova partageait avec son ancienne belle-fille, l'enquêteur se dit que l'existence ne devait pas être particulièrement plaisante. Une femme dure et inflexible de soixante-trois ans, qui avait renié son fils une fois pour toutes, et une divorcée de trente-cinq ans qui avait le droit de vivre sa vie. Elles avaient des amis et des habitudes différents, leurs intérêts n'étaient pas les mêmes et pourtant elles devaient partager la même pièce et une petite cuisine. À en juger par le mobilier, elles ne vivaient pas trop mal.

Tcherkassova sortit plusieurs albums qu'elle posa sur la table. Quelques photos étaient tenues par des coins adhésifs au milieu des épaisses pages grises, mais la plupart étaient simplement glissées entre elles.

– Mon mari, déclara-t-elle en montrant un bel homme en uniforme. Il est mort il y a longtemps. Micha n'avait que sept ans. Efim avait vingt-trois ans en rentrant de la guerre.

Vingt-trois ans ! En voyant le visage courageux et les cheveux grisonnants, Korotkov aurait pu penser qu'il en avait au moins trente-cinq. La guerre laissait toujours sa marque.

– Nous ne nous étions pas encore rencontrés. Efim avait dix ans de plus que moi. Nous nous sommes connus en 1952. J'avais vingt ans et lui trente.

– Mikhaïl lui ressemble, fit remarquer Korotkov.

Elle pinça les lèvres en une ligne dure et l'enquêteur comprit qu'il avait dit une bêtise. Quelle ressemblance pouvait-elle trouver entre un soldat courageux, homme véritable, mari et père, et un fils homosexuel ?

Elle passa aux photos de Tcherkassov bébé et enfant.

Bien rond dès son plus jeune âge, le garçon était grand et les kilos de trop le faisaient paraître large d'épaules et baraqué. Micha en classe… En sixième… En terminale… Dans un camp de pionniers… Avec sa mère, à la plage, en Crimée… À mesure que le jeune homme mûrissait, les particularités de son visage se précisaient, le faisant ressembler à l'homme que Korotkov connaissait. Et puis les années de fac. Micha rayonnant, un bulletin de notes à la main.

– C'était à la fin de sa première année, expliqua sa mère. Il n'avait que des « A », la meilleure note. Ce qu'il était content ! Et là, c'est avec ses camarades, à la récolte des pommes de terre.

À l'époque soviétique, on envoyait les étudiants donner un coup de main aux kolkhoziens, non pour leur donner un aperçu des travaux agricoles, mais parce que la campagne manquait de main-d'œuvre.

Korotkov saisit la grande photo 18 x 24 et contempla les visages jeunes et heureux : des gosses souriants qui posaient pour le photographe en se tenant par les épaules. À côté de Tcherkassov se trouvait une jeune fille douce et mince, avec les cheveux bruns coupés court et de grands yeux noirs.

– Qui est cette fille ? demanda Korotkov.

– Nina, dit Tcherkassova dans un soupir. Micha est sorti avec elle jusqu'à sa dernière année.

– Que s'est-il passé ? Ils ont rompu ?

– Oui, lorsqu'il a quitté la fac. Il ne m'a jamais dit pourquoi il avait abandonné ses études.

Était-ce possible ? La mère ne savait toujours pas que son fils avait été renvoyé de l'université en raison du scandale provoqué par sa liaison avec un bizut. Comment avait-il fait pour le lui cacher ? Il avait dû déployer des trésors de persuasion. Les dirigeants du mouvement des Jeunesses communistes prenaient un malin plaisir à porter les « mauvais exemples » à l'attention générale, particulièrement dans l'immeuble du coupable et les lieux de travail de ses parents. Korotkov n'eut pas beaucoup de mal à imaginer Tcherkassov suppliant les responsables – et peut-être même les achetant – pour protéger sa mère et l'empêcher d'apprendre sa déchéance.

– Vous rappelez-vous le nom de famille de Nina ?

– Non. Je ne crois pas l'avoir jamais entendu. Pour moi, c'était Nina. Issue d'une bonne famille, très douce, gentille et enjouée. J'aurais tellement aimé…

Elle poussa un soupir, puis ses lèvres se serrèrent encore en un mince trait amer.

– Et voici les photos du mariage. Il y a Micha et Olga. Le reste ne vous intéresse sans doute pas : je n'ai pas de photo récente de lui.

Korotkov demanda à emporter la photo de groupe des étudiants au kolkhoze et prit congé de Vera Vassilievna.

*

Korotkov s'attela à la tâche de retrouver Nina, la petite amie de Tcherkassov à la fac. Il retourna à la planque de l'intéressé.

– Laissez-la en dehors de tout ça, dit ce dernier, irrité. Elle n'a rien à voir dans cette affaire.

– Mais savez-vous au moins où elle habite et ce qu'elle fait ? insista l'enquêteur.

– Non. Elle a été tellement traumatisée par le scandale que je me suis efforcé de rester loin d'elle tout ce temps.

– Quel est son nom de famille ?

– Non, s'il vous plaît. Je vous le demande comme un service personnel. Je ne veux pas que vous lui posiez des questions sur moi. Inutile de la blesser.

– Mikhaïl Efimovitch, beaucoup d'eau a coulé sous les ponts. Elle a dû tout oublier. Dans le cas contraire, c'est si loin que ça ne risque plus de blesser qui que ce soit. En revanche, elle est restée avec vous pendant quelques années et pourrait se rappeler une de vos relations qui aurait eu une raison de vous en vouloir. Elle a très bien pu vous cacher quelque chose pour ne pas vous inquiéter. Peut-être avez-vous offensé quelqu'un sans vous en rendre compte, mais qu'elle l'a remarqué.

– Non, Iouri Viktorovitch. Essayez de comprendre ce

qui s'est passé. Nous sommes sortis ensemble pendant plus de deux ans. Tous nos copains le savaient. Nous ne nous cachions de personne et nous étions inséparables. Et soudain, on apprend que je suis... Oui, bien sûr, ils m'ont mis à la porte. Mais elle est restée. Et tous les jours, elle rencontrait des gens qui la regardaient comme une bête curieuse, qui se moquaient d'elle ou qui la plaignaient. Nina était forte, mais il y a des limites à tout. Je ne sais pas si elle a été capable de supporter. Elle a peut-être dû quitter la fac. J'espère qu'elle est arrivée à réussir sa vie et à oublier la douleur que je lui ai causée. Je ne veux pas la replonger dans le passé. Épargnez-la.

Korotkov, avec le renfort de Dotsenko, batailla pendant près d'une heure pour tenter de le convaincre. En vain : il ne leur donna pas le nom. Pendant que Micha Dotsenko restait avec Tcherkassov pour tenter de faire remonter ses souvenirs à la surface, Korotkov prit le chemin de l'université, armé de la photographie.

À l'administration, il obtint la liste des étudiants de la promotion de Tcherkassov. Il y avait sept filles prénommées Nina. Il fallait les localiser toutes. Korotkov se dit que l'affaire s'enlisait dans des vérifications sans fin. Pourquoi donc Tcherkassov était-il aussi têtu ? Et pourquoi lui arrivait-il de faire preuve d'un tel manque de scrupule dans certaines situations ? Il n'avait pas hésité à se débarrasser du corps de Boutenko en l'abandonnant dans les bois. Il n'avait pas appelé les secours d'urgence ou la milice. Il avait emporté le corps pour le balancer comme un objet encombrant. Et, plus tard, il avait pleuré à fendre l'âme en apprenant que les enquêteurs pensaient que son petit ami était mort assassiné.

Et là, il voulait protéger Nina. Quels nobles instincts ! Mais ils ne pouvaient tout de même pas le torturer pour avoir une réponse. Et s'il n'agissait pas par tact, mais pour dissimuler quelque chose ? Dans ce cas, faire pression sur lui ne servirait à rien. Décidément, il n'y avait pas d'autre solution que d'aller voir les Nina une à une, jusqu'à trouver la bonne. Hélas, parmi toutes ces filles, deux seulement étaient de Moscou. Les cinq autres venaient des quatre coins de l'énorme et multinationale Union soviétique. Et toutes avaient certainement changé de nom en se mariant.

Korotkov apprit très vite que l'une des deux Moscovites avait quitté la Russie pour monter une société avec son mari. Ils s'étaient installés à Chypre, paradis fiscal pour les hommes d'affaires russes. L'autre travaillait dans une banlieue de Moscou en tant que chef du département financier d'une grande usine. Korotkov s'y rendit dans sa vieille bagnole toute poussive.

– Tcherkassov ? Bien sûr que je m'en souviens, lui confirma Nina Krivtsova. Le type qui a été viré pour homosexualité, non ?

– Lui-même. Vous le connaissiez bien ?

– Juste de vue. Nous ne fréquentions pas les mêmes cercles.

– Et sa petite amie ? Je crois qu'elle s'appelait Nina, comme vous.

– Non, pas du tout, le détrompa-t-elle en riant. Ce n'était pas son prénom. Bien sûr que je la connaissais, elle aussi. Après le renvoi de Tcherkassov, elle est devenue l'attraction de la fac.

– Attendez une minute, l'interrompit Korotkov. Il ne me semble pas que nous parlions de la même personne. On m'a bien dit que c'était Nina.

Il sortit de sa sacoche la grande photo de groupe et la lui montra.

– Voici Mikhaïl Tcherkassov. Et cette brune, à côté de lui. Est-ce la fille dont vous parlez ?

– Oui, c'est bien elle. Iana. Iana Berguer.

– Mais on m'a certifié qu'elle se prénommait Nina, insista Korotkov en sachant qu'il avait touché le gros lot.

Il se sentit envahi par un soulagement et une joie ineffables. Il avait peur d'admettre qu'il était arrivé au bout de ses peines pour ne pas s'attirer la poisse. *Ce genre de choses n'arrive pas comme ça,* pensa-t-il. *Je rêve.*

*

Il n'est pas efficace de courir plusieurs lièvres à la fois, mais les enquêteurs n'avaient pas le choix. En plus de l'affaire Tcherkassov et d'autres dossiers moins importants, Dotsenko collaborait aussi à l'enquête sur Shere Khan. Considérant qu'il valait mieux commencer par le maillon le plus faible, il avait décidé de s'intéresser à la maîtresse de l'éditeur Kirill Essipov. Avant d'aller la voir, il préféra se faire une idée de la dame et recueillir quelques informations qui pourraient l'aider à entrer dans ses bonnes grâces.

Il savait à qui s'adresser. Le vigile qui «protégeait» les bureaux de Shere Khan pendant les heures de travail était un retraité de la milice qui ne se fit pas prier pour rendre service à un collègue. Dotsenko apprit quelques petites choses: Oksana venait tous les jours voir Essipov et son endroit favori était la salle de repos à côté du bureau du directeur. C'était une gentille fille qui avait toujours un mot aimable à la bouche. Le patron et elle s'entendaient très bien et il n'avait pas de secret pour elle. D'ailleurs, lorsqu'elle était dans son repaire, elle entendait toutes les conversations d'affaires d'Essipov.

Les deux premiers jours de surveillance du mannequin aux longues jambes n'apportèrent rien d'intéressant. Conformément aux dires du vigile, Oksana n'était sortie de chez elle que vers deux heures de l'après-midi. Elle était allée voir Essipov avant de commencer sa «journée» de travail en participant à des répétitions, des séances photos et des défilés. Le soir, elle avait rejoint son amant et avait passé la nuit avec lui. La seconde journée avait été en tout point conforme à la première, à la seule différence qu'elle avait dormi chez elle. Mais le troisième soir, Dotsenko vit entrer chez elle un homme qu'il connaissait: Oustinov, de la police fiscale, l'homme qui lui avait parlé de la situation de Shere Khan vis-à-vis de l'administration des impôts. L'enquêteur se dit tout de suite que l'intérêt de la Criminelle pour la maison d'édition avait suscité celui de l'agent du fisc, qui menait sa propre enquête en suivant le même raisonnement que lui, ce qui le réconforta: Oksana était le maillon faible et la meilleure source d'informations sur l'éditeur.

*

– La police fiscale ? répéta Nastia pensivement lorsque Dotsenko lui fit part de sa découverte. C'est curieux. Il faut que je voie ce type. Pour autant que je comprenne quelque chose au monde actuel, il n'y a que par les impôts qu'on peut coincer ces éditeurs. Avec un peu d'aide de ce monsieur Oustinov, je pourrai peut-être avoir une petite joie, moi aussi.

Ses espoirs se révélèrent vains. Oustinov se montra très étonné par sa visite et encore plus par ses questions.

– J'ai déjà reçu un de vos collègues, commença-t-il, désarçonné. Et je lui ai expliqué que, malheureusement, je n'avais rien sur Shere Khan. À part la frustration... Pas moyen de trouver la moindre faille. Mais je l'ai déjà dit à ce lieutenant... Dotsenko ? C'est ça ? J'ai passé beaucoup de temps à leur chercher des poux dans la tête, mais sans résultat. J'ai donc refermé le dossier. Pour le moment, bien sûr.

– Je suis désolée, murmura Nastia. Je me disais que vous aviez peut-être de nouveaux éléments. Je suis presque certaine qu'ils publient des tirages illégaux en grandes quantités. Vous n'avez pas pu le prouver ?

– Hélas, non ! dit Oustinov en écartant les mains dans un geste d'impuissance. C'est la première chose que j'ai vérifiée. Je ne suis pas un novice, vous savez, mais j'ai fait chou blanc. Les types de Shere Khan ne sont sans doute pas des anges, mais ils se tiennent tranquilles. Pas de fraude évidente. Qu'est-ce qui vous fait penser qu'ils font des tirages pirates ?

Nastia se sentait idiote, naïve et soupçonneuse à l'excès. De quoi se mêlait-elle ? Son travail concernait des meurtres et des cadavres. La vengeance, la jalousie, l'avarice, l'envie et d'autres sentiments puissants. Les déclarations d'impôts, la comptabilité, les factures et autres documents couverts de chiffres participaient d'un monde qu'elle ne connaissait pas et dont elle ignorait tout. Quant à l'édition, elle en savait encore moins. Elle était assise en face d'un professionnel qui lui affirmait qu'il n'avait rien trouvé pour engager des poursuites. C'était simple. Et elle n'avait aucune raison de jouer les Hercule Poirot mâtinés de Miss Marple.

– Voyez-vous, je suis en relation avec un des traducteurs de Shere Khan et je sais qu'au moins un de ses livres était en vente après l'expiration de son contrat. C'est tout. Mais j'ai dû mal saisir quelque chose.

– Probablement, dit Oustinov. Ce genre de chose peut se produire quand la fabrication a été suspendue pour une raison quelconque. La date limite du contrat approche, mais l'édition n'est pas prête. Elle finit par sortir, mais l'éditeur ne peut pas espérer vendre la totalité du tirage en un temps record. Si on suit la loi à la lettre, il n'a pas le droit de commercialiser des exemplaires puisque ses droits ont expiré, notamment celui d'exploitation. Mais, dans de tels cas, nous fermons les yeux. L'édition s'est faite légalement et dans le tirage prévu, les impôts sur le bénéfice sont payés et le retard est imputable à des forces majeures, comme un incendie chez l'imprimeur ou la perte de fichiers informatiques. L'éditeur perd déjà assez d'argent dans l'affaire, inutile de le pénaliser encore en lui interdisant de vendre ses livres. Ce ne serait pas juste, vous ne trouvez pas ?

– Non, bien sûr. Vous avez raison. Je n'avais pas pensé à ça.

– Personne ne le fait jamais, en dehors du milieu de l'édition, constata Oustinov. Je vous assure que beaucoup de choses qui semblent louches à un amateur peuvent s'expliquer de manière tout à fait légale.

Très bien, pensa Nastia sur le chemin du retour. *La police fiscale n'a rien sur eux, et alors ? Je ne vais pas les laisser s'en tirer comme ça. Parce que j'ai compris leur petit jeu. Ils planquent leur argent dans des banques en Europe ou en Amérique, mais je sais d'où il vient. Et les sommes sont tellement importantes que le meurtre devient une option. Et le profit des tirages pirates n'est rien en comparaison. Ni non plus en comparaison de ce qu'ils doivent payer pour garder le secret.*

– Je suis navré de vous décevoir, Micha, annonça-t-elle à Dotsenko lorsqu'elle le rencontra à la Petrovka. Vous vous êtes trompé. Oustinov ne connaît pas la maîtresse d'Essipov et n'a pas rouvert le dossier Shere Khan. Est-ce que vous avez bien vu l'homme que vous avez aperçu avec Oksana ?

– J'ai cru que c'était lui, dit l'enquêteur, confus. Mais j'étais loin. Je me suis peut-être trompé...

– C'est probable. Mais ne vous en faites pas, ce sont des choses qui arrivent. Regardez le nombre de gosses qui se ressemblent dans l'affaire Tcherkassov. Lorsqu'on ne les connaît pas, on pourrait facilement les prendre les uns pour les autres. Beaucoup de gens présentent le même aspect physique et les erreurs sur l'identité des personnes sont plus fréquentes qu'il ne semble. Il serait intéressant de savoir qui est ce sosie d'Oustinov. Ça pourrait être un bon moyen d'approcher Oksana et même de faire pression sur elle, si elle trompe Essipov et ne veut pas qu'il le sache.

*

Trouver le sosie d'Oustinov signifiait maintenir Oksana sous surveillance permanente jusqu'à une nouvelle rencontre avec cet homme. Plus facile à dire qu'à faire. Chaque jour apportait son lot de nouveaux crimes à élucider. Et les enquêteurs étaient incapables de se multiplier par scissiparité. Les effectifs restaient constants, même si le travail augmentait. Aussi, gaspiller du temps et des efforts à suivre le mannequin dans l'espoir de le voir rencontrer une de ses connaissances n'était pas une option bien intelligente. Il fallait trouver le moyen de contrôler et diriger la situation : c'était la seule manière d'espérer obtenir un résultat dans un délai raisonnable. Or, Dotsenko avait une idée sur la manière de précipiter les événements.

En s'intéressant aux relations de Marina Soblikova, dite la Gazelle, il était tombé sur un gars pas trop bête qui savait que ce n'était pas bien de voler, mais qui ne tenait pas compte de cette vérité profonde parce qu'il en avait appris une autre encore plus utile : si on reste du côté de la milice, ou du moins si on ne l'affronte pas ouvertement, il est possible de profiter du bénéfice de menus cambriolages à condition de ne pas le crier sur les toits. Le gars répondait au surnom étrange d'Icône (ce qui n'avait rien à voir avec ses activités de monte-en-l'air). Confondu par Dotsenko, il avait accepté de coopérer tout en l'avertissant, à la régulière, qu'il servait déjà d'indic à deux autres flics, l'un de la direction régionale et l'autre d'un commissariat de quartier.

– Dis-moi, mais tu es un vrai stakhanoviste, avait gloussé Dotsenko. Tu cherches à dépasser le plan quinquennal ? Ou tu fais du travail au noir ?

– Il suffit de m'essayer, lui avait répondu l'Icône en crânant. Personne ne s'est jamais plaint de moi.

– Bien, dans ce cas, trouve-moi qui a fourni à Gazelle son dernier boulot. Tu peux ?

– Je vais essayer, avait promis le gars en arborant une mine concentrée.

Le lendemain, il informait l'enquêteur que Gazelle avait trouvé sa « mission » grâce à son vieil ami Gousko, un gangster de la vieille école. Dotsenko, qui connaissait les lois de l'honneur du milieu, n'avait même pas cherché à faire pression sur ce type comme il l'avait fait sur l'Icône. Ce dernier était jeune et arriviste. Il était entré dans le monde de la pègre dans la période sans foi ni loi qui avait suivi l'effondrement de toutes les traditions, lorsque les us et les coutumes étaient passés par profits et pertes. Gousko, lui, était un récidiviste de quarante-six ans. Il avait purgé cinq peines de camp et avait un sens développé des convenances et de l'honneur. La coercition n'était pas le bon moyen pour obtenir quelque chose de lui. En revanche, il était possible de s'entendre avec lui d'homme à homme. À condition de faire un effort.

Dotsenko savait comment s'y prendre. Il s'était bien gardé d'aller frapper à la porte de l'appartement que Gousko partageait avec sa maîtresse. Il avait préféré l'approcher dans le parc où le « voleur dans la loi » promenait sa chienne, un fox-terrier vif et racé. Il s'était présenté à lui dans les règles, en lui montrant sa carte officielle. Puis il avait eu un comportement étrange qui avait rassuré Gousko sur ses intentions : il avait manqué fondre en larmes ! D'une voix tragique et agitée, il avait expliqué à quel point il était difficile de travailler dans la milice – les meilleurs et les plus brillants en partaient –, avec des procureurs et des juges qui libéraient les criminels que les flics avaient coffrés en suant sang et eau. Il avait donc pensé à venir lui demander son aide pour une affaire qu'il avait à résoudre. Non, il ne fallait moucharder personne :

– Vous voyez, avait-il précisé, j'enquête sur le meurtre de Gazelle. Vous la connaissiez bien, ne le niez pas, et je suis sûr que sa mort vous a touché. Vous lui avez appris l'art difficile du cambriolage et, dans un certain sens, vous étiez son mentor et son protecteur. Je me suis donc dit que, si vous le vouliez, vous pourriez nous donner un sérieux coup de main. Je sais que Gazelle n'a pas été tuée par les siens. En revanche, je soupçonne très fortement ceux qui l'ont embauchée en dernier. Et si ce n'est pas eux, ils ont de l'argent et des relations et il leur est plus facile de trouver le coupable que pour nous autres, pauvres flics affamés. Il ne devrait pas être difficile de les pousser dans ce sens, n'est-ce pas, monsieur Gousko ? Que pensez-vous de ma petite idée ?

Sur le moment, le voleur n'en avait rien pensé de particulier, mais Dotsenko n'avait pas manqué de lui rappeler que c'était lui qui avait mis Gazelle en rapport avec les éditeurs et qu'il portait donc une part de responsabilité dans sa mort. Il ne lui avait pas dit que la mission pouvait être dangereuse. Et elle, jeune et stupide, lui avait fait confiance.

– Qu'est-ce que vous proposez ? avait fini par demander Gousko, encore dubitatif.

– C'est très simple. Demain, en début d'après-midi, vous irez rendre une petite visite au directeur général de Shere Khan. Vous devrez vous assurer que sa maîtresse, Oksana, est bien là. Et il ne faudra pas proférer des menaces contre Essipov ou sa maison d'édition, mais contre elle, et n'hésitez pas à en rajouter dans les souffrances horribles. Elle sera dans la salle de repos et pourra vous entendre. Il est important qu'elle ne perde pas une miette de la conversation.

– Vous allez trop loin, protesta le voleur, tout en surveillant la chienne pour s'assurer qu'elle restait à distance des mâles du voisinage. Je ne suis pas télépathe. Comment savoir si elle écoute ou pas ?

– Ne vous inquiétez pas. Nous savons que vous connaissez très bien Vovtchik, le garde du corps personnel d'Essipov. C'est d'ailleurs lui qui vous a mis en contact, tous les deux. Avec son aide, vous n'aurez aucune difficulté. Vous allez m'aider, n'est-ce pas ?

– Et si je ne le fais pas ?

– Alors je serai obligé de penser que démasquer le tueur ne vous intéresse pas. Qu'en fait, vous voulez le protéger. Et ça ne peut signifier qu'une chose : c'est quelqu'un de chez vous. Peut-être même vous. Après tout, Gazelle est devenue la maîtresse de l'homme chez qui elle a été tuée. Et vous avez eu une aventure avec elle. C'était il y a longtemps, je sais, mais le feu peut toujours couver sous la cendre. Vous… saisissez ?

– Admettons, finit par lâcher Gousko. C'est pour quand ?

– Hier, lui répondit Dotsenko avec un sourire.

– Oh ! Et puis merde ! Entendu.

Toutes les pièces étaient à leur place et l'enquêteur n'avait plus qu'à attendre que la chute du premier domino entraîne celle des autres, conformément à la célèbre théorie. Ce ne fut pas long. Le sosie d'Oustinov apparut chez Oksana le soir même, avant la tombée de la nuit, ce qui permit à Dotsenko de prendre quelques photos au téléobjectif. Il constata avec plaisir que son intuition était la bonne et que la fille se tournait vers cet homme lorsqu'elle avait des problèmes. Le type resta trois heures chez Oksana et prit un taxi en sortant. Il faisait nuit, la visibilité n'était pas excellente et l'enquêteur n'était vraiment plus très sûr de la ressemblance entre cet homme et le fonctionnaire de la police fiscale, même s'ils présentaient des points communs. Il suivit le taxi jusqu'à destination et nota l'adresse. Puis il repéra une cabine et passa un coup de fil. Quelques minutes plus tard, il obtenait une réponse qui le laissa pantois. C'était bien l'adresse d'Oustinov. Ainsi, il ne s'était pas trompé, la première fois qu'il l'avait vu. Mais pourquoi dissimulait-il le fait qu'il travaillait avec Oksana sur le dossier Shere Khan ? *Il n'a pas confiance en nous,* pensa-t-il. *Il doit croire que nous allons ruiner son opération en faisant une connerie.*

En tout cas, Oustinov semblait bénéficier de la confiance totale de la maîtresse d'Essipov puisqu'elle s'était tournée vers lui pour l'aider dans un moment de crise. Micha regarda sa montre, réfléchit deux secondes, puis décida de glisser un autre jeton dans la fente du téléphone public. Il composa le numéro de Nastia.

– Amusant, dit-elle lorsque Dotsenko lui eut résumé les événements. Il serait intéressant de savoir si Oksana a demandé de l'aide à Oustinov en tant qu'ami ou en tant qu'agent de la force publique. Si elle sait qu'il bosse à la police fiscale et qu'elle a suffisamment confiance pour faire appel à lui dans une situation pareille, ça veut dire qu'elle collabore avec lui contre les directeurs de Shere Khan et son propre amant. Dans ce cas, Oustinov doit mener une opération à long terme, sérieuse et discrète. Pas étonnant qu'il nous ait juré que Shere Khan était aussi propre que la première neige... D'un autre côté, imaginons que la fille ne sache pas qui il est réellement... Ça soulève un tas de questions : comment peut-il lui extorquer des infos sur la maison d'édition s'il prétend être, disons... un artiste, un enseignant ou un plombier ? Dans ce cas, quels sont leurs rapports ?

– Et si Oksana n'était qu'une source d'information occasionnelle ? dit Dotsenko.

– Quel intérêt de nous le cacher ? Il n'avait qu'à dire qu'il soupçonnait quelque chose, qu'il essayait bien de coincer les patrons de Shere Khan, mais qu'il n'avait encore rien de concluant pour lancer une attaque frontale. À quoi bon nous faire des cachotteries et nous mener en bateau ? Qu'en pensez-vous ?

– J'en pense qu'il sait tout sur eux. Et que cette information lui est précieuse.

– C'est ce que je pense aussi. Merci de m'avoir prévenue, Micha. Nous nous verrons demain et raconterons tout ça au colonel.

Le lendemain matin, Gordeïev les reçut dès son arrivée.

– Il ment ! dit-il, sûr de lui. Il ment éhontément. Il est probablement de mèche avec Shere Khan et couvre leurs trafics moyennant pots-de-vin. Et Oksana le sait, bien sûr. C'est pour ça qu'elle a pris contact avec lui lorsque ces truands ont menacé de s'en prendre à elle. Elle a peur et s'est tournée vers la seule personne qui pourrait la protéger. L'hypothèse vous paraît bonne ?

– Très bonne, Viktor Alexeïevitch, répondit Nastia. Mais vous ne vous offusquerez pas si nous la vérifions, Micha et moi ?

– Allez-y. Vous me prenez visiblement pour un vieillard incapable de résoudre une énigme. Allez-y, vérifiez.

En sortant du bureau de leur patron, les deux enquêteurs passèrent au labo pour retirer les photos de la surveillance d'Oksana que Dotsenko lui avait confiées. Ils avaient besoin d'un bon cliché d'Oustinov pour faire ce qu'ils avaient prévu.

– Je dois être idiote, mais il y a quelque chose que je ne comprends pas, dit Nastia en descendant l'escalier. Si les directeurs de Shere Khan sont liés à Oustinov, comment se fait-il qu'ils ne sachent pas qui je suis ? J'ai rencontré Essipov au restaurant l'autre soir, et il m'a traitée comme l'avocate d'affaires que je prétendais être. Si l'agent du fisc est leur complice, il a les moyens de leur donner des informations sur toutes les personnes qui les intéressent. Notamment les fréquentations de Soloviov. Or, en apparaissant soudain dans la vie de ce dernier, je pouvais faire capoter l'opération qu'ils montaient avec Gazelle. Pourquoi n'ont-ils pas demandé à Oustinov de se renseigner sur moi ? En moins de deux heures il aurait pu leur dire qu'Anastasia Kamenskaïa est la fille du professeur Kamenskaïa, directrice de thèse de Soloviov, et qu'elle travaille à la Brigade criminelle.

– Peut-être qu'Oustinov n'est pas un aussi bon professionnel que ça, suggéra son collègue.

– Peut-être, mais j'en doute. Je sens qu'il y a autre chose.

Dès qu'il eut ramassé les photos qui l'intéressaient, Dotsenko se rendit aux éditions Shere Khan et demanda à voir séparément Essipov, Avtaïev et Voronets. Il leur montra à chacun une série de sept clichés : en plus d'Oustinov, il y avait cinq inconnus et Genia Iakimov, le voisin de Soloviov. Pour Nastia il fallait inclure sa photo : elle était sûre que les trois directeurs l'avaient vu à l'anniversaire du traducteur.

Les résultats furent identiques à chaque fois. Les trois hommes reconnurent Iakimov, mais aucun ne réagit à l'image de l'agent du fisc : les doigts ne tremblèrent pas, les voix restèrent normales, personne ne s'empourpra, pâlit ou manqua s'étrangler. Rien. Ils ne le connaissaient pas.

Dotsenko s'en alla, embrouillé et déçu. Dans le hall, il faillit renverser Oksana qui entrait dans le bâtiment en coup de vent. L'inquiétude qui se lisait sur son visage était tellement intense que l'enquêteur se sentit coupable. Elle croyait qu'on allait la tuer si Essipov ne payait pas. Ce n'était que du bluff, mais elle n'avait aucun moyen de le savoir. Et les truands étaient censés attendre l'argent le lendemain.

Dotsenko la saisit par le bras.

– Oksana, attendez !

Elle s'arrêta aussitôt, mais son regard semblait aller de l'avant, comme si elle courait toujours.

– Que voulez-vous ? demanda-t-elle en se dégageant.

Dotsenko sortit sa carte professionnelle et le visage de la jeune femme se détendit.

– Il faut que je vous parle, si ça ne vous dérange pas.

– Moi aussi, dit-elle abruptement. Où pouvons-nous le faire ?

– Je ne sais pas, répondit Dotsenko en regardant autour de lui. C'est vous qui connaissez le quartier.

– Il n'y a rien par ici.

– Alors je vous propose de venir à mon bureau.
– Va pour votre bureau. Vous êtes en voiture ?
– Non, je suis venu en métro.

Elle sortit aussitôt de l'immeuble et, avant que Dotsenko ait eu le temps de lui emboîter le pas, elle héla un taxi en maraude. Quelques instants plus tard, ils prenaient Sadovoïe Koltso en direction de la Petrovka.

*

– Il faut m'aider ! s'écria Oksana dès qu'elle pénétra dans le bureau de Dotsenko. Je sais maintenant qu'Essipov ne fera rien pour moi.

– Calmez-vous et racontez-moi tout. Je vous écoute, dit-il en lui offrant un siège.

– Hier, un truand a rendu visite à Kirill. J'ai cru comprendre qu'il était lié à la fille qui a été assassinée chez le traducteur.

L'enquêteur fut impressionné par le récit de la jeune femme. Elle était cohérente et concise, allant toujours à l'essentiel et ne se perdant pas dans les détails inutiles.

– Kirill n'a pas l'intention de faire quoi que ce soit pour retrouver le tueur et croit qu'il peut duper ce mafieux. Mais je ne suis pas aussi naïve. Je sais que plaisanter avec la pègre se termine toujours mal. Ils ne sont pas plus idiots que nous et Kirill a tort de croire le contraire.

– Oksana, qu'attendez-vous de moi ? Pour ne pas payer, Essipov doit connaître l'identité du tueur dès demain, n'est-ce pas ? Mais vous devez vous rendre compte que nous enquêtons sur ce meurtre depuis un mois et que nous n'avons pas la moindre piste. Je ne peux pas vous promettre de résoudre l'affaire en moins de vingt-quatre heures. Ce n'est pas réaliste.

– Si ce n'est pas réaliste, il faut obliger Essipov à payer. Qu'il arrête de jouer au plus malin ! Sinon, ils vont me tuer ! Vous comprenez ? Je suis prête à tout vous dire, à répondre à toutes les questions, même les plus désagréables, parce que je veux que vous retrouviez le tueur très vite.

– C'est très courageux à vous. Répondre à toutes nos questions, même désagréables... Est-ce une décision que vous avez prise seule ?

Oksana garda le silence pendant que ses yeux s'attardaient sur les quelques griffures qui ternissaient la surface polie de la table de travail. Puis elle leva le regard pour fixer l'enquêteur.

– Non, je n'ai pas pris la décision seule. On me l'a suggérée.

– Puis-je vous demander qui ?

– Une relation.

– Vous pouvez me dire son nom ?

Les lèvres d'Oksana s'étirèrent en un sourire triste.

– Vadim Oustinov.

– Qui est cet homme ? Que fait-il dans la vie ?

– Il est fonctionnaire dans une agence fédérale, mais je ne sais pas très bien où, ni de quoi il s'occupe.

– Et que vous a-t-il conseillé ?

– De venir vous voir et de répondre à toutes les questions qui pourraient aider à trouver le tueur.

– Votre relation est un homme très sage, dit Dotsenko. C'est un membre de votre famille ?

– Non, un ami.

– Vous le connaissez depuis longtemps ?

– Quelle importance ?

– Si c'est un ami de longue date, il doit rencontrer aussi vos amis et relations. J'aimerais lui poser quelques questions.

– Il ne sait rien, affirma Oksana, péremptoire. Il ne voit que moi. Personne ne le connaît à la maison d'édition.

– Vous en êtes sûre ?

– Catégoriquement.

– Bien. Commençons par le début. Quand avez-vous appris l'existence de Marina Soblikova, dite la Gazelle ?

– Lorsqu'elle a été assassinée.

– Connaissiez-vous Andreï Korenev ?

– Bien sûr. Il a travaillé chez Essipov, d'abord comme coursier, puis comme chauffeur. Ensuite, il est devenu l'assistant de Soloviov et s'est installé chez lui. Mais j'ignorais son nom de famille. Pour moi, c'était simplement Andreï.

– Quand avez-vous entendu son nom pour la première fois ?

– Un jour que je lui ai parlé au téléphone. J'étais dans la voiture en attendant Kirill, descendu faire une course. Lorsque son mobile a sonné, j'ai répondu. L'homme au bout du fil m'a demandé de lui dire que Korenev avait appelé. Je n'ai pas fait le rapprochement avec Andreï.

– Que s'est-il passé ensuite ?

– Kirill l'a rappelé et j'ai compris qu'ils cherchaient quelque chose chez Soloviov...

Oksana marqua une autre pause. Cette fois, elle fixait des salissures sur les carreaux qui n'avaient pas été faits depuis des mois. L'atmosphère était devenue électrique.

– Et... ? l'encouragea Dotsenko, prudemment.

– Et je l'ai dit à Oustinov. Il a été très intéressé.

– Oksana, vous comprenez ce que vous dites ? Vous savez à qui vous êtes en train de parler dans ce bureau ?

– Oui.

Elle regarda Dotsenko droit dans les yeux avec un calme inhabituel, pupilles dilatées, lèvres serrées, joues creuses.

– Oui, répéta-t-elle. Je le comprends. Très clairement, même.

– Vous n'allez pas le regretter, plus tard ?

– La seule chose que je regrette, c'est de ne pas être venue tout de suite.

– Il vous a blessée ?

– Il m'a humiliée. Mais ne vous en faites pas : posez-moi vos questions. J'ai promis d'y répondre. Même aux plus désagréables.

*

Les événements se précipitèrent. Pour ne pas inquiéter inutilement Oustinov, un expert alla discrètement comparer l'architecture des pneus de sa voiture avec les empreintes qui avaient été retrouvées non loin de l'endroit où Soblikova s'était garée la nuit fatidique. À son retour, il fut formel : c'était bien le véhicule de l'agent du fisc qui avait laissé ces traces. Le témoignage d'Oksana permettait aussi de comprendre pourquoi il était tellement affirmatif sur la conformité des éditions Shere Khan avec la loi fiscale.

Il travaillait sur cette maison d'édition depuis deux ans, mais pas pour mettre en évidence des fraudes et traîner la direction devant les tribunaux. Non, il voulait voir prospérer la société. Pour cela, il se servait d'Oksana, non seulement pour savoir de l'intérieur ce qui se passait dans la boîte, mais aussi pour suggérer à Essipov des moyens d'augmenter les bénéfices. Il s'était fixé pour but de placer Shere Khan sous son aile protectrice pendant cinq ans, jusqu'au moment où il prendrait sa retraite d'agent de la force publique, et mettrait alors la main sur la maison d'édition en en faisant chanter les directeurs grâce à toutes les preuves de malversations qu'il accumulait contre eux jour après jour. En tant que responsable du département édition de la police fiscale, l'objectif était à sa portée. Le jour fatidique, il serait allé voir les gars de Shere Khan pour leur dire « Le Seigneur nous a dit de partager » et les placer devant un cruel dilemme : lui donner la part du lion de leurs avoirs ou aller pourrir en prison pour fraude fiscale et autres délits mineurs comme escroquerie sur les contrats d'édition.

Lorsque Oustinov avait appris par Oksana que Shere Khan avait un problème avec Soloviov, il avait décidé d'aller y voir par lui-même. Vu les moyens mis en œuvre par Essipov pour mettre la main sur le document, il en avait vite deviné la nature et le caractère hautement compromettant. Il s'était aussitôt mis en tête de le récupérer pour lui. Non seulement cette pièce serait utile pour son chantage final, mais il avait intérêt à la soustraire à Soloviov également. Si le traducteur se tournait contre l'éditeur, preuve de ses malversations à l'appui, ce serait la fin de la maison d'édition : les tirages pirates seraient découverts, la police fiscale ne pourrait pas faire autrement que d'intervenir, Shere Khan perdrait sa licence et ses avoirs seraient vraisemblablement confisqués. Bref, la fin du rêve. Le soir fatidique, il était parti en reconnaissance nocturne pour repérer les lieux près de chez Soloviov et mettre au point un plan pour tenter de retrouver le document avant les gens de Shere Khan. Arrivé sur le perron de la maison, il avait remarqué la porte entrebâillée. La curiosité avait été la plus forte. Le reste était évident.

*

Lorsque Micha Dotsenko termina de raconter l'histoire de Vadim Oustinov, la plupart de ses collègues, réunis dans le bureau du colonel Gordeïev, restèrent abasourdis. Pas tous, cependant. Le silence qui suivit la fin du récit de l'enquêteur fut soudain brisé par un éclat de rire.

– Anastasia, voyons ! Que nous vaut cet excès d'hilarité ? demanda sévèrement le colonel. Je ne vois rien de drôle dans le fait qu'un agent de la police fiscale soit un meurtrier et un escroc.

– Ce n'est pas pour ça que je ris, dit-elle en tentant difficilement de reprendre son sérieux. Je me disais seulement qu'Oustinov ne connaissait même pas les bénéfices réels de Shere Khan. Ils ont accumulé une véritable fortune sur des comptes à l'étranger. L'agent du fisc espérait récupérer des millions de roubles. En réalité, il s'agit de millions de dollars. J'imaginais juste la tête qu'il va faire lorsqu'il apprendra tout ce qu'il a perdu.

– Très drôle ! dit le colonel. Tu as vraiment un sens de l'humour très particulier.

– Désolée, marmonna-t-elle.

– Maintenant que tu as repris tes esprits, tu pourrais peut-être nous raconter cette histoire de comptes à l'étranger.

– C'est une drôle d'histoire et impossible à vérifier, mais les faits sont là.

– Garde pour toi les effets dramatiques et va à l'essentiel, s'il te plaît.

– C'est l'histoire d'un très mauvais écrivain japonais. Il construit des intrigues brillantes, mais ne sait pas les raconter. Son vocabulaire est limité et il n'a ni culture, ni instruction. Mais il veut être édité et devenir célèbre. Pas pour l'argent : il en a et il est même prêt à payer pour parvenir à ses fins. Ce qu'il cherche, c'est la gloire. Mais en vain. Personne ne veut le publier, ni au Japon ni à l'étranger. Jusqu'au jour où une maison russe achète un de ses manuscrits, à l'aveugle et pour pas cher. L'éditeur russe, Essipov, fait lire le manuscrit à un de ses traducteurs, Soloviov, qui trouve que l'ouvrage est nul mais que l'intrigue et les personnages méritent d'être sauvés grâce à un bon *rewriting*. L'éditeur demande au traducteur de s'en charger, ce qui donne naissance au premier best-seller de cette collection d'Extrême-Orient tellement passionnante. Des questions ?

– Donc, ton Soloviov a réécrit tous les manuscrits ? demanda Korotkov.

– Non, pas tous, gloussa Nastia. La production du Japonais est considérable. Il a écrit plus de trente romans. Shere Khan les a tous achetés et Soloviov en a traduit à peu près la moitié. Il reste donc beaucoup de travail.

– Je comprends pourquoi les éditeurs avaient peur que Soloviov soit soupçonné du double meurtre. Ils ne peuvent rien faire sans lui, dit Korotkov.

– Exactement. Mais ça va encore plus loin que ça. Le meilleur reste à venir. En apprenant le résultat du travail de Soloviov, quelqu'un a eu une idée géniale. Peut-être le Japonais, peut-être Essipov, peu importe. Il s'agissait de traduire en anglais les versions russes des romans de manière à les éditer dans d'autres pays. Mais sous un autre nom. En Russie, les romans sont publiés sous le pseudonyme d'Akira Nakahara. À l'étranger, ils le sont sous le véritable nom de l'auteur, Otori Mitio. Vous comprenez ce que ça signifie ?

– Non, pas vraiment, avoua Selouïanov. C'est quoi, cette histoire ?

– J'ai dit que notre Japonais voulait la gloire. Il l'a obtenue grâce à ce subterfuge. Il s'est approprié le travail de Soloviov avec la complicité de l'éditeur. Otori Mitio publie dans le monde entier des romans censés être

« originaux ». Traduits dans une douzaine de langues, ils se vendent par millions dans le monde entier – sauf en Russie, bien sûr – et font l'objet d'adaptations cinématographiques en Occident et en Inde. Cela génère des droits colossaux qui se chiffrent en millions de dollars. La répartition doit se faire en trois parts : une pour l'auteur, qui dresse les intrigues ; une pour le traducteur, qui rend les bouquins publiables ; et une pour l'éditeur, sans qui les nullités de M. Otori Mitio ne se seraient pas transformées en conte de fées. Évidemment, les directeurs des éditions Shere Khan n'ont pas jugé bon d'en informer Soloviov et détournent son argent à leur profit.

– C'est dingue ! s'écria Korotkov en secouant la tête. Tu es sûre de ce que tu avances ?

– À cent pour cent, affirma Nastia. Je me suis procuré des livres de notre Japonais en anglais et en français, ainsi que les cassettes de deux de ses films. Il m'a suffi de comparer les romans avec les éditions russes pour me rendre compte qu'il s'agissait bien des mêmes œuvres. Le reste est évident. J'ai aussi appris que l'auteur s'est installé loin du Japon et dresse un voile de mystère autour de son existence. Probablement pour ne pas avoir à expliquer pourquoi ses romans ne sont pas publiés en japonais. La véritable victime de tout cela, c'est Soloviov, l'homme qui transforme des histoires mal écrites en véritables œuvres littéraires en les imprégnant de ses connaissances, de ses émotions et de ses sentiments. Non seulement il ne touche pas un seul kopeck, mais les éditeurs le privent même d'une partie de ses revenus sur son travail en russe en faisant des tirages pirates des romans !

– Et Oustinov dans tout ça ? demanda Korotkov.

– Comme ces opérations se déroulaient à l'étranger, Oustinov n'avait aucun moyen de les connaître par des vérifications comptables. De plus, sa principale informatrice dans la maison, Oksana, n'était pas au courant. Les directeurs de Shere Khan n'abordaient jamais le sujet, sans doute par peur des fuites.

– Il reste donc encore beaucoup de romans à traduire ? demanda Gordeïev pensivement.

– Quelques-uns, oui. Au moins quinze. Et le Japonais continue à concocter des intrigues. Il ne peut pas s'arrêter.

– Et ces livres sont tirés à des millions d'exemplaires dans le monde et font l'objet d'adaptations au cinéma ?

– En gros, oui.

– C'est bien ça. Nous aurions dû envisager quelque chose dans ce genre. Dans la vie, les choses n'arrivent jamais comme on les attend. Mais lorsque deux événements semblables se produisent d'une manière très opportune, il y a vraiment anguille sous roche.

18

C'était la cinquième et dernière faculté de droit où Nastia Kamenskaïa posait son étrange question : à quel moment avaient eu lieu les examens de criminologie au cours d'une précédente année universitaire ? Dans les quatre premiers établissements, on lui avait répondu que c'était pendant la session d'été. Or, si les soupçons de la jeune femme quant aux antisèches trouvées par hasard dans les papiers de Soloviov étaient fondés, l'examen en question s'était sans doute déroulé en hiver.

La jeune secrétaire considéra Nastia avec une curiosité non dissimulée.

– Sur quel genre de crime enquêtez-vous pour vous intéresser à nos programmes ? demanda-t-elle en ouvrant le coffre-fort ignifugé pour en extraire quelques épais dossiers.

– Oh, vous savez... répondit Nastia en éludant la question avec un sourire. Vous n'avez pas en tête les dates des épreuves ?

– Ce n'est pas facile, expliqua la secrétaire. Les plans de cours changent tous les ans. Cette année, les examens de criminologie auront lieu en juin. Mais l'année dernière, il me semble bien que c'était une matière du premier semestre, avec les examens en hiver. Quelle année vous intéresse ?

– 1993-1994.

Je vais voir... Oui, c'est une matière enseignée en

troisième année. Les épreuves pour les étudiants des cours du soir ont eu lieu en hiver. Et en été pour les étudiants normaux et par correspondance. Vous voulez autre chose ?

– Oui, s'il vous plaît. Pouvez-vous me sortir la liste des élèves qui ont passé l'examen d'hiver ?

– Tous ? dit la jeune femme. Ils étaient plus de trois cents !

– Je n'y peux rien. Vous dites qu'ils étaient en troisième année ?

– Oui, ils finissent actuellement leur cursus de cinq ans et les épreuves du barreau commencent la semaine prochaine. Vous pouvez patienter dix minutes ? J'ai la liste dans mon ordinateur, mais il faut que je l'imprime. Vous la voulez par ordre alphabétique des étudiants ou par groupes d'étude ?

– Alphabétique. Je n'ai pas besoin des groupes.

La secrétaire s'installa devant le clavier tandis que Nastia attendait patiemment, assise au bord d'une chaise branlante qui menaçait de s'effondrer au premier faux mouvement.

Soudain, une idée lui traversa l'esprit.

– Dites, vous conservez les questions des examens ?

– Bien entendu, nous en gardons une copie. Je dois vous la sortir ?

– Si ça ne vous gêne pas.

La politesse de Nastia était purement formelle : elle aurait insisté pour obtenir ce document, même si cela avait demandé à cette femme des efforts surhumains. Elle avait une chance infime d'avoir raison, mais cela pouvait lui éviter d'avoir à vérifier trois cents personnes.

Tandis que l'imprimante crachotait en grinçant la liste des noms, la secrétaire ouvrit le dossier des sujets d'examen.

– Vous voulez toutes les questions, ou seulement celles de la session ?

– La session suffira.

La copie était presque illisible – sans doute le quatrième ou cinquième carbone – mais elle la parcourut rapidement et trouva ce qu'elle cherchait : c'était la question du papier n° 17.

À l'oral, chaque étudiant tirait un papier au hasard et répondait à la question correspondante. Celle du n° 17 était double : « Méthodes de base de l'analyse statistique criminelle » et « La criminologie en tant que science ». Les antisèches retrouvées contenaient l'ébauche de réponses à ces deux sujets.

– Voilà, dit enfin la secrétaire en tendant à Nastia la longue liste pliée en accordéon. C'est tout ce qu'il vous fallait ?

– Pas tout à fait. Excusez-moi de prendre votre temps, mais j'aurais aussi besoin des résultats de l'examen.

– Mon Dieu ! Pour quoi faire ? Vous soupçonnez une fraude de la part de l'un de nos examinateurs ?

– Pas du tout, la tranquillisa Nastia. Je dois seulement retrouver les étudiants des cours du soir qui ont tiré le papier n° 17. Rien d'autre.

– Qu'est-ce qu'il a de spécial, ce papier ?

– Je ne sais pas. J'espère simplement avoir la confirmation de quelque chose. Vous pouvez me donner ce que je vous demande ?

La jeune femme retourna fouiller dans le grand coffre et revint avec un autre dossier. Faute d'un bureau libre dans la pièce, Nastia se vit contrainte de copier les noms en gardant l'épais volume ouvert sur ses genoux. Dix étudiants avaient tiré le papier 17 cette année-là. C'était mieux que trois cents. Mais seulement si la supposition de Nastia était vraie. Sinon, il lui faudrait explorer trois cents pistes… Perspective peu réjouissante !

Son idée était simple. Lorsqu'un étudiant tire un papier et reçoit le sujet correspondant, il a le droit de le préparer pendant dix ou quinze minutes. Une fois assis, il se débrouille pour sortir, sans se faire voir des surveillants, les antisèches qu'il a préparées. Celles qui correspondent aux questions posées sont donc séparées des autres. Lorsque l'élève a terminé de rédiger son brouillon, il est peu probable qu'il prenne la peine de les ranger avec les autres. Elles finissent neuf fois sur dix au fond d'une poche. C'était sur cela que comptait Nastia.

En copiant les dix noms, elle eut l'impression de ne pas

s'être trompée. L'un d'entre eux lui semblait familier. Elle l'avait récemment aperçu dans un rapport de Selouïanov.

*

L'affaire Vadim Oustinov correspondait à un cas de figure détesté par les flics et les procureurs : avoir l'intime conviction de l'identité d'un criminel et manquer de preuves pour le confondre. Il était impossible de relier l'agent du fisc au double meurtre. Ils n'avaient qu'un seul élément à charge : les traces de pneus de sa voiture retrouvées sur la route, près du lotissement. Mais cela ne suffisait pas à fonder l'accusation. Il n'y avait aucun témoin de la scène, personne ne l'avait vu et l'arme du meurtre ne portait pas ses empreintes digitales.

Même s'il admettait s'être rendu aux « Résidences de Rêve », il serait difficile de l'incriminer. La belle affaire ! Il n'avait qu'à prétendre avoir appris que les éditions Shere Khan se livraient à des éditions pirates. Après tout, il était justement chargé du secteur de l'édition au sein de la police fiscale. Oksana ? Bien sûr qu'il la connaissait, c'était une informatrice qu'il utilisait pour tenter de confondre ces éditeurs indélicats. C'était la parole de l'un contre celle de l'autre, avec un avantage pour le défenseur de la loi. Pourquoi était-il allé voir Soloviov la nuit ? D'abord, répondrait-il, ce n'était pas la nuit, mais en soirée. Il avait voulu prendre contact avec un des traducteurs pour en savoir plus. Au dernier moment, en voyant le lotissement et le train de vie de la personne en question, il s'était dit qu'il était peut-être impliqué dans la fraude et il avait fait demi-tour en remettant l'entretien à plus tard. Vous avez d'autres questions, camarades ?

Dans les romans de Rex Stout, les choses auraient été simples : Nero Wolfe, le détective de génie, aurait réuni tous les protagonistes dans son bureau et, bien calé dans son célèbre fauteuil de cuir, il aurait exposé dans le détail sa version des événements. Confondu, le tueur se serait démasqué par une remarque ou un geste, et l'inspecteur de police invité pour la circonstance n'aurait eu qu'à l'arrêter sur place devant les invités pantois.

Le témoignage d'Oksana, pour sincère et motivé qu'il fût, ne contenait rien qui puisse lier Oustinov au double meurtre. Il ne permettait même pas de remettre en cause son intégrité professionnelle : l'inspecteur du fisc pouvait toujours prétendre avoir fait miroiter à la jeune femme des perspectives imaginaires d'enrichissement pour l'inciter à coopérer avec lui dans le but de réunir un dossier en béton contre Shere Khan.

Seuls des aveux pouvaient le conduire devant la justice, mais il était clair que l'agent du fisc n'avait nullement l'intention de se mettre à table[1]. Il n'était pas idiot. Si quelqu'un l'avait vu tuer Soblikova et Korenev, les choses auraient été différentes, mais ce témoin n'existait pas.

Les enquêteurs de la Criminelle étaient écœurés. Ils connaissaient l'assassin, mais l'affaire du double meurtre allait être classée sans suite. Tel était le principal paradoxe du système légal, et ils avaient du mal à l'admettre.

Néanmoins, le travail effectué sur ce dossier avait permis d'apporter un regard neuf sur la vie de Vladimir Soloviov. L'un des dix étudiants susceptibles d'avoir écrit les antisèches trouvées chez le traducteur n'était autre que le cousin d'un certain Vladimir Mechkov, dit Vovtchik, le garde du corps personnel du directeur général des éditions Shere Khan, Kirill Essipov. Ledit cousin, un certain Gueorgui Chikerinets, étudiait le droit le soir et exerçait, dans la journée, la profession de gardien de la paix. Un simple

1. En Russie, le procureur ne peut mettre en accusation un suspect que s'il dispose de preuves irréfragables (d'où la tentation d'en fabriquer lorsque l'on n'en trouve pas) ou des aveux de l'intéressé (d'où la tentation de recourir à la pression physique ou psychologique). Les procès (le tribunal est composé de trois juges souverains, sans la présence de jurés) deviennent une simple formalité puisque la culpabilité a déjà été établie. Le système anglo-saxon, auquel le lecteur de romans policiers est plus habitué, est différent : l'accusation accuse, même si les preuves sont minces, la défense défend et le jury décide en son âme et conscience. Le système du jury populaire est progressivement mis en place en Russie depuis 2001, mais le rôle du procureur reste le même.

regard à la note biographique rédigée de sa main dans son dossier personnel, au ministère de l'Intérieur, suffit à constater qu'il était l'auteur des deux antisèches. Bien entendu, les documents devaient être envoyés au labo de graphologie. Les experts ne donneraient certainement pas de réponse rapide mais, puisqu'il ne s'agissait que d'une simple confirmation, il n'y avait pas d'urgence.

La difficulté était de justifier la requête :

– Comment suis-je censé transmettre ça au labo ? demanda le juge d'instruction Olchanski. Il faut impérativement que ça soit relié à un dossier criminel.

Nastia eut une moue dubitative. C'était effectivement un problème : l'expertise ne pouvait être retenue que si elle était effectuée dans le cadre d'une affaire ouverte. Or aucune plainte n'avait été déposée à la suite de l'agression dont Soloviov avait été victime deux ans plus tôt. Non seulement l'incident n'avait pas été signalé par les hôpitaux, mais l'intéressé lui-même refusait de le mentionner ou même de donner la véritable raison de sa perte de mobilité.

– On peut toujours relier la demande au meurtre de Soblikova et Korenev, proposa la jeune femme. Après tout, nous avons établi que Gazelle voulait retrouver quelque chose dans les archives de Soloviov. Nous pensons qu'elle cherchait le fax sur les tirages pirates, mais il se peut que nous fassions fausse route. Et si c'étaient les antisèches ? J'ai trouvé deux documents. Nous les vérifions tous les deux.

Olchanski la reprit gentiment.

– Anastasia, ce n'est pas bien de mentir !

– Qui ment ? s'écria-t-elle, indignée. Ce n'est pas un mensonge. Nous travaillons sur toutes les théories, comme d'habitude. Je peux formuler les choses autrement. Iouri Korotkov vient de partir pour le centre de vacances où la femme de Soloviov a été tuée. Là-bas, ils ont à coup sûr un dossier ouvert sur l'affaire, puisque le meurtre n'a pas été éclairci.

– Mais ce n'est pas notre juridiction. Je ne peux pas m'immiscer. Tu dis n'importe quoi, Kamenskaïa.

– Et s'ils font appel à la Criminelle ? Iouri peut les convaincre de reprendre le dossier.

– Là, ce serait différent. As-tu une raison sérieuse de penser que ces éditeurs ont un rapport avec la maladie de Soloviov et le meurtre de sa femme ?

– Très sérieuse, dit-elle en hochant vigoureusement la tête. Gordeïev nous a dit que lorsque deux événements semblables tombent au bon moment, il y a anguille sous roche. Il a raison. Soloviov projetait de divorcer pour épouser une femme avec qui il voulait s'installer à l'étranger. La mort de son épouse a ruiné ces plans parce qu'il ne pouvait pas partir en laissant derrière lui son fils de quinze ans. Deux ans et demi plus tard, au moment où il envisage encore de quitter le pays, une mystérieuse maladie le prive de l'usage de ses jambes. Les ambulanciers expliquent qu'il a été victime d'une agression dans la rue. Les éditeurs, eux, parlent de maladie psychosomatique parce que Soloviov n'aurait pas pu admettre la tragédie de la mort de sa femme et le comportement dissolu de son fils. Quant à l'intéressé, il se tait. Mais vous savez le plus curieux de l'histoire ?

– Non. Quoi ?

– Soloviov refuse de vivre avec son fils, même si c'est très dur pour lui de rester seul. Il ne veut pas le voir, ni même lui parler. Et cela m'amène à penser certaines choses.

– Oui, Anastasia, je constate que tu penses beaucoup, l'interrompit Olchanski en gloussant. Continue, continue.

– À mon avis, il sait que son fils a été impliqué dans son passage à tabac. Cela explique pourquoi il n'a pas porté plainte. Et pourquoi il a rompu les ponts avec lui. Il le plaint, puisque c'est son fils unique, mais il ne lui a pas pardonné.

– C'est pas un peu compliqué ?

– Si c'était simple, nous aurions trouvé la solution depuis longtemps, lui renvoya Nastia. Et puis, même si elle est compliquée, ma théorie tient compte de toutes les données disponibles et les réunit dans un tout cohérent. Bien sûr, je n'aurais jamais eu l'idée de tout cela si je n'avais pas appris à quel point ces éditeurs dépendent de Soloviov et de sa présence à Moscou. Tout tourne autour de lui. Il a transformé le graphomane illettré Nakahara en un auteur célèbre et reconnu, Otori Mitio. Et ce dernier rapporte des millions aux éditeurs. Il est même possible que le Japonais ignore totalement que l'homme à qui il doit sa célébrité mondiale ne touche même pas un dollar de droits d'auteur. Mais, sans Soloviov, le filon Nakahara s'arrête et donc Otori Mitio ne peut plus rien publier. Personne n'est capable de le remplacer, car son talent est unique : c'est un véritable styliste qui traduit une langue difficile et connaît la culture japonaise sur le bout des doigts. En d'autres termes, il écrit en russe comme un Japonais. De plus, il ne prétend pas à un statut de coauteur et se contente de ses honoraires de traducteur. Il trouve dans cette activité un exutoire à sa créativité et il est très heureux comme ça. Pour finir, il vit en reclus, ne sort presque jamais et ne rencontre que peu de personnes. Il n'a même pas vu les tirages pirates de ses bouquins. Un autre traducteur, même s'il avait le même talent, ce qui semble peu probable, pourrait être beaucoup plus ouvert et curieux. Il ne lui faudrait pas longtemps pour découvrir l'existence d'Otori Mitio. Et ses éditeurs auraient de la chance s'il se contentait de sa part du gâteau. Il pourrait être plus gourmand et les faire chanter.

Olchanski hocha doucement la tête, pensif, autorisant Nastia à enfoncer le clou :

– Shere Khan dispose encore d'au moins quinze intrigues originales qui ne demandent qu'à être adaptées par Soloviov pour se transformer en best-sellers mondiaux. Sans compter que notre Japonais continue de produire. Vous vous rendez compte de tout ce que ces escrocs perdraient si Soloviov leur filait entre les doigts ? Ce serait une véritable catastrophe.

– C'est une bonne histoire, répondit le juge d'instruction, rêveur. Mais a-t-elle une chance d'être vraie ? D'un autre côté, nous avons eu pas mal d'affaires impliquant des écrivains, ces derniers temps. Avant, nous nous intéressions aux voleurs d'or et de diamants ou aux trafiquants d'armes et de drogue. Maintenant, ces gens de plume...

– Il ne faut pas s'en étonner, Konstantin Mikhaïlovitch. Le crime suit l'argent. Avant, l'édition ne rapportait pas. Aujourd'hui, elle draine des capitaux énormes. Surtout dans notre pays où, depuis l'abolition de la censure, les gens ont soif de lire les ouvrages dont ils étaient privés. Et il y a aussi la télévision : au cours des deux dernières années, on a recensé plusieurs meurtres liés au marché des régies publicitaires. Je vous parie qu'à l'époque soviétique il n'y avait pas un seul meurtre lié au petit écran. Et ne vous inquiétez pas, le cinéma va suivre.

– Je pense que tu as raison, Kamenskaïa. Tu m'as convaincu. Tu peux lier tes antisèches à l'enquête sur le double meurtre chez Soloviov. Je le prendrai sur moi et transmettrai ces documents au labo dès ce soir. Tu n'aurais pas faim, par hasard ?

– Comment avez-vous deviné ? demanda-t-elle. Je tombe d'inanition. Pourquoi cette question ?

– Ma femme a préparé ma gamelle et je n'ai pas encore regardé ce qu'il y avait dedans. Mais les odeurs qui s'échappent de ma serviette sont intéressantes.

Il sortit un grand paquet de sa sacoche et son étroit cabinet de travail se remplit aussitôt de l'arôme délicieux d'un rôti de porc. D'un tiroir, il sortit encore une assiette et un couteau et débita quelques tranches de pain.

– Sers-toi, je t'en prie. Veux-tu boire un coup ?

– Non, merci. Mais allez-y, vous.

– Certainement pas. Pas au travail !

– Alors, pourquoi me le proposez-vous ?

– Par politesse. Tu es mon invitée, après tout. Et j'ai toujours une bouteille dans mon coffre pour les invités. Oh, flûte ! Je n'ai pas fermé !

Il sauta de sa chaise et parcourut en deux enjambées la distance jusqu'à la porte, qu'il ferma à clé.

– Là ! Maintenant, nous pouvons nous détendre. Autrement, nous aurions pu être surpris par n'importe quel suspect. À propos de suspect... tu as inventé quelque chose pour coincer Oustinov ?

– Rien. C'est un type intelligent et sournois. Impossible de trouver la faille.

– Il a pourtant fait une erreur avec Oksana, tout intelligent qu'il soit, fit remarquer le juge d'instruction en mastiquant avec plaisir la viande tendre et parfumée. Il l'a blessée dans ses sentiments et elle a couru nous voir pour tout nous déballer. Il aurait dû envisager cette possibilité.

– L'amour est impossible à planifier. Il aurait dû coucher avec elle, mais il ne pouvait pas. Il est peut-être incapable de violer certains principes. À moins qu'il n'ait oublié le vieil adage.

– Lequel ?

– Il faut craindre la vengeance d'une femme bafouée.

*

Le colonel Gordeïev était abasourdi.

– Comment est-ce possible ? Vous avez vraiment montré à Tcherkassov les photos de tous les habitants des « Résidences de Rêve » ? Ou bien vous avez bâclé le boulot et sauté quelqu'un ?

– Non, Viktor Alexeïevitch, nous lui avons montré tout le monde. Personne n'est passé au travers, je peux le jurer, insista Micha Dotsenko.

– Alors, pourquoi n'a-t-il reconnu personne ? Il aurait dû. C'est impossible autrement. Je peux comprendre que l'assassin n'ait pas bronché en voyant la photo de Tcherkassov. C'est normal. Mais pas l'inverse.

– Et s'il ne connaissait pas le criminel ? C'est tout à fait possible.

– Et il n'a pas reconnu sa femme non plus ? Réfléchissez un peu à ce que vous dites ! lança le colonel, en colère.

– Elle a beaucoup changé, patron. Elle est littéralement méconnaissable. La jeune fille mince s'est métamorphosée en une énorme bonne femme de cent kilos. À l'époque où elle fréquentait Tcherkassov, elle était coiffée à la garçonne. Maintenant, elle porte les cheveux longs et des boucles lui retombent de chaque côté du visage. Sans oublier une couche épaisse de maquillage. Il n'y a rien d'étonnant.

– Admettons, décida le colonel en baissant le ton. Mais Tcherkassov ? Il a changé tant que ça, lui aussi ? Pourquoi ne l'a-t-elle pas reconnu ? On a bien montré sa photo à tout le monde dans le lotissement, n'est-ce pas ?

– Non, Viktor Alexeïevitch, Tcherkassov n'a pas beaucoup changé, mais Ianina Iakimova est à l'étranger depuis plusieurs semaines. Elle n'a pas vu la photo.

– Qu'ils aillent tous au diable ! s'écria Gordeïev. Il y a toujours un problème, des événements imprévus qui bloquent le travail. Quand rentre-t-elle ?

– Après-demain.

– Bon. Qu'est-ce que vous allez faire en attendant ? J'espère que vous avez eu le bon sens de ne pas mettre la puce à l'oreille de Iakimov ?

– Nous ne l'avons pas touché. Nous vérifions tous ses contacts discrètement pour trouver l'endroit où il a détenu les garçons. Nous avons d'abord vérifié sa datcha et celle de ses parents. Il y a aussi celle des parents de sa femme. En tout cas, nous cherchons. Selouïanov a déjà identifié le dealer qui l'approvisionne en drogue.

– Quelle misère ! dit le colonel. Voilà des gens qui vivent dans l'aisance, la paix et le bonheur. Et puis ils se lancent dans des règlements de comptes et des plans de vengeance en laissant remonter à la surface des offenses passées. Et tout ça pour quoi ?

– Je n'en sais rien, patron, dit Dotsenko d'une voix posée. Cela doit les ronger, les empêcher de vivre, leur corroder l'âme. Ces gens-là peuvent souffrir pendant des années et ne retrouver la quiétude qu'une fois leur vengeance accomplie.

– Si seulement c'était aussi simple, fiston. Le problème est que la vengeance obtenue au prix de crimes épouvantables n'apporte jamais la paix. Ceux qui agissent ainsi ne comprennent à quel point ils se sont trompés que lorsqu'il est trop tard. Des imbéciles ! Voilà ce qu'ils sont.

*

La datcha des parents de Ianina Berguer (ou Nina, comme l'appelaient ses amis d'enfance), épouse Iakimov, se trouvait dans les environs de Moscou, sur la route de Riga. C'était une grande maison bien entretenue, mais pas équipée pour l'hiver. Elle n'était occupée que pendant les beaux jours. La saison des datchas commençait en mai pour se terminer en septembre. Les Berguer y étaient. Selouïanov poussa le portillon de la barrière, grimpa les quelques marches de la véranda et frappa à la porte.

– Entrez, c'est ouvert! lança une agréable voix féminine.

La mère de Ianina était belle malgré ses presque soixante-dix ans. Le poids des ans n'avait pas marqué les traits fins de son visage et elle n'avait que très peu de gris dans sa chevelure noire et épaisse. Sa silhouette était élancée, mais sa démarche révélait la fatigue et la maladie.

– Bonsoir, dit Selouïanov poliment. Pourriez-vous me dire s'il y a des datchas à louer dans le coin? Vous devez connaître tout le monde par ici.

– Qu'est-ce qui vous fait dire ça? demanda-t-elle, surprise.

– Votre jardin est joliment tenu et il est clair que vous venez ici depuis des années.

– Vous être très observateur, constata-t-elle, amusée. À brûle-pourpoint, je ne saurais vous répondre, mais nous pouvons demander à mon mari. Boris! Viens une minute, s'il te plaît!

Boris Berguer, le père de Ianina, qui était à l'étage, descendit l'escalier qui grinça sous son poids.

– Nous avons de la visite? cria-t-il joyeusement d'une voix profonde. Bonsoir, jeune homme.

– Bonsoir, monsieur. Votre femme pense que vous pouvez m'aider. Savez-vous s'il y a des datchas à louer pour l'été dans les environs?

– Celle des Charapov, répondit Berguer sans hésitation. Ils se sont installés dans une maison magnifique, près de Peredelkino, et ils seraient sans doute heureux de louer leur datcha, ici. À moins qu'ils ne l'aient déjà fait. Je peux vous donner leur numéro à Moscou, si vous voulez les appeler.

– Merci beaucoup. Vous pensez qu'ils peuvent être ici, dans leur datcha, en ce moment ?

– J'en doute, répondit la mère de Ianina en hochant la tête. Ils ne viennent plus ici depuis qu'ils ont construit leur nouvelle maison. Mais vous pouvez aller jeter un coup d'œil. S'il y a du monde, c'est qu'elle a déjà été louée. Je vais vous faire un plan. Boris, donne-moi une feuille de papier, sinon ce jeune homme ne trouvera jamais.

Elle traça rapidement un croquis et Selouïanov, depuis toujours passionné de topographie et amateur éclairé de cartes et de schémas, fut particulièrement impressionné par la clarté du dessin, convenablement orienté nord-sud et aux proportions très précises.

– Nous sommes ici, expliqua-t-elle en marquant l'endroit d'un « X ». Vous allez passer entre ces maisons, traverser la route, continuer jusqu'au magasin et puis tourner à droite. Mes explications sont-elles claires ?

– Et comment ! s'écria Selouïanov, séduit. Vous tracez des plans comme un pro.

– C'est exactement ce qu'elle est, lança Berguer qui n'avait pas quitté de l'œil la main de sa femme pendant qu'elle dessinait. Quarante ans passés derrière une table à dessin. Elle a gagné plusieurs prix d'architecture.

Il était fier de sa femme.

– Je suis très impressionné, dit Selouïanov sincèrement.

Mû par une impulsion soudaine, il prit la main ridée et élégante de la femme et la porta à ses lèvres.

Alors qu'il roulait vers la datcha des Charapov en suivant à la lettre les instructions du plan, Selouïanov se demanda ce qui avait motivé cet élan. Pourquoi avait-il fait un baisemain à la mère de Ianina Berguer ? Il comprit que ce n'était pas à cause de sa gentillesse ou de ses talents de cartographe. La pauvre femme n'allait pas tarder à subir un choc épouvantable. L'enquêteur ignorait quelles relations ils entretenaient avec Genia Iakimov, leur gendre, s'ils l'appréciaient ou non, mais leur fille unique allait découvrir qu'elle était la femme d'un tueur et elle resterait seule pour élever ses trois enfants.

Ianina Iakimova devait rentrer de voyage deux jours

plus tard. Si, à ce moment-là, les enquêteurs avaient réuni assez de preuves contre lui, ils arrêteraient son mari. S'ils parvenaient à les obtenir avant, ils attendraient tout de même son retour. Ils ne pouvaient pas arrêter le père en laissant les trois enfants tout seuls. Et puis la présence de leur mère permettrait sans doute d'atténuer le coup psychologique qui allait leur être porté. Après tout, les gosses n'étaient responsables de rien.

En suivant les indications, il arriva sans peine à la bâtisse qu'il cherchait. Elle était loin de la datcha des Berguer. Curieusement, elle ne semblait pas être restée inhabitée pendant l'hiver. De nombreuses traces montraient qu'il y avait eu des visiteurs. Et plus d'une fois. En revanche, il n'y avait personne ce jour-là. Un cadenas verrouillait la porte, on n'entendait pas le moindre bruit et il n'y avait pas l'odeur caractéristique des endroits habités. Selouïanov frappa à la porte à tout hasard, mais n'obtint pas de réponse, comme il s'y attendait.

Il traversa la route pour gagner une autre maison. Un homme mal rasé, en pantalon de survêtement usé, était accroupi devant des buissons de cassis. En entendant des pas derrière lui, il se redressa avec difficulté et se tint les reins en gémissant.

– Qu'est-ce que vous voulez ? demanda-t-il en jetant sur son visiteur un regard déplaisant.

– Je cherche les Charapov, répondit l'enquêteur en feignant de ne pas remarquer l'hostilité du vieux bonhomme.

– Pas de chance, dit ce dernier avec une grimace, avant de tourner le visage de côté pour cracher. Ça fait un siècle qu'ils ne sont pas venus. Ah ! Ces richards ! Depuis qu'ils se sont fait construire une nouvelle maison de campagne, ils louent celle-là. Vous ne les trouverez pas par ici.

– Dommage, dit Selouïanov, tristement. Je venais justement pour essayer de louer cette datcha. On m'a prévenu qu'il valait mieux les contacter à Moscou, mais quelqu'un m'a dit qu'ils étaient là en ce moment.

– On vous a menti. Il y a eu du monde, mais pas eux. Ils ont loué la baraque, l'automne dernier. Des crapules en voitures étrangères. Au moins cinq types. Je ne sais pas pourquoi ils venaient ici, mais ils étaient calmes et propres sur eux, je dois le reconnaître. Ils ne braillaient pas et ne se disputaient pas. Ils arrivaient et on ne les entendait plus jusqu'au lendemain. Puis ils repartaient dans leurs bagnoles de luxe. Des politiciens, je me suis dit. Ils préparaient sans doute les élections.

– C'étaient toujours les mêmes hommes ?

– Qu'est-ce que ça peut vous faire si vous voulez seulement louer la datcha ? Vous êtes terriblement curieux, mon gars.

– Eh oui ! dit Selouïanov sans difficulté. Je le suis même trop. Mais je n'y peux rien, c'est mon caractère. Ma mère me donnait des taloches quand j'étais môme à cause de ça. J'étais capable de me passer de manger pour pouvoir mettre le nez dans les affaires des autres. Ne m'en veuillez pas.

Le jardinier mal rasé le regarda avec intérêt et même une certaine chaleur. Selouïanov savait que l'autocritique est une bonne arme. S'en prendre à soi-même et admettre ses erreurs est un bon moyen d'adoucir un interlocuteur.

– Ben... Je ne sais pas si c'étaient les mêmes hommes mais, en tout cas, c'étaient bien les mêmes voitures. Pourquoi vous voulez le savoir ?

– Pour rien, répondit l'enquêteur avec un sourire désarmant. Je ne veux pas vous déranger davantage. Je vais aller chez les Charapov à Moscou. Au fait, vous connaissez les Berguer ?

– La femme architecte ? Bien sûr que je les connais. Ils viennent ici depuis trente ans.

– Et leur fille ?

– Nina ? Oui, je la voyais quand elle était plus jeune. Mais elle ne vient plus depuis des lustres. Quand elle était petite, elle passait tous les étés ici. Avec ses parents. Mais elle a disparu depuis son mariage. Sa mère dit qu'elle a sa propre datcha, avec son mari.

– Il doit donc être riche, non ? demanda Selouïanov, comme on lance une idée en l'air.

– Le diable sait s'il est riche ou pauvre. Je ne l'ai jamais vu. Je vous l'ai dit : depuis son mariage, Nina ne vient plus par ici, ni seule, ni avec son mari. En quoi cela peut-il bien vous intéresser ? Je commence à comprendre votre mère : vous êtes incorrigible.

– Non, c'est seulement que j'ai entendu dire aux Berguer que leur fille gagne très bien sa vie dans les affaires. Je me demandais quel genre d'homme intéresse les femmes comme elle. Ça ne m'ennuierait pas d'en épouser une.

– Vous seriez déçu ! Ma fille s'est mariée avec un gars comme ça. Au début, tout nouveau, tout beau, gentil et tout, mais il a fini par nous mettre dehors ma femme et moi. Un appartement que nous avions acheté en économisant kopeck après kopeck pendant des années. Depuis, nous sommes obligés d'habiter ici, loin de tout, presque sans confort... Qu'il aille au diable.

Il agita la main pour accompagner du geste ses paroles et retourna à ses cassis.

*

– Tu te rends compte ? Alors que c'était si simple, dit Nastia d'un ton morne lorsque Selouïanov lui eut rapporté ses découvertes le soir même à la Petrovka. Nous avons cherché partout et c'était sous notre nez. La chance sourit vraiment aux audacieux : il faisait ça à cinq cents mètres de la datcha de ses beaux-parents. C'est dingue !

– Il ne risquait pas grand-chose, la détrompa son collègue. À part les Berguer, qui ne sont là que pendant les mois chauds, personne ne le connaît dans le coin. Et tout s'est passé en automne et en hiver, lorsque peu de gens y habitent. Je pense que l'homme à qui j'ai parlé est le seul à vivre là-bas en permanence. Donc Iakimov ne courait pas un grand risque. Ce qui m'intéresse, ce sont ces hommes calmes et propres sur eux qui venaient régulièrement.

– Tu as une explication ? demanda Nastia.

– Oui, mais c'est trop dur. Je ne veux pas en parler pour le moment. Avant, il faut que j'aille encore secouer les puces de Slava Dorochevitch.

– Tu veux bien me dire à quoi tu penses ?

– Non, je veux vérifier d'abord. C'est trop morbide.

Il avait déjà la main sur la poignée de la porte lorsque Nastia l'interpella une nouvelle fois.

– Kolia, tu penses vraiment qu'ils faisaient ça ?

– De quoi tu parles ? demanda-t-il en se retournant.

– De ce que tu viens de dire. S'il te plaît, ne me traite pas comme une jeune fille innocente. Je sais additionner deux et deux, moi aussi. Tu penses qu'ils ont transformé la datcha des Charapov en bordel pédophile, n'est-ce pas ? Les garçons étaient drogués en permanence, depuis leur arrivée jusqu'à leur mort. Et on permettait à quelques salauds fortunés d'en profiter moyennant finances. C'est bien ça ton idée ?

– C'est ça. C'est difficile de traiter avec toi, Nastia.

– Pas pour tout le monde, répliqua-t-elle un peu pincée. Seulement pour certaines personnes.

Selouïanov préféra changer de sujet.

– J'ai parlé au propriétaire, Charapov. Il a loué la datcha en novembre dernier à un homme respectable. Jusqu'à l'été. D'après la description, ce n'était pas Iakimov.

– C'est normal. Un homme de paille. Iakimov a dû apprendre par sa femme ou ses beaux-parents que la maison était à louer et a envoyé quelqu'un pour le faire. Bien sûr, personne ne le connaît physiquement dans les environs, mais les Charapov auraient certainement appris son nom et n'auraient pas manqué de faire le rapprochement avec les Berguer. De plus, quelqu'un devait rester là-bas en permanence pour s'occuper des garçons. Ce ne pouvait pas être Iakimov : en tant que père de famille au foyer, il ne peut s'absenter que lorsque ses gosses sont à l'école ou à la garderie. C'était sans doute l'homme qui a loué la datcha. D'une certaine manière, c'est un signe des temps.

– Comment ça ?

– Il y a quelques années, un milicien du poste local serait venu voir qui habitait cette datcha et ce qui s'y passait. Maintenant, plus personne ne s'en soucie. C'est une époque de grande sécurité pour les criminels. Qu'as-tu décidé ?

– Nous irons inspecter la maison demain matin. Il a un

trousseau et il ne sera pas nécessaire de forcer le cadenas.

Nastia avait encore des choses à faire avant de rentrer chez elle, mais elle ne parvenait pas à se concentrer. Iakimov et Soloviov lui parasitaient l'esprit. Elle finit par laisser tomber et appela son mari.

– Dis, Liocha, qu'est-ce que tu fais demain ?

– Ta question n'augure rien de bon, répondit-il. J'envisageais de rester à la maison pour travailler. Des objections ?

– Non, pas du tout. Je voulais juste savoir si je pouvais prendre la voiture.

– Nastia, nous sommes mariés depuis un an et j'ai l'impression d'être un radoteur assommant à te répéter sans cesse que tout ce que nous possédons nous appartient à tous les deux : l'argent, la voiture, tout. Si tu en as besoin, tu la prends sans me demander la permission.

– Entendu, je la prendrai sans rien te demander. Tu es sûr que tu n'en as pas besoin ?

– Je ne comprends pas comment j'ai pu t'épouser. J'étais persuadé que tu étais intelligente, mais je me rends compte que tu as une caboche dure comme le bois. Je dois tout te répéter au moins trois fois.

– N'ose même pas me critiquer, lui lança-t-elle en riant. Je peux être stupide, mais je t'aime. C'est mon principal attrait et il éclipse tous mes défauts.

– Dans ce cas...

Après le coup de fil, elle parvint à chasser les pensées parasites et à finir ce qu'elle avait prévu de faire. Le lendemain, elle irait rendre une visite à Soloviov.

*

Avant de prendre le chemin des « Résidences de Rêve », elle s'arrêta devant l'ancien appartement du traducteur, où habitait maintenant son fils Igor. Elle fut épouvantée par l'état des lieux, même si elle s'attendait à un spectacle de cet ordre. Igor était en compagnie de plusieurs jeunes somnambules habillés comme lui : tee-shirt noir, veste de cuir noir et bandeau noir autour du front.

– Tu es en état d'avoir une conversation ? lui demanda Nastia en pénétrant dans la pièce.

– Ça dépend du sujet, répondit-il d'un air satisfait. Vous êtes de la milice ? Moi, je ne suis qu'un consommateur. J'ai le droit pour moi. Je connais la loi. Je ne suis plus un gosse.

– Tu es prêt à affronter les problèmes de l'existence, à ce que je vois, dit-elle calmement. Je ne suis pas ici pour parler de drogue. Je ne m'occupe pas de ça.

– De quoi, alors ? Vous ne pouvez rien me coller d'autre. Je suis net.

– Tu en es sûr ?

Il devint tout de suite agressif. Ses yeux se réduisirent à deux fentes d'où filtraient la haine et le mépris.

– N'allez pas trop loin, je ne vous ai pas demandé de venir.

– C'est vrai, dit-elle placidement en décidant de ne pas s'accrocher avec trois grands types complètement défoncés. Je veux te parler de ton père.

– Oh ! Encore des bonnes œuvres ! Pourquoi vous ne me lâchez pas ? Tout le monde veut m'expliquer comment je dois vivre et ce que je dois faire. Vous n'avez rien de mieux à faire que de perdre votre temps à me donner des leçons de morale ? Laissez-moi tranquille. Et lui avec.

– C'est ce que je vais faire, lui promit-elle. Je veux seulement te poser quelques questions avant de partir. C'est un marché : pas de leçons et quelques réponses. D'accord ?

– D'accord, mais pas longtemps. Je dois sortir.

– Pourquoi ton père ne veut pas que tu habites avec lui ?

Igor Soloviov éclata de rire.

– Quelle question ! C'est moi qui ne veux pas vivre avec lui, pas l'inverse.

– Tu n'as pas saisi. Je peux très bien comprendre que tu préfères vivre seul. Mais lui non plus ne veut pas te voir. Pourquoi ?

– Je n'en sais rien. Il s'est mis quelque chose en tête et ne veut pas en démordre. C'est tout.

- Que s'est-il mis en tête ?

– Oh ! Rien, des conneries. Je lui ai dit honnêtement que j'avais trouvé tout cet argent dans une enveloppe dans la boîte à lettres, mais il ne m'a pas cru. Il a dit que je l'avais volé et des choses du même genre.

– Et tu l'avais vraiment trouvé ?

– Évidemment. Je ne l'aurais pas volé. Je ne suis pas fou. Je l'ai trouvé et je me suis mis à le dépenser. Mon père a remarqué que j'avais des habits neufs et s'est mis à me harceler : où je les avais eus ? Avec quel argent ? Qu'est-ce que j'étais censé faire ? Porter l'enveloppe à la milice ?

– C'était à quel moment ?

– Lorsqu'il était à l'hôpital. Pendant deux ou trois jours, il était en isolement, en soins intensifs. Quand j'ai pu le voir, j'avais une veste neuve et de nouvelles chaussures de sport. Il est devenu dingue. Il m'a dit : « Va-t'en, je ne veux plus te voir. » Il n'a pas changé d'avis depuis.

– Que lui était-il arrivé pour qu'il soit à l'hôpital ?

– On l'avait agressé. Des salauds l'ont passé à tabac pour lui voler son attaché-case. Il venait de toucher des honoraires chez l'éditeur et il y avait beaucoup d'argent dedans.

– Il s'est peut-être dit que c'étaient des copains à toi et que tu étais derrière.

– Je ne sais pas ce qu'il a pensé, lança-t-il, péremptoire.

– Tu n'as même pas essayé d'avoir une explication ? C'est tout de même malheureux, le père dit au fils qu'il ne veut plus jamais le voir et le fils tourne les talons et s'en va pour toujours, comme si c'était normal.

– Qu'est-ce que je pouvais bien lui expliquer puisqu'il ne me croyait pas ? Je ne voulais plus lui parler.

– Mais il t'aime, Igor. Il n'a personne d'autre que toi.

– Chut ! dit le jeune homme en levant l'index devant sa bouche. Nous avons fait un marché : pas de leçons.

– Je ne compte pas en faire. Merci de m'avoir consacré quelques minutes. Mais, avant de partir, je veux te dire encore une chose : ton père a tout fait pour que la milice ne sache rien de son agression. Il était certain que tu y étais mêlé et a voulu t'éviter de finir en prison, bien qu'il soit devenu invalide. En plus, il t'envoie régulièrement ses certificats d'invalidité pour t'éviter de faire l'armée. Je ne te fais pas la morale, je te dis simplement des faits. Sois gentil et ferme la porte derrière moi, veux-tu ?

En remontant dans la voiture, elle remarqua que ses mains tremblaient. Igor Soloviov lui inspirait un tel dégoût qu'elle aurait aimé prendre une grande douche pour se laver de la moindre pensée se rapportant à lui.

*

Soloviov avait changé à un tel point que Nastia n'en croyait pas ses yeux. Même le double meurtre de Marina et d'Andreï, auquel il avait pratiquement assisté, ne l'avait pas affecté autant que la haine qu'il éprouvait pour les éditeurs qui l'exploitaient. Il avait les joues creuses et les traits marqués. Son regard, gris et chaud, était devenu dur et brillant. Même le timbre de sa voix, naguère caressante, était désormais métallique.

– Volodia, nous devons aborder un sujet difficile et il me sera impossible de te ménager, commença Nastia. Nous devons mettre les points sur les « i ».

– Ne me fais pas peur, répliqua Soloviov avec un ricanement désagréable. Tu m'apportes encore des mauvaises nouvelles ?

– Oui, j'ai des nouvelles pour toi, mais avant, je voudrais te poser quelques questions. Désagréables. Je ne te demande pas quelle maladie a provoqué la perte de tes jambes. Je sais que tu as été roué de coups. Et que tu as fait le nécessaire pour que la milice n'en soit pas informée. As-tu soupçonné ton fils d'être impliqué dans l'agression ?

– Je ne comprends pas.

– Pas de ça, Volodia. Nous avons dépassé le stade des dénégations. Et tu peux m'en parler parce que ton fils n'est pas mêlé à ton agression. Tu dois me croire. Et le croire, lui. Tu peux lui reprocher beaucoup de choses, mais pas ça.

– Comment le sais-tu ?

– Je le sais. Pardonne-moi, Volodia, mais je t'ai menti. Je ne suis pas avocat d'affaires.

– Que fais-tu ?

– Ce que je voulais faire dès le départ. Je suis de la Brigade criminelle. C'est étrange que tu aies avalé mon bobard. Je pensais que tu me connaissais mieux que ça et que tu savais à quel point entrer dans la milice était important pour moi. En tout cas, tu m'as crue et j'en suis navrée. Mais l'important n'est pas là. Après le double meurtre, j'ai entrepris d'enquêter sur Shere Khan. Et ce que j'ai appris m'a totalement dessillée. Je vais tout te raconter, mais avant il faut que tu me dises ce qui s'est vraiment passé en décembre 1993. Je sais déjà que les éditeurs t'ont versé une somme importante. Tu l'as rangée dans ton attaché-case avant de rentrer chez toi. Il était tard, il faisait nuit et tu as été agressé, battu et dépouillé. Les secours d'urgence sont venus et t'ont emmené à l'hôpital. Que s'est-il passé après ?

Soloviov garda le silence un long instant et regarda attentivement Nastia. Il semblait calme, mais les mouvements de sa pomme d'Adam trahissaient son émoi.

– Tu me promets qu'il n'arrivera rien à Igor si je te raconte tout ?

– Je te le promets. Je reconnais t'avoir menti, mais tu peux me croire maintenant. Il n'arrivera rien à Igor parce qu'il n'a rien à voir avec ton agression.

– D'accord. Avtaïev est venu me voir à l'hôpital. Il lui a fallu parler un bon moment pour tout me dire…

*

… Il semblait très malheureux et un peu coupable. Soloviov voyait bien qu'il voulait lui annoncer une mauvaise nouvelle, mais qu'il ne savait pas comment faire. Finalement, il s'est jeté à l'eau.

– Volodia, nous sommes tous bouleversés par ce qui t'est arrivé. Et nous nous sommes dit que ça ne pouvait pas être une coïncidence. Tu as été agressé justement le jour où tu transportais une grosse somme d'argent. Nous avons interrogé tout le monde à la maison d'édition. Eh bien... Je veux dire... Volodia, il va falloir être courageux. Un de nos gars, un photographe, a avoué que ton fils lui avait demandé quand tu devais passer prendre tes honoraires. Je ne sais pas comment et où ils se sont rencontrés, mais il a téléphoné à Igor pour lui dire que tu viendrais le soir même. Évidemment, nous avons tout de suite renvoyé ce type. Ce matin, nous en avons parlé avec Kirill et nous avons décidé que nous étions en partie responsables de ton malheur. Tu n'as donc pas à t'inquiéter pour l'argent. Nous te dédommagerons totalement. Mais je ne sais pas ce qu'il faut faire avec Igor.

– Je ne peux pas le croire, murmura Soloviov en bougeant la tête avec peine. Igor n'a pas pu faire ça.

– Volodia, nous avons eu du mal à le croire, nous aussi. Hier, je suis allé chez toi. Je voulais demander au garçon s'il avait besoin de quelque chose. Et tu sais ce que j'ai vu ? Des vêtements neufs et des appareils électroniques. Un magnétoscope, une chaîne stéréo... Ce n'était pas encore déballé. Igor m'a dit qu'il avait trouvé de l'argent dans une enveloppe dans la boîte à lettres. Tu imagines ? Le père est dévalisé et, le même jour, le fils trouve par hasard une grosse somme d'argent ? Je sais combien c'est pénible pour toi, mais nous devons prendre une décision maintenant, avant qu'il ne soit trop tard.

– Que proposes-tu ?

– Il faut protéger Igor. C'est ton fils et tu dois lui pardonner. N'oublie pas le traumatisme qu'il a subi avec la mort de sa mère. C'est vrai qu'il tourne mal, mais tu es tout de même son père. Tu peux le sauver de la prison. Si tu es d'accord, nous pouvons nous en charger.

– Comment ?

– Je sais qui payer pour que l'hôpital ne communique pas à la milice le rapport sur ton agression. Tous les documents seront détruits. Nous le prendrons sur nous. Ne t'inquiète de rien, Volodia.

– Entendu, dit Soloviov que la nouvelle avait vidé du peu d'énergie qui lui restait. Allez-y. Mais j'ai un autre service à vous demander. J'ai assez d'argent pour acheter un logement. Je ne veux plus vivre avec ce salaud. Trouvez-moi un nouvel appartement pendant que je suis à l'hôpital.

– Que dirais-tu d'une maison ? lui proposa Avtaïev en s'animant. On construit de très jolis cottages à la périphérie de Moscou. Et tu peux adapter les plans selon tes goûts et tes besoins.

– Va pour un cottage, répondit Soloviov, indifférent. Je n'en ai rien à faire. Mais il faudra me louer un appartement jusqu'à ce que la maison soit prête.

Avtaïev avait été le premier à lui rendre visite après sa sortie des soins intensifs. Lorsque son fils s'était présenté le lendemain, Soloviov avait constaté qu'il portait vraiment de nouveaux habits et qu'il avait dû y mettre le prix. Igor lui avait raconté une histoire ridicule sur la découverte d'un magot dans la boîte à lettres et il s'était rendu compte qu'Avtaïev n'avait pas menti. Et lorsque son fils lui avait dit avoir retrouvé sur le paillasson l'attaché-case volé, avec tous les documents à l'intérieur, ses derniers doutes s'étaient envolés.

– Va-t'en, lui avait-il dit, les dents serrées. Et n'ose même pas revenir ici. Je ne veux plus te revoir, jamais.

Igor avait haussé les épaules et s'en était allé. Aux yeux de son père cette attitude avait été la preuve ultime de sa culpabilité.

Quelques jours plus tard, les éditeurs faisaient transférer Soloviov dans une excellente clinique privée où personne ne savait qu'il avait été agressé dans la rue. Il avait une chambre individuelle et la nourriture pouvait rivaliser avec celle d'un bon restaurant.

*

– Et maintenant, tu voudrais me convaincre que mon fils n'est coupable de rien ?

– Oui, parce que je sais qui a fait le coup.

– Et qui donc ?

– Tes copains de Shere Khan.

– Tu es folle ! Comment peux-tu croire une chose pareille ?

– Je le peux, comme tu vois. Combien de types t'ont agressé ?

– Trois.

– Tu as vu leurs visages ?

– Vaguement. Il faisait nuit.

– Dommage, parce que je pourrais te montrer la photo de l'un d'entre eux tout de suite.

– Nastia, qu'est-ce que tu racontes ? Ça n'a pas de sens.

– Oh ! Ce sont des faits. Un des agresseurs a fouillé tes papiers dans l'attaché-case. Je ne sais pas ce qu'il cherchait. C'était peut-être par pure curiosité, mais il les a sortis et les a sans doute posés sur une table près de ses propres affaires. Lorsqu'il les a remis à leur place, il n'a pas remarqué que deux petits morceaux de papier à lui s'étaient ajoutés aux tiens. Je les ai découverts en passant tes archives au peigne fin. C'étaient des antisèches de criminologie et je n'ai pas eu de mal à en identifier l'auteur. Tu sais qui c'est ? Un milicien véreux qui est aussi le cousin de Vovtchik Mechkov, le garde du corps d'Essipov.

– Cela n'a toujours pas de sens, s'obstina Soloviov en hochant la tête. Pourquoi les éditions Shere Khan feraient-elles un truc pareil ? Ils m'ont remboursé mes honoraires volés, ils ont versé des pots-de-vin aux responsables de l'hôpital et de la milice pour étouffer l'affaire, ils n'ont pas lésiné sur l'argent et les efforts pour…

– T'es-tu demandé ce qui les poussait à faire tout ça ? l'interrompit Nastia. Tu crois que c'était par amour pour toi ?

– Ils ont eu pitié de mes malheurs. Tu vois des manigances et des forfaits partout. Ton travail à la milice t'a-t-il rendue à ce point sèche et insensible ? Et puis, quel intérêt avaient-ils de me brouiller avec Igor ? C'est absurde !

– Si tu essaies de me vexer, ne te donne pas cette peine. Mon travail à la milice m'a justement appris à ne pas faire attention aux remarques déplaisantes. Leur but n'était pas de te brouiller avec ton fils. Ça, ce n'était qu'une retombée de leurs actions. Ils ne voulaient pas te voir partir à l'étranger. Et ils ne voulaient pas que la milice s'intéresse à l'agression parce qu'elle aurait découvert le pot aux roses. Ils ont donc décidé de faire accuser Igor et te lier ainsi les mains. Et tu peux constater que ça a marché. Ils te connaissaient assez pour savoir que tu croirais à la culpabilité de ton fils parce que son comportement laissait à désirer et que tu n'aimais pas ses fréquentations. Autre chose... je sais bien qu'il ne faut pas critiquer les morts, mais tu n'as pas oublié à quel point ton assistant me détestait et de quelle manière il a poussé Marina dans tes bras. Shere Khan ne voulait pas d'une femme à tes côtés parce qu'elle aurait pu changer ta vie. Disons... en te faisant quitter Moscou. Et elle aurait pu s'immiscer dans tes affaires et s'occuper de tes relations avec la maison d'édition. Ils ne pouvaient pas se le permettre. Inutile d'aller plus loin. Je veux juste que tu écoutes l'histoire du grand auteur japonais Otori Mitio. Je suis sûre qu'elle va t'amuser. Et quand j'aurai fini, peut-être que tu me croiras.

*

Il avait détesté Mikhaïl Tcherkassov dès le premier regard, le soir où il l'avait vu danser avec Iana au bal du Nouvel An. Les étudiants de l'école d'ingénieurs où était inscrit Genia Iakimov avaient organisé une soirée commune avec ceux de la fac que fréquentaient Tcherkassov et Iana. C'est là que Genia avait compris le sens de l'expression « coup de foudre ». Il avait la réputation d'un homme sympathique et sociable qui appréciait la compagnie des femmes, mais il n'avait jamais éprouvé un tel choc. Il avait senti ses jambes se dérober sous lui en apercevant son visage délicat aux yeux sombres. Le souffle lui avait manqué et ses mains s'étaient mises à trembler. Il avait fait en sorte de l'approcher et elle avait bavardé quelques instants avec lui avant de partir à toute vitesse pour rejoindre le grand type mou aux cheveux longs auquel elle lançait des regards enamourés. Un autre sentiment d'une intensité équivalente au premier l'avait alors envahi : il était devenu fou de jalousie.

La passion avait submergé tout son être comme un raz-de-marée. Iana ne quittait pas ses pensées. Il rêvait d'elle, il entendait le son de sa voix, il la reconnaissait dans chaque fille brune et mince qu'il croisait dans la rue ou le métro. Il avait découvert où elle habitait et avait commencé à la suivre. Il lui était insupportable de les voir, elle et Tcherkassov, se promener bras dessus bras dessous, s'enlacer à l'arrêt du trolley ou s'embrasser dans l'obscurité propice d'un cinéma.

Il avait perdu le sommeil et maigri à vue d'œil, incapable de se ressaisir qu'il était. Quelques-uns de ses camarades de promotion sortaient avec des filles de la fac de sciences. C'est par eux qu'il avait appris le scandale : Tcherkassov était homo et la pauvre Iana était mortifiée. Genia s'était précipité à la rescousse.

La jeune femme reconnut à peine l'élève ingénieur qui avait essayé de lui faire des avances au bal, quelques mois plus tôt. Et elle ne ressemblait plus à la fille qu'il avait vue pour la dernière fois quinze jours auparavant, alors qu'elle flânait avec Tcherkassov dans le parc Sokolniki, en séchant les cours. Elle était affreusement pâle, marquée par des cernes, et avait du mal à s'exprimer. Genia l'avait invitée à manger un morceau. Après deux brochettes de chachlik, elle s'était précipitée aux toilettes, la main sur la bouche. Il avait tout de suite compris.

– Épouse-moi, lui proposa-t-il quelques jours plus tard. Le bébé a besoin d'un père. Si tu n'es pas heureuse avec moi, nous divorcerons lorsque l'enfant aura un an. Mais qu'il naisse au sein d'une famille.

– Mais pourquoi te charger d'un tel fardeau ? lui demanda-t-elle. Une femme avec un enfant dont le véritable père est un homosexuel notoire ? Pourquoi ?

– Parce que je t'aime. Tu peux te moquer, mais je t'aime. Peu importe qui est le père. Ce qui compte, c'est que tu es la mère. Et il faut que tu quittes cette fac. Jamais ils ne te laisseront tranquille là-bas.

C'était tentant. Iana savait déjà très bien ce que cela signifiait d'être l'objet des sarcasmes de toute une faculté. Laissant la fac, elle s'était inscrite à l'Institut des statistiques économiques où elle avait fait un semestre avant de prendre une année sabbatique pour avoir le bébé. Le garçon était né dans le cadre d'un mariage légal.

Mais Iakimov avait surestimé ses forces. En faisant sa demande à Iana, il croyait sincèrement que l'identité du père du bébé n'aurait aucune importance. Après la naissance, tout avait changé. Chaque fois qu'il regardait l'enfant, il voyait Tcherkassov. Il connut une nouvelle vague de folie, motivée cette fois non plus par l'amour, mais par la haine. Et chaque fois qu'il faisait l'amour à sa femme, il ne pouvait s'empêcher de l'imaginer avec un homosexuel. Quelle position préférait-il ? Sans doute par-derrière, pour avoir l'illusion d'être avec un garçon.

Iana avait repris ses études et obtenu son diplôme. Iakimov insistait pour avoir un enfant bien à eux et Iana avait accepté avec joie. Elle avait pris dix kilos pendant sa première grossesse, mais cela ne le gênait pas. Au contraire, il appréciait ses formes plus généreuses. Il avait l'impression de l'aimer encore plus qu'à l'époque où il l'observait furtivement, dévoré par la passion et la jalousie.

Le deuxième enfant, une fille, fit prendre dix autres kilos à Iana et apporta un nouveau bonheur à la famille. Depuis leur rencontre, ils s'entendaient à merveille et ce deuxième enfant les rapprocha encore. Lorsque Iana tomba enceinte une troisième fois, elle parla d'avorter.

– Gardons le bébé, décida Iakimov avec fermeté. Les grandes familles sont les plus heureuses.

– Mais je viens de lancer mon affaire, lui répondit-elle, hésitante. Si je m'arrête un an, il faudra que je reparte à zéro.

– Ne t'inquiète pas : je quitterai mon travail pour m'occuper des enfants. S'il te plaît, Iana chérie. Gardons-le.

– Et si je grossis encore ? demanda-t-elle en riant. Tu me plaqueras.

– Il ne faut pas plaisanter avec ça, dit Iakimov très sérieusement. Je ne te quitterai jamais, même si tu pèses une tonne et que tu deviens chauve et édentée.

Il n'avait pas eu besoin de beaucoup insister pour la convaincre. Tout allait pour le mieux, à l'exception d'un point : le fils de Tcherkassov grandissait et ressemblait de plus en plus à son père. Depuis qu'il ne travaillait plus, Iakimov passait toute la journée avec le petit Tcherkassov et la vie redevint difficile : le garçon faisait preuve de dons exceptionnels pour les mathématiques, jouait brillamment aux échecs et semblait l'incarnation de son père. Et si l'homosexualité était héréditaire ? Iakimov se savait incapable de surmonter la honte si ce garçon qui portait son nom et passait pour son fils était attrapé les pantalons sur les chevilles à s'occuper des fesses d'un autre garçon. Jamais ! Tcherkassov était coupable d'avoir fait souffrir Iana et d'avoir transformé la vie de Genia Iakimov en un enfer quotidien, permanent et interminable. Il fallait l'empêcher de nuire encore.

D'abord, Iakimov décida de le tuer. À l'époque où Iana était l'objet de son adoration muette, il avait appris à filer les gens sans se faire remarquer. Il obtint l'adresse de Tcherkassov par le bureau des renseignements et entreprit de recueillir toutes les informations qui pouvaient lui être utiles pour mener à bien son projet : habitudes, amis, horaires de travail... Mais, progressivement, il changea d'idée. Le charmant Oleg Boutenko avait fait son apparition dans la vie de son ennemi. Le garçon était le sosie de Iana lorsqu'elle était jeune. Ce « dépravé » était resté fidèle à ses goûts de jeunesse. Tant pis pour lui.

Un jour, pendant que Tcherkassov était à son travail, Iakimov se présenta à son appartement. Il n'était pas bien difficile de s'entendre avec Boutenko qui devenait de plus en plus instable et influençable à mesure que ses réserves de drogue diminuaient. Iakimov imagina alors son plan pour détruire son ennemi. Pour commencer, il lui fallait découvrir quelle drogue utilisait Boutenko et en obtenir suffisamment pour le liquider par overdose.

Il résolut un par un tous les problèmes. Il se trouva un assistant prêt à tout pour de l'argent et loua la datcha des Charapov. Comme il avait besoin d'argent pour payer son complice et acheter de nouvelles quantités de drogue, son esprit dérangé, torturé par la vengeance et la haine, inventa un moyen de le gagner : les garçons qu'il comptait enlever pourraient être « loués » à des monstres du même acabit que Tcherkassov. Lorsque les cadavres seraient trouvés, les autopsies montreraient que les garçons étaient homosexuels, ce qui conduirait les enquêteurs à son ennemi.

Il fallait aussi laisser des indices. Ce fut au cours de sa troisième visite à Boutenko qu'il lança son plan. Il fit prendre au garçon une trop forte dose de drogue qui fit rapidement son effet. Il commit alors l'erreur qui devait le perdre. Le stress provoqua une poussée d'hypertension qui se traduisit par une hémorragie nasale. Tout en tentant de contenir le sang avec un mouchoir, il se dépêcha de pousser le tapis du pied pour ne pas y laisser des traces impossibles à nettoyer. Juste à temps. Quelques gouttes tombèrent sur le parquet à un endroit où se trouvait, l'instant d'avant, la carpette claire.

Lorsque l'hémorragie s'arrêta, il nettoya le sol avec son mouchoir et remit le tapis en place, sans se rendre compte qu'il recouvrait un peu de terre laissée par ses chaussures. Il dissimula le bloc-notes du premier des garçons enlevés, Valeri Liskine, et fouilla dans les affaires de Tcherkassov pour dénicher un objet qu'il abandonnerait près d'un cadavre. Il trouva l'épingle à cravate dont il arracha le fer à cheval. Puis, avant de partir, il vérifia une dernière fois qu'Oleg Boutenko était bien mort.

Il ne lui restait plus qu'à aligner les cadavres en enlevant des garçons présentant le profil requis. Lorsqu'ils mouraient d'overdose, il se débarrassait des corps et attendait de voir la milice remonter jusqu'à Tcherkassov. Évidemment, les flics ne pouvaient rien découvrir sans un peu d'aide. Un coup de fil anonyme, par exemple.

Il rencontra l'une de ses victimes, Dima Vinogradov, à un moment où sa voiture tombait en panne. Pas moyen de la faire démarrer. Et pourtant, le garçon était exactement ce qu'il lui fallait : c'était le portrait craché d'Oleg Boutenko, mais en plus jeune, autour de quatorze ans. Et il ressemblait à Iana lorsqu'elle était étudiante. D'ailleurs, ils lui ressemblaient tous.

Iakimov était sur le point de laisser tomber sa chasse, lorsqu'une Volga bleue s'arrêta près de lui. Un coup de chance. Le conducteur, pressé, sauta de voiture pour se précipiter dans un magasin, laissant les clés au contact. Iakimov s'installa au volant et roula jusqu'au supermarché où il avait vu entrer le garçon aux yeux sombres. Une demi-heure plus tard, ne voulant pas tenter le sort en conduisant un véhicule volé devant les postes de police, à la sortie de la ville, il l'abandonna non loin des « Résidences de Rêve ». Il prit la voiture de sa femme pour terminer le trajet jusqu'à la datcha où il enfermait les gosses. Il s'arrangeait toujours pour commettre ses forfaits lorsque celle-ci était en voyage d'affaires.

Lorsqu'il apprit l'arrestation de Tcherkassov, il se sentit libéré d'un poids énorme. Il avait accompli sa vengeance. Désormais, il pouvait dormir tranquille.

*

De retour à la Petrovka, Nastia fut surprise de ne pas y trouver Selouïanov et Dotsenko. Ils avaient promis de faire le point avec elle et les sujets de discussion étaient nombreux.

– Si tu passais un peu plus de temps au bureau, tu saurais qu'ils sont partis arrêter Chikerinets, bougonna Gordeïev sans dissimuler son ironie.

– Comment ? Déjà ? Que s'est-il passé ?

– Korotkov a appelé pour dire qu'il avait la preuve de l'implication de ce milicien véreux dans le meurtre de la femme de Soloviov, il y a quelques années. Le dossier contenait la description d'un homme qu'on avait vu plusieurs fois avec Svetlana Soloviova et que personne ne connaissait. On a présenté la photo de Chikerinets aux témoins et ils l'ont reconnu. Au fait... il avait un complice pour commettre le meurtre : son cousin Vovtchik Mechkov, le garde du corps d'Essipov. Bref, tes deux copains sont allés les coffrer. Tu veux les attendre ?

– Je ne sais pas. Je crois que oui.

– Je ne te le conseille pas. Rentre chez toi, Nastia. Tu as l'air crevée. Prends un peu de repos. Tu sauras tout demain.

– Vous avez raison, Viktor Alexeïevitch, reconnut-elle avec un soupir.

Le lendemain, l'habitude reprit le dessus : réunion du matin, rapports, demandes, dossiers, paperasse, nouveaux cadavres, nouveaux suspects… La routine.

Vers cinq heures du soir, Nastia entra dans le bureau que partageaient Korotkov et Selouïanov. Le premier avait pris un vol de nuit pour rentrer à Moscou. Il était mal rasé et avait les traits tirés, mais semblait énergique et joyeux.

– Je n'arrive pas à croire que nous en avons enfin terminé avec ces cadavres, dit-il en embrassant Nastia sur la joue. Tu parles d'un tas de merde ! J'ai bien cru que nous n'en verrions jamais le bout…

Nastia allait répondre lorsque le téléphone de Selouïanov sonna. Il décrocha, répondit à son interlocuteur par des monosyllabes et consulta sa montre après avoir reposé le combiné.

– C'était notre gars à l'aéroport de Cheremetievo : Ianina Iakimova vient de passer le contrôle des passeports. Si nous prenons un thé avant de partir, nous arriverons chez les Iakimov en même temps qu'elle.

Nastia poussa un soupir et retint sa respiration en tentant de bloquer la larme qui naissait au coin de son œil.

– C'est vraiment fini ?

– Oui, Nastia. Nous avons réussi. Nous avons éclairci la prétendue affaire des meurtres antisémites. Allons… Nastia, pourquoi pleures-tu ? Tu as de la peine pour quelqu'un ?

– Non, ce n'est que la tension qui se relâche. Excusez-moi, je suis idiote. Je vais préparer le thé. Ensuite, on ne parlera plus de cette affaire. Terminé.

*

Le lendemain soir, Soloviov l'appela. Elle avait fini par lui donner son nouveau numéro de téléphone.

– J'ai appris que Genia Iakimov a été arrêté, dit-il sans préambule. C'est vrai ce qu'on dit sur lui ? Tueur en série et tout ça ?

– Pourquoi tu me le demandes ? répondit prudemment Nastia.

– Maintenant, je comprends tout. Tu m'as menti depuis le début. Je ne t'intéressais pas. Tu ne voulais pas savoir si tu éprouvais encore des sentiments pour moi lorsque tu es venue pour mon anniversaire.

– Vladimir, voyons…

– Non, Nastia. Je sais que tu t'es servie de moi. En réalité, c'était mon voisin que tu voulais, pas moi. Et comme un imbécile, je t'ai crue. Je passais mon temps à attendre ta venue, à essayer de te joindre. C'était cruel, Nastia. Pourquoi as-tu fait ça ?

– Ce qu'a fait Iakimov l'était encore plus. Penses-y. Et pardonne-moi, si tu peux.

– Tu m'as menti ! insista Soloviov.

– Oui, reconnut-elle. Mais tu m'as menti aussi, dans le temps. Et je ne t'ai pas fait de scène.

– C'est donc ça ! Tu voulais te venger, dit-il avec un ricanement chargé de colère.

– Non, ce n'était pas de la vengeance. Seulement mon travail. Que puis-je y faire ? Il me force parfois à blesser des gens. J'espère que tu peux le comprendre. Excuse-moi, Volodia.

– Non.

– C'est ton affaire.

Elle reposa doucement le combiné et alluma une cigarette. Tout était encore de sa faute. Non seulement Soloviov souffrait dans ses sentiments, mais elle avait aussi ruiné sa vie bien réglée, confortable et sûre. Les éditions Shere Khan vivaient leurs dernières heures, les trois directeurs allaient se retrouver derrière les barreaux et cela signifiait la fin des traductions et des honoraires. Bien sûr, il signerait d'autres contrats chez d'autres éditeurs, mais ce ne serait plus pareil. Il gagnerait sans doute moins d'argent et n'aurait plus le plaisir d'employer ses talents de styliste pour transformer les œuvres de quelqu'un d'autre. Encore que… une fois l'imbroglio juridique résolu, Otori Mitio aurait sans doute besoin de lui pour continuer à exploiter le filon de son imagination. Et puis, si Soloviov et son fils avaient une chance de se retrouver, c'était tout de même grâce à elle.

C'est dommage, pensa-t-elle avec une dureté soudaine, *mais on ne peut pas plaire à tout le monde.* Elle n'était pas une pièce de monnaie en or que tout le monde peut aimer. Elle avait un travail, et elle le faisait.

De son mieux.

DU MÊME AUTEUR

Le Cauchemar
Seuil Policiers, 1998
et « Points », n° P649

La Mort pour la mort
Seuil Policiers, 1999
et « Points », n° P742

La Mort et un peu d'amour
Seuil Policiers, 2000
et « Points », n° P848

La Liste noire
Seuil Policiers, 2001
et « Points », n° P1016

Je suis mort hier
Seuil Policiers, 2003
et « Points », n° P1239

Ne gênez pas le bourreau
Seuil Policiers, 2005

RÉALISATION : PAO ÉDITIONS DU SEUIL
IMPRESSION : S.N. FIRMIN-DIDOT AU MESNIL-SUR-L'ESTRÉE
DÉPÔT LÉGAL : FÉVRIER 2005. N° 78993 (71993)
Imprimé en France